L'homme qui escroqua le Roi-Soleil

Gérard Hubert-Richou

L'homme qui escroqua le Roi-Soleil

Une enquête de Géraud Lebayle

ÉDITIONS FRANCE LOISIRS

Édition du Club France Loisirs,
avec l'autorisation de Genèse Édition

Éditions France Loisirs,
123, boulevard de Grenelle, Paris
www.franceloisirs.com

ISBN : 978-2-298-12474-3

À Dominique Depienne, bibliothécaire à Saint-Maur, avec laquelle, depuis plusieurs années, j'ai le plaisir de défricher, répertorier et restaurer cette prodigieuse manne que constitue le fonds Émile-Magne.

Préambule

La mi-nuit était proche.

Ce soir-là, au palais, ne se déroulait pas un de ces somptueux médianoches, organisés d'ordinaire à Versailles. Après le souper, à une heure trop raisonnable à leur goût, courtisans et gens de cour s'étaient donc retirés, pour les mieux nantis, dans leurs appartements ou leurs hôtels particuliers récemment édifiés au nouveau bourg, pour les autres dans les combles ou des galetas loués à prix d'or alentour.

À cette heure, le roi s'entretenait en privé avec Madame de Montespan tandis qu'un homme d'allure solennelle, vêtu d'un pourpoint gris, brodé d'arabesques noires avec jabot de dentelle du Puy et perruque à lourdes volutes, une canne d'ébène à pommeau d'argent dans sa main gantée, arpentait la galerie contiguë à longues enjambées silencieuses, s'obligeant à ne pas attaquer le parquet d'un talon impatient : Simon Arnauld, marquis de Pomponne, secrétaire d'État aux Affaires étrangères et ministre d'État.

Malgré la saison – on était déjà en fin décembre de l'an de grâce 1678 – il ne ressentait pas le froid, hormis aux extrémités, mais un peu d'appréhension.

Monsieur de Pomponne était un ministre avisé, méthodique et pondéré, respecté pour la mesure de ses avis, dans la continuité d'une carrière ambassadoriale et politique exemplaire. Il était apprécié de Louis XIV qui avait attaché son nom à l'un des actes les plus glorieux de son règne : la paix de Nimègue[1]. C'est lui aussi qui avait levé les derniers obstacles s'opposant au mariage du dauphin avec la fille de l'Électeur de Bavière.

Monsieur de Pomponne ne prisait guère les décisions hâtives ou hasardeuses. Le roi lui reconnaissait cette qualité que d'autres jours il lui reprochait quand le ministre ne se montrait assez entreprenant sur des dossiers qui réclamaient un traitement d'urgence.

En cette occurrence, l'affaire qu'ils allaient traiter – si son interlocuteur voulait bien se présenter sans tarder davantage ! – était hardie et requerrait le secret absolu. La plus infime indiscrétion pouvait entraîner d'inextricables complications diplomatiques, voire un conflit avec l'Espagne… et, pour lui, une disgrâce honteuse.

Monsieur de Pomponne allait d'une portefenêtre à la suivante, scrutant les jardins baignés de nuit, auréolés par une lune froide et bleutée. Il sursautait au moindre craquement des boiseries. À soixante ans, pourquoi s'était-il laissé emporter dans cette entreprise qui, en y réfléchissant, n'était pas aussi assurée qu'il avait pu lui paraître dans le feu de l'action ?

1. Paix signée le 10 août 1678. Le traité mettait fin à la guerre de Hollande.

Le ministre se trouvait en négociations avec un monarque (Charles III Ferdinand, duc de Mantoue) aussi fantasque que sulfureux. Ce jeune prince prodigue de vingt-six ans préférait dilapider le peu de finances que son père lui avait légué (avec quelques dettes oubliées !), s'adonner aux divertissements de cour et mener une vie de débauche à Venise (distante seulement de trente lieues de son petit duché).

On colportait qu'il avait contracté, en la cité lacustre du merveilleux, un certain « mal de ce pays », conséquence ordinaire de ce genre de fredaines et dont les stigmates apparaissaient sur son visage et se répercutaient sur sa santé. Toute l'Italie était persuadée qu'il ne survivrait pas longtemps à ses excès[2]. Néanmoins, le duc continuait à chevaucher diverses montures, à galoper des heures durant, à se démener en coryphée folâtre, à festoyer avec une vigueur, une intensité sans pareil.

Pomponne se cabre, fait deux pas en arrière, puis reprend son manège. Du coin de l'œil, il lui a semblé discerner une ombre qui se faufilait le long de la haie de buis taillés… L'individu s'était éclipsé. Non, il ne pouvait s'agir de son visiteur qui devait être introduit par Alexandre Bontemps, premier valet de chambre du roi, son conseiller intime, gouverneur de Versailles et de Marly.

2. Ce en quoi on se trompait puisqu'il ne mourut qu'en 1708 à 55 ans, déchu de tous ses titres à la suite de la guerre de succession d'Espagne. Cela mit fin à la souveraineté des Gonzague sur Mantoue qui durait depuis quatre siècles.

Pomponne interrompt sa déambulation et se sourit au souvenir de cet instant historique et décisif où, au nom du roi, il avait accepté cet incroyable marché : le duc de Mantoue était prêt à céder à la France la citadelle de Casal. Le comte Ercole Mattioli (secrétaire d'État et confident de ce prince) lui remit alors une lettre pour Sa Majesté Louis XIV, et une seconde, pour lui, certifiant que son intermédiaire avait les pleins pouvoirs de signer, au nom de son souverain, les conditions du traité.

En quatre longues enjambées, Pomponne se fige à l'extrémité opposée de la galerie. La cause n'en est pas un bruit incongru, mais une réminiscence… *Tous les documents fournis étaient de la main du sieur Mattioli.* Le comte assurait que le duc n'avait voulu confier cette affaire ultra-secrète qu'à lui. C'était légitime et logique, cependant…

Le ministre s'ébroue, opère un demi-tour et se remet en marche, d'un pas mécanique. Qu'importe, après tout ! Si l'émissaire se présente ce soir, Sa Majesté décidera elle-même de ratifier ou non les pièces présentées… Les conditions en sont élémentaires, pas d'ambiguïté possible sur les termes de quelques courts articles d'ordre général. Tout lui avait semblé clair à la première analyse. Le seul point litigieux avait été qu'en cas de guerre avec l'Italie, le duc aurait le commandement de l'armée avec les généraux français sous ses ordres. En fin de compte, cela satisfaisait le roi qui n'avait pas à assurer cette lourde responsabilité en terre étrangère.

Jamais, grommelle Pomponne, la tête basse, allongeant le pas comme s'il cadastrait la galerie, jamais on n'eut moins d'exigences pour un engagement si important. La facilité même des conditions laisse juger du peu de compétences du maître de Mantoue qui sait mal gérer ses biens... Faut-il suspecter la bonne foi du secrétaire d'État ? Quand on connaît quelque peu Charles III Ferdinand de Gonzague, ripailleur, festineur, dilapidateur et juponnier, il n'y a pas matière à s'étonner. En ce qui concerne Casal, le duc promet de recevoir dans la citadelle une garnison française qui prêtera alors serment de protéger ces places, sous les ordres de Sa Majesté... En cela, il n'y a rien à redire... Le tout compensé par une somme de cent mille écus payés à ce prince. Et cent mille écus pour un homme aux abois, c'est bien peu. Dérisoire même !

Pomponne marque encore un arrêt, à hauteur de la troisième baie, au meilleur angle de vue sur l'enfilade des allées sablées par lesquelles doivent survenir les deux hommes... Il n'est guère convenable d'éprouver plus longtemps la patience de Sa Majesté. Il accorde donc à l'émissaire le sursis d'une allée et d'une venue à un train de sénateur, avant de se résoudre à avertir le roi que l'entrevue est annulée pour raison inconnue. Le marquis est contrarié d'en être le messager, même si une... conversation avec la marquise de Montespan est capable d'entretenir la passion du fougueux monarque un tiers de la nuit...

« Cette place forte, rumine encore Pomponne, on l'achèterait volontiers dix fois plus cher, tant sa position est déterminante pour la sécurité du royaume... Cependant, il ne faut pas se plaindre de réaliser une belle économie ! »

Trois foulées, une pause, une moue désabusée, il remâche, glousse, caustique : « Et Sa Majesté voulut que je promisse de surcroît à Mattioli, affaire achevée, dix mille écus. Aucun doute, Mantoue doit être exsangue. »

Soudain deux silhouettes dissemblables, celle élancée et de bonne taille de Bontemps, se confondant par la partie inférieure avec la rotondité chaloupante d'un individu à l'embonpoint remarquable, avancent dans sa direction.

Il ouvre l'huis à deux vantaux, les invite à entrer et referme sur leurs talons. Puis il les quitte pour aller avertir le roi. Dans les cinq minutes, ils sont reçus. Bontemps veut s'éclipser, le roi lui demande de demeurer à ses côtés. L'on s'installe dans le petit salon coquet de la marquise au goût délicieux qui s'est retirée dans ses appartements.

À l'issue des formules protocolaires de profond respect et de courtoisie, le comte Ercole Mattioli assure à Louis XIV, qui a pris place dans un fauteuil à haut dossier, de l'amitié inconditionnelle de son maître, de son zèle à le servir et à lui être agréable en tout. Il garantit avoir veillé à régler tous les détails afin qu'il n'y ait aucun retard dans la transaction, ni désagrément.

Le secrétaire d'État du duc renouvelle la proposition *in extenso* et promet, après consentement, de partir pour Venise où Charles Ferdinand assiste au carnaval. Alors, son premier soin sera d'y recevoir la ratification du prince qui sera acheminée à Pignerol où elle sera échangée contre celle du Roi-Soleil. De là, le duc de Mantoue se rendra au plus tôt à Casal où les troupes françaises devraient se présenter simultanément afin de prendre de court les opposants au projet.

Souriant, le roi adresse un regard admiratif à son ministre, reconnaissant ainsi l'habileté du négociateur et sa diligence.

À son tour, Louis XIV propose que, sous prétexte de quartier d'hiver, on fasse avancer un corps de dragons dans les vallées les plus proches de Pignerol, et quelques régiments d'infanterie en Dauphiné. Le capitaine Nicolas Catinat de La Fauconnerie[3], envoyé en secret dans cette forteresse, sera chargé de chaperonner la ratification royale. L'échange effectué, avec ses dragons, il marchera jour et nuit de manière à se présenter aux portes de Casal avant que son mouvement ne soit découvert. Tout cela pour empêcher les Espagnols de s'interposer. Les régiments suivraient en soutien, à trois ou quatre jours.

— Pour en presser davantage l'exécution, précise alors le roi, le colonel Alexis Asfeld[4] sera diligenté à Venise sous un nom d'emprunt, au prétexte d'un simple voyage d'agrément. Il s'y fera reconnaître par vous seul, Monsieur Mattioli. Vous lui apprendrez le délai dans lequel l'entérinement sera envoyé ainsi que la date de départ du duc afin

3. Nicolas Catinat (1637-1712). Il prend part aux principaux conflits de la France sous Louis XIV : guerre de Hollande, de la ligue d'Augsbourg, de succession d'Espagne. Il deviendra maréchal de France (1693).
4. Alexis Bidal, baron d'Asfeld (1654-1689), maréchal de camp, gouverneur militaire de Bonn, mort de ses blessures lors du siège de cette ville.

de préparer la marche de nos troupes sous ombre d'un changement de quartier.

— Sire, je ne peux que m'incliner devant une si subtile stratégie. Tout me paraît limpide et fort convenable. Ainsi, j'ai grande hâte de rejoindre notre maître pour l'informer de tout ce qui vient d'être décidé et conclu. C'est un traité historique pour nos deux pays et je suis honoré d'en être l'humble truchement. Que Dieu tout-puissant conserve Sa Majesté en sa sainte garde et protège les siens.

Sur ces paroles pontifiantes, Pomponne, Bontemps et l'intermédiaire italien se retirèrent[5].

*
**

1er mai 1679. Bien que verdoyant, l'endroit était étrange, inquiétant. De grands arbres, sombres sentinelles, entre les troncs desquels se faufilait un sentier de contrebandier, étaient solidement ancrés dans la forte déclivité que Géraud Lebayle, commissaire au service de Monsieur de La Reynie abordait. Il devait progresser de biais et profiter des prises végétales. L'itinéraire lui avait été tracé avec une minutieuse précision par quelqu'un qui devait connaître les lieux.

De Paris à Grenoble, le voyage s'était déroulé sans embûches. La fin d'avril avait contredit le proverbe, le temps était superbe. Son pied gauche dérapa dans la glaise et il partit en glissade sur le

5. Préambule inspiré des Mémoires du marquis de Pomponne (vol. 1).

dos, avant qu'il ne parvienne à planter ses talons dans la terre meuble et se bloquer contre des racines affleurantes. Il se cramponna, rétablit ses sacoches de selle sur son épaule et reprit son souffle.

Monsieur de la Reynie lui avait recommandé de se grimer dès avant le départ et d'emprunter une monture solide au pied sûr en montagne, à l'une des écuries royales hors les murs. Craignait-il qu'on le reconnaisse et le suive ou était-ce un excès de prudence ? Il ne pouvait douter du jugement de son chef qui lui avait dit de changer aussi d'apparence à Grenoble, à quoi il consentit… en se démaquillant. Jusqu'à Briançon, la route fut un peu plus difficile sans qu'il eût à déplorer de guet-apens. Avant l'aube, il avait repris la route pour atteindre la frontière déserte au petit jour. Profitant d'un ciel dégagé et d'une froide lune argentée, il pénétra en territoire étranger, le Piémont demeurant sous domination espagnole. Direction Sestrière.

Géraud poursuivit sa descente périlleuse, évitant de provoquer des chutes de pierre et des éboulements.

La forme massive d'une bâtisse se dessina et il perçut le murmure d'un torrent. Tout ce qu'il savait de sa mission, c'est qu'elle était extrêmement délicate. La moindre erreur pouvait déclencher une guerre entre la France, les duchés, républiques, provinces italiens et… l'Espagne ! Il s'agissait de s'emparer d'un seul individu dont il ignorait tout, mais qui avait fort courroucé Sa Majesté le roi de France.

La personne qu'il devait rencontrer en ce lieu à l'écart de la civilisation, était un officier français, infiltré depuis plusieurs mois sous une fausse identité.

Moins on en sait, mieux on se porte !

Géraud avait sur lui (enveloppées dans une toile étanche) deux lettres codées, l'une du Roi donnant ses ordres, la seconde de Monsieur de La Reynie indiquant les modalités de l'action.

Le vieux moulin à aube abandonné tombait en ruines. La roue, noircie, pourrissante, se trouvait de guingois sur son axe dans le chenal de pierre. Rongée par la mousse, envahie par les plantes grimpantes, la bâtisse était en moellons grossiers. La toiture, cave, s'affaissait sur le pignon aval et tenait par miracle.

Géraud s'immobilisa contre un tronc humide dont les basses branches étaient cassées. Aucune vie humaine ni animale, pas même un oiseau pour siffler un triolet d'alerte. Il avait attaché son cheval derrière un buisson au bord du chemin que seuls les blaireaux et les sangliers devaient utiliser.

Il lui fallait se résoudre à attendre. On ne lui avait donné aucune solution de repli. Si nécessaire, il passerait la nuit à la belle étoile, ce ne serait pas la première. Au long de son périple, il avait évité, autant que faire se pouvait, les lieux où tout étranger attise les curiosités. Les herbes vivaces lui offriraient un matelas assez confortable.

Il était arrivé dans les délais prévus, au jour fixé. Toutefois on ne lui avait pas indiqué l'heure de la rencontre. Il s'agenouilla au bord du ruisseau, but quelques fraîches gorgées qu'il sentit couler jusqu'à son estomac. En déposant son épée et son pistolet à portée de main, il s'allongea au pied de l'arbre où il avait laissé ses sacoches. Un peu de repos n'était pas à négliger. À l'examen, le moulin lui parut toujours aussi sinistre. Comment des gens, une famille, avaient-ils pu vivre aussi isolés ? À moins qu'au-delà du versant opposé, se trouve un village... et une route plus passante. Il était au fond d'une gorge qui ne devait pas voir souvent le soleil. L'endroit était idéal pour une rencontre secrète.

Géraud en profita pour vérifier le fonctionnement de son Caminazzo, une belle pièce d'orfèvrerie à la crosse ciselée qui ne l'avait jamais trahi.

Le militaire ne l'attendait-il pas à l'intérieur du moulin ? Il faudrait être téméraire... Toutefois, on ne doit jamais se fier aux apparences, une charpente de châtaignier résistait fort bien aux intempéries. Quand il sentit les champignons lui pousser entre les orteils, Géraud se dit que de trois choses l'une : ou on l'épiait depuis un fenestron aux boiseries arrachées, ou son contact n'était pas encore arrivé, ou il avait été appréhendé et exécuté.

Il aurait été bien peiné d'avoir accompli un si long et périlleux voyage en vain. Des rumeurs couraient les couloirs du Grand Châtelet qu'un projet de transaction aurait été envisagé avec le Montferrat de Charles-Ferdinand, duc de Mantoue. À quel sujet précisément ? Mystère d'État. Sa mission n'avait peut-être aucun rapport.

Géraud fut soudain tenté par une exploration du moulin afin de savoir s'il y avait trace d'un passage humain et s'il pouvait s'y replier en cas de danger. Il récupéra ses armes, sauta d'un bond le canal qui s'engouffrait sous les pales démantibulées. Au printemps, le flot tumultueux devait s'y heurter avec furie et déborder de toute part. Il contourna la bâtisse à travers les hautes herbes, jeta un regard à l'angle… Rien ne bougeait. Il longea le mur, pistolet au poing. L'escalier moussu de cinq marches ne lui inspirait pas confiance. Il préféra se hisser par une fenêtre située à une toise de hauteur et dont le châssis béait. Il se glissa à l'intérieur, attendit que ses yeux s'accoutument à la pénombre…

Deux points lumineux au ras du plancher : un surmulot curieux qui tourna le cul et disparut derrière un empilement de bûches ensemencées de filaments blanchâtres. Avec l'humidité, la poussière formait une pellicule glissante. Géraud s'aventura jusqu'à une échelle de meunier qui menait à l'étage et la machinerie de broyage du grain. Il hésita à monter… peut-être à cause de ce grincement qui ne semblait pas naturel.

Une silhouette se découpa dans l'ouverture.

— Je vous attendais, commissaire…

— Géraud Lebayle, au service de Monsieur de La Reynie.

— Avant toute chose, auriez-vous un signe de reconnaissance à me transmettre ?

— En effet : Paris 1er septembre 1637.

— C'est ce que j'attendais. Soyez le bienvenu, commissaire, grimpez, il fait meilleur ici. Je suis enchanté que vous soyez parvenu jusqu'ici, en temps et en heure. Le voyage s'est-il bien déroulé ?

Géraud glissa son Caminazzo dans sa ceinture et rejoignit le militaire campé au-dessus de l'orifice qui l'aida d'une main ferme à se hisser pour soulager les degrés vermoulus.

— Capitaine Nicolas Catinat de la Fauconnerie.

L'homme de quarante-deux ans portait beau. Géraud avait compris que la date correspondait à sa naissance…

— Sans incident notoire et en évitant toute rencontre.

— Parfait. Je présume que vous avez une monture.

— Je l'ai laissée, comme recommandé, à l'abri de l'épaisse feuillée, à l'amorce du chemin – balisé sans doute par vos soins – qui conduit jusqu'ici.

— Exact. Je vais vous informer de l'essentiel, avant que vous ne m'abreuviez de légitimes questions, puis nous la ramènerons par une sente moins escarpée. Je ne vous cache pas que nous allons passer la nuit en ce havre coquet.

— L'auberge de la bonne étoile est spartiate, mais je m'en accommoderai.

Catinat lui proposa de s'asseoir sur les madriers qui soutenaient la lourde structure des meules.

— L'affaire commence en 1676. Notre gouvernement convoitait la forteresse de Casal qui, à quinze lieues à l'ouest de Turin, verrouille, avec celle de Pignerol appartenant à la France depuis le traité de Cheraso en 1630, les deux seules entrées sur l'Italie.

— Bigre ! Ce n'était donc pas qu'une rumeur.

— Les secrets les mieux gardés finissent toujours par transpirer… À Venise, ville où rien n'est impossible, le duc de Mantoue avait rencontré, au cours d'une réception chez un notable, l'abbé d'Estrades[6], ambassadeur de France. Charles III Ferdinand se

6. Jean-François de Moissac, abbé d'Estrades et de St-Melaine de Rennes, ambassadeur à Venise, puis en Piémont.

trouvait flanqué de son secrétaire d'État, homme épanoui de corps et d'esprit, jovial et convivial, un nommé Ercole Mattioli. Au fil de la conversation, les trois hommes sympathisèrent et, les vapeurs d'un vin chaleureux à robe de velours carminé aidant, le duc en vint à lui confier les difficultés financières de son minuscule duché, enclavé entre ceux de Modène et de Milan d'un côté, la République de Venise à l'est et les états du Pape, des terres chaudes où il étouffait de ne pouvoir profiter de l'air de la mer. Mattioli évoqua aussi les petits domaines dispersés, sertis entre leurs puissants voisins et, en particulier, la place forte de Casal, à l'ouest de Turin dans des montagnes difficiles d'accès.

— Comment la conversation se recentra-t-elle plus tard sur ce dernier sujet ?

— Seul d'Estrades, notre fort habile diplomate qui avait affûté ses armes à Venise en 1675, pourrait le préciser. Quoi qu'il en soit, sur le petit matin, Ercole Mattioli, au nom du duc, fit à l'intention du roi de France, une proposition qu'on n'espérait plus : le dessaisissement de la robuste citadelle de Casal dans le Montferrat. Une aubaine qu'il ne fallait laisser filer à aucun prix. Si, aux aurores, d'autres lucioles fort affriolantes avaient entraîné ailleurs le duc, Mattioli avait poursuivi les pourparlers. Et l'on s'était quitté sur un accord verbal engageant la parole de chacun. Un voyage en France fut décidé, repoussé à plusieurs reprises pour diverses raisons, surtout sécuritaires, et enfin fixé au mois de septembre 1678. En compagnie de Louvois, le prudent ministre rencontra alors l'émissaire du duc de Mantoue qui lui avait réitéré la profonde et sincère amitié de son maître, lequel, avoua-t-il, souhaitait s'émanciper de la tutelle de l'Espagne pour se rapprocher de la France. Pomponne, avec l'assentiment de Louvois, l'autoritaire ministre de la Guerre, ne put qu'en être satisfait. Ainsi, une entrevue fut-elle organisée à Paris entre le Roi, les ministres concernés et Mattioli, l'émissaire du duc de Mantoue. La transaction aboutit... ou sembla aboutir.

— Diable, je sens venir un coup fourré qui explique ma présence ici !

— Vous n'avez pas tort, Lebayle. Louvois m'enjoignit alors de me rendre à Pignerol sous la fausse identité de Richemont, devant passer pour un prisonnier d'État, tels Nicolas Fouquet et le duc de Lauzun. Ma mission consistait à préparer les troupes dont je devais prendre le commandement. Alors, les semaines s'écoulèrent sans que Mattioli donne de ses nouvelles. On commença à douter de son intégrité. Et soudain, on apprit que l'aigrefin s'était vanté de sa duperie (il n'avait aucun mandat réel du duc de Mantoue et avait mis dans sa poche le montant de la transaction !) auprès du gouverneur espagnol du Milanais, de la Cour de Turin, des souverains environnants.

— Peste de l'infâme escroqueur !

— Furieuse, Sa Majesté décida d'attirer Mattioli dans un piège, initié par d'Estrades, afin de le châtier à la hauteur de ses méfaits. Étant sur place, on me chargea de son arrestation. Je ne pouvais agir seul, l'individu est une anguille insaisissable, ni utiliser les troupes de Pignerol qui auraient aussitôt désigné la France. De plus, depuis longtemps, le Piémont guigne Casal qui se trouve aussi sous la surveillance active de l'Empire et de l'Espagne. Voilà pourquoi, commissaire, au su de vos états de service, on vous a délégué *incognito* pour me seconder.

Dubitatif, la moue à la lippe, Géraud hocha la tête :

— J'en suis flatté, mais je comprends qu'au moindre faux pas, c'est la catastrophe. À ce propos, j'ai ces deux lettres à vous remettre de la part du Roi et du chef de la police.

Le commissaire tira de la doublure de sa veste le paquet toilé et le tendit au capitaine.

— Nous n'avons pas le droit d'échouer, pour l'honneur du roi, de la France et pour la paix en Europe.

— À nous deux ?

— À trois. Monsieur l'ambassadeur laissant croire qu'on ignorait son double jeu, donna rendez-vous à Matiolli tout près d'ici, dans une église à une demi-lieue de Turin, sous prétexte qu'un émissaire du roi serait venu de Paris avec la récompense qui lui avait été promise pour le truchement. D'Estrades devait le convaincre de le suivre ensuite jusqu'à une petite auberge où cet envoyé, moi, devait l'attendre. Vous serez là pour lui couper la retraite.

— Mattioli se laissera-t-il attirer dans un piège aussi grossier, alors qu'il a déjà mis la main sur le magot ?

— Nous l'espérons, son appât du gain étant plus fort que tout. Sinon, ce sera à vous de jouer notre dernière carte parce que, dans un premier temps, vous serez à l'affût à proximité de cette église assez isolée, déguisé en cocher. Nous aurons tout cet après-dîner pour déchiffrer ce courrier et vous dévoiler la stratégie concoctée avec l'abbé et envoyée au Roi pour approbation.

— Puis, à la grâce de Dieu, n'est-ce pas ?

Sur cette conclusion, par une autre voie, Géraud alla récupérer ses sacoches de selle, puis ils remontèrent le raidillon pour ramener le cheval au moulin dans un petit appentis où l'attendait celui de Catinat. Ils s'installèrent à l'ombre des grands arbres avec des denrées fort appétissantes : *salsicionne, formaggio e frutta*. Le capitaine s'excusa de ne pouvoir lui proposer un repas chaud, mais il tira du cours d'eau une bouteille de vin de haute qualité.

Ils profitèrent de la clémence du temps et, le plan de bataille bien établi et répété, ils devisèrent de sujets moins lourds. Géraud s'intéressa à la carrière du capitaine Catinat qui avait pris part aux principaux conflits de la France dont la guerre de Hollande (ils avaient en commun le siège de Maëstricht) et celle de la ligue d'Augsbourg. Le soir venu, ils tendirent une toile de chanvre apportée par le capitaine, entre la machinerie et la poutre d'angle pour se protéger de l'humidité. Ils se constituèrent une litière de roseaux et d'herbes. Avec leur couverture de campagne, ils auraient passé une nuit paisible, hormis les insectes.

À l'aube, ils pliaient le camp et ralliaient le lieu de rendez-vous. L'abbé d'Estrades survint peu après six heures. Le commissaire Lebayle troqua sa tenue de voyageur anonyme contre une livrée de cocher. Il se grima avec une barbiche et des moustaches tombantes. Le véritable cocher de l'ambassadeur enfourcha le cheval de Géraud et partit le premier pour la petite auberge dont le propriétaire était un Français installé depuis plus de dix ans. Il devait afficher un signal, en fonction de la situation, afin que Nicolas de Catinat puisse le rejoindre. Là se bornait son rôle, s'il n'avait pas à protéger son maître au cas où le traître tenterait de s'enfuir.

D'estrades, conduit par Géraud, se mit en route pour la petite église juste avant l'heure prévue. À destination, le cocher plaça sa calèche dans le sens du retour, manière de n'avoir pas à manœuvrer. Ils attendirent quelques minutes. Mattioli était-il déjà aux aguets à proximité ? Était-il seul ? Sans doute ; comme tout bon escroc avide, il n'avait confiance en personne, et aucune envie de partager. Serait-il armé ? À coup sûr ; d'armes blanches et d'un petit pistolet pour le moins…

L'ambassadeur descendit de voiture et, sans un mot, à pas lent, se dirigea vers le portail. L'église devait être déserte à cette heure matinale, d'autant qu'elle se trouvait hors du bourg, vidé de l'essentiel de sa population attirée par les lumières de la ville.

Le cocher Lebayle, adossé à son banc, le chapeau sur les yeux, jouait la patience immobile, mais n'en restait pas moins attentif à tous les bruits et mouvements. Les mouches agaçantes vrombissaient autour des chevaux qui les chassaient sans espoir de s'en débarrasser.

Les minutes s'égrenaient et rien ne se passait. Le

comte Mattioli se méfiait-il ou avait-il renoncé ? L'heure n'avait été précisée « qu'aux aurores ». L'attente était toujours usante pour le premier arrivé. Le soleil commençait à darder en pleine face. Géraud n'osait pas descendre de son perchoir d'où il avait une bonne vue d'ensemble. Les quarts d'heure se succédaient sans aucun signe de l'escroqueur. Il avait approuvé le lieu de l'entrevue qui se situait hors de la juridiction de Pignerol. Il fallait toutefois se rappeler qu'il avait repoussé plusieurs fois certaines rencontres et s'était présenté en retard à celle avec le roi de France. Cela démontrait l'insolence et l'irrespect du personnage.

Au bout d'une heure, une envie pressante obligea Géraud à sauter à terre. Il s'avança vers les arbres du bas-côté et arrosa celui qui lui parut le plus débonnaire. C'est là qu'il crut déceler une présence du côté du transept. Le temps qu'il achève son ouvrage et regagne son poste, le léger bruit de pas s'était évanoui. Toutefois, il remarqua que la porte de l'église était entrebâillée de deux pouces. Le filou avait profité que le cocher fût occupé ailleurs pour se faufiler dans son dos. N'était-ce pas puéril ?

Les postiches pileux de Lebayle le chatouillaient. La sueur n'allait-elle pas les décoller ? Cela lui était rarement arrivé, mais il redoutait que cela se produise au mauvais moment. Mattioli, si c'était lui, l'avait vu barbu, il ne pouvait le revoir imberbe.

Attendre encore et se tenir sur le qui-vive, prêt à bondir, à dégainer…

Diable ! Un couinement de gonds rouillés. Cette fois, la phase délicate de l'opération était déclenchée ! Deux silhouettes bien différentes, l'une élancée (l'abbé), l'autre, plus courte et ronde (l'Italien). Mis en confiance par le constat qu'ils étaient seuls, sans escouade pour l'arrêter, il marcha vers la voiture. D'ailleurs, il lui aurait alors suffi de déclencher l'alarme pour que la population accoure à son secours.

Géraud redescendit de son banc, se découvrit, ouvrit la portière, se courba.

— Jacques, vous irez prendre le cheval de monsieur le comte et le mettrez à la longe à l'arrière de la voiture.

— À vos ordres, Monsieur l'ambassadeur.

Les deux hommes se hissèrent dans la calèche. Le cocher d'occasion referma la portière, replia le marchepied, surprenant de la bouche de l'abbé : « C'est un brave garçon illettré que j'ai sauvé de la boisson. Il n'est pas très éclairé mais serviable et fidèle, c'est l'essentiel. »

Géraud se détourna et sourit. Ce qu'il ne fallait pas inventer pour rassurer la proie ! Il s'empressa d'aller chercher le bai brun, d'une puissante race transalpine. Il fallait bien ce gabarit pour supporter la masse du gros homme qui, d'emblée, lui fut antipathique. Par chance, ils n'avaient qu'un quart de lieue à parcourir jusqu'à l'auberge et, si tout se déroulait comme prévu quatre autres jusqu'à Pignerol. Il était tout de même sidérant que cet Ercole Mattioli, qu'on présentait comme un habile faisan (même avide d'or !) accorde une telle confiance à d'Estrades… Un abbé ambassadeur vivant depuis des années en Italie, était donc un gage suffisant de droiture ?

Il ne fallait pas se laisser porter à l'optimisme. À

coquin, malin et demi ! Et même davantage. Qui assurait qu'il n'avait pas embusqué des spadassins alentour pour les occire ? Il connaissait le pays mieux que sa poche remplie de pistoles et de doublons d'or.

Géraud sollicita ses chevaux. Et si l'on s'élançait au galop vers la citadelle, cela n'eût-il pas été plus simple ? L'abbé sortait alors un petit pistolet pour le tenir en respect. Au passage, Catinat s'invitait dans le véhicule avec un fusil de deux pieds de long et l'affaire était réglée. Non. Il devait y avoir un protocole et le commissaire n'en avait pas été informé. Il ne surprit aucun nuage de poussière à l'arrière, ni en avant de faux cantonniers grattouillant la terre au bord de la route. Alors des garanties avaient dû être données à l'église. Remontant vers le nord et Turin, on approchait de l'auberge.

Pourquoi Géraud se posait-il tant de questions ? Ce n'était pas son affaire. Il avait parcouru des centaines de lieues pour une arrestation en pays étranger hautement délicate. Le secrétaire du duc de Mantoue devait disparaître sans attirer l'attention, sans laisser de trace, sans que les Français soient soupçonnés.

Le cocher rangea la calèche devant le perron de l'établissement. Toujours aucun mouvement apparent aux alentours. Les passagers descendirent. L'aubergiste les invita à entrer. C'était à Catinat à passer à l'action. Géraud reprit les rênes et contourna le gîte. Grâce à ce demi-tour, il se trouvait dans la direction de l'enclave française. Il lui aurait été impossible de faire cette manœuvre sur la route, trop étroite et tortueuse. Il détacha le cheval de Mattioli, le rentra à l'écurie.

À cet instant, Richemont (l'émissaire du roi), devait offrir à boire à l'Italien rasséréné et déposer sur la table la cassette censée contenir sa gratification. Géraud qui avait laissé son épée dans la malle de la voiture (un cocher n'en portait pas) revint vers la façade et entra par la porte principale. L'aubergiste lui adressa un bref hochement de tête : tout se passait pour le mieux. Il le conduisit vers la table autour de laquelle étaient assis les trois hommes.

— Que se passe-t-il, Jacques ? fit mine de s'étonner l'ambassadeur.

— Pardonnez-moi de vous déranger, Monsieur. En rentrant, sur votre demande, le cheval de Monsieur le comte au côté de celui de Monsieur Richemont, j'ai vu approcher dans le contrebas, venant de Turin, une dizaine d'archers piémontais à cheval. Je voulais en informer, Monsieur.

— Qu'est-ce à dire, Mattioli ? s'emporta Catinat.

— Je n'en ai pas la moindre idée. Des soldats en manœuvre, sans doute, ou l'escorte d'un haut dignitaire.

Catinat-Richemont posa son pistolet sur la table :

— Je n'aime pas les surprises, Mattioli !

— Je vous assure que je n'ai rien à voir avec cette troupe.

— Achevons promptement cette transaction. Inutile de nous attarder davantage.

— Volontiers.

Catinat poussa la cassette vers l'escroc qui l'ouvrit et tiqua en n'y découvrant qu'un feuillet plié.

— Une missive de Sa Majesté, l'informa le capitaine.

Intrigué, l'homme de confiance du duc de Mantoue, regardant alternativement ses interlocuteurs, déplia le papier et lut : « Pour haute trahison, le comte Ercole Mattioli se trouve en état d'arrestation. »

Le canon du pistolet de Catinat entra en contact avec le front du traître, celui du commissaire s'enfonçait dans ses reins.

— Allons-y ! ordonna le premier.

Géraud força le gros homme à se lever et le poussa vers la porte arrière de la salle. Mattioli résista un instant, mais lisant la détermination de l'émissaire, n'insista pas. Il marqua encore un arrêt en découvrant la voiture, portière ouverte. Ils l'y poussèrent. Catinat s'assit en face de lui, pistolet braqué. Géraud retrouva son rôle de cocher et lança son attelage. Ils reprirent la route de Pignerol tandis que d'Estrades récupérait la cassette et que son véritable cocher amenait les deux chevaux.

La route était en mauvais état, pourtant le commissaire n'hésita pas à forcer ses bêtes, au cas où Mattioli serait tenté de sauter en marche. Bien que l'alerte aux archers ne fût qu'un prétexte et que leurs partenaires, armés, assuraient leurs arrières, ils avaient à parcourir quatre lieues fort périlleuses par la dangerosité du terrain et une possible flouerie de leur prisonnier.

Après une demi-lieue sans incident, Géraud préféra ralentir. Il serait stupide de casser un essieu pour gagner quelques minutes. Tout se passa aussi bien que prévu. Personne ne s'interposa. Mattioli se résigna et, deux heures plus tard, ils pénétraient dans la citadelle. Le précieux colis fut livré au commandant du donjon, Bénigne de Saint-Mars, donjon où résidaient déjà deux personnalités : Nicolas Fouquet, l'ancien surintendant des finances, et le duc de Lauzun.

Le commissaire demanda une gourde d'eau, changea d'apparence et reprit la route aussitôt... Moins on le verrait, mieux ce serait, même s'il ne devait plus reparaître dans la région. On ne sait jamais...

1

Le commissaire Géraud Lebayle savait que ce voyage ne serait pas une partie de plaisir, mais de là à devenir une épreuve en cette fin d'année pluvieuse 1680…

Il n'était pas accoutumé aux déplacements de plusieurs journées en voiture collective, tractée par deux lignes de paires plus ou moins dociles. Tout au plus, à l'occasion, empruntait-il les coches qui, de porte en porte contournaient Paris. Et c'était bien suffisant. Il ne circulait qu'à cheval et, pour les longs périples, troquait la souplesse de selle et de caractère de sa brave Jurance contre les performances d'un étalon.

Pour l'heure, il devait s'accommoder de ce moyen de transport inconfortable, imposé par Gabriel Nicolas de La Reynie, le lieutenant de la police parisienne, car, en mission d'observation, il lui fallait se fondre au mieux dans le paysage, au milieu de la faune.

La caisse geignarde tanguait en permanence sur ses ressorts de cuir avachis qui menaçaient de rompre sur les cailloux. En sus, elle tressautait et hoquetait vingt fois par minute quand ce n'était pas davantage !

Les roues ferrées produisaient un bruit d'enfer et

cognaient au fond des nids-de-poule, tassant les vertèbres, meurtrissant le postérieur. Le moindre virage pressait les passagers d'un côté, puis de l'autre, par un mouvement de pendule qui s'ajoutait à celui du roulis quand le postillon relançait son attelage ou le freinait sans ménagement à l'approche d'une descente.

Plus qu'une épreuve, à la longue, c'était un véritable martyr ! Et dire que de pauvres gens étaient contraints d'utiliser ce moyen de transport maintes fois dans l'année, qu'il vente ou qu'il neige ! Et ce n'étaient pas les moindres des inconvénients… Géraud s'était imaginé que l'étroite promiscuité du véhicule faciliterait la convivialité et susciterait des sujets de conversation intéressants avec des gens d'origines et de milieux divers. Tant s'en fallait. Il était difficile de s'entendre en raison du chahut qui malmenait les glottes comme des battants de cloche, et de la torture que subissaient les tympans par le tintamarre permanent des roues, des douze sabots ferrés, des craquements de vieux gréements dans la tourmente, du crissement des moyeux et des exhortations du meneur qui – en tant que transporteur du courrier royal – avait le privilège de pousser au galop son attelage, et en abusait.

De surcroît, Géraud se trouvait encastré entre un négociant dont les affaires devaient être florissantes, en considération de son embonpoint et de la qualité du drap de son vêtement, et un notaire austère qui, à l'instar d'un moine, mâchouillait des patenôtres, à moins qu'il s'agisse du mémoire de sa comptabilité.

Sur la banquette opposée – sens de la marche

accordé par courtoisie – trois femmes. Celle du centre, rondouillarde et rougeaude, se prévalait du titre de vicomtesse ; à sa droite, une toute jeune femme étriquée sans être disgracieuse, pensive, comme abstraite du monde terrestre, craignant peut-être une agression de la part des trois hommes ; de son autre côté, une trentenaire au regard vif, à l'allure décidée, la plus avenante du groupe selon le commissaire.

Géraud estima que c'est avec celle-là qu'il pouvait engager le dialogue sur des banalités. Ce qu'il tenta en élevant la voix. Elle lui répondit sans façon, mais les conditions évoquées plus haut n'étaient guère propices à des échanges prolongés et, d'un commun accord, ils finirent avec regrets par capituler. Le trajet allait leur paraître encore plus long.

Le commissaire se concentra donc sur le souvenir de l'entrevue qu'il avait eue la veille au Grand Châtelet avec le chef de la police. Il détestait cette bâtisse écrasante, constituée de corps massifs emboîtés et de tours accolées sans cohérence, ces pierres sombres imprégnées d'humidité, des cris de supplices et d'agonie, bâtisse surpeuplée de prisonniers pourrissant dans les basses-fosses envahies par les eaux usées. De plus, y circulait la faune affairée de la magistrature, lugubre et somnambulique, serrant sous son aile le destin de dizaines d'inculpés, consigné dans des dossiers lourdement à charge. Sans oublier la soldatesque qui montait une garde oiseuse à en moisir sur pied. Insalubrité de cette termitière humaine… En sortant place de l'Apport-Paris, Géraud frissonnait toujours et inspirait alors à grandes bouffées l'air sanieux de la capitale.

Son crâne heurta le dossier « rembourré de noyaux de cerises » comme disait sa mère.

Monsieur de La Reynie lui avait appris l'inquiétude de Sa Majesté voyant ses courriers, et surtout les plus confidentiels, tarder tant et trop à lui parvenir, et ses ordres à être si mal convoyés vers leurs destinataires. C'est ce que Lebayle avait déjà remarqué, à titre personnel, lors de son enquête précédente. Plus la poste se perfectionnait et étendait son réseau de distribution, moins le courrier était acheminé en temps et en heure.

Louvois avait pourtant pris naguère des décisions efficaces, en confiant, par exemple, l'affermage[7] de la poste royale à un unique responsable : Lazare Patin. Puis, compte tenu de l'extension des ramifications, à répartir la tâche entre plusieurs familles : les Rouillé et les Pajot, puis les Barbereux dans le Nord, les Devoyges à Paris et dans le quart Sud du territoire.

Se pouvait-il qu'ils fussent tous incapables malgré le résultat favorable des enquêtes préliminaires à leur sujet ? Fallait-il en changer ? Leur attacher de nouveaux adjoints ? Les surveillances constantes n'avaient rien décelé de douteux dans le fonctionnement. Les postillons assuraient le transport des voyageurs et la sécurité des missives. Ils escortaient le courrier[8] lorsque celui-ci voyageait seul à cheval avec sa sacoche en bandoulière. De

7. La gestion exclusive.
8. Courrier désignait alors la personne et non les messages.

leur côté, les estafettes de l'armée galopaient sans relâche par les itinéraires les plus sûrs. Aucun incident n'avait été récemment relevé. Les maîtres de poste assuraient la protection nécessaire mais ne manipulaient pas les lettres. Alors ?

Ou bien, se faufilaient entre les mailles des filous très habiles jouant double jeu, ou il existait un système parallèle, ce que soupçonnaient le roi, Colbert et Nicolas de La Reynie.

À l'image du « cabinet noir » institué par le cardinal de Richelieu pour dépister les nombreux complots à son encontre, on ouvrait certains courriers, et surtout ceux provenant de l'étranger ; celui-ci avait peut-être généré des rivalités, fait des émules dans d'autres camps.

Alors, si la poste royale ne pouvait plus être fiable, il était impossible, hélas, de ne compter que sur des estafettes à cheval, armées jusqu'aux dents, pour délivrer les innombrables édits, les décrets, les correspondances secrètes et stratégiques vers les corps d'armée, vers les prévôts, les maires, les consuls ou les ambassadeurs.

Et c'est à Géraud Lebayle que le lieutenant de police avait confié cette tâche d'éclaircir un peu le contenu de cette bouteille à l'encre !

« Le roi se doit d'être informé de tout et en priorité absolue sur tous, » répétait celui-ci à ses ministres. Car ce n'était plus le cas ! La sécurité du royaume en était menacée !

Géraud pensa aussitôt au marquis d'Effiat et à son mentor sodomite, le chevalier de Lorraine, espions aux multiples visages. Seulement, il ne pouvait pas les affronter tout seul, les ayant déjà dangereusement aiguillonnés par le passé. Et puis, de longue date, le roi n'en ignorait rien et les surveillait. Il s'en accommodait par obligation et s'en servait par ailleurs. À espion, espion et demi... Ce voyage « d'agrément » permettait au policier de prospecter sur l'une des voies les plus fréquentées pour les messages importants.

Le coche ralentit, franchit un pont dans un vacarme assourdissant de plancher malmené et de sabots trépignant, puis on reprit le tape-cul des cahots. Le notaire marmonnait toujours en agitant ses doigts secs aux ongles longs, comme s'ils feuilletaient ses liasses d'inventaires après décès au tarif, imprimé (trois sols) sur l'en-tête de chaque feuillet.

Le gros marchand somnolait, bouche béante, répugnante de plusieurs chicots, son pariétal droit rebondissant contre la paroi de bois. Comment pouvait-il s'abstraire ainsi des secousses de cette baratte à roues ? La matrone grimaçait, bras croisés sous sa volumineuse poitrine qui tressautait à contretemps en vagues molles. La pucelle étriquée regardait ostensiblement le paysage ; ses yeux balayaient sans cesse de gauche à droite en suivant le défilement. De quoi avoir le tournis ! À l'opposé, la femme au teint mat adressa un sourire fataliste à Géraud qui le lui rendit avec une moue comique, illustrant la position inconfortable qu'il occupait entre les deux hommes. Elle haussa les sourcils avec un coup d'œil insistant à sa grosse voisine pour signifier qu'elle n'était pas mieux servie.

Bientôt sept lieues de parcourues, on arrivait au premier relais de poste : Corbeil. La voiture ralentit, se rangea sur l'aire dégagée devant le bâtiment à colombages et s'immobilisa sur trois brusques hoquets. Le postillon serra le frein et invita les passagers à se dégourdir les jambes tandis que le maître de poste et son personnel se précipitaient vers les arrivants. Les servantes proposèrent à boire et un matefaim rapide. Les garçons d'écurie amenaient déjà au pas de course les chevaux de rechange et d'autres dételaient les bêtes suantes.

Géraud resta en contemplation devant leur dextérité pendant que le courrier échangeait avec le maître de poste la sacoche scellée des « lettres arrivantes » contre celle des « partantes ». En théorie et selon le cahier des charges, on n'avait que cinq minutes pour effectuer toutes les manœuvres le jour et un quart d'heure la nuit. Les employés mirent un point d'honneur à respecter au mieux la consigne (escomptant une petite gratification au passage), si bien que les passagers n'eurent que le temps d'assouvir prestement un besoin naturel avant de se hisser à nouveau sur leur pilori roulant.

Deuxième étape : Corbeil-Fontainebleau.

La route épousa bientôt une courbe de la Seine, s'affranchit du méandre suivant à Morsang pour la courtiser à nouveau en vue de Ponthierry et s'enfoncer dans la forêt par d'infinies lignes droites successives qui donnaient l'impression de ne plus avancer qu'au ralenti, les cahots étant, en contrepartie, plus espacés et moins brutaux.

Géraud devait se concentrer sur sa mission. Cependant son regard admiratif vagabondait sur la charmante silhouette de la passagère de droite à laquelle, lors de la halte, il n'avait pas même eu le temps d'adresser un compliment. Elle s'était rendu compte de son intérêt et le considérait à la dérobée d'un petit air fripon. Il haussa un sourcil amusé qui se voulait flatteur. Canaille, elle releva le menton, redressa son buste, ce qu'il traduisit par : vous n'êtes pas mal non plus, comment me trouvez-vous ? Il pencha la tête sur le côté, ne dissimula pas son attrait pour ses courbes marquées. Elle pinça les lèvres, poursuivit le jeu, plissa ses yeux frondeurs : Monsieur, nous ne sommes pas seuls, hélas ! disaient-ils. Léger mouvement des épaules du commissaire : cela pourra s'arranger à Nemours où nous gîterons pour la nuit. Fugace sourire : « Qui vivra verra » répliquèrent les adorables fossettes qui se creusaient aux commissures des lèvres entrouvertes.

Cette joute badine et muette que la grosse femme désapprouva de ses yeux roulants et du frémissement de son triple menton, les occupa jusqu'à ce que les frondaisons obscurcissent à demi l'intérieur de la lourde caisse du coche.

À l'approche des gorges d'Apremont, le commissaire revint à sa préoccupation première : les missives du roi étaient-elles détournées, malgré toutes les précautions, décachetées, lues, copiées et refermées, plus habilement que le « cabinet noir » dont personne n'ignorait l'existence ni les activités. Où ? Par qui ? Pour quel destinataire, quelle puissance étrangère ? D'où provenaient les fuites ? Existait-il d'autres filières d'information ?

Géraud avait évité d'adresser la parole au courrier qui voyageait au côté du postillon. L'échange de portefeuilles s'était effectué à l'intérieur de l'auberge le temps d'une pincée de secondes. Cet homme lui paraissait intègre, d'expérience, mais il savait qu'il ne fallait jamais se fier aux apparences. Il n'avait aucun moyen d'approfondir la question. Il verrait à destination…

Le relais de Fontainebleau était aussi important que le précédent. On ne s'y arrêta que deux ou trois minutes de plus ; le sous-verge[9], récalcitrant à se laisser atteler, fut remplacé par un cheval plus maniable. Prudence oblige.

Lebayle et la jeune dame se retrouvèrent autour d'une cruche emperlée, prestement commandée d'un geste. Elle s'appelait Lucinde. Il s'excusa d'avoir été aussi entreprenant, mais se justifia en accusant son charme irrésistible. Elle lui repartit que les compliments (même s'ils n'étaient pas mérités) n'offusquaient jamais. Il allait poursuivre son avantage quand le cocher battit le rappel des voyageurs, « si l'on voulait arriver avant la nuit ». Ils vidèrent leurs verres d'un même élan.

Droit devant eux, un colloque dense de nuages mafflus n'annonçait rien de bon.

Le notaire essaya d'ouvrir un livre, mais, après quelques pages, renonça à sa lecture. Le gros marchand, entre deux somnolences, lâcha plusieurs vents qui se voulaient discrets mais remarqués car peu ragoûtants. Les femmes se préservèrent des émanations derrière leurs mouchoirs diversement

9. Le cheval de droite (sous la chambrière – sorte de fouet – du postillon).

parfumés. Puis, tout rentra dans l'ordre et on se laissa ballotter.

Une montée trop abrupte les délivra de cette atmosphère. Les hommes se devaient de descendre pour soulager l'attelage. Géraud réveilla son voisin d'un coup de coude dans les côtes à travers le matelas graisseux du bonhomme. Les femmes se précipitèrent aussi à l'extérieur pour être accueillies par les premières gouttes. De deux maux, il fallait choisir le moindre. Elles optèrent pour une petite douche rafraîchissante.

L'obstacle avalé, on réintégra la voiture et on se rapprocha du Loing. L'averse ne dura pas. Distrait, Géraud n'avait guère progressé dans sa cogitation. De quels moyens leurs adversaires disposaient-ils pour être aussi bien – sinon mieux – renseignés que le roi ? Monsieur de La Reynie ne lui avait signalé aucune attaque d'estafettes à cheval sur les principaux axes du royaume. Se pouvait-il qu'il y ait des renégats parmi ces mousquetaires si sévèrement sélectionnés pour leur droiture et leur loyauté ? À moins de mettre un chaperon derrière chacun, il n'y avait aucun moyen de le savoir !

Quoi d'autre ? Les pigeons voyageurs pour la transmission incomparablement rapide. Encore ne pouvait-on transmettre que des textes succincts ! Or le phénomène de fuites constatées n'était pas anodin. Il avait pris trop d'ampleur ces temps derniers, au point de mettre en alerte les autorités.

Cogitation à reprendre plus tard, car se profilait, entre les frondaisons, le château de Nemours avec son étonnant donjon carré. Le coche s'arrêta sur l'esplanade du relais de poste, face aux écuries. Le maître, pour l'heure aubergiste, fonction symbolisée par son large tablier, souhaita la bienvenue aux voyageurs et les dirigea vers la salle de réception de son vaste établissement, construit en trois corps reliés par une galerie en bois.

Les palefreniers dételèrent sans précipitation. Pour ce coche, c'était le terminus. Il repartira à l'aube en sens inverse. Un autre prendra le relais jusqu'à Bourges, via Montargis.

Lebayle adressa un signe amical à Lucinde – la mission avant tout, se justifia-t-il à ses propres yeux – et s'arrangea pour heurter le courrier à l'uniforme défraîchi par trop d'allers-retours sous les intempéries tandis qu'il descendit du banc. Il présenta ses excuses, puis dévoila son identité, se disant « commissaire administratif » et lui proposa d'aller de conserve se dépoussiérer le gosier. Le messager (Denis, dit-il se nommer) accepta volontiers. Ce n'était pas si courant qu'on s'intéressât à sa personne. Ils pénétrèrent dans l'hostellerie, joliment agencée, pourvue d'un long balcon intérieur, sur lequel s'ouvraient les chambres. Ils s'installèrent à une table ronde près du comptoir sur des chaises de bois brut à court dossier.

— Voilà des sièges étudiés pour nous dénouer un peu cuisses et mollets, observa le coursier fourbu.

C'était un homme de bonne mine, aux traits profondément ravinés qui, comme la plupart de ses collègues et des cochers, souffrait de la colonne vertébrale et des muscles dorsaux, usé au long de milliers de milles chaotiques (comme il disait) et par tous les temps.

— Je compatis. Je suis moi-même moulu et la chair encore toute vibrante des turpitudes de cette trotterie, assura Lebayle.

L'homme était encore jeune mais paraissait dix ans de plus. Le postillon vint déposer près de lui sa petite malle et se retira sur un mot aimable. Géraud leva son gobelet :

— Dis-moi, l'ami, à force, tu dois connaître par cœur les aléas de cette route ?

— Baste… Les yeux fermés, répliqua le Denis, nuque courbée, sourcils lourds. Faut s'en accommoder. Tant qu'on n'est pas détroussé, on peut s'estimer heureux. Mais la plupart des brigands qui sévissent sur le parcours, savent que cette voiture ne transporte jamais de richissimes quidams, alors, au sifflet du cocher, ils nous laissent le passage.

— Tu ne crains pas pour ton bagage ?

— Que veux-tu qu'ils y trouvent ? Des lettres de créance, des décrets royaux ou parlementaires qu'ils ne sauraient lire ni même s'en torcher, trop raides et râpeux qu'ils sont. Rien de très intéressant ou qui soit monnayable… Non, ils ne s'y risqueraient pas.

Géraud lui posa encore quelques questions banales afin de diluer l'impression d'interrogatoire, et l'aubergiste les invita à rallier la salle centrale où le souper allait être servi. D'un ahan plus accentué qu'il n'était nécessaire, le courrier souleva sa petite malle par les poignées latérales et la porta près de sa chaise habituelle en bout de table. Le contenant était massif, mais les lettres du roi semblaient aussi fort pesantes. Le postillon qui se devait de l'escorter vint s'asseoir à sa gauche.

Géraud s'arrangea pour se placer auprès de la voyageuse solitaire aux prunelles de braise. La conversation avait des chances d'être plus attrayante avec celle-là et d'occasionner quelque opportunité…

2

Mélaine, alias Lucinde (par coquetterie), était une jeune veuve de vingt-quatre ans. Démunie de tout à la mort récente d'un époux de quarante ans qui ne lui avait laissé que ses outils de jardinier ; sans enfant, sans logis, elle rentrait dans sa famille. Par pudeur, elle cachait le chagrin qu'elle n'avait guère. Entre deux cuillerées de potage aux « champignons au gras », Géraud la réconforta de son mieux, louant son charme et ses atouts qui lui permettraient sans nul doute de retrouver un parti convenable.

À la demande de la « vicomtesse de lointaine province » qui disait s'intéresser à la cuisine (et au grand dam des deux précédents !), la fille de l'aubergiste jubila de leur en détailler la recette ancestrale, geste à l'appui :

— Voyez-vous, Madame, on prend des sarcelles passées à la flamme, on les pique de bon lard, on les met à rôtir à moitié ou on les saisit à la casserole, comme on veut, avec du lard fondu cette fois, et on les emporte avec un bon bouillon bien assaisonné. Ensuite de quoi, on épluche les champignons, on les coupe en dés, on les passe dans le lard avec les oiseaux roussis à souhait. On les roule dans la farine et on les jette dans le pot lorsqu'ils seront demi-cuits. Le bouillon étant consommé, vous dressez votre potage, que vous mitonnerez et nourrirez d'un jus de mouton avant que de servir. C'est tout simple.

Tant d'opérations et de temps ! se dit Géraud, pour que des goinfres l'aspirent ou le lapent bruyamment en cinq mouvements de gosier !

— ... Border votre plat de champignons frits dans le saindoux, poursuivait la fille tandis qu'alentour reprenaient en sourdine les conversations, après que vous les aurez amortis dans la casserole avec du bouillon et assaisonnés de sel et de poivre noir.

On l'applaudit peut-être pour la remercier d'avoir fini son exposé et qu'elle n'ait pas été tentée d'allonger le commentaire comme la sauce. Certains réclamèrent un supplément de cette délicieuse soupe, avant que ne survienne le mets suivant.

Le repas s'acheva dans la bonne humeur d'un vin d'Arpajon ; cependant personne ne s'attarda à table au-delà des fruits séchés : l'expédition avait été éprouvante pour tous.

Géraud proposa à Mélaine quelques pas digestifs à la belle étoile, avant de rejoindre les bras de Morphée... et les siens, implicitement, si fortune lui souriait. Il se dit soudain qu'il transgresserait alors la loi, qu'il s'était édictée naguère après un drame personnel, de ne jamais mélanger mission et sentiments. Mais se trouvait-il en mission ou en simple prospection ? Il allait devoir régler ce cas de conscience et s'autoriser une exception. Les rencontres de ce type n'étaient pas légion. Monsieur de La Reynie ne lui accordait le plus souvent que le temps de changer de tenue avant de lui confier un nouveau dossier...

Un petit frais les surprit sur la terrasse. Mélaine frissonna. Paterne, il s'en inquiéta. Elle minauda. Il la saisit par les épaules. Elle ne récalcitra pas. Les lois sont faites pour être transgressées, se dit-il... Ils s'éloignèrent du halo des torchères de la façade. Elle s'appesantit contre lui qui n'escomptait pas un agrément aussi rapide sans un minimum de romance et de promesses. La pauvre était dans la détresse et lui n'était pas vilain garçon.

Géraud lui susurra quelques amabilités, s'informa des espoirs qui lui étaient permis, quand elle tourna la tête un peu vite et leurs lèvres s'effleurèrent. Hélas, du coin de l'œil, il surprit un mouvement le long de la bâtisse principale qui, se muant en une ombre fugace, se détachait sur la terre blanche. Un homme se faufilait vers l'écurie et les dépendances.

Son sang de policier ne fit qu'un tour. Mélaine aussi avait remarqué le déserteur inconnu. Elle se figea. Il n'était interdit à personne d'aller se soulager entre un copieux potage et le coucher, cependant on ne s'éclipse pas ainsi en catimini. D'autant que la recette ne comportait ni poireaux ni pissenlit ! Que décider, sinon différer la suite du tête-à-tête, voire la précipiter un peu après avoir assuré la sécurité ?

— Rentrez un instant à l'abri et je vous rejoins, belle amie, conseilla-t-il à la jeune femme, il peut y avoir danger.

Une esquisse d'acte de bravoure peut faciliter une douce conclusion.

— Prenez garde à vous, souffla-t-elle en refluant à contrecœur vers la porte principale.

— N'ayez crainte, je sais me défendre contre les maraudeurs.

Il n'avait sur lui que sa dague. Il la tira de sa botte afin de rasséréner la jeune éplorée.

L'excroissance de l'ombre du pignon s'arracha sans bruit, repiqua vers la haie, la traversa. Voilà un quidam qui ne tenait pas à être remarqué !

Lebayle vérifia que Mélaine rentrait bien dans l'auberge et il s'élança vers la route pour couper le chemin au fugueur au sortir du couvert. Il n'avait que vingt foulées à faire mais changea promptement de plan pour se jeter derrière un arbre : à quelques encablures, tournée dans sa direction, une espèce de carriole attelée d'une mule stationnait sur le bas-côté.

Personne alentour... Comment intervenir avec une modeste arme blanche, sans une idée du nombre d'adversaires ? Géraud s'enfonça dans la végétation, s'approcha de la charrette aux ridelles évasées, la contourna par l'arrière et se dissimula à proximité. Le visiteur avait dû s'accorder une pause-miction et se pointait alors. Malgré l'obscurité, il le reconnut sans peine : le courrier ! Un paquet sous le bras ! Le Denis modula une courte note. Non loin, les fourrés bruissèrent.

— C'est moi, le Bancroche.

— Baste ! Je t'avais reconnu. Tu es seul ? s'informa le charretier en s'approchant. Alors, tu as pu m'en avoir ?

— Peu, mais de la bonne.

— À combien tu me la cèdes, c'tte fois ?

— Quarante sols parce que c'est toi.
— Diable ! Je n'avais pas prévu tant. Je n'ai que trente sols et dix deniers à te proposer.
Denis tergiversa pour la forme, puis céda :
— Ça ira, je ne serai pas venu pour rien. Marché conclu, mais avise-toi, le prochain coup, d'être un peu plus large, les affaires sont dures pour tout le monde.
Le courrier félon tendit le colis. L'acheteur voulut vérifier la qualité de la marchandise. Géraud en profita pour se manifester, les prendre la main dans le sac, en conservant une distance de sécurité :
— Félicitations ! Belle duperie pour un fidèle coursier du roi.
— Qui va là ? rugit le complice, qui bondit vers sa charrette et brandit un bâton ferré.
— Pas de geste inconsidéré, l'homme ! Commissaire Lebayle, au service de Monsieur de La Reynie, missionné pour débusquer certains trafics qui courroucent fort Sa Majesté.
— Paix, l'ami, intervint le courrier ; crois-moi, il n'y a pas grand mal. Le Bancroche, baisse ta massue. Commissaire, faut que je vous explique en deux mots…
— Cela me semble indispensable. Pendant ce temps, j'aimerais jeter un coup d'œil au… produit ?
Le charretier récupéra le paquet emballé dans un chiffon roidi par les usages, et non sans réticence, le lui tendit.
— La vie est rude pour le pauvre peuple grevé de taxes, plaida le courrier. Il faut nous comprendre. On essaie de s'entraider un peu. On ne nuit à personne.

— C'est à voir.

Lebayle s'empara de l'objet du délit, dénoua la cordelette, tira un coin de la toile protectrice. Une odeur de terre et de moisi à laquelle il ne s'attendait pas lui sauta aux narines. Dans l'obscurité devenue presque totale à cause des nuages, il tâta et découvrit des petites mottes grumeleuses qu'il reconnut bientôt : des truffes noires !

— Voyez-vous, Monsieur, reprit le boiteux, je suis aubergiste, en ville, d'une maison ancienne et réputée.

D'un geste vers sa cuisse, il s'excusa et monta s'asseoir sur son banc :

— Pour tenir notre renommée sans étrangler le client, c'est un petit arrangement convenu depuis ma patte folle. Un accident de chasse m'interdit de courir les bois comme naguère pour les déterrer avec ma truie. C'est point un crime, excepté pour les papilles !

Géraud faillit éclater de rire mais garda son sérieux. Ce n'était pas le trafic qu'il supposait. Toutefois il voulut en savoir un peu plus :

— Quelles autres marchandises, circulent ainsi sous le manteau, car je présume que vous n'êtes pas les seuls à opérer de la sorte et que vous ne vous limitez pas à cela ?

— Dame ! répliqua le courrier, c'est monnaie courante dans nos professions, et différent d'une province à l'autre. L'artichaut est très demandé, l'huile aussi et les épices, sans parler du précieux safran, des onguents et de médications… Ce ne sont jamais de grosses quantités, comme vous avez pu le constater par la taille de ma cassette.

— Je te le concède. Cependant, à l'instar des faux-sauniers, aux yeux de la loi, c'est de la fraude qui coûte, au bas mot, trois mois de geôle, voire les galères, si récidive !

Les deux compères tirèrent grise mine. Ce n'étaient que de braves gens qui accommodaient l'ordinaire sans gros profit. Il ne pouvait pas les accabler, d'autant qu'il n'était pas gabelou.

— Ne me cachez-vous rien d'autre ? À l'heure de la Chambre Ardente, on sait que toutes les manigances et les négoces de potions prohibées ne sont pas éteints, que la police est sévère, les juges irascibles et vétilleux.

— Rien de la sorte !

— Sur ma parole ! lancèrent-ils en cœur sincère.

Lebayle les scruta avec une mine suspicieuse, les laissa mariner, puis concéda :

— Bien, bien, bien. Messieurs, je vous condamne donc… à m'offrir un verre et à répondre à quelques questions accessoires. Voyez-vous, je n'ai pas subi cet éprouvant périple sans qu'il y ait de solides raisons aux instructions que j'ai reçues.

Ils acceptèrent volontiers ce compromis, laissèrent les truffes remballées avec soin sur le plancher de la charrette, à la merci des animaux nocturnes. C'était le risque à courir. Ils rentrèrent au chaud.

L'aubergiste-maître-de-poste leur apporta le flacon demandé. Éreinté par de trop longues journées de labeur, il leur proposa de moucher eux-mêmes les chandelles quand ils monteraient se coucher. Lui devait se lever avant l'aube pour préparer la soupe et accueillir ses livraisons. Il revint sur ses pas pour signifier au commissaire que « la demoiselle avait attendu, mais lasse était montée à regret… » Et il ajouta, mutin, en plissant les paupières : « Deuxième porte à senestre. »

Resté seul, le trio put s'entretenir sans retenue. Géraud les interrogea aussi longtemps que résista la bouteille. Puis, le Bancroche demanda à se retirer. Ils poursuivirent à deux.

Bien entendu, le courrier connaissait l'existence du « cabinet noir » qui tenait ses bureaux non loin du poste de relais, par commodité. Les lettres qui remontaient vers Paris étaient transmises le soir aux agents de cet organisme de surveillance et Denis (ou ses collègues) les récupérait de la même manière au petit matin avant de reprendre la route pour les acheminer à bon port.

La commission était autorisée à ouvrir toute lettre, à en recopier tout ou partie et à contrefaire les cachets de cire afin que le destinataire n'y voie que du feu. À Paris, des cavaliers patentés portaient en exprès, au roi ou aux ministres concernés, le résultat de leurs investigations. Ce n'était pas du goût de tout le monde, mais la sécurité intérieure du royaume et de la cour en dépendait.

Denis rechigna mais ne put refuser de présenter le commissaire au commissionnaire qui apporterait lesdites lettres à l'aube, bien que d'ordinaire, ils ne se rencontrassent qu'exceptionnellement. Ils déposaient à une demi-heure d'écart les missives dans une cache secrète près du cellier. Ce qui évitait des attentes ou des mouvements qui, à la longue, auraient paru suspects.

Géraud était à la fois satisfait par cet épisode imprévu, et déconfit de ne pouvoir déranger à cette heure indue l'inatteignable Lucinde-Mélaine (elle n'était pas seule dans la chambre réservée aux femmes). Elle ne s'appelait peut-être que Marie-Barbe ou Frédégonde : une féminine minauderie ? Prioritaire, la mission avait déterminé son destin. Il ne pouvait y échapper. Il s'y résolut avec un regret certain.

*
**

Denis révéla encore à Lebayle, tracassé par quelques incohérences, la façon dont on procédait avec les plis sujets à caution, car on ne pouvait pas s'attarder à examiner toutes les lettres. On considérait l'apparence, l'épaisseur, le nom ou l'adresse du destinataire, la manière particulière de plier le papier (en trois, en six, avec un rabat, un emboîtement, une encoche…), et bien entendu le cachet de cire.

Denis déposait son coffret de fer dans une cavité de la margelle du puits – consentit-il enfin ! – entre le cellier et la buanderie, masquée par une mince dalle identique aux pierres. Il reprenait le lendemain les lettres qu'il devait porter avec, au pire, une journée de retard, manœuvre dont les maîtres de poste, sans s'immiscer, avaient connaissance.

Il lui indiqua l'itinéraire le plus court pour rallier le siège du cabinet noir vers lequel Géraud s'éloigna, le ventre creux pour éviter de croiser à la table commune la dulcinée aussi dépitée que lui, n'ayant aucune excuse à lui présenter pour lui avoir fait faux bond et ne pas passer pour un couard ou un goujat. Il préférait ainsi disparaître et laisser le doute, plutôt que d'afficher le visage de la désolation... Mieux valait passer pour un héros mort.

Une bonne trentaine de minutes avant l'heure, les deux hommes s'étaient postés à proximité du puits et avaient patienté. En vain. Personne ne s'était encore présenté quand ils avaient entendu qu'on sortait les chevaux de l'écurie et qu'on les attelait. Puis ce fut le brouhaha des voyageurs, mêlé sans doute au trouble causé par l'absence de l'un d'eux à l'appel, mais surtout du courrier. On devait supputer.

Le courrier ne pouvait s'attarder davantage et rater le coche. Il alla récupérer sa cassette, en vérifia le contenu, tout semblait en ordre. Il salua donc Géraud et s'esquiva par l'arrière du bâtiment.

Ce contretemps avait contrarié Lebayle. Le commissionnaire serait-il passé plus tôt que d'habitude ? S'il était arrivé en retard, Denis n'aurait pas retrouvé la boîte dans la cache... mais était-ce les bonnes lettres, celles de la veille, mêlées à celles de l'avant-veille ? Il ne lui avait pas posé la question. Un paquet étant quasiment identique à un autre, il ne devait y prêter plus d'attention... Peut-être avait-il remporté intactes celles qu'il avait déposées le soir précédent sans qu'elles fussent déflorées ?

Inutile de cogiter davantage sur du vent. Suivant les indications de Denis, il trouva sans mal la direction du « cabinet noir », faillit s'en retourner en surprenant quelques froissements de feuilles mortes, se ravisa. Il n'allait pas chasser le mulot à présent !

L'endroit était farouchement protégé, car on

craignait toujours des attaques sauvages. Il lui fallut montrer patte blanche et son blanc-seing, puis attendre dans un couloir obscur. Enfin le chef du cabinet, Gaston Litorne, à la poigne franche et solide, le reçut. Il vérifia son ordre de mission, acquiesça et il lui présenta ses collaborateurs.

Certains, autour d'une table circulaire recopiaient des missives. Dans la pièce voisine, d'autres étaient chargés du délicat ouvrage qui consistait à ouvrir les lettres, soit en décollant les cachets de cire avec d'infinies précautions pour ne pas les briser, soit de faire sauter les plus récalcitrants sans endommager le papier ni laisser de traces visibles. Les premiers utilisaient de fines lames, courbes à l'extrémité qu'ils chauffaient à la flamme suffisamment pour ramollir la cire, mais point trop de manière à ne pas roussir le support. C'est en faisant chuinter ce scalpel sur un tampon de tissu humide, qu'à l'oreille, ils en connaissaient la température exacte. Et, avant d'opérer, ils essuyaient avec soin leurs outils sur un chiffon sec.

Un dernier groupe scellait à nouveau les lettres. Ces habiles faussaires disposaient d'un nombre impressionnant de sceaux presque aussi parfaits que les originaux. Ceux-là leur permettaient, avec quelques habiles retouches ou fausses blessures, de restituer les cachets qui avaient été abîmés.

Gaston Litorne, homme sec de taille moyenne, aux traits marqués, à la barbe noire courte et drue, s'isola avec Lebayle. Celui-ci avait des questions pratiques à lui poser pour cerner la manière dont les espions adverses interceptaient et lisaient le courrier royal pourtant très protégé.

— Il faut savoir, commissaire, que nos méthodes ne sont pas uniques ni originales et que nous ne détenons pas l'exclusivité de la contrefaçon. D'autres pays disposent d'experts qui rivalisent d'ingéniosité avec les nôtres, et parfois les surpassent. Sans cesse, il nous faut progresser et innover.

— Toutefois leur faiblesse est qu'ils ont besoin de délais plus longs que les nôtres pour opérer, ce qui a intrigué nos services et a exaspéré Sa Majesté très sensible à la ponctualité.

— C'est entendu. Cependant vous n'ignorez rien des aléas de la route. Mille raisons peuvent retarder un messager, surtout s'il transporte des lettres d'ambassade à l'étranger. Toute heure perdue est au profit, non négligeable, du camp adverse. Bien que, ne l'oublions pas, les plis stratégiques soient cryptés.

— Et qu'un temps important est nécessaire au déchiffrage, n'est-ce pas ? N'existe-t-il pas de codes infaillibles ?

— Ils sont certes de plus en plus astucieux et complexes, mais il existe de vrais génies capables de casser des chiffres réputés inviolables, et cela en un tournemain. Il faut savoir que chaque langue se trahit – entre autres – par la répétition de certaines lettres caractéristiques, en particulier les voyelles nombreuses, le A et le E, en ce qui concerne le français. Nous abusons aussi des doubles consonnes qu'il faut masquer ou négliger. Les B, C, L et M sont très en vue. Le W (double U comme ils disent, puisque celle-ci se confond avec le V) dénonce l'anglais. De même, nous avons joué un temps sur la confusion du I et du J que nous substituons couramment en imprimerie par manque de caractères. Et tant d'autres subtilités. Des pseudonymes sont utilisés, des abréviations, des anagrammes, des nombres, des acrostiches et cent finesses, sans parvenir à tromper l'adversaire que, par chance, la réciprocité affecte de même.

— Si je vous en crois, cela signifie que nous n'avons aucune assurance qu'un secret d'État ne puisse tomber en de mauvaises mains.

— C'est hélas la réalité. C'est pourquoi, il nous faut en permanence modifier nos codes et en créer d'autres. Les nouveaux nous accordent un sursis appréciable. La rapidité d'acheminement détermine aussi l'opportunité d'une action ou son efficacité, et permet ainsi sur un champ de bataille de devancer l'ennemi. C'est une course permanente.

— À ce propos, avez-vous connaissance d'un moyen de transmettre une information succincte à courte distance, plus sûr qu'un pigeon voyageur, plus prompt qu'un cavalier ?

— Je vous aurais proposé l'estafette la plus véloce des deux. Il n'est guère commode d'intercepter cet exceptionnel voilier, capable de traverser la nuit ou de se jouer des intempéries. Néanmoins, il a son talon d'Achille : le pigeon biset n'est capable d'effectuer que des voyages retour vers son colombier d'origine.

— Ce qui signifie qu'il faut anticiper en le rapportant à son correspondant, et réapprovisionner le cheptel.

— Et cela se révèle assez compliqué lorsque les échanges concernent les pays lointains les moins fraternels ou s'il faut traverser des régions dangereuses. Et d'autant plus quand nos consuls, expéditeurs marins, explorateurs ou ambassadeurs, doivent nous adresser des comptes rendus réguliers, sans oublier les missives extraordinaires. C'est pour cette raison que ces oiseaux sont réservés aux informations de la plus haute importance.

— Lesquels peuvent être interceptés *in extremis* aux alentours des pigeonniers, j'imagine, quand, sur le point d'atterrir, ils se positionnent en un vol stationnaire.

— C'est un risque minime mais reconnu, et cela malgré de vigilantes patrouilles. Un archer malfaisant, habile et mobile, n'est pas facile à débusquer.

— À votre connaissance, il n'y a donc aucun moyen de communiquer plus vitement en toute sécurité.

— À l'heure actuelle, nous n'en connaissons pas.

— Cependant, nos adversaires y parviennent.

— Bigre ! Vous semblez bien renseigné, commissaire.

— C'est que Monsieur de La Reynie m'accorde sa confiance et que pour éclairer un peu notre lanterne, il m'a délégué auprès de l'éminent spécialiste que vous êtes.

Géraud, parti sans objectif précis ni consignes strictes, s'était lui-même surpris à inventer ce prétexte pour amadouer le chef du cabinet noir.

— Il faut croire, poursuivit-il, que sans avoir recours à la magie dont l'efficacité est à débattre, ils ont inventé un système aussi efficace qu'invisible. Ce que le Roi ne saurait tolérer plus longtemps.

Pour la première fois, Litorne esquissa un sourire et de la paume se lissa la barbe.

— De notre côté, nous mènerons une enquête approfondie et tiendrons informé le lieutenant de police de toute avancée. Je suis navré, Monsieur le commissaire, de ne pouvoir vous donner davantage satisfaction.

— Je vous remercie cependant pour tout ce que vous avez pu m'apprendre sur le sujet et qui est essentiel pour nous.

La fin de l'entretien tomba un peu subitement, mais sans doute n'était-ce qu'une impression. Le chef du cabinet noir, très occupé, ne pouvait lui consacrer plus de temps.

Avec l'accord de celui-ci, Géraud s'intéressa ensuite à la façon de recacheter les lettres. Il dut convenir que le résultat, dans neuf cas sur dix, était indécelable même pour un œil exercé ou averti et que, dans le dernier, il fallait y regarder de très près. Ce fut souvent le réparateur qui, assez fier de son habileté, lui indiquait le défaut.

Il prit congé de Gaston Litorne et s'en retourna vers le relais de poste afin d'emprunter un cheval, sans bourse déliée, puisqu'on devait y entretenir constamment des montures fraîches à disposition des agents de l'État.

3

Géraud arrivait à peine à son domicile, un petit rez-de-chaussée avec jardinet privatif, sur un bilan mitigé de son excursion à Nemours (professionnellement et sentimentalement) qu'un coursier lui délivrait une lettre cachetée. Fort de son expérience précédente, il s'amusa à en examiner la cire brun clair pour s'assurer qu'elle n'avait pas été décollée. *A priori,* il n'en était rien. Le contraire eût été étonnant : la lettre était remise de la main à la main.

— Par Dieu !

C'était le terme approprié. La missive provenait, non pas du chef de la police comme il l'avait cru, mais de l'institution où Lisa, sa « pupille » étudiait depuis sept ans déjà. La direction de l'établissement ne lui avait jamais écrit. Que s'était-il passé ? Lisa avait-elle eu des propos déplacés ou une conduite inappropriée ? Elle en était fort capable. Rien n'était précisé, comment savoir ?

— Idiot ! se morigéna-t-il, le stylet à la main. Il te suffit de l'ouvrir.

Qu'est-ce qui le retenait ? Une appréhension aussi soudaine que stupide. La crainte d'une mauvaise nouvelle pour sa santé ? Dans ce cas, mieux valait l'apprendre tout de suite, au lieu de ruminer des hypothèses saumâtres.

Il fit sauter le cachet de cire, déplia les six pans de la lettre. Elle était signée de la Mère supérieure de l'institution de charité du Mans. Il se figea, les doigts glacés et les paumes moites. Un passé profondément enfoui lui sautait à la figure… C'était en 1673, Jean-Baptiste Seignelay, fils aîné de Colbert, tout juste âgé de vingt ans, supervisait la construction de l'arsenal de Rochefort. Confronté à une recrudescence de meurtres, il avait sollicité de l'aide. Monsieur de La Reynie lui avait délégué Lebayle, un néophyte… prometteur. Les circonstances très difficiles avaient cependant été favorables au jeune enquêteur, avantagé par l'inconscience du candide enthousiaste, à qui sourit la bonne fortune. Comme Géraud Lebayle ignorait que l'imbroglio était insoluble, il réussit à délier les nœuds critiques avec maestria et résolut cette triple enquête. Pour un premier essai, ce fut un coup de maître. En gage de reconnaissance, le marquis lui avait offert Jurante.

Et son cœur s'était alors embrasé ! Maline était belle et sauvage : un brasier, une lionne au corps de déesse. À vingt ans, elle avait vécu dix vies, avait failli s'embarquer avec les filles de La Rochelle (pupilles du roi), destinées à peupler le Nouveau Monde. Elle vivait aux « cayennes », des quartiers insalubres à l'écart, constitués de baraques de fortune où s'entassaient, dans une misère noire, asservis à la famine, aux insectes nuisibles, aux maladies, à la débauche et à la violence, les tâcherons du chantier de l'arsenal en construction, issus de tous les horizons, relégués aux tâches les plus rebutantes.

Il avait voulu l'arracher à cet enfer. À la fin de l'enquête, elle l'avait suivi à Paris, à condition de sauver aussi sa cadette Lisa, âgée de onze ans. La fillette se prenait alors pour un corsaire, jouant dans un grand arbre mort avec les garnements de son âge. Elle s'était accrochée à ses pas, l'avait secondé avec une malignité et une subtilité remarquables.

Maline n'était pas le genre d'oiselle à se lover au creux d'un nid douillet, à le tapisser de son duvet. Elle avait sur la langue le grain de sel de l'aventure. Très vite, la sauvageonne s'était sentie en manque de grands espaces et à l'étroit dans un Paris aux mille dangers. Une nuit, sans prévenir, elle était partie en lui confiant la gamine. Une bribe de leurs conversations d'alors lui tinta aux oreilles :

« — Je sais que tu m'jetteras pas au ruisseau, mais Maline, elle, tu l'aimes.

— Toi aussi, je t'aime, sauterelle…

— C'est pas pareil. Moi, j'ai pas d'gros tétons et un connin velu comme un chaton de six s'maines, n'est-ce pas ? »

C'était ça, Lisa, un franc parlé, une vision et une analyse tranchées de la vie.

Quelque temps plus tard, Géraud se trouva en fâcheuse posture, acculé par des brigands au fond d'une impasse. Maline avait surgi à l'instant critique où il allait succomber. La scène qu'il avait au mieux occultée, lui revenait avec la puissance d'une tornade…

D'un moulinet, il avait repoussé les trois derniers spadassins, rengainé son épée et, prenant son élan sur une caisse, s'était propulsé pour agripper le balcon de l'étage. D'un coup de reins, il s'était rétabli. Un poignard s'était planté en vibrant dans la rambarde à deux pouces de son nez. Il chuta lourdement contre des roues de charrettes. Les vautours étaient déjà sur lui. Le premier coup de pied l'avait atteint à la pommette. Il avait tenté de rouler dans la boue, le second sur la nuque l'étourdit. Il n'avait plus la force de se relever. « Adieu » s'entendit-il penser avant de sombrer. Tandis qu'il était inconscient, Maline armée d'un stylet s'est jetée à son secours. Que s'était-il passé ? La lumière avait filtré à nouveau entre ses paupières. L'orage dans sa cervelle s'était apaisé. Il réussit à déchiffrer quelques paroles : « L'on dirait qu'il revient à lui », « l'autr', là-bas, il a passé, saigné comme un porc », « quant à la pauvr'p'tite… » Quelle petite ?

Il s'était obligé à écarquiller les yeux. La nausée lui était montée à la gorge. Trois visages étaient penchés sur lui.

— Vous agitez pas, conseillait une femme, z'êtes sain et sauf.

— Ai… dez-moi, je vous prie, avait-il bredouillé.

Les deux ouvriers l'avaient adossé au mur. Il ne voyait que des jambes et des robes.

— On a essayé d'vous détrousser, mon brave. C't endroit est d'venu un vrai coupe-gorge. Vous en avez occis deux, avant d'êtr'sal'ment assommé.

— C'est alors, enchaîna la commère, qu'une jeune femme a crié à la garde. Les gens s'sont attroupés, z'ont relayé l'appel. Avec un courage incroyabl', la fille a ramassé une épée. Les coquins s'sont gaussés d'son avertissement. S'en sont désintéressés pour s'jeter sur vous.

— Alors, relança le troisième, elle a planté le plus proche tout droit à la gorge, si bien qu'la pointe est ressortie derrière la pomme d'Adam. La guêpe, elle a cinglé l'suivant à la face qu'il avait déjà d'couturée en tous sens.

— Hélas, le dernier judas, a récupéré son poignard et lui a lancé droit dans l'cœur.

— Je voudrais la voir, avait dit le commissaire dans un râle.

On le soutint, les badauds s'écartèrent. Trois corps dispersés baignaient dans leur sang au fond de l'impasse. Chancelant, les oreilles bourdonnantes et le regard fixe, il s'était avancé seul jusqu'au corps de celle qui s'est sacrifiée pour le sauver. Elle était enroulée dans un manteau de revêche tannée[10]. Il s'était agenouillé, avait relevé les mèches collées sur le visage marbré.

Son cœur se bloqua, essoré de la dernière goutte de sang par une poigne de titan. C'était bien elle, c'était Maline. Jamais, il ne connaîtrait la raison de son geste : par amour ou pour sauvegarder l'unique planche de salut de Lisa. Terrible dilemme…

La lettre entre les doigts, il se trouvait seul chez lui, par chance, car ses prunelles s'étaient embrumées. Depuis trop longtemps, il retenait ces larmes corrosives. Retour du balancier infernal. Jamais, il ne s'était pardonné la perte de cette déesse

10. Laine grossière marron à poil long.

fougueuse, ni qu'il fût véritablement responsable de sa mort.

D'un revers agacé, Géraud se torcha les paupières, se grommela quelques insanités dont il n'avait pas l'habitude. Il alla prendre l'air dans son jardinet et se calma. Dieu du ciel ! Pourquoi ce cuisant rappel à ses obligations morales ? N'avait-il pas fait le nécessaire avec une sépulture chrétienne ? N'avait-il pas agi au mieux pour la gamine ?

Le marquis de Seignelay qui seconde désormais son père dans les affaires de la Marine royale (en attendant de lui succéder sur certaines fonctions) l'avait aidé à placer Lisa dans une institution mancelle, d'abord aux Ursulines, petite école pour filles nobles peu argentées, puis à Notre-Dame de Charité. Il avait pris à sa charge les frais de pension. Géraud lui en était reconnaissant… et redevable. Chaque fois qu'il l'informait des résultats scolaires de la fille, il en profitait pour le remercier de sa générosité. Par la grâce de Dieu, la petite gueuse avait la tête bien faite. Il fallait s'en réjouir, la générosité du marquis se trouvait payée de retour.

Ses visites à Lisa, puis leurs courriers s'étaient espacés au fil du temps. La sauterelle gouailleuse et malicieuse était devenue une adolescente svelte et studieuse. Cette pensée rimée lui tira un sourire et le rasséréna un peu.

Seulement, aujourd'hui, l'institution ne pouvait plus la garder ! Par acquit de conscience, il relut la lettre avec attention. Peste ! Ce n'était pas ce qu'il avait compris à la première lecture, trop rapide. Le motif ? La fille avait dépassé la limite d'âge. C'était implicitement exprimé, mais avec élégance. La pension, déjà prolongée (lui rappelait-on), arrivait ce mois à son échéance. Par décence, Géraud ne pouvait pas solliciter une fois de plus son ami, mentor de la petite.

D'ailleurs, la Mère supérieure ne tergiversait pas et lui demandait de venir chercher Lisa – pourquoi le prévenait-on si abruptement ? – sauf si celle-ci voulait prononcer ses vœux ? La formulation laissait supposer que Lisa n'était guère encline à prendre le voile et qu'il devrait peut-être l'y contraindre, à défaut de l'en convaincre. C'est ainsi qu'il comprenait le message. Connaissant le caractère de la jeune fille, cette réticence ne le surprenait pas. Déjà s'étonnait-il qu'elle ait supporté cet internement aussi longtemps sans bouter le feu au bâtiment.

Sceptique et indécis, il replia la lettre, la déposa sur la table, se passa les deux mains sur le visage. Ce contretemps tombait au plus mauvais moment. À vrai dire, il n'y avait pas de bon moment. Après l'épopée de la capricieuse Mauresse[11] qu'il était parvenu, non sans de multiples aléas et rebondissements, à ramener dans le giron royal… et le couvent de Moret-sur-Loing, comment pouvait-il contraindre Lisa au même enfermement à vie ?

Dieu lui mettait en main un incroyable marché.

Rien de commun *a priori* entre une fille de reine et une petite gueuse tirée de la fange. Toutefois leurs destins se ressemblaient par certains aspects. Depuis que les femmes de l'aristocratie avaient

11. Lire *La Mauresse, l'enfant cachée de Versailles*, Genèse Edition, 2015.

entrepris d'investir insidieusement les matières de l'esprit, le couvent n'était plus une fatalité ni un dernier recours. Bon nombre aspiraient à de plus hautes destinées.

Géraud était-il maudit pour se retrouver dans cette position par compassion pour un oisillon perdu ? Un acte de générosité devait-il être répété *ad vitam æternam* ? La charité était-elle un piège ?

Il devait aller raisonner Lisa et lui proposer une solution alternative qui n'entraverait pas sa carrière de policier. Mais quelle solution ? Perplexe, il alla seller Jurance. La jument lui adressa à l'épaule un amical coup de nez pour le remercier de l'emmener prendre l'air. Il lui grattouilla le chanfrein, du toupet aux naseaux. Elle soupira d'aise, le remercia d'un battement de ses longs cils noirs.

— Ma belle, nous partons pour une longue promenade, quatre ou cinq jours, selon les circonstances. Nous allons visiter une jeune fille qui me pose souci bien malgré elle. La sortir de l'institution, certes, mais qu'en faire ? N'aurais-tu pas une petite idée ?

À peine harnachée, la jument se tourna vers la porte de l'écurie où il lui louait une « stalle », un espace suffisant entre deux bat-flancs branlants dans lequel elle pouvait au moins tourner sur elle-même sans être attachée.

— Par ton silence, tu veux me signifier que ce n'est pas ton affaire ou qu'il faudra voir sur place pour aviser ? La deuxième proposition me semble raisonnable.

Géraud mit le pied à l'étrier.

— En selle. Direction plein ouest, Le Mans via Chartres et sa majestueuse cathédrale !

Un jeune homme se jeta dans les pieds de la jument qui, surprise, reflua en trépignant. Le cavalier serra les poings sur les rênes et les genoux contre les grands quartiers de sa selle pour calmer sa bête. Il avait reconnu l'un des secrétaires du chef de la police.

— Pardonnez ma maladresse, Monsieur, de vous intercepter avec cette brusquerie. Il me fallait vous remettre un pli urgent de la part de la personne que vous savez.

— À quelques secondes près, tu me ratais.

— C'est pourquoi j'ai couru tout au long du chemin.

— Une réponse est-elle escomptée ?

— Je n'ai reçu aucune consigne à ce sujet.

— Je la lirai donc un peu plus tard, à tête reposée. J'ai une démarche urgente à engager qui ne m'éloignera de Paris que deux journées.

Géraud savait que cette repartie serait rapportée, s'accordant ainsi une petite marge de manœuvre.

— Monsieur, je vous souhaite la bonne route.

— Reprends ton souffle pour le retour, garçon. Et attrape ceci pour boire à ma santé.

Il lui adressa un clin d'œil, lui lança une piécette, empocha la lettre et mit Jurance au pas. Dès les anciennes murailles franchies par la porte Saint-Jacques, « ils » se mirent au galop simple, allègre et souple. La route sera plus longue qu'annoncée : une bonne cinquante de lieues. Alors, s'il pouvait allier l'utile à... l'indispensable, il croiserait volontiers quelques courriers du roi pour les questionner et ferait halte dans un relais. Et puis, une autre idée lui trottait dans la tête : s'intéresser à un colombier et se renseigner plus avant sur les pigeons voyageurs.

Après deux lieues, il remit sa jument au pas pour la laisser souffler.

« Qui veut voyager loin ménage sa monture, » conseilla-t-il à sa jument en lui flattant l'encolure. Ce n'est pas toi qui me contrediras, n'est-ce pas ?

Quelqu'un lui avait appris naguère une formule semblable en italien. Il avait oublié la phrase. L'image de son auteur lui revint en premier : Opportune, alias Marie-Anne de France, dite la Mauresse ! L'équipée avec la fille noire de la reine avait métamorphosé le regard qu'il portait sur les femmes. Il avait balayé maintes idées préconçues, fondées sur les us et coutumes, et autant de préjugés qu'il estimait désormais stupides et obsolètes. Marie-Anne était au couvent et il n'avait pas été la visiter comme convenu. Sous sa chemise, Géraud tenait une enveloppe étanche : la lettre de Sa Majesté qui lui recommandait de visiter la religieuse novice afin de prendre de ses nouvelles et savoir si elle ne manquait de rien. Il se promit d'aller la voir à son retour et de ne pas laisser se distendre leurs relations comme avec Lisa... Quel âge pouvait-elle avoir aujourd'hui ? Il perdait un peu la notion du temps. Seize ans comme Marie-Anne ? Davantage d'après un décompte rapide. Dix-huit ? Si au moins, on avait une idée précise de sa date de naissance ! Trop de sujets de Sa Majesté ignoraient encore les registres paroissiaux des églises.

Géraud talonna Jurance. Elle redressa la tête, ploya les postérieurs, prit un trot sautillant de danseuse, puis un galop soutenu. La jument s'y entendait à ces deux allures. Les nuages venaient à leur rencontre, s'étiraient, blancs dessus, perlés au ventre, ce qui promettait plus la fraîcheur que la pluie. Un vent fort en rafales les malaxait et les déchiquetait au-dessus de leurs têtes en paquets d'étoupe.

La petite gamine des cayennes, qui se prenait pour un pirate... C'était toujours cette image de Lisa qui lui revenait en premier. Elle n'avait pas froid aux yeux et pratiquait un langage à la limite de la grossièreté, modelé aux aspérités d'une enfance d'indigence et de rudesse, au milieu des ivrognes, des dépravés, des violeurs... Il ne regrettait pas d'avoir contrarié la fatalité en l'arrachant à cette misère. Personne ne l'avait réclamée.

Il rattrapa une charrette de foin, la dépassa en trois foulées. Le bœuf roux arborait des cormes biscornues et le paysan une bosse sur l'épaule gauche. Étrange duo.

Lisa... Deux ans qu'il ne l'avait vue. Deux ans et cinq courtes lettres échangées. C'était alors une frêle nymphette aux grandes pupilles cernées de sombre, vive et curieuse de tout. Elle avait trouvé dans les nourritures de l'esprit un attrait auquel il ne s'attendait pas de la part d'une sauvageonne illettrée. Encore un préjugé ! Preuve que la noblesse de robe et les moines n'avaient pas l'exclusivité des capacités pour accéder au précieux savoir.

La route était assez fréquentée. Il croisa plusieurs carrosses privés ou de location, diverses voitures bringuebalantes dont deux berlines, traversa des villages tranquilles, opéra une pause près d'une chapelle toute décorée de massifs de fleurs auxquelles Jurance ne sut résister. Il l'en tira afin de ne pas abuser des bonnes choses et remonta en selle.

Lisa… Qu'en faire, par Dieu ? Il avait repoussé l'échéance jusqu'à l'extrême limite. Dans l'espoir de quel miracle ? Lui devait-il encore aide et assistance ? Il était difficile d'abandonner une jeune fille dans ce monde implacable. Sans expérience, elle serait dévorée en moins de deux jours, après tant d'années passées dans un milieu protégé. Le mieux serait qu'elle entre dans les ordres. Si Géraud s'autorisait tout juste à l'envisager du bout de la pensée, elle ne saurait s'y résoudre. Il connaissait trop son caractère impétueux et indépendant. Un carcan de cent livres s'était alourdi sur ses épaules.

À Chartres, il trouva ce qu'il ne cherchait que vaguement : un colombier qui, en forme de tour, se dressait sur une éminence à l'entrée de la ville. Il s'en approcha. Un vieil homme sec, au poil blanc hérissé sur des joues caves, mais encore vigoureux d'apparence, chargeait des paniers de fiente (la colombine est une fumure très recherchée) sur un charretin à bras.

Géraud l'aborda et lui confia qu'il s'intéressait à l'architecture des colombiers, à l'intention d'un seigneur qui souhaitait en édifier un près de son manoir. L'ancêtre, heureux de se poser et de dialoguer, l'invita à s'asseoir sur un banc accolé à la bâtisse crépie à la chaux, et répondit volontiers à ses questions, puis déroula un véritable cours de colombophilie, lui expliquant le baguage des poussins dès la naissance, la sélection des meilleurs voiliers, tous de race biset, et « qu'au temps des semailles, on devait les tenir enfermés, sinon ils causaient de terribles ravages ».

Il l'invita à entrer dans la tour aux multiples ouvertures carrées d'un demi-pied de côté, conçues avec la plus grande précision. En effet, les pigeons pouvaient s'y faufiler avec habileté mais pas les prédateurs. Des nichoirs ou boulins étaient fixés un peu partout sur les parois. Chaque couple avait son logement, en pierre, en brique, en terre cuite comme ici, mais aussi en osier, en forme de panier. L'historique de la colombophilie ne passionnait guère Lebayle qui s'intéressait davantage à l'utilité « professionnelle » des pigeons.

— Les pigeons voyageurs, s'enquit-il enfin, retournent-ils tout droit par une sorte d'inclination au colombier d'où ils sont issus ?

— Que non pas, Monsieur. Certes, ils rallient toujours d'instinct leur habitat d'origine, mais ils sont capables de se détourner pour se nourrir, par exemple, si le trajet est trop long en une seule étape, s'ils ont jeûné ou bien pour contourner un orage trop violent ou encore pour éviter quelque oiseau de proie. Ce qui arrive fréquemment. Croyez-moi, ils sont plus intelligents que nombre d'humains incapables d'aller d'un village à un autre sans s'égarer.

— Je ne peux vous donner tort, mon brave. Cependant, ces véloces messagers de l'air ne risquent-ils pas d'être interceptés par des personnes malveillantes ?

— Bougre ! éructa l'ancêtre. Peu de risques, en vérité. Il faudrait que le meilleur archer du royaume reste posté à l'affût, l'arc bandé ou l'arbalète tendue, à proximité du colombier pour surprendre un pigeon au moment précis où il se positionne, ailes battant vers l'arrière et pattes tendues pour se poser, et encore ! Ils volent haut et en silence, sont si habiles et prestes pour se faufiler par les ouvertures que, franchement, je ne suis pas inquiet pour mes petits protégés.

— Vous me rassurez. Un dernier point. Sait-on comment ils s'orientent ?

— C'la, mon brave monsieur, il faudrait leur poser la question. C'est un mystère. Le soleil les guide, c'est certain, et les étoiles la nuit, à l'image de nos marins. Pour le reste… Croyez-moi, leur petite tête est remplie de choses qui font défaut aux hommes, ne serait-ce que la fidélité à vie dans le couple.

— Bel exemple à méditer, en effet.

Lebayle interrogea encore le vieux serviteur sur quelques détails pratiques, puis le salua. Sur leurs adieux, le colombophile bourra sa bouffarde en racine de bruyère.

Géraud était mieux renseigné mais guère plus avancé. Les adversaires du royaume disposaient-ils d'escadrons de pigeons dans toutes les bourgades de plus de mille foyers ? Possédaient-ils des oiseaux d'une nouvelle race ? Les allées et venues de transporteurs ailés, même discrètes, diversifiées et nocturnes, auraient éveillé les soupçons de nos propres espions… Et il n'en était rien ! Songeur, le commissaire s'en retourna.

Avant que n'approche la nuit, à la sortie de la ville, il décida de s'arrêter dans une auberge-relais-de-poste plus intime que celle de l'entrée Est. Renseignements pris, il s'agissait de la même famille. La maison Ouest était gérée par le fils aîné. Hélas, le courrier ne passait que le lendemain et s'arrêtait de préférence dans l'établissement du père. La fréquence n'était que de deux fois par semaine à destination de Rouen et Le Havre. Ce serait donc une soirée de détente… et de cogitation.

Lisa… Devant un pichet, Géraud entrevoyait une autre possibilité. Il n'y aurait rien d'inconvenant à ce qu'il lui trouve un bon parti… Un mari jeune, pas trop fortuné, pas militaire ni officier de marine, malgré le prestige, pour ne point vivre dans une inquiétude permanente, mais un homme de bonne famille et honnête[12]. Il fallait étudier la question et trancher.

Le vin était chaleureux et un fumet prometteur filtrait depuis la cuisine. Peste noire ! Il avait complètement occulté la lettre de Monsieur de La Reynie ! Le feu aux pommettes, il l'exhuma, la déplia et lut en sirotant le breuvage dont Bacchus n'aurait été qu'à demi satisfait.

« Commissaire,
Tenez-vous point trop éloigné du Châtelet, afin qu'on puisse vous joindre à votre domicile sans difficultés ; et munissez-vous des vêtements de voyage les plus chauds. Les

12. Au sens de l'époque : qui a de l'honneur. du respect.

consignes suivront à point nommé, et seront affinées à bon escient. GNR »

— Trop tard, chef ! ironisa Lebayle amer en vidant son verre d'une lampée.

4

Au premier regard, la Mère supérieure n'était qu'un visage ovale, rayonnant, serré sous des voiles noires, avec une bouche étroite, finement ciselée, des prunelles vertes pétries d'humanisme. C'est sa dextre légère, baguée de l'autorité spirituelle du couvent, qui attirait le regard. Géraud salua la religieuse avec le plus profond respect.

— Monsieur Lebayle, vous êtes le bienvenu en notre maison. Prenez ce siège, je vous prie, l'autre est moins confortable. Avez-vous bien voyagé ?

— Sans difficulté aucune, ma Mère.

Il s'assit et lui sourit à son tour.

— Souhaitez-vous vous désaltérer ?

— Je vous remercie, je me suis arrêté il y a peu à une source… Ma Mère, j'ai reçu votre lettre il y a trois jours, tandis que je rentrais sur Paris d'un long périple professionnel. Je suis accouru aussitôt que mes fonctions auprès de Monsieur de La Reynie m'y ont autorisé.

— Nous n'ignorons point vos hautes obligations au service du royaume, et vous savons gré de votre promptitude.

Quel âge pouvait-elle bien avoir ? Ni ridules, ni taches brunes sur sa peau claire, et pourtant, elle devait effleurer la cinquantaine. Les murailles consacrées des maisons de Dieu préservaient-elles des intempéries de la vie ?

— Nous souhaitons, poursuivit-elle, vous entretenir au sujet de votre chère protégée. Certes, dame Marie-Marguerite d'Aligre, que Dieu ait son âme en sa sainte protection, puis l'an passé Catherine-Thérèse de Goyon de Matignon-Thorigny[13] vinrent la visiter très aimablement, mais vous demeurez notre interlocuteur privilégié, Monsieur…

Géraud détestait les circonvolutions et les longs préambules. Il aurait préféré qu'elle aille droit au but, lui assène que Lisa s'était rendue coupable d'un horrible forfait, qu'elle ne pouvait tolérer une insubordonnée dans sa maison…

— Cette merveilleuse enfant dont nous nous félicitons de la réussite, tant sur l'aspect spirituel que pour sa charité et son opiniâtreté dans les disciplines scolaires, est devenue la grande sœur de nos pensionnaires et la confidente de nombre d'entre elles. C'est une perle que nous aimerions conserver au sein de notre communauté, aux règles strictes biens qu'accommodantes, vous en avez été témoin. Cependant, aujourd'hui, la décision vous revient de droit quant à son avenir. Nous pourrions certes l'accueillir dans notre congrégation, si elle consentait à prononcer ses vœux, mais nous ne voulons en aucune façon forcer sa vocation… à moins que vous n'ayez déjà privilégié une autre voie. Qu'envisagez-vous ?

13. Épouses successives du marquis de Seignelay, la première décédée en 1678, (1662-1699) pour la seconde.

Les yeux verts se posèrent avec componction sur Géraud qui ne comprenait qu'une chose à ce galimatias : on cherchait à évincer Lisa. La Mère supérieure esquissa un sourire apaisant qui se voulait un court délai de réflexion. Il le consomma en une brève analyse de cette introduction déconcertante. Soit Lisa devenait novice avec tout ce que cela comportait, soit elle devait céder la place dans les meilleurs délais ; place convoitée ailleurs et qu'elle avait trop longtemps monopolisée.

Géraud savait que Lisa n'avait aucune inclination pour le voile. Il n'y avait donc pas à tergiverser, il devait la retirer. Il le signifia dans des termes choisis à la directrice des lieux qui hocha la tête :

— Monsieur, Dieu vous a guidé. C'est une sage résolution que nous respectons, même s'il nous en coûte. Je suis convaincue que vous saurez tracer le chemin qui conviendra le mieux à cette brillante jeune fille dont nous sommes fort satisfaites.

Trop de louanges tuent la louange !

La supérieure agita une clochette si grêle que Lebayle se demanda comment elle pourrait être entendue à l'extérieur de la pièce. Cependant la porte de chêne, sur un heurt discret, s'entrouvrit.

— Entrez, sœur Marie-Françoise.

Parut une nonne vêtue en bleu de nuit avec les revers et le voile plus clair. La Mère supérieure lui commanda d'avertir et préparer Mademoiselle Lebayle et de la présenter sitôt au parloir. Mademoiselle Lebayle ? Géraud resta un instant hébété… Ignorait-elle son patronyme ou l'avait-elle volontairement oublié ? C'est sous le sien que Seignelay l'avait inscrite.

Il manqua le début de la phrase suivante, mais comprit toutefois qu'il s'agissait de la fin de l'entretien. D'ailleurs Madame de Salencéron se levait pour le raccompagner. Automate décérébré, il se dressa. Elle lui saisit les mains, le fixa de ses prunelles limpides, le remercia pour son noble sacerdoce, lui indiqua le chemin pour retrouver sa protégée et le reconduisit jusqu'à la porte. Il s'étonna qu'elle ne le fasse pas accompagner, la salua et sortit. La démarche mal assurée, le sieur Lebayle se dirigea vers le parloir.

Il croisa trois fillettes d'une dizaine d'années, vêtues de robes, copiées sur celle des nonnes, mais d'un bleu plus clair. Coiffées d'un simple bonnet, elles ne semblaient pas malheureuses de se trouver en ce lieu clos, et même assez finaudes et délurées. Il se retourna pour les suivre du regard et les vit s'esquiver en se chatouillant mutuellement. Insouciance de la jeunesse qui, *a contrario* des adultes, privilégie la face positive des choses.

Géraud s'attendait à un décor austère aux murs nus. Certes, les gravures encadrées au-dessus des quatre chaises paillées (il mit une option sur la deuxième), étaient religieuses, et la pièce de dimensions réduites, mais l'atmosphère n'y était ni pesante ni grave, grâce sans doute à la fenêtre donnant sur le jardin potager.

Il s'assit, patienta, rongeant les aspérités de cet accueil étrange. Aucun bruit ne lui parvenait. Les élèves devaient être en étude. Personne ne vint s'inquiéter de sa présence pendant deux ou trois éternités où il s'efforça de ne penser à rien. Des fourmis dans les jambes, il se releva, s'approcha de la fenêtre. Les carrés de terre étaient ceints de pierres blanches dressées au cordeau. Chacun présentait des plants différents de légumes, herbes aromatiques (sauge, menthe, fenouil, coriandre ou ciboulette) et simples, parfaitement entretenus, étiquetés et sans la moindre herbe folle.

Comment allait-il annoncer la nouvelle à Lisa ? Comment allait-elle réagir ? Elle sera sans doute soulagée de quitter la rigueur de l'institution. Mais que pouvait-il lui proposer ? De quel délai disposait-il ?

Il se rassit sur la même chaise. Devait-il lui chercher un emploi ? Dans quel domaine et pour quelles compétences ? Savait-elle coudre, laver, repasser, broder ? Situation inédite qui le désarmait. La porte opposée s'ouvrit.

La blanche apparition le laissa sans voix. Il se releva brusquement.

Cette jeune personne svelte et de belle prestance, à l'allure assurée, était-elle bien Lisa ? Port de princesse, elle avait poussé d'une demi-tête. Elle s'approcha encore et soudain se jeta au cou de Géraud. Se haussant sur la pointe des pieds, elle lui claqua une bise sur chaque joue ; puis reprit un peu de distance pour se camper, les bras écartés :

— Comment me trouves-tu, parrain ?

Le titre le surprit un peu mais ne lui déplut pas. Il se reprit, sourit :

— Resplendissante, Mademoiselle ; je suis ébloui. Et ravissante. Tu me sembles en parfaite santé, épanouie comme une rose du matin.

— J'accepte volontiers ces compliments. En effet, tel est mon état à cette heure. Je suis heureuse aussi de te retrouver en si bonne forme, commissaire… Pardonne-moi de t'avoir fait attendre. Tu comprendras que je ne pouvais pas m'éclipser sans quelques mots gentils à mes meilleures compagnes.

Géraud ne saisissait pas trop ce qu'elle entendait par là, mais il trouvait charmante l'entente qui devait régner ici. Il avait moins de scrupules à l'avoir délaissée tant de mois.

— Cette robe blanche te va à ravir, dit-il pour ne pas rester stupidement muet.

Lisa pirouetta sur elle-même. Les lignes n'étaient pas près du sol, le décolleté assez sage pour ne rien laisser deviner, la coupe soignée. La robe était agrémentée d'une ceinture de tissu identique et un gros nœud sur les reins.

— C'est la tenue de rigueur quand on retrouve ses proches… (Faillit-elle ajouter : parents ?). Et ma seule vraie famille, tu le sais, c'est toi, Géraud Lebayle.

C'est bien ce qui embarrassait celui-ci, mais il avait encore un peu de latitude pour se familiariser avec ce concept. Elle lui saisit la main, comme autrefois petite fille, et l'entraîna vers la porte qu'elle avait laissée ouverte.

— Viens ! Mâtines ont sonné, la chrysalide se déchire !

Paroles énigmatiques qui le firent se cabrer.

— Que veux-tu dire ?

— Il y a une demi-heure encore la chenille se résignait à devenir nonnette.

Géraud se laissa haler, rongé par un doute subit.

— Mais encore ? bafouilla-t-il.

— Ignores-tu ce dont tu es le maître d'œuvre ?

Il traîna la semelle, en gamin buté, tandis qu'elle l'amenait dans la cour, plantée de huit magnifiques tilleuls en deux lignes parallèles. Entre celles-ci, stationnait une modeste calèche aux flancs de toile tendue, sans ornements.

Au fond de la cour, se tenaient, rangées par groupes d'âges et par tailles, toutes les pensionnaires, encadrées par les sœurs enseignantes, la Cellière, la Sacristine, l'Hospitalière, la Chantre et quelques autres. Géraud se figea devant ce spectacle inattendu. Que se passait-il ? Il se tenait sur la défensive. Il savait qu'il était concerné (mais en quoi ?) emporté dans le courant d'un torrent où roulaient les galets des mots énigmatiques de Lisa.

Elle se plaça en face de ce chœur gracieux qui entonna un chant aux accents presque profanes, lorsque la Mère Supérieure apparut, escortée de la Prieure, des maîtresses de novices et de pensionnaires. C'était un refrain d'adieu. Des larmes perlèrent à des dizaines de prunelles attendries.

Géraud se replia vers le premier arbre auquel il s'étaya de l'épaule, plus par gêne que par discrétion. Le sang lui avait reflué des extrémités. Ce n'étaient plus des fourmis qui le chatouillaient mais des termites. De leurs mandibules aiguisées, ils le rongeaient de l'intérieur avec férocité ! Il crut entendre claquer les mâchoires du piège ! Ce n'était que le heurt d'un coffre de bois que déposaient au sol, derrière la voiture, le cocher et le jardinier.

Qu'est-ce que cela signifiait ?

Lebayle-le-benêt était venu se renseigner à propos de l'éventuelle fin d'étude de Lisa, sa pseudo-pupille. Il n'avait pas compris sur le coup que son acceptation de la prendre en charge induisait un effet immédiat de la sentence et un départ sur-le-champ !

Il faillit protester, crier à l'abus de confiance, exiger que l'on interrompe cette mascarade. Il n'était pas préparé pour accueillir cette fille. Non, il n'était pas en mesure de recevoir un tel fardeau… Et monsieur de La Reynie le croyait à Paris, l'arme au pied et revêtu de sa pelisse la plus épaisse !

Le chant enflait, tournoyait entre ces murs de vieille pierre, imprégnés de prières et de psaumes, s'élevait dans le ciel tourmenté de nuées filamenteuses.

Les deux vénérables serviteurs hissèrent la malle sur le plat-bord du véhicule et le sanglèrent. C'était lui, Géraud Lebayle, qu'on garrottait ainsi, comme un sanglier abattu à l'aube naissante entre deux brumes.

Le chœur se tut, laissant le silence vibrer de tous ses échos. Alors ce furent des embrassades avec les déléguées de chaque groupe. D'un coup de reins, Géraud s'arracha à l'arbre et marcha vers la Mère supérieure, décidé à dénoncer le quiproquo. Il n'était pas question qu'il se charge aujourd'hui de la responsabilité de cette donzelle. On pouvait la garder à l'institution deux ou trois semaines de plus, même s'il devait en payer la pension, le temps qu'il reprenne ses esprits et trouve une solution, un hébergement et de bonnes conditions de manière à recevoir décemment, une… une jeune femme, désormais.

La mère Portière s'interposa entre lui et ses pensées nauséeuses :

— Monsieur, nous avons grand-peine à nous séparer de notre plus ancienne élève, mais rassurées de la savoir en de si bonnes mains qui sauront la guider avec sûreté dans sa nouvelle vie. Nous comprenons que, dans l'urgence, vous n'ayez pu organiser son retour comme vous l'auriez souhaité. Pour vous être agréable, notre modeste voiture vous conduira au premier relais de poste où vous trouverez la voiture de diligence qui vous déposera à Paris. Nous vous souhaitons un agréable voyage. Et que Dieu vous protège tous deux.

— Merci… ma sœur.

C'est tout ce que le commissaire désemparé put articuler. Puis, dessoudant ses mâchoires, il ajouta :

— Si vous permettez, je… vais récupérer ma monture, à l'extérieur de… cette enceinte.

Sur un salut de tête un peu raide, il s'esquiva, chancelant, ce qui pouvait être interprété comme de la discrétion. Intérieurement, il fulminait. Le jardinier ouvrait le portail. Géraud ne se retourna pas, n'adressa pas un mot à sa jument. Indifférente à la rage de Géraud, et de sa propre initiative, Jurance s'orienta de façon à ce qu'il puisse suivre la sortie de la voiture.

Les adieux s'éternisaient. Lebayle soupira. Jurance l'imita par compassion. Il ne s'en offusqua pas. Puis, avec les dents, elle se gratta le genou. Le mouvement de bascule vers l'avant obligea le cavalier à serrer les jambes. Il se redressa, cracha au sol une salive aigre.

Le roulement des roues ferrées et le claquement des sabots annoncèrent enfin l'approche de l'attelage : un trait poitevin mulassier. Lisa était penchée par la portière et adressait de grands signes à ses anciennes coreligionnaires.

— En route, mon chevalier au grand cœur ! lui lança-t-elle au passage.

Chevalier à la triste mine, oui ! Géraud se sentait ridicule. Don Quichotte, escortant sa Dulcinée du Toboso imaginaire. Lisa ne semblait plus réservée du tout. Était-ce une illusion ? Il talonna sa jument qui contracta ses reins. Elle s'élança d'un trot allègre et se cala à hauteur des roues arrière, oscillant sur leurs moyeux éprouvés mais entretenus.

Ils parcoururent ainsi une demi-lieue et soudain un cri strident jaillit de la caisse tressautante. D'un bond, Jurance monta à la portière.

— Lisa, que se passe-t-il ?

— Je suis libre, Géraud, enfin liiiibre ! Libre ! Merci mon Dieu, merci !

Elle battait des bras comme pour prendre son envol, tressautant sur la banquette.

— Ah ? coassa-t-il. Est-ce tout ?

Lisa s'encadra par la portière, radieuse, les yeux luminescents d'une joie intense, un sourire fendu jusqu'aux oreilles, surexcitée :

— Te rends-tu compte, Géraud : tu me donnes la vie ! Oui, c'est tout, c'est l'absoluité ! Je respire. Plus de règles, de protocole, de rituel, je vais vivre ! Viiiivre comme jamais.

Elle avait engagé son buste à l'extérieur, au risque de tomber sous les roues :

— Plus vite, cocher, au galop ! Fouette ta bête ! Qu'elle écume et martèle le sol tel un palefroi venant annoncer au roi la victoire de ses armées ! Yoo-huuuue !

Des deux mains, elle adressa des baisers à son mentor pétrifié sur sa selle. Elle rentra dans sa coquille vermoulue, entonna d'une voix de tête un hymne religieux dont elle improvisait de nouvelles paroles… profanes qu'il n'osait interpréter.

Perdait-elle la raison ? Était-ce le brutal contrecoup, le grand air dissolvant dans ses poumons les odeurs d'encens, de myrrhe et fumées des cierges ?

Cependant, le problème, loin de se résoudre, prenait l'aspect d'une falaise infranchissable. Qu'allait-il faire de cette… fille adoptive ? Cette fille qui ressemblait – horrible constatation – de plus en plus à sa sœur aînée décédée ! Allait-elle devenir sa statue du Commandeur, son remords permanent, son éternelle expiation ?

Maline s'était sacrifiée pour lui sauver la vie… La scène se déroula pour la millième fois devant les yeux de Géraud. Il grogna, se débattit, s'extirpa de cette hallucination gluante.

La voiture avait disparu de son horizon !

Tout cela n'avait donc été qu'un cauchemar. Mais, où se trouvait-il ? Que faisait-il, seul sur cette route de campagne déserte ?

5

Dépité, Géraud laissa sa monture choisir son allure.

Imaginons qu'il ne soit pas accouru au Mans à bride abattue comme un écervelé – la lettre de l'institution n'indiquait aucune urgence – il aurait pu faire la sourde oreille trois semaines de plus… Il avait de bons prétextes… Alors, c'était la volonté de Dieu.

Et si, à la prochaine intersection, il ne prenait pas la même route que la voiture ? Mauvaise foi, mauvaise raison ; la route principale était évidente et le relais de poste, plus visible qu'un nez d'ivrogne au milieu de sa trogne. Il renâclait devant l'obstacle imposé en catimini, et usait toutes les expressions du quotidien, en guise de gouttes d'huile entre les meules d'une réflexion grinçante.

Cette veulerie inhabituelle l'horripilait ! Il avait peu à peu estompé Lisa de son présent et elle ressurgissait brusquement devant lui, papillon blanc frénétique. Il venait de comprendre la métaphore de la chrysalide… Un papillon, une jeune nymphe, et savante de sept années d'études. Elle devait être aujourd'hui caparaçonnée de théories, de doctrines et de maximes, gravées dans le marbre de sa jeune cervelle, en français, en latin, voire en grec ! Elle allait lui rebattre les… Halte-là !

Géraud cambra son buste, poussa en avant les étriers, serra un peu sèchement les rênes. Surprise par cette manœuvre exagérée pour l'arrêter au simple trot, Jurance manifesta son désaccord et pila net, les antérieurs raidis. Ramené par l'élan vers l'avant, le cavalier se bloqua des deux poings sur les épaules de sa bête pour éviter de passer par-dessus bord. Malgré tout, son front heurta l'occiput de Jurance, plus dur que son propre crâne.

— Foutre ! Qu'est-ce qui te pr… ? Pardonne-moi, ma belle. C'est moi qui délire.

Pour s'excuser, il tapota l'encolure de sa jument. Ce choc lui avait remis les idées en place et lui rappelait une solution déjà évoquée ! Il savait qu'il ne pouvait se dérober à ses responsabilités envers Lisa. D'ailleurs, il en était incapable. Alors, l'étincelle produite entre les deux silex osseux de leurs crânes était une opportunité.

Géraud se détendit. Lisa était désormais une jeune femme, de bonne constitution bien qu'un peu fluette – une nourriture saine et copieuse y remédierait –, vive, conviviale, pétrie de bonnes manières par les sœurs, éduquée en couture et aux travaux ménagers, elle serait sans conteste une parfaite maîtresse de maison. Il suffisait de lui trouver un mari, cadet de famille respectable, disposant de quelques biens qui lui assureraient un avenir confortable entre enfants, livres, broderie et amicale société.

C'était la meilleure option… et la plus raisonnable. Pourquoi n'y avait-il pas adhéré tout de suite, au lieu de s'enrager et de se morfondre ? L'évidence est souvent trop près des yeux pour être nettement distinguée. Il reprit le galop, intense, acharné. En moins de dix minutes, le « carrosse à cinq sols »[14] était en vue. Il le rattrapa, monta à hauteur de la portière. Rencognée, l'air absent, Lisa frémit :

— Ah ! te voilà. Malgré les paroles apaisantes du cocher, je commençais à me demander si tu n'avais pas eu quelque souci avec ta monture.

Géraud saisit au bond la proposition :

— En effet… un caillou s'était coincé sous un fer. J'en ai profité pour vérifier les autres pieds… et soulager un besoin naturel.

— Ce n'est pas ce qui m'inquiétait, mentit-elle avec un sourire enjôleur, je connais tes aptitudes… Tu me diras qu'on a tendance à idéaliser les personnes qu'on ne voit pas assez souvent, mais là, je reconnais que tu es encore plus bel homme que dans mes songes.

— Je ne peux que te retourner le compliment au centuple. Tu es éblouissante.

— Comparée à mes anciennes coreligionnaires, c'est possible. Quant à rivaliser de grâce avec les femmes de la bonne société que tu fréquentes d'ordinaire, je dois montrer pâle figure, aux deux sens du terme.

14. Allusion aux cinq lignes de carrosses fondées en 1662 par Blaise Pascal et le duc de Roannez autour de Paris, ancêtres des transports en commun, interdits « aux soldats, pages, laquais et autres gens de bras » qui fermèrent en 1679 à cause de cette restriction du parlement de Paris.

Un virage serré et rétréci obligea Géraud à ralentir et faire marcher Jurance sur le bas-côté instable, puis il reprit sa place :

— Sache que, d'une part, je suis l'essentiel de mon temps en mission sur les routes et ne fréquente pas ce monde dont tu parles et, quand je dois me rendre à Versailles, je me tiens à distance des gens de la cour. Je me limite à mon rôle d'agent de surveillance et de protection.

— Tu connais Versailles ? Tu ne m'en avais jamais touché mot !

Géraud répondit par une onomatopée. Une autre pensée le titillait. Ce n'était pas en ce lieu prestigieux qu'il pourra prospecter pour le projet de mariage de sa pupille.

— Nous arriverons bientôt au relais. Je cours devant réserver les meilleures chambres.

En courtois chevalier servant, il souleva son chapeau, décrivit quelques arabesques, se l'enfonça sur le front et sollicita Jurance de la voix. Elle se cabra et lança le galop. Lisa regarda le cavalier s'éloigner avec une petite moue amusée :

— Les hommes sont tous des hâbleurs et des fanfarons, même la fine fleur ! Toi aussi, mon Géraud… à ta manière fort exquise.

*
**

Il but du vin. Elle préféra de l'eau claire. Il grignota ; elle festoya, reprit du jambon en ragoût. Il n'osa aborder le thème crucial. Elle s'enchantait, il s'étiolait. Elle s'en inquiéta :

— Qu'as-tu donc, généreux prince ? N'es-tu pas heureux de me retrouver ?

Géraud posa sa main sur la sienne, se greffa un sourire de circonstance :

— Là n'est pas la question, aimable Lisa. Je suis ravi de te revoir, de t'accueillir. Seulement, mon esprit est accaparé par quelques tracas, laissés derrière moi en venant te chercher, pour l'essentiel professionnels et qui m'attendent de pied ferme au retour.

— Et les autres, non essentiels, quels sont-ils ? Si je peux t'être de quelque utilité… Je suis libre, toute dévouée et à ton entière disposition. Demande, je ferai selon ton désir.

La dernière phrase, un peu candide, pouvait prêter à confusion. Il se garda de la comprendre ainsi.

— Tu es gentille. Tu es à peine sortie du couvent. Je ne souhaite pas te plonger dans des servitudes. Tu auras bien le temps d'en gérer plus tard pour ton propre compte.

— Ma tête est farcie de théories. Le moment est venu d'y substituer quelques bonnes pratiques de la vraie vie, tu ne crois pas ?

— Nous en approchons. Je ne veux rien précipiter.

— J'ai soif de m'ouvrir au monde.

— Il faut le temps de refaire connaissance. Tu n'es plus une petite fille et…

— Je ne le nie pas. C'est pourquoi je voudrais que tu m'initiies promptement, m'instruise de la société d'aujourd'hui que m'occultait le vase clos de l'internat. Guide mes premiers pas chancelants, je t'en prie, afin de m'éviter les embûches de la renaissance.

— J'y compte bien, s'efforça-t-il de répliquer avec une vive gaîté feinte. Sans toutefois t'abreuver d'un flot de recommandations, de mises en garde et d'obligations, car le monde extérieur n'est pas tendre, Lisa. Pas tendre du tout.

— Comme tu l'entendras, Maître Géraud Lebayle, précepteur en toutes choses. Remettons ce pensum à demain, si tu le veux bien.

La nuit était tombée. Ils se réhabituaient l'un à l'autre, s'évaluaient à l'aune du passé rochefortain et de l'école de Picq-puce[15] qui avait éveillé Lisa à la culture.

— Parle-moi plutôt de toi et de tout ce savoir qui semble à la fois te réjouir et t'accabler d'une charge trop pesante.

— C'est exactement ce paradoxe... Reprenons au début. J'étais une sauvagesse de la glèbe à peine dégrossie de l'animalité. Il fallut donc que la petite étrangère à cette communauté de filles de hobereaux et gros bourgeois provinciaux se taille une place avec de nouveaux outils. Ce n'était plus à coups de gueule ou de griffes, ce n'était plus en chien fou ni déguisée en faux jumeaux à Picq-puce qu'il me fallait me comporter, mais avec des paroles à double sens et des gestes de servilité. Par chance, mon instinct de survie m'avait façonné un esprit déluré. Ainsi, je suis parvenue assez vite à me les concilier. Pauvres filles qui avaient peur de tout, de Dieu d'abord, d'une araignée, de la Supérieure, des

15. Picq-puce devenu Picpus.

Sœurs gradées, de l'orage, des couloirs froids et obscurs où rôdaient les rats et le Malin. Moi, je n'avais plus peur, plus peur d'être obligée chaque jour de défendre ma vie, ma pitance, mon terrier et mon… intégrité physique, face à la bestialité des hommes. L'armure m'était confortable et je m'amusais de la situation.

— En quelque sorte, tu as pris le pouvoir au cœur de cette collectivité recluse.

— Je me suis imposée, ce n'était pas très difficile, la concurrence n'était pas virulente. J'ai appris à composer avec la rigueur confite et les nonnes, jouant ainsi sur les deux tableaux.

— Je reconnais bien en ça la malicieuse Lisa de jadis… On dit les journées monastiques très longues et le rituel contraignant.

— Ce n'est rien de le dire ! Discipline stricte, longs offices ennuyeux, programme rigoureux, moins draconiens cependant que dans la plupart des pensionnats. Lever à six heures l'été, six heures trente l'hiver (cinq heures en d'autres couvents !). Prière, toilette sommaire, chapelle, réfectoire, prière, classe de quinze heures trente à dix-sept heures, catéchisme ou activités diverses (je préférais celles-là !), complies, repas. À dix-huit heures trente, prières de Laudes et au lit à vingt heures tapantes, extinction des feux ! Régime immuable tous les jours que Dieu fait, sauf le dimanche sacré, mais non moins réglé.

Ils se turent un instant et constatèrent qu'ils n'étaient plus que tous les deux attablés. À l'exception du courrier et d'un cocher, reconnaissables à leurs tenues respectives qu'ils n'avaient pas tout de suite remarqués, dans le renfoncement de la cheminée, avant un intempestif raclement de bottes.

— Je dois t'abandonner un instant, s'excusa Géraud, traversé par une subite idée lumineuse (du moins la pensa-t-il sur le coup !). Il me faut transmettre un message urgent à ce précieux auxiliaire d'Hermès.

— Je t'en prie. Vaque, je me détendrai en rêvassant.

Il rejoignit le duo qui l'invita à s'asseoir.

Ils s'entretinrent à mi-voix, puis Lebayle héla l'aubergiste, lui demanda de quoi écrire. Lisa laissa errer son regard sur la décoration sommaire de la salle, pendant qu'elle analysait le brusque virage de sa vie. Cent fois, elle avait songé à s'évader et, en l'espace d'une heure et demie, le prince charmant la tirait de sa geôle feutrée, l'emportait vers un autre monde. Que s'était-il passé pour que la décision soit si précipitée ? Aucune information n'avait filtré avant que la sœur Mathilde ne vienne la chercher. Elles avaient bouclé sa malle en un tournemain – elle possédait si peu de biens personnels. Le touchant adieu qui avait suivi démontrait cependant qu'on regrettait son départ. Secrets d'adolescentes ! En revanche, Géraud n'avait pas arboré un enthousiasme débordant. Doutait-il de l'issue de cette entreprise ? Avait-il dû vaincre les réticences de la Mère supérieure qui, quelles que soient les circonstances, affectait toujours une grande sérénité et un sourire de convenance ? Lisa saisit le verre à demi plein de Géraud. Du vin rouge grenat aux reflets indigo. Nectar des dieux, paraît-il. Expérience inédite pour elle…

Surveillant le trio (Géraud assis de dos) du coin de l'œil, elle trempa les lèvres dans le breuvage. « Je vais connaître ses pensées intimes, ses intentions à mon égard. » Sur sa langue, le liquide ne produisit d'abord pas plus d'effet que de l'eau, mais quand elle déglutit, une douce chaleur dilata ses papilles, investit sa gorge et une saveur étrange emplit sa bouche, oscillant entre la surprise et le dégoût.

Il fallait qu'elle se fasse une véritable opinion. Elle plissa les paupières, approcha encore le verre de ses lèvres, prête à recracher le poison et, par défi, avala une goulée. Elle ne pouvait pas dire qu'elle aimait cette boisson, mais la seconde rasade ne la révulsa pas. Elle claqua de la langue, apprécia le retour râpeux, le parfum persistant. C'était moins écœurant que les eaux fangeuses de Rochefort, imprimées de façon indélébile dans sa mémoire gustative depuis son enfance. Il lui sembla qu'enfin cette âcreté s'atténuait… Elle garda sur la langue la gorgée suivante, sans respirer, et reposa prestement le verre : Géraud s'était levé et revenait dans sa direction. Elle pinça les lèvres.

— Pardonne-moi cet intermède, c'était très important, se justifia-t-il. Tu sembles fort marrie ; la fatigue, sans doute ?

Lisa avala lentement craignant de s'étouffer. Pourtant le liquide coula sans haut-le-cœur ni douleur de glotte, glissa jusqu'à son estomac. Elle s'apaisa :

— Certainement… La succession impromptue

d'émotions intenses et diverses... Je suis ivre d'une liberté recouvrée, ivre d'aborder un avenir inconnu, ivre de tout...

Elle s'empressa de vider d'un trait son gobelet d'eau, redoutant la trahison de son haleine chargée d'effluves avinés. Géraud ne sembla rien remarquer. Elle en fut presque déçue. Il ne se rassit pas et lui proposa de gagner leurs chambres respectives. Elle acquiesça, lui tendit la main, pas très sûre de son équilibre. Il la guida comme une princesse.

Devant la porte qu'il lui désigna, elle n'osa pas l'étreindre, la tête lui tournait trop. Ses yeux devaient briller comme des miroirs au soleil. Elle lui déposa un baiser volant sur la joue. Ils se souhaitèrent la bonne nuit. Bougeoir en main, il gagna le fond du couloir. Elle déposa le sien sur une escabelle, s'enferma, prit son lit en marche, étouffa un fou rire dans le coussin de plumes d'oie.

*
**

Avant de retirer ses bottes, Géraud se laissa tomber sur le lit, plus dur qu'une planche, draps gris, traversin de crin. Lui aussi était las, il s'en satisferait.

Lisa... Il n'avait pas besoin de cet embarras supplémentaire par-dessus son enquête qui n'avançait guère. S'octroyant plus de crédit qu'il n'en possédait auprès des deux transporteurs, il les avait questionnés à propos d'éventuels détournements de lettres qu'ils auraient remarqués. À leur connaissance, une seule fois, un courrier avait été dévalisé, mais on avait retrouvé sa sacoche un tiers de lieue plus loin au creux d'un fossé, sacoche dans laquelle il ne manquait rien. Ce n'était pas ce que cherchait le voleur…

Le postillon fit part des rumeurs captées aux étapes, mais rien de probant en fin de compte. Quant à connaître d'autres moyens de se renseigner sur les décisions royales, tous deux s'accordaient pour accuser les courtisans et les couloirs de Versailles. Si c'était une source avérée, les moyens de colporter les informations n'étaient pas définis. Mais rien ne court plus vite que la rumeur.

Géraud avait ensuite rédigé un message à l'intention de ses parents, dans lequel il les avertissait de sa visite sous quelques jours et leur demandait d'accueillir sa pupille, le temps nécessaire de dénicher pour celle-ci un parti convenable. Ses trois sœurs seraient ravies d'avoir une charmante compagnie ; et Mélanie, l'aînée, une aide précieuse. Il avait confié le billet au coursier.

Géraud se releva pour se dévêtir. Il se disait que Lisa avait beaucoup mûri. Son caractère et son jugement s'étaient affirmés, ses courbes s'esquissaient sous ses habits trop larges. Elle était moins spontanée, plus observatrice et réfléchie dans ses propos. Il est vrai qu'en sept années, ce n'était pas une performance exceptionnelle.

Il avait décidé de lui prendre une place dans la coche de diligence[16] qui rentrait sur Paris, moyen moins onéreux et plus rapide qu'une carriole de

16. Nom féminin à l'origine, ce véhicule prend ce nom lorsqu'il est conçu pour aller à grande vitesse, puis deviendra « diligence ».

location, puisque seuls les transports des courriers royaux avaient le droit de galoper. Il l'escorterait à cheval, s'évitant – échaudé par l'expérience de Nemours – la promiscuité des autres passagers et les questions embarrassantes qu'elle ne manquerait pas de lui poser.

Il ne voulait lui révéler l'objectif de la ferme paternelle à la chènevière sur le coteau de la Marne qu'au moment du départ... et ses intentions matrimoniales qu'arrivés dans la capitale, où il ne resterait qu'une journée à jouer les pèlerins curieux... si toutefois Monsieur de La Reynie ne le rappelait pas d'urgence, fâché par l'absence prolongée de son subalterne. Peut-être présentera-t-il Lisa à son ami Pistol et à Muguette sa fougueuse cadette. Elles devraient bien s'entendre, toutes les deux.

Ainsi tracées, les grandes lignes de son programme ne demandaient qu'à se préciser. Il se coucha, croisa les mains sous sa nuque, rêvassant à ces arabesques de la vie qui obéissent à des lois nébuleuses, s'entrelacent, s'arquent, s'enroulent, sous la torsion d'une poigne invisible jusqu'à fermer des boucles comme le serpent se mord la queue... Lisa, Séverin, son ami d'enfance parti pour la Nouvelle-France, revenu quatre ans plus tard et devenu l'époux d'Amélie, l'ancien mousquetaire Pierre Quarré d'Aligny retrouvé par hasard ; et tant d'autres cercles et orbites du destin...

6

Le coche de diligence du mercredi, à première vue, devait avoir parcouru l'équivalent de dix tours du royaume par côtes marines et frontières terrestres. Toutefois la caisse, habillée d'osier, semblait résistante. Pendant que trois serviteurs hissaient les bagages, les palefreniers attelaient quatre puissants hongres, un bai, un pie, un alezan et un gris pommelé, une belle palette de robes et de caractères, mais qui devaient connaître leur travail. Leurs muscles saillants frémissaient d'impatience d'en découdre avec la route de Paris. Cependant leur humeur (de par la castration) semblait fort docile, leur pas rapide et tapageur.

Neuf personnes accompagnaient Lisa qui s'était installée la dernière pour se loger dans un coin. Le temps d'agencer et sangler les bagages, on avait eu le loisir de lier connaissance.

Il y avait d'abord un tout jeune partisan (d'une société effectuant les levées de certains impôts !) déguisé en soldat afin de donner le change (par crainte des quolibets et des jets de pierre). Venait ensuite un pauvre musicien aux vêtements élimés jusqu'à la corde, laquelle ne pouvait être d'aucun secours à son violon au vernis écaillé ; son chapeau trop grand lui tombait sur le nez. La troisième voyageuse était une bourgeoise ayant perdu un procès à Paris et se plaignant, à égalité, de l'injustice des juges et de la fange des rues. La suivante, une épicière de la rue Saint-Antoine, arborait une bague à chaque doigt. La cinquième, tante de la précédente et chandelière de la rue Saint-Michel-le-Comte parlait d'elle-même à tout propos.

En sixième position, était monté d'un saut de cabri un jeune écolier à l'allure très juvénile pour l'âge qu'il affichait ouvertement. L'antépénultième, un bourgeois poltron craignait les voleurs et les assassins, si bien qu'il en soupçonnait la présence, ici dans les taillis, ou là le long d'un parapet de pont. Le huitième était un brave curé qui lançait plus d'amusoires et de bouffonneries qu'un saltimbanque du Pont-Neuf. La dernière, une femme sévère, toute couverte de noir et plus sèche qu'une corneille affamée, dévisageait le précédent avec des airs offusqués.

Le valet de poste, installé sur le cheval avant gauche, dit porteur, faisait claquer à plaisir son fouet court au-dessus des oreilles de ses bêtes qui n'appréciaient guère ce stimulant. Ainsi, le postillon n'avait plus beaucoup d'ouvrage, sinon de tenir les guides et discuter avec le courrier qui avait calé sa précieuse mallette entre ses bottes, luisantes de graisse de phoque afin d'en protéger le cuir des intempéries.

Géraud suivait à distance raisonnable pour éviter les éclaboussures de boue consécutives à l'averse de la nuit. Le temps était venteux et encore humide ; une bonne brise dégageait le ciel. Il avait annoncé à Lisa, comme prévu, son intention de la confier à sa famille, le temps qu'il solde son « enquête de routine et qu'il avise de son avenir » ; sans plus de précisions. Il n'était pas utile qu'elle cogite au mariage pendant son absence et se monte la tête. Elle avait accepté de bon cœur, d'autant qu'il lui avait vanté les mérites de la vie à la chènevière. Il avait conclu par lui promettre cette journée complète en ville afin de reconstituer sa garde-robe à la dernière mode. Quelle fille y résisterait !?

La première étape de la journée se déroula sans encombre, n'étaient les cahots qui avaient moulu les passagers. On se détendit, se désaltéra, le petit quart d'heure presque réglementaire, puis on commença à s'inquiéter : les chevaux n'avaient pas été dételés, car les remplaçants n'étaient pas arrivés la veille comme prévu, mais deux heures plus tôt. De ce fait, à peine bouchonnés, ils n'étaient pas « rafraîchis ». On décida de n'en changer que deux contre des frais de réserve du même gabarit. Le postillon, un vieux roulier, ne se formalisa pas, sachant que le dénivelé ne serait jamais très accentué. En montagne, on aurait sans doute renoncé au départ. Les quatre chevaux seraient remplacés au relais suivant, le règlement autorisant cette impasse exceptionnelle afin de ne pas retarder les voyageurs… et le précieux courrier.

Il y avait peu de circulation, dans un sens comme dans l'autre, véhicules et cavaliers, et guère de piétons. Les travaux de labours étaient terminés. La terre se reposait. Ainsi, la voiture allait bon train sans être ralentie. Les deux chevaux de tête, mécontents de ce surcroît de travail, rechignèrent sur une demi-lieue, poussés par les deux autres, désireux de se dégourdir les jambes. Il eût été préférable de les atteler à l'inverse, mais chacun avait sa spécificité et revendiquait son statut de premier ou de second, de droitier ou de gaucher. Les deux meneurs les accordèrent sur une allure médiane, puis accélérèrent peu à peu sur le plat.

Géraud leur laissa du champ afin de réfléchir à ses deux principales préoccupations : Lisa et l'affaire des courriers. La première semblait docile et raisonnable, surprise et étourdie par sa délivrance subite, et en attente des décisions de son mentor. Quant à l'espionnage des missives et la circulation expresse des informations, il n'avait rien de nouveau entre les mains : les pigeons voyageurs et les témoignages de postiers ne lui avaient pas permis de progresser d'un pouce.

Une côte se profilait à la sortie d'un village. La voiture ralentit. Le fouet et la chambrière claquèrent sans résultat. Jurance revenue à dix toises, se mit d'elle-même au pas, tête dodelinante. La longue caisse jaune, aux parements noirs, décolorés par endroits – Géraud s'en rendait compte alors –, pesait sur la droite. On n'avait pas dû équilibrer la charge des bagages et des passagers, à moins que certains d'entre eux aient échangé leurs places.

D'un effort violent de ses reins musculeux, l'attelage franchit le sommet. La descente virait à dextre, la diligence se rétablit mais, sur le plat, elle reprit son air de guingois.

Lisa... Elle préférait la peinture à la couture, la musique et la lecture. Elle avait cité des écrivains que Géraud ne connaissait que de nom et, en particulier, des femmes : Mesdames de Sévigné, de

Lafayette et Mademoiselle de Scudéry. Aurait-elle l'intention de suivre leur exemple de femmes de lettres ? Dans ce cas, il faudrait lui trouver un époux d'un bel esprit littéraire plutôt que fortuné...

Distrait, il s'était laissé distancer.

— Jurance, tu n'es pas plus attentive que ton maître. Allons, au galop !

Qui pouvait dévorer les lieues plus vite qu'une estafette militaire, capable de crever dix pur-sang sous sa selle, en caracolant nuit et jour, aller et retour, sans relâche, le nez dans la crinière ? Des Pégase, des Mars de légende ? Des archers ! Oui, des archers habiles qui tireraient dans des cibles. Mais celles-ci seraient facilement repérables. À moins que des gens ne les disposent en des points isolés, à des heures convenues... Des planches peintes, en haut de tours, de colombiers ! Pourquoi pas ? À vérifier même si l'idée paraissait fantaisiste.

Dans la montée suivante, Géraud comprit pourquoi le coche s'inclinait sur sa droite. Éprouvée, la suspension arrière s'était distendue de ce côté-là. Il lui faudra le signaler au cocher, qui étrangement n'avait rien remarqué, afin d'y remédier au prochain relais, en ajoutant une ou deux courroies, avant de changer le tout, par prudence.

La descente se révéla plus courte, abrupte et sinueuse. Les chevaux s'élancèrent en soufflant des naseaux. Le jeune valet de poste aida son sous-verge par son harnais afin de tenir le milieu de la chaussée bombée. La courbe à droite lui facilita la tâche mais le virage suivant ramena l'ensemble vers le bord de la route. Il manœuvra encore deux ou trois fois. Le cocher s'en mêla aussi et donna de la voix. Malgré tout, la roue arrière mordit dans les graviers, puis heurta une pierre et prit aussitôt un angle de gîte inquiétant. Les grincements et les oscillations alertèrent Lebayle. Il se rapprocha.

Soudain, de cette roue vibrante, les rayons claquent et se rompent, projetant des éclats aigus dans toutes les directions ! La roue s'éjecte en vrombissant, saute le talus à une vitesse folle, disparaît dans les halliers, fauchant les branches ! La caisse oscille, se dresse, bascule, le cul racle la terre de la bordure. Une valise se détache et s'envole. La voiture zigzague. Le timon casse net !

L'attelage se couche, s'enchevêtre, les fers en l'air ! Sur leur élan, trois chevaux se relèvent, halant le dernier à terre. Ses jambes brisées fauchent l'air. Il se débat en hennissant de douleur.

Géraud saute de cheval et se précipite. Il évite les roues qui tournent comme des toupies en furie, se hisse sur le flanc du véhicule devenu toiture, s'agenouille et arrache à moitié la portière transformée en trappe. Il se penche sur l'orifice. En dessous, dans la pénombre, ce ne sont que plaintes, appels et gesticulations.

Géraud plonge un bras, cueille une main, celle du faux militaire qu'il extrait d'une traction. Bien que hagard, il semble indemne. Il lui commande de s'occuper des cochers et du courrier, éjectés par le choc. Puis il tire l'épicière ; vient ensuite la tante soulevée par l'écolier qu'il arrache à son tour, et le curé. Toujours pas de Lisa qui aurait dû se trouver près de l'issue !

Il se laisse couler à l'intérieur, atteint le fond instable. Il distingue le bourgeois poltron, figé dans une posture étrange, les bras en ailes à demi déployées, les yeux exorbités, la poitrine en avant, transpercée par un montant de bois déchiqueté en éperon, rougi par son sang qui ruisselle.

— Lisa ! hurle Géraud. Lisa ?!

Il se faufile, s'engage vers le fond, trébuche sur une jambe, palpe un ventre mou, un gros sein, celui de la bourgeoise qu'il relève et pousse vers la trappe. À quatre pattes, elle grommelle et bredouille, s'agite et rampe.

— Lisa ? appelle-t-il encore.

Toujours aucune réponse.

Il progresse comme il peut, se griffe à des esquilles, piétine le contenu des bagages à main éventrés. Lisa est là, sous la duègne hébétée qui prie en sanglots. Il la dégage en douceur. Elle est étourdie mais vivante. Une giclée de sang balafre sa joue. Le sang du bourgeois mort. Géraud la soulève, la charge sur son épaule et, courbé, revient vers l'ex-portière. La vieille attendra.

— À l'aide !

Personne ne répond. Il hisse Lisa dolente sur la paroi d'osier déchirée, se rétablit d'un bond à son côté, lui tapote les joues pour qu'elle reprenne ses esprits. Aucune blessure apparente. Il saute à terre, la tire à lui, la soutient. Ses jambes minces flageolent. Il la dépose au pied d'un arbre. Par la couronne d'épines du Christ ! Il ne l'a pas arrachée au couvent pour qu'elle meure dix lieues plus loin. Lisa entrouvre les yeux.

— Merci, mon Dieu, soupira le commissaire… Ma petite Lisa, Comment te sens-tu ?

Elle bat des paupières, regarde autour d'elle, le découvre, lui adresse un pâle sourire.

— Ne t'inquiète pas.

— Tu es sûre que ça va ? Tu n'es pas blessée ?

— Non, non… Je n'ai rien… Prends plutôt soin de ces malheureux que j'entends gémir.

— Tu as raison.

Il lui caresse la joue, se redresse, s'éponge le front et l'abandonne à contrecœur.

Celui qui couvrait toutes les plaintes de ses hennissements d'agonie, c'était le cheval bai. Géraud s'en approcha. Il ne restait, hélas qu'une solution dans ces cas-là. Il sortit un pistolet de ses fontes et lui tira une balle dans la tête. L'animal tressauta et se tut.

Le partisan se tenait debout auprès du postillon calé contre une roche, balafré d'ecchymoses, et du jeune valet indemne qui pansait la tête du courrier avec un linge. Il s'informa de leur état, rien de grave, par chance, les buissons avaient amorti leurs chutes. Puis, il se tourna de nouveau vers le premier :

— Dételle un cheval et galope au premier village demander assistance. Ensuite de quoi, tu poursuivras jusqu'au relais de poste afin qu'on envoie une voiture de remplacement, un médecin et le nécessaire pour tous ces gens.

Le jeune homme se cambra, toisa Lebayle :

— Allez-y vous-même, cavalier, je n'ai d'ordre à recevoir de personne !

D'un bond, Géraud se jeta sur l'impertinent. Il le

saisit au collet, le repoussa jusqu'à lui coller le dos contre un arbre.

— Apprends, paltoquet, que je suis commissaire du roi. Obéis sur-le-champ ou tu te retrouveras dans une geôle du Châtelet avant d'avoir compris. Un mort empalé gît dans cette épave et peut-être d'autres. Hâte-toi.

Il lui appliqua sur la joue le canon de son pistolet encore chaud :

— Je t'avertis : si tu es assez lâche pour t'enfuir, je te retrouverai et ce sera une balle dans ta caboche, comme au cheval !

— Excusez-moi, commissaire, c'est… c'est l'émotion, je ne voulais pas vous offenser.

— Ce n'est pas moi que tu offenses, malappris, mais ces pauvres gens bouleversés, choqués ou blessés. Va, file et galope ventre à terre !

Le postillon avait repris ses esprits. Mains tremblantes, il aida à déharnacher le gris pommelé. Après un coup d'œil furtif à Lisa et aux autres passagers disséminés, tirés d'affaire, qui se remettaient doucement de leurs terreurs, Géraud revint vers la caisse désarticulée.

Qui manquait à l'appel ?

Le pauvre musicien, la vieille en noir qu'il avait repoussée pour dégager Lisa, la bourgeoise aux bagues multiples, le jeune écolier… Non, il se souvenait l'avoir tiré promptement. Il avait donc abandonné deux femmes au profit de sa protégée. Nul n'est irréprochable. Aiguillonné par une petite bouffée de culpabilité, d'un souple rétablissement, il se hissa sur le flanc de la voiture, se coula à nouveau à l'intérieur en évitant le bourgeois crucifié qui ne craignait plus rien désormais, fouilla du côté gauche.

La grosse femme vagissait sur le ventre, la tête coincée sous la banquette arrachée. Elle commençait à reprendre conscience. Il la délivra, la retourna avec délicatesse. À un rapide examen, elle ne présentait pas de plaies importantes. Il croisa alors le regard chaviré du jeune écolier (dix-sept ans tout au plus) qui se massait inlassablement l'épaule gauche. À part une grosse bosse sur le front, il ne semblait pas si mal en point. La clavicule peut-être. Il lui parla avec douceur, le rassura.

À deux, ils halèrent la bourgeoise, la soulevèrent, s'y reprirent à trois fois pour la basculer sur le panneau d'osier déchiqueté qui céda à demi sous son poids. L'écolier grimpa à son tour, s'assit à califourchon sur un montant. Ils la sortirent pouce à pouce. Le postillon la réceptionna.

Puis, Géraud enjamba le défunt à la recherche de la dernière passagère. Elle se trouvait toujours en prière. Il la ramena à l'air libre. Déchargé de ce pensum, il confia la responsabilité du groupe au cocher, lui signifiant qu'on lui fasse déposer la malle de la demoiselle au Grand Châtelet. Il expliqua qu'il partait aussitôt avec celle-ci afin de superviser l'acheminement des secours, car il n'avait qu'une confiance limitée en son émissaire.

À son approche, Lisa s'était redressée. Elle avait repris quelques couleurs pastel :

— Pourras-tu tenir en croupe, Lisa, si nous chevauchons à faible allure ?

— Sans difficultés, mon cher. Souviens-toi, tu m'avais initiée à la monte dans mon jeune âge. De plus, au pensionnat, le vendredi nous pouvions suivre un cours d'entretien sommaire des équidés, chevaux et mules pour le service de toutes. Nous n'étions que trois volontaires. Nous en avons profité pour soudoyer le vieux maître d'écurie qui nous permit de monter en cachette. À mi-mot, avec une certaine défiance, les autres nous qualifiaient d'intrépides amazones.

Il la soutint pour marcher car elle avait présumé de ses forces.

— J'imaginais la discipline du couvent plus stricte.

— Une exception.

— Dans ces conditions, en selle ?

Lebayle adressa encore quelque encouragement aux rescapés et reprit la route. Avant le premier village qui se dessinait sous le moutonnement de grands arbres, ils croisèrent une charrette où plusieurs hommes avaient pris place avec des outils. Ils leur confirmèrent qu'ils se rendaient sur les lieux du drame. Le jeune partisan n'était pas un si mauvais bougre. C'est sans doute sa fonction impopulaire qui le rendait timoré.

Lisa se comportant fort bien en croupe, ils adoptèrent un galop léger intermittent, atteignirent le relais où l'on s'empressait autour d'un coche plus petit mais en meilleur état que l'accidenté. Le maître des lieux dirigeait la manœuvre avec fermeté. Géraud lui indiqua avec précision l'endroit de l'accident et l'état des personnes à soigner. Prévenu, un médecin les rejoignait à cet instant ; il ne descendit pas même de cheval et les devança.

— Veux-tu que nous fassions halte ici, Lisa ? proposa Géraud.

— Je tiendrai jusqu'à Paris, pourvu que tu me parles un peu en chemin de manière à me changer les idées.

La demande surprit Lebayle qui accepta du bout des lèvres :

— Nous avons perdu trop de temps pour rallier la capitale avant la nuit. Toutefois, nous nous avancerons au plus près. De quoi veux-tu que nous parlions ?

— De tout, sauf du pensionnat.

7

Ils échangèrent peu, d'abord en raison des circonstances émotionnelles, ensuite à cause de leur position à cheval (l'un derrière l'autre), enfin parce que Géraud n'était pas vraiment un diseux (ce n'était un secret pour personne). Ils passèrent Chartres sous une pluie fine et froide, allongèrent la foulée pour devancer les nuages, décidèrent de faire étape à la prochaine ville.

Ils atteignirent Saint-Arnoult dans la forêt de Rambouillet, connu pour son saint patron du même nom (inhumé sur le site au VIe siècle, précisa Lisa qui savait tout de la religion locale), son moulin de Villeneuve, son « moulin neuf » du XIIe siècle et son colombier cylindrique du XVe, comportant cinq cents boulins. Renseignements fournis cette fois par le disert curé, rencontré sur le parvis de son église, auprès duquel Géraud s'était enquis de la meilleure auberge, et la fille des monuments remarquables. Un colombier, pouvait-on espérer mieux ? La pluie ayant dévié sa trajectoire vers l'est, une petite visite s'imposait.

Le relais de poste était l'hostellerie recommandée. Accueillante, elle donnait sur une petite pièce d'eau aux berges peuplées de divers palmipèdes. On y réserva deux chambres et, en attendant le souper, ils visitèrent le centre de la ville, puis, alors que le soleil pointait à nouveau sous les nuées avant le crépuscule, ils décidèrent de se délasser au bord de l'eau.

Ils marchèrent un moment côte à côte, sans rien dire, revisitant par la pensée moulins et colombier, appréciant la sérénité de ce soir d'automne où, dans le contre-jour, les feuilles roussissaient à vue d'œil. C'est Lisa qui se décida à écorner le relatif silence, ponctué par les cancanages des colverts et des bernaches qui nichaient dans un îlot couvert de roseaux :

— Je veux bien te raconter la vie chez les Ursulines, si tu me parles de ton enquête.

Marchandage de maquignon ! Lebayle profita de cette ouverture pour gommer l'effroi de cette terrible journée qui visiblement perdurait en elle. Il se soumit à cette petite épreuve. Elle l'écouta sans l'interrompre.

— Auprès de toi, la vie est-elle toujours aussi intense, imprévisible et dangereuse qu'autrefois, Géraud ?

— Je le crains. C'est mon métier qui l'exige, la girouette attire la foudre. L'existence dans la périphérie d'un commissaire de police est mouvementée, mais moins exposée cependant que celle d'un militaire en campagne. J'aimerais donc te l'imposer le moins possible. C'est pourquoi je t'ai proposé cet accueil temporaire à la chènevière familiale qui t'acclimatera aux activités du banal quotidien et de la vie au grand air.

— Je te sais gré de ta prévenance. Toutefois, je ne veux pas importuner tes parents.

— Ils seront ravis de ta présence et il me faut ce laps de temps pour aviser de ce qui sera le mieux pour ma chère protégée, devenue une bien jolie jeune fille.

— Jolie, le penses-tu vraiment ? Tout est relatif. Tu ne m'as pas bien regardée. J'ai les os qui pointent sous la peau, le ventre tout creux et des cuisses démesurées de grenouille verte. Et je ne parle pas du reste !

— Mieux vaut grenouille gracieuse que vilain crapaud. On voit bien que tu as été enclose dans un univers féminin. Je suis convaincu que nombre de jeunes gens de la ville se retourneront sur ton passage pour te complimenter. J'en prends le pari ! Trêve de modestie, Lisa, quels bénéfices as-tu tirés de ces années de pensionnat ?

La fille fit quelques enjambées plus longues comme pour démontrer ce qu'elle avait affirmé à propos de ses gambettes.

— À vrai dire… On finit par s'accommoder de toutes les situations, si l'on sait qu'une issue est probable. Alors, en l'espèce, les contraintes de la vie monacale ne sont que des obstacles répétés à franchir chaque jour avec un peu plus d'expérience et de détachement. L'esprit ne peut être enchaîné.

— La vocation de nonne ne t'aura donc jamais effleurée.

— Grand Dieu, non ! Il y a d'autres moyens de servir le Seigneur. Je ne suis pas assez sage ni assez docile. J'ai besoin d'air, d'espace, d'animation, de convivialité et de tant d'autres choses. Je ne suis pas un oiseau de volière, même dorée. Et je ne te remercierai jamais assez de m'avoir épargné cet enferm… pardon, cette gageure.

Lisa s'ébroua, se pendit à son bras, lui plaqua une bise retentissante sur la joue et, toute frétillante, ne le lâcha plus :

— En revanche, puisque tu veux tout connaître, j'y ai acquis un précieux savoir que je n'aurais pu recevoir ailleurs. Cette chance unique compensait tous les petits tracas, les mesquineries, les sacrifices et les servilités.

— Obéissance aveugle, soumission aux rituels religieux, leçons de couture, travaux ménagers, latin, chant choral, excepté cette récréation équestre dont tu m'as parlé, Lisa, je reconnais que ce ne sont pas là des disciplines très réjouissantes.

— Certes ! Quoiqu'une fille puisse y trouver son compte. Néanmoins, je te rappelle que c'est ton ami, le marquis de Seignelay qui a choisi cette institution, loin de Paris, distendant nos liens affectifs, non pour nous désobliger, mais étant plus un bon vivant qu'un triste sire, il n'ignorait rien des autres matières enseignées, susceptibles d'adoucir la réclusion.

— Je n'en ignore rien : poésie, orthographe, dessin, calligraphie.

— Mais aussi histoire, géographie, astronomie (à laquelle je m'étais déjà initiée à l'école de Picpus). Et, pour les plus douées : apprentissage d'un instrument de musique, limité toutefois à l'orgue ou à la harpe.

— Et je présume que tu rallias bientôt celles-là.

— En aurais-tu douté ?

— Je m'en voudrais, vif-argent !

— En arrivant au couvent, j'en ignorais tout, mais je suis observatrice... Ma chance fut que la plupart des filles de sang, élevées dans un cocon de soie, gavées de leçons de modestie et d'humilité, rassasiées de douceurs, n'étaient guère curieuses, si bien qu'il me fut aisé de les surpasser.

Intelligemment, Lisa avait profité là de tout ce que ses origines gueusardes dans le marécage de l'arsenal naissant, n'avaient pu lui donner. C'était étonnant et admirable à la fois. Il s'en trouva assez fier. Elle poursuivit en se détachant de lui, marcha quelques pas à reculons :

— Si les jeux de cartes, de dés ou les chansons profanes étaient prohibés ainsi que les déguisements – j'aurais adoré ! – il nous arrivait toutefois d'organiser de gentilles fêtes en certaines occasions : admission d'une nouvelle recrue, départ ou mariage d'une pensionnaire.

Lebayle frémit et n'osa pas reprendre la balle au bond pour lancer : « C'est précisément la raison qui m'a décidé à venir te chercher. Je pense te trouver un bon époux qui te permettra de t'élever dans la société et... » Il se mordit la langue : peste de sa couardise ! Il ne savait comment s'y prendre avec une fille (adoptive) et son projet n'était pas à maturité.

— Il nous était même permis, poursuivit-elle, des petites saynètes théâtrales entre nous, sans décors ni costumes. Pour le plaisir de déclamer des vers.

Sans y prendre garde, ils entamèrent un deuxième tour du minuscule étang, ignorant les gouttes qui annonçaient le retour de la pluie.

— Moi qui craignais que tu te morfondes et qui culpabilisais de t'avoir laissée si longtemps claquemurée.

Elle lui reprit le bras.

— Tu as fait ce que tu as pu, Géraud. Je ne nie pas que, par moments, des velléités de fugue ne m'aient assaillie... Je me suis mordu les poings, car je ne devais pas gâcher cette opportunité. J'ai acheté ma liberté. Ce n'était pas trop cher payer. À présent, je vais pouvoir en profiter ! En pro-fi-ter.

Elle s'écarta en clamant cette fin de réplique sur tous les tons, les bras levés, le visage tourné vers les cieux, illuminé par un soleil déclinant. Elle tournoya, s'éloigna vers les bosquets en riant, ses fines chevilles dévoilées, la tête penchée d'un côté et de l'autre, l'œillade polissonne. Et brusquement, saisie d'une réminiscence enfantine, elle chanta « libre, Lisa est libre ! » sur l'air d'une rengaine populaire.

Elle souleva robes et jupons blancs, courut, prit son élan pour une roue qui se voila un peu sur la fin, si bien qu'elle boula au sol et s'immobilisa sur le dos, les membres épars, les prunelles pailletées d'étincelles.

Abasourdi, Géraud resta figé, puis il la rejoignit, lui tendit la main pour la relever.

— Non, protesta-t-elle, viens, allonge-toi près de moi, je t'en prie. Ne crains rien, l'herbe est sèche et sans piquants ! Grave ces instants merveilleux dans ton souvenir, mon bon Géraud. Plus tard, tu pourras dire : « J'ai vu, de mes yeux vu, le papillon Lisa s'affranchir de sa chrysalide de fer, déployer les ailes de son âme régénérée, remercier Dieu et son libérateur, heureuse d'être en vie. »

Il obtempéra. Il n'avait aucune raison de lui refuser ce menu plaisir.

D'un coup de reins, elle roula sur le côté et, grâce à cette impulsion, parvint à se coucher sur lui, le baisa à pleines lèvres closes, acheva son mouvement pour reprendre de l'autre côté, une position semblable, réjouie et pâmée. Elle explicita :

— Lisa l'ancienne a franchi son Rubicon. Lisa s'est purifiée. Lisa renaît.

Dressé sur un coude, Géraud éclata de rire pour masquer son trouble. Si, dans le langage, elle s'était métamorphosée, il retrouvait dans cette attitude spontanée la Lisa facétieuse d'autrefois. Mélange détonant.

— Je constate que les leçons de comédie ont porté leurs fruits.

— Le théâtre, c'est l'apprentissage de la vie, la vie sociale et publique, avec ses travestissements, ses mascarades.

Géraud se garda de lui demander l'auteur de cette maxime, se contentant d'admirer ce doux visage moins anguleux que naguère, badigeonné du miel des derniers rayons.

— Ce sera en effet un merveilleux souvenir.

Elle tourna ses grands yeux moqueurs vers lui et susurra :

— Je souhaite effacer mes siècles de servitude. Je veux que s'éternisent ces temps de plénitude. Et mon corps et mon âme, de nouveau mis à nu, recouvrent l'innocence et les joies revenues.

— Admirable quatrain, superbes alexandrins, si adroitement tournés qu'on dirait du Coppé, apprécia Géraud, certain qu'elle en était l'auteur.

Lisa se redressa, s'assit en tailleur comme jadis. Quatre canards, d'une même lancée, plongèrent la tête dans le fond vaseux, levant haut le croupion.

— Parle-moi encore de tes mystérieuses activités, dans la limite de ce qu'une personne ordinaire peut entendre.

Amusé, le commissaire se laissa fléchir. Nul n'ignorait l'existence du « cabinet noir », ni l'espionnage croisé dans tous les pays de l'Europe. Il lui raconta donc son voyage à Nemours et son étude des pigeons voyageurs.

— Voilà pourquoi, intervint-elle, tu t'intéressais tant au colombier tantôt ! Ainsi, tout le monde surveille les agissements de tout le monde. Comme si Dieu n'y suffisait pas pour tout connaître des hommes… Par chance, il existe des codes secrets pour transmettre en toute sécurité les décisions d'État, n'est-ce pas ?

— Codes qu'il faut changer sans cesse et améliorer, car de plaisants génies parviennent à déchiffrer jusqu'aux plus complexes.

— Est-ce possible ?

— L'alphabet ne comprend que vingt-six lettres, et certaines sont si peu usitées qu'on peut se limiter à vingt. Les doubles consonnes sont traîtresses. Il ne faut pas douter non plus que des félons s'empressent de vendre les sésames à l'ennemi, même s'ils risquent la peine de mort. En retour, nous parvenons d'ailleurs à en soudoyer certains des camps adverses : c'est de bonne guerre. L'appât du gain est plus fort que tout.

— Alors, toutes ces débauches d'astuces et d'ingéniosité ne servent à rien !

— Si, elles ont leur utilité, éphémère certes mais capitale. Tant que l'on conserve une longueur d'avance de manière à ce que nos ordres et nos plans stratégiques parviennent à leurs destinataires avant qu'ils ne soient – pour une part – traduits en clair par d'autres personnes, elles restent efficaces.

— Et c'est pour gagner la course du temps que Sa Majesté s'inquiète.

— Tu as deviné, Lisa. Nous devons découvrir par quels moyens certains messages circulent plus vite que les nôtres : la poste, les estafettes, les pigeons.

Le soleil effleurait l'horizon. Ils se levèrent. La fraîcheur les enveloppa. Plongés dans leurs cogitations, ils se dirigèrent vers le relais de poste. Le commissaire se demandait s'il ne s'était pas compromis à trop de confidences… Non, apparemment, il était resté dans la limite de ce que bien des gens un peu informés pouvaient apprendre par diverses voies.

— Les pigeons ne peuvent transporter que de courts messages, admit Lisa, relançant insidieusement la conversation. Il faudrait de plus gros oiseaux pour transporter des cahiers de plusieurs feuillets ou des plans de bataille, par exemple… des faucons ou des aigles, et encore ?

— Cette solution a été expérimentée, avec des résultats décevants.

— Des chevaux et des cavaliers spécifiquement entraînés pour de longues courses ?

— Le système est déjà employé en temps de guerre sur des itinéraires déterminés. À grande échelle, tous azimuts et sur tout le territoire, ce n'est pas envisageable.

— Je ne sais plus quoi te proposer… Je pense à une chose : un langage visuel, lisible de loin, grâce à des lunettes de longue-vue, à l'instar des marins qui communiquent par des pavillons et des flammes de couleurs…

— Excellente idée, Lisa ! Tu es merveilleuse ! Si je me souviens bien de Rochefort, il existe de longue date des signaux à grande distance, d'autres de jour et des pavillons d'appartenance. C'est encore très sommaire, toutefois le principe est intéressant. La seule difficulté réside dans la visibilité sur terre qui n'est pas sans obstacles ni dégagée à 360° comme en mer. Néanmoins, je crois que tu as mis le doigt sur…

Lisa s'était arrêtée. Elle tendait le bras vers l'est. Son index pointait une haute silhouette de pierre aux ailes entoilées, qui dépassait des frondaisons.

— Le « moulin neuf » que nous sommes allés voir tantôt ! s'exclama la fille. Tu n'ignores pas que les meuniers utilisent quelques figures symboliques très élémentaires pour communiquer entre eux ou avec les villageois.

Subjugué par la pertinence de sa jeune amie, Géraud ramassa une brindille, la dépouilla de ses trois feuilles et, pour ne pas être en reste, traça dans le sable de l'allée une croix verticale aux branches égales.

— En effet. Croix grecque, dite « en bout de pied » signifie, si je ne m'abuse : repos de courte durée ou, selon les régions et les circonstances : appel au rassemblement.

Lisa lui prit la baguette des mains avec un petit air malicieux et dessina à côté une croix de Saint-André, appuyée en position stable sur deux pieds :

— Repos de longue durée, événement heureux chez le meunier, ou bien : celui-ci est absent. Ne me demande pas où je l'ai appris, je ne m'en souviens plus.

— Mais aussi : fête locale ou calme dans un conflit militaire. Je l'ai vu au siège de Maëstricht, pays des moulins s'il en est. Pourquoi cela ne m'est-il pas revenu plus tôt ?

— Parce que je n'étais pas là pour exciter ta réflexion !

Nouveau croquis de Lisa, agrémenté d'une flèche :

— Légèrement inclinées vers la droite, « chien qui pisse » en équilibre sur sa patte gauche : baptême, mariage…

— Ou danger militaire !

Ils éclatèrent de rire et, complices, tombèrent dans les bras l'un de l'autre.

— Maître Géraud Lebayle, nous allons reformer ce duo fort efficace de jadis ! Dans tes futures enquêtes, tu devrais m'engager comme assistante.

— Nous y songerons, ma toute belle partenaire. En attendant, à table !

— Toute belle, ne te moque pas, je t'en prie, bouda-t-elle le temps de sa réplique. Même si la petite sauterelle s'est un peu étoffée de partout, je reste un laideron.

Pour éviter la repartie, elle le saisit par la main et ils s'élancèrent vers les bâtiments.

— Si je suis bien informé, répliqua cependant

Géraud, les miroirs sont toujours interdits dans les couvents.

Lisa marqua un arrêt, se campa sur ses ergots, fronça les sourcils, écarquilla les yeux :

— C'est, ma foi, vrai. Suis-je encore plus laide que je crois ?

— Au contraire. Quand tu te découvriras telle que tu es, tu changeras d'avis.

— J'ai du mal à te croire, mais jusqu'à preuve du contraire, je suis obligée de saluer ta courtoisie, ta galanterie et ton... indulgence.

Ils se hâtèrent, reconnaissant les protestations véhémentes de leurs estomacs, et se promirent d'étudier le langage des moulins avec attention. Par des ajouts de linges colorés, repérables d'assez loin, des changements de voilure aussi, des mouvements d'ailes inusités car, vues de face, sauf exception, celles-ci tournent toujours à gauche[17].

Il n'est pas nécessaire d'apprendre le latin, la versification ou la mathématique pour savoir cela, mais les études stimulent fichtrement l'esprit et accroissent l'acuité des sens.

Heureux, le jeune homme qui épousera une telle femme, pourvu qu'elle sache garder son rang et la place dévolue à son sexe.

17. Quand les moulins sont groupés, pour éviter les remous des ailes, certains tournent dans l'autre sens.

8

Ils caracolèrent contre à contre.

Lisa se tenait très droite sur Jurance et les mains un peu hautes. Géraud admirait sa maladroite maîtrise, menant lui-même à allure modérée le hongre qu'il avait réquisitionné au relais de poste. Elle avait exclu de prendre le coche de Paris, en raison de l'accident de la veille. Géraud ne pouvait l'en blâmer, comprenant le violent choc subi, à peine affranchie de la protection du couvent. Elle lui avait suggéré de louer une monture avec un léger haussement de sourcil sceptique et accablé. Il n'avait pas tergiversé et lui avait proposé sa docile jument. Elle s'en était réjouie.

Chez un fripier, on s'était procuré une tenue plus ou moins cavalière, mieux adaptée, dans laquelle Lisa flottait un peu.

Géraud avait surveillé ses premières foulées, s'était rassuré en moins d'une lieue au petit trot, même si elle rebondissait parfois à contretemps.

En chemin, ils ne manquèrent pas de détailler chaque moulin, admirent qu'ils occupaient des positions favorables sur des tertres, des monticules ou des architectures de pierre et que de l'un, on avait au moins vue sur le suivant et le précédent. Une chaîne, en quelque sorte. Pourquoi personne ne s'en était rendu compte jusqu'à présent ? Parce qu'on ne cherchait rien dans cette direction.

Ils jubilèrent de leur déduction commune en opérant une pause non loin d'un moulin à vent qui les intrigua : une longue perche bloquait les ailes dans une position intermédiaire et les bras verticaux avaient été à demi détoilés. Était-ce un signal, une situation temporaire ou une pratique habituelle ?

Lisa voulut à tout prix questionner elle-même le meunier, alléguant de son air d'innocence : « Il ne se défiera pas des interrogations candides d'une jeune écervelée. » Géraud renâcla, rechignant à l'exposer, mais ce que femme veut… Elle se laissa glisser de selle, tendit d'autorité ses rênes au commissaire circonspect, se détourna et grimpa promptement jusqu'au moulin de forme cylindrique.

Un homme fantomatique apparut en haut de l'échelle. La conversation s'engagea. Il répondit volontiers à la jeune curieuse qui ne ménageait pas ses mimiques charmeuses. Depuis la route, Géraud qui percevait une syllabe sur trois, rongeait son frein, comme sa monture rognait son mors. Que pouvait-elle donc lui demander ? Enfin, elle conclut l'entretien avec amabilité et redescendit en sautillant de-ci de-là.

Finaude, elle exagéra son essoufflement en mettant le pied à l'étrier pour temporiser et le taquiner. Elle adressa un signe amical au meunier, vieux coq dressé sur l'étroit seuil de l'accès arrière à la hucherolle[18]. Lebayle, impassible, s'interdit de

18. Corps mobile de certains moulins.

l'interroger, sachant que, mourant d'envie, elle ne s'amuserait pas trop longtemps à retarder ses révélations. Il se remit au pas. Elle le rattrapa en trois foulées.

— Ce vénérable ancêtre était charmant. Il m'a répondu de bonne grâce, s'étonnant qu'une jeune dame puisse s'intéresser à son humble métier, car c'est de cela dont je lui ai d'abord parlé et de la qualité d'une farine. « Tout le monde mange du pain, n'est-ce pas, du roi au plus pauvre de ses sujets ? » ai-je répondu afin de ne pas l'indisposer. Ensuite de quoi, j'ai joué la surprise de voir son mécanisme ainsi bloqué… Tu m'écoutes, Géraud ?

— Je reste coi, car je suis tout ouïe.

— C'est bien… Je poursuis.

Elle lui expliqua que la perche évitait les mouvements erratiques des ailes, car on avait averti le meunier de bourrasques. C'est pourquoi il avait aussi replié la partie la plus exposée de sa voilure.

— Comment a-t-il été informé plus vite que le vent ?

— Informé par un chiffon de toile de jute qu'un confrère a accroché à son aile du haut. Je l'ai vu. Il allait relayer l'avertissement quand nous sommes survenus. Quant à « plus vite que le vent », tu n'ignores pas que les gens de la terre lisent le temps à venir dans les signes du ciel, forts d'une ancestrale expérience, consolidée par proverbes et dictons : « Vent du midi laisse les chiens au chenil. » Ou « Rouge vêpres et blanc matin sont la joie du pèlerin. »

— Très instructif.

— Tu te moques ?

— Pas du tout. Le mystère est donc levé : manœuvre coutumière.

— Pas exactement, mon cher parrain, pas exactement…

— Que veux-tu dire ?

— Les rafales soufflant du sud-ouest, ses ailes se trouvaient ainsi le plus mal orientées possible. Pas très habile pour un spécialiste expérimenté tel que lui, un disciple d'Éole !

— Peste, tu es une sacrée fine mouche, Lisa ! Donc, le message essentiel était plus ancien et provenait de l'autre direction.

— Absolument.

Géraud n'exigea pas davantage d'éclaircissements sur sa théorie, puisque c'était une évidence. Cela signifiait qu'il n'y avait pas plus d'avis de tempête que de beurre en broche et que le vieux était un fieffé rusé.

Le moulin suivant arborait au fait de sa croix en bout de pied… un chiffon blanc et un rouge. Ainsi, ils eurent la confirmation que le message provenait du sens opposé.

Hélas, le troisième était trop éloigné de la route, déviée par un cours d'eau. Il aurait fallu consentir un large détour. D'où l'avantage de la ligne droite pour communiquer et d'un maillage serré de moulins, familiers au regard, si bien qu'on ne leur prêtait plus attention au quotidien. Géraud tenait là du concret qu'il pourrait rapporter au chef de la police et ainsi justifier son absence. Merci, Lisa.

Existait-il une carte répertoriant la position de tous les moulins de France, comme il s'en trouve pour les auberges, hostelleries parisiennes et gîtes ?

Probablement pas, mais une étude réalisée sur une contrée pourrait se révéler fort édifiante ; investigations à suggérer aussi à Monsieur de La Reynie. « Du grain à moudre », s'il pouvait se permettre ce modeste mot d'esprit. Pour l'heure, Géraud devait surveiller l'assiette de Lisa qui se désunissait de temps à autre, perdait un étrier, le rattrapait du bout du pied, se rétablissant chaque fois avec adresse. Après deux lieues, il préconisa un retour au pas jusqu'au prochain moulin… afin de reposer les bêtes.

— Et la petite bête humaine du même coup, n'est-ce pas, mon commissaire préféré ?

— Tu es très habile et résistante, Lisa. Toutefois je ne voudrais pas que tu t'épuises dans un exercice inhabituel. Paris est encore loin.

— Mais le moulin est tout près !

Elle désignait une arête de poisson grisée au-dessus d'un toit conique. Ils s'en approchèrent. Ils étaient convenus d'observer sans poser de questions. Une girouette indiquait un vent d'ouest. Le soubassement, comme les précédents, était de pierre blanche, celui-ci cerclé de fer, certainement à cause des vibrations provoquées par les ailes sur un terrain trop meuble et sous la poussée de vents puissants. Les mêmes fanions blancs et rouges ornaient le dernier barreau. Le signal se répéta deux fois, puis plus rien, les moulins restaient muets. Il devait s'agir d'une innocente information locale. Quoique les vents se contrariassent !

Après Palaiseau, un autre souci accapara l'attention de Lebayle : Lisa était épuisée. Elle dissimulait sa fatigue, mais ne tenait en selle que par sa volonté farouche et la grâce de Jurance qui compensait les faiblesses de la cavalière en changeant de pied ou de rythme. Il décida une halte prolongée avec une solide collation dans un cabaret avant Massy.

Ils parlèrent peu. Lisa assurait que tout allait pour le mieux et simulait l'euphorie. Exagérément. Elle mangea deux fois plus que lui qui s'extasia devant cette fringale et cette capacité d'emmagasiner tant de nourriture dans un corps aussi menu. Les repas de l'institution ne devaient être ni pantagruéliques ni d'une grande variété. C'est aussi qu'elle n'avait guère d'éléments de comparaison.

La pause dura une heure et demie.

Ils se remirent en route afin d'arriver à destination avant la nuit. Ils ne forcèrent pas l'allure et enfin, Paris fut en vue. Sentant l'écurie, la jument tenta un grand galop et fut satisfaite de sentir sa cavalière se ragaillardir et suivre le tangage stable de la course. Géraud aussi. Non loin de la porte Saint-Jacques, ils laissèrent le cheval au dernier relais de poste et la fille reprit sa place en croupe. Elle devait avoir l'intérieur des cuisses râpé comme un tablier de maréchal-ferrant et plus dure que du buis. En atteignant le pont Saint-Michel, quelqu'un héla « Monsieur Lebayle ». Il s'arrêta, se mit sur ses gardes. Par le quai, un cavalier le rejoignit et le salua : le sergent Quintet, blondin aux yeux bleus.

— Commissaire, je suis bien heureux de vous croiser presque par hasard. Monsieur de La Reynie s'inquiète fortement de ne pas avoir reçu de vos nouvelles depuis une semaine et son dernier message. Il m'a chargé de vous retrouver au plus tôt.

— Voilà qui est fait, sergent. Notre lieutenant de police s'alarme toujours quand il a besoin de mes services impératifs, répliqua Géraud mi-amusé mi-aigrelet à l'intention première de sa passagère. On dirait que je suis le plus indispensable de ses auxiliaires.

— Il est vrai qu'il vous sollicite souvent. Rassurez-vous. Au risque de vous fâcher, je cours sans cesse après l'un ou l'autre de ses agents favoris, mais c'est par manque d'effectifs et en raison d'une surcharge des urgences.

Géraud se souvint que, pendant la terrible guerre des poisons, c'est Pistol, son ami (dessinateur auprès de Vauban) qui avait commencé cette tâche indispensable.

— Je crois, poursuivit le sergent, que notre chef désire vous rencontrer… expressément. Il serait souhaitable que vous passiez au Grand Châtelet dans les plus courts délais. Sur-le-champ, par exemple, sans vous obliger.

— Nous revenons du Mans, très éprouvés par un dramatique accident de coche : un mort et plusieurs blessés. Mademoiselle a grand besoin de se reposer.

— Je le conçois et suis ravi qu'une si charmante personne soit indemne, grâce à Dieu. Pourtant, vous êtes à deux pas de la forteresse. Je vous en prie, ce ne sera qu'une formalité de quelques minutes. Je m'engage à vous obtenir un entretien dans le demi-quart d'heure.

Géraud hésita encore. Lui aussi était émoussé, mais Lisa abonda dans le sens du courtois sergent, curieuse de pénétrer dans cet antre à la sinistre réputation.

— Soit, concéda-t-il. Ma… nièce patientera dans l'antichambre, je ne peux pas l'abandonner sur le parvis ou dans un estaminet de la place, n'est-ce pas ?

— C'est entendu, commissaire ! Toutefois, cela se comprend, elle serait vite assiégée par une foule de galants, empressés à lui rendre hommage.

Quintet prit la tête, tandis que Géraud adressait une mimique à celle qui se croyait si laide… Elle lui répondit par haussement d'épaules, mais n'était pas moins flattée.

Ils traversèrent les deux bras de la Seine, la Cité, et la sombre bâtisse se dressa, les domina de toute sa silhouette hétéroclite : vraiment peu engageante avec ses lourdes tours pointues de tailles diverses en armée de géants, aux yeux grillées en croisillons, aux mâchoires de dragons. Une vision à engendrer des cauchemars chez les petites filles, mais guère aux coupe-bourses, coupe-jarrets et assassins que rien ne rebute.

Géraud fut reçu dans le quart d'heure. Lisa attendit sur la banquette inconfortable du renfoncement, au fond du couloir, nommé pompeusement « antichambre ». Elle frissonna. Était-ce dû à l'appréhension, à l'atmosphère ou à l'humidité suintant de la pierre – même en étage – en raison de la proximité du fleuve ? Les trois sans doute, alliés à la fatigue.

« Seuls les braves gens redoutent la sentence injuste des hommes, et celle de Dieu », se dit-elle. Dieu… la jugeait-il ? La punissait-il ? Elle avait refusé de lui consacrer sa vie. L'accident de la diligence n'était-il pas un effet du jugement divin ? Un simple avertissement ? Elle frémit. Pourquoi Dieu aurait-il sacrifié des innocents ?

Sa mutation de vie était survenue si vite... un bouleversement, avec un entrelacs d'événements qu'elle tenta de répertorier sur ses doigts. Après sept années d'une existence régentée par un rituel strict et quasi immuable, dans un environnement confiné et clos, ce tourbillon la suffoquait.

— Dieu, garderiez-vous un ressentiment contre une pauvre fille qui n'a perçu ni ressenti l'appel de la foi ? Ne me rendrais-je pas plus utile par des actions extérieures qu'en prières à l'intérieur si celles-ci ne sont pas assez puissantes pour vous parvenir ? Si vous aviez voulu que votre humble servante entre à votre service, vous m'auriez adressé un signe incontestable... L'apparition de la Vierge ou d'un ange... Me trompé-je ? À cette heure, je ne sais que penser, aidez-moi, guidez-moi. Je suis passée des murailles du monastère à celles de la prison. Est-ce ce qui m'étreint avec une telle intensité ?

Lisa se dressa brusquement, croisa ses doigts sous sa poitrine. Ses jointures pâlirent. Les larmes des âmes meurtries, prisonnières de ces pierres, inondaient les dalles polies.

Lisa n'avait désormais qu'une hâte : que s'achève l'entretien afin que Géraud l'emmène loin d'ici, dans un endroit chaleureux avec une cheminée ardente, un endroit où elle pourrait boire quelque chose de brûlant... Étaient-ce des secondes ou des heures qui s'écoulaient. L'obscurité s'était renforcée, humide et froide. Bientôt, elle ne se verrait plus elle-même. Géraud la retrouvera-t-elle ou se sera-t-elle fondue aux murailles de la forteresse ?

— Lisa ? Comment te sens-tu ?

Inquiet, Géraud vit la fille toute recroquevillée, au bord extrême de la banquette, prête à tomber ? Elle se ressaisit, ouvrit de grands yeux égarés :

— Que s'est-il passé ?

— C'est terminé, nous rentrons.

— Où cela ?

— Chez moi.

Il l'aida à se lever. Elle prétexta un assoupissement… bien légitime. Ils récupérèrent Jurance et, par des rues populeuses, bourbeuses et malodorantes, gagnèrent une courte artère du quartier Saint-Paul et une maisonnette au fond d'une cour avec, sur l'arrière, son petit jardin privatif. L'étage était occupé par les propriétaires et leurs quatre enfants, garçons et filles à égalité, dont l'aîné, Fabien, servait volontiers de commissionnaire. Le tout pour la modique somme négociée de trente-cinq sols par mois.

— Bienvenue dans ma modeste demeure, Lisa.

— Tu n'habites plus…

Elle éluda : rue de la Calandre, sous les toits, où il les avait hébergées, elle et Maline. C'était heureux, car trop de pénibles souvenirs s'attachaient à cet endroit.

— Non, non. J'ai dû déménager. C'est à peine plus grand, mais plus accessible et j'y ai un coin de verdure sous un pommier et une treille qui donne des raisins trop verts.

— Et bons pour des goujats, ne put-elle s'empêcher de citer La Fontaine.

Il lui fit visiter le minuscule vestibule et les deux pièces.

— C'est bien suffisant pour le peu de temps que j'y passe. Ne t'inquiète pas, Lisa : en attendant de te conduire à la chènevière, je te laisse volontiers ma chambre.

— Je ne veux pas…

D'un index sur ses lèvres, il lui intima gentiment le silence, lui adressa un clin d'œil :

— Tu es mon invitée.

Par le jardinet, il appela Fabien. Le garçon brun à la prunelle de jais, âgé de treize ans, apparut à l'une des fenêtres de l'étage. Il lui commanda un repas pour deux et de lui descendre une paillasse. Ils en conservaient plusieurs en réserve au grenier où dormaient les enfants. On y couchait parfois les invités après un banquet copieusement arrosé. Les Le Baillet étaient des hôtes conviviaux.

L'auberge de « la pomme croquée » était sise à l'angle de la rue. À cette heure, les marmites étaient chaudes. Fabien eut tôt fait de leur livrer un ragoût odorant, du pain et du fromage avec une bonne bouteille de vin de Montmartre. Ils se régalèrent en échangeant un minimum de paroles. Lisa dodelinait et Géraud ruminait son entrevue avec Monsieur de La Reynie qui avait été assez tendue au début.

Ils s'étaient expliqués sur le quiproquo. Lebayle avait résumé son périple au Mans et sa nouvelle situation personnelle. En ce qui concernait leurs affaires, il n'y avait pas péril en la demeure, d'autant qu'il se délecta d'apporter de l'eau à son moulin (à vent ! compléta-t-il en aparté). Tout s'arrangea, mais une question du chef de la police l'intriguait. Il lui demandait de prendre contact au plus tôt avec Pistol. Pourquoi ne déléguait-il pas Quintet ? Y avait-il un souci ? Rien de grave, sans doute. Le lieutenant lui demanda de mémoriser une phrase énigmatique à transmettre *in extenso*. Il n'était pas en position favorable pour réclamer des éclaircissements… Géraud fit donc porter un court billet à son ami.

Lisa jeta un regard éteint à son parrain et replongea dans son assiette. Elle n'avait pas perdu l'appétit. Il ne retrouvait pas la complicité d'autrefois avec la gamine délurée au parler cru et coloré. Cela était-il nécessaire, d'ailleurs ? Ils avaient évolué tous les deux et ce n'était qu'une question de temps pour se rapprivoiser, sans la même intimité, devenue impossible. Il était conscient que leurs relations ne seraient plus de même nature.

Après la nouvelle mission que le lieutenant lui avait esquissée et l'établissement de sa protégée, les lendemains n'allaient pas être de tout repos… D'autant qu'il n'avait pu se procurer les indispensables tenues chaudes conseillées naguère par le lieutenant.

9

— Pardonne-moi, Géraud, je ne comprends pas le sens de la question que me pose Monsieur de La Reynie.

Pistol et sa sœur avaient répondu au message de la veille. Muguette tenait compagnie à Lisa, qui semblait avoir recouvré de nouvelles forces et de bonnes couleurs, pendant que les deux hommes se rendaient à cheval au Grand Châtelet.

— Je te répète la phrase exacte qu'il m'a dite avant que nous nous séparions : « Votre ami Pistol, qui nous a été plus d'une fois d'une aide précieuse, connaît-il l'origine de son étrange patronyme ? »

— Tout ceci est fort mystérieux. J'ai grande hâte d'avoir une explication.

Ils firent louvoyer leurs montures entre les étals débordant sur la chaussée, les charretins mal rangés, les ballots et les caisses empilés, les monceaux de détritus nauséabonds et les badauds dans l'étranglement de la rue de la Martellerie.

— Il est vrai que mon nom est peu commun, reprit Pistol. Mais, comme tu ne l'ignores pas, nos parents ont disparu quand nous étions très jeunes avec Muguette. Je n'en conserve aucun souvenir précis, juste quelques impalpables sensations. Nous avons été recueillis par de lointains cousins, ballottés de-ci de-là, puis nous nous sommes affranchis et débrouillés seuls. Alors, pourquoi Pistol plutôt que Pierre ou Paul. Peut-être n'est-ce qu'un sobriquet que je ne tiens même pas de mes parents, mais au détour d'une rencontre, d'une amitié ? Sans exemple devant les yeux, voilà pourquoi il ne nous est pas facile de créer un foyer.

— Ne te morfonds pas. J'ai eu ce bel exemple d'un couple soudé et je n'en suis pas davantage capable.

Soudain, des pommes roulèrent à leur rencontre, en se carambolant dans le caniveau central à peu près sec, par exception. Des gamins se précipitèrent pour les récolter à la volée et disparaître avec leur trésor. Un cageot s'était éventré en tombant d'un chariot. Le commerçant hurlait en vain qu'on lui rende sa marchandise. Leurs deux montures se seraient volontiers laissé tenter, si des mains fermes n'avaient tendu les rênes.

— Il m'a toujours semblé, reprit Pistol, qu'il ne pouvait y avoir que trois explications à mon patronyme. Primo, il s'agirait de notre nom de famille, toutefois, ma sœur n'en a pas hérité. Deuxio, une autre allusion à la monnaie[19]. « Être tout cousu de pistoles », dit-on, ce qui n'a jamais été notre cas. Tertio, une autre allusion aux courtes armes à feu portées par les cavaliers. Le « e » a disparu pour s'adapter au masculin ou par ignorance. Je ne vois aucune autre explication. Monsieur de La Reynie a raison, en ce qui me concerne, c'est un mystère.

19. Monnaie de compte valant dix livres (1652), puis onze livres et douze sols (1689).

— Sur lequel il aurait, selon moi, quelques clartés à te livrer. Mais pourquoi le chef de la police s'y intéresse-t-il ? À moins que ce soit juste un prétexte pour te solliciter, une fois encore, afin de me seconder dans une enquête délicate qu'on me réserve pour bientôt dans une lointaine province. Je ne t'en dis pas davantage.

— Partir en croisade ? Pour toutes les pistoles du monde, il n'en est pas question ! Ce n'est pas contre toi, Géraud, j'aurais plaisir à t'aider, mais l'aménagement de la place de Huningue pour la défense de la haute Alsace par le marquis de Vauban requiert mes véritables talents. Et sans doute aussi un voyage dans le Languedoc.

— Je le conçois aisément. Nous saurons bientôt la raison de cette convocation.

Ils atteignirent le Châtelet par la rue de la Vieille Place aux Veaux, la Boucherie, la rue de la Triperie (ou de l'Araigne), et l'entrée place de l'Apport-Paris. Ils se présentèrent au secrétariat du chef de la police. Ils patientèrent dans « l'antichambre ». On les introduisit après trois ou quatre minutes seulement.

— Messieurs, les accueillit La Reynie assez détendu, veuillez vous asseoir. Je suis à vous dans un instant.

Il apposa encore sa griffe sur quelques documents, puis remit le maroquin à son nouveau secrétaire. Il leva la tête, posa sa plume.

— Je vous remercie d'avoir fait diligence. Lebayle, commençons par vous : quand pensez-vous me remettre votre rapport à propos de la poste et vos conclusions d'enquête en ce qui concerne ce langage des moulins que vous avez si subtilement découvert ?

— Les voici, Monsieur.

Géraud déposa sur l'angle de la vaste table toujours encombrée d'épais dossiers (à croire qu'il s'agissait des mêmes, non traités) une enveloppe contenant une demi-douzaine de feuillets que le lieutenant parcourut d'un rapide coup d'œil exercé.

— Félicitations, commissaire. Vous êtes plus prompt que l'éclair et plus concis qu'un clerc de notaire.

Monsieur de La Reynie semblait d'humeur badine ce matin :

— La piste des moulins sera confiée à deux exempts chevronnés pour vous suppléer, vous ne pouvez être au four, au moulin et aux confins du royaume.

— Monsieur, ce ne sont que des hypothèses, se défendit Lebayle qui se voyait confisquer l'affaire, hypothèses débroussaillées en collaboration avec ma pupille, et qui méritent d'être développées avant de…

— Lebayle, n'ai-je évoqué hier devant vous une tâche d'une tout autre envergure que je ne pourrai placer qu'entre des mains expertes ? Les vôtres. J'ai tranché pour des motifs sur lesquels nous reviendrons plus tard, ce n'est pas à l'ordre du jour, le premier étant que vous connaissez les lieux et les protagonistes. Messieurs, je vous ai requis pour une question précise qui concerne votre ami… Monsieur Pistol, m'apportez-vous une réponse à celle-ci ?

— J'y ai réfléchi, Monsieur. Hélas, mon passé

m'est totalement inconnu. Nom de famille réel, petite arme à feu ou monnaie de compte, je n'y vois aucun lien...

Gabriel de La Reynie afficha un sourire de satisfaction qu'on ne lui avait jamais vu et hocha la tête, chahutant les volutes de son abondante perruque. Il semblait hésiter sur la manière d'aborder véritablement le sujet. D'évidence, il tenait des informations inédites. Il croisa ses doigts, reposa ses avant-bras sur le bord de sa table :

— Cher Pistol, vous vous doutez bien qu'il ne s'agit pas de ces suppositions. Nos services – qui se sont informés avant de vous recruter la première fois sur chaude recommandation – auraient découvert des indices depuis belle lurette... Nous sommes parfois aveugles le nez sur les solutions qui nous crèvent les yeux, si je puis me permettre cette illustration hardie. En l'occurrence, c'est le hasard qui me fit exhumer – le terme n'est pas totalement inapproprié – une nouvelle piste... confondante.

Le chef de la police se délectait. Sa révélation était-elle si extraordinaire ? Il plissa les paupières, s'autorisa une pause pour laisser ce préambule produire son effet, puis expliqua :

— Il existe dans le langage populaire un peu ancien, une expression que vous ignorez sans doute, car vous auriez pu alors établir un rapprochement et avoir la curiosité de vous renseigner plus avant. Je vous avoue que moi-même, pourtant en bonne place, je n'y avais pas songé, bien que nous ayons habitude de côtoyer ce genre de population...

À vouloir trop diluer l'impact de l'annonce, il engendrait une nerveuse impatience. Il s'en rendit compte et conclut :

— Dans le milieu des prisons et particulièrement au Châtelet et à la Bastille, autrefois s'employait la formule « être à la pistole ».

Sur un nouveau silence, Pistol signifia son ignorance par un signe négatif de la tête. Géraud se permit d'intervenir :

— Je reconnais que cette locution m'est aussi inconnue.

— Elle désigne un régime de faveur et le quartier où il se pratique. Il s'agit d'une geôle de gestion privée, réservée aux prisonniers ayant les moyens financiers de payer ce service. Et, à l'origine, le tarif mensuel était fixé à une pistole.

— Je n'ai pas encore eu ce privilège, plaisanta le dessinateur de Monsieur Vauban pour masquer son trouble et l'expectative dans laquelle il pataugeait.

— Certes… J'ai donc consulté la courte liste des personnes qui bénéficiaient de cet avantage entre nos murs épais, n'y ait rien trouvé, puis à la Bastille. Et c'est là que la solution m'est apparue. Ainsi, j'ai rencontré un étrange personnage : un certain Martelin, ancien enseigne des mousquetaires du Roi.

Géraud et Pistol s'entre-regardèrent. Ce nom ne leur évoquait rien. Un mousquetaire emprisonné, ce n'est pas commun, sinon pour quelque frasque. Aurait-il fait des révélations ?

— Vous ne pouvez pas le connaître. Il fut arrêté, embastillé sur ordre de Mazarin pour collusion dans un complot contre le cardinal, tramé par les partisans de Condé (rentré en grâce depuis), complot déjoué en 1653.

Les deux compagnons marquèrent la même surprise sur la date. Vingt-sept ans s'étaient écoulés. Monsieur de La Reynie n'exhumait pas cette anecdote pour rien.

— Les deux principaux hommes de main, Ricousse et Butant furent exécutés et ne dénoncèrent pas leurs complices. Martelin dont le rôle restait mal défini, ne fut rattrapé qu'en 1655. Toutefois, guère d'efforts n'avaient été consentis pour le localiser, un événement plus important accaparait alors les services de l'État.

La Reynie relança un ton au-dessus pour ranimer son auditoire pétrifié :

— En août 1654, le cardinal de Retz s'évadait de sa prison et parvenait à gagner Rome. On soupçonna Martelin d'y avoir contribué. C'est sur une dénonciation anonyme que l'enseigne susnommé fut donc intercepté au début de l'année suivante dans cette ville.

Les deux amis, muets et méfiants ne voyaient toujours pas où le lieutenant voulait en venir avec cette vieille histoire et ce mousquetaire « à la pistole ». Ils le laissèrent poursuivre :

— Or, si le dossier de Martelin tomba dans l'oubli et si celui-ci ne subit pas la sentence adaptée, c'est qu'il n'était pas, à proprement parler, un sous-officier félon, inconnu des autorités et du cardinal-ministre. Cela se passait pendant la régence, bien avant que Monsieur Colbert ne crée en 1674 ce poste de lieutenant de police dont j'ai l'honneur d'assumer la charge. Comment aurais-je pu deviner ?

Tandis que Monsieur de La Reynie reprenait son souffle, ses deux subalternes se jetèrent un bref regard entendu : que fallait-il attendre de ce récit romanesque, tout cela était si lointain et confus ? Qui était réellement ce militaire En quoi intéressait-il le chef de la police ? Avait-il laissé une lettre, des écrits, ses mémoires ? Ils n'osaient supputer…

— Martelin profita donc du régime de la Pistole car, en réalité, c'était un agent du royaume, infiltré auprès de Condé pendant la Fronde des Princes, entre 1649 et 1652. Vous comprenez mieux le nébuleux de l'administration d'alors. Dans l'attente que s'apaisent les diverses tensions et que le gouvernement se rétablisse, il consentit pour sa sauvegarde à se faire oublier à l'ombre des barreaux…

Le lieutenant sembla réfléchir, considérant ses interlocuteurs l'un après l'autre, le menton dans la fourche pouce-index gauche, le coude calé sur la table. Puis, il abandonna cette posture, s'amusant à les tenir encore en haleine…

— Seulement, les murs de la Bastille sont très épais. Et la santé du cardinal déclinait. Le secrétaire qui gérait le dossier Martelin fut déplacé, son successeur ne dut pas être informé de ce cas particulier. Et, au décès de Mazarin en 1661, notre agent double tomba par malchance dans l'oubli.

— Six ans de prison pour rien ? s'insurgea Lebayle.

— Hélas. C'est injuste mais… ce n'était que le début de son calvaire.

— Bigre ! Sa famille, ses amis, son commandant,

personne ne s'inquiéta de son sort, personne n'adressa une lettre au directeur de la prison. Monsieur de Besmaux l'était depuis 1658, si je ne me trompe. Comment cela peut-il être ?

— Ne vous emportez pas, Lebayle. Gardez quelques forces pour la suite, vous en aurez grand besoin. Ces temps de régence ne furent pas faciles à diriger pour la reine Anne d'Autriche. Quand Sa Majesté Louis se décida à prendre seul les rênes du royaume, sans Premier ministre, avec le procès du surintendant Fouquet qui s'ensuivit jusqu'en 1664, il ne pouvait avoir connaissance de l'ancienne gestion ni éclaircir tous les mystères.

Une nouvelle interruption ne laissa à Pistol que le temps d'un soupir de lassitude.

— À la suite d'une opiniâtre curiosité de ma part, mes… investigations ont permis de retrouver la trace de sa famille. Hélas, sa jeune épouse était décédée en 1656 d'une fluxion. Ils avaient eu deux enfants. Lorsque Martelin apprit la maladie de sa femme, le garçonnet était âgé de trois ans et la petite fille de quelques mois.

Pistol blêmit. Soudain se dévoilait à lui un passé qui n'était peut-être pas plus enviable que l'ignorance de ses racines.

— Depuis sa geôle, Martelin avait gardé des contacts avec l'extérieur. De façon étonnante, il se tenait informé de ce qui se passait dans le royaume, à la Cour et au-delà des frontières. À cette époque-là, il se sentait encore en danger et personne ne pouvait assurer sa protection. Comment garantir que le lien avec ses enfants ne se rompe pas ? Il le crypta à sa manière, habitué qu'il était de ce procédé par sa profession. Il commanda à une tierce personne que les chemises de son fils soient brodées de la mention « Je m'appelle Pistol » au cas où il arriverait malheur à la mère.

Dieu tout-puissant ! Pistol ferma les yeux, pressa l'avant-bras de Géraud afin de ne pas chavirer. Il laissa s'estomper le malaise, maîtrisa peu à peu sa respiration. Martelin ! Il retrouvait son père pour en apprendre le décès… mais dans quelles circonstances ? De désespoir dans sa prison ? Assassiné à la sortie de celle-ci ? Ses mâchoires verrouillées ne lui permettaient pas de réclamer la fin du drame. N'eût-il pas mieux valu qu'il en ignorât tout ? Quel intérêt avait le chef de la police à déterrer les morts ?

— En ce qui concerne l'identité de la petite fille, il s'agit bien de son nom de baptême, le registre paroissial de Saint-Eustache en atteste, compléta le lieutenant, en épiant les réactions du dessinateur, car elle était née en mai, le trois précisément.

Il ne laissa pas le temps à ses interlocuteurs médusés de réagir et lâcha d'un trait :

— Alors, notre enseigne écrivit aux ministres, Pomponne, puis Colbert et Louvois, et même au Roi, à plusieurs reprises pour plaider sa juste cause et demander son élargissement. Il semble que les courriers ne soient jamais parvenus à leurs destinataires… Ils ont été interceptés, c'est sûr ! Sinon, il n'est pas à douter que ceux-ci eussent répondu. Ainsi, de mois en années, il plongea dans la désespérance. Sa santé s'altéra. Un jour, un vertige le prit. Il chuta brutalement et ne put se relever. Le choc avait ravivé une vieille blessure aux vertèbres.

Dorénavant, il se trouvait paralysé des membres inférieurs. Il resta alité plusieurs semaines, puis se résigna à vivre dans une chaise roulante pour le peu de déplacements qu'il avait à effectuer.

Géraud profita enfin d'une respiration du narrateur pour intervenir :

— Pardonnez mon impatience, Monsieur, je m'interroge sur la source qui vous a permis de recueillir des renseignements aussi précis, datant de plus de vingt ans, si les preuves ont disparu et...

De la main, Monsieur de La Reynie l'interrompit et esquissa un sourire énigmatique :

— Commissaire, je reconnais bien là votre sagacité. La réponse est élémentaire. Ces renseignements, je les tiens de vive voix de l'intéressé lui-même... et cela de fraîche date.

Pistol se pétrifia et, après plusieurs secondes, s'arracha à son état d'hébétude :

— Monsieur... Monsieur... voulez-vous dire que mon... que l'enseigne Martelin est... encore de ce monde ?

— Tout à fait, Pistol. En doutiez-vous ? Vous aurais-je vilainement torturé si ce n'était pas le cas ? J'étais empressé de vous apprendre cette incroyable nouvelle sans trop vous brusquer... Votre père est vivant. Il attend la visite de son fils avec sérénité mais grande hâte.

— Il sera donc enfin libéré, s'interposa encore Géraud.

Le lieutenant tourna la tête dans sa direction, tout en paraphant un feuillet qu'il avait rédigé quelques instants plus tôt :

— Je crois, Lebayle, que vous devriez conduire

sans plus tarder votre ami à la Bastille... Tenez, voici un sauf-conduit qui vous ouvrira promptement toutes les portes. Ensuite vous reviendrez ici au plus tôt, sans aller battre la campagne, nous avons à finaliser la mission dont je vous ai parlé. Vous ne pouvez vous y soustraire : c'est une demande de Sa Majesté.

*
**

La Bastille ! Sa masse écrasante. Ses huit tours colossales. Son huis de belette avec le pont-levis à droite de la mince passerelle réservée aux piétons. Ils descendirent de cheval. Géraud confia les rênes à son compère, hagard et mutique. Tempête sous un crâne.

À cet instant, le dessinateur avait trois ans d'âge et reprenait le cours de sa vie là où elle s'était interrompue. Au long du parcours, des images enfouies avaient jailli de sa mémoire verrouillée, de véritables gifles qui coupent le souffle. Des images éphémères sourdaient, s'échappaient, revenaient, moins floues. Le père, un homme brun, grave et svelte, au regard profond et bienveillant. Immense aux yeux du bambin. Derrière lui, la mère, silhouette fugace de tendresse, pâle, aux courbes douces, au ventre rond. L'homme aux bottes à revers marchait à longues enjambées, tenant ferme sa main dans sa paume calleuse. Où se rendaient le père et le fils ?

Géraud exhiba son laissez-passer aux sentinelles, convia Pistol de le rejoindre. La salle des gardes à droite. Enfumée, emboucanée. La grande cour : un puits froid sans soleil. Ils attachèrent leurs montures à des anneaux, près d'autres bêtes.

Le petit garçon court, sautillant sur ses courtes jambes. Le père le rejoint sans peine, l'enlève, le lance dans les airs. Il vole, il rit à s'en décrocher la glotte, retombe, confiant en l'homme qui le reçoit dans le berceau de ses bras solides. Encore ! réclame-t-il, encore ! Ils rient... La bulle irisée éclate.

Tout cela avait été enseveli plus de vingt ans. Les silhouettes s'effacent.

La deuxième tour sud-est. Un escalier en colimaçon à droite, serré, aux marches trop hautes pour un gamin de deux pieds cinq pouces. Mais c'était ailleurs... Pistol revient au réel. Il se sent ridicule à soulever exagérément les semelles. Un archer est en faction sur le palier... deux étages, un archer encore... cent étages... Atteindra-t-on le ciel où réside désormais l'enseigne des mousquetaires ? Le cœur du petit garçon caracole.

Ce passé est trop loin et soudain trop présent. Les meurtrières, fentes éblouissantes, trop étroites pour distinguer l'extérieur... Un couloir circulaire d'à peine son envergure qui s'enroule à l'infini. Une porte de bois noir sous un arc de pierre, cloutée, bardée de ferrailles. Encore un soldat : le porte-clefs. Laissez-passer. Une deuxième porte... et une troisième[20] ! Combien y en a-t-il pour accéder à une cellule ? Est-ce la tour aux cent portes ? On comprend mieux que l'on ne s'évade pas de la Bastille.

20. Ces cellules avaient en effet trois portes.

Ils s'attendent à trouver une geôle aux murs nus, suintant dans le clair-obscur d'un soupirail, le sol recouvert d'une vieille paille moisie, un châlit, un grabataire en uniforme guenilleux... Pourquoi cette inutile épreuve ? Pourquoi cette torture ?

La dernière porte grognasse et s'écarte. Ils pénètrent dans un autre monde. Un coup d'œil en arrière les rassure : on se trouve toujours à la prison de la Bastille.

La pièce, en arrondi, était claire et de bonnes dimensions, qu'un soleil, généreux pour la saison, baignait en s'infiltrant de biais par la solide grille de la fenêtre. Une vraie fenêtre. Cela ressemblait au salon d'un castel de province, avec des meubles, un peu désuets mais de bonne facture, des tapis au sol, des tentures unies sur les murs, une écritoire sur la droite, une table et deux chaises rembourrées, une commode ordinaire, une bibliothèque surchargée d'ouvrages divers et de journaux défraîchis. Dans un renfoncement, derrière un paravent tendu de tissu gris, on devinait un lit avec une courtepointe.

À l'opposé, leur apparut le maître des lieux, ramassé sur une chaise roulante que leur avait masquée la large porte. Un vieillard en justaucorps et veste d'intérieur couleur prune et hauts-de-chausses gris, aux longues mèches poivre et sel sous un bonnet noir d'apothicaire, mais des prunelles étonnamment vives et pétillantes. Fort ému lui aussi, il s'était bien gardé de se manifester.

— Soyez les bienvenus dans mes modestes appartements, jeunes gens... Bonjour, fils. Comment te portes-tu ?

— Père ? bredouilla Pistol, trois ans et demi.

— Je dois être celui-là car, moi, je te reconnais. Tu as superbement poussé, mon garçon. Heureux de te retrouver, enfin. Prenez des sièges, nous avons tant à échanger qu'il nous faudra plusieurs séances et davantage si nous voulons cerner les sujets essentiels et combler les lacunes d'un quart de siècle d'éloignement. Ah ! Dieu. Quelle journée mémorable est-ce aujourd'hui !

Géraud guida Pistol vers les chaises, pendant que l'invalide approchait son fauteuil, grâce aux roues de chariot assez grandes pour qu'il puisse les manœuvrer seul.

— Par quoi allons-nous commencer ? reprit Martelin. J'avoue que depuis longtemps l'espoir de revoir un jour mes enfants m'avait quitté et que je m'étais résigné à ce qu'ils me croient mort plutôt que leur imposer la présence d'un pauvre spectre.

Les deux garçons se récrièrent. Souriant, il les interrompit en levant la main :

— Et Monsieur de La Reynie est intervenu – doigt du destin. Pourquoi, comment, mystère ? Homme de cœur et de droiture, il m'a tiré du néant. Il est venu me visiter, a su trouver les mots, les arguments pour fissurer mon armure, déboulonner mes réticences. Il a tout bouleversé. Il m'a convaincu de t'adresser un signe de vie et de combler ce terrible vide de vos origines au-delà de ma simple personne, à toi, et à la petite Muguette que je n'ai jamais vue mais que je devine sublime…

Il examina son fils, hocha la tête, apparemment satisfait :

— Pour moi, au fil des jours, s'est construit un

autre univers où j'avais un rôle à jouer. Alors, il était devenu primordial et indispensable de renouer les liens du sang et de vous transmettre le flambeau.

Il se tut. Ses yeux traduisaient tout ce qu'il ne savait exprimer avec les mots. Une brûlante exaltation envahit Pistol. Un souffle incontrôlable soulevait sa poitrine. Il humecta plusieurs fois ses lèvres et parvint à articuler :

— Muguette, quand elle sera informée de votre existence… Père, elle sera follement impatiente de vous rendre visite.

— La prochaine fois, tu me l'amèneras. Prépare-la en douceur à cette éventualité. Une jeune fille est une fleur délicate qu'il faut préserver.

Un temps encore. Le tintement d'une petite cloche monta à l'assaut de la forteresse, s'invita timidement dans la geôle par la fenêtre : un marchand ambulant d'eau fraîche…

— En attendant votre élargissement qui, désormais, ne saurait tarder, assura Géraud. Nous y veillerons.

— Une libération ? Ah ! Ceci est un autre problème dont nous reparlerons plus tard. Il faut se familiariser avec cette idée, élaborer un processus, poser des jalons, se réadapter au ciel changeant au-dessus de sa tête. Il faut du temps, de la persévérance. Comme tu peux le constater, fils, je suis confortablement installé, et ne peux plus guère me déplacer. Ce qui ne signifie pas que je n'ai pas gardé une certaine autonomie et des contacts avec l'extérieur.

— Monsieur, nous n'ignorons rien de tout cela,

intervint encore Géraud. Aujourd'hui, il ne s'agissait que d'une prise de contact. Je ne doute pas que vous vous reverrez souvent et qu'une nouvelle ère vous attend. En ce qui me concerne, je suis obligé de vous quitter à regret. Monsieur de La Reynie a souhaité que je le rejoigne au plus tôt au Châtelet pour une mission, « de la plus haute importance » a-t-il précisé, mais elles le sont toutes !

— Commissaire, je ne sais trop ce que représente le service du roi, je ne vous retiens pas… mais ne vous raccompagne pas. Votre présence auprès de mes enfants me touche beaucoup. Je retiens encore quelques moments mon grand fils et vous attends à votre retour, dès qu'il vous sera loisible.

— Je n'y manquerai pas, Martelin. Le récit de votre carrière m'intéresse beaucoup.

Ils se saluèrent et Géraud – donnant rendez-vous à Pistol – s'en retourna, ébloui par cette incroyable résurrection.

10

Une heure plus tard, Géraud et Pistol se retrouvèrent, comme à leur bonne habitude, à la taverne de Castaro, l'ancien galérien borgne reconverti dans le commerce des boissons. Au milieu d'une faune disparate de gredins qui pouvaient tous se glorifier de méfaits passibles de la corde, ils étaient respectés et se trouvaient en sécurité. Question de confiance mutuelle. Tous deux arboraient des mines caméléonesques, c'est dire qu'ils passaient du verdâtre au carmin, de la gravité à la jovialité et réciproquement.

Le premier revenait de son entretien avec le chef de la police, le second quittait l'homme qu'il pensait ne jamais retrouver, sinon dans un monde meilleur : son géniteur !

Le Pistol d'aujourd'hui (vingt-huit ans) pendulait entre son enfance perdue et sa nouvelle naissance de tantôt ; bonheur et amertume malaxés. Son père était vivant, l'esprit intact mais dans quel état physique ! Vivant cependant, mot aux résonances mystiques qu'il se répétait comme une antienne : vivant ! Ils avaient perdu les vingt-cinq années de vie communes d'échange, de complicité… mais se rassérénaient de cette tardive découverte.

De son côté, Géraud était informé des grandes lignes de sa nouvelle mission… prolongement de son voyage en Italie de l'année précédente ! Les conditions imposées le faisaient grincer des dents. Monsieur de La Reynie n'ignorait rien à propos de Lisa qu'il avait entraperçue la veille dans l'antichambre. Et cela lui avait inspiré une idée, déconcertante pour le moins, qui ne plaisait pas du tout au commissaire. En fin de compte, il était bien obligé de s'en accommoder. Les ordres sont les ordres. Il n'en relata que l'essentiel à son ami.

« Lebayle, qu'avez-vous envisagé pour votre pupille durant votre absence ? » lui avait demandé le lieutenant. Sans lui laisser le temps de la réponse, il avait poursuivi :

— Celle qui fut cloîtrée pendant sept longues années ne peut être abandonnée à elle-même dans une ville inconnue. Elle va donc avoir le privilège de voyager en votre compagnie. Elle découvrira ainsi notre beau royaume, et vous constituera un charmant alibi. Vous la protégerez mieux que quiconque, car, vous ne l'ignorez pas, nos faits et gestes sont surveillés et analysés à chaque instant. Si l'on vous voit galoper, seul, à bride abattue, vers la Savoie, aussitôt, l'alerte carillonnera chez nos adversaires et vos moindres mouvements seront épiés et, conséquence directe, vos actions entravées. Il n'est pas question de courir ce risque. Dans ce genre d'affaire, vous devez agir le plus secrètement possible, vous le savez d'expérience, au grand danger de déclencher des problèmes diplomatiques considérables. Cette odieuse traîtrise du Piémontais – ce comte Mattioli – a mis Sa Majesté hors d'elle. On ne peut envisager qu'elle soit ébruitée et que le roi devienne la risée de toute l'Europe.

— Je l'entends bien ainsi, Monsieur.

— C'est pourquoi, j'ai pensé que vous ne dédaigneriez pas vous grimer – vous en possédez l'art consommé – pour voyager, telle une brave bourgeoise, en compagnie de votre nièce, elle-même rendue méconnaissable, et sous prétexte de raison de santé… (Géraud avait-il bien entendu ?) vous la déposerez chez des amis, avant la frontière, en un lieu convenu, une demeure bien sécurisée afin de ne pas l'exposer, ce qui vous laissera les mains libres pour mener à bien votre tâche.

À la fin du récit, Pistol éclata de rire, à s'en étouffer :

— Tu vas devoir convoyer la demoiselle, toi, déguisé en duègne ! J'aurais aimé assister à votre départ. Hélas, ce serait te désigner du doigt à tous les espions du royaume.

— Qui te dit que je revêtirais un costume aussi ridicule ?

— Naguère, ne m'as-tu pas confié que tu te déguiserais volontiers en femme pour voir l'effet produit ? Ce sera l'occasion idéale !

— Après tout, cette solution sera peut-être la plus efficace. Je vais y réfléchir. De ton côté, comment se sont conclues ces miraculeuses retrouvailles avec cet inconnu fort sympathique qui est ton père ?

— Les liens du sang ne sont pas un vain mot. Nous nous sommes rapidement reconnus et apprivoisés, d'autant qu'il avait une immense fringale de retrouver ce petit garçon de trois ans arraché à son affection. Et, désormais, il a hâte aussi de découvrir sa fille, une si belle plante, tu ne me diras pas le contraire.

— Certes, non.

Besoin de s'étourdir un peu, ils commandèrent un second flacon. Pistol relança :

— Je lui ai retracé les grandes lignes de notre parcours. Il m'a résumé les étapes de sa vie. Par moments, je ne savais plus très bien à qui je parlais : un étranger ou un intime. Je me suis limité au « vous » tandis qu'il me tutoya dès la première phrase. Peu à peu, nous comblerons ces lacunes. La tâche sera longue mais enrichissante. N'est-ce pas qu'un rêve ? Je n'y crois pas encore.

— Je puis t'assurer qu'il n'en est rien. Tout cela est bien réel. Délecte-toi jusqu'à l'ivresse. Ton père est vivant, Pistol, et le sera encore plus à chacune de vos rencontres.

— En présence de Muguette, ce sera sans doute différent, sans *a priori* parce qu'ils n'ont aucun souvenir en commun. Même si les miens sont encore diffus, des bribes se tissent et prennent un sens… J'en suis sidéré. J'ai reconnu la voix. J'ai retrouvé le regard franc et mobile, la main ferme, des termes spécifiques qu'il n'employait pas par hasard. Il n'est pas aisé de découvrir un père emprisonné à tort depuis vingt-cinq ans, comme le dernier des criminels.

— Je le conçois aisément, mais l'essentiel est qu'il soit en vie et sain d'esprit.

— Ce qui me chagrine, c'est qu'il refuse de

quitter ce qui est devenu son refuge, tel un bernard-l'ermite dans son coquillage d'emprunt.

— Avec le temps, les choses se poliront. Il est encore trop tôt pour l'extraire de la Bastille, d'autant que l'administration mettra des semaines, voire des mois à reconnaître l'arbitraire, avant de casser le jugement et rectifier le tir.

Ils trinquèrent à la libération d'Adrien Martelin, enseigne des mousquetaires.

— À ce propos, ton père t'a-t-il révélé ton véritable prénom ?

Pistol se figea quelques secondes, puis, penaud, secoua la tête :

— Baste ! Émotionné, je n'ai même pas pensé le lui demander... Dès ce soir, j'annonce en douceur à Muguette qu'elle n'est plus orpheline – c'est capital d'avoir des racines –, et demain, je la conduis à la tour sud-est, où j'apprendrai du même coup comment on m'appelait, petit garçon ! Tu vois, j'ai eu une intuition en déclinant l'offre de t'escorter. Je ne te poserai aucune question à propos de ta mission, toutefois, comment comptes-tu opérer avec ce charmant boulet rivé à la cheville ?

— Lisa ? C'est un souci. J'aurais préféré la confier à la garde de mes parents. Ce voyage me laisse perplexe. Je devrais donc l'abandonner, après un éprouvant périple de plaine et de montagne, chez un correspondant du chef de la police et m'éclipser pendant qu'elle fera diversion, au cas où l'on nous surveillerait – ce dont je doute fortement. C'est la seule consigne précise que j'ai reçue. Pour le reste, tu sais comment cela se déroule d'ordinaire.

— Instinct-imagination et rigueur-improvisation ?

— C'est à peu près cela.

— Quand pars-tu ?

— Le temps d'informer Lisa, de la préparer à cette expédition, et de mettre au point nos métamorphoses. Dans une paire de journées.

— Je constate que nous avons des pensums identiques pour des objectifs divergents.

— Pas tant que tu crois, Pistol… pas tant que tu crois.

Ils ne développèrent pas cette remarque, mais sirotèrent, songeurs, leur dernière gorgée. Enfin, Géraud ajouta :

— Ne trouves-tu pas étrange cette concomitance d'événements qui s'emboîtent comme… les engrenages des moulins ? Ma découverte du langage de ceux-ci, précisément grâce à la perspicacité de la demoiselle qu'on me demande de retirer tout à trac de l'institution religieuse où elle étudiait depuis sept ans ; cette nouvelle enquête qui m'envoie *subito presto* du côté de la lointaine Savoie, avec la charge périlleuse et incongrue de cette même jeune fille qui a perdu les réflexes de sa vie sauvage d'antan ?

Pistol haussa les épaules et esquissa un sourire ironique :

— Cela s'appelle coïncidence ou heureux hasard. Ce n'est pas la première fois que tu es confronté à une telle situation.

— À ce point, la question se pose. La saison hivernale qui se profile derrière ce long automne pluvieux ne me dit rien qui vaille, et ne sera guère propice à un périple aussi dangereux par les montagnes sauvages. Surtout après le choc que Lisa vient de subir avec l'accident de la diligence.

— C'est exact. Monsieur de La Reynie ne la ménage guère.

— Nous sommes bien d'accord sur ce point, Pistol. Voilà ce qui me trouble et m'inquiète. J'aurais préféré agir seul… puisque tu es désormais indisponible.

— Est-ce un reproche ?

— Non point, je m'en voudrais. Simple constatation qui me prive de ta présence, me gardant aussi bien à droite qu'à gauche ou sur mes arrières.

— On dirait qu'on ne veut pas te faciliter la tâche.

— Si tu veux connaître mon sentiment profond : je suis las des histoires d'État où l'on me balade comme un pantin, au prétexte que cette soi-disant liberté d'agir serait plus opérante. Je pencherais davantage, certains jours, vers une quelconque incompétence de la hiérarchie avançant dans le brouillard le plus dense.

— Entre nous et quatre z'yeux, dis-moi : qui s'est spécialisé dans la résolution de ce genre d'enquêtes ?

Géraud tortilla son museau en une sorte de groin, puis sourit :

— Tu n'as pas tort, Pistol Martelin. À vouloir trop bien réussir, on se nuit à soi-même car les plus hautes personnalités s'imaginent alors qu'on peut résoudre par magie les imbroglios les plus inextricables.

Pistol se dressa et, en guise d'épilogue, s'amusa à parodier Molière à deux voix :

— « Tenez, mon prince, si l'on confiait ce casse-tête insoluble au commissaire Géraud Lebayle ? »/ « Vous parlez de raison, il n'y a que lui pour nous tirer de ce mauvais pas. Il est capable de tout car un peu inconscient. »/« Et s'il échoue, Monseigneur ? »/« On le regrettera, voyez-vous, on le regrettera, beaucoup. »

Géraud se leva à son tour :

— C'est criant de vérité ! À présent, il est temps d'aller affronter la gent féminine.

Sans un mot de plus, ils se donnèrent une fraternelle accolade, détestant, l'un comme l'autre, cette heure inéluctable de la séparation.

*
**

Pistol se rendit de ce pas chez sa cadette à l'épaisse crinière d'un noir aussi intense que son regard. Muguette initiait toujours à l'escrime – avec bonheur – les deux garçons d'un bourgeois voisin. Comment allait-il aborder ce sujet plus épineux qu'un roncier sauvage ?

Il n'avait pas en mémoire d'exemple comparable sur lequel s'appuyer, du genre « Te souviens-tu d'untel qui… » En descendant de cheval à la porte de sa sœur, il n'avait toujours aucun angle d'attaque. Muguette était en train de cuisiner des langues de mouton en ragoût qu'elle avait d'abord rôties sur le gril, poudrées de sel et de poivre, ajoutées de mie de pain, et qui mitonnaient à présent avec des champignons, une tétine de vache passée à la casserole et un bon beurre, liée avec un peu de farine frite…

C'est en lui détaillant la cuisson qu'elle accueillit son aîné, dans l'espoir de le garder à dîner. Il ne s'intéressa pas à la recette, mais les effluves appétissants l'incitèrent à accepter l'implicite invitation.

— Mon Pistol n'affiche pas la mine des grands jours, observa-t-elle du coin de l'œil en surveillant son fricot. On dirait que tu n'es pas content de me voir ? Peut-être as-tu une obligation impérative ? Dans ce cas, je m'en voudrais de te retenir.

— Point, point, il ne s'agit pas de cela, Muguette…

Maladroit, il comprit trop tard qu'il avait ouvert une boîte de Pandore. La finaude qui le connaissait tant, sans cesser le touillage de sa marmite, en profita :

— Je me doutais bien qu'il y avait quelque chose de suspect. Sers-toi un verre de vin ; ce sera bientôt prêt.

Pistol faillit se laisser tenter, mais se souvint qu'il avait déjà bien haussé le coude avec Géraud. Il mit le couvert et s'assit à sa place habituelle, contre le mur.

— Mon cher frère, tu ne me dis rien, et tu n'ignores pas que le silence m'oppresse au plus haut point. Sors donc le pâté d'airelles du garde-manger… Est-ce personnel ou professionnel ?

— Quoi donc ? dit-il en se bloquant à mi-chemin du vaisselier.

— Ce qui te tourmente tant ?

Pistol déposa la terrine sur la table, y planta le couteau :

— Si je te réponds secret professionnel ou secret d'alcôve, qu'est-ce que cela changera ?

— Je ne te croirai pas. Le double pli entre tes sourcils rectilignes trahit quelque chose de plus grave. Me trompé-je ?

— Que puis-je rétorquer ? Je te dis non, tu hausseras les épaules, si c'est oui, tu t'inquiéteras. Si je me tais, ce sera pis, tu m'abreuveras de questions auxquelles tu ne m'accorderas pas le temps de répondre, jusqu'à ce que je crie grâce.

Muguette s'assit du bout des fesses en face de son aîné, le fixa les yeux dans les yeux :

— Une femme ?

— Non.

— Grand Dieu, ne me dis pas que tu as succombé au « vice italien », Pistol !

— Bigre non ! Que vas-tu inventer ? Et si c'était le cas, cela ruinerait-il l'amour que tu as pour ton frère unique ?

— Il faudrait que j'y réfléchisse. Non, je plaisante, bien sûr… Alors ?

— Je te rassure, il ne s'agit ni d'une mauvaise nouvelle ni d'une rencontre douteuse…

— Mais on dirait que tu as vu un revenant jaillir de sa tombe.

Pris de court par la pertinence de la repartie, le jeune homme resta bouche bée, dans une attitude très niaise. Les femmes auraient-elles réellement ce sens instinctif qu'on leur attribue ? Ou des antennes de papillon de nuit ? Il contourna la table pour enlacer sa sœur. Puis il alla décrocher la marmite dont le contenu commençait à bouillonner. Il la déposa au centre de la table sur le disque protecteur en chêne roussi par les usages :

— Tu ne saurais pas si bien dire, ma tendre

sœurette… Un revenant. À la seule différence que l'homme n'est pas revenu du trépas à la vie, mais en quelque sorte de l'ombre à la lumière, engeôlé de façon abusive depuis de très longues années.

— Tu fréquentes des criminels, à présent ?

— J'ai dit : « de façon abusive. »

— Admettons. Combien de temps cet homme a-t-il été emprisonné injustement ?

— Vingt-cinq ans.

Pour la première fois, Muguette ne trouva rien à répliquer, sinon lâcher un couac aigu, sans doute parce qu'elle allait sur ses vingt-cinq ans ! L'énigme était trop opaque et son esprit de déduction désarçonné. De quelle personne si importante à ses yeux Pistol hésitait-il à lui parler ?

Pistol n'eut pas le cœur de laisser Muguette plus longtemps sur les braises. Il évoqua une époque qu'elle n'avait pas connue et ses vagues souvenirs qui émergeaient et s'affirmaient peu à peu, les images floues qui acquerraient de la netteté comme on désembue une vitre. À présent, dans une espèce de contre-jour, il la revoyait nourrisson, tétant sa mère… Leur mère, disparue trop tôt. Muguette comprit à demi-mot :

— Alors, il s'agirait du père ?

— Oui.

Il lui décrivit leurs émouvantes retrouvailles, son infirmité, mais sa fraîcheur d'esprit et les circonstances qui l'avaient… assigné à résidence à la Bastille. Il lui proposa de le rencontrer dès le lendemain. Elle accepta aussitôt.

Ils vidèrent d'un trait un verre de vin afin de

diluer la révélation et se délectèrent avec un féroce appétit, s'échangeant des œillades complices et émues de gamins rassérénés.

— Raconte-moi encore quand nous étions petits, Pistol, raconte…

11

La voiture, d'apparence ordinaire, tirée par deux alezans, allouée par Monsieur de La Reynie, était confortable et même cossue. Si Lisa avait eu quelques réticences à l'annonce de ce long voyage dans l'inconnu, en découvrant l'intérieur molletonné de toile grise et rouge, le rembourrage moelleux des banquettes, l'épais tapis couvrant le plancher, un petit brasero portatif qu'on pouvait allumer à l'arrêt, avec, à disposition, un manchon de fourrure de genette, elle fut aussitôt conquise.

Le temps de rassembler le strict nécessaire, le surlendemain, ils prenaient la route. Quand on part ainsi de façon précipitée, on a toujours la sensation d'avoir oublié quelque chose d'essentiel. Assise dans le sens de la marche, au côté de la nouvelle princesse vêtue comme telle, radieuse et émoustillée, la gouvernante Géraude récapitulait les articles de son bordereau dressé à la hâte.

Vêtements chauds, bottes et effets masculins pour tous les deux, armes et munitions, médications indispensables, coffret de grimage, livres pour distraire la demoiselle lettrée et nourritures terrestres afin de gagner du temps et de s'exposer le moins possible aux tables des auberges. Tous leurs effets se trouvaient dans la malle, arrimée à l'arrière du véhicule aux suspensions d'une agréable souplesse.

Il avait aussi envoyé une lettre à ses parents pour les avertir du changement inopiné et du report d'un mois environ de leur visite. Il renonça à écrire à son ami Alexis de Vareuil (ancien mousquetaire) pour lui demander ses expériences d'estafette du roi. Sa destination devait rester secrète. Il avait laissé à Fabien Le Baillet le soin de s'occuper de Jurance. Ses documents confidentiels, serrés dans une enveloppe imperméable, se trouvaient dans la doublure de son deuxième jupon avec sa dague. Par précaution, le bel écrin de ses deux Caminazzo reposait sous la banquette opposée.

Et c'était tout… *a priori*… sinon qu'il devait s'accoutumer à cette satanée robe dont le bustier lui comprimait le poitrail et entravait sa démarche !

Quelle engeance et quelle idée imbécile !

Il avait relevé les défis conjugués de son chef et de Pistol. À croire qu'ils étaient de connivence pour le ridiculiser. À la moindre alerte, il serait dans l'incapacité de se défendre avec toute l'efficacité requise. Ce déguisement exigeait de l'entraînement… C'était peut-être le détail majeur qu'il avait occulté. Si ce n'était que cela, à la première halte, il y remédierait en partie. Il avait l'habitude des défis. Et puis, l'effet de surprise lui serait favorable en cas de nécessité…

Lisa, joliette dans sa tenue féminine de belle facture, choisie avec soin, l'examinait depuis un moment :

— Sais-tu, ma chère gouvernante, lui assura-t-elle, que si une envie soudaine me titillait de commettre quelque grosse bêtise, je ne craindrais ni ton courroux ni tes réprimandes : tu n'as pas la mine assez sévère, le verbe assez cinglant, la dent assez mordeuse.

— C'est que nous sommes entre nous. Je ne force pas mon rôle, argua-t-il. En public, tu ne me reconnaîtras pas.

— Déguisé en chaperon, je *reconnais* volontiers que tu es fort crédible, c'était juste une remarque pour parfaire ton personnage féminin, car nous n'avons pas de miroir sous la main. Je te montrerai comment on doit s'asseoir pour ne pas avoir l'air emprunté.

— Merci de tes conseils avisés.

Elle défroissa les plis de sa robe et soupira, paupières à demi baissées :

— Il n'est déjà pas aisé de passer de la condition de fille impubère à nubile, je comprends que s'émasculer, même de façon passagère, ne doit pas être très agréable.

L'oreille bourdonnant de cette réplique, Géraud haussa les sourcils. Sous le vernis de la culture et du rigide enseignement des sœurs, transpirait la Lisa délurée d'autrefois.

— Mais toi, demoiselle, tu as admirablement réussi cette transmutation.

— Trouves-tu ? Je me vois toujours aussi gringalette.

— Promis, ton prochain cadeau sera un miroir.

— Pour que je me révèle dans toute ma disgracieuse hideur ! Non, merci. L'instruction ne remplit pas un corsage, mon pauvre parrain.

— Nous en reparlerons à notre retour.

Discours féminin universel ! Il l'avait trop entendu... Géraud coupa court et se pencha à l'extérieur pour apostropher le cocher :

— Tout va-t-il bien, Clément ? Rien à signaler ?

— Non, Madame ! railla l'exempt, un gaillard sécurisant par sa taille, informé des grandes lignes de l'enquête. Sinon ce que vous pouvez observer sur la butte à votre dextre.

Intriguée, la duègne scruta le paysage dans la direction indiquée, se méfiant que le vent de la course ne lui arrache perruque et bonnet.

— Par le sang du Christ ! s'exclama-t-elle d'une voix mâle.

À l'extrémité de deux bras successifs étaient liées des gerbes de paille. Le commissaire comprit qu'il ne s'était pas trompé : les moulins s'exprimaient et dialoguaient ! Curieuse, Lisa s'était appesantie sur son épaule afin de mettre le museau à la portière :

— Par les couillons du Christ !

— Lisa ! s'offusqua la pseudo-gouvernante en repoussant par réflexe la fille sur la banquette. Est-ce là le langage d'une jeune personne élevée chez les nonnes ?

Elle lui adressa une moue ingénue, puis un sourire de gargouille :

— Qu'ai-je dit de mal ? Il ne devait pas en être dépourvu, n'est-ce pas, pour affronter le romain Ponce Pilate et le terrible supplice de la crucifixion ? Et l'on ne sait pas tout à propos de Marie Madeleine.

— Certes, mais c'est un point de vue audacieux, à la limite de l'irrévérence, et tabou qui plus est, dont on ne débat pas au sein de l'Église.

— Normal. Depuis l'origine, elle a commandé aux prélats d'ignorer l'existence de ces étranges rognons au confluent de leurs cuisses, et la double fonction de l'appendice qui les accompagne, le réservant à une simple commodité d'arrosage dont nous sommes privées. Tu ne me contrediras pas quand on voit les petits garçons tirailler sans cesse leur petit hochet. D'instinct, ils savent qu'il leur servira de sceptre.

— Si c'est toi qui le dis…

— Je t'accorde que ce n'est pas moins hypocrite chez les religieuses. Rappelle-moi de te parler à l'occasion des recommandations de toilette imposée aux novices… Tu seras éberlué. Toutefois, je reconnais que ton indignation sied à ton personnage, bien que la voix en soit un peu trop virile. Pour en revenir à notre enquête, veux-tu que j'aille, comme l'autre jour, demander au meunier une innocente explication ?

— Inutile. Même avec ton sourire le plus enjôleur, il ne te révélera rien, à l'instar du précédent, et sera incité à émettre des soupçons. Or il faut éviter de leur mettre la puce à l'oreille avant que l'enquête ne soit achevée par mes successeurs.

— Et si je lui montrais mon connin comme lorsque j'étais petite fille, il apprécierait d'autant que désormais il est velu et doux comme un chaton de trois mois.

Le malheureux chaperon secoua la tête de désolation. Elle s'amusait à le provoquer. Il ne pouvait tout de même pas la sermonner si tôt extraite du couvent. Il lui reprocha cependant :

— Lisa… Pourquoi ces agaceries licencieuses ?

— Elles le seraient si elles étaient suivies d'actes que la morale réprouve. Tu sais bien qu'il n'en sera rien. Tu es très pudibonde. Je te taille des croupières, mais il n'y a aucun vice là-dessous ; vois-y plutôt de l'affection.

Elle se cala, enfonça ses mains dans le manchon :

— Imagine ! Sept ans claquemurée à ne prononcer que des mots onctueux, propres, décents, polis, à ne pouvoir dire aucune bécasserie, aucune foutrerie, ou bien en cachette. Il faut que je me rince la bouche avec des cailloux bien râpeux. Ce n'est pas pour outrager ou blasphémer, juste me nettoyer de ces mots beurreux qui m'encollent encore la langue, le palais, les gencives et la cervelle. À qui puis-je les proférer sans honte, sinon à toi, le seul qui me connaisse vraiment ? Le seul qui sache que je ne suis pas une fille obscène.

— Me voilà donc dépositaire de tes scories verbales.

— Ne m'en veux pas !

Elle lui claqua deux grosses bises sur la joue et se rencogna dans l'angle opposé, un sourire innocent à la lèvre, les bras croisés sous sa petite poitrine. Géraud laissa échapper un gloussement comique en guise d'adhésion… ou de soumission. Tout ceci était sans grande conséquence.

Il pensait au message codé qu'il allait, dès ce soir, expédier à Monsieur de La Reynie, au sujet du langage des moulins. Les deux suivants étaient décorés de la même façon : transmission locale et anodine un peu plus élaborée que la symbolique de base ou dépêche séditieuse à destination de lointains factieux ? Ce voyage pourra-t-il le définir ? Les « passagères » étaient-elles concernées ?

*
* *

Les deux premières journées ressemblèrent au voyage d'agrément qui leur servait de prétexte. Un soleil gris et une brise glacée avaient séché les routes et Clément était expert pour éviter les ornières. Si bien que, ballottés mais point chahutés, ils n'avaient pas trop souffert des cahots. Le troisième soir, ils s'arrêtèrent à Lyon, ayant réduit les dîners aux provisions emportées, roulant jusqu'à la nuit tombée, se couchant dès après le souper, repartant à l'aube frissonnante. Ils changèrent plusieurs fois d'attelage, non pas dans les relais de poste trop en vue, mais chez les correspondants d'un réseau du gouvernement.

Par petites touches, ils réveillèrent leur passé commun et surtout l'école de Picpus où Lisa, déguisée en garçon (à onze ans, elle faisait illusion), sous le nom de Gauthier, avait découvert la lecture, l'écriture et pris goût aux nourritures intellectuelles. C'est là aussi qu'elle avait participé activement à l'intrigue policière dans la scrutation de comploteurs autour d'Affinius, le savant espion hollandais, et ce benêt de chevalier de Rohan qui, démasqué avec ses complices grâce à leur intervention, y avait perdu la tête.

Ils parlèrent aussi de leurs amis mousquetaires concernés dans l'affaire, Jean-Charles du Cauzé de

Nazelle et Pierre Quarré d'Aligny[21] qu'elle avait harcelés pour qu'ils lui enseignent quelques bottes secrètes. Lisa reconnut, après coup, sa folle hardiesse quand elle écoutait aux portes, en chemise et les pieds nus sur la tommette…

C'est à la sortie de Bourgoin que Clément déclencha l'alerte. Trois hommes aux vastes chapeaux noirs, armés de pétoires antiques, barraient l'accès à un pont étroit sur un ruisseau de montagne. D'un geste, la duègne intima l'ordre à la jeune fille de se recroqueviller sur la banquette à contresens et de ne se manifester en aucune façon.

Les arrogants filous, les mettant en joue, réclamaient un octroi prohibitif pour accéder à l'embranchement des routes de Grenoble et de Chambéry, ancienne capitale du duché de Savoie en concurrence avec Turin et au profit de celle-ci. Le cocher temporisa en demandant de quelle autorité ils se réclamaient.

— Celle d'un droit ancestral, patachon, le droit de passage sur nos terres, répliqua le plus ancien à la barbe grisâtre plus fournie qu'une pelisse d'ours.

— Il n'y a jamais rien eu de tel par ici, répliqua l'exempt. Je pratique cette route depuis longtemps, elle a toujours été libre d'accès.

— Sans barguigner, ce sera cinq écus par passager. Préparez la monnaie avant qu'on s'échauffe. Un malheur est si vite arrivé.

21. Jean-Charles du Cauzé de Nazelle (1647-av. 1707), mousquetaire du roi, locataire à Picpus, dénonce le complot à Louvois. Pierre Quarré d'Aligny (1641 ou 42-1730), mousquetaire du roi, gouverneur d'Autun ami de d'Artagnan.

L'un braqua le cocher tandis que les deux autres, l'air rogue et suspicieux, s'avancèrent à pas comptés, l'escopette épaulée vers les chevaux trépignant.

— Dernier avertissement, nous en sommes à six écus chacun, y compris pour le conducteur. Ne nous obligez pas à recourir à la violence.

— C'est que je n'ai pas sur moi une telle somme que je ne gagne pas en trois mois.

— Tes maîtres paieront pour toi. Il suffit !

Brusquement la portière droite s'ouvrit, battit, et une furie enjuponnée sauta à terre sans le marchepied, un Caminazzo rutilant serré dans chaque poing :

— Halte-là, pas un pas de plus, pauvres fripouilles de petit chemin ! À trente pas, je touche en plein cœur deux cibles en même temps. Gardez-vous du moindre geste.

Haussée d'un ton, la voix restait autoritaire.

Clément profita de l'hébétude des trois détrousseurs, provoquée par l'improbable apparition de ce démon femelle, pour saisir son fusil dissimulé à ses pieds et menacer le barbu resté en retrait. Planèrent quelques sinistres secondes d'indécision.

L'issue ne tenait qu'à la durée de mise à feu des armes (là-dessus les gredins ne devaient pas avoir l'avantage) et à l'habileté des tireurs (en ça, ils pouvaient se croire supérieurs à une mégère échevelée, intrépide mais grotesque).

— Dernière sommation ! cracha le chef.

Le guet-apens tourna bizarrement court par une réaction stupéfiante du chef. Il poussa un glapissement rauque, grimaça et tout son corps se contracta.

La bouche tordue sur le côté, la bave à la lippe, l'œil exorbité, il vacilla, partit à la dérive en quatre embardées, lâcha son arme et alla s'écrouler dans le fossé.

Quelle mouche piqua alors la gouvernante ? Elle rugit :

— Mes balles sont silencieuses et à répétition ! Lequel veut-il aussi y goûter ?

Impressionnés, les rescapés hésitèrent. Ils se consultèrent d'un œil effaré, refluèrent au-delà du pont et sautèrent dans les halliers, hurlant et vociférant :

— Une sorcière ! Une sorcière !

Dame Géraude retroussa ses jupes d'une main et, un pistolet glissé sous sa ceinture d'étoffe, s'approcha du gisant. Elle le repoussa de la semelle. Les yeux écarquillés, le masque figé, l'homme ne réagit pas. Le bras et la jambe du côté droit semblaient paralysés. Était-il mort de terreur devant cette virago armée, jaillissant de sa boîte ? Difficile à croire.

— Que s'est-il passé ? s'informa Lisa, inquiète de ne plus rien entendre.

— Une peur bleue a terrassé ce bougre de vieil apprenti brigand. Ce n'était plus de son âge. Les deux autres couards ont pris leurs jambes à leur cou et courront jusqu'au crépuscule.

— Disparus à l'horizon, confirma Clément, campé debout sur son banc, la main en visière et le fusil pointé. Je ne les vois reparaître nulle part.

— Je suis donc un foudre de guerre qui tue ses adversaires d'un seul regard, Mars et Prométhée à la fois. Je m'étonne moi-même.

Bombant son torse rembourré, mais le sourcil sceptique, Géraud revint vers la voiture, il déplia le marchepied, s'y hissa et baisa au front sa protégée. Charlatanesque héros de comédie, il rangea ses précieux Caminazzo dans leur étui gainé de cuir rouge.

— Que disions-nous avant d'être incivilement interrompus, belle princesse ?

— Je n'en ai pas la moindre idée.

Tous trois éclatèrent d'un grand rire libérateur, et fouette cocher ! Ils se remirent promptement en route. Clément lança ses chevaux au galop. Inutile de s'attarder dans les parages.

Le cinquième jour, ils s'arrêtèrent chez Monsieur de Lamoignon, l'intendant de Grenoble. La route allait devenir plus difficile, plus dangereuse et imprévisible, Géraud le savait bien. Pourvu que le col du Lautaret soit praticable en cette saison ! On n'y avait pas encore signalé les prémices de chutes de neige à moyenne altitude, mais cela pouvait se déclencher n'importe quelle nuit. Il ne faudra pas s'attarder à Pignerol.

Pourquoi était-il si urgent de mener à bien cette mission ? Parce que Monsieur de La Reynie craignait que l'odieux individu qui avait spolié et humilié Sa Majesté Louis XIV par un acte de haute trahison, arrêté grâce à un habile stratagème (auquel il avait participé) et enfermé à Pignerol, ne parvienne à communiquer avec son seigneur et maître, le duc de Mantoue. Ce traître adipeux s'appelait Ercole Mattioli, secrétaire d'État de Charles-Ferdinand III. Et il avait bien cru ne plus jamais devoir s'en occuper !

Lebayle eut, à la veillée, un long entretien privé avec Monsieur de Lamoignon qui lui conta enfin la genèse et les détails de cette nouvelle affaire mystérieuse. Lisa, recrue de fatigue, s'était retirée dans la chambre qu'on lui avait préparée.

12

— Mon cher commissaire, commença le gouverneur, en lui désignant un profond fauteuil, Sa Majesté semble beaucoup vous apprécier. Monsieur de La Reynie, quant à lui, a toute confiance en votre intégrité et votre efficacité. Il fallait que ces choses-là soient dites, même si on doit m'en faire grief.

— J'en suis flatté et surtout très honoré, cependant on n'est jamais à l'abri d'un trébuchement ou d'un retour de flammes.

— Certes, nous sommes tous faillibles... Ils vous ont confié là une tâche d'une plus grande délicatesse et haute responsabilité diplomatique que lors de votre première intervention l'an passé, dois-je vous le préciser ? Il s'agit d'éviter à tout prix d'indisposer les souverains de Savoie et Piémont, de Milan, de Venise, de Gênes et de quelques autres principautés des environs, ainsi que de maintenir un secret absolu sur une odieuse escroquerie dont notre souverain fut victime, il y a plus de deux ans maintenant, en 1678.

— Je n'ai connaissance que des grandes lignes, Monsieur...

— Pour que vous compreniez la genèse de l'affaire, il nous faut remonter dans le temps de cinq années, mais avant toute chose...

Le gouverneur se leva et sortit d'un buffet de bois sombre aux panneaux sculptés dont la partie haute était flanquée de deux fines colonnades torsadées, un flacon et deux petits verres qu'il déposa sur la table et remplit à ras bord.

— Il vous faudra déguster cette liqueur de Génépi qui n'est connue que dans cette région, concoctée par les Chartreux depuis le début du siècle. Ils en détiennent la recette secrète, tirée d'un mystérieux manuscrit – reçu des mains du duc d'Estrée –, et contenant la formule d'un « élixir de longue vie ». Ce cordial est fabriqué à base d'Artemisia genipi et d'alcool à 40°. Sachez que cette armoise en infusion soigne divers rhumes, toux et troubles de l'appareil respiratoire. Mieux vaut se prémunir que guérir, n'est-ce pas la sagesse ?

— Je n'en doute nullement.

Ils levèrent leurs verres. Géraud goûta le liquide doux et sirupeux, tandis que Lamoignon en gobait la moitié. Une chaleur intense envahit aussitôt la gorge du commissaire qui put en suivre le parcours jusqu'à son estomac.

— Donc, reprit le gouverneur, en 1675, Victor-Amédée n'a que neuf ans quand il succède à son père, prince du Piémont et duc de Savoie. Il gouverne sous le contrôle de sa mère Jeanne-Baptiste de Savoie-Nemours, princesse apparentée à la famille royale de France.

Il opéra une pause, lampa son Génépi, incita Lebayle à suivre son exemple afin de remplir à nouveau les trop petits récipients de rigueur. Puis il expliqua que Louis XIV saisit le prétexte de prendre sous sa protection l'orphelin et le conseiller, tenant en vassalité la Savoie considérée comme une dépendance du royaume. Le dévouement du roi n'était pas totalement désintéressé. Nos regards portaient du côté de la forteresse de Casal, place forte et verrou de la vallée à quinze lieues de Turin, propriété du duc de Mantoue. Si l'on pouvait, par l'entremise de nos diplomates, en négocier… une cohabitation, avec Pignerol par la seconde voie de passage au sud, le Piémont serait alors ouvert aux armées françaises afin de se prémunir des attaques espagnoles en provenance du Milanais, administré par un gouverneur représentant le roi d'Espagne.

Charles-Ferdinand III de Gonzague succède à son père Charles II de Mantoue en 1665. Sa mère Isabelle assure la régence jusqu'en 1670. Charles-Ferdinand grandit mais pas en sagesse. Lamoignon conta les frasques du jeune prince, la maladie qu'il avait contractée, ses folles équipées à Venise et sa longévité menacée à court terme, ce qu'il n'ignorait pas.

— Puis ce fut l'entremise d'Antoine-Hercule (Ercole) Mattioli, génie de l'intrigue. Des troupes furent envoyées à proximité afin d'assurer la sécurité et l'on délégua à Pignerol le capitaine Catinat (que vous connaissez) pour superviser la ratification du traité.

— Et rassembler les troupes françaises sous son commandement, m'avait-il confié.

— En effet. Mattioli devait rejoindre le jeune duc de Mantoue à Venise et le colonel Asfeld, sous un nom d'emprunt, pour effectuer l'échange des documents. Le duc de Mantoue se trouvait bien à Venise. Seulement, Mattioli, comme par hasard, s'y fit attendre, prétextant une maladie qui le retenait à Padoue. Il arriva enfin mais ne permit pas à Asfeld de voir le duc, sous ombre du plus grand secret, celui-ci étant « trop exposé dans la lumière ». Il fit partir le colonel en catimini, lui assurant que la ratification allait suivre, et que le duc se rendrait aussitôt à Pignerol. Coup de théâtre : Asfeld est arrêté sur la frontière de Milan sur ordre du gouverneur, le comte de Melgar. Notre homme est soupçonné de fausse monnaie et conduit au château de Milan.

— Bigre ! Prétexte ridicule. Voilà qui sentait la cabale à cent lieues.

— Vous ne croyez pas si bien dire et cela confirmait les soupçons de friponnerie de la part de Mattioli. Entre-temps, la duchesse de Savoie avait révélé l'affaire à notre roi. Qui l'en avait informée, selon vous ?

— Je n'ose le deviner… Le seul qui en soit averti ?

— Le traité devait être ratifié le 9 mars 1678 dans un village près de Casal. Mais, du côté du prince, personne ne se présenta.

— Celui-ci aurait-il changé d'avis ?

— On l'ignore. Mattioli avait, à la suite de l'entrevue avec le roi, pendant sa « maladie », couru droit sur Turin, chez la duchesse susnommée, par l'entremise du président Truchi, car il avait des « choses importantes à lui communiquer ». Il se vanta de tout ce qu'il avait tramé en France, exhiba le traité et les mémoires pour l'exécution du projet… La duchesse qui le connaissait comme un fourbe, le retint plusieurs jours, l'arrosa de quelques centaines de pistoles, « en récompense de cette magnifique trahison » afin d'endormir sa méfiance envers elle... Seulement, Mattioli n'en resta pas là !

— Cet homme est diabolique ! Je l'ai compris au premier regard quand nous l'avons arrêté.

Le commissaire supputait la raison de son retour en Italie.

— Attendez ! Ce n'est pas fini. Pendant sa fausse maladie, il avait aussi averti le gouverneur de Milan et concerté avec lui l'arrestation d'Asfeld.

— Existe-t-il sur cette terre pire vermine ?

— Ce ne sera pas quête aisée. Contentons-nous de celui-là. Comble de l'outrecuidance, Mattioli avertit l'abbé d'Estrades de l'arrestation du colonel qu'il déplorait à chaudes larmes d'hypocrite. Il lui écrivait sa douleur et sa crainte que cet accident ne changeât une affaire prête à réussir !

— Non, merci, Monsieur, s'excusa Géraud en refusant un troisième Génépi, je craindrais de ne plus avoir les idées très claires en vous taxant d'affabulateur, sauf votre respect, tant votre récit paraît romanesque et insensé.

— Hélas, vous savez par Monsieur de La Reynie qu'il n'en est rien...

— Je ne connaissais que les grandes lignes de l'affaire.

— Mais vous avez raison, commissaire, il ne faut pas abuser des bonnes choses. Revenons à notre escroc. Pour donner plus de créance à ses écrits, l'effronté matois se rendit en Piémont dans l'extravagant dessein de demander à d'Estrades quelques subsides afin d'entretenir dans Casal ceux qui favoriseraient les intérêts de la France et graisser l'huis de quelques autres. L'ambassadeur flaira une occasion inespérée. Toute affaire cessante, il vint en référer au roi. Il lui démontra la facilité qu'il y aurait à attraper le coquin, ébloui par ses propres audaces. Le Roi donna son aval et le rendez-vous fut organisé par d'Estrades comme vous savez. Colbert voulait « faire brancher » Mattioli. Monsieur de Pomponne plaida pour la douceur afin de ne pas ranimer les braises de la cinglante humiliation. Mais n'aurait-on pas dû trouver un moyen terme afin que disparaisse définitivement le très encombrant et compromettant personnage, sans laisser de trace ?

Cette formulation laissait supposer que l'individu était parvenu à jouer aux Français un vilain tour qui n'avait pas été révélé au grand jour.

— Avertis de l'affaire, les Espagnols menacèrent de guerre toute l'Italie. Mantoue et le Piémont s'inquiétèrent. L'empereur, l'Espagne, Venise, tentèrent d'influencer le duc. Celui-ci leur assura qu'il n'avait aucun engagement avec la France. Étonnamment, les Espagnols en parurent convaincus. Pour lui ôter tout prétexte de plainte, ils s'arrangèrent pour qu'il touche une partie de l'argent qu'ils lui devaient pour l'entretien de la garnison de Casal.

« Sur les plaintes que Pomponne déposa au nom du roi, Asfeld sortit de prison. Sa Majesté pressa alors le duc de Mantoue de l'exécution de sa parole. Il lui envoya Gaumont (le 15 février 1680). Celui-ci passa discrètement par la Suisse, grâce à une personne bien implantée[22], arriva sans être attendu,

22. On croit savoir qu'il s'agirait de Catherine de W., réelle agent secret du roi dont on reparlera certainement, ailleurs…

rencontra le duc, lui exposa le problème. Le duc tomba des nues : il ignorait tout de l'initiative de Mattioli ! Il désavoua le pouvoir soi-disant confié à celui-ci, l'instruction et la lettre dont le traître aurait été chargé. Il soutint que sa signature avait été falsifiée dans tous ses papiers... ou que Mattioli avait rempli lui-même les blancs laissés à sa demande pour de simples passeports, se souvint plus tard le duc. Charles-Ferdinand assura Pomponne de son entière et inconditionnelle fidélité au roi de France.

— Peut-être allez-vous pouvoir me révéler aujourd'hui le rôle qui sera le mien ?

— Nous y venons, commissaire... Si votre concours a été à nouveau requis, dix-huit mois après l'arrestation de Mattioli, c'est qu'il s'est produit un rebondissement imprévu.

— J'en suis convaincu, Monsieur.

— On ne s'évade pas de Pignerol. Plusieurs ont été tentés par l'aventure, Lauzun et Fouquet, en particulier, en vain.

Monsieur de Lamoignon ne résista pas à quelques gouttes de Génépi.

— Mattioli a réussi cet exploit avec la complicité de son valet.

— Peste !

— Lebayle, votre mission consiste à le ramener à la forteresse, dans le secret absolu.

En un éclair, Géraud entrevit toutes les difficultés majeures que cette mission impliquait. Il concéda :

— Je m'y emploierai au mieux, Monsieur... Je comprends que le capitaine Catinat de La Fauconnerie, devenu cette année – si je ne m'abuse –

maréchal de camp, soit trop en vue pour rattraper une seconde fois cette démoniaque anguille.

— Je ne vous le fais pas dire… Vous vous demandez aussi pourquoi vous avez été choisi plutôt qu'un militaire. Parce que vous êtes accoutumé à opérer seul, que vous connaissez l'individu et que, par ailleurs, c'est une décision du roi. Je n'en sais pas davantage. À présent, il faut que vous appreniez un épisode qui montre l'incroyable témérité du personnage afin que vous puissiez reprendre la route dès l'aube en connaissance de cause.

— Je suis tout ouïe. Je serais bien en peine d'inventer la moindre chronique fabuleuse digne de Rabelais ou Cervantès, ironisa le commissaire pour se détendre un peu.

— Vous allez être stupéfait de l'intrépidité de cet individu… Évadé de Pignerol grâce à des complicités extérieures, conjuguées par son serviteur incarcéré avec lui mais libre de circuler – les égards dus à un prisonnier furent ici une erreur –, il retourna à Mantoue, puis dans les montagnes du Piémont. Il arrêta et dévalisa un courrier du roi, chargé des dépêches de la plus haute importance, et destinées au duc de Créquy, notre ambassadeur à Rome. Mattioli parvint à déchiffrer les lettres volées. Il ne devait pas en être à son coup d'essai. D'où la colère décuplée du Roi dont vous reçûtes les échos.

— Juste un écho… je n'en connais pas la teneur.

— Eh bien ce scélérat eut le cynisme de contacter le chevalier Turgot, chargé des affaires de France à Modène, auquel il proposa une rencontre en un lieu sécurisé connu de lui seul afin de restituer à la France les documents originaux… contre une compensation financière.

— Machiavélique, en effet. Qui oserait un tel coup d'audace ?

— Ce brigand, commissaire Lebayle, est en possession de secrets d'État. Fort de son immunité, il nous nargue, il nous défie. Vous devez à tout prix l'intercepter et de le ramener à Pignerol. Nous ne pouvons courir le risque de le laisser vagabonder plus longtemps dans la nature, avec cette bombe diplomatique en sa possession. L'avenir de l'Europe est entre vos mains.

Monsieur de Lamoignon démesurait l'affaire et enflait le rôle du commissaire. Géraud faillit éclater d'un rire tonitruant au nez du gouverneur. Ils laissaient échapper ce monstre qui morguait le roi de France et voulaient ensuite que le petit commissaire Lebayle courre à ses trousses comme un chien de chasse débusque un sanglier !

Il se contenta de demander :

— Mais s'il a exécuté des doubles de ces lettres et les communique à tous ces pays déjà évoqués qu'adviendra-t-il, sans que l'on puisse circonscrire l'incendie ?

— Il nous sera loisible de les contester avec vigueur, cependant le mal sera fait. Médisance et calomnie n'ont pas besoin de fondements ni de preuves, *a contrario* de la plus simple vérité. Entretemps, d'autres dispositions contradictoires et opposées aux décisions initiales ont été prises. Pour le détail, je vous remettrai, à l'heure de votre départ, un mémoire où tout sera consigné. Vous en prendrez connaissance et le brûlerez aussitôt. Avez-vous d'autres interrogations ?

Le regard perdu dans les flammes de la cheminée, Géraud s'abîma dans une profonde réflexion. Tout ceci lui paraissait trop obscur, embrouillé et bigrement dangereux en territoire étranger. Il comprenait mieux les réactions de Monsieur de La Reynie, la prudence de se déguiser et la diversion créée par la présence de Lisa. Il comprenait aussi la concomitance avec son enquête préalable sur les courriers et, accessoirement, le langage des moulins... Dans l'impossibilité de faire intervenir des soldats dans une principauté voisine sans provoquer un scandale ni déclencher une nouvelle guerre, et l'impossibilité d'infiltrer des espions et des officiers sans doute identifiés, l'ingérence d'un Géraud Lebayle anonyme (il fallait espérer qu'il n'ait pas été remarqué la première fois !) était l'ultime clef dans cette extrême urgence.

Ils se souhaitèrent une bonne nuit et gagnèrent leur chambre respective. Le policier avait la tête farcie d'un embrouillamini qui le tiendrait encore éveillé une heure ou deux, c'était certain. Il renonça à porter un second bonsoir à Lisa qui devait dormir. Elle avait grand besoin de repos. La journée du lendemain serait rude.

*
**

La route côtoyait la rivière du Drac qui soudain reçut les eaux de la Romanche tumultueuse dans un bouillonnement écumeux, avant de courtiser une charmante bourgade, serrée autour de son magnifique château, sentinelle impressionnante et dissuasive à l'entrée de la vallée : Vizille. Ils s'accordèrent une courte pause, jetèrent au monument un regard admiratif à travers la grille.

Par prudence, au petit jour, Lebayle, emmitouflé jusqu'aux yeux et escorté d'un palefrenier, avait quitté à cheval la demeure du gouverneur, comme s'il s'en retournait. Il revint se poster après un large détour à l'opposé dans la montée sud-est vers le village d'Uriage (où les Romains auraient installé des thermes) afin d'y attendre la voiture qui amènerait Lisa pour sa dernière étape.

Elle s'était présentée à l'heure dite. Géraud s'était installé au côté de Clément durant la première heure, les pistolets à portée de main, avant de tenir compagnie à la jeune fille, plongée dans la lecture d'un ouvrage du poète et dramaturge, Isaac de Bensérade. Il s'était abstenu d'endosser à nouveau son déguisement, estimant qu'après son subterfuge du matin, il n'était plus de rigueur dans cette portion d'itinéraire à l'écart de tout. Il espérait avoir déjoué les hypothétiques filatures auxquelles il ne croyait guère. Il ôta ses gants de peau et réchauffa ses mains l'une contre l'autre.

— On est mieux abrité ici, observa-t-il avec la logique de Monsieur de La Palisse.

— Oh ! Un homme. (Lisa referma son livre sur son index.) Je me sens davantage en sécurité, mais tu n'étais pas mal non plus en femme. Cependant, il t'aurait fallu voir un barbier à présent, tu ne serais plus crédible.

— Dès que possible, je suivrai ton conseil, Lisa.

Et la route commença à s'élever, enjambant

l'affluent sur des ponts de madriers moussus, en raison de la topographie des gorges qui s'étrécissaient peu à peu pour s'étrangler en un guêpier naturel. Pourtant, c'était l'unique voie d'accès carrossable vers Briançon. À cheval, il avait rencontré moins de difficultés.

— J'aurais volontiers joué les châtelaines dans ce féerique castel de Vizille en pierre bise, avec ses deux tours impressionnantes et ce double escalier majestueux dans un décor verdoyant ourlé de givre et entouré de sommets gigantesques.

Des deux mains, elle semblait modeler dans l'espace ce décor en miniature.

— Là, nous abordons la haute montagne, un milieu grandiose mais hostile. Que la princesse se tienne donc à bonne distance des fuseaux pointus si elle ne veut pas devenir Belle dormant au bois pour cent ans.

— J'ose espérer qu'un charmant prince viendrait me réveiller avec une autre sorte de fuseau. Si, à défaut d'être belle, il me trouve à cent dix-neuf ans désirable de fraîcheur.

Géraud sourit, ne sut que répliquer et ne se hasarda pas à une métaphore oiseuse.

— Tiens, regarde sur ta gauche, encore un petit château ! s'exclama-t-elle.

— Celui de Séchilienne.

Elle ne commenta pas. Ils roulèrent. Elle changea de sujet :

— Avec Monsieur de Lamoignon, vous avez devisé fort tard.

— Comment le sais-tu ? s'étonna-t-il.

Elle lui répondit par un sourire énigmatique.

Alors, il s'occupa les mains en vérifiant à nouveau le bon fonctionnement de ses Caminazzo posés sur la banquette leur faisant face, pistolets prestigieux, fabriqués par Vivier à Sedan, dont la crosse en racine de noyer marbré était douce au toucher... et le tir d'une grande précision. Lisa se rencogna, regard en biais, et glissa ses mains dans le manchon de fourrure brune. Elle concéda :

— Ces vieux hôtels particuliers ont des murs trop épais pour avoir de bonnes oreilles...

Il laissa venir la suite qui ne tarda pas :

— Mais comprennent aussi de grandes cheminées pour réchauffer de vastes chambres aux hauts planchers[23] et de lourdes poutres... Cheminées traîtresses ! Oreilles indiscrètes.

— Mais encore, demoiselle, qu'entendis-tu par celles-là ?

— Du fond de mon lit, disposé tout près de celle-ci, et située juste au-dessus du cabinet de Monsieur l'intendant de Grenoble, par l'obligation d'un conduit commun, je n'ai pas eu besoin d'une ouïe très fine pour saisir – à mon maigre corps défendant tout transi entre les draps humides ! – l'essentiel de votre conversation qui me tint éveillée, malgré tous mes efforts pour m'en abstraire. Et l'on se sidère que des secrets d'État s'évadent dans la nature ! Pourvu que les honnêtes serviteurs de cette maison, recrus de fatigue, aient le sommeil bien profond, sinon, les moulins de la contrée ne manqueront pas de battre joyeusement des ailes, aujourd'hui !

23. Ce que nous nommons aujourd'hui « plafonds ».

Le commissaire en resta pantois, mais ravala sa déconvenue. Si Lisa était toujours aussi pertinente, il y avait du souci à se faire !

— Par chance, rétorqua-t-il, comme tu as pu t'en rendre compte, les moulins se sont raréfiés, espacés par les reliefs montagneux, sans visibilité de l'un à l'autre, et remplacés peu à peu par des moulins à aube. L'eau coule ici sans discontinuer et toujours dans le même sens. Moyen moins aléatoire que les vents capricieux.

Lisa chantonna trois notes légères et plissa son œil gauche. Elle marqua sa page d'un fil de laine et posa le livre sur la banquette.

— Les torrents ne bruissent-ils pas ? Et je m'en rapporte à la malice des montagnards pour avoir inventé d'autres langages, en imitant le sifflement des freux, par exemple. On m'a dit qu'en Sicile, on communique parfaitement par cette sorte de langage.

Géraud hocha la tête, mouvement facilité par un cahot et esquissa un sourire :

— Tu sais que tu n'es pas sotte, jeune fille !

Elle éclata de rire, découvrant ses dents blanches, se tourna et lui passa autour du cou la boucle de ses bras minces au lien fourré. Elle l'embrassa sur sa joue épineuse, puis elle enfouit son museau au creux de l'épaule protectrice.

— Je ne regrette plus que tu m'aies entraînée dans cette folle aventure. Au départ, j'appréhendais un peu… et même beaucoup. (Elle prit une longue inspiration.) C'est grâce à toi si je sais lire, écrire, réfléchir, comprendre la giration des astres et pénétrer la pensée des grands écrivains. Par toi, la grâce de Dieu a touché une crasseuse petite gueuse des cayennes de l'arsenal, souillon destinée à l'esclavage des hommes, à leurs turpitudes, à la prostitution… à la ponte annuelle d'un avorton qui n'aurait qu'une chance sur dix de passer l'année et guère davantage d'atteindre l'âge adulte. Je ne vivrai jamais assez longtemps pour te louer.

Elle se tut, la gorge nouée par une sincère émotion. Lebayle ne l'était pas moins et ne savait par quel doux miel répondre. D'autant que cette dernière phrase – pourvu qu'elle ne soit pas prémonitoire ! – avait rouvert cette douloureuse cicatrice appelée Maline… l'aînée de Lisa (il n'avait jamais su si elles avaient des frères et sœurs) qui avait sacrifié sa vie pour sauver celle de Lisa. C'est lui qui leur était redevable. Éternellement.

Une série de cahots violents les ramena à l'instant présent. Un éboulement avait traversé la route et abandonné au passage une coulée de terre. L'habile Clément ralentit et guida son attelage en tirant tout à droite. Il franchit l'obstacle qui n'était qu'un échantillon des aléas du voyage, avant de s'élancer à nouveau sur une belle ligne droite où l'on put galoper, et qui les amena au hameau de Gravet, en longeant toujours la rivière.

Entre les sommets de l'ubac escarpé, à la végétation sombre et plus dense que sur le versant éclairé, pierreux mais moins pentu, les creux étaient encore tapissés de blanc. « Les anciennes neiges en attendent de toutes fraîches. »

Le périple risquait d'être long et pénible jusqu'à Briançon où il déposerait Lisa ce soir, fallait-il espérer… sauf contretemps. Cette route, plus souvent un sentier où l'on progressait au pas, était sinistrement déserte. Tout y semblait gigantesque, écrasant, menaçant.

Ils n'avaient croisé que quelques fermiers s'activant aux alentours des étables qui laissèrent échapper de rauques meuglements à leur approche. Aux traversées des hameaux, des chiens guenilleux, soupçonneux et hargneux, les escortaient. Une voiture, celle d'un marchand d'objets de première nécessité, redescendait à Grenoble chargée de fromages (d'une pierre deux coups). Pour se croiser, on s'arrêta à un élargissement de la chaussée, on échangea quelques paroles aimables, signala une difficulté et chacun reprit son chemin.

Ils passèrent un amas anonyme de cinq maisons en rondins noircis, dînèrent à l'abri d'une ruine, devinèrent plus loin une chapelle à mi-pente de l'adret, plusieurs toits sur un replat de l'autre versant. La chaussée, se heurtant à une paroi infranchissable, virait à angle droit, pour traverser une fois encore la rivière, puis elle repiqua à droite dans une vallée un peu élargie qui bientôt louvoya entre des massifs disposés en quinconce, formant pertuis.

Et la pente s'éleva brusquement, trop ardue pour les deux chevaux. Les passagers mirent pied à terre et, comme tout bon voyageur, Géraud poussa au cul de la voiture.

En trois longs paliers, reliés par des montées courtes et bien cambrées, ils atteignirent un tronçon tracé au cordeau et quasi plat. La manœuvre avait éreinté Géraud. S'il lui avait fallu alors défendre sa vie contre des malandrins, un ours ou des loups, il n'aurait jamais eu la force de manier longtemps l'épée de d'Artagnan. Il put se reposer auprès de Lisa sur de longues lignes droites, mais moins bien carrossées qu'ailleurs.

Clément, en bon guide – il connaissait assez bien la région, raison du choix de Monsieur de La Reynie – leur nomma les hameaux (Paute-Bourg d'Oisans à cet instant), puis l'imposant piton rocheux, au sommet duquel l'Alpe d'Huez (invisible du bas) hébergeait une centaine de personnes qui exploitaient une mine d'argent pour le compte du dauphin en titre. Et cela depuis plusieurs siècles. Du haut de son siège, il lança :

— Une bonne nouvelle, mes amis : nous passons les trente lieues et avons ainsi parcouru la moitié de la distance.

Ils traversèrent un village recroquevillé sur lui-même, à demi incrusté dans la roche : La Grave. Le cocher avertit qu'on allait aborder la partie la plus difficile.

Soudain, la route serpenta dans les trois dimensions comme prise de convulsions. Les chevaux peinaient, tendaient l'encolure, ahanaient, cambraient leurs reins. On remit pied à terre. Il leur fallait concéder des haltes plus fréquentes et prolongées. Les bêtes soufflaient des nuages vaporeux.

Le col du Lautaret était à la hauteur… de sa réputation. Et quelle hauteur ! Perdu dans un brouillard insondable qui coulait à leur rencontre. Il fallait absolument le franchir avant la tombée du jour. « Une descente de sept lieues nous déposera dans les meilleurs délais à notre objectif », les encouragea Clément. Ils n'en étaient pas là. Ils devaient encore vaincre ce col improbable. Les virages serrés succédaient aux lacets en dévers et la pente se cabrait encore et encore. Et la charpie de brume collante les enrobait de langues humides.

Lisa leur prêta main-forte mais ce n'était pas suffisant. Clément relaya Géraud qui s'empara des guides. Ne serait-il pas prudent de redescendre au village ? Ils s'entêtèrent et s'accordèrent encore une heure d'efforts, pas une minute de plus, avant de trancher…

Par-derrière, un écho intermittent de sabots enflait. Un cavalier montait à leur suite, mais, sans forcer l'allure, gagnait du terrain sur la voiture. On aurait dû abandonner celle-ci à Grenoble et poursuivre à cheval. Monsieur de Lamoignon ne les avait pas dissuadés de poursuivre dans cet appareil. C'est à ses soins qu'on aurait mieux fait de confier Lisa. Elle se serait trouvée bien à Grenoble. Le prétexte de sa présence n'était plus indispensable… Il n'était plus temps de récriminer.

Dans la courbe suivante, serrée au point de revenir sur leurs pas, ils entraperçurent le chapeau du cavalier dans le contrebas. Ils atteignirent un léger replat où l'on pouvait encore faire demi-tour. À la demande du commissaire, Clément y engagea la voiture et serra le frein. Géraud souhaitait demander conseil à ce voyageur qui tourna et vint droit sur eux :

« Enfin, je vous rejoins… » furent ses surprenantes premières paroles. « J'ai bien cru ne jamais vous retrouver. »

L'individu ne paraissait pas très grand sur son bai brun, mais méconnaissable, engoncé dans plusieurs couches de vêtements et coiffé d'un feutre épais aux rebords plongeants. S'il semblait les connaître, Géraud était presque certain de l'avoir déjà rencontré. Sa voix rauque ne lui était pas étrangère. L'homme ôta son couvre-chef. Ce n'était pas un inconnu, mais impossible de mettre un nom sur ce visage grêlé, envahi jusqu'aux pommettes par une barbe dense, clairsemée au menton.

— Je vois que vous ne me remettez pas, commissaire. Je vais donc vous rafraîchir la mémoire : vous m'avez rendu visite, il n'y a pas si longtemps à Nemours.

— Ah ! Par Dieu, c'est exact. Mille excuses. Les lieux et les apparences sont trompeurs et je ne m'attendais pas à vous rencontrer si loin de votre affectation.

À présent, il reconnaissait le chef du cabinet noir.

— Je vous rassure tout de suite, reprit celui-ci en posant pied à terre, c'est sur ordre du lieutenant de police que je suis accouru pour vous seconder. Nous ne serons pas trop de deux pour cette opération, n'est-ce pas ?

— En effet… admit Géraud évasif.

Litorne n'ignorait donc pas que Lebayle poursuivrait seul le voyage à l'étape suivante. Il était un peu contrariant que Monsieur de La Reynie ne lui ait rien dit – même à demi-mot – de cette décision avant son départ. Ce n'était pourtant pas la première fois que cela se produisait, sécurité oblige. Le chef du cabinet noir n'était pas n'importe quel soutien. Lebayle devait s'en réjouir :

— Monsieur, vous survenez à point nommé. Nous nous questionnions : devons-nous poursuivre ou nous en retourner ? S'il vous plaisait d'atteler votre cheval en tête, nous progresserions avec moins de difficultés et gagnerions un temps précieux.

— J'allais vous le proposer. Rallier Briançon n'est pas une sinécure. Et encore ! Estimez-vous chanceux cette année, la neige n'est pas encore apparue à cette altitude, mais elle descend peu à peu. Il faut se hâter. Il n'est pas exclu que, dans deux jours ou une semaine, elle tombe sournoisement en abondance et que le col soit infranchissable pour des mois.

Il plaça sa monture devant la voiture. Clément tira du coffre un harnais et dix minutes plus tard, ils repartaient d'un pas plus assuré, malgré l'accentuation constante de la pente. Ils s'enfoncèrent dans le brouillard cotonneux. Personne ne parlait. On écarquillait les yeux, bientôt en vain : on distinguait à peine ses bottes. Malgré cette aide inespérée, devait-on s'obstiner ? Ils se concertèrent. Deux voix semblaient favorables, les deux autres s'abstenaient. Ils continuèrent donc encouragés par Clément qui connaissait ce genre de situation.

Géraud n'était pas tranquille. Il s'était fié à son passage précédent ; la route n'était plus la même. Le moindre incident pouvait tourner au drame. Où trouverait-on du secours ? Lisa ne se manifestait pas, mais devait, comme lui, penser à l'accident de la diligence, quoiqu'à cette allure le péril soit d'une autre nature !

Soudain une trouée fugace dévoila le sommet. Il fallait encore grimper mais la pente se modérait et la visibilité s'améliorait, leur donnant l'impression de respirer plus à leur aise. On put remonter en voiture et Litorne libéra sa monture. Quelques dizaines de toises plus loin, la courbure du sol s'inversa… Ils mirent tout de même plus d'une heure pour basculer dans l'autre vallée.

La descente, bien que dangereuse, soulagea les bêtes et les hommes qui, les uns comme les autres, sentaient l'écurie. Le ciel restait encore clair, ce qui permettait de prendre garde où l'on posait les sabots.

Le froid s'insinuait dans la voiture par tous les interstices. Litorne marcha devant, en éclaireur. Par instants, sa silhouette était avalée, puis elle se matérialisait à nouveau, tout ou partie. Ils avançaient désormais sur le plat. Les arbres s'espacèrent, le regard se perdit dans le ciel gris perlé.

Enfin, la ville leur apparut.

13

— Je pensais que Géraud nous accompagnerait, Pistol.

— Il ne le pouvait pas, Muguette, il partait en mission.

— Où cela ?

— Secret d'État. Moins de personnes sont informées, moins il court de dangers.

— C'est vrai, mais en ce qui concerne nos laissez-passer ?

— Ne te soucie de rien, il me les a remis.

— Vous pensez à tout, les compères.

— On essaie d'en oublier le moins possible.

Pistol et sa sœur arrivaient devant l'écrasante Bastille. Le pont-levis était baissé, ils en profitèrent. Ils s'adressèrent au poste de garde où l'on se montra pointilleux. La présence d'une jeune femme accorte n'était pas sans surprendre ces soldats, davantage habitués aux mines patibulaires et aux matrones. Un gardien porte-clefs les escorta jusqu'à la « cellule » de l'ancien mousquetaire qu'on n'appelait ici que Martelin. Il débloqua les loquets des trois portes successives, ne tourna la clef qu'un seul tour à la dernière qu'il poussa avant de s'effacer.

Muguette hésita. Qu'allait-elle découvrir ? Instants

de vérité et de grande émotion, bien que son frère lui ait décrit leur père et son infirmité de manière à atténuer le choc. Elle marqua un léger retrait du buste. Pistol s'en aperçut. Il lui saisit la main et l'entraîna.

Adrien Martelin, soigneusement vêtu et coiffé, les attendait sur sa chaise roulante, affichant un sourire étudié qu'il n'avait pas dû utiliser souvent depuis sa réclusion. Il leur tendit la main :

— Bonjour, mes enfants, je vous attendais. Approchez… Par Dieu, quelle belle personne tu m'amènes là, Pistol ! Ma fille, je présume. Si je m'attendais à une si jolie demoiselle. Plus grande, mais aussi ravissante que sa mère.

Les deux jeunes gens restèrent à trois pas, respect et timidité mêlés.

— Bonjour, père… lâcha Muguette. C'est un très grand jour pour moi.

— Également en ce qui me concerne. Si à vos yeux je suis un fantôme ressuscité, vous êtes, mes enfants, un rêve inespéré qui se matérialise.

— Grâce à Dieu, nous voilà réunis, consentit enfin Pistol. Grâce aussi à la subtilité de votre message et à la perspicacité du lieutenant de police qui l'a déchiffré.

— Prenez ces sièges, mettez-vous à votre aise que nous fassions connaissance.

Maladroits, ils se posèrent. Martelin leur demanda de se rapprocher un peu :

— Mon gars, sans te commander, tu seras plus prompt que moi. Peux-tu m'apporter la bouteille qui baigne dans le cuveau derrière ce paravent, et les verres sur la console ? Nous devons fêter cet événement comme il se doit.

Éberlué, Pistol obtempéra. Il tira de la glace concassée une bouteille… de vin de Champagne, au corps court et renflé, marqué d'un écusson moulé dans la masse du verre opaque. Comment une boisson royale avait-elle été introduite dans une geôle de la Bastille ? Il déposa le tout sur la table vers laquelle Martelin, radieux, poussa sa chaise. Il saisit la bouteille sous le collet qui liait le bouchon :

— Mes enfants, vous allez goûter au « vin du sacre des rois », produit – comme il se doit – dans la région de Reims.

Il leur présenta le flacon et, un peu déclamatoire, poursuivit :

— Vin ancestral, s'il en est, puisque les Romains s'y entendirent pour cultiver des vignes sur les coteaux crayeux d'un climat septentrional. Les évêques de l'époque médiévale, dont un certain Pérignon, prirent savamment le relais. Ce vin rouge très clair, ou blanc, offrait une effervescence naturelle légère et éphémère qui intrigua. Différente de nos piquettes fermentées, on tenta de l'éliminer, en vain. On s'en accommoda. Elle devint un atout qu'on dompta. En ce temps-là, on pratiquait déjà l'assemblage des raisins de diverses provenances pour obtenir des vins mieux équilibrés qui vieillissaient bien.

Martelin ôta les broquelets de bois et, sur un claquement sec, jaillit le vin mousseux qu'il recueillit avec dextérité dans le premier verre.

— C'est au siècle dernier qu'un cru de la vallée

de la Marne, la « ocane » à Aÿ étendit le succès à toute la Champagne. La mise en bouteille permit de poursuivre le « moussage » et facilita le transport du nectar jusqu'aux tables des gens de l'élite… et jusqu'à moi. Je suppose que vous n'en avez jamais dégusté de tel.

— Jamais, père ! lancèrent-ils en chœur.

— Alors, nous devons faire le vœu que la vie, désormais, ne nous sépare plus. Vous allez voir, c'est un vin blanc à nul autre pareil, fort enchanteur, créateur de bulles de bien-être. Un conseil : buvez lentement, celles-ci montent vite à la tête.

Il versa une petite quantité dans chaque verre. Une mousse translucide, plus légère que celle de la bière, enfla très vite et masqua le fond. Il procéda ainsi par minces filets de liquide doré d'un baccara à l'autre, jusqu'à un doigt du bord. Des chapelets de perles minuscules, lumineuses comme des étoiles, serpentaient vers la surface où elles éclataient avec, pour une oreille aiguisée, un infime pétillement de cristal brisé.

Martelin, tout sourire et la prunelle brillante, leva son verre, le mira dans le contre-jour de la fenêtre grillée.

— À l'immense bonheur qui m'est donné de vivre aujourd'hui.

— Au nôtre aussi !

Ils n'eurent pas la sensation de boire du vin ; chaque goutte légère était un rire de fée, un chant céleste. Cet élixir eut le pouvoir immédiat de détendre l'atmosphère, un peu guindée jusqu'à cet instant magique.

— Père, avança Pistol à la troisième gorgée, il est

une question que j'ai omis de vous poser lors de notre première rencontre et qui, depuis, me hante.

— Je ne l'ignore pas, répliqua Adrien avec une œillade espiègle, et je ne te ferai pas languir plus longtemps. Tu brûles d'apprendre ton nom de baptême, n'est-ce pas ? Je souhaite de tout cœur qu'il te plaise, parce que, c'est d'un commun accord avec ta défunte mère que nous t'avons donné celui de… Pascal.

Les épaules du dessinateur retombèrent d'un cran. Ses yeux s'écarquillèrent ; soudain, dans sa tête, résonna une voix féminine, une lointaine voix angélique : « Pascal, Pascal, ne t'éloigne pas, mon chéri. » Il crispa les paupières pour que cet écho résonne encore au fond de ses oreilles… Inexorablement, il s'estompa.

« Maman ? » murmura le grand gaillard dans un état second. Une fugace silhouette lui était apparue à travers deux décennies et demie. Il parvint à la fixer une fraction de seconde… C'était tout le portrait de Muguette, ou presque, avec les pommettes moins saillantes, des yeux presque verts, la même bouche sur laquelle il put lire : « Je serai toujours près de toi, près de vous. » Et l'image s'effaça…

Pistol se ressaisit. Sa sœur le dévisageait avec inquiétude. Le regard d'Adrien allait de l'un à l'autre. Pistol battit des paupières.

— Et moi ? mendia Muguette dans un murmure à l'intention de Martelin.

— Toi, c'est ton vrai prénom, ma fille, nous en avions convenu aussi. « Hugues » si c'eût été un garçon, comme mon père. Tu devais naître en mai et ton frère est venu à la Pâques, voilà la raison de notre choix.

Il remplit les verres qui s'étaient étrangement vidés sans qu'il y paraisse. La faute aux bulles sans doute. Ils sirotèrent en devisant d'insignifiances avant d'aborder la levée d'écrou, une question cruciale aux yeux des jeunes.

— Mes chers enfants, leur dit le prisonnier en guise d'apaisement, tel que vous me voyez, je ne suis pas même semblable au bernard-l'ermite, capable de changer de coquillage, au gré des hasards. Serti depuis si longtemps dans cet écrin de pierres qu'on appelle « le château », à l'apparence redoutable, c'est plutôt à l'huître qu'il faut m'apparenter, huître qui a enrobé de nacre tout ce qui la blessait. M'en arracher brusquement serait me condamner. Si je suis encore prisonnier, c'est de ma pauvre carcasse. Au fil du temps, les murs me sont devenus invisibles. Ma vie est ici protégée. J'y ai des yeux, une ouïe, un odorat aussi qui me renseignent sur les choses extérieures, sans en recevoir les scories. J'en sais plus que nombre de personnes qui se disent valides, libres de leurs mouvements et bien informées.

Il se tut. Sa bouche se crispa. Il hocha la tête, admira son fils, contempla sa fille :

— Comment ai-je pu négliger si longtemps de lancer des limiers à votre recherche ? Même s'il n'y avait qu'une infime chance que vous soyez encore de ce monde. Pourquoi ? Je l'ignore. Pourtant, au fond de moi, je n'avais pas perdu tout espoir. Pourquoi, après les premières années d'incarcération, lorsque je suis enfin parvenu à renouer un lien ténu avec un ami fidèle, n'ai-je pas senti dans mon âme que vous étiez si près de moi ? Trop affaibli sans doute par la réclusion.

— Père, ne vous morfondez pas, intervint Pistol, la vie vous attend sous quelque forme qu'elle adoptera. Dites-nous vos désirs, nous les exaucerons. Une force inaltérable nous a investis et nous anime, désormais. Nous ne nous quitterons plus, d'une façon ou d'un autre, je vous le garantis.

Faute de pouvoir les serrer aisément entre ses bras, il leur pressa les mains, sans un mot, les yeux brillants, très ému.

Ils se ressaisirent, dérivèrent encore sur de commodes banalités et chacun parla de ses activités avant d'aborder des sujets pratiques : « Comment avez-vous réussi à aménager votre geôle en étant juste assujetti à la pistole améliorée ? Le gouverneur de la Bastille en est-il informé ? Ferme-t-il les yeux ? Son prédécesseur ne l'a-t-il pas intéressé à votre cas ? Qui vous transmet les nouvelles ? De quelle manière ? » Il leur promit des explications détaillées pour leur prochaine visite. Il fallait se revoir au plus tôt, avant que Vauban ne réquisitionne Pistol-Pascal.

— Ainsi, j'ai un fils artiste et une fille d'arme, tous deux policiers vacataires. Jamais, je ne l'aurais imaginé, c'est si peu ordinaire. Compte tenu de ma propre situation, je ne peux qu'en être satisfait… Pistol, m'en voudras-tu si je t'appelle parfois Pascal ?

— Je ne renie pas ce nom, père, bien au contraire, j'en suis honoré, et l'on pourra à l'avenir me nommer par l'un ou l'autre, sans préférence. C'est un bel avantage que je revendique. Abondance de biens ne nuit pas. Quant à Martelin, notre patronyme, nous le porterons avec fierté, n'est-ce pas, Muguette ?

— Absolument, cher frère.

— Finissons cette bouteille sans tarder, conclut l'ancien mousquetaire enchanté. Un champagne tiède est un sacrilège ! Mes chers grands enfants, vous est-il possible de revenir, disons, dans deux jours ? D'ici là, j'aurai collecté les éléments indispensables à un certain projet dont je ne peux rien vous révéler pour l'instant.

— Jeudi, à la même heure, nous ne manquerons ce rendez-vous pour rien au monde, assura Muguette en lui déposant un baiser hardi sur le front.

La vie, magnanime pour une fois, leur avait rendu un père, mais ce fardeau n'était-il pas aussi lourd à porter que cet étrange bonheur ?

*
**

Géraud s'éveilla avant l'aube, ainsi qu'il l'avait décrété. Leurs hôtes (sieur et dame de Garbey) étaient des notables de Briançon. On leur avait préparé de quoi se restaurer. Ainsi, avec Litorne, ils pouvaient s'éclipser sans déranger… ni être remarqués. Clément était affecté au service de Lisa dans l'attente de leur retour.

Le chef du cabinet noir descendit peu après lui. En deux mots, ils se mirent d'accord. Pendant que celui-ci avalait le reste de soupe, Lebayle alla seller le cheval qu'il avait choisi sur les conseils du chef des palefreniers. C'était une bête puissante, au pied sûr, qui ne redoutait ni les chemins piégeux ni les intempéries.

Après tout, se dit-il en sanglant la selle, si Monsieur de la Reynie avait trouvé judicieux de lui adjoindre un équipier de qualité, pourquoi rechigner ? Cela venait d'une bonne intention. On s'en sort souvent mieux à deux, bien qu'il aimât sa liberté d'action…

Il glissa le mors dans la bouche de l'étalon, passa la têtière derrière les oreilles d'une main distraite. Quand, la veille au soir, il avait fait ses adieux à Lisa, il avait surpris de sa part un drôle de regard oblique. Que signifiait-il ? Fatigue et séparation devaient être la cause de ce léger malaise qu'il avait deviné chez sa protégée. C'était une jeune file sensible, déconcertée par la succession de tant d'événements forts et inattendus.

L'animal secouait la tête. Qu'est-ce qui l'indisposait ? Rien d'important : Géraud n'avait pas coiffé son toupet de crins par-dessus la lanière du frontal. Il rectifia cet oubli, lui flatta la joue, boucla la sous-gorge sans serrer.

Combien de temps sera nécessaire pour mener à bien cette mission éclair ? Une semaine ? Le moins longtemps possible, quoi qu'il en soit pour leur sécurité. Il entendit Litorne pénétrer dans l'écurie divisée en une douzaine de loges. Ils allaient pouvoir partir aux premières lueurs. Par acquit de conscience, il vérifia l'état des pieds et des fers. La porte grogna à nouveau sur ses gonds. Géraud jeta un coup d'œil : c'était Litorne !

Litorne ? Mais alors, le bruit précédent ? Un palefrenier ou un coup de sabot dans une cloison ?

Géraud saisit les rênes à hauteur du mors et, surprenant l'écho de sabots sur le sol dallé, s'étonna encore que son adjoint puisse le devancer, estimant qu'il avait à peine eu le temps de mettre son tapis de selle !

Un troisième cheval donc ? Qui ? Un des fils de la maison ? Derrière la fille aînée, le puîné et le cadet étaient trop jeunes. Qu'est-ce que cela signifiait ? Intrigué, il sortit sa monture dans la travée centrale, puis rattrapa le premier cheval dans la cour. Un ballot fixé sur la croupe l'empêchait de distinguer l'homme qui le menait par la gauche, sous une aube parcimonieuse. Il passa devant et se pétrifia.

— Par Dieu ! Li... sa ? Que fais-tu là ?

Il trouva sa question stupide et ne sut qu'ajouter.

— Bonjour, cher parrain. Bien dormi ? Écoute-moi avant tout. Il faut que tu saches : primo, je ne me sentais pas en sécurité dans cette maison. Les Garbey me semblent patibulaires et artificieux. Secundo, je n'ai pas confiance en ce barbu inconnu qui nous tombe dessus à point trop nommé et t'escorte sans te demander ton avis. Tertio, je n'ai pas été amenée jusqu'au fond de ces vallées reculées pour que tu m'abandonnes, j'ai peur. Quatro...

— Il suffit, linotte ! gronda le commissaire excédé. Il n'est absolument pas question de t'entraîner dans une opération secrète et dangereuse.

— Précisément, Géraud, s'il y a du danger, je me dois d'être à ton côté. Je préfère mourir dans tes bras que de me lamenter seule dans un pays perdu au milieu de ces funestes montagnes qui m'écrasent.

— Tu n'es pas seule, Clément est resté à...

D'un bond prodigieux, elle s'était mise en selle, avait tendu les rênes :

— Enfin, si je peux achever ma plaidoirie sans être interrompue, j'ai apprêté un havresac avec l'aînée de cette maison. J'y ai serré des effets, des médications et des instruments indispensables dans cet environnement et auxquels personne n'a songé et que tu seras bien aise de trouver. Ton balluchon me semble plutôt mince pour entreprendre une telle expédition.

Litorne les rejoignit.

— Que se passe-t-il ? Vos éclats de voix vont réveiller la maisonnée.

— Je n'en ai cure, Monsieur. Mon tuteur refuse de m'emmener.

— Je crains qu'il n'ait de bonnes raisons, Mademoiselle. C'est un travail d'hommes, de professionnels aguerris.

— Je ne suis pas dépourvue de qualités qui vous rendront service.

— Obéissez, petite écervelée.

— Alors, la cervelle, je préfère me la brûler !

— Tu deviens folle, ma pauvre Louison.

— C'est la première fois que tu m'appelles ainsi.

— Écoute-moi. J'agis pour ton bien. Te brûler la cervelle. Et comment t'y prendrais-tu ?

Il n'aurait pas dû la défier. Lisa glissa la main dans ses fontes, sortit un petit pistolet de cavalerie, le pointa sur son cœur.

— De cette façon.

Lebayle faillit lui révéler l'incohérence anatomique entre cervelle et cœur.

Un silence aussi glacial que des neiges éternelles s'abattit sur le trio. Géraud connaissait assez cette fille pour savoir qu'elle était capable de tout. Elle l'avait démontré par le passé et son tempérament ne s'était pas modéré en sept ans de pensionnat. Au contraire !

Le froid sec transformait les haleines en panaches figés dans la faible lueur du petit matin naissant.

— Commissaire, intervint Litorne, il vous faut sur-le-champ prendre une décision, au risque de compromettre toute l'opération.

Cette formulation impérative sous-entendait : renvoyez la sotte rebelle au chaud de son édredon sous la férule d'une matrone inflexible. Comme souvent, Lebayle n'eut pas le temps d'analyser les réflexions qui se percutaient sous son crâne et les déductions qui s'organisèrent en quelques secondes pour cadenasser sa stratégie et sa « ferme décision ».

— Gaston, allez, je vous prie, réveiller Clément et lui demander de se préparer à la hâte, tandis que vous laisserez un billet à nos hôtes, stipulant qu'un impondérable nous contraint à modifier nos plans. Joignez-y cette bourse pour régler les frais inhérents à l'emprunt de deux montures supplémentaires.

Le chef du cabinet noir se cabra, affronta du regard le commissaire qui, ayant repris le commandement, ne céda pas. D'évidence, il n'appréciait pas qu'on lui donne un tel ordre, lui qui était habitué à diriger les autres. Litorne n'émit cependant aucune récrimination, attacha son cheval et se dirigea vers le corps principal du manoir.

Géraud, masque de marbre, épiant les environs, tira les fils de son raisonnement. Il voulait profiter de ce temps de latence pour confirmer ou non son choix et ne pas risquer quatre vies au lieu d'une seule, la sienne. Pourquoi n'était-il pas revenu à la stratégie d'origine ?

Le lieutenant de police, sur des motifs qu'il ignorait, avait après son départ, opté pour un duo avec Litorne, envoyé à la rescousse muni d'indications assez précises pour le rattraper. Lisa lui imposait un trio incohérent, assorti d'une menace odieuse. Quelle mouche l'avait donc piquée ? Avait-elle perdu le sens commun ? De quoi avait-elle vraiment peur ?

Et soudain, il s'était entendu ordonner un quatuor ! Devenait-il fou, lui aussi ? Pourquoi pas un escadron avec tambours et trompettes pour une opération qui devait passer totalement inaperçue ? Il était encore temps de tout annuler et de partir seul. Pourquoi tergiversait-il ?

La froidure contracta ses épaules. Bougre d'incapable, se dit-il, tu veux donc tout compromettre et ruiner l'équilibre de l'Europe ! Tu as la confiance du roi. Tu es le chef de cette expédition, tu ne vas pas te laisser dicter ta conduite par une rebelle capricieuse. Pourquoi ne lui as-tu pas ordonné de presser la détente ? À cause de la détonation ? Stupide. En temps ordinaires, tu n'aurais jamais eu ce genre de scrupules. (Des bruits lui parvinrent du côté de l'écurie.) Ils arrivent. Il te suffit de leur ordonner de ceinturer, bâillonner, ligoter la fille, cela passera pour un habile stratagème. Et partir sans te retourner. À la limite, demander à Litorne de te rejoindre.

Mais le commissaire Lebayle restait figé, bloqué sur ses positions. Clément et Gaston arrivèrent avec un cheval louvet, rousseau mêlé de taches noires. Trop tard pour changer d'avis :

— Écoutez-moi, vous trois. Je tiens à être obéi à la lettre, trancha le commissaire, en prenant la tête. C'est à moi que le chef de la police a confié la responsabilité de cette opération et je tiens à en rester le maître. Les comptes se régleront plus tard.

Il ne s'inquiéta pas de savoir leurs réactions ni dans quel ordre ils se rangeaient derrière lui. Il talonna. À aucun moment, il ne se retourna. Une entreprise qui prend une telle tournure s'engage sur une mauvaise voie, une très mauvaise voie…

La frontière était à trois lieues, dans la descente du Montgenèvre. On allait s'aventurer en terre étrangère. Les dangers seraient décuplés.

Géraud, saumâtre, ruminait.

Monsieur de La Reynie lui avait-il envoyé Litorne pour, après réflexion, compenser l'erreur « Lisa » ? Pourquoi alors ne pas avoir commandé de la retenir à Briançon sous la surveillance de Clément qui n'est pas homme à s'en laisser conter ? Bien qu'audacieuse, Lisa n'était pas téméraire… Son acte avait été réfléchi.

En cachette, la veille, elle avait préparé son appareillage : la tenue chaude en bouracan (emprunté à leur hôtesse) plus adaptée aux conditions rigoureuses que son manteau de ville, le havresac bourré de matériel, le cheval et son harnachement, son lever anticipé, sa discrète préparation afin de ne pas manquer le départ. Maturité confirmée pour une néophyte sur laquelle bien des hommes pourraient prendre exemple !

Des tourbillons de flocons secs les enveloppaient et atténuaient déjà les reliefs. À chaque virage, la route s'élevait davantage.

Pourquoi Géraud avait-il décidé d'embarquer tout le monde ? S'agissait-il de ne laisser aucun témoin derrière lui ? De ne pas embarrasser leurs hôtes ? Et puis, trop de zones d'ombre flottaient déjà sur cette affaire. Le chef de la police l'avait-il placé sous une sorte de tutelle ! « Gaston Litorne n'est pas n'importe qui, » se répéta-t-il. La suspicion l'investissait sournoisement ! Certes, on ne lui confiait pas des missions ordinaires, mais ce n'était pas une raison pour le tenir dans une semi-ignorance afin qu'il ne puisse pas trahir sous la torture ! Belle règle du jeu, en vérité, qui l'ulcérait mais dont il devait s'accommoder…

Cela n'expliquait pas l'attitude de Lisa, si fine en déduction. Elle n'était plus une petite fille écervelée et brise-raison[24]. Qu'avait-elle voulu lui signifier ? Lui accordait-il plus de crédit qu'elle n'en avait ?

S'il n'y avait eu cette épée de Damoclès de la neige, la route lui serait apparue agréable, comme la fois d'avant… sur la première lieue. Puis, brusquement, dans la vallée de la Durance, avait commencé cette montée roide vers Montgenèvre et

24. Personne qui agit à tort et à travers.

le col. Une voiture aurait très vite capitulé quand les lacets serrés s'étaient enchaînés. À présent, il fallait se fier à ces chevaux de montagne, accoutumés à ce genre de terrain et à ces conditions difficiles. Le froid s'accentuait, la neige collait aux sabots, enguirlandait les branches épineuses des conifères, comblait les lacunes laissées par une vieille couche grisée.

Une inquiétante constatation s'imposa bientôt, dès avant d'atteindre le col : il faudra faire étape. Les vingt lieues jusqu'à Pignerol seraient plus longues que les vingt-cinq entre Grenoble et Briançon. Beaucoup plus longue.

14

Le geôlier poussa la porte ferrée numéro trois, épaisse de deux pouces. Elle n'était ni fermée à clef ni même au loquet ! Tout comme les précédentes. Pistol marqua une hésitation, puis entra. Près de l'étroite fenêtre, Adrien Martelin fit pivoter son fauteuil.

— Pascal ? Entre, fils, entre. Tu m'as surpris, mais c'est bien, mieux vaut être en avance qu'en retard.

— Bonjour, père. La hâte de vous revoir…

Il découvrit alors dans la main gauche de l'invalide, masqué jusqu'à cet instant, un instrument incongru en ce lieu : une courte arbalète !

— Ne te fie pas aux apparences, s'empressa l'enseigne tout sourire. À l'usage que j'en fais, il ne s'agit pas d'une arme au sens propre. Il a fallu que le hasard te la révèle un peu plus tôt que prévu, ce n'est pas un souci. Assieds-toi, je vais t'expliquer.

— Père, je dois d'abord excuser l'absence de Muguette. Troublée, elle avait oublié que, le jeudi dans l'après-dîner, elle assurait un cours d'escrime aux garçons d'un bourgeois voisin et ne pouvait s'en distraire.

— Elle viendra une fois prochaine, aucun souci ;

et ce n'est pas plus mal pour aujourd'hui. Ainsi, nous pourrons nous entretenir entre hommes.

Pistol se posa sur le siège qui lui était désigné :

— Pour être franc, père, je crois qu'elle avait aussi besoin de… digérer le choc de cette première rencontre, même si elle imposa bonne figure, elle fut très émue et assez affectée, consciente malgré tout qu'elle n'en tirerait que bénéfices.

— Je le conçois aisément.

— Savez-vous que, si je suis entré d'une façon aussi cavalière, c'est que vos portes n'étaient pas closes ? Et les deux premières béantes.

Martelin lâcha une interjection d'ancien mousquetaire :

— Je ne l'ignore point. C'est une commodité qui m'est offerte depuis des années. Elles furent verrouillées, comme de rigueur lors de votre première visite, pour ne point vous brusquer avec Lebayle, mais certains jours… elles restent même grandes ouvertes. Comment voudrais-tu que je m'évade dans ma condition ? Et s'il avait dû y avoir miracle de ce côté-là, il se serait produit depuis longtemps.

Ils communièrent dans un rire franc. Adrien posa son arme en travers de ses cuisses :

— À présent que, grâce à Nicolas de La Reynie, je suis réhabilité, mon statut enfin reconnu et ma fonction bientôt rétablie à mon ancien grade, il n'y a plus vraiment de raison de me claquemurer ni de me surveiller tel un abominable criminel.

Les yeux de Pistol ne pouvaient se détacher de l'arbalète, se demandant à quoi son père pouvait l'utiliser. Tirer les oiseaux ou les rats ? Celui-ci s'en amusa :

— Je n'abats ni les pigeons voyageurs ni les sentinelles placées devant la Bastille. D'ailleurs j'en serais bien en peine… Je… Je poste simplement mon courrier du jour.

Content de son petit effet, il s'interrompit pour laisser s'afficher de légitimes points d'interrogation sur le visage de son fils, puis il expliqua :

— Tu as remarqué la taille réduite de l'instrument qui me permet de le manier avec aisance en position assise, et son envergure réduite, elle aussi, par rapport à n'importe quelle arme de jet qui en diminue la portée. Je dois te préciser qu'on me la livra de façon clandestine en pièces détachées, avec de multiples précautions sur une durée de plusieurs mois, et que je dus la cacher pendant une douzaine d'années, bien que ma cellule ne fût jamais fouillée de fond en comble. Désormais ces précautions sont caduques. Quant aux carreaux…

Martelin se pencha et glissa l'instrument sur une tablette fixée sous son siège. Un petit panneau pivotant la dissimulait totalement. Le système était ingénieux. Et, du même geste, il ramena un dard, lui aussi assez particulier. Il le tendit à Pistol pour examen.

— Dans le fût de bois est ménagée une encoche, en avant de l'empennage, confectionné en parchemin… Oui, c'est cela, Pascal, tu as le doigt dessus. J'y insère mes messages, roulés dans de petits tubes qui s'emboîtent parfaitement. Un ouvrage d'orfèvre. D'où l'allusion aux pigeons voyageurs. La pointe de fer pyramidale, comme tout carreau, lui permet de se ficher dans la cible.

Soudain, Pistol jaillit de sa chaise, alla vers la fenêtre, empoigna les barreaux, se haussa un peu et chercha quelle pouvait être « la cible ». Son regard balaya la campagne sur la gauche, au-delà des jardins de la prison, de la rue de la Contrescarpe et des anciennes fortifications écrêtées, puis vers les vergers, le fortin carré dressé à l'angle des douves, devenues dépotoir envasé que n'alimentait plus guère la Seine.

— Que vois-tu ? s'enquit Martelin sur un ton badin.

— Peu de chose, en vérité, sinon, plus bas, le petit clocher de Sainte-Marguerite qui dépasse des toitures.

— Excellent !

— Néanmoins, je serais bien en peine d'envoyer un carreau sur quoi que ce soit.

Il rendit le projectile à son père et, sceptique, reprit sa place.

— Judicieux. Et c'est tout à fait normal puisque la cible n'est pas en place. Cependant, tu n'as pas manqué de voir les fenestrons jumeaux à hauteur de la cloche. C'est là qu'à certaines heures, elle est positionnée : un panneau de bois de deux pouces d'épaisseur aux bonnes dimensions, dans lequel je pourrai « poster »[25] ma missive.

— Très ingénieux, père, apprécia Pistol. Mais à

25. Origine du terme « poste ». Le receveur, le relais, était « posté » sur la route en attente du passage du convoyeur.

quoi cela vous sert-il, si ce n'est à exercer votre habileté ?

— Communiquer, mon gars ! Par exemple, avec un ami prêtre, retrouvé il y a une quinzaine d'années, lors d'une de ses visites charitables aux prisonniers. Le père Loriot accepta d'être mon ambassadeur auprès du monde extérieur.

— C'est extraordinaire, père. Je suis admiratif à plus d'un titre et…

— Économise quelque ébahissement pour l'avenir, Pascal. Je conserve encore plusieurs cartes dans ma manche… Mais tu dois avoir soif. Je n'ai plus pour l'instant de vin de champagne, toutefois, tu trouveras dans l'alcôve quelques petits crus qui devraient te mettre l'eau à la bouche, si tu as hérité de mon palais.

Stupéfait et béat, Pistol obéit. Il rapporta une bouteille empoussiérée et deux verres.

— Je constate que tu as bon goût, mon garçon. Sers-nous. Que nous portions un toste[26] au Roi et à la magnanimité de Dieu qui nous accorde ces savoureux instants de grâce.

Ils dégustèrent un vin sombre et charpenté au corps généreux avec un retour de baie sauvage. Il fallait cependant posséder une grande philosophie de la vie pour ne pas être aigri après tant de déboires.

— Tu devineras qui m'a rendu visite, hier tantôt, car nos connaissances communes sont peu

26. Toste (ou toast en anglais), provient de l'ancien français tostée (rôties : pain grillé) et du latin tostus (torrere : brûler) que l'on offrait avec le coup bu à la santé de quelqu'un.

nombreuses : le lieutenant de police en personne. Il voulait savoir de quelle manière s'étaient déroulées nos retrouvailles, et ensuite me demander un petit service. Eh oui, cela t'étonne ? *Me* demander un service et non me proposer les siens. Il l'avait déjà fait précédemment, lors de notre première entrevue, ici même, il y a trois mois.

Le vin n'était pas le seul responsable de l'étourdissement qui s'empara de Pistol. Il s'était attendu à plaindre son père et à lui prodiguer quelque soutien. À présent, il comprenait que celui-ci gérait sa vie et en profitait au mieux. Il l'observa, le sentit détendu et serein (peut-être depuis peu ?). Quels secrets se cachaient-ils au fond de cet homme amoindri pour rayonner de la sorte, écrasé par les murailles de cette sinistre bâtisse ? À moins qu'une douce folie ait annihilé son discernement... Pourtant, cela ne semblait pas le cas.

Pistol sursauta. Ses questions fusèrent, rompant le fil de la réflexion précédente :

— Comment obtenez-vous réponse aux carreaux que vous tirez ? Que deviennent ceux qui n'atteignent pas leur objectif ?

Le visage de Martelin s'éclaira. Il cligna de l'œil :

— Belle déduction, mon cher fils. En plus de quinze années, il n'y a eu que quatre dards qui se soient égarés. L'arbalète est d'une précision bien supérieure à l'arc, tu ne l'ignores pas. Mon correspondant, avec opiniâtreté, a fini par en retrouver deux car, autre précaution, ils sont tous numérotés. J'envoyais le 1448e avant ton arrivée, ce qui constitue une moyenne de cent vingt par an. Un jour sur trois, en deçà du rythme tenu par Madame de

Sévigné à sa fille de Grignan, et compte tenu des courriers quand il y avait affaire urgente.

— Parce que vous menez des « affaires » par ce subtil procédé ?

— Il le fallait bien ! Je suis « à la pistole », ne l'oublie pas et, privé de solde depuis vingt-cinq ans. Mon pécule n'assura que la transition, car les prix ont grimpé… en flèche !

Ils éclatèrent de rire, esquissant une ébauche de complicité.

— En ce qui concerne les réponses du père Loriot, elles me parviennent dans des étuis semblables, glissés dans la nourriture qu'on me livre ou dans mon linge lavé et repassé, cachettes qui ne sont plus indispensables, puisqu'il y a belle lurette qu'on ne fouille plus ce que je reçois. Mes geôliers sont davantage des gardes du corps ou d'aimables majordomes qui n'ont pas à se plaindre de mes largesses… Et puis, nos messages sont cryptés.

— Père, vous êtes étonnant.

— Ce n'est qu'un aperçu, fiston. Nous devons apprendre encore à nous connaître et nous reconnaître. Je vais satisfaire ta curiosité sur une interrogation qui découle de la précédente, puis en échange, tu me parleras de toi, de ton parcours, de ton travail auprès de monsieur Vauban, ce qui m'intrigue beaucoup, et de ta sœur.

— Avec plaisir… Qui, par exemple, vous livre toutes ces merveilles inédites ou prohibées d'ordinaire en un tel lieu ?

— Tu raisonnes juste. Tu es digne de ton père, ancien enseigne des mousquetaires du roi qui eut son heure de gloire, avant de tomber injustement en disgrâce. Mais c'est une autre histoire, réservée à un prochain chapitre.

D'un geste éloquent, il signifia à son fils de remplir les verres et poursuivit :

— Il s'agit d'une saine personne, accorte, à la chevelure de flammes, à la gorge pleine et ferme, tout juste âgée de trente ans…

Le regard ironique en biais de Pistol ne l'interrompit qu'une seconde :

— Et je l'avoue sans honte, et à ma grande satisfaction, personne dévouée qui m'accorde ses plus tendres faveurs. À ton sourcil en courbe d'ogive romane, je constate que tu émets quelques réserves sur cette relation. Je ne t'en imposerai pas la démonstration *de visu* et j'ose espérer que tu me croiras sur parole. Si mes jambes sont inertes à cause d'une vilaine blessure de guerre sur laquelle la réclusion a eu des effets irréversibles, le reste du bonhomme demeure, grâce à Dieu, en parfait état de fonctionnement.

— Les yeux fermés, je vous accorde une entière confiance.

— C'est donc une jeune veuve, répondant au doux nom de Mélaine qui s'est retrouvée soudain dans le besoin et qui pensait rentrer dans les ordres pour ne point mourir de faim. Le père Loriot vint à son secours en lui trouvant un travail de blanchisseuse et une vocation de bonne âme auprès d'un prisonnier. À âme charitable, charitable et demie. Je lui ai proposé cet arrangement et comme elle n'était pas farouche, chacun a apporté à l'autre ce qui lui manquait, à savoir un peu de chaleur et de tendresse. Que demander de mieux ?

— Vu sous ce nouvel angle, je comprends mieux vos réticences à quitter… ce havre d'un genre particulier.

— Qu'irai-je chercher dans les rues encombrées de Paris où je serai chahuté tous les trois tours de roues ? Où je me trouverai plus encombrant qu'un attelage de quatre percherons ? Où je m'embourberai et m'essoufflerai dans la merdasse ?

— Depuis des années, Monsieur de La Reynie a fait paver et éclairer l'essentiel des rues.

— C'est exact, mais pour moi, la différence n'est pas déterminante.

— Il est vrai aussi que règne encore une certaine pestilence.

— Et je serai alors contraint de rester enfermé dans une chambre obscure donnant sur un mur aveugle ou une façade lépreuse, assailli de bruits, de cris, d'odeurs et de tous les inconvénients de la ville. Quant à la campagne, ses silences mortels entre deux pépiements sont très peu pour moi, Pascal. Tu comprends aussi que je ne pouvais pas aborder d'emblée le sujet « Mélaine » devant ta petite sœur.

— Muguette a vingt-cinq ans. Elle est très au fait des choses de la vie. Les jeunes loups s'y sont déjà frottés. Ne vous tourmentez pas, je lui dirai l'essentiel en édulcorant.

— Je t'en saurai gré… Il est vrai que ce n'est plus une petite fille. Aussi superbe et pétillante, elle doit avoir des galants en quantité, pendus à ses charmantes basques.

— Elle sait les tenir à distance.

Un silence s'imposa que Pistol mit à profit pour commencer, chose promise, le récit de sa vie depuis l'âge de trois ans quand le destin les avait séparés, avec de vastes lacunes dans la première partie, et se limitant aux grandes étapes jusqu'à son embauche par l'ingénieur des fortifications en tant que croqueur instantané des sites, paysages et bâtiments concernés. Puis il s'attarda sur sa rencontre avec le commissaire Géraud Lebayle au siège de Maëstricht où le capitaine d'Artagnan perdit la vie, le 25 juillet 1675.

— Une bien triste et désastreuse disparition pour le royaume, commenta l'invalide mousquetaire... J'espère qu'à notre prochaine rencontre, Muguette pourra se libérer. Il faudra aussi que je vous entretienne précisément de ton ami le commissaire.

Pistol parut surprit et faillit réclamer sur-le-champ quelques éclaircissements, mais son père, avide de dialoguer, avait déjà enchaîné sur un autre sujet.

Les deux hommes n'eurent guère de peine à se trouver nombre d'affinités. Certes, on ne pouvait pas rattraper les années perdues, mais juste ravauder le tissu élimé du passé, combler les manques essentiels et bâtir quelques projets. C'était déjà fort savoureux et bien euphorisant pour un père de retrouver son fils un peu à son image ; et pour un fils de se construire un vécu sur ce qui n'était jusqu'alors qu'un infini champ de friches.

Ils se mirent d'accord sur une stratégie pour intégrer Muguette à leur complicité. Mais les hommes les mieux intentionnés restent toujours un peu des rustres, si l'on en croit ces dames, auxquelles les salons donnent chaque jour plus d'assurance et une maturité intellectuelle qui n'est pas du goût de tous.

Cette constatation les fit se séparer sur une accolade et un clin d'œil entendu.

15

Le manque de visibilité renforçait l'impression d'isolement et d'incertitude. Il fallait maintenir un rythme et évacuer les questions qui revenaient, lancinantes. Mais plus teignes qu'une armée de punaises, elles se cramponnaient à la pensée et mordaient au sang.

Les chevaux patinaient dans les virages relevés qu'il fallait aborder au plus au large. Géraud ne distinguait derrière lui que trois silhouettes imprécises. Il devait ralentir, les attendre. Malgré cela, Lisa n'arrivait pas à suivre, si bien que, deux boucles plus tard presque fermées sur elles-mêmes, il la devina, juste en contrebas.

— Géraud, attends-moi, mon cheval ne veut plus avancer !

Absorbée par la neige, la voix était feutrée, à peine audible. Il marqua le pas. La monture hésitait, parce qu'elle sentait sa cavalière inexpérimentée. Formes incertaines dispersées à plus de vingt pas, les trois suiveurs se regroupèrent et rejoignirent le meneur.

Seul sur cet itinéraire mal connu, le commissaire aurait probablement renoncé à s'abriter en ville. Mais à quatre, le va-et-vient ne passerait pas inaperçu. Comment Monsieur de La Reynie avait-il pu lui imposer un tel stratagème, sans se douter que la jeune fille ne serait pas en mesure de supporter une telle épreuve ? Il est vrai qu'il l'avait mise à destination de Briançon !

La faute incombait donc à Géraud. Il n'avait pas fait preuve d'assez d'autorité. Il s'en agaça. Pouvait-il maintenant ordonner qu'ils redescendent tous les trois... ou Lisa avec Clément. Le problème n'en serait pas résolu pour autant et quelque chose d'indéfinissable l'en empêchait. Au loin, on perçut des hurlements de loups. Cette entreprise était fort mal engagée ! Puis encore deux autres cris plus brefs, sur la gauche.

Géraud s'arrêta sur un court replat, descendit de cheval. Il n'était pas midi et l'obscurité s'imposait sous la voûte de gigantesques conifères. Ses accompagnateurs se rangèrent derrière lui, sages, disciplinés et silencieux. De ses fontes, il tira une longe qu'il attacha à l'anneau de sa selle, et relia l'autre extrémité au mors du cheval de Lisa dont il scruta les réactions sous son chapeau ourlé de flocons.

Pommettes et nez rougis, elle serrait les mâchoires, rigide sur sa selle, la tête rentrée dans les épaules. Son regard trahissait une grande lassitude. Et le silence était une angoisse supplémentaire. Les loups se rapprochaient-ils en catimini... Il s'interdit de lui adresser des reproches, afin de ne pas aggraver la situation. Elle savait qu'elle n'aurait jamais dû le braver, regrettait de lui avoir imposé sa présence.

— De cette manière, ton cheval se sentira guidé et sera obligé d'avancer. Stimule-le de la paume, talonne à chacune de ses hésitations, cela te réchauffera un peu et lui montrera ta volonté. Fais-toi obéir.

Il lui tapota la cuisse comme il avait l'habitude avec sa jument et lui adressa un sourire de circonstance avant de remonter en selle. Il demanda à Clément de reprendre la tête. Se fier à ce point de repère mouvant lui éviterait une lourde servitude.

— Dans une demi-heure, nous devrions franchir le col, affirma le guide avec une assurance feinte.

Ils reprirent l'ascension. Le cheval de Géraud glissait dans de dangereuses embardées quand celui de Lisa tendait la corde. Il lui prodigua encore des encouragements de façon à ne pas être distancé par leur guide dès les premières foulées. Ils coupèrent une nouvelle fois cette trouée de la sylve – probable couloir d'avalanche – qui leur donna l'impression de respirer plus librement, mais les loups se manifestèrent à nouveau sur les hauteurs sans qu'on puisse les apercevoir ni les localiser. Les hommes gardaient une main sur la crosse. Les montures, nerveuses, tournaient les oreilles en tous sens.

La route, se heurtant à la pointe d'une crête toute blanche, vira à cent quatre-vingts degrés et retrouva la forêt. Le « coup de cul » suivant s'élevait en pleine ligne droite. Ils zigzaguèrent, naseaux dans la queue du précédent pour profiter des bons appuis et garder le cap. Les bêtes dérapaient, se rattrapaient, membres crispés, ahanaient.

Une bourrasque décoiffa Gaston qui sauta au sol pour récupérer son indispensable couvre-chef. Son cheval paniqua, amorça un demi-tour. Il le rattrapa au passage par une rêne, glissa dans la pente, culbuta, lâcha prise. Impuissants, les autres le regardèrent pirouetter. Enfin, un buisson amortit sa dégringolade. Il s'agrippa aux rameaux, dispersant un nuage de neige poudreuse qui l'enveloppa. Il se redressa d'un bond. Haletant, il assura son équilibre, souffla et remonta la pente à quatre pattes, embrassa l'encolure de sa monture arrêtée plus haut, les antérieurs écartés dans la neige jusqu'aux genoux et reprit ses esprits... Il l'avait échappé belle.

On se remit en ordre de marche.

Enfin, l'obstacle fut passé, sans nouvelle de la horde de carnassiers.

La demi-heure annoncée s'était écoulée et l'on ne voyait rien paraître, d'autant qu'on s'enfonçait entre ces fûts noirs aux basses branches brisées comme autant de dards aiguisés pointés vers les intrus. Les minutes s'étiraient, les doigts s'engourdissaient sur les lanières de cuir raidi et l'on montait toujours.

Quelque part, là-haut, une branche ploya dans un doux bruissement, saupoudra les voyageurs, craqua d'un coup et libéra une partie de sa charge. Cette masse entraîna une réaction en chaîne qui cassa net les branches mortes sur son passage. Une trombe blanche tomba comme un sac de farine éventré, explosa dans un bruit sourd et se répandit trois toises en avant des cavaliers. Le nuage humide leur coupa le souffle. La poudre les enroba, les recouvrit. D'eux-mêmes, les chevaux s'arrêtèrent. Ils éternuèrent, s'ébrouèrent. Puis tout s'apaisa. Les quatre fantômes s'entre-dévisagèrent. Ils avaient triste allure, mais ce n'était sans doute qu'un début.

— Ce fut moins une, mes amis, constata Clément. Ce joli conglomérat de quatre cents livres aurait pu assommer l'un d'entre nous. Restons vigilants, le moindre craquement est un signal d'alerte. Il faudra une nuit de gel intense pour fixer cette neige.

Ils avancèrent, attentifs à tout. Les arbres offraient malgré tout l'avantage d'indiquer le chemin qui, à découvert, avait tendance à s'estomper ou se ramifier.

À présent, ils longeaient le massif à flanc et la pente s'adoucissait. Le pas fut plus alerte, on trottinait par instants. Puis, la descente s'amorça, s'accentua. Ce n'était jamais sans danger, à cause des glissades qui les amenaient parfois au bord du précipice. Le vallon s'évasait ; le ciel perlé s'éclaircit.

Clément se retourna sur sa selle :

— Nous arrivons à Montgenèvre !

Il clamait cela comme s'ils étaient rendus à destination avec la perspective d'un bon festin et d'une cheminée ardente. Ils n'avaient vaincu que la première difficulté, parcouru deux lieues, au mieux ! On ne pouvait s'attarder là, sans crainte d'y passer l'hiver si la neige continuait à tomber la nuit prochaine. Il n'était plus question de revenir sur leurs pas. Le guide leur promit des heures meilleures. Qui oserait y croire ?

Montgenèvre ne comportait pas plus de dix chalets sommaires de rondins noircis, bergeries et granges comprises, si bien clos qu'on n'aurait su s'il y avait de la vie sans les gras tourbillons de fumée qui, échappés des cheminées, étaient aussitôt absorbés par la grisaille ambiante.

La progression se trouva facilitée par une légère pente et des flocons plus épars et volatils. La transition avait été nette et fort apaisante. On se permit quelques commentaires avant d'adopter un petit trot qui ragaillardit bêtes et cavaliers. Ils franchirent la frontière sans s'en rendre compte.

À gauche, les pics élevés étaient entièrement blanchis. À l'opposé, s'ouvrait une profonde combe, aperçue à deux reprises en longeant le haut de la falaise, sous la limite de la végétation. Enfin, une rampe, permit de redescendre d'un palier vers une vallée bien rassurante parce qu'au fond, apparurent plusieurs toitures et le tracé d'une route.

Lisa avait récupéré quelques forces. Ils purent supprimer leur incommode… cordon ombilical.

Sur ce flanc exposé d'ordinaire au soleil, la neige n'avait pas tenu sur un sol et, hors de la forêt où l'on avait entendu quelques hurlements lointains, l'atmosphère était moins prégnante.

À l'intersection, ils s'accordèrent une courte pause. À gauche, la chaussée plus large et plane était tentante, mais Clément choisit l'autre branche, moins carrossable et qui, s'élevant à nouveau là-bas, présageait son lot de difficultés.

— Vous m'en voyez navré, dit Clément, mais je suis certain de l'itinéraire. Cette voie mène à Turin. Pignerol se trouve dans l'autre direction, plus au sud. Rassurez-vous, je sais qu'on pourra être hébergés dans trois lieues environ. Alors, courage !

Il s'élança pour couper court aux récriminations. On savait que la forteresse – que l'on se disputait depuis un demi-siècle –, était un verrou hautement stratégique pour le Piémont et attrayant pour la France, tandis que par l'autre vallée, au-delà de Turin, c'était celle de Casal qui était le brûlant sujet des transactions ratées, en raison du double jeu de cet Ercole Mattioli que Géraud devait retrouver à tout prix.

Lisa caracolait en deuxième position, suivie de Géraud qui voulait surveiller son assiette et son état de fatigue. Gaston Litorne fermait la marche. Bientôt, dans un raidillon, les chevaux reprirent le pas, les naseaux fumants et la tête au ras des cailloux, raidillon si pentu qu'ils semblaient monter à l'assaut du glacis d'une forteresse fortifiée par Vauban ! Raide, mais sans neige puisqu'exposé au sud.

Des cascades sourdaient de la paroi et chuintaient en longues chevelures mousseuses, chutant de hauteurs considérables. Il y avait encore un col à franchir, mais selon Clément beaucoup moins difficile. De ce côté de la frontière, l'automne semblait bien vivace et le soleil régnait au milieu d'un ciel dégagé. Ce regain de chaleur n'était pas pour déplaire aux voyageurs. On arriverait à la halte en milieu d'après-midi.

N'était-ce pas l'occasion pour s'avancer davantage ? Le guide n'y était pas favorable. Il faudrait aller trop loin, sans certitude d'être accueillis. Ils se résolurent à dormir à Sauze d'Oux[27], un minuscule

27. Champlas devenu Sestrière en 1934 par la volonté de Mussolini.

village incrusté dans une enfonçure au-dessus de la vallée.

Sur un terrain sec, Lisa s'était familiarisée avec son hongre d'une grande docilité. Elle se tenait trop droite et cambrée sur sa selle, avec les jambes écartées, mais assez stable cependant.

De temps à autre, elle vrillait son buste et jetait à Géraud un coup d'œil réjoui et espiègle. Les appréhensions de la montée précédente s'étaient évanouies. Ainsi, s'ils arrivaient tôt, il pourra lui expliquer posément son point de vue et lui imposer sa décision : elle l'attendra à Pignerol, n'en bougera pas et se comportera convenablement. Aucune négociation possible. Elle devait comprendre que son obstination pouvait compromettre la mission et cela était hors de question ! Quant aux deux hommes…

Comme piqué aux reins, Lebayle redressa la tête. Une pensée subite. Il esquissa un rictus. Par tous les diables ! Pourquoi n'y avait-il pas songé plus tôt ? Il restait confondu par son imbécillité. Commissaire, tu me déçois… Le chef de la police est très mal servi. Celui-ci ne lui avait pas signifié les raisons pour lesquelles il lui adjoignait Litorne pour une évidence ! Parce qu'il estimait son subalterne plus intuitif, voire plus réfléchi que le commun des mortels. Et Géraud amer constatait qu'il n'en était rien. Mon pauvre Lebayle, tu es incapable de lever le nez au-dessus de la crinière de ta monture qui a le sabot plus sûr que ta laborieuse cogitation… Car enfin, le chef du cabinet noir était le plus habilité pour déchiffrer les documents dérobés par Mattioli et, par conséquent, le plus apte à les authentifier ! Le seul, peut-être… Et toi, tu te laisses endormir par les angoisses d'une jeune innocente de dix-neuf ans, fraîche émoulue du couvent ! C'est toi qui risques de mettre l'affaire en péril, benêt. Rassérène-toi et ressaisis-toi. Quant aux deux autres, ils doivent t'accompagner.

Distrait, Géraud avait perdu du terrain. Derrière, Litorne ne s'était pas impatienté. Le chef présumé de l'expédition se lança au trot, rattrapa rapidement son retard, en passant sous l'aplomb de la croix blanche d'une chapelle construite sur un balcon rocheux.

Ils abordèrent le col au sommet duquel se trouvait implanté Champlas qu'ils atteignirent au soleil déclinant dans leur dos. Ce n'était pas vraiment une auberge, mais la vaste maison du maître du hameau qui hébergeait les gens de passage, un peu plus nombreux depuis que les Français occupaient la forteresse.

Accueillant comme s'il recevait des princes, il s'exprimait dans un mélange de dialecte milanais et de français. On arrivait toutefois à se comprendre. Voilà pourquoi Clément tenait à ce qu'on s'arrêtât chez lui qui, diplomate à sa manière, ne posait jamais de questions dérangeantes ni suspicieuses.

Par ses filles, il leur servit des boissons fraîches et les fruits de ses arbres. Ils étaient installés autour d'une table ronde de bois brut disposée devant la ferme, face aux derniers rayons chaleureux. Deux adolescents s'empressèrent d'aller panser leurs montures. L'hôte se lamenta de ne pouvoir mieux les recevoir. Sept cousins-cousines étaient arrivés trois jours plus tôt. Il leur proposa deux couchages possibles dans le lit de son benjamin âgé de quatre ans « per la signorina en priorita », l'aïeule ayant eu la délicatesse de décéder trois semaines plus tôt ; et les autres de cohabiter avec leurs familiers dans le vaste grenier aménagé en dortoir. Pour une nuit, ce n'était pas un grand souci. On était fourbus et on avait vu pire gîte.

« Tu restes près de moi, » avait soufflé Lisa à l'oreille de Géraud en s'accrochant à son bras. Quelque peu surpris, il lui avait adressé un sourire confiant, faute de mieux… « Pour cette nuit, » précisa-t-elle au cas où il n'aurait pas compris. Ce qui était le cas. Ils n'eurent pas le temps de s'isoler pour en discuter.

À la prière du couple italien (aussi rondouillard l'un que l'autre), ils pénétrèrent dans l'auberge, moins spartiate qu'ils ne l'avaient imaginée au vu de l'aspect extérieur. Une vaste cheminée de belle pierre grise diffusait une chaleur réconfortante.

Le souper collectif fut convivial. La barrière de la langue créait une certaine distance. De temps en temps, leur hôte leur traduisait les propos les plus drolatiques des cousins. Puis ils s'excusèrent de leur état de fatigue et montèrent se coucher avant minuit, désireux de pouvoir repartir avant l'aube.

Lisa accompagna Domenico, son minuscule prince charmant qui l'avait aussitôt adoptée et conquise. Elle réitéra sa demande à Géraud qui lui promit de les rejoindre au plus tôt. Il n'appréciait guère cette situation. Ce n'était pas tant la promiscuité dans la même couche qui l'inquiétait le plus – quoique ! – mais l'explication à voix couverte qu'il devra avoir avec sa réticente protégée. Elle lui avait confirmé son caractère entier, mais aussi affiché ses limites. Éduquée, elle ne serait pas plus facile à manœuvrer que l'espiègle jeunette inculte d'autrefois.

Clément et Gaston décidèrent de gagner la chambrée, espérant s'endormir avant que les ronfleurs avinés ne perturbent leur nuit, si ce n'étaient des ébats tapageurs dont ils seraient, bien malgré eux, de passifs auditeurs…

Géraud décida alors d'aller prendre un peu l'air et d'effectuer par la même occasion un petit tour de garde jamais inutile. Ses épaules se contractèrent sous l'assaut mordant du froid tombé avec le crépuscule. Par cette température, on ne risquait guère une embuscade, bien que rien ne soit jamais absolu. Seulement, les brigands n'aimaient pas non plus se geler et, d'après les renseignements glanés, il n'y avait aucun abri humain à une lieue à la ronde. De plus, l'absence totale de lune rendait les déplacements quasi impossibles.

Il hasarda quelques pas sur la route, seul repère un peu plus clair sur le décor de suie et sous un firmament saupoudré à la volée de paillettes de toutes luminosités à en blanchir plusieurs plages de la voûte. La Grande Ourse veillait sur le troupeau.

« Psitt ! » crut-il entendre. Il mit la main à sa botte, dégagea sa dague et poursuivit au même pas mesuré. Un deuxième appel « Signore » l'immobilisa. Il ne percevait pas de danger immédiat. Un assaillant ne l'avertirait pas de la sorte et l'intonation de la voix lui paraissait bien légère… et féminine.

Il se décida à avancer vers la bâtisse perpendiculaire, en retrait, incrustée sous un front rocheux : les écuries et l'étable, d'après le fumet. Une tache pâle capta son attention à cinq pieds de hauteur : un visage allongé sous un bonnet. Il reconnut la silhouette : la fille aînée de la maison, rondelette déhanchée, moins plantureuse que sa mère, juste ce qu'il fallait. La friponne l'invitait à approcher. Que risquait-il ?

Il rangea son arme et la rejoignit. Le message était sans ambiguïté. Elle lui signifia que ce supplément de prestation n'était pas compris dans le forfait familial de l'hébergement.

Lebayle esquissa un retrait. Elle se hissa sur la pointe des pieds, s'étaya du sein à son bras, lui susurra quelques douceurs dans son ardente langue maternelle et noua ses bras ronds autour de son cou, libérant le parfum suave de ses aisselles. Il lui saisit les hanches avec fermeté pour la remettre à sa place. Il ne supportait pas cet enlacement de sa nuque qui pouvait devenir un nœud préjudiciable à sa liberté d'action. Sans brusquerie, il repoussa l'assaut suivant. Elle n'en tint pas compte, roucoula, s'accrocha à sa veste et le hala doucement à l'intérieur avec un sourire coquin, plein de dents saines et une posture très explicite.

Quand il était en mission, le commissaire se campait toujours sur la défensive. Ce genre de traîtrise était sa hantise. Pour l'heure, *incognito* en pays étranger, il n'avait pas grand-chose à redouter et le contexte favorisait cette rencontre puisqu'il lui fallait se résoudre à passer une chaste nuit au côté de sa pupille.

La fille profita de son relâchement pour l'attirer derrière une cloison mal équarrie. On n'y voyait goutte, mais en quelques froissements, il devina que la demoiselle n'était pas frileuse quand elle plaqua son corps dénudé contre le sien, lui enserrant cette fois les reins. D'une main experte, elle soupesa la bourse… dans sa poche droite. Tintinnabulement prometteur !

Elle lui murmura la somme qui lui conviendrait (les nombres ont des racines communes bien commodes) et guida avec autorité la senestre disponible de l'homme vers ses douces rondeurs. Par des ondulations du bassin, elle tenta de débusquer l'instrument de sa convoitise qui ne résista pas longtemps à cet appel empressé. Elle était flatteuse et habile. Elle eut tôt fait de le mettre à jour, mieux qu'il l'aurait dégainé, le guida vers ses délicates profondeurs et l'engloutit en trois sursauts onctueux qui les jetèrent dans le foin…

16

Petit matin calme enrobé de brumes diffuses. Quatre cavaliers qui s'apprêtaient sans tapage. Les chiens, couchés au chaud, ne se manifestèrent pas. Le soleil invisible lançait ses premiers rayons, pinceaux blancs en éventail derrière les crêtes. Le décor gris d'ardoise qui se colorait ici et là de taches pâles et recréait le relief.

Les choucas, eux, se trouvaient déjà en action, tourbillon noir en repérage au-dessus du gouffre insondable de la vallée. En selle.

Les cuirs geignirent. Les haleines s'effilochèrent, les sabots crissèrent sur la terre granuleuse. Le commissaire donna le signal du départ, invitant le brave Clément à prendre la tête. Ils adressèrent un signe de sympathie à l'aubergiste venu se camper sur le seuil, les manches roulées sur ses puissants avant-bras, sans crainte de la fraîcheur. Dans leur dos, le ciel chiffonnait les limbes tandis que l'Est s'illuminait. Une belle journée en prévision.

Ils avancèrent au pas calme de leurs bêtes somnolantes, l'encolure à l'horizontale et l'œil terne, les laissèrent retrouver leur allant, et se dégonfler leurs ventres d'herbivores.

Lorsque Géraud était monté se coucher, à l'issue d'une chevauchée fugace mais intense dans la paille, la famille finissait de festoyer. Lisa dormait... ou simulait. Sa respiration était lente mais contrôlée. Elle occupait le centre du lit. Il avait imaginé qu'elle prendrait le côté de la ruelle et placerait le gamin en rempart entre eux deux.

Bougresse, voulait-elle tenter le diable ?

Il se dévêtit à demi et s'allongea en chemise à son côté, évitant tout mouvement brusque. Il n'était pas question de la réveiller pour l'informer de sa décision la concernant. Elle ne frémit même pas. Il chercha le sommeil. Son corps n'était qu'à demi apaisé par une étreinte trop brève. Jeunesse encore ardente malgré ses trente-deux ans ! La fougueuse Italienne n'avait manqué ni de talent ni d'expérience, mais le gel avait écourté la séance pourtant si bien engagée qui réclamait un second assaut plus langoureux.

Et puis, dans son sommeil, Lisa se pelotonna contre lui... Le contact de la chair douce et légère de sa jambe contre la sienne ne pouvait que l'émoustiller... Ne l'avait-elle pas provoqué sciemment ou n'était-ce qu'un réflexe ? Il était d'autant plus contraint à l'immobilité que, de l'autre côté, le gamin s'était lové et glissé sous son aile protectrice, sa main innocente posée sur son sein menu. Tendre tableau en vérité, qui lui tira un sourire goguenard et emprunté dans l'obscurité. Il avait déjà vécu des situations ambiguës semblables qui étaient des souvenirs aux relents d'amande douce-amère.

Les quatre chevaux marchaient au même pas.

Géraud se concentra sur le canevas de la partie centrale de sa mission. Il allait entamer la phase la plus critique : retrouver la piste de l'agent double félon, ce roué Ercole Mattioli, le piéger et le ramener à Pignerol. D'après le peu d'informations que Catinat, avait laissé dans un courrier aux bons soins de Monsieur de Garbey, il ne pouvait douter qu'il aurait à affronter un redoutable adversaire, pas seulement un négociateur retors qui avait trompé le roi de France mais un aventurier aguerri, de l'espèce de ce fantasque Brisacier – autrefois au service de la reine Marie-Thérèse – et qui l'avait secondé avec efficacité dans son enquête précédente. Aujourd'hui, ce bretteur habile lui serait d'un grand secours, mais où se trouvait-il, caracolant par toute l'Europe ?

Le comte Antoine-Hercule Mattioli possédait un gros avantage sur Géraud : il connaissait parfaitement la région. De surcroît, il disposait d'appuis officiels et officieux qui lui avaient procuré une solide crédibilité pour la transaction secrète à propos de l'achat de Casal par la France et qui le soutenaient plus que jamais…

Lebayle en revisita l'historique dont les versions de Lamoignon et Garbey se complétaient. Gourmont, émissaire envoyé à Mantoue indiquait à Primi Visconti[28], installé à la cour de France depuis près de dix ans, que le traité était signé avec le duc. Pendant ce temps, les Français seraient déjà entrés dans la forteresse en catimini, moyennant un million de francs versé à Mantoue et promesse d'une pension annuelle de cent mille francs. Tout

28. Primi Visconti (1648-1713), écrivain historien, chroniqueur piémontais, à la cour de France (1673-1681).

aurait pu se dérouler sans heurts entre ces deux parties décisionnaires. Seulement, pour amasser encore plus de gains, Mattioli – qui avait manigancé pour tout empocher ! – entreprit d'avertir, moyennant finances supplémentaires, le duc de Giovinazzo[29], résident d'Espagne à Turin, et la duchesse de Savoie, les Vénitiens et la République de Gênes, que Louis XIV voulait prendre à revers, pour lui avoir donné plusieurs sujets de mécontentement. Entre autres écueils à surmonter, le marquis de Reggi avait remis à Sa Majesté un mémoire pour obtenir que les Génois lui restituent les biens confisqués naguère à Louis XIII, son père. Grimaldi, l'envoyé de ces derniers, reçut et transmit la demande du roi, via Louvois. Visconti conseilla à la République d'accorder en sous-main une somme raisonnable à Reggi, sinon, elle s'exposait à la guerre. On en était là. L'affaire était un imbroglio inextricable où Mattioli avait louvoyé en tous sens et berné tout le monde pour souffler sur les braises et tirer ensuite tous les marrons du feu à son unique profit.

À qui pouvait-on se fier pour sortir de la nasse ? À personne.

Le commissaire Lebayle devait opérer seul, c'est-à-dire sans soutien officiel.

La route s'élevait à nouveau. Là-bas, une dizaine d'isards au pelage roux dégringolait le flanc escarpé à une vitesse vertigineuse. Ils se dressèrent sur des rochers affleurant et surveillèrent les intrus avec

29. Domenico del Giudice, duc de Giovinazzo, prince de Cellemare, envoyé extraordinaire d'Espagne en Savoie, puis ambassadeur en France (1679-1680), puis résident à Turin.

une certaine crânerie. Masque gris, joues blanches et petites cornes crochetées vers l'arrière. Au signal du chef de la harde, ils s'égaillèrent et disparurent en un clin d'œil.

Cette partie du voyage n'était pas déplaisante. Il fallait savourer cette fraîche luminosité pour affronter les prochaines épreuves. Ils progressèrent à deux de front. Gaston se montra un peu plus disert qu'à son ordinaire et Clément y alla de ses bons mots, dispensés jusqu'alors avec retenue. Le soleil réchauffait les corps, égayait les pensées. Les neiges de Briançon étaient oubliées. Ils se livrèrent un peu les uns aux autres, au gré des duos qui se constituaient et se reformaient, la fille prenant, à l'occasion, la tête de l'expédition.

Par le chemin des crêtes, large et verdoyant, ils se détendaient, galopaient dans les descentes, ralentissaient dans les resserrements, mais la montagne, ici, n'était pas dangereuse. Ils dominaient une profonde combe enfin investie par le soleil. Ils en contournèrent l'extrémité par une large courbe. Aussi loin que portait le regard, la visibilité était limpide et la végétation assez basse ne pouvait recéler de mauvaises surprises.

Dans les creux, il subsistait bien quelques vieux névés croûteux, mais la neige n'était pas tombée sur cette contrée depuis longtemps. Ce pays du Piémont se montrait plutôt accueillant… pour l'instant. Pignerol ne se trouvait plus – selon Clément, Lebayle ne le démentit pas – qu'à sept ou huit lieues lorsqu'ils doublèrent un amas de trois fermes et dépendances.

Lisa décrocha soudain de l'avant-garde, volta et

se porta à la hauteur de Géraud qui marchait en queue. Elle le serra, botte à botte, plissa les yeux en observant autour d'elle :

— Géraud, il faut que je te parle, annonça-t-elle avec gravité et une assurance forcée.

— C'est étonnant, j'allais te faire la même proposition.

Lisa pinça les lèvres et retint sa monture de manière à laisser leurs deux escorteurs prendre de l'avance. Ceux-ci comprirent son attente et allongèrent la foulée, entamant ostensiblement une discussion sur les innombrables avantages que procurera ce prodigieux « canal des deux mers » dit « du Midi », creusé par l'ingénieur Pierre Paul Riquet en dix-huit ans de travaux de terrassement et de construction d'écluses, inauguré en mars dernier et qui aurait coûté plus de cinq millions de livres. Il est vrai qu'on pouvait désormais joindre la Méditerranée et la mer Océane sans avoir à contourner cette maudite Espagne, facilitant le commerce et les communications entre Béziers et Bordeaux. Un rêve réalisé.

— Je t'écoute, relança Lebayle vingt pas plus loin.

— Ne veux-tu pas commencer ? Non, mon seigneur et cher parrain… Je me lance.

Elle différa encore la suite par quelques longs soupirs. Là-haut, un aigle tournoyait à la recherche d'une proie. Enfin, elle se décida :

— Je souhaiterais que… tu me pardonnes mes faiblesses et mes errements. Cette entreprise dont je n'ai aucune idée précise était au-dessus de mes forces et j'ai pris peur.

C'était donc cela ! L'aigle dont elle avait suivi les circonvolutions dans l'azur, déployait ses rémiges et planait sur place, avant de fondre dans la vallée.

— D'ailleurs, reprit-elle un ton au-dessus, je ne comprends pas comment un homme, responsable et sensé de la trempe du lieutenant de police, a pu imaginer qu'une pucelle puisse, à la sortie d'une institution religieuse, endurer une telle épreuve. À croire qu'il aurait souhaité qu'elle s'y abîme corps et biens.

Lebayle devait-il se considérer comme complice des autorités ? Devait-il entendre aussi un message particulier à propos de la nuit précédente ? Un hommage au respect de sa parole d'homme… ou un regret ?

— À la décharge de Monsieur de La Reynie, je te rappelle que ton périple devait se terminer à Briançon. Moi, je l'aurais volontiers interrompu à Grenoble, auprès de Lamoignon. Connaissant assez bien le lieutenant, je ne doute pas qu'il devait avoir de solides raisons pour t'éloigner de Paris, avec un chaperon à la main de fer. Ce sur quoi je le rejoins. Je suis doublement mal payé pour le savoir.

Il n'en dit pas davantage, Lisa avait saisi l'allusion à la mort de Maline et la tentative d'empoisonnement de la sœur de Géraud, le jour de ses noces.

— Je te le concède, mais il eût suffi que les sœurs mancelles m'hébergeassent un ou deux mois de plus pour éviter l'obstacle, sans que cela leur coûte grande peine.

— Je crois savoir que la place était guignée par une grande famille qui avait une impérative nécessité d'endiguer les débordements d'une demoiselle un peu trop scandaleuse.

Lisa se laissa emporter par une risée qui vira à la raillerie cynique :

— J'espère qu'elle dévergondera toutes ces saintes-nitouches hypocrites qui, dans les dortoirs, sous prétexte d'être transies jusqu'à la moelle des os, se réchauffaient manuellement à deux par lit, avant la ronde de l'officière des chambres ou de ses cerbères d'adjointes… Il n'y a pas de mal à cela et je leur consens volontiers ces privautés, mais qu'elles ne nient pas l'évidence sous le regard du Seigneur !

Elle respira un grand coup et poursuivit :

— De plus, je te l'accorde, je crois que je me suis trompée, faute de données avancées, sur la moralité de nos accompagnateurs : sept années sans coudoyer des hommes, sinon quelques jardiniers chenus et inoffensifs.

Géraud se demanda pourquoi elle insistait tant sur ce détail… Pour lui signifier que la nuit dernière, elle aurait pu redouter… ou espérer un assaut de sa part ?

— Je pense, poursuivit-elle, en tirant sur les mots, qu'il serait raisonnable que je reste à Pignerol. Monsieur le gouverneur daignera-t-il m'héberger ?

— C'est précisément la décision que j'avais arrêtée en ce qui te concerne, car la suite de la campagne n'ira pas sans incertitudes ni périls.

— Prends bien garde à toi, je t'en conjure !

Elle s'était penchée à l'extrême sur sa selle pour lui agripper le poignet. Elle le fixa avec une intense inquiétude. Il lui adressa une mimique qu'il voulait rassurante.

— Je me suis sorti de situations autrement délicates. Et, en l'occurrence, j'ai l'avantage d'être le chasseur d'une seule proie. Bien escorté, je me tiendrai en alerte, c'est promis. D'autre part, je ne doute pas que le gouverneur de la place, Antoine de Brouilly, marquis d'Herleville[30] ne dispute le privilège de te recevoir à Monsieur de Saint-Mars[31], le commandant du donjon de Pignerol.

— Je me conformerai à l'étiquette en vigueur.

— J'espère que tu sauras utiliser toutes les belles choses de l'esprit qui t'ont été enseignées afin d'enchanter les monotones soirées en compagnie des dames. La vie ne doit pas être tous les jours très réjouisssante à surveiller des prisonniers tels que fut Nicolas Fouquet, dans une lugubre forteresse, et en permanence garder un œil ouvert sur une vallée non moins sinistre, dans la crainte de voir surgir une armée ennemie.

— Joli tableau ! On dit que l'insolent Antonin Nompar de Caumont de Lauzun, prétendant acharné de la Grande Mademoiselle, conduit en cette prison par d'Artagnan, serait encore en ces murs, est-ce exact ?

— Oui. Incarcéré en 1671, il s'y repose, en effet, de sa vie antérieure de bélître plastronneur. Il est

30. Antoine de Brouilly (1639-1713), succède en 1674 à un cousin éloigné, Antoine de Brouilly, marquis de Pienne.

31. Bénigne Dauvergne de Saint-Mars (1626-1708), commandant du donjon, puis gouverneur de Pignerol, d'Exilles (1681-1687), des îles de Lérins (1687-1698), de la Bastille (1698-1708).

tenu au secret. Tu n'auras donc aucune raison de le croiser.

— Comment peut-on recevoir les faveurs du Roi et se montrer aussi stupide pour tout compromettre sur des coups de tête insensés de gamin colérique ?

— C'est son problème.

— Est-il aussi petit, laid, vantard, malodorant et séducteur invétéré qu'on le prétend ?

— C'est le portrait peu flatteur que l'on colporte. Je ne l'ai jamais rencontré. D'ailleurs, lors de ma première incursion, par intuition, j'ai évité tout contact, c'est un atout. Tu ignores sans doute que la Grande Mademoiselle, jalouse comme une tigresse, le faisait suivre par un enquêteur privé pour savoir s'il ne courtisait pas Madame de la Sablière, une salonnière réputée, aux soirées intellectuelles de laquelle il participait aux côtés de Racine et Molière.

— Au moins n'était-il pas stupide.

Une grimpette suivait les replis accidentés de plusieurs coups de griffes ravinés par des ruisseaux aux lits de galets qu'il fallait traverser au pas. Une partie de la chaussée emportée interdisait le passage à tout véhicule. Puis la voie s'élargit et redevint carrossable.

— Peux-tu me dire combien de temps tu seras absent, Géraud ?

— Sans doute pas moins d'une semaine.

— Je vais compter les heures et je prierai tous les soirs.

— Je sais que le gouverneur possède une riche bibliothèque.

À demi convaincue par cet argument, Lisa hocha la tête sans répondre. Elle se dit que la vie était étrange… Dans le même mois, elle passait de la réclusion religieuse, via un affreux accident de diligence, à la prison la plus abominable où, en mars dernier, après seize ans de cachot, venait de mourir l'ancien surintendant des finances, Nicolas Fouquet. Avec, entre les deux, un éprouvant périple à travers le royaume et au-delà, du seul fait de son stupide caprice !

Ils se regroupèrent. La route redescendait par longs paliers, sans heurts. Était-ce à dire qu'on approchait du but ? Le site de Pignerol n'était peut-être pas aussi épouvantable qu'on l'affirmait et sa réputation n'était destinée qu'à impressionner les détrousseurs et les ennemis de la France ?

Ils dévalaient à présent au trot vers une petite vallée verdoyante au creux de laquelle se dessinait un minuscule bourg ; la civilisation n'était plus très loin.

— Quatre lieues ! indiqua Clément satisfait, nous y serons bientôt.

Les chevaux prirent plaisir à allonger la foulée. La végétation changeait aussi, se densifiait. Ils contournèrent un long éperon rocheux. Soudain, ils s'immobilisèrent tous les quatre de front sur un encorbellement. À leurs pieds, au creux de la vallée, ils découvraient la citadelle, calée contre des massifs enneigés, serrée dans des fortifications impressionnantes, démesurée mais sans doute adaptée aux circonstances. Des demi-lunes crénelées avec contrescarpe, semblables à celles de Maëstricht, s'avançaient en soc de charrue. En arrière, une deuxième enceinte protégeait, autour de son église, la ville basse à hauteur des toitures imbriquées. Au flanc de la colline proche, s'étageait la ville neuve avec ses monuments, dominés par la forteresse elle-même et le donjon carré où flottaient nos étendards.

Le bastion était défendu par une armée en permanence sur le pied de guerre, qui patrouillait au long des murailles et manœuvrait aux environs dans le dessein d'imposer la puissance française au cœur d'un territoire étranger. Ce déploiement ostentatoire de forces se voulait aussi d'une certaine façon rassurant.

Ils caracolèrent, allégés au corps comme au cœur, jusqu'à l'unique pont de pierre, construction étroite à trois arches, joignant l'avancée du corps de garde, couvert d'un toit en forme de voûte et orné d'un fronton sculpté. Les hallebardes des sentinelles hérissaient les remparts. Ils laissèrent sortir un escadron de piétons, aux uniformes chamarrés, guidon en tête, la pique sur l'épaule, qui allait relever le précédent, lequel rentrait de sa tournée d'inspection. De grasses volutes de fumées s'élevaient un peu partout dans la campagne, en boursouflures grisâtres. Elles indiquaient la position des bataillons en manœuvre.

Les quatre cavaliers mirent pied à terre et le commissaire Lebayle s'approcha des sentinelles pour s'identifier.

17

Les sentinelles de la Bastille qui croisaient au quotidien des faciès renfrognés, commençaient à s'accoutumer aux mines joviales et avenantes de Pistol et de Muguette, d'autant que les visites se produisaient quasiment aux mêmes heures de la journée et qu'ils avaient toujours pour eux un mot aimable.

Ils grimpèrent au deuxième niveau de la tour sud-est (ascension, rude pour les mollets, d'envolées infinies de marches hautes et étroites), s'étonnèrent de trouver deux portes grandes ouvertes et l'huis clouté numéro 3 de la cellule paternelle entrebâillé. Ils frappèrent cependant par élémentaire correction.

— Entrez, mes enfants ! clama Martelin d'une voix claire.

Ils découvrirent leur père lisant la *Gazette des Renaudot*, dirigée désormais par Eusèbe III, petit-fils aîné de Théophraste, le créateur du premier journal sur décision de Richelieu en 1631, entre autres nombreuses « innocentes inventions » comme il disait[32]. Il les accueillit à bras ouverts et

32. Le bureau d'emploi, les petites annonces, le Mont-de-Piété…

avec le large sourire de celui qui subodore une agréable nouvelle. Désormais, il avait une raison de vivre et cela se concrétisait dans son apparence. Il s'entretenait davantage, se faisait raser de frais et avait rénové sa garde-robe. Il se taillait les ongles, soignait sa moustache grise.

— Tu es sublime, ma fille, ainsi vêtue en amazone... Oh ! tu n'as pas moins de prestance, Pascal, mais une femme offre des atouts que nous ne posséderons jamais ! Quelles informations toutes fraîches m'apportez-vous ?

Comme ils n'avaient pas d'actualité particulière, ils amorcèrent la conversation par la création de cette nouvelle troupe de la Comédie Française qui résultait de la fusion de celles de l'Hôtel de Guénégaud – ex-Molière – et de Bourgogne qui avait aussi perdu quelques semaines auparavant son chef, La Thorillière. Installée au Palais Royal et seule autorisée à jouer en français, la Comédie Française tentait d'accommoder les fortes personnalités de ses vingt-sept comédiens et comédiennes. Ils évoquèrent ensuite la décision du parlement de Besançon d'annexer la principauté de Montbéliard. Projetés par la pensée vers les provinces de l'Est, ils évoquèrent leur ami Géraud Lebayle qu'ils imaginaient, faute d'indications réelles, aux confins du royaume. Adrien Martelin souriait d'une façon mutine, les paupières plissées, laissant accroire qu'il tenait par-devers lui une information récente à ce sujet.

— Père, s'enhardit la finaude Muguette, auriez-vous capté quelques indiscrétions que vous affichez ce mystérieux air entendu ?

— Enfin, Muguette, s'offusqua son frère, comment veux-tu que…

— Qu'un infirme encagé puisse glaner telle information officieuse ou telle confidence ? s'interposa l'ancien mousquetaire. C'est ce que tu veux signifier par là, n'est-ce pas ? Je vois que tu n'es pas encore convaincu de l'efficacité de mon service de renseignements, via l'église Sainte-Marguerite. Et l'on ne saurait rien cacher aux femmes. Elles sont pourvues d'un instinct imparable.

— M'oui, certes, maugréa Pascal-Pistol, et sont nanties d'un œil plus affûté que le rasoir d'un barbier.

— Je vais te répondre par l'affirmative, ma beauté qui mériterait le plus beau parti de la Cour. D'ailleurs, il faudra, un jour prochain, que ton père s'inquiète de ton avenir. Tu es sage et bien tournée, ce ne devrait être qu'une agréable formalité.

— Père, gardez-vous en bien pour l'instant, je vous en prie. Je tiens à conserver mon indépendance le plus longtemps qu'il sera raisonnable.

— Nous en reparlerons le moment venu, quand tu le souhaiteras. J'ai donc appris – ni dans le *Mercure Galant* ni dans la *Gazette* puisque c'est sous le sceau du secret d'État – que ce cher commissaire se promène à cette heure du côté de la Savoie, sur ordre de Sa Majesté, avec une discrète escorte.

Il s'interrompit afin de ménager ses effets. Les deux jeunes gens restèrent suspendus comme des chiens d'arrêt. Il leur proposa de s'asseoir. Martelin agit sur les roues de sa chaise roulante pour se rapprocher d'eux et éviter de rester dans le contre-jour d'un ciel gris qui atténuait l'intensité de la lumière du jour, déjà parcimonieuse en ce lieu.

— Vous n'ignorez pas – c'est de notoriété publique – que les murs ont des…

— Oreilles, complétèrent-ils en duo circonspect.

— De grandes oreilles de chauve-souris qui perçoivent même les chuchotis.

Il s'approcha encore, leurs genoux à se toucher presque, et poursuivit en murmurant, sidérant ses enfants par cet excès de prudence, mais l'ancien enseigne des mousquetaires avait payé assez cher pour le savoir.

— Mes informateurs, par l'intermédiaire du père Loriot dont je t'ai déjà parlé, Pistol, me tiennent au fait d'événements que même le roi ignore parfois, faute d'entretenir des agents invisibles, partout où il serait judicieux qu'ils soient.

En quelques signes sans équivoque, Martelin adressa à son fils un bref message sans rapport avec le propos et tandis que, pour donner le change, il continuait à parler d'autre chose qui ne regardait qu'eux. Sur la pointe des bottes, le dessinateur glissa jusqu'à la porte. Il l'ouvrit d'un geste brusque, autant que lui permit l'inertie du lourd panneau, passa les deux autres huis calés contre le mur et se projeta dans la coursive. Il revint satisfait de son exploration et l'exprima à son père d'un clin d'œil en reprenant sa place.

— Merci, un homme prudent en vaut deux, et parfois trois. Ne me demandez pas, relança Adrien, ni mes sources ni le comment. Ce que je vais vous dire doit rester entre nous…

Les deux ex-orphelins acquiescèrent d'un hochement de tête.

— Géraud et Lisa se trouvent à Pignerol. (Il ne tint pas compte de la surprise attendue de ses descendants.) Il semblerait que le subterfuge hardi, utilisé pour passer *incognito*, se soit révélé efficace. C'est une chance, grâce à Dieu. La tâche de notre ami est une affaire diplomatique des plus délicates qui peut, sur une maladresse, mettre le feu aux poudres entre la France et toutes les républiques, duchés et principautés de la région.

— Père, pourquoi nous révélez-vous un tel secret, intervint Pistol, alors que vous prônez la plus extrême prudence ?

— Parce que Géraud aura éventuellement besoin plus tard de soutien et que, moi, j'aurai besoin d'un petit service.

Incrédules, le frère et la sœur s'entr'interrogèrent du regard, doutant de la raison de leur père, lequel en profita pour continuer son récit :

— Ainsi il faut nous préparer à envisager une intervention *in extremis* pour lui porter assistance si les choses ne tournaient pas comme la théorie les a prévues. Et vous savez aussi bien que moi la difficulté des théoriciens pour maîtriser les lois aléatoires de l'action et les réactions imprévisibles d'un adversaire.

Qu'entendait Martelin par ce « nous préparer » ? Pourquoi ces demi-confidences ? Ces étonnantes suspicions ? D'aucuns pourraient le croire en complète déraison après tant d'années en prison, si Monsieur de La Reynie n'était pas à l'origine de leurs retrouvailles et ne cautionnait pas le mousquetaire invalide.

— Quel sera notre rôle ? s'enquit Pistol que cent autres questions impossibles à formuler tracassaient, et sans doute autant en ce qui concernait sa sœur.

— Ne changeons rien à nos habitudes de manière à n'alerter quiconque. Je vous en ai déjà trop révélé. Nous aviserons en temps et en heure. Ce n'est qu'une éventualité. Toutefois, il serait judicieux d'espacer un peu nos rencontres. Elles finiraient par déclencher une méfiance superflue. Vous attendrez un signe de ma part avant de revenir.

Soudain, retentit une multitude de claquements à l'extérieur, semblables à des pétards lancés par des gamins... Muguette se précipita à la fenêtre, s'agrippa à ces morceaux de cordes qui pendaient aux barreaux, sans utilité apparente. Un chapelet de notes aiguës s'échappa alors de sa gorge que seule la gent féminine est capable de produire. Amusée et rassurée, elle se tourna vers les deux hommes dans l'expectative :

— Ce ne sont que des pigeons qui se sont égaillés depuis les créneaux voisins. Quelque chose les aura affolés.

— Crois-tu qu'ils nous aient espionnés ? plaisanta Pistol, observant son père.

Celui-ci lui jeta un coup d'œil en biais, l'air goguenard.

— Il s'agit de bisets sauvages, précisa Muguette, malicieuse. L'écho entre les murailles a amplifié le fracas de leurs ailes. Je doute qu'ils soient en mesure de nous dénoncer. Cependant, je n'écarte pas l'hypothèse qu'un pigeon voyageur, dressé par les hommes, ait pu s'immiscer parmi eux.

Pistol fronça les sourcils, se dressa à son tour et remplaça sa sœur à l'huisserie qui aurait mérité un sérieux coup de peinture. Mais c'est à l'opposé de l'envolée qu'il porta son attention… vers le clocher.

— Qu'as-tu remarqué ? s'inquiéta le père.

Sans répondre, Pistol retourna chercher sa chaise, la plaça à un pied et demi du mur, face au soubassement de l'étroite ouverture grillée, s'assit le dos bien droit, les mains sur les cuisses, puis tourna à demi son buste, s'appuya de l'avant-bras sur le dossier. L'œil mi-clos, il fixa son géniteur dont la mine s'était assombrie :

— Père, ne serait-il pas temps de nous éclairer sur un petit mystère ?

Martelin n'eut l'air qu'à moitié étonné de la pertinence de son fils :

— Baste ! Je vois de quoi tu veux parler, ta démonstration était limpide. Félicitations, tu as tout compris.

— Vous admettrez qu'on est en droit de se poser la question quand on vous voit ainsi incarcéré dans votre chaise.

— Je te le concède.

Les poings sur les hanches, la prunelle flamboyante, Muguette s'entremit :

— Messieurs, cela vous peinerait-il de m'inclure dans votre obscur débat ? Ou bien la femme est-elle toujours pour vous cet être frivole et sans cervelle incapable de suivre le raisonnement du sexe dit supérieur ?

Les deux hommes éclatèrent de rire. La fille ne

s'offusqua pas, car elle les avait provoqués, comprenait que c'était sans dédain ni malice et que l'observation de son aîné devait découler d'une conversation qu'ils avaient eue tous deux, la fois précédente en son absence. En effet, Martelin expliqua :

— Ma tendre guêpe, Pascal vient de démontrer que lorsqu'on est assis face à la croisée, on n'a aucune vue sur la ville, pas même sur le clocher de Sainte-Marguerite, à dextre. Or, je lui avais affirmé que c'est en envoyant des messages vers cet objectif, grâce à une petite arbalète, confectionnée à mon unique usage, que je communiquais avec le monde extérieur.

— Il est vrai, remarqua Muguette que, même légèrement surélevé sur les roues de votre siège, vous n'êtes pas à la hauteur…

Était-ce une petite pique caustique en réponse à leur hilarité ? Elle jeta un regard à l'embrasure et notifia sur un ton désinvolte :

— Je ne doute pas que vous ayez réponse à cette énigme… et peut-être grâce à ces… éléments de décor inélégants, sans fonction évidente.

— Perspicace déduction, ma fille ! Je reconnais là le subtil esprit des Martelin.

Pistol tirait grise mine à son tour pour n'avoir pas établi la relation entre les bouts de corde et la position basse de son père qui, décidément, possédait des capacités insoupçonnées.

— Démonstration ! s'exalta celui-ci, hilare.

Pistol ôta sa chaise du passage tandis que son père roulait vers le mur, au pied duquel il en bloqua le plateau, en serrant un petit frein à vis.

— Estropié ne signifie pas grabataire. Vous serez les premiers, et les seuls au monde, à connaître mon secret. Je suis fier de pouvoir vous le révéler.

Adrien leur adressa une œillade complice, empoigna et tira ses jambes l'une après l'autre afin de caler ses pieds entre la base du mur et le siège. Puis, à la force des bras il se souleva sur les accoudoirs, de manière à avancer ses hanches de quelques pouces. Il pencha son buste, saisit les segments des cordages et, bandant ses muscles valides, se dressa à la verticale en se halant alternativement, main droite, main gauche. Presque aussi grand que son fils, bien qu'un peu voûté, il se trouvait désormais à hauteur suffisante.

— Êtes-vous convaincus ? ponctua-t-il en tournant la tête. Bien entendu, l'édifice est instable et, plus d'une fois, je me suis répandu au sol comme une chiffe… Mais il faut savoir ce que l'on veut dans la vie. Encore un mot, à l'intention des méticuleux et des vétilleux : je prépare mon instrument à l'avance que je me passe à l'épaule pour conserver les mains libres. Je ne tiens cette position que trois ou quatre minutes avant de flageller et de perdre la précision de ma main. Ces explications vous suffisent-elles ?

— Tout à fait, répliquèrent-ils admiratifs.

— Une autre question ?

Sur une double réponse négative et pendant qu'il se recalait en position plus confortable, il leur demanda de servir à chacun un petit verre. L'effort méritait bien cette récompense !

18

Dans une propriété isolée à la périphérie sud-ouest de Turin (à cinq lieues de Pignerol), le commissaire Lebayle retrouva l'abbé d'Estrades, ambassadeur en Piémont et à Venise qu'un pigeon voyageur, lâché par Saint-Mars, avait prévenu de la visite. Géraud avait laissé Clément et Gaston Litorne au bourg précédent avec ordre de ne pas bouger tant qu'il ne serait pas revenu les prendre.

Jean-François de Moissac, abbé d'Estrades, né la même année que Géraud, était d'une taille au-dessus de la moyenne, avec un visage plein, glabre, des traits réguliers, le regard bienveillant, le geste souple, la parole avenante et posée, tous les attributs d'un bon diplomate.

Il l'invita à dîner car c'était l'heure. L'abbé entretenait des principes dans ce domaine et la renommée d'une bonne fourchette de gastronome. À l'issue des présentations conventionnelles et de l'échange des dernières nouvelles du monde, ils passèrent à table. Par discrétion, leur hôte, membre du parlement, s'était fait excuser, « accaparé par des obligations administratives incontournables ». Le personnel, en poste depuis de nombreuses années, ne parlait ni ne comprenait le français. La salle où était dressé le couvert était si vaste qu'il eût fallu une oreille aiguisée, avec en sus un cornet, pour capter quoi que ce soit.

— Notre homme, Ercole Mattioli, commença l'ambassadeur sur le ton de la confidence amusée, est le plus artificieux, le plus habile gredin, le plus immoral aristocrate qu'il m'ait été donné de rencontrer. Et pourtant, j'ai côtoyé d'excellents roublards, madrés et cauteleux, autant à la cour de Versailles qu'à Venise, depuis 1675 que j'y ai été nommé, ou ici à Turin voilà bientôt deux ans. Mattioli, un orfèvre en rouerie et perfidie. Je ne vous déroulerai pas le rôlet de ses exploits qui ont mis Sa Majesté dans un état de rage épouvantable, vous en avez été avisé. Nous nous en étions cependant emparés – souvenez-vous – en utilisant son arme favorite, la ruse, mais il est parvenu à nous fausser compagnie pendant un incendie aux écuries, en profitant de complicités locales. On défend en priorité les siens, avant les intérêts des occupants, ce qui semble légitime sur le principe, même s'il s'agit de canailles, de gibiers de potence. Bien implantés à Pignerol, nous ne sommes pas les bienvenus pour tous, même si nous assurons aux autochtones une certaine stabilité et une sécurité sur la région dont ils ne bénéficiaient pas auparavant.

Ils dégustèrent une oie rôtie « disséquée et présentée à l'italienne », c'est-à-dire les cuisses et la hanche en premier service, puis un côté du croupion avec une partie de l'estomac, puis le morceau du haut, comprenant l'aile et – s'ils avaient encore une petite faim ! – la fourchine et le milieu du croupion, le reste à discrétion. Le tout baignait dans une sauce au cèpe relevée d'herbes de la région, fort savoureuse.

L'abbé essuya ses lèvres luisantes avec sa serviette et poursuivit son exposé, un joli verre taillé de Murano aux facettes bleues en main, miroitant un vin d'Asti gouleyant au retour chaleureux et épicé.

— Nous sommes parvenus à reprendre contact avec lui, d'autant plus aisément que je soupçonne que tel était son dessein. C'est une aubaine qu'il s'estime en position de force. La rencontre s'est produite avec le chevalier Turgot, à la frontière entre le duché de Modène et celui de Mantoue. Nous avons la certitude que Mattioli détient toujours ces documents de la plus haute importance dont il a réussi à briser les codes et s'estime en totale impunité à Mantoue où il n'a rien à redouter de la colère du roi de France. Il a condescendu à négocier avec le chevalier, chargé des affaires de France à Modène. Celui-ci, jouant profil bas, a monnayé avec ingéniosité la restitution en main propre des originaux avec un émissaire qui lui apporterait en échange la forte récompense concédée au bout de tractations de maquignons... en l'occurrence, vous, qu'il ne doit pas reconnaître si vous vous grimez avec soin d'une autre manière.

— C'est un énorme risque.

— Nous n'avons pas le choix.

— Quel est le montant de la transaction ?

— Dix mille deux cent trente écus, mais en vérité la cassette ne contiendra que des rondelles de métal.

— Pardonnez mon scepticisme de policier : comment Mattioli, ladre comme nous le savons, pourrait-il être dupe ? Il demandera à vérifier l'argent et peut-être même de recompter la somme avant d'apporter les documents et, à la moindre alerte, rentrera son second pied à Mantoue où nous ne pourrons plus intervenir.

— C'est sur sa fatuité inébranlable et ses certitudes lui autorisant toutes les audaces qu'il faut spéculer, Lebayle.

— Je ne vois pas de quelle manière.

D'Estrades sourit. Il gardait encore une carte dans sa manche, semblait-il, ce qui ne rassurait pas pour autant le commissaire. En dégustant de petits cubes d'anguria, autrement dit pastèque, il laissa l'abbé se découvrir :

— Nous procéderons par étapes. Tout d'abord, l'attirer sur un terrain moins favorable pour lui. Après une fausse rupture des négociations, il a accepté un lieu qui n'est pas neutre, mais chargé de symboles : Casale.

— Là même sur quoi il a grugé le roi ?

— En lui proposant des lieux fantaisistes qu'il ne pouvait accepter, c'est lui qui nous a imposé la forteresse.

— Je reconnais que c'est très habile de la part du chevalier, néanmoins, la principauté du Piémont ne nous est pas très favorable.

— Nous y tenons cependant quelques atouts. Persuadé que la transaction aura lieu, le roi y a placé depuis 1678 un certain nombre de nos concitoyens, autant de solides appuis.

— Cela sera-t-il suffisant ? Le madré doit conserver de son côté de puissants soutiens ?

— Il faudra s'en contenter, commissaire. Vous

serez donc chargé de récupérer les messages compromettants, vous emparer de Mattioli et, pour clore ce premier temps, le ramener à Pignerol. « Rien de moins ! faillit regimber le commissaire, tandis qu'encoffré à la tour, où même Lauzun, malgré ses tentatives extravagantes, n'a pu s'échapper, vous n'avez pu l'empêcher de vous filer entre les doigts. »

— Si je comprends bien, vous sous-entendez qu'il y aura un second temps.

— La deuxième phase est en cours d'élaboration, je ne puis vous en dire davantage aujourd'hui. Concentrons-nous sur la partie qui vous incombe.

Lebayle, dubitatif, secoua longuement la tête à l'horizontale.

— Monsieur l'ambassadeur, je suis au regret de vous annoncer que les conditions proposées pour enlever Mattioli sont irréalisables. D'une part, il ne se laissera pas berner par une fausse rançon, ni abusé par une fausse barbe ; d'autre part, il est inconcevable qu'il n'assure pas solidement ses arrières. Il est beaucoup trop renard pour se laisser prendre une seconde fois à un piège aussi élémentaire.

— C'est ce que pense l'escroqueur. Nous devons profiter de ses points faibles.

— Vous appelez cela des points faibles ?

— En quelque sorte, commissaire, l'apaisa le diplomate avec un doux sourire. Un orgueil démesuré annihile toute prudence et taille le bâton pour se châtier. Négliger l'adversaire sur un terrain étranger et sur votre ignorance de la langue lui offre l'inconscience du danger. C'est un colosse aux pieds d'argile qui s'est mis ce jour en route vers le lieu de rendez-vous – information que je tiens de Turgot. Et, si vous n'avez que vingt-cinq lieues à parcourir jusqu'à Casal-Monferrato, lui en compte près de soixante !

La démonstration était belle, mais quel crédit lui accorder ? L'abbé conclut :

— Ce simple fait nous prouve que Mattioli est fichtrement intéressé par la transaction et qu'il se découvrira encore. Il nous nargue, il nous morgue du haut de sa suffisance, mais il ne peut toujours gagner insolemment. Vous devrez alors profiter de la moindre faille cachée de son armure clinquante en papier argenté.

— Monsieur, je sais d'expérience que la pratique n'obéit qu'une fois sur deux à la théorie la mieux élaborée. Et que les impondérables érodent encore ce résultat. Cependant, j'accepte la gageure. Nous partirons donc au plus tôt, dès que nous nous serons accordés tous deux sur les modalités et les objectifs de l'intervention. Il m'est venu quelques petites idées que je voudrais vous soumettre pour approbation.

Le ton de Lebayle laissait entendre à l'ambassadeur qu'il lui faudrait passer par ses exigences, si l'on voulait garder une chance de réussir cette mission, quasiment utopique dans le contexte.

— Achevons notre repas, commissaire. On réfléchit mieux quand la panse est comblée.

— À condition de ne pas abuser de ce breuvage divin qui embrouille l'esprit à souhait.

— Mais décuple simultanément les facultés de cogitation.

On leur servit des pâtes molles d'un fromage assez doux et d'autres encore plus dures que nos crottins de chèvre, puis des raisins fort sucrés.

Ils migrèrent jusqu'au cabinet mitoyen dont ils laissèrent la porte ouverte avec en main un petit verre de Rapa[33] piémontais, marc de raisin blanc à déguster au goutte-à-goutte... plus sec et alcoolisé que le Génépi.

Géraud prit quelques notes de manière à ne rien oublier de ses *desiderata* et les communiqua à l'abbé d'Estrades qui n'afficha ni surprise ni réticence. Il savait que sa propre proposition n'était qu'un canevas. Il n'était pas mécontent que le policier reprenne la mise en œuvre à son compte et propose une solution alternative, enrichie de données inédites.

Géraud demanda une voiture à deux chevaux, maniable sur tous les terrains, solide et anonyme, munie d'un coffre spacieux et, en échange, confia en pension deux des montures afin qu'elles soient tenues prêtes à tout moment. Une carte détaillée de la région, deux planchettes d'un pied et demi de long, quatre bandes de toile, des provisions, deux mousquets (avec cornets à poudre et balles en quantité), quelques hardes locales soignées mais sans ostentation, plus quatre couvertures.

— Voilà qui n'est pas d'une grande exigence, reconnut l'ambassadeur. Vous aurez tout cela dans moins de deux heures, accompagné d'un petit mémoire de ma main. Ce qui vous laissera le temps d'accomplir la moitié du trajet avant la nuit. Je

33. Devenu grappa.

vous noterai un havre chez des amis français qui vous ouvriront leur porte.

L'abbé voulut resservir Lebayle qui déclina l'offre. Il remplit toutefois son minuscule verre.

— Je vous remercie, mais toutes mes facultés me sont nécessaires pour peaufiner notre stratégie… et vous demander encore une petite concession de manière à créer l'illusion durant quelques secondes déterminantes.

— Que pourrai-je refuser à celui qui ramènera à Pignerol cet infâme personnage ?

— Je vais m'y employer avec toute mon énergie, Monsieur l'ambassadeur, sans vous offrir des garanties de résultats… Ainsi, ma dernière revendication porte-t-elle sur cette fameuse cassette leurre. Il est indispensable qu'un coup d'œil rapide du contenu allèche l'adversaire et ne laisse planer aucune ambiguïté. C'est pourquoi, je vous demande de la garnir en trois couches : au fond, les rondelles que vous avez suggérées constitueront la masse, puis un lit de piécettes assez brillantes pour les masquer, et par-dessus… une épaisseur suffisante d'écus véritables. Les heurts de la route risquant de brasser un peu le tout.

Le prêtre marqua un temps de réflexion, consulta le flacon de Rapa, puis du chef, il acquiesça.

— Je comprends votre rigueur, Lebayle, et vous remercie d'avance de prendre grand soin des deniers de l'État, s'ils peuvent contribuer à la résolution définitive de l'affaire.

Il riota et ajouta :

— Pour l'anecdote, je dois vous dire que

Monsieur Colbert voulait fermement « brancher Mattioli » ; ce sont ses propres termes.

— On me l'a dit.

— Certes, de cette manière, il ne se serait pas évadé. Mais Sa Majesté exigeait l'animal vivant… Vivant, commissaire, ne l'oubliez pas.

— J'agirai au mieux pour que ce vœu soit exaucé.

Ils réglèrent encore quelques points pratiques et décidèrent de mettre fin à l'entretien.

— Récupérez vos hommes, Lebayle, et traversez Turin en ligne droite sans vous arrêter. À la bifurcation de la croix de fer, quittez la route principale qui vous emmènerait vers Milan. Vous verrez alors le pont qui enjambe l'affluent du Pô. Vous en suivrez le cours par la rive droite et serez à dix-huit lieues de Casal par une vallée large et verdoyante. Vous ne pouvez rater la demeure de nos amis, à la hauteur du deuxième confluent des rivières du Nord. Le chemin tourne brusquement pour se glisser vers la berge. On entraperçoit le toit pointu d'une tourelle. J'y ai délégué un de mes hommes pour vous y devancer. C'est là qu'on vous remettra tout ce que vous avez demandé en sus des moyens de transport.

D'Estrades tendit la main au commissaire et, sacerdoce oblige, se signa plusieurs fois avant de conclure :

— Je prierai pour vous jusqu'à votre retour. Un soutien moral peut être utile. Soyez plus prudent que jamais et ne vous fiez pas trop promptement à une attitude de capitulation de la part de notre adversaire. Le serpent venimeux se love pour détendre le ressort de son corps froid et mordre sa proie.

— Je n'oublierai pas vos recommandations, soyez-en assuré, Monsieur l'abbé.

Ils se séparèrent. Géraud fila retrouver ses compères, la tête farcie de bribes de stratagèmes qui se nouaient encore assez mal. Pour lui, il n'était absolument pas question de se limiter au plan simpliste de l'ambassadeur.

19

Tout s'était déroulé comme prévu jusqu'à l'approche, par le Nord, de la citadelle hexagonale de Casal, dominée par son donjon de plus de sept siècles, forteresse des Guidi di Bagno recelant d'incroyables trésors depuis le XIVe siècle, entre autres une collection prodigieuse de coffres-forts et de bahut qui remonteraient aux croisades. À l'opposé de la citadelle, imprenable en sa double fortification, le château se dressait sur un rocher au-dessus du fleuve. Entre les deux, la ville, le tout ceinturé par de puissants remparts médiévaux, renforcés de 1668 à 1674 par l'ingénieur italien Fernando Carlo.

Oui, tout s'était déroulé comme organisé avec l'ambassadeur, sauf que le trio (Clément en cocher, Litorne à cheval déguisé en notaire et Géraud vêtu en notable milanais) ne s'arrêta pas à l'endroit déterminé (le milieu du pont, exposé de loin aux regards), où l'émissaire français (venu seul) devait attendre que lui soit révélé le lieu exact de la rencontre (précaution supplémentaire imposée par le chacal italien !). Cette entorse était un risque raisonnable qu'avait accepté Lebayle, sans en référer à quiconque.

Il ordonna de continuer à rouler. Ils franchirent le Pô, d'une largeur impressionnante à cet endroit, au courant rapide gris d'acier et tumultueux autour de ses nombreuses îles. Ils contournèrent la cité par l'ouest et le sud pour en reconnaître l'essentiel, n'y remarquèrent aucun point faible. C'était un véritable joyau que Vauban aurait plaisir d'embastionner.

Ils parcoururent encore quelque distance. Il fallait pouvoir s'orienter et retrouver les rares issues sans s'égarer dans les ruelles. Ils se heurtèrent à un bras du fleuve. La voie se rétrécissait, leur manège pouvait paraître suspect. Ils s'en retournèrent, suivirent la berge vers l'aval et se dissimulèrent dans un boqueteau chapeautant un mamelon.

Ils se concertèrent, puis Lebayle ordonna de rallier la route sud. Ses équipiers comprirent que ce n'était qu'une manœuvre de diversion. Ils poursuivirent jusqu'à l'intersection avec la route reliant Turin (à l'ouest) et Modène à l'opposé, via Alessandria, Parme et Piacenza, soit cinq lieues.

Mattioli ne pouvait arriver que par là. Géraud fit revenir la voiture et la dirigea bientôt vers une éminence boisée, repérée à l'aller, d'où la vue était imprenable sur une longue ligne droite. À présent, le commissaire devait informer ses hommes de la stratégie qu'il avait échafaudée dans la nuit et perfectionnée tout au long du trajet. Il s'agissait de prendre l'adversaire au dépourvu en anticipant pour contrarier ses directives.

Dans un premier temps, ils redescendirent à pied vers la route. Lebayle mesura le terrain en quelques enjambées et définit les positions de ses adjoints. Il expliqua où placer la voiture dès que l'alerte serait donnée à l'apparition lointaine du traître, puis l'endroit où le faux notaire s'allongerait. Enfin, il détailla le piège qui devait amener Mattioli à porter assistance à un tabellion tombé de sa monture. Il précisa enfin ce que le cocher devait raconter pour le convaincre sans donner l'impression de le retarder.

— Très ingénieux, apprécia Litorne en lissant la broussaille noire de ses joues. Mais imaginons qu'il refuse de s'arrêter par crainte d'un attentat ?

— Il faudra le laisser filer sans insister et revenir au premier stratagème. Caché au fond de la voiture, je me garderai de me montrer. C'est pourquoi je tiens aussi à ce que Gaston conserve au sol son chapeau enfoncé jusqu'aux sourcils, dans une position qui dissimulera son visage. Et je grimerai Clément, j'ai ce qu'il faut pour cela.

— Bien cogité, estima celui-ci. À mon tour de me faire l'avocat de ce diable insaisissable : s'il ne se présente pas seul, mais solidement escorté ? Quelles sont les consignes ?

— Nous nous rabattrons de même sur le plan de secours. Inutile de déclencher un canardage ni d'exposer nos vies, d'autant que Sa Majesté a recommandé de s'en saisir vivant. Toutefois, d'après les renseignements de l'abbé, je suis quasiment certain qu'il agira seul, comme à chacune de ses interventions. Le coquin n'a confiance en personne. Avide et avaricieux insatiable, il ne tient pas à partager le gâteau, ni à risquer d'être doublé par un acolyte encore plus roublard que lui... Remontons nous mettre en observation. Je vous développerai la suite des opérations.

Ils se portèrent de façon à ce que leurs regards

convergent vers le point de fuite de la route dont le trafic était diffus. Casal n'était pas une destination importante. Lebayle leur décrivit le portrait du traître, regrettant que Pistol ne soit pas là pour en croquer la figure en quelques habiles traits de fusain.

On attendait donc un homme à cheval, plutôt qu'un carrosse, d'une taille moyenne mais assez corpulent. Mattioli était un ripailleur qui aimait la bonne chère, les vins capiteux et la cuisse légère. S'il était parti la veille, c'est qu'il n'était pas un excellent cavalier et ne galoperait pas dix heures d'affilée. S'il ne tirait pas un cheval de bât, le sien serait sans doute chargé en croupe. Il était probable que lui aussi se soit déguisé pour être moins remarquable. Un confortable costume de chasse peut-être. Son visage rond à la mine réjouie inspirait confiance, avec un menton gras et le teint rougeaud sous le fard, l'œil un peu exorbité des hommes aisés sujets à la goutte. À son ordinaire, il arborait une perruque d'un brun clair, assez volumineuse et préférait les tricornes.

Ils se relayèrent pour se délasser un peu, avant un éventuel assaut qu'il fallait espérer bref, en profitèrent pour vérifier leurs armes. Ils avaient de quoi se restaurer et s'abreuver et, malgré une brume tenace, le temps était assez clément... Clément ! Le jeu de mots involontaire amusa Géraud. Aucun terme mieux adapté ne lui vint, mais cela correspondait assez bien au caractère de leur compagnon au visage carré, empreint de loyauté.

Dans le sens privilégié (vers Casal), ils virent

passer un lourd fardier chargé de grumes, une charrette, un carrosse à quatre chevaux transportant deux couples, plus quelques paysans à pied ou à baudet. Rien qui ressemblait à l'individu en question. Géraud rappela que, selon lui, Mattioli n'aurait pu survenir avant le milieu de l'après-midi quand ils s'étaient mis en poste, même si la route était rectiligne et sans grand relief depuis Modène.

Litorne ne se plaignait pas de cette longue attente mais arpentait les alentours avec une certaine impatience. Géraud commençait à douter de sa belle stratégie. Où avait-il pu se tromper ? À moins que Mattioli ait renoncé au dernier moment… Il était possible aussi que le pansu soit encore moins bon cavalier qu'estimé, qu'il ait dîné chez des connaissances, qu'il ait été retardé par un incident ou des brigands, et qu'il ne survienne que le lendemain, d'autant que la rencontre n'était fixée qu'en soirée de ce jour-là. En toute logique, il ne pouvait se permettre d'arriver à la dernière minute… à moins d'avoir posté des observateurs aux alentours de l'unique pont à l'entrée de la citadelle. Mais alors, comment les aurait-il avertis ? Non, Géraud ne pouvait cautionner cette hypothèse.

Ils stationnaient à trois lieues de Casal. S'ils voulaient s'y trouver avant la nuit, il leur faudrait lever le camp au plus tard dans une heure… Ils avaient bien remarqué une petite auberge non loin de leur poste de surveillance, mais serait-il raisonnable d'y passer la nuit et reprendre le traquenard le lendemain ?

Si Lebayle décidait d'entrer dans la forteresse, ils ne pourraient le faire dans cet équipage. Il devrait échanger sa place contre la monture de Litorne et y pénétrer séparément… À moins qu'ils ne se séparent, lui ralliant Casal et eux s'installant *incognito* à l'hostellerie… Alors comment se concerter en fonction des événements ?

Clément allait de l'un à l'autre, tentant par sa bonne humeur de réchauffer cette pesante ambiance de veille de combat, en vain.

D'estrades n'avait-il pas raison, après tout ! Il s'était déjà mesuré à ce bougre de matois et avait apprécié ses fourberies et ses impostures… Mattioli avait-il pu emprunter un autre itinéraire ? Un détour par Milan l'entraînerait trop loin, mais rien n'était impossible… Se présentera-t-il au rendez-vous ou restera-t-il embusqué ? Ne préparait-il pas une autre filouterie en cédant les documents à une tierce figure, roi ou prince ? Et pourquoi n'en distribuerait-il pas des copies dans tous les duchés, toutes les principautés d'Italie ? C'était bien dans ses manières.

L'agacement atteignait son comble. Inutile d'attendre davantage. Géraud donna le signal du départ. Un coup d'épée dans l'eau ! Si l'on se conformait désormais aux directives officielles, on ne pourrait rien lui reprocher. Clément saisit sa chambrière, fit claquer la lanière pour alerter ses chevaux et se hissa sur le siège du cocher. Se retournant, il se figea soudain dans cette position instable :

— Par Dieu, ai-je la berlue ! annonça-t-il. Ma parole, ce ne peut être que lui.

Les deux autres confirmèrent la prédiction. La chance tournait. Ils descendirent mettre prestement le système en place. Instants de vérité avant l'action décisive, quand le sang bouillonne et se prend à circuler deux fois plus vite dans le corps.

Géraud vérifia d'un coup d'œil le dispositif : Litorne étendu dans l'herbe en bordure du fossé, la voiture rangée dix toises plus loin, le cheval entre les deux avec les rênes ballantes, et Clément planté au milieu de la chaussée.

Un regard en arrière : depuis le sol, le cavalier n'était pas encore visible et réciproquement, fallait-il espérer. Il s'engouffra dans le véhicule, se rencogna, un pistolet à portée de main. Désormais, il ne devait se fier qu'à son ouïe, se morfondre encore deux minutes, compte tenu de l'allure modérée de leur proie.

Soudain, le feu lui embrasa les pommettes. Il se raidit. La faille qu'il avait traquée sans résultat lui plantait ses serres dans la nuque ! Il eut un soubresaut d'exaspération. Un coup d'œil à l'extérieur. Trop tard pour tout annuler : Clément lui indiquait que le buste de Mattioli se découpait là-bas à la pliure de la faible montée.

La bourde, l'erreur fatale ! Dieu du ciel, que faire ?

On était en Piémont et Clément ne parlait pas italien et encore moins le dialecte local ! Non seulement l'espion ne se laisserait pas piéger au premier mot français, mais la solution de substitution se trouvait discréditée elle aussi. C'était l'échec assuré de la mission !

Mille diables cornus !

Géraud serra la crosse lisse de son Caminazzo. Il avait tranché. Si Mattioli forçait le passage, il était décidé à tirer sur son cheval pour l'arrêter coûte que coûte. Tant pis s'il blessait l'homme, il ne pouvait le laisser s'échapper et disparaître à tout jamais dans la nature.

Le claquement des sabots se rapprochait. Il lui faudra viser vite et juste, éviter Clément, en s'accoudant à la portière. Le trot ralentit. Clément devait agiter son chapeau. Le cheval marqua le pas. Les secondes battaient aux jugulaires du commissaire… et ce qu'il entendit le sidéra :

— *Per favore, signore, un momentino.*

Clément avait prononcé clairement cinq mots en italien, avec l'intonation !

— *Cosa sta succedendo ?*

— *Questo cavallerizzo sembra avere avuto un malessere*[34].

Mirage auditif ou miracle ? La réponse, rapide, fut incompréhensible. Clément devait demander par gestes à Mattioli de mettre pied à terre. L'Italien grogna :

— Tu n'es pas d'ici, cocher. Français ?

Le ton était hargneux, suspicieux, le comte était campé sur ses gardes.

— Mon maître est négociant en ganterie, très prisée dans ces régions et je suis savoyard de naissance. Nous voyageons pour affaires : Torino, Milano, Casale, Alessandria, Genova… Nous avons vu cet homme dodeliner sur sa selle et choir brusquement. Hélas, mon maître ne peut rien soulever, en raison d'une vilaine blessure au dos. Auriez-

34. « S'il vous plaît, Monsieur, un petit moment.
— Qu'est-ce qu'il se passe, l'homme ?
— Ce cavalier semble avoir eu un malaise. »

vous l'amabilité, par la grâce de Dieu, de m'aider à le porter dans la voiture et de m'indiquer *l'ospedale* le plus proche pour l'y conduire… *Ciò vi prenderà solamente un istante*[35].

Les arguments et le ton de sincérité de Clément étaient crédibles, mais l'autre se défiait encore, sans doute parce qu'il s'était trop exprimé en français.

— Il est vrai, argumenta le cocher que mon italien est sommaire pour n'avoir vécu que six ans dans mon pays natal quand ma mère, veuve, s'est remariée avec un maquignon briançonnais. Mais vous êtes le premier à vous présenter depuis l'incident. J'attendrai le prochain si vous ne pouvez pas. Cependant, je crains pour la vie de ce pauvre notaire.

La bonne mine de Clément et son baratin lénifiant semblaient à la longue produire son effet. Le cavalier hésita encore, puis constatant que rien ne l'empêchait de continuer, il descendit de cheval.

— *Siete molto gentile*, poursuivit Clément assez haut pour que les deux autres l'entendent. *Dio ve lo renderà. Prendetegli le Gambe, Signore*[36], je le soulèverai par les aisselles… Il est moins lourd que je craignais. Seigneur Lefranc, pouvez-vous nous ouvrir la portière, je vous prie ?

— Certes, Albano, se contenta de répliquer Lebayle.

Clément monta le premier à reculons. Ils hissèrent Litorne qui simulait l'inconscience à la perfection

35. « Ça ne vous prendra qu'un instant. »
36. « Vous êtes fort aimable. Dieu vous le rendra. Prenez-lui les jambes, Monsieur. »

et le déposèrent sur la banquette. Le chapeau du blessé roula sur le plancher. Mattioli se redressait, l'air effaré, quand sa tempe entra en contact avec le pistolet du commissaire :

— Asseyez-vous, Ercole Mattioli, je vous prie, et pas un geste brusque où je vous explose la cervelle.

— Un guet-apens !

— Une arrestation.

Clément avait prestement contourné la voiture par l'arrière afin de parer à toute fuite. Litorne profita de la portière battante pour s'éclipser. Mattioli le contempla encore comme un revenant, sidéré qu'il ait ressuscité aussi vite.

— Nous avions rendez-vous, reprit Lebayle, *Signore* Hercule-Antoine-Girolamo Mattioli, ancien secrétaire d'État du duc de Mantoue, n'est-ce pas ? Et escroc indépendant. J'ai préféré anticiper la rencontre, impatient de connaître celui qui a grugé de façon aussi ignominieuse le roi de France ainsi que ses ministres. Confiez-moi vos armes avant qu'il n'arrive un malheur, mes adjoints et moi-même sommes assez nerveux en territoire étranger.

Géraud le délesta d'un pistolet de bonne facture, d'un fin stylet et d'un couteau de chasse qu'il transmit de part et d'autre à ses deux sentinelles. Il claqua des doigts.

— Vous êtes un fieffé gredin, Mattioli, mais je vais me montrer généreux avec vous. Je pourrais vous tuer tout de suite et dépouiller votre encombrant cadavre, mais puisqu'on m'en a donné les moyens, je vous accorderai un dernier sursis.

Clément s'encadra par la portière gauche et présenta le coffret dont il souleva le couvercle.

Lebayle comptait sur l'irrépressible appât du gain de son adversaire. Du bout des doigts, il fit sonner les écus (et ensevelit un petit sou frondeur) :

— Voilà la somme exigée. Remettez-moi les originaux et je vous laisse vous faire pendre ailleurs, ce ne sont pas les gibets qui manquent. Sinon… j'ai ordre de vous abattre. Et ce sera avec un vif plaisir. Réfléchissez vite : que choisissez-vous ? Merci, Albano.

Clément rabattit le couvercle et remporta le prix de la trahison.

— Hélas ! se lamenta le fourbe avec un regard de chien battu. Hélas, vous comprenez bien que, par la plus élémentaire des prudences, ces précieux feuillets, je ne les conserve pas sur moi. Si le cœur vous en dit, fouillez-moi ! Hélas, c'eût été trop risqué avec tous ces brigands qui hantent nos routes, pis que dans votre beau pays.

— Il fallait que vous les ayez sous la main pour conclure le marché, demain, à Casal.

— Vous m'avez devancé en usant de la même finesse que je comptais employer, Monsieur l'émissaire dont la voix ne me semble pas inconnue.

— Je ne puis vous croire. Au lieu de venir vous-même et de parcourir une telle distance depuis Mantoue, il vous suffisait d'envoyer des hommes de main assez bien rétribués, mais nous savons que vous n'avez confiance en personne et que vous agissez toujours seul. Pour une affaire aussi importante et une somme aussi rondelette, vous ne pouviez déroger à vos principes. J'aurais agi de même.

— Voulez-vous que je me mette nu pour vous prouver ma bonne foi ?

— Je vous dispense de cette honteuse exhibition. Cependant, si vous ne coopérez pas, je vous informe que votre dernière heure est arrivée. Alors, si vous connaissez encore quelque petite prière, il serait urgent d'y recourir pour solliciter une once de miséricorde de la part du Seigneur et une petite place aux abysses du purgatoire.

Lebayle pointa son pistolet sur le large poitrail de son vis-à-vis.

— Je ne saurai vous préciser quel numéro exact vous sera attribué dans le décompte des cadavres figurant à mon palmarès professionnel, mais il s'agit d'un nombre au-dessus de la quarantaine. S'il vous plaît d'aggraver encore ce triste résultat, je n'y verrai aucun inconvénient et exécuterai la sentence sans état d'âme. Puis, je vous trancherai ces deux doigts auxquels vous arborez de magnifiques bijoux sertis afin de prouver la réussite de ma mission auprès du roi de France. Ai-je été assez clair ou dois-je commencer par la fin ?

Mattioli serra les poings, comme si cela pouvait épargner l'amputation de ses phalanges boudinées. Cette perspective semblait l'affecter davantage que son propre trépas. Escomptait-il être enseveli avec ses joyaux (d'une taille indécente) et s'en servir dans l'au-delà pour négocier une petite place dans l'antichambre du paradis ?

— Avez-vous une autre fable à me vendre avant que je perde patience ?

— Je vous assure et vous jure sur ma tête que je n'ai pas les papiers sur moi.

— Votre tête ? Aux enchères, je n'en donnerais pas cher. Où sont ces lettres ?
— Cachées à Casal.
— Et si je vous tuais, personne n'en aurait l'usage ?
— Certainement, c'est pourquoi je ne peux vous donner aucune autre garantie.
— Très bien. Nous irons les récupérer ensemble demain et nous procéderons à l'échange comme il était convenu initialement.
— C'est le plus raisonnable. Cette somme m'est nécessaire… dette de jeu.
— En attendant, vous imaginez, Mattioli, que je ne puis vous laisser vagabonder en toute liberté, ni vous convier pour le gîte et le couvert dans un cabaret où vous seriez capable, soit de nous fausser compagnie, soit d'ameuter la populace ou la soldatesque. L'air est un peu frais, néanmoins, nous allons devoir passer la nuit à la belle étoile dans un endroit reculé. Rassurez-vous, j'avais prévu des couvertures. Cependant, ce sera solidement entravé que vous dormirez. Avez-vous mieux à m'offrir ?
— Vous me prenez au dépourvu, Monsieur l'émissaire anonyme et je n'ose vous proposer l'hospitalité chez moi.
— Alors, nous procéderons comme j'ai dit.
— Le cocher ! s'exclama soudain Mattioli.
— Pardon ?
— Vous êtes le cocher ! Ou faux cocher, lors de ma première arrestation dans une auberge.
— Vous avez bonne oreille, mais peu de discernement pour tomber deux fois dans le même piège.
— Chacun ses faiblesses.

20

Litorne fut envoyé en prospecteur.

Il fallait s'éloigner des rives du fleuve dont les brumes matinales, en cette saison, prenaient des allures de linceul. La voiture, rideaux tirés, suivait à distance, tractant en sus à la longe le cheval de Mattioli, lequel Mattioli était garrotté et bâillonné sous la surveillance du commissaire.

Géraud ne croyait pas un mot de la version de son prisonnier, malgré l'assurance qu'il affichait. Comment aurait-il pu cacher les documents à Casal tandis qu'il se trouvait à Mantoue, à soixante lieues de là ! D'autant que c'étaient les Français qui avaient négocié et obtenu cette rencontre dans la citadelle.

L'aplomb avec lequel l'Italien affirmait ne pas avoir les lettres cryptées sur lui, avait repoussé une fouille, mais ce n'était que partie remise et, en vérité, une défense assez médiocre. Malgré tout, elle avait fonctionné... Il les lui fallait pour concrétiser la transaction. Où les avait-il donc dissimulées ? Pensait-il tromper l'envoyé du roi comme il avait tant dupé son monde avec des fanfaronnades ? Géraud ne pouvait adhérer à cette hypothèse. À moins que le traître escompte du secours et gagne ainsi du temps ! Ne restaient à vérifier que son bagage de selle et ses fontes. Non, la ruse était trop grossière, ridicule, même… Alors ?

Litorne revenait vers eux. Il avait trouvé l'endroit adéquat pour passer la nuit : une petite clairière dans un sous-bois dense où l'on pourrait allumer du feu. Ils s'y rendirent, se disposèrent et se désintéressèrent du prisonnier après avoir vérifié ses liens. Pendant qu'ils ramassaient des pommes de pin, excellentes pour bouter un feu, et des branchages que Gaston assemblait au fur et à mesure en faisceau, Clément se rapprocha de Géraud :

— Puis-je t'entretenir un instant ? lui souffla-t-il.

Sur un signe d'assentiment, ils s'éloignèrent de la clairière. Une branche maîtresse s'était rompue. Elle leur éviterait des efforts d'abattage. Ils la soupesèrent, la reposèrent. Ils étaient seuls.

— Je t'écoute.

— Géraud, une impression étrange me lancine depuis l'arrestation de notre homme. N'as-tu rien remarqué quand nous avons porté le faux notaire inconscient dans la voiture ?

— Non, que veux-tu dire ? s'impatienta l'enquêteur, troublé par un éventuel grain de sable qui lui aurait échappé.

— Mattioli a marqué un instant de flottement, non par la présence anticipée du chargé d'affaires du roi, mais en découvrant le visage de Gaston lorsque son chapeau est tombé.

— Il s'apercevait tout bonnement qu'il s'agissait d'un subterfuge et tentait une nouvelle ruse pour semer la zizanie entre nous, ne crois-tu pas ?

Clément s'assombrit, grimaça, se passa la main sur le visage.

— Ce n'est peut-être que cela…

Lebayle sentit que sa conviction était profondément ancrée, il ajouta :

— Et puis, je le tenais en joue. Malgré tout, ne laissons rien au hasard et renforçons notre vigilance. Mattioli semble, en effet, être la pire des fripouilles, capable de simuler tous les sentiments pour abuser le plus circonspect. Tu prendras le premier quart, Litorne le deuxième, moi le dernier. Tâche de ne dormir que d'un œil jusqu'au milieu de la nuit, je ferai de même dans la seconde partie, ainsi, nous doublerons la surveillance. Deux hommes avertis vaudront mieux qu'un.

— Compte sur moi, répondit Clément à demi rasséréné.

Ils revinrent vers le bûcher, les bras distendus par la branche.

— Clément, aurais-tu une idée de l'endroit où l'Italien a pu dissimuler les précieux feuillets ?

— S'ils ne sont ni dans ses sacs de selle ni dans ses vêtements, c'est qu'il doit avoir un complice sûr à proximité.

— Cette solution avait été écartée. Il faut à nouveau l'envisager. Son fidèle serviteur le suivait peut-être à distance, il nous aura échappé. Cette nuit, nous devrons rester davantage sur le qui-vive.

— Je le crains.

Ils déposèrent la branche maîtresse près du faisceau où Litorne alimentait le feu, puis récoltèrent une dernière brassée. Les brindilles craquèrent, fumèrent, s'embrasèrent. Ils disposèrent les provisions sur une souche et mangèrent autour du foyer. Clément donna la becquée au détenu.

Ils parlèrent peu. Géraud félicita Clément pour la qualité de son italien. Celui-ci assura n'avoir aucun mérite : sa version était proche de la vérité. Il aimait d'ailleurs cette langue chantante qu'il pratiquait avec ses voisins transalpins. Ils se réchauffèrent, burent un dernier verre et se préparèrent à bivouaquer. Géraud opéra un tour d'inspection, rechercha d'éventuelles traces humaines dans la basse végétation, en vain. Était-ce rassurant ? Si Mattioli avait un complice, il était fort habile, connaissait la région… ou se fiait à la fumée du foyer. Les chevaux étaient restés harnachés au cas où il faudrait décamper sans préavis. Ses deux compères étouffèrent les flammes, laissèrent les brandons palpiter doucement.

Mattioli et le commissaire occuperaient les banquettes, les deux autres dormiraient sous le véhicule et profiteraient ainsi de la chaleur du feu. Litorne aida Géraud à escorter le prisonnier pour les besoins naturels dont il ne pouvait se dispenser. Ils le ligotèrent à nouveau et l'enroulèrent dans une couverture comme un nouveau-né, de manière à ce qu'il ne puisse profiter de l'obscurité pour se débarrasser de ses liens avec l'habileté diabolique dont on pouvait le soupçonner. Ils le calèrent sur le siège étroit. Géraud s'installa sur celui du fond avec son arsenal : épée, dague et pistolets.

— Mattioli, lui notifia-t-il, si vous ronflez, je vous tranche le nez comme à un déserteur.

— Je m'en garderai bien. Je vous souhaite la bonne nuit, commissaire.

— Comment connaissez-vous mon grade ?

— Vos hommes l'ont employé tantôt. Ce n'est

pas une injure, que je sache. J'aurais été fort marri d'avoir été arrêté par un simple exempt, encore plus par un vrai cocher.

— Vous semblez bien urbain. Cependant, avec vous, il faut s'attendre à tout. Alors, mieux vaut devancer vos ganacheries.

Géraud s'allongea et ferma les yeux afin de se concentrer sur l'acuité de son ouïe. Il voulait faire accroire à l'ancien secrétaire du duc de Mantoue que personne ne montait la garde, les ventripotents s'endormant en général assez vite.

L'atmosphère nocturne se substituerait sans heurt aux activités diurnes. Quelques grillons aux stridulations apaisantes se répondaient encore. Une luciole vint s'accrocher au montant de la portière, le long du rideau de cuir et diffusa sa douce lueur verte à l'intérieur du véhicule. Cette charmante curiosité de l'insecte tira un sourire au commissaire dont les paupières n'étaient pas totalement closes.

Que pouvait-il se passer ? Que le serviteur de Mattioli, ayant embauché des spadassins pour l'escorter à distance, en cas d'agression lui portent assistance ? Peu plausible mais pas impossible. Clément avait eu raison de se confier. Au moins, de cette manière, ils demeuraient en alerte.

Aurait-il dû mettre Litorne dans la confidence ? Le chef du cabinet noir n'était pas un débutant. Et Clément l'avait peut-être averti. Le pas de celui-ci fit crisser les écorces et les écailles de pommes de pin cisaillées par les écureuils. Il veillait encore et entreprenait un tour de ronde. Pourquoi l'avait-il alerté en catimini ? Quelque chose échappait à

Géraud... Parce qu'il n'était pas sûr de ce qu'il avait vu ?

Il l'entendit revenir au bout de quelques minutes et se rasseoir devant le foyer mourant dont il tisonna les cendres. Les braises se ranimèrent, craquèrent un peu en se fendant. La luciole quitta l'amarre, vogua, s'éloigna.

Un oiseau de nuit ulula assez loin. Un autre répondit à l'opposé d'un cri assourdi. Aucune brise ne froissait la sylve. Le silence s'imposa plusieurs minutes, troublé par le changement d'appui d'une des bêtes. La caisse grinça sur ses ressorts. Tout s'apaisa de nouveau.

*
**

Un heurt léger... répété... répété encore, tout proche. Dans son demi-sommeil, Géraud ne sait en définir la provenance... Les chevaux ? Mattioli dort, la bouche ouverte. Des grincements... un froissement... comme un sanglier qui fouit. Il empoigne son pistolet.

Soudain, un chahut à l'extérieur ! Il se redresse sur un coude, rejette la couverture, tend l'oreille. La portière s'ouvre avec violence.

Une silhouette bondit à l'intérieur. Géraud lève son arme. Un coup sur le poignet la lui arrache de la main. Un reflet métallique. D'un revers, Géraud balaie la lame qui se plante dans la cloison, à trois pouces de son épaule. Sa main cherche le Caminazzo. L'homme se jette sur lui. Un coup de feu ! L'assaillant tressaille et grogne. Géraud a eu le réflexe de replier ses jambes pour amortir l'assaut.

Il les détend et tire à son tour. Propulsé en arrière, l'assaillant tente de s'accrocher aux montants. Il bascule et disparaît.

Le commissaire se dresse, récupère son second pistolet.

L'obscurité est trop intense pour distinguer quoi que ce soit. Il tâtonne, trouve son épée, bondit à l'extérieur. L'homme vagit au sol, à cinq pas de là.

À l'écart, une autre ombre se tient à genoux et le front au sol, recroquevillée.

— Géraud, à l'aide !

— Clément ?

La masse sombre veut se relever, tangue, s'écroule sur le côté, un couteau de chasse planté dans le flanc. Lebayle se précipite, surveillant le second blessé, met un genou en terre.

— Géraud… C'est moi qui ai… tiré… Le félon voulait te tuer…

Seul est visible le blanc de ses yeux chavirés. Respiration saccadée. Clément tente encore de s'exprimer :

— Sous la voiture, Litorne m'a… surpris et poignardé. Il m'a cru occis… ai dévié les coups… rampé par l'arrière. Il ouvrait la portière… rampé encore, et tiré. Ils se connaissent Litorne et Mathio…

Clément retombe. Il a cessé de vivre.

Choqué, le commissaire se redresse et louvoie vers l'agonisant. Il ne peut rien non plus pour celui-là qui se vide de son sang. Le chef du cabinet noir, un traître…

Lebayle reste abasourdi. Il ne peut y croire…

Les soupçons de Clément étaient donc fondés.

Pourquoi ? Comment Litorne connaissait-il Mattioli ?

Réminiscence soudaine. Leur point commun : les courriers, mordieu ! Il n'avait pas le temps de cogiter davantage. Les coups de feu allaient déclencher l'alerte, avertir des acolytes. Seulement, la nuit était trop sombre pour décamper. On n'y voyait pas à trois pas. Géraud ramassa une branche, fourragea les braises. Une vague lueur dévoila le carnage. Deux morts… Il tenta de reconstituer la séquence ébauchée par Clément qui, achevant son tour de garde, s'était couché sous la voiture. Géraud l'avait vaguement entendu. Litorne prenait le relais. Celui-ci attendit que le cocher s'endorme pour le tuer, puis se débarrasser du commissaire et libérer le prisonnier.

Un reflux d'amertume monta dans la gorge de Géraud : c'est lui qui, désarmant Mattioli, avait donné l'arme du crime à Litorne ! Dieu tout-puissant, qu'ai-je fait ? Mais l'assassin devait avoir sur lui sa propre arme blanche. Cependant il manquait un maillon à la chaîne. Comme convenu, Clément était censé simuler le sommeil. Et si c'était le contraire ? Non, Litorne était bien l'agresseur, et son agresseur puisque c'est le stylet qu'il avait tendu à Clément. Celui-ci savait pertinemment que Mattioli était garrotté sur la banquette de droite et Lebayle couché à gauche. Confusion impossible. Même avec une balle dans les reins.

Lebayle vérifia qu'il en était bien ainsi dans la lumière parcimonieuse et vacillante des courtes flammes… Et Clément avait reçu cinq coups de couteau, l'un sous l'omoplate, les autres sur l'avant-bras, l'épaule, le dernier près du cœur qui avait dû rompre une artère.

Un bruit sourd le mit sur le qui-vive, l'épée pointée. Cela provenait de la voiture. Il avança. En gigotant, Mattioli était tombé sur le plancher et distendait ses liens pour attraper le second Caminazzo. Le commissaire se retint *in extremis* d'assouvir sur lui sa vengeance. Il devait affronter cette nouvelle situation avec sang-froid. Il récupéra son pistolet et glissa sa dague dans sa botte.

D'abord se préparer à une éventuelle visite si les détonations avaient attiré des curieux, mais dans la forêt, par cette nuit noire, il n'y avait guère de risques… risques qu'il ne fallait toutefois pas négliger. Il délia la malle du plat-bord arrière, la tira à cent pas dans les fourrés. Il devait mettre à l'abri l'essentiel du matériel et la rançon.

Il revint à Mattioli, considéra d'un œil froid cette grasse chenille se tortillant sur le plancher, incapable de se libérer. Il faillit en rire, puis hésita à lui asséner quelques coups de bottes. Il avait ordre de l'arrêter, il ne pouvait pas l'abandonner. Pas encore. Il contourna la voiture, empoigna le prisonnier sous les aisselles et, sans ménagements, le hala près de la malle. Ensuite, il revint chercher la couverture et l'en couvrit.

Il oubliait quelque chose d'important : le cheval de l'espion. En cas de danger mortel, il devait pouvoir s'esquiver. Il le mena à l'abri et ne toucha à rien d'autre. La scène pouvait passer, à première vue, pour un règlement de compte entre un notaire et son cocher. Bien entendu, à un examen approfondi, des enquêteurs se demanderaient pourquoi le maître avait deux balles dans le corps... Il retrouva le petit pistolet de Mattioli, le déchargea et le jeta dans le feu. Ainsi, on ne pourrait déceler s'il avait servi ou non.

Géraud avait beau tendre l'oreille, aucun bruit suspect ne lui parvenait. Il perçut même la cavalcade d'un petit rongeur quelque part entre les racines. Il frissonna. Le manque de sommeil et une nuit fraîche. Il ne pouvait s'éloigner de crainte de ne plus retrouver l'endroit. Il tourna en rond derrière le rideau des premiers arbres pour cogiter à la suite de sa mission, compromise de façon détestable. Gaston Litorne était donc un agent double. Personne n'avait rien soupçonné ! Pas même Monsieur de La Reynie, pourtant d'une grande perspicacité. Espion, mais au service de quelle puissance ?

Il tenait encore Mattioli en son pouvoir. Pour combien de temps ? Le roi le réclamait vivant. Comment pouvait-il, seul, le ramener jusqu'à Pignerol ? Après ce qui s'était passé, on l'attendrait sur toutes les routes. Litorne n'était peut-être pas venu seul. Le chef de la police l'avait-il réellement missionné ? Géraud en doutait de plus en plus. En dernière extrémité, il exécuterait le traître. Toutefois sa mort ne restituerait pas les documents... Il ne disposait d'aucun moyen de pression sur ce damné scélérat, sinon la torture. Et encore ! Si Mattioli lui disait qu'il avait dissimulé les papiers en un endroit quelconque à Mantoue, il serait dans l'incapacité de les récupérer.

Il arrêta sa giration, tous sens en éveil. Non loin, un oiseau nocturne venait de se poser dans un frou-frou soyeux. Il l'entendit s'ébrouer. Un infime couinement : le rapace avait sans doute tué sa proie d'un coup de son bec crochu, plus aiguisé qu'une alène de cordonnier.

À quelque distance, une sorte de ronronnement détourna son attention… ronronnement assourdi par la couverture : Mattioli s'était rendormi, le bougre ! Géraud faillit envier cette nature insouciante de faux innocent.

Et s'il lui bottait les côtes de manière à lui apprendre les bonnes manières ? Pour la deuxième fois, il n'en trouva pas le goût… Mieux valait se concentrer sur une stratégie de secours pour sortir de l'impasse. Seul avec un prisonnier de cette corpulence, quelle serait l'option la moins aléatoire ? Regagner directement la France ? Revenir à la stratégie initiale émise par le lieutenant de police ? Non, il devait rallier l'enclave française de Pignerol où Lisa l'attendait. Il n'avait pas le choix.

Lisa qui l'avait mis en garde contre ses accompagnateurs ! Incroyable. Clairvoyance ou instinct féminin ? Elle craignait pour la vie de son parrain, avait transgressé les ordres pour l'escorter le plus loin possible… Elle avait vu juste, mais, si elle avait ressenti un danger, elle n'avait su définir qui de Clément ou de Litorne était le venimeux. Quoiqu'en y réfléchissant, elle avait dit ne pas avoir confiance en Leborgne ou Licorne.

Géraud avait la certitude que Monsieur de La Reynie ne lui avait pas adjoint le chef du cabinet noir. Les arguments, les preuves, il ne les tenait pas encore. Depuis longtemps, celui-ci était à la solde de l'ennemi (de quel souverain étranger ? *Bis repetita*) et détournait les messages royaux à son profit et à celui de Mattioli… Le roi qui s'était plaint de la lenteur des courriers, n'avait-il pas des doutes depuis longtemps ?

C'est l'enquête au cabinet noir que le commissaire trop confiant avait ébauchée à la demande de Sa Majesté, qui avait tout déclenché. Litorne s'était senti observé, soupçonné, en danger. Il devait détenir de bonnes informations et avait préféré passer à l'attaque. Comment avait-il appris la mission secrète de Lebayle ? Par d'autres complicités internes, Mattioli l'ayant averti de son projet après son évasion. Quelqu'un devait être délégué par la France. Que ce fût Géraud était une concomitance.

Litorne avait-il justifié de son absence ? Ou bien avait-il orchestré la mise en scène de sa disparition ? Lui aussi s'intéressait aux documents. Lui avaient-ils échappé une première fois ? Voulait-il les subtiliser à Mattioli ? Et par la même occasion se débarrasser du commissaire ? Tout cela était très obscur et il ne restait que le gros espion pour éclairer ce mystère. Ce qu'il ne fera pas de bonne grâce.

Clément était un honnête homme. Il aurait mérité une sépulture chrétienne, mais Géraud ne disposait pas d'outils pour l'ensevelir. Il ne lui offrit qu'une petite prière et un moment de recueillement.

Plus que tout au monde, la trahison l'insupportait. Il devait clore ce dramatique épisode, penser à la suite. Inutile de repasser par Casal, les documents n'y étaient pas.

Géraud se figea. Et pourtant… Lui aussi avait un instinct, affûté par des années d'expérience. Il était convaincu que ces documents ne se trouvaient pas très loin. Quand il fera jour, il fouillera méticuleusement Mattioli.

Dieu du ciel ! Imbécile que je suis ! Où ai-je la tête ? C'est moi qui porte des œillères… J'ai laissé à l'écart le cheval de Litorne ! Comment puis-je commettre de telles erreurs ?

Il alla à sa recherche, le retrouva sans trop de mal. L'animal dénonçait la présence d'un cavalier sur les lieux du drame et modifiait sa pauvre trame. Grommelant, il l'attacha à couvert près de celui de l'Italien. Il lui fallait analyser sur-le-champ le cheminement alambiqué de sa pensée. S'était-il affolé ? Non. Pourquoi n'avait-il ramené que le cheval de Mattioli et pas celui de Litorne, ni ceux de la calèche ? Parce qu'il n'entrevoyait alors que sa propre survie. Pourquoi celui-ci plutôt que celui-là ? Parce qu'il voulait inventorier les sacoches du traître qui, d'ailleurs, n'avaient rien révélé. Il avait réponse immédiate à tout… mais ne résolvait rien.

Géraud resta prostré plusieurs secondes, puis il s'ébroua à s'en décrocher la cervelle. Il se sentait stupide au dernier degré.

« Au grand jour, monologua-t-il, on découvrira leurs traces, leurs crottins et on dénombrera les bêtes. C'est à la portée d'un gamin. Comment le niais Lebayle pourra-t-il rivaliser avec un finassier tel que Mattioli ? Là, tu n'as pas de réponse. »

Par chance, cet instant de faiblesse survenait dans un moment de latence et ne serait pas préjudiciable s'il se ressaisissait tout de suite :

« Mon garçon, se morigéna-t-il encore, tu savais que ta mission ne serait pas de tout repos. Désormais, il faut repartir, attends-toi à cent fois pire. Le roi te l'a commandé. Tu ne pouvais pas te récuser. Tu dois l'assumer… sans oublier ta pupille qui se morfond à Pignerol. Aide-toi, le ciel t'aidera. »

À tout hasard, il fouilla dans les coffres des banquettes : harnais de rechange, bâche, licols, cure-pied pour les chevaux, brosses diverses, onguent, graisse à sabots, fers de rechange, outres d'eau et de vin, clous de tailles diverses et marteau, corde, hachette… Clément avait tout prévu, y compris une petite pelle ! Il y trouva même la sacoche que Lisa avait préparée pour le suivre. Il ne put qu'en sourire tendrement.

Vers l'Est, l'étoffe du ciel commençait à s'élimer. Il avait encore le temps de creuser une fosse dans un creux de terrain meuble (une ancienne mare), entre quatre troncs rugueux. Il dégagea un espace de six pieds sur trois et se mit à l'ouvrage en ménageant ses efforts, ouvrage qui l'occupa une bonne heure. Puis, il y traîna son malheureux compagnon, l'enroula dans une couverture, le descendit dans la tombe, le recouvrit, constitua un tumulus avec des pierres plates pour le protéger des charognards. Il s'épongea le front, sueurs froides d'épuisement, la nausée au bord des lèvres.

Il se retourna. Litorne gisait près du feu. D'après la tache sombre sur son vêtement, la balle l'avait touché aux reins… Humainement, il ne pouvait pas le laisser aux crocs des leus que l'on entendait dans le lointain… Foin du conte qu'il avait inventé pour simuler l'agression d'un serviteur sur son maître dans le but de le détrousser. Il est probable que personne ne viendra s'interroger sur ces morts.

Une légère brise froissait les feuillages. Géraud retourna le corps et le hala un peu plus loin. Sa propre balle l'avait atteint sous le plexus. Il pelleta l'humus sur un pied et demi de profondeur, renonça à fouiller davantage, épuisé. Il l'y coucha, le recouvrit de terre et de branchages. Les choses se remettaient dans l'ordre.

Il se restaura, mâcha lentement tandis que rosissait le ciel au-dessus des cimes.

Il allait rallier la route Alessandria-Asti, éviter Turin et tenter de couper vers Pignerol. C'était son nouvel ordre de route... avant de devoir le modifier. *Alea jacta est*. Tout d'abord, il lui fallait recharger la voiture, car c'est avec elle qu'il avait décidé de voyager.

En priorité, il s'accorda le plaisir d'aller réveiller, sans douceur, ce gros porc d'Ercole Mattioli !

21

— Seul, mon Pistol, tu es venu seul ? s'étonna Martelin. Ah ! Il est vrai que nous sommes jeudi. La belle Muguette enseigne l'art de l'escrime. Entre donc, je suis heureux de te voir, même à l'improviste.

Les deux hommes se donnèrent l'accolade.

— Oui, père, Muguette assure son cours d'initiation qu'elle ne manquerait pour rien au monde, ou presque. Cette mâle discipline la ravit et lui donne de l'assurance.

Ils échangèrent les banalités de rigueur, le glossaire de leurs activités quotidiennes, puis évoquèrent la création d'établissements de bains flottants sur la Seine, l'interdiction des synodes protestants et le décès du Bernin[37], l'un des plus grands architectes italiens de ce temps. Adrien était incollable sur les nouvelles de France et de Navarre.

— Si je suis venu aujourd'hui, père, c'est pour vous avertir qu'il me faut m'absenter une semaine ou deux, annonça Pistol. Louvois doit visiter la cité de Montlouis, dans les Pyrénées, non loin de Perpignan, afin que commencent en priorité les travaux

37. Giovanni Lorenzo Bernini (1598-1680), peintre, sculpteur et architecte, maître du baroque.

de fortification de ce verrou. Ce ne sont pas moins de trois mille sept cents ouvriers locaux qui constitueront l'essentiel de la main-d'œuvre à recruter. Monsieur Vauban m'a confirmé sa demande de courir y croquer les paysages alentour, dans le but de peaufiner les plans qu'il en a tracés l'an d'avant. Il ne veut rien laisser au hasard pour la visite du ministre de la Guerre dont on connaît le caractère entier et impétueux.

— C'est une réputation qu'on lui prête volontiers et qu'il ne tient pas à démentir. Laisseras-tu toute seule ta précieuse cadette durant cette période ?

— N'ayez crainte. Ce n'est pas la première fois et ma sœur se suffit à elle-même.

— Malgré l'absence du commissaire Lebayle depuis près de deux semaines, et cela pour un temps indéterminé ?

— Que je sache, ils ne sont pas intimes et n'ont eu aucun rapprochement. L'un ou l'autre me l'aurait confié. Et puis, c'est une chose qui se lit sur les visages les plus hermétiques.

— C'est possible, Pascal… Pourtant ne crois-tu pas qu'il faudrait songer à la marier ?

— Père, protesta le dessinateur, nous avons déjà abordé ce sujet. Les temps ont changé. Si, dans l'aristocratie et la bourgeoisie qui ont du bien au soleil, cette pratique où les pères décident de l'avenir de leurs descendants est encore en vigueur, elle décline de nos jours et sera bientôt révolue. Les jeunes gens veulent gérer leurs sentiments et leurs intérêts. Et Molière n'est pas étranger à ce phénomène qui progresse dans la nouvelle génération.

Muguette, de par notre situation s'est, tout enfant, forgée un esprit d'indépendance. On ne peut le lui reprocher et l'en priver brusquement.

L'invalide haussa les épaules, plissa un œil et pointa l'index vers son fils :

— Certes, mais, toi, Pascal de Martelin, quel détail oublies-tu ?

Une simple particule, insérée comme un coin de fer pétrifia Pistol. Il n'osa pas briser le silence par une question inutile. Quelle sera la nouvelle révélation de son père ?

— Tu as peut-être raison, Pascal, pour l'avenir, mais vois-tu, certaines habitudes se sont figées pour moi, il y a vingt-cinq ans.

(Il s'adossa à son siège et sourit.) D'autre part, aurais-tu oublié l'origine du corps des mousquetaires du roi auquel j'appartenais ?

— Qu'entendez-vous par là ?

— Les mousquetaires sont uniquement recrutés parmi les gentilshommes ayant servi et fait leurs preuves dans la garde.

Cette révélation d'appartenir au lignage d'une certaine noblesse de province figea Pascal-Pistol. Son père lui expliqua :

— En quittant ses rangs, on est nommé enseigne ou lieutenant. La suite est une autre histoire. La promotion est sans doute brutale pour toi, mon fils, mais on ne peut réfuter ses ascendants, nier ses racines. Tu es issu d'une petite mais solide noblesse du Languedoc. Nous en reparlerons une prochaine fois, point trop n'en faut en un seul jour, n'est-ce pas ?

Pistol papillota des paupières comme si une vive

lumière l'avait ébloui. Lui, orphelin qui se croyait roturier de la plus basse extraction, il n'était ni l'un ni l'autre !

— J'étais trop heureux de retrouver un père et ma courte vue se contentait de cela. Aujourd'hui, je suis fier de découvrir un homme de cœur et d'honneur.

Martelin demanda à son fils d'approcher. Ils se donnèrent encore l'accolade avec une émotion autre. Éberlué, Pistol retourna s'asseoir. La tête lui tournait un peu.

— Et toi, Pascal Martelin de La Charmodière… pour être exact et complet sur notre patronyme, ne penses-tu pas convoler un jour en justes noces ?

— Cela arrivera en son temps, père. Pour l'heure, trop de révélations m'éblouissent et tant de belles filles restent à satisfaire.

— Je te comprends et t'approuve… Mais c'est que, tout à coup, n'ayant guère profité de mon statut de père, je souhaiterais bénéficier un peu de celui d'aïeul, dans le temps qu'il me reste à vivre.

— Ne vous impatientez pas, vous avez encore de belles années devant vous. Bientôt, tourbillonneront autour de vous des petits-enfants turbulents qui vous étourdiront. Pour cela, préparez-vous, car il vous faudra consentir à vous extraire de votre coquille de pierre. On n'a jamais vu de nouveau-nés à la Bastille.

Martelin tortilla une moue amusée, puis considéra son fils d'un air fataliste :

— S'il faut en passer par là… Nous aviserons le moment venu.

Pistol enregistra avec satisfaction cette esquisse

de concession de la part de son père. Pour lui aussi la transition était brutale. Un jour, il parviendra à l'arracher à sa geôle dorée.

— Avant que tu ne prennes la route, je dois te demander un petit service, mon fils. Je suis inquiet pour le père Sandre Loriot. Voilà plusieurs jours qu'il ne répond plus à mes messages. Avec discrétion, peux-tu lui rendre une amicale visite de ma part ?

— Je m'y rends à l'instant et vous rapporterai de ses nouvelles.

— Je t'en sais gré, Pascal. Toutefois, si tout va pour le mieux de son côté, dispense-toi du retour, il s'en chargera.

— Devrai-je mettre Muguette dans la confidence de notre prestigieuse lignée ?

— Prestigieuse me semble excessif, ne t'enflamme pas ; pour ta sœur, tu le peux. Ma fille mérite toute confiance.

Pistol acquiesça et ne s'attarda pas. Une certaine impatience l'animait, lui qui, d'ordinaire, prenait le temps comme il venait. Le voyage sera long jusqu'à la côte de Méditerranée et la mauvaise saison se profilait. Cette année, la longueur des nuits s'accroissait encore par un mécanisme immuable... Voilà un sujet de thèse qui n'était pas dénué d'intérêt. Pourquoi existait-il ce décalage entre l'horloge solaire et le rythme aléatoire des intempéries ? Un mystère dont seul Dieu détenait la clef.

De ce pas, Pistol se rendit à l'église Sainte-Marguerite. Il trouva le curé, un homme d'âge mûr, mince, gris de poil et de prunelle, lui demanda s'il pouvait le recevoir en aparté. Celui-ci accepta et le conduisit à la sacristie.

— Ici, nous ne serons pas dérangés. De quoi est-il question, mon fils ?

— De mon père, c'est lui qui m'envoie auprès de vous.

— Votre… géniteur, je présume.

— C'est ce que je voulais dire. Un homme immobilisé par la force des choses dont la pensée est plus rapide qu'un carreau d'arbalète.

— Je ne vois pas bien de qui vous voulez parler. Précisez, je vous prie.

— Je comprends votre extrême prudence, père Loriot ; il s'agit d'un ancien enseigne des mousquetaires, Adrien Martelin de la Charmodière, en résidence très prolongée à la Bastille. On me nomme Pistol, cependant mon nom de baptême est Pascal.

— Voilà des arguments assez convaincants qui font mouche.

— Mon père s'inquiète de votre santé.

Le prêtre battit des paupières, ses longs doigts tracèrent dans l'air une arabesque :

— Il est vrai que j'ai été un peu souffrant ces temps derniers. Cela va mieux. Par ailleurs, je n'avais reçu aucune réponse importante à lui transmettre… par le canal habituel.

— Si vous voulez bien adresser un signe à mon père. Je ne vous importunerai pas davantage, père Loriot.

— Vous ne me dérangez nullement et, n'ayez crainte, je rassurerai Martelin.

— Soyez-en remercié, mon père.

Pistol se détournait déjà quand le curé le rappela :

— Encore un mot… Seriez-vous intéressé par quelque actualité de votre ami le commissaire Lebayle ?

Pris au dépourvu par cette proposition, Pistol écarquilla les yeux.

— Pardonnez ma brusquerie, mon fils… Vous n'ignorez pas que je centralise, entre autres, les messages de toute nature à destination de la forteresse de Pignerol et retour.

— Bigre ! Il s'y trouve donc ? N'était-ce pas un secret ?

— Sans doute, mais s'il y a une personne qui doive en être informée, c'est vous, n'est-ce pas, son meilleur ami.

— Certes…

— S'il n'y est, il s'y dirige. J'ajouterai pour conclure qu'il est escorté d'une demoiselle et de deux hommes.

— Lisa est donc du voyage ? Je croyais que ce n'était qu'un subterfuge… Savez-vous qui sont ses accompagnateurs ?

— Là, vous m'en demandez trop. Quand j'obtiendrai des précisions, je vous les communiquerai, s'il vous plaît de repasser dans quelques jours.

— Sans vous obliger, transmettez ce que vous savez à mon père, afin qu'il en réfère au plus tôt à Monsieur de La Reynie qui ne dispose peut-être pas d'aussi bons informateurs. Quant à moi, je dois partir sous peu en voyage.

— Je n'y manquerai pas, assura le père Loriot.

Pistol salua le prêtre et se retira, troublé par ce qu'il avait appris : Géraud lui avait bien précisé qu'il partait seul en mission. Cette annonce lui laissait un petit goût amer. Pourquoi se formalisait-il ainsi pour tout depuis quelque temps ? Parce que ses certitudes et convictions de granit sur la vie, sur son entourage et ses contemporains, s'étaient un peu effritées.

Sur le parvis, Pistol se pétrifia. Pourquoi son esprit moulinait-il le nom du Père Sandre Loriot ? Qu'est-ce qui lui paraissait soudain familier comme une vieille comptine ? Pè… P-S-L, les initiales du prêtre. Et alors ? PSL… Ces consonnes résonnaient ailleurs… Il ne les connaissait que trop… P-S-L comme dans Pistol, quand, gamin, il avait appris à écrire son nom. C'était une amusante coïncidence… Mais l'était-ce encore quand il se rendit compte qu'il retrouvait les mêmes lettres aux mêmes places dans Pascal ?

*
**

Géraud, épuisé par son terrassement, cracha dans ses paumes pour tout remettre en place car il avait hâte de lever le camp. Il fouilla encore les fontes et le sac de selle de l'espion aux diverses facettes et fit chou blanc. Les yeux globuleux du gros homme bâillonné riotaient avec l'air de se moquer de l'échec du policier. Géraud le coucha au sol, le fouilla sur toutes les coutures, inventoria les poches et les épaisseurs des doublures, le palpa dans tous ses replis. Le serpent se contorsionnait. Il se retint de le rosser, le menaça de l'égorger, la lame sous son double menton quand il se trémoussa encore comme une pucelle chatouillée… Il devait tout tenter pour le ramener aux autorités françaises qui seraient plus à même de lui tirer les vers du nez.

À contrecœur, Géraud délia les mains de Mattioli, de manière à ce qu'il n'ait pas le prétexte de souiller ses hauts-de-chausses. Puis il lui autorisa quelques foulées, les poignets à nouveau entravés. On n'est jamais assez prudent avec les coquins de cette espèce ! Enfin, il le bottela serré, le chargea – non sans mal, s'y reprenant à quatre fois – dans la voiture, fit en sorte qu'il ne puisse bouger ni crier. Il attacha les deux chevaux à l'arrière et grimpa sur le siège du cocher.

Mille diables ! grommela-t-il encore entre ses dents, pourquoi n'ai-je pas eu la passion de devenir clerc de notaire !

Mentalement, Lebayle revisita la minutieuse fouille qu'il avait effectuée, d'après les critères de la police, conjugués à sa propre expérience. Il n'avait rien omis, et même en lacérant ses vêtements, il n'aurait rien trouvé… Il saisit les guides.

Et si l'escroc avait confié ces papiers à Litorne ? Foutre vert et peste noire ! Pourquoi n'y ai-je pas pensé plus tôt ?

De rage, Géraud sauta au sol un peu à l'étourdie, atterrit durement et se répandit.

— Je suis le plus stupide des quarante-huit commissaires aux ordres du lieutenant de police. Et le mot est bien faible !

Il se redressa, rageur, couvert de feuilles mortes et de terre grasse, s'empara de la pelle qu'il avait, par chance, rangée sur le dessus dans la malle. Il se jeta sur la tombe de Litorne, creusa comme un frénétique, dégagea le corps au teint déjà marbré d'outre-monde, s'accorda une pause, cracha une salive âcre. Puis, le cœur au bord des lèvres, il le palpa des pieds au col, sans rien négliger... Bredouille.

Il s'obligea à une seconde inspection plus minutieuse. Toujours rien. À genoux, il reprit son souffle, hébété et en sueur. Tout cela pour rien. Sauf la satisfaction de n'avoir rien laissé au hasard. Il reboucha la sommaire sépulture, replaça les pierres et les branches, rangea son outil, appuya son front ruisselant et glacé contre l'angle de la malle...

— Mon pauvre commissaire, bavocha-t-il. Tu t'es mis dans un bel état... Allons, un peu d'amour-propre. Sauve-toi de là, c'est ce que tu as de mieux à faire... ou de moins mauvais.

Muscles noués, il remonta s'asseoir, fit tourner l'attelage qui commençait à trépigner d'impatience et redescendit le chemin vers la route. À l'arrière, l'un des deux chevaux hennit de mécontentement. Ce ne pouvait être que celui de Mattioli ! À l'orée, il épia les environs et ne vit personne. Il dessella et débrida la seconde monture (celle de Litorne), lui offrit sa liberté d'une tape sur la croupe et lui souhaita bonne chance. Si les loups ne le cernaient pas, heureux celui qui le recueillera gratuitement. Un cheval en remorque à la longe est chose courante, mais deux auraient attiré l'attention. Il réintégra son siège de cocher, claqua la lanière de sa chambrière au-dessus des oreilles de ses bêtes qui réagirent aussitôt aux ordres et tournèrent à droite.

Peste de peste ! Où Mattioli avait-il caché les précieux messages codés ? Géraud ne pouvait s'ôter l'idée qu'il ne les ait pas apportés. L'ancien secrétaire du duc de Mantoue savait qu'il n'aurait pu obtenir les dix mille écus sans cet échange. Le bât blessait quelque part, mais où ? Géraud avait tout exploré. Il avait retourné les poches secrètes de son habit, palpé les doublures, le fond de ses chausses, sondé ses semelles épaisses et ses talons, décousu le col, les revers de poches et de manches, les ourlets… Ainsi déguenillé, l'espion ressemblait à un mendiant. Malgré cela, il ne se départissait pas de son agaçante bonhomie.

Mordiou ! Géraud pensait à autre chose. Il n'aurait pas été compliqué pour Mattioli de récupérer la cassette en le tuant, ainsi que Clément, si celui-ci n'avait pas été alerté ! Mais cela ne le rapprochait pas des documents. Il mena prudemment la voiture sur une sente traversée de nombreuses racines… Seulement, il n'était toujours pas satisfait de sa conclusion : Mattioli ne pouvait s'être séparé de son précieux trophée. Et soudain !

— Par Dieu !

Il y avait un endroit trop visible, trop évident qu'il n'avait pas visité ! Il avait trouvé, il en gloussa d'aise. L'espion était un maître de la dissimulation et de l'escamotage. Les documents, il les cachait sous sa perruque moutonneuse !

Géraud ralentit son attelage mais, à la sortie d'un large virage, il l'arrêta pour une tout autre raison qui lui arracha une vilaine grimace. Il n'avait pas parcouru deux lieues que le sort s'acharnait sur lui. Un fardier dételé se trouvait de guingois dans le fossé, empiétant sur la chaussée, sa roue arrière droite brisée, son chargement de billes répandu contre le talus. N'était-ce pas un piège grossier comme en utilisent souvent les brigands sans imagination pour détrousser les voyageurs ? Quoiqu'un tel chargement ne soit pas facile à mettre en position ni à replacer à volonté.

Le commissaire posa un pistolet à portée de main sur le banc, les guides tendus, prêt à stimuler son attelage pour forcer le passage… rien ne se produisit. Aucune présence alentour. Il s'agissait d'un véritable accident et les gens avaient abandonné le lourd charroi pour revenir plus tard avec de l'aide. Un ruissellement transversal lui expliqua la cause probable du versement. Et brusquement, il se souvint que c'était à cet endroit qu'à l'aller, ils avaient remarqué un remblaiement de fortune. Du premier coup d'œil, il comprit qu'il n'aurait pas la place de contourner l'obstacle par le bas sans l'accrocher ou sans déraper dans un terrain instable gorgé d'eau.

Quelle malédiction ! La bifurcation avec la route principale plus carrossable était visible, là-bas, et il était immobilisé à quelque deux cents toises ! Pas plus. C'était rageant.

Lebayle devait cogiter vite et bien, en commençant par écarter provisoirement l'ultime solution qui consistait à récupérer dans la voiture ses fontes préparées à l'avance, tirer une balle dans la tête de Mattioli, sauter sur le cheval de celui-ci et s'enfuir à bride abattue… en abandonnant la rançon. Mais avant de désespérer, n'existait-il pas une autre possibilité, un moyen de se faufiler ? Il lui fallait examiner le sol. Il descendit de son siège, jeta un regard circulaire. Les passereaux qui, à proximité, s'ébrouaient dans une flaque d'eau, lui signifiaient qu'il n'y avait pas de danger immédiat de la part des humains ni des prédateurs.

La terre était fichtrement ravinée. Le contrebas n'était pas très pentu, mais assez pour l'entraîner vers la prairie... À moins qu'il ne stabilise ce dévers avec des branchages. Un travail de longue haleine. Il n'entrevoyait pas de moyen plus efficace.

Personne aux alentours.

Géraud courut au coffre de la banquette droite, s'empara de la hachette sous les yeux épouvantés du prisonnier qui crut sa dernière heure arrivée.

— Si ce sauvetage ne fonctionne pas, je t'ouvrirai le ventre ! le prévint-il par perverse vengeance, et il fit miroiter le fil aiguisé du fer sous son nez. Ma lame devrait pénétrer sans résistance dans ton abondante tripaille.

La colère faillit annihiler sa dernière résolution. Il arracha la perruque de Mattioli, la retourna, n'y trouva rien, la jeta sur le plancher. Puis, déçu et désabusé, il alla couper des feuillus pas totalement dépouillés, les entrecroisa dans la déclivité. Il se rendit compte que ce n'était pas suffisant pour une charge mobile si importante. Et soudain, l'idée de génie l'illumina : la bâche ! Il retourna à la voiture. Cette fois, Mattioli était verdâtre.

— Dernier sursis ! lui asséna-t-il en tirant le carré de toile épaisse, d'une toise de côté.

Il la fixa à l'aide de quelques pieux qu'il tailla en biseau et enfonça vite fait. Pour plus de sécurité, vérifiant qu'il n'y avait toujours âme qui vive, il tressa un second treillage dans l'autre sens et perpendiculaire à la chaussée, en sorte que les roues mordent sur les branches au lieu de les écarter.

Géraud se redressa enfin, courbaturé, dégoulinant, mais satisfait de son travail. Il devait se contenter de ce radoub et tenter le tout pour le tout avant que des curieux ne viennent l'interroger dans une langue qu'il ignorait. Il fit d'abord piétiner son ouvrage par la monture de son prisonnier pour voir s'il résistait et, en cas d'échec, pouvoir sauter en selle et décamper. L'animal ne rechigna pas, tassa et ancra la semelle végétale.

Il attacha la bête à un arbuste, puis revint saisir l'anneau du mors du cheval de gauche, le rassura du geste et de la parole, amena l'attelage pour qu'ils testent du sabot la litière.

— Allons mes beaux, à vous de jouer, un peu de courage !

Il les obligea à reculer de manière à prendre assez d'élan. Il voulait éviter que les roues ne se bloquent dans les traverses de cette passerelle improvisée et, tenant l'anneau, les accompagna dans leur lancée. La voiture légère s'engagea, tangua et ripa en biais par l'arrière ! Il stimula encore les chevaux. Ils patinaient. La voiture glissait. Géraud s'acharna. Les puissants traits donnèrent un furieux coup de reins qui permit au train avant d'accrocher le sol ferme. Un dernier effort et le véhicule gagna la route.

Soulagé, Géraud récupéra la monture de Mattioli, fixa la longe et fouette cocher !

Il enleva son attelage au galop jusqu'à l'intersection, le força pour dissiper sa nervosité, vira à droite et adopta une allure de croisière, ni trop ni trop peu… Comment dit-on en italien ? *Chi va piano va sano e lontano ! Yo !*

22

— Par saint Innocent ! Ercole Mattioli, vous êtes un infâme goret. N'avez-vous plus la capacité de vous contenir quelques heures ? Se compisser de la sorte, à votre âge ?

Le prisonnier muselé ne pouvait que grommeler sa défense. Ses yeux ronds roulaient dans leurs orbites sous la vague de ses sourcils mouvants.

Géraud opérait une halte à la mi-journée pour qu'ils se restaurent, après un parcours sans incident ni anicroche, au cours duquel ils n'avaient non plus été importunés par les rares humains rencontrés. Après neuf lieues, ils avaient traversé Asti sans encombre. Géraud avait choisi un sentier envahi par les ronces afin de s'isoler et s'était arrêté au bord d'un bucolique ruisseau.

Il extirpa le gros homme de la voiture, lui détacha les mains et lui rendit la parole. Mattioli étira ses membres ankylosés et sa langue trop longtemps empêchée de jaser, tandis que Géraud tirait quelques victuailles du coffre.

— Je n'ai pas de tenue de rechange à votre taille. Il vous faudra patienter que sèchent vos guenilles, pourceau.

— Expérience très désagréable, commissaire. C'est votre faute aussi de m'avoir menacé d'une mort atroce. Pourquoi y avez-vous donc renoncé pour me plonger dans des affres insondables ?

— Mattioli ! Vous n'allez pas me reprocher mon altruisme, bougre d'ingrat ! Est-ce pour vous venger, comme un enfançon, parce que j'ai un peu saccagé votre habit ?

— Il y a des jours comme celui-là où je prie le Ciel de me délivrer des chaînes de la vie.

Géraud, assis sur le marchepied, lui tendit une tranche de pain et un morceau de saucisse à la pointe du couteau :

— Tenez, pauvre homme, voilà qui vous guérira de vos frayeurs et de votre déconvenue. Vous ne paraissez pas si mal en point pour un désespéré. C'est votre estomac qui guide vos humeurs.

— Ne pourriez-vous, dans votre extrême bonté, délier aussi mes pauvres chevilles qui enflent considérablement sous vos liens trop serrés… Je suis sujet à la goutte, savez-vous ?

Géraud hésita, se leva, chassa deux guêpes entreprenantes.

— La goutte ? Je ne m'en serais pas douté. Vous vous plaignez sans cesse. Changez de chanson ou je vous remets la muselière.

Ils mâchèrent un instant en silence, Lebayle montant une garde vigilante, mais l'endroit semblait désert. Il est vrai qu'il ne faisait pas très chaud et que le ciel restait voilé. Il revint vers l'ancien ministre du duc de Mantoue :

— Il y a des choses que je ne m'explique pas, Antoine-Hercule…

— Si je puis vous être agréable…

— Comment un aigrefin international de votre

trempe, s'étant une fois laissé prendre dans la souricière élémentaire tendue par l'ambassadeur, peut-il tomber à nouveau dans un traquenard presque à l'identique ?

— Pouvez-vous me donner à boire, Monsieur, je vous prie ? Merci, commissaire… Pouah ! C'est de l'eau !

— Il faudra vous en contenter. Vous faites bien le difficile. Rassurez-vous, c'est moins dangereux qu'un breuvage à l'arsenic.

— Monde cruel… Je vais cependant vous répondre… D'une part je tenais à l'œil les Français par mon réseau et l'on ne m'a pas averti de votre intrusion. De l'autre, vous avez, habile policier, devancé le guet-apens tissé pour accueillir en douceur l'émissaire du roi de France afin qu'il passe par mes exigences. Tout était orchestré à Casal – qui n'appartient pas encore à la couronne des Bourbons ! – pour que je sois le maître d'œuvre de la transaction ; la proposition de l'ambassadeur était une aubaine, pensais-je. Tel est pris qui croyait prendre, mais ne vous réjouissez pas trop, ce n'est que la première manche.

— Je compte bien en rester là. À vouloir trop gagner, on finit par tout perdre.

— Nous verrons quel proverbe aura le fin mot de l'histoire. Enfin, j'escomptais que vous repassiez par cette charmante citadelle qui mérite le détour à plusieurs égards où j'ai, en effet, scellé dès le déchiffrage effectué, les documents que vous ambitionnez de recouvrer… Il n'est pas trop tard pour cela. Il suffit de revenir à Asti et de prendre la route du

Nord, je vous guiderai volontiers, sans risque ni flibusterie.

— Pour que vous vous débarrassiez de moi à la première occasion, car vous devez avoir des affidés un peu partout ? Me croyez-vous aussi naïf ?

— Nous trouverons, je présume, un protocole qui ménagera les deux parties, puisque ma vie est entre vos mains.

— Discoureur impénitent. Remplissez votre vaste panse en tonneau des Danaïdes et taisez-vous ! Nous repartons dans quelques minutes.

Ils s'approchèrent des ronciers et cueillirent des mûres juteuses, englouties au fur et à mesure. Il n'y a pas de petits plaisirs. À la quantité, le commissaire ne fut pas le vainqueur.

— Ma proposition tient toujours. Ne vous intéresse-t-elle pas ?

Agacé, Géraud se plaça face à son adversaire, nez à groin :

— Mattioli, vous êtes le plus habile gredin aristocrate que j'aie jamais rencontré. Je ne crois pas un instant à votre version fantaisiste. Les documents ne peuvent pas être à Casal.

— Comme bon vous semble. Alors, où me conduisez-vous ? J'ai le droit de savoir.

— Vous n'avez aucun droit. J'ai aussi mes petits secrets et c'est moi qui mène la danse… Je vais vous ôter vos entraves pour que l'incident précédent ne se reproduise pas. Mais je vous avertis : vous serez en permanence dans la ligne de mire de mon pistolet. Au moindre geste suspect, je mets, sans autre sommation, ma menace à exécution, puisque vous ne me servez plus à grand-chose.

— « Plus à grand chose » ne signifie pas « plus rien du tout, n'est-ce pas » ? Vous m'autorisez donc à entretenir un minuscule espoir.

— Réfléchissez-y, affreux jacasseur, si vous tenez à votre malheureuse existence.

Mattioli alla se poser derrière un buisson désigné par son gardien. Durant la pause, le policier avait observé le bonhomme et remarqué un détail insignifiant qu'il lui tardait de vérifier.

— À votre place, ajouta-t-il, je ne serais pas aussi confiant. Sa Majesté m'a demandé de vous ramener mort ou vif, me précisant que ma sauvegarde passait avant tout… Mattioli, vous puez la charogne à vingt pas ! Vos viscères sont à l'aune de votre moralité.

— Trop aimable. Ne restez pas sous le vent… Si l'on peut adoucir une haleine par quelques pastilles, je ne connais pas de remède pour l'issue opposée.

Géraud lui lia les mains dès qu'il eut achevé son affaire et rafistolé ses vêtements.

— Vous feriez un magnifique épouvantail à corbeaux.

Il le poussa vers la voiture. Du coffre, il sortit les planchettes et les bandes de linges.

— À quoi cela va-t-il servir ?

— Jambe droite ou gauche ?

— Peu me chaut !

— C'est un moyen que j'ai inventé pour vous empêcher de fuir, au cas où nous serions encore retardés par les incertitudes de la route.

Il lui lia les attelles sur le membre droit, replaça *grosso modo* la perruque sur sa tête.

— Avant que je vous cloue le bec, n'avez-vous

rien à m'avouer qui pourrait améliorer nos relations ?

— Sans doute… S'il n'y a que cela pour vous agréer : je vous trouve fort sympathique, commissaire anonyme. J'aimerais volontiers vous donner satisfaction, puisque vous disposez des fonds nécessaires. Il nous suffirait de repasser par Casal…

— Inutile. Le service, vous me l'avez rendu – sauf erreur de ma part – à votre insu.

— Qu'est-ce à dire ? se troubla le félon en redressant la tête, preuve qu'il hâblait encore.

— Votre inquiétude soudaine vient de me le confirmer.

— C'est que… ma nature profonde est bilieuse.

— À force de trahir le monde, on finit par se trahir soi-même.

Géraud se dirigea vers l'étalon qui avait tendu la longe et tiré le col pour couper quelques brins d'herbe encore comestibles.

— Votre regard très mobile et expressif, Mattioli, vous a joué une entourloupe. Vous n'avez cessé de scruter autour de vous, tout en vous gavant comme un glouton.

— J'étais affamé.

— Seulement, sans y prendre garde, vous avez occulté un angle précis.

— Vous me la baillez belle : je ne mesure pas la portée de mes regards.

— Vos yeux ont évité la direction de votre brave monture qui me mènera jusqu'à la frontière sans vous. Sa présence semblait vous rassurer. Pourquoi, au départ à l'aube, ai-je conservé votre cheval plutôt que celui de Litorne ? Tout bonnement parce qu'il m'a paru plus résistant et parlait la langue. Ou peut-être est-ce l'instinct du policier.

Le comte poussif sembla se tasser telle une outre à moitié vide. Par la portière béante, il pouvait voir le Français flatter l'encolure de l'animal, puis, avec un coup d'œil en biais, se pencher pour détacher la boucle de sangle de la selle qu'il laissa penduler, de manière à la rattraper de l'autre côté.

— J'ai d'abord pensé à une cachette dans la matelassure de la selle. Ce matin, je l'ai examinée, n'y ai rien décelé. D'ailleurs, votre poids aurait fini par endommager les documents... Vous prenez grand soin de votre monture favorite, mon cher. Il est vrai que les blessures de frottement, au ventre et aux jointures, guérissent mal. Et cette large gaine de sangle en peau de mouton atténue les échauffements contre les membres antérieurs.

Géraud retira le fourreau de peau, glissa les doigts à l'intérieur avec un sourire ironique de grande satisfaction. Il en dégagea une enveloppe épaisse dans laquelle ne pouvaient se trouver que les messages cryptés, puis une seconde, pour les textes en clair sans doute.

— Je savais bien que ces précieux feuillets ne pouvaient être qu'à portée de votre main grassouillette ! Inutile donc d'aller se perdre à Casal.

Il empocha les paquets, sangla à nouveau le cheval, vint claquer la portière sur la mine déconfite de Mattioli et, plus léger qu'un écureuil, grimpa sur le siège du cocher.

— En route, mauvaise troupe !

Il n'était pas tiré d'affaire, Pignerol était encore loin, mais le plan ultime pouvait désormais, à tout instant et sans arrière-pensée, être mis en œuvre. Il se prit à chanter, mais déchanta vite et se tut : sa rengaine était française…

S'il voulait arriver à la citadelle avant la nuit, il ne fallait pas flâner. Il restait au moins seize lieues à parcourir dans une région qui pouvait se montrer hostile. Aussi, par sécurité, Géraud décida-t-il de modifier ses plans. Certes, un raccourci lui épargnerait une heure de voyage, à condition de ne pas se perdre dans le lacis de chemins inconnus, car il serait dans l'impossibilité de mendier sa route et le gaspillage de temps pouvait être conséquent et préjudiciable. Il fallait revenir à la solution du moindre risque et passer par Turin.

Les chevaux allaient bon train et prenaient plaisir à galoper. Mais la loi était-elle en Piémont comme chez nous, cette allure étant réservée aux diligences de poste transportant les courriers ? Ce n'était pas le moment d'être arrêté par les archers du cru ! Ainsi, dès que se pointait une silhouette quelconque à l'horizon, il ramenait son attelage au trot.

À présent, c'est avec le soleil qu'il faisait la course, soleil qui plongeait droit devant vers la courbe des collines plus vélocement que lui ne progressait. Ébloui, il rabattit son chapeau sur ses yeux et limita du même coup son champ de vision. Les cailloux, les ravines, les branches cassées ne lui apparaissaient qu'à l'instant de les éviter. Il devait rester concentré, tenir le milieu de la route le plus souvent possible, solliciter ses bêtes sur le plat, les ménager en côte. Avec Mattioli, il n'était pas question de passer une nouvelle nuit à la belle étoile. La précédente l'avait fatigué et échaudé, bien que désormais les dangers ne soient plus de même nature.

Lebayle avait hâte de livrer son encombrant passager. Mattioli avait sournoisement laissé entendre que des hommes à lui stationnaient à Turin. N'ayant pas de nouvelles, ils pouvaient se lancer à sa recherche et cette route était la première qu'ils contrôleraient. Ceux qui campaient à Casal pourraient couper par Asti et se trouver rapidement sur leurs talons. D'autres se posteraient aux carrefours stratégiques.

Pourtant, ralentissant son attelage, Géraud ne put s'interdire de se dresser contre le pare-bottes pour jeter un coup d'œil en arrière… Rien en vue, bien entendu.

Il estimait avoir parcouru cinq lieues quand la roue arrière droite heurta une grosse pierre. La voiture rua et craqua de toutes ses membrures en retombant lourdement au sol. Elle fit une embardée et reprit la ligne droite. Il fallait bien que ça arrive ! Le passager se plaignit du mauvais traitement. Géraud lui promit la fournaise de Satan avant le soir.

Le sang lui afflua à la tête. Par Dieu ! S'il avait cassé une suspension, c'était la catastrophe. Le fardier endommagé ne lui avait pas servi de leçon, même si le dramatique accident du coche n'avait pas quitté sa mémoire. Il épia les réactions de son véhicule qui ne dérivait pas, mais couinait comme une antique carriole surmenée. L'essieu avait souffert, c'était certain. Dès que le bas-côté le lui permit, il se rangea, sauta au sol, inquiet, agacé, examina la roue, les rayons, le moyeu, la barre d'essieu… aucun dégât apparent.

Circonspect, il se redressa, opéra un tour d'inspection complet, puis il saisit au mors le cheval porteur et fit avancer la voiture en surveillant, à reculons, le comportement de la roue abîmée. Elle ne semblait pas voilée. Seule cette plainte lancinante était un symptôme inquiétant.

Il vérifia encore le matériel et remarqua que les sangles de la suspension avaient bougé, empiétant sur la tête des rivets. C'était peut-être la cause du gémissement. Il fouilla dans la malle, trouva un pied-de-biche d'une coudée de longueur. Il s'escrima à remettre les pièces en place. Il sollicita au pas son attelage. Bien qu'atténué, le bruit continuait.

Géraud n'avait pas le choix.

Il vérifia que Mattioli ne préparait pas un tour à sa manière. Cette fois, le gros comte semblait résigné. Raison supplémentaire pour se méfier et vérifier ses liens. Tout semblait en ordre. Il ne lui adressa pas une parole et regagna sa place, relança ses bêtes au pas, l'oreille tendue. Un peu rassuré, il tenta le diable et demanda le trot… Toujours cette plainte, mais atténuée, il devait s'en accommoder et l'oublier.

Il croisa un carrosse peint en bleu et rouge, qu'accaparé par sa surveillance il n'avait pas vu survenir. Le meneur, en livrée noire parée des mêmes couleurs, le salua au passage. Il lui répondit en soulevant son chapeau. Il approchait de Turin et traversa Chieri sans incident. Pourvu que la mécanique tienne !

Si les sbires de Mattioli n'étaient pas à ses trousses, ceux des provinces limitrophes et des Espagnols étaient à la recherche de l'émissaire de Louis XIV : c'était une certitude.

Encore une longue ligne droite, un peu plus fréquentée. Il se tenait raide sur son banc pour afficher son assurance et sa fierté, à l'image des autochtones, lançait des interjections guillerettes quand on lui adressait quelques mots qu'il ne comprenait pas.

Au-delà des collines, se profilaient un massif transversal au sommet tonsuré, puis une barrière rocheuse arquée en croissant, derrière laquelle devait se dissimuler la ville. À l'aller, il en avait longé l'autre versant pour rallier Casal. En théorie, il devait la rejoindre un peu plus loin, s'il parvenait à franchir l'obstacle au pied duquel il arrivait. Les ombres s'étiraient, engluaient les combes, rafraîchissaient l'atmosphère. Le soleil n'était plus qu'à trois pouces des crêtes.

La côte, rampe peu sinueuse, même au pas, était roide, éprouvante. Seulement, il ne pouvait pas demander à son passager de descendre pour alléger et encore moins pousser ! Par chance, les chevaux se comportaient fort bien, ils appréciaient ce genre d'effort. La voiture ne se plaignait plus guère. Le croisement avec des charretées aux chargements improbables ou débordants incitaient à l'optimisme : le passage ne devait pas être aussi difficile qu'il y paraissait. Il poursuivit à la même allure.

Géraud ne mit pied à terre que dans une dernière bosse avant le col. Un replat… le soleil pâlissant avait repris de la hauteur et dévoilait Turin dans une vaste cuvette. La descente s'effectua dans les meilleures conditions.

Dernière épreuve déterminante : la traversée de la ville. Tout groupement d'individus pouvait receler un traquenard. À droite, il reconnut la grande artère : la *Corso Casale*, au long de la rivière ; s'en trouva vivement soulagé en tournant à l'opposé. Il n'était pas aisé de repérer à rebours un itinéraire qu'on n'avait emprunté qu'une seule fois (et sans tenir les guides), mais il avait visualisé quelques points caractéristiques qu'il espérait retrouver.

Il inséra sa voiture dans la populace des rues commerçantes du faubourg, joyeuse et insouciante, s'ingénia à ne rien accrocher au passage. D'autant qu'il halait le cheval de Mattioli. (Pourvu que celui-ci ne se manifeste pas !) Prudence : un cageau[38] de fruits renversé par mégarde et c'était l'esclandre ! Il n'avait même pas sur lui de monnaie italienne pour dédommager l'éventuel marchand lésé.

Que de manquements dans la préparation !

Il laissa passer les plus empressés et les portefaix. Ne surtout marquer aucune impatience… Sueur au front malgré la fraîcheur, il franchit l'affluent du Pô par le même pont encombré. Il lui fallait prendre une rue quelque part à gauche. Il tourna et comprit tout de suite qu'il avait bifurqué trop tôt, troublé par un rassemblement à trois cents pas qu'il voulut éviter… Toutefois, s'il pouvait contourner le quartier, il devait retrouver la rue parallèle à celle-ci… ce qu'il réalisa avec la

38. Ancienne orthographe de cageot, venant de cage (1467).

satisfaction de déboucher en face d'une maison de maître aux sculptures de fenêtres très reconnaissables.

Un peu de répit. Un marché couvert lui confirma plus loin qu'il était sur la bonne voie.

Il quitta la ville au soleil rougissant, voilé par des banderoles de nuages effilochés, et maintint de nouveau son attelage au trot.

Mieux valait surveiller le véhicule endommagé dont il vérifia encore l'état un peu plus loin. Peste ! Cette fois, le moyeu accusait une usure prématurée et un jeu important. Sur les neuf lieues qui restaient à parcourir, Géraud avait obligation de le ménager à l'extrême. Néanmoins, il se sentait déjà moins sur le qui-vive, comme en pays de connaissance, sans la hantise de s'égarer. Le soleil disparut rapidement derrière les contreforts. Ciel clair en sursis vite assombri par les nuées.

Mon cher Géraud, monologua-t-il, ce n'est pas le moment de mollifier ta vigilance !

Un village, un second, puis une autre route rejoignait celle-là en pointe pour lancer une dernière flèche, de deux lieues tout au plus.

À la sortie, deux hommes qui sortaient d'une grange, fourche en bois sur l'épaule, l'apostrophèrent. Il arrêta ses chevaux à moins de dix pas. Allait-il devoir passer en force. Ils réitérèrent leur demande. Il lui était impossible de leur répondre. Alors le danger décupla ses facultés. Il leur mima qu'il n'entendait pas et, lâchant quelques sons inarticulés, signifia qu'il ne pouvait non plus s'exprimer. Mais ce n'était pas suffisant pour écarter la suspicion de ces paysans italiens qui campaient au milieu du chemin au nez de ses chevaux. Nouvelle intuition en pensant à Mattioli qui n'avait pas bronché. Par gestes, Géraud indiqua qu'il transportait un malade qui avait la fièvre quarte et toussait abominablement.

Dans le doute, les deux hommes s'écartèrent. Il les remercia de la main, leur sourit béatement et relança son attelage. Long, long soupir de soulagement.

Deux lieues. La nuit s'imposait. Avait-il des lanternes ? Il s'arrêta hors de vue, fouilla sous le siège du cocher. Miracle ! Avec un briquet en bon état.

Il adressa une pensée à Clément le prévoyant. Géraud les alluma, accrocha un fanal à chaque angle avant, reprit les guides, les claqua sur les croupes. Il avait voulu l'ignorer, mais il entendit que la roue arrière souffrait : la voiture oscillait…

Encore un petit effort, que diable ! se dit-il.

Depuis les portes de la ville, il n'avait suspecté aucune menace. Les rodomontades de Mattioli n'étaient que de l'esbroufe ! Mais pourquoi Gênes, Parme, le Piémont n'intervenaient-ils pas ?

Le commissaire se rendit compte qu'il avait complètement oublié de jeter un regard à son prisonnier. Qu'importe si le goret s'oubliait sous lui, du moment qu'il le livrait sain et sauf à Monsieur de Saint-Marc.

Était-il possible d'avancer sur trois roues ? Certainement pas, hélas, même en faisant porter tout le poids sur le côté valide. Il ramena les chevaux au pas. Une lieue et demie. Si nécessaire, il transporterait le ventripotent sur son dos ou celui de son propre cheval. Il ne s'alarmait que pour conjurer le mauvais sort, il n'y avait pas péril en la demeure. Il en aurait presque été euphorique mais, d'expérience, Lebayle savait qu'à un pas du but, on n'est pas arrivé à destination.

Une lieue encore, à vue de nez… nuit presque noir. Sans heurts, sans à-coups. Il occupait le milieu de la chaussée, louvoyait, évitait la moindre embûche. L'attelage commençait à rechigner. Il le rappela à l'ordre. Les lumignons débusquaient des ombres difformes, des luisantes de feux follets fugaces. Bientôt, il n'y vit plus rien, le tunnel se resserrait autour de la voiture bringuebalante. Tout juste s'il distinguait le pâle ruban effrangé de la route. Enfin, la masse sombre des habitations incrustées dans le mont compact s'esquissa. Puis, les remparts, les tours, le fossé.

Il était à portée de voix.

Il avait réussi ! Presque trop facilement.

Il aborda le pont de pierre, se fit reconnaître à la poterne et ouvrir le portail. La voiture oscillante pénétra dans la citadelle, érafla le pilier de pierre. Les gardes proposèrent leur aide. Il leur confia Mattioli, recroquevillé et flageolant. Ils s'inquiétèrent de sa jambe fracturée.

— Aucun souci, Messieurs, les rassura-t-il, vous n'aurez pas à le trimarder telle une baleine échouée. Ce n'était qu'un moyen pour l'empêcher de me fausser compagnie.

Ils rirent et le libérèrent de ses attelles. Sa jambe se déroba, il se répandit comme un sac de son. Ils le relevèrent et le soutinrent, le charrièrent. Géraud leur recommanda de le boucler dans la geôle la plus sécurisée de la tour sous une surveillance permanente. Le roi exigeait de le recevoir vivant. Il se détendit enfin, il avait rempli sa partie du contrat.

Des palefreniers s'approchaient pour s'occuper des chevaux. Il se détourna afin de gagner la chambre qui lui était allouée. Lui aussi avait des jambes de faon.

À la dernière seconde, il vit une silhouette mince fondre sur lui, une panthère qui lui sauta à la gorge, le plaqua contre la portière, se pendit à son cou, en poussant de petits cris de chienne en chaleur, lui inondant le visage de... ses larmes, l'embrassa ici et là sur les joues, l'oreille, puis à pleine bouche goulue. Étouffé, submergé, il rameuta ses esprits épars, se dégagea à demi de cet assaut inattendu.

— Lisa... Lisa, un peu de pondération, la gronda-t-il gentiment quand il put s'exprimer.

— Je suis si heureuse de te retrouver. J'ai tant prié le Seigneur pour qu'il ne t'arrive rien. J'ai eu si peur, si peur...

— Moi aussi, Lisa... Moi aussi je suis heureux de te revoir.

Elle le serra encore, si fort qu'il ne parvint à s'en détacher et prit son mal en patience... un petit mal pour un grand bien... comme avait dit le duc de Guise quand Ambroise Paré s'apprêtait à lui extraire à la tenaille le fer de lance qui lui traversait la face et le crâne.

23

Aux premières heures décentes, Monsieur de Saint-Mars reçut le commissaire avec les honneurs dus à une personne de qualité. Il l'accueillit dans ses appartements et non dans son cabinet de la sinistre tour.

Le commandant de la prison était un homme solide, droit, sans embonpoint, n'accusant pas ses cinquante-quatre ans, grâce à un caractère d'airain lui permettant de traverser les épreuves sans broncher. Sous son ample perruque aux souples ondulations, les traits de son visage étaient cependant marqués autour d'une bouche mince et volontaire, un nez droit et fin sans aspérité. Ses prunelles noires enfoncées détaillaient et jugeaient ses interlocuteurs sans concession.

C'était sur la recommandation de d'Artagnan, son ancien capitaine, avec lequel il avait participé à l'arrestation de Nicolas Fouquet en 1661, qu'il avait obtenu, quatre ans plus tard, le commandement du donjon de Pignerol. Le retour de Mattioli dont l'évasion était restée secrète, comme beaucoup de choses en cette forteresse, était pour lui inespérée et un immense soulagement. Il l'avait laissé s'échapper, il en était responsable, il aurait pu y perdre son poste et compromettre sa carrière.

— Commissaire, votre acte de bravoure ne pourra, hélas, être porté au pinacle, comme il l'aurait mérité. La plus grande confidentialité devra régner sur cette prouesse pour laquelle je vous suis infiniment et sincèrement reconnaissant.

Du chef, Géraud salua Bénigne Dauvergne de Saint-Mars, précisant que son rôle auprès de Monsieur de La Reynie était précisément de ne pas s'exposer aux lumières de la renommée. Malgré tout, Lebayle ne s'attendait pas à un accueil aussi chaleureux de la part d'un militaire réputé austère et intransigeant, plutôt avare de compliments.

Une collation était servie sur une table ronde nappée de lin blanc, joliment brodé de fleurs rouges et roses.

Il fallait admettre que la cavale de Mattioli, quelque temps après son incarcération dans une des geôles hermétiques de la place forte, grâce à la complicité d'affidés infiltrés du gouvernement piémontais, allié de Gênes, Parme et Modène pour les provinces limitrophes, avait jeté le trouble sur les autorités françaises, trop isolées dans leur bastion.

Saint-Mars était d'ailleurs étonné que l'Italien ne se soit vanté de son tour de force et n'ait informé tous les souverains du pays. Sans doute s'était-il rendu compte que la conclusion de l'expérience précédente divulguée à la cantonade (la duperie du roi de France) n'avait pas vraiment tourné à son avantage.

— Monsieur le commissaire, vous me voyez dans la plus grande impatience d'entendre votre récit. Je n'escomptais pas un retour aussi prompt ni aussi favorable. Le satrape pourra vous bénir de lui avoir épargné une mort certaine. Sa Majesté sera enchantée d'apprendre cette heureuse conclusion. Une estafette tient le pied à l'étrier pour galoper jusqu'à Versailles, dès que je lui aurai confié un précieux message codé relatant l'événement. Mais quelques points demeurent obscurs, en ce qui concerne vos équipiers et les documents. S'il vous plaît de m'en révéler l'essentiel pour clore cet entretien.

Lebayle admirait le sang-froid du commandant qui ne s'était pas alerté ni inquiété plus tôt de ces éléments importants.

Géraud lui dévoila les grandes lignes de la trahison du chef du cabinet noir, serviteur de l'État, au-dessus de tout soupçon. Bien entendu, il avait alors déduit que l'agent double interceptait les messages royaux et transmettait à Mattioli les informations l'intéressant – et sans doute à d'autres ennemis du royaume, moyennant finances ! Il ne devait y figurer aucune allusion de la décision de Nicolas de La Reynie d'envoyer l'un de ses commissaires à la place d'un diplomate facile à berner, ou d'un militaire trop rigoureux dans sa manière d'agir. Néanmoins, en retour de bons services, Mattioli avait averti Litorne de son évasion et de ses projets. La visite de Lebayle au cabinet noir avait tout déclenché. Puis, il acheva son rapport par la riposte de Litorne et le meurtre de Clément.

— C'est un épilogue fort navrant ; preuve toutefois que cette guerre du renseignement a pris depuis quelque temps une nouvelle orientation et une inquiétante dimension.

Lebayle n'attendit pas que Saint-Mars revienne sur le dernier volet de sa question qui lui tenait très à cœur, car, sans son flair, on ne les aurait jamais retrouvés :

— En ce qui concerne les documents escamotés, rassurez-vous, Monsieur, l'espion les avait bien emportés, espérant pouvoir les troquer à Casal comme convenu. Seulement, le fat était un peu trop convaincu de son infaillibilité. Ainsi, j'ai quelque peu bouleversé ses plans en anticipant la rencontre, la situant en amont sur son itinéraire. Après maintes recherches infructueuses – il les avait habilement dissimulés –, j'ai pu en découvrir la cachette : le fourreau de protection de sa sangle de selle ; et les récupérer intacts. D'ailleurs, les voici.

De ses poches, il tira les enveloppes et les déposa sur la table. Saint-Mars les considéra avec satisfaction, se fendit d'un authentique sourire dont il n'avait guère l'habitude.

— Je crois, commissaire, que le roi n'aura qu'à se féliciter de vos services et qu'il aura grande hâte que vous lui contiez de vive voix toute l'aventure par le menu. Je vous réitère mes compliments et vous garantis que Mattioli n'est pas près de quitter ces murs épais, d'autant que nous avons pratiqué pendant son absence une petite épuration dans le personnel local dans l'espoir que ne se reproduise jamais un tel incident.

Il lui demanda quelques instants de patience. Il devait passer dans le cabinet attenant afin de parachever la missive au Roi, lui conseillant de se resservir à volonté café ou chocolat, selon ses goûts, et d'abuser de ces délicieuses pêches mûres (poêlées et passées à l'étuve une nuit, puis saupoudrées de sucre), de cette gelée de pomme et autres amandes à la praline.

Géraud profita de ces minutes de répit pour mettre un peu d'ordre dans ses idées. Sa mission s'achevait. Il allait pouvoir rentrer chez lui et conduire Lisa à la chènevière de ses parents, embrasser ceux-ci et s'octroyer un peu de bon temps au milieu de ses neveux et nièces… Lisa dont les débordements affectifs lors de son arrivée le laissaient pour le moins pantois.

On dit que le couvent, au lieu de les apaiser, exacerbe les pulsions refrénées et les déviances. Pourvu qu'il n'en soit pas ainsi, mais juste un élan spontané. Quoiqu'en y réfléchissant, il revoyait dans cette fougue la gamine farouche qu'il avait tirée des cayennes quand elle se prenait pour un corsaire et s'immisçait avec pertinence dans ses enquêtes. Elle avait la repartie facile et gouailleuse ; et surtout, Lisa n'avait pas froid aux yeux, quels que soient les circonstances et les dangers…

Il serait urgent de lui trouver un bon parti qu'elle ne dominerait pas trop par son vif esprit. Il repensa aussi à ses amis, Pistol et Muguette (autre amazone !) qui avaient, de façon inattendue, trouvé (plus que retrouvé) leur géniteur, ancien mousquetaire, lui aussi, agent de renseignement, sur lequel il aurait aimé en apprendre davantage. Quels liens avaient-ils réussi à nouer ? Il en saurait plus à son retour.

Saint-Mars revint à cet instant avec, au coin de la lèvre, une moue mi-figue mi-raisin vert qui ne devait pas avoir la saveur de ses merveilleux fruits confits.

— Je vous ai abandonné plus longtemps que prévu, Lebayle, veuillez m'en excuser. Un contretemps. Il m'a fallu retranscrire et réduire mes informations à destination de Sa Majesté, via Monsieur de Lamoignon et le lieutenant de police, à cause d'une mauvaise nouvelle qu'on m'apportait. Et qui vous intéresse quelque peu. La neige est tombée en abondance ces jours derniers, les cols de Montgenèvre et du Lautaret sont impraticables. Mon estafette, pourtant accoutumée à ces rigueurs hivernales, ne pourra pas passer. Une lueur d'espoir cependant se profile : le temps semble revenir à de meilleurs sentiments. Ainsi, j'ai pu confier mon courrier à un pigeon expérimenté qui parviendra à Grenoble plus rapidement qu'un cavalier aguerri. Géraud déglutit une salive amère.

— Ce qui signifie, en clair, Monsieur, à notre encontre ?

Saint-Mars Dauvergne eut un geste fataliste.

— Qu'il vous faudra vous reposer quelques jours de plus parmi nous. Rassurez-vous, vous ne manquerez de rien. Votre charmante protégée s'est parfaitement acclimatée à la situation ; et je dois vous féliciter encore de sa présence en nos murs austères. Elle se montre fort distrayante et d'une grande sociabilité. Elle enchante de distractions notre petite société privée. Mademoiselle Élisabeth est une salonnière en devenir de grand talent qui, à Paris dans le sillage de Madame de Rambouillet, rivalisera avec Mesdames de Lafayette, Ninon de Lenclos ou Marion de Lorme.

Mademoiselle Élisabeth ! Ahuri, Géraud ne répliqua pas. Aucun mot ne lui venait pour qualifier cette nouvelle facette de sa… pupille. Il se souciait davantage de la partie pratique de leur séjour prolongé par la force des choses.

— Combien de temps, selon vous, devrons-nous… patienter ?

Lebayle avait failli dire « trépigner », il se reprit à temps.

— Tout dépendra de l'épaisseur du manteau neigeux, de sa stabilité et si les vents ne se lèvent pas pour constituer des congères plus dures que la pierre. Toutefois, des fenêtres pourraient s'ouvrir aux voyageurs aguerris et pourvus d'un bon guide. Mieux vaut connaître la montagne et ne pas la défier inconsidérément.

Géraud serra les mâchoires. Saint-Mars le prenait à la légère, n'ayant pas d'intérêt personnel dans l'affaire, sinon profiter un peu plus de la distrayante mademoiselle Élisabeth.

Allait-il falloir se ronger les sangs jusqu'au printemps ? Pas question. Il devait exister un autre moyen de rallier la France ! C'est une partie de phrase de la réplique de Saint-Mars qui le tira de sa sombre songerie : « Toutefois, des fenêtres pourraient s'ouvrir aux voyageurs aguerris. » Le reste était accessoire.

Il se laissa conduire vers un coquet salon où discouraient trois jeunes femmes. D'abord l'épouse du gouverneur[39], à laquelle le commissaire présenta

39. Marie-Antoinette Colot, née en 1645, qui avait donc dix-neuf ans de moins que son mari.

ses hommages, puis une belle personne de trente ans environ, point trop en chair, au regard très doux entre ses longs cils, et enfin celle qui était assise de dos jusqu'à cet instant.

— Je pense que cette admirable demoiselle de compagnie qui nous a rejoints voilà deux semaines, ne vous est pas inconnue, commissaire.

Géraud salua Lisa… pardon, Mademoiselle Élisabeth. Il avait failli ne pas la reconnaître dans cette position, vêtue d'une robe très seyante couleur feuille-morte, ornée de fines dentelles, poudrée et du rose aux joues, coiffée de nœuds assortis qui relevaient ses cheveux bouclés au petit fer et dégageaient sa nuque.

Très fier, Saint-Mars lui désigna ensuite le nourrisson dans les bras de la rousseaute au bustier fort avantageux, une belle enseigne pour sa profession :

— Mon cadet André-Antonin, un an presque. Marthe, sa nourrice. Et voici mon aîné, issue d'une première union, Bénigne-Antoine, allant vers sa huitième année.

Le brunet, modèle réduit de son géniteur, en tout point n'était la perruque, salua le visiteur. Il attendit un signe de son père pour retourner à ses occupations ludiques, en l'occurrence un escadron d'archers en bois de cinq pouces de haut et des petits canons en fer qui permettaient de faire le siège d'un coffre à vêtements, placé dans un angle de la pièce.

— Je dois encore, hélas, vous quitter, reprit Saint-Mars, afin d'assurer les obligations de ma charge, mais s'il vous plaît de découvrir la cité avant le dîner, je vous recommande un guide hors pair en la personne de Mademoiselle Élisabeth.

— Avec plaisir, consentit Lebayle qui ne pouvait refuser la proposition.

Ils saluèrent Madame Dauvergne, enfilèrent des manteaux et se coiffèrent, l'une d'un large capuchon, l'autre de son feutre, enfilèrent des gants épais : si le ciel était limpide, régnait une froidure sèche.

Rieuse, Lisa prit le bras de Géraud et l'entraîna par les rues de la ville haute (les mieux exposées) où résidaient pour l'essentiel des Français. D'abord, ils marchèrent comme deux tourtereaux non révélés et intimidés qui ne savent par quoi entamer la conversation. Plus loin, Lisa décrivit quelques détails d'architecture sur un ton professoral, en répondant au bonjour des personnes qu'ils croisaient. Elle avait vite fait connaissance. Il est vrai que la population française était assez réduite.

Géraud, perplexe et amusé, ne reconnaissait plus son ancienne protégée, ainsi campée sur son quant-à-soi. Soit elle lui gardait un ressentiment de s'être absenté si longtemps, soit elle craignait son jugement à propos de son attitude de la veille au soir et les remontrances, qu'à froid, il pourrait lui adresser.

Il n'était pas temps de se quereller s'il fallait encore piaffer ici une semaine ou davantage dans l'attente que soit rouverte la route de la montagne. Et puis, le baiser aussi fougueux que maladroit lui laissait un souvenir pas si désagréable…

Ils s'arrêtèrent devant une façade à colonnades.

Indisposé par ce mutisme inhabituel, Géraud se décida à parler :

— Outre la courtoise estimation des Dauvergne de tantôt, on m'a fait beaucoup d'éloges à ton propos.

Naguère, elle aurait *illico* répliqué, écarquillant les yeux, frétillant sur place : « À quel sujet ? Raconte. Qu'a-t-on dit ? Qui est-ce ? » Elle se borna à tourner à demi dans sa direction son visage angélique.

— Se tailler une telle réputation de salonnière, dans une société aussi étriquée et repliée sur elle-même, poursuivit-il, c'est assez remarquable.

— Ah ! Tu as su ? Ce n'était pas très difficile. Il suffisait d'un peu d'amabilité et d'aborder d'autres sujets que ceux de leur vie quotidienne dans la citadelle. Tous s'ennuient à mourir et ne peuvent guère s'échapper dans les environs sans une escorte de gens de guerre, bardés d'armes cliquetantes. Aucune véritable liberté ni aucune intimité.

— Ils vivent en quelque sorte comme des assiégés.

— Je n'irai pas jusqu'à cette extrémité. Toutefois ils doivent se tenir en permanence sur leurs gardes ; et les femmes avec leurs enfants sont souvent confinées dans leurs appartements, ne pouvant correspondre que par des petits billets que transmettent les serviteurs…

— Bien terne vie de contraintes.

Lisa s'ébroua comme si le froid soleil la désengourdissait :

— Faisons abstraction de ces embûches.

Oserons-nous descendre nous aventurer dans la glauque ville basse ?

— J'en déduis que, téméraire, tu y as déjà mis les pieds… et sans hallebardiers.

— De ces petites gens de la glèbe, d'ouvriers et d'artisans besogneux, je connais leurs semblables et sais leur parler. Je suis née dans les bas-fonds, dois-je te le rappeler ? Et j'y serais encore s'il n'y avait pas eu une âme généreuse pour m'en arracher…

— Ne revenons pas sur ce lointain passé.

Ils se turent pour aborder les faux-bourgs, entassés à l'intérieur des remparts comme par un glissement de terrain. Des quartiers guenilleux aux ruelles tortueuses de cités gothiques[40], aux habitations constituées d'étages empilés, débordant davantage à chaque niveau, aux venelles d'à peine trois pieds de large et de galeries voûtées, aux enseignes rouillées des échoppes débordant de marchandises… Aucune voiture ne pouvait s'y engager. C'était un foisonnement de manouvriers, de semainiers, apprentis, commis et brouettiers, de harengères, de matrones, de lingères, de servantes, d'ouvriers travaillant à même le pavé et de gosses chamailleurs en essaims hurlants.

Lisa s'y sentait à son aise et comme en sécurité. Grâce à sa connaissance du latin, elle avait déjà assimilé le vocabulaire de base du patois local. Géraud avait cru qu'elle se morfondrait à l'attendre. En fait, elle avait profité de l'occasion pour

40. Terme utilisé avant que l'on adopte « médiéval » au XIXe siècle.

s'immerger dans cette société franche, bourrue mais solidaire où les mots ne se masquent pas de doubles ou triples sens.

— Détends-toi, mon commissaire, et lâche le pommeau de ton épée. C'est toi qui pourrais paraître suspect. Le bas peuple, même mêlé, n'est pas synonyme de racailles, assassins et ribaudes. Il possède peu mais il sait partager. Question de survie. Il est accueillant si on sait le respecter avec sincérité.

En son for intérieur, Géraud devait reconnaître que l'aristocratie, tout en apparence et faux semblants, n'avait rien à envier à la gueusaille, question corruption et sauvagerie. Mattioli en était le triste étendard. Une gamine d'une dizaine d'années se jeta au cou de Lisa, non pour lui dérober les bijoux qu'elle n'avait pas, mais l'embrasser et disparaître aussitôt.

D'un haussement de sourcils, Lebayle s'en étonna.

— La mère de la petite, expliqua Lisa, manquait de lait pour son nouveau-né. Celui d'une chèvre assure le complément indispensable. L'enfant se porte bien.

— Et tu en fus, je présume, la pourvoyeuse assidue.

— Ce n'était pas grand-chose pour moi et vital pour eux.

Ils descendirent vers une minuscule placette au centre de laquelle une margelle en pierre, polie par les frottements de nombreuses générations, indiquait la présence d'un puits protégé par une grille. Il avait été creusé dans le rocher il y a fort longtemps et permettait aux habitants de ne jamais manquer d'eau ni pendant les sécheresses ni par temps de grand gel.

Lui saisissant la main, elle le guida par un escalier étroit aux degrés disparates et un dédale obscur où ils croisèrent peu de monde jusqu'à une église, près de la porte de la cité.

— Elle date du XIVe siècle. M'y autoriseras-tu une petite prière ? mendia-t-elle, exagérant son irrésistible sourire de madone.

— Pourquoi te refuserais-je l'entrée de la maison de Dieu ?

— Il me semblait que tu ne t'y rendais guère.

Cette observation sidéra Lebayle qui la conduisit devant le portail avant de répondre.

— Guère ne veut pas dire jamais. Souvent, faute de disponibilité, on invoque le Seigneur où l'on peut. Le Ciel est au-dessus de nos têtes en tout lieu, n'est-ce pas ?

— Solution de facilité, mais je t'absous.

Ils entrèrent, traversèrent le chœur. À cette heure, il ne s'y trouvait que quelques silhouettes rabougries, recueillies, comme abandonnées de la dernière messe. Quelques cierges tentaient de repousser les ténèbres dans les recoins investis par la nuit éternelle du vieil édifice. Ils s'agenouillèrent au premier rang, sur des prie-Dieu inconfortables.

Lisa s'abîma aussitôt dans la prière, le front calé sur ses mains jointes. Profil de pureté… Géraud courba la tête, adressa un message d'assistance au Tout-Puissant et s'aperçut que, bien qu'imprégné de l'ambiance sacrée, il ne trouvait pas la tranquillité d'esprit nécessaire pour concentrer toutes ses pensées vers le royaume des Cieux.

Quoi qu'il fasse, où qu'il soit, sa conscience professionnelle de policier maintenait une partie de ses sens en circum-surveillance. Même dans un édifice religieux. Tel le lièvre, il ne parvenait pas à une complète abolition de son système de guet intérieur. Une raison était évidente. Il avait été trahi plusieurs fois dans une église : par la fille Monvoisin ou par Guibourg le prêtre sataniste, par exemple. Du coup, il ne parvenait plus à se reposer dans un havre dit de paix.

Il jeta un regard de côté vers Lisa. Devait-il se féliciter de voir ce que la sauvageonne était devenue ? Il se réjouissait de cette réussite spectaculaire, mais surtout il comprenait qu'il était attaché à cette fille, sans parvenir à préciser de quelle façon. La relation lui paraissait plus simple autrefois quand elle était une petite fille délurée. Il ne pouvait que la protéger. À présent, il se sentait gauche, parce qu'il n'avait plus à apprécier la même personne à tous points de vue. Élisabeth se substituait peu à peu à Lisa. En vérité, il la connaissait à peine.

La jeune femme priait avec dévotion. Ses lèvres, d'un rose soutenu, laissaient échapper un doux chuchotis. Géraud ferma les yeux pour s'isoler, mais les murmures de Lisa en devinrent alors presque audibles. Une mélopée dans laquelle il reconnut des mots et les intonations qu'il aurait pu attribuer à sa propre mère. Puis d'autres mots s'y mêlèrent, des phrases du quotidien et des suppliques : « Seigneur, faites qu'il m'entende, qu'il me comprenne. » De qui parlait-elle ? Se savait-elle écoutée ? Les notes, les sons s'élevaient vers la voûte, clairs, sans équivoque : « Faites qu'il me considère. » « Ma dette est immense, ma vie n'y suffira pas. » Elle entremêlait psaumes et vieux dictons : « Vierge Marie, protège ton fils, protège tous tes fils et tes filles... Et toi, grand cœur, aide-toi, je ne demande rien, rien que partager *l'essentiel.* »

Plus il réfutait son indiscrétion, plus il écoutait ces paroles envoûtantes. Qui était-elle ? Elle semblait si précieuse aux yeux de la jeune fille... Ce léger pincement au cœur, était-ce une pointe de jalousie ?

Géraud ouvrit les yeux. La voix se tut et pourtant, il voyait bouger les lèvres de Lisa. Avait-il rêvé ses implorations ? Qu'avait-il entendu ? Son indiscrétion le mortifiait. N'avait-il pas tout imaginé ? En quoi cela le regardait-il ?

Élisabeth inspira profondément, releva la tête, émergea, évaporée, joliment nimbée de la lumière diffuse des cierges. Elle se signa. Puis, elle le considéra, souriante, apaisée. Son esprit flottait ailleurs, baigné par les couleurs des vitraux. Elle lui mit la main sur le bras pour lui signifier qu'elle en avait terminé. Il l'aida à se relever, lui apposa à son tour une main légère sur l'épaule et, s'accordant à son pas, l'orienta vers la porte.

Le jour éclatant du zénith les éblouit. Ils marquèrent le pas sur le court parvis, puis se dirigèrent vers le château. Elle chercha sa main, la serra. Il crut reconnaître celle de la petite indocile qui, du pouce, lui grattouillait la paume, mais la poigne était plus franche et douce à la fois. Elle se laissa un peu haler, flottant encore dans les limbes de ses ardentes prières.

— Es-tu satisfait du bilan de ta mission ?

La question incongrue le surprit. Que pouvait-il répondre ?

— J'ai fait le nécessaire pour satisfaire Sa Majesté.

Elle comprit qu'il n'en révélerait pas davantage. Elle dévia :

— Devras-tu toujours exposer ainsi ta vie ?

— Je risque moins qu'un soldat ou même qu'un matelot, un charpentier. On ne choisit pas de son plein gré les enjeux d'une profession. Quelquefois, c'est par aventure ou opportunité et l'on ne peut s'en dégager. Vois-tu, je n'avais aucun goût pour les travaux de la ferme, aussi respectables soient-ils. Sans réfléchir, j'ai attrapé au vol cette chance qui passait comme une hirondelle, qui me hissait au-dessus de ma condition, m'émancipait et m'offrait une certaine indépendance. C'est un tourbillon, une ivresse. Seulement, il y a toujours un revers à la médaille, un prix à payer. C'est comme cela.

— À combien estimes-tu le prix de ton sacerdoce ?

À quoi rimait cette conversation dont la finalité lui échappait ?

— J'aime ce métier, parce que je hais l'injustice. L'arbitraire m'insupporte. C'est un honneur de servir le plus grand roi du monde... et de porter modestement assistance à ses sujets quels qu'ils soient.

Lisa comprit l'allusion.

— Excuse-moi, je ne voulais en aucune façon te froisser. Je sais trop ce que je te dois…

— Tu ne me dois rien, Lisa. On ne peut être redevable d'un présent fait de bon cœur.

Elle ne répliqua pas. Ils arrivaient chez les Dauvergne. Elle l'arrêta devant la porte flanquée de deux sentinelles.

— Assisteras-tu, ce soir, à la conférence privée que je donne devant les gens du château et qui s'organisera en deux volets : « Du caprice des femmes » et « Pourquoi les hommes sont-ils plus enclins au vice qu'à la vertu ? »

— Tu me parlais de dangers. Voilà des sujets fort périlleux pour la réputation d'une jeune fille.

— Les précédentes ne l'étaient pas moins et elles ont été très appréciées. D'ailleurs, je n'innove pas ; je me retranche, en toute humilité, derrière leur auteur qui les expérimenta en son temps : le grand Théophraste Renaudot.

Géraud, ami d'Isaac, petit-fils héritier de la *Galette*, ne pouvait qu'être sensible à cet argument.

— C'est une sérieuse référence. J'y assisterai donc avec plaisir et curiosité. À présent, n'indisposons pas nos hôtes par un retard excessif.

24

— Bigre ! Vous en personne, Monsieur le lieutenant de la police parisienne ? Je ne vous attendais pas de sitôt, cependant soyez le bienvenu dans mon humble domaine réservé.

— Je passais par là à cause d'un certain jeune... pensionnaire, issu de notre belle aristocratie, quelque peu turbulente, qu'il faut ramener avec fermeté à la raison, ainsi que pour l'interrogatoire d'une femme qui semblerait avoir perdu la tête, ce qui reste à démontrer.

Les portes se refermèrent sur ses talons, assurant la discrétion absolue de l'entretien.

— L'esclandre est un moyen efficace pour ne pas être totalement oublié, observa ironique l'ancien mousquetaire.

— C'est hélas la vérité. Les personnes trop raisonnables, prises dans la tourmente à leur corps défendant, passent parfois du statut de prévenu à celui de victime immémorée.

— Je ne le sais que trop.

— Martelin, j'ai fait diligence. Votre dossier cousu à mon rapport en votre faveur se trouve sur la table de travail du Roi, et en bonne place sur le dessus de la pile. Je me suis arrangé pour qu'il conserve cette position et ne puisse glisser vers les strates inférieures. Sans trop m'avancer, je puis affirmer que votre réhabilitation est en… imminente.

— Je vous remercie, Monsieur, de vous être penché sur mon cas. « Mieux vaut tard que jamais. » Grâce à votre pugnacité, deux grands enfants ont retrouvé un père, et celui-ci une raison de vivre.

— Je n'ai demandé que l'amendement d'une flagrante injustice… Vous intégrerez bientôt la place qui vous est due. Je veillerai à ce que rien n'y fasse défaut. Vous avez d'excellentes compétences dont nous avons besoin.

— Que voulez-vous dire, Monsieur ? s'amusa Martelin. Vous me semblez prendre des risques considérables en me suggérant une embauche. De quelle façon, dans cet état proche de celui du regretté Scarron – sans en avoir ni la verve ni l'esprit – pourrais-je encore être utile au royaume ? Mon poignet est plus rouillé que mon épée.

— Ne soyez pas trop modeste. Vous avez élaboré un système de renseignements unique et insoupçonné puisque concocté dans la pénombre, sans bruit ni éclat. Le Roi me l'a dit. Il aimerait vous rencontrer de manière à en discuter.

Martelin tortilla un sourire de gargouille sous sa moustache grise :

— Sa Majesté ne pouvant décemment paraître ici, cela induit qu'il me faudrait aller vers elle. Je ne voudrais en aucun cas être désobligeant et la décevoir, cependant, cette entreprise exige du temps et de l'ingéniosité pour être organisée dans le plus parfait *incognito*.

— Nous avons le temps de mettre en place un

protocole inédit… Revenons à nos moutons. Depuis que j'ai découvert fortuitement votre présence incongrue en ces murs, je me suis demandé comment il se pouvait qu'on ait pu perdre votre trace. Vous n'ignorez pas que chaque individu entré à la Bastille, bénéficie d'un suivi constant très sérieux, soit pour sa surveillance s'il se révèle dangereux, soit en vue de son élargissement, quelles que soient les fautes commises. Des courriers sont échangés au quotidien entre le gouverneur de ce château et les ministres concernés, en particulier Messieurs Colbert, Louvois… et moi-même ; et en d'autres époques, Messieurs Le Tellier, de Besmaux[41], de Seignelay, Monsieur Hugues de Lionne, Messieurs de Brienne, père et fils, pour ne citer que les principaux.

Monsieur de La Reynie rapprocha sa chaise de celle, roulante, de l'invalide comme pour un aparté, le fixa droit dans les yeux :

— Vous avez eu la malchance d'avoir été impliqué dans une affaire d'espionnage d'État d'une importance capitale et victime d'un concours de circonstances dramatiques, où vous fûtes balayé comme un fétu de paille. La condamnation des deux véritables responsables a coupé, en même temps que leurs têtes, le cordon qui vous reliait à l'administration de ce château. Une main vengeresse aurait-elle écarté votre dossier ? Nous ne le saurons jamais. Deux événements ont précipité votre effacement de la mémoire des greffiers : votre

41. François de Montlesun, seigneur de Besmaux, gouverneur de la Bastille de 1658 à 1697.

maladie qui vous a empêché de protester avec vigueur et le décès du cardinal de Mazarin.

— Nous ne récrirons pas l'Histoire, Monsieur. Qui sait ce qu'il se serait passé si l'on s'était occupé de cet enseigne des mousquetaires aux missions un peu obscures ? Mes ennemis acharnés d'alors auraient sans doute réussi à m'approcher et à m'occire pour m'empêcher de révéler tout ce que je savais à leur sujet. Oui, j'étais trop bien informé sur de hauts personnages de l'État…

— Seul Dieu sait ce qu'il en fut réellement… Parlons de demain. Vous n'ignorez pas que le commissaire Lebayle se trouve depuis trois bonnes semaines par-delà nos frontières en service commandé. À cette heure, nous sommes sans nouvelles de la progression de cette affaire. Ce n'est pas encore inquiétant, puisqu'il doit garder le silence. Un échec aurait déjà engendré une réplique… explosive depuis l'étranger.

Il se leva, alla jusqu'à la fenêtre, jeta un regard circulaire à l'extérieur, se retourna :

— Simple curiosité de ma part, je n'avais jamais apprécié la vue sur Paris depuis cette hauteur. Vous devez avoir le soleil une bonne partie de la journée. Je me demande si je ne devrais pas installer mon cabinet à la Bastille. L'atmosphère du Grand Châtelet est pesante et mon autre bureau, hors ses murs humides, trop exigus.

— Je vous céderais volontiers cette chambre, Monsieur.

Ils rirent de bon cœur et le lieutenant relança :

— D'autre part, nous savons que votre fils Pascal est parti pour quelque temps dans le Languedoc.

Vous n'ignorez pas que la guerre des poisons est loin d'être résolue. La Chambre ardente tente de démêler ce brouillamini (bien qu'elle soit suspendue depuis le 30 septembre, mais elle reprendra bientôt), en instruisant, en priorité, les procès des principaux responsables afin d'empêcher un embrasement. Tous les protagonistes ne sont pas mis hors d'état de nuire. Tant s'en faut. Chaque jour nous révèle son lot de scandales. Nous ne sommes pas au bout de nos peines et tous nos effectifs sont mobilisés.

Il prit une courte inspiration et enchaîna :

— Voilà donc notre souci : nous aurions besoin de constituer une équipe réduite et expérimentée qui puisse aller se poster sans être remarquée, en soutien au commissaire Lebayle aux limites du territoire, une phalange de quelques unités qui devra se tenir prête à relayer notre agent depuis le Piémont.

Sans le montrer, l'invalide s'impatientait des circonvolutions du chef de la police. Il trancha, non sans une goutte d'ironie :

— Ne s'agirait-il pas du scandale Mattioli ?

— Martelin, vous êtes redoutable. Et, par cette réplique, vous venez de vous rendre indispensable.

— Un faux pas et nous risquons la guerre avec l'Espagne et ses alliés, n'est-ce pas ?

— Oui, c'est à craindre. C'est pourquoi, nous avons besoin de personnes compétentes, non militaires et inconnues de nos adversaires.

— Je vous entends... Si vous consentez à me confier les grandes lignes de la stratégie envisagée, je pourrai vous donner mon humble avis et vous trouver ces... perles rares.

— Je n'en demande pas davantage. Je crois que nous allons nous entendre, Martelin.

— Monsieur le lieutenant de police, vous m'en voyez ravi. Je suis à votre disposition. En attendant, auriez-vous quelque chose à opposer à un vin de Bourgogne ?

*
**

Une journée morne, sous un ciel en rase-mottes, chargé d'un camaïeu de cumulonimbus renfrognés, alanguis sur les sommets et balayés par un vent tenace qui limitait les possibles excursions. Géraud rentrait transi après une promenade solitaire d'une heure et demie. Il alla directement à sa chambre, chercha un dérivatif dans la lecture d'un ouvrage de Jean Regnauld de Segrais, *Nouvelles Françaises*, s'en évada par des songeries maussades, y revint pour se laisser porter par l'imagination de l'auteur. Il s'agissait de récits authentiques qui se déroulaient en Roussillon et en Angleterre pendant la Fronde, et tenaient du roman.

Puis, le souvenir de la conférence d'Élisabeth le happa. Elle lui avait causé d'emblée forte impression. Attrayante et surprenante, grâce aussi à la participation active des auditeurs. Elle avait orchestré un débat animé d'une façon magistrale. C'était une autre femme, à l'opposé de l'attitude qu'elle avait eue le matin même. Lisa lui avait alors paru indécise, hésitante. Le soir, elle s'était métamorphosée en Elisabeth. C'était surprenant… et déroutant ?

Deuxième journée non moins venteuse. Pluvieuse

en sus, l'après-dîner ! Des trombes d'eau. Impossible de mettre le nez dehors. Du même coup, il ne gelait plus. Avantage ?

Le commissaire désœuvré avait accepté de tenir compagnie à Lisa (il ne s'habituait pas à son nouveau prénom) dans la bibliothèque de Saint-Mars. Il y consulta des manuels agrémentés de gravures sur les fortifications en tout genre et la chirurgie au siècle passé (Ambroise Paré, Vésale, Paracelse, Jacques Guillemeau...), pendant qu'elle déchiffrait par passion des ouvrages anciens.

À la lueur permanente des lampes à huile, le temps leur parut long jusqu'au souper. Le vent hurlait, pis qu'une meute de loups à la pleine lune ! Il fallait prendre son mal en patience. Aux cols, la neige fondait-elle ?

Troisième journée semblable aux précédentes. Le vent sifflait sans discontinuer dans les huisseries mal jointes. Toutefois la pluie cessa d'un coup, à midi. Trève ? Comment des gens pouvaient-ils demeurer en poste à Pignerol des mois et des années dans ces sinistres conditions ? Quant à l'état des routes, ce n'était guère encourageant : aucune amélioration ; trois pouces de neige étaient même tombés sur les cols. Géraud se sentait prisonnier.

Lisa, très attentionnée, tenta de le distraire bien qu'elle ait aussi grande hâte de rentrer à Paris. On usait le temps à des riens de plus en plus insignifiants. L'atmosphère de la forteresse était oppressante entre les militaires et les autochtones, même si tout semblait calme.

Renseignements pris auprès de Saint-Mars, Mattioli se tenait tranquille dans sa geôle de la tour où il ne manquait de rien. Il n'esquissa pas même une tentative d'évasion. Géraud ne souhaita pas le visiter. Pour lui, sa mission était achevée.

Quatrième jour, sans pluie, sans vent, mais glacial avec, au petit matin, un paysage molletonné d'une feutrine blanche. Saint-Mars reçut Lebayle dans son cabinet. Il attendait le retour du courrier de Versailles via les pigeons du chef de la police et de Monsieur de Lamoignon, si ceux-là pouvaient voler… et arriver à destination.

Un montagnard téméraire était parvenu à franchir le col du Montgenèvre avec ses mules. Mais il fallait être aguerri et aussi résistant qu'un ours. Il n'avait aperçu que des loups, avait abattu deux téméraires, et entendu siffler des marmottes. En France, rapportait-il, il pleuvait sans excès et l'on pouvait encore circuler au pas, ne serait-ce la boue.

Géraud voulut se rendre compte par lui-même de l'état réel de la route de Briançon. Après le dîner, il sella son cheval. Lisa, passant par l'écurie, lui souhaita une bonne excursion… Y avait-il une note d'ironie dans l'intonation ? Aurait-elle souhaité l'accompagner ? Non, elle appréciait davantage la compagnie des livres que de claquer des dents et se geler les extrémités en selle. Pourtant elle lui avait confessé qu'elle avait pris pendant son absence quelques leçons avec le maître écuyer. Il l'en avait félicité : ce n'était jamais inutile de bien savoir chevaucher. Il lui assura qu'il serait de retour avant deux heures. Elle lui adressa un signe de la main quand il franchit le portail.

Que voulait lui signifier Lisa par son attitude ? Ce n'était certainement pas anodin. Il sentait qu'elle lui faisait des cachotteries. Il regrettait le temps où elle disait spontanément les choses telles qu'elle les pensait. Sans fioritures. Il remit la question à plus tard.

Si la petite route passant par Sauze d'Oux, empruntée à l'aller, n'était pas viable, il envisageait le détour par Turin et la grande vallée, ce qui doublait presque la distance, mais n'éliminait pas pour autant les insurmontables difficultés du col. Il aborda la montée, un peu glissante dès que la pente s'accentua, surtout dans les courbes dépourvues de végétation.

Géraud avait confié son souci et sa hâte au gouverneur. Une autre solution était envisageable, en deux volets. Ils pouvaient descendre sur Cuneo et tenter de rallier Gap, bien que plus au sud, le col de la Madeleine se trouvait à plus haute altitude que celui du Montgenèvre. Et l'on ne savait rien de son état. Le dernier recours était de prolonger tout droit jusqu'à Menton (malgré le col de Tende qui avait une chance d'être praticable). C'était un long périple qui offrait cependant le double avantage de bénéficier du climat méditerranéen plus indulgent et de les amener plus tôt en France.

En haut de la côte et à la sortie de la forêt dense, le terrain semblait plus praticable. Géraud insista donc et poussa son cheval à un trot enlevé, puis un petit galop dans les parties faiblement descendantes. Il décida d'aller jusqu'à l'auberge où l'on s'était arrêté en espérant recueillir l'opinion avisée du maître des lieux, même si cette excursion solitaire devait prendre plus de temps que signifié à Lisa. Après tout, il n'avait de comptes à rendre à personne. Il pouvait encore rentrer avant la nuit s'il ne rencontrait pas plus d'embûches. Il força l'allure. Par endroits, le givre avait disparu.

Il y avait longtemps qu'il n'avait pas caracolé de la sorte, sans contraintes et l'esprit libre. Sa monture était du même avis et ne rechigna pas à un effort soutenu. Par prudence, il ralentissait dans les passages délicats pour réattaquer de plus belle sur le plat. Il se faisait plaisir. Le vent de la liberté lui redonnait du cœur.

Géraud avait réussi à occulter ses tracas. Il s'aérait la tête autant qu'il dérouillait ses muscles et ses articulations. Il avait besoin de cette activité intense pour se sentir en pleine possession de ses moyens. Et il respirait !

Il atteignit son objectif dans des délais raisonnables. Sandro l'aubergiste l'accueillit avec chaleur, l'invita à se désaltérer et se restaurer. Il répondit aussi à ses attentes et le renseigna, sans lui cacher que le col était pour le moment impraticable. Il valait mieux ne pas s'y aventurer, même accompagné d'un de ses gars. Cependant la neige n'était pas très épaisse et un radoucissement pouvait faciliter le passage à des voyageurs entreprenants. D'ailleurs, d'après son expérience et l'étude du ciel, une brève éclaircie de deux ou trois jours devrait se profiler pour la fin de la semaine, opportunité qu'il faudrait saisir. Sur cette bonne nouvelle, Géraud remercia son hôte et reprit aussitôt la route en sens inverse.

Au passage, il entraperçut au coin de la grange la si délurée fille aînée de la maison qui lui adressa des signes étranges. Sur le moment, il ne sut pas les interpréter. Le conviait-elle à l'écart pour de nouvelles caresses ? Ce ne pouvait être autre chose. Il y renonça : trop de risques en plein jour. Dix personnes au moins circulaient dans les parages et pouvaient survenir à tout instant.

Cinquième jour. Géraud se leva aux aurores, ouvrit sa fenêtre et interrogea le ciel. Il frémit en emplissant ses poumons d'un froid sec et mordant. Les étoiles pailletaient encore le firmament dégagé, Grande Ourse, Cassiopée, Andromède et les autres (qu'il ne connaissait pas). Était-ce la bonne nouvelle espérée ?

Il se couvrit chaudement et sortit, tressaillant à nouveau. Le givre crissait sous ses semelles. Il traversa l'avant-cour, franchit le portail, descendit la rue déserte. À présent, il était familiarisé avec les méandres de la cité. Il leva le nez vers les enseignes qui n'avaient rien à envier à celles de Paris, désormais réglementées par la loi. Vétustes, démesurées, de bois, de métal ou de terre cuite, elles empiétaient de chaque côté sur un tiers de la rue. Certaines étaient si basses dans les ruelles que les hommes de plus de six pieds devaient courber l'échine pour ne pas ramasser, tous les dix pas, leur couvre-chef dans la boue.

Il visita la ville haute, scruta les quatre points cardinaux depuis l'encorbellement prolongeant le parvis de l'église. L'est roussissait derrière le décor d'encre violacée. À l'opposé, la lune discrète s'éclipsait sur la pointe de son dernier quartier.

S'il fallait en croire l'expérimenté Sandro – qui n'avait aucun intérêt à le leurrer –, les intempéries devraient s'accorder une brève accalmie… laissant régner la froidure. Était-ce un moindre mal ? Le pâle soleil qui n'avait plus le ressort nécessaire pour se hisser au zénith, sera-t-il en mesure de la repousser durant le jour ? Et de rendre possible le franchissement du col du Montgenèvre ? C'était leur dernière chance avant l'hiver, mais il lui fallait solliciter d'autres avis afin de ne pas risquer inutilement leurs vies.

Dans trois jours au plus tard, Géraud devait prendre sa décision : tenter de rallier Briançon ou contourner le massif alpin par le sud. D'ailleurs, il commençait à se demander s'il n'aurait pas dû adopter cette solution dès la fermeture du col. Malgré le large détour, ils seraient déjà remontés à la latitude de cette ville en atteignant Valence.

Ingrate expectative… Une seule certitude : ils ne resteraient pas davantage à Pignerol.

Pourquoi avait-il fallu que Mattioli impose son chantage en cette saison ?

Était-ce fortuit ou calculé ? Pourtant, cela ne lui avait pas porté chance, grâce à l'astucieux commissaire qui avait pour devise : « L'initiative en contrepied est souvent la meilleure des ripostes. » L'infâme était sous les verrous et cette fois pour de longues années, si l'on pense aux seize ans que Nicolas Fouquet avait passés au donjon où il décéda, et à Lauzun[42], engeôlé depuis 1671 ! Dix ans révolus l'an prochain ! Il faut une santé à toute épreuve pour survivre à Pignerol ! Si le Roi n'a

42. Antonin Nompart de Caumont, duc de Lauzun, ancien favori du roi qui sera libéré en 1681.

jamais pardonné à ces deux-là, il ne pardonnera pas davantage à l'Italien.

Géraud dirigea ses pas vers la taverne la plus fréquentable dans l'idée d'y déjeuner. Courtois, Saint-Mars était un hôte taciturne mais irréprochable… bien que très secret. En quatre jours, ils avaient épuisé les sujets de conversation ordinaires et ils ne se connaissaient pas assez pour aborder des thèmes plus intimes. Inutile d'indisposer le gouverneur par une maladresse.

Il est vrai que la mission de celui-ci n'était pas des plus euphorisantes. Diriger la Bastille, passe encore[43], la vie parisienne est à portée de main, il suffit de franchir le pont-levis, et Versailles est à un saut de cheval. Mais à Pignerol, minuscule fief, enclavé entre des massifs hostiles, coincé entre des territoires étrangers aux populations inamicales, grand bien lui fasse. Lebayle préférait aux honneurs sa liberté… intermittente !

Par quatre marches, il descendit dans la salle basse aux poutres ventrues, sous lesquelles les plus grands baissaient la tête. Dans leur majorité, les Piémontais semblaient plus petits que les Français. Ceci expliquait sans doute cela.

Il s'assit à une table carrée, près de la cheminée, face à la porte, à sa bonne habitude, décrocha son fourreau et le posa sur le banc. Le décor était sommaire. Il observa la clientèle réduite, commanda

43. Après avoir été nommé à Exilles (1681-87), aux îles Sainte-Marguerite et de Lérins (1687-1689), il dirigera la Bastille de 1698 à sa mort en 1708, à l'âge de 82 ans.

un vin brûlé[44]. Trois hommes seulement et le tavernier, ce n'en était que mieux. Il étira ses jambes, ôta son chapeau, s'ébroua, se décontracta… pas très longtemps !

À travers les vitres embuées et de médiocre qualité de l'unique fenêtre donnant sur la rue pentue, il aperçut une silhouette qui ne lui sembla pas inconnue ! Hallucination ou simple ressemblance ? Elle s'évanouit, puis reparut. Réalité brutale quand la porte branlante s'écarta. Lisa !

Son regard balaya la salle, puis elle se dirigea droit vers Géraud, la pupille malicieuse, une fossette à la commissure gauche, s'arrêta à trois pas :

— Il fait meilleur ici, n'est-ce pas ? Bien le bonjour, mon cher Pygmalion.

Lebayle ne sut comment interpréter cette dénomination. Cette intrusion l'irritait.

— Qu'est-ce qui t'amène ici de si bonne heure ? ne put-il s'interdire de demander en modulant un peu son intonation cassante.

Il allait ajouter « ce n'est pas la place d'une jeune fille » et se ravisa.

— Puis-je m'asseoir ? s'enquit-elle, le poing sur la hanche.

Le masque figé, il l'y invita d'un geste un peu brusque.

Elle ôta sa capuche sans se décoiffer, s'ébroua et se posa avec grâce en face de lui :

— En ton absence, crois-tu que je sois restée cloîtrée comme une nonnette ? Voilà trois semaines

44. Vin chaud (qui existe depuis l'Antiquité).

que je tourne en rond dans cette arène fortifiée, et surtout en carré, me heurtant sans cesse aux angles des murs grossiers.

— Je le conçois, Lisa. Sans être idéale, la vie eut été moins austère à Briançon où, sur les ordres de Monsieur de La Reynie, tu devais m'attendre.

— Idéale ? N'oublie pas que sans toi, je suis seule au monde et que je ne sais à quel saint me vouer ni à quel humain me référer… en toute sérénité, veux-je dire.

— Tu as assez de grâce et d'aisance en société pour te créer des amitiés dans quelque milieu que tu évolues. La preuve en est tes passionnantes conférences.

— Elles t'ont plu ?

— Ne te l'ai-je pas dit ? Mais il est des gens plus instruits et avisés que moi pour les apprécier à leur juste valeur.

— Ce n'est point la même chose… Laquelle des deux as-tu préférée ?

— La seconde.

— Et le thème ? « Pourquoi personne n'est content de sa condition » ou bien « De la petite fille velue que l'on montre dans cette ville » ?

— La première qui s'est poursuivie à l'impromptu en fin de séance par « De la sympathie et de l'antipathie »[45].

— Me permets-tu de goûter à ce breuvage qui m'est inconnu ? Tu constateras qu'en ton absence je suis restée malgré tout sage et raisonnable.

45. Sujets tirés encore des célèbres conférences de Théophraste Renaudot.

— Je ne peux que te croire.

Radouci, Géraud l'y invita d'un geste plus rond que le premier. Elle saisit son gobelet ébréché comme une relique – puisqu'il n'y en avait qu'un sur la table – y trempa les lèvres, sans le quitter des yeux. Elle parut agréablement surprise et dégusta une longue lampée qui accentua *illico* le vermillon de ses pommettes, à moins que ce ne soit la chaleur du lieu.

— C'est délicieux, épicé et sucré ainsi préparé, supérieur à maints vins clairets.

— Je te le concède, mais sournois aussi. Il ne faut pas en abuser. Ses vapeurs montent aisément à la tête et font vite déparler.

— Tu m'inspires un sujet de conférence, intéressant à plusieurs titres, *In vino veritas*, mais je manque de compétences dans ce domaine. Il faudrait que tu me secondes. Y consentiras-tu ?

— Pourquoi pas ? Bien que j'aie rarement abusé de la boisson, sinon dans quelques occasions exceptionnelles.

Elle vida le godet et le lui rendit. Il fit signe au tenancier d'en apporter deux autres.

— Pourquoi m'as-tu suivi, Lisa ?

— Parce que je n'arrivais plus à dormir.

— Ce n'est pas une raison suffisante pour s'arracher à la douce chaleur d'une courtepointe et se jeter dans la froidure.

— Je t'ai entendu te lever et, je le confesse, j'ai craint que tu ne repartes subrepticement en mission secrète… ou ailleurs.

Elle avait l'oreille fine, car leurs chambres n'étaient pas contiguës.

— Et quand bien même ! Je me dois d'obéir aux ordres de Monsieur de La Reynie. Tu n'es concernée en rien dans ce domaine.

— Je ne le conçois pas autrement.

« Les messages parviendraient-ils de nouveau à Pignerol ? » se demanda-t-elle.

Il avala une brève lampée.

— Et me refuserais-tu le droit de vaquer où bon me semble ?

— Loin de moi cette idée ! De quelle autorité le ferais-je ? Géraud, je ne peux plus rester seule dans cette prison sinistre qui est prison aussi bien pour les geôliers que pour leur entourage. Et puis, Saint-Mars n'est pas l'homme droit et franc qu'il veut faire croire. C'est un tyran implacable et un avare sordide qui rogne sur tout, s'approprie les biens de ses prisonniers – dont un mystérieux que personne n'a jamais vu. Il accapare les subsides que le Roi octroie à celui-ci. Un monstre, je te dis ! Je ne peux plus vivre dans cette citadelle.

— Nous la quitterons bientôt, encore un peu de patience.

— Les liaisons sont donc rétablies avec la France ?

— Cela ne saurait tarder. Une fois que nous serons rentrés à Paris, je te promets de m'occuper de ton devenir.

Élisabeth se raidit brusquement, son regard s'assombrit :

— Qu'entends-tu par là ?

— Que je jouerai de mes relations pour t'obtenir le meilleur parti qui soit, t'assurer les moyens de vivre dans le confort et te permettre d'assumer tes rêves de salonnière.

Dans la seconde, les larmes ourlèrent les paupières de la jeune femme :

— Mais… Tu ne me comprends pas… Je n'ai que faire d'un parti quel qu'il soit, fût-il aristocratique !

Géraud fixa sa protégée. Les rougeurs de ses joues avaient disparu au profit d'une pâleur de porcelaine. Elle se mordit les lèvres. Fallait-il redouter un malaise ?

— Alors, que désires-tu ?

Le visage de Lisa reflétait à la fois l'angoisse, l'incompréhension et une minuscule flamme vacillante d'espérance.

— N'ai-je pas été assez claire, Géraud ?

Qu'allait-elle imaginer ? Il lui avait donné tout ce qu'il pouvait. Devait-il le lui rappeler ? Il n'était pas son tuteur légal et pourrait être poursuivi pour enlèvement d'enfant, même si le marquis de Seignelay s'était porté garant de son acte de générosité en finançant ses études. Géraud s'était attaché à elle, certes, mais que pouvait-elle exiger de plus qu'un mariage qui lui apporterait la sécurité ?

— Je constate que je ne suis pas assez transparente qu'il me faut être plus directe. Géraud, ma seule raison de vivre… c'est toi.

C'était hélas ce que redoutait Lebayle et qu'il esquivait depuis qu'il l'avait extraite de l'institution religieuse… Pendant sept ans, elle s'était accrochée à cette perspective comme un naufragé à un morceau d'épave. Il aurait fallu pouvoir la plonger aussitôt dans la vraie vie, lui présenter de brillants jeunes gens, la laisser s'étourdir et prendre ses distances vis-à-vis de son sauveur. Monsieur de La Reynie en avait décidé autrement pour des raisons… de service et de sécurité. Cette aventure lui rappelait celle d'Opportune qui, promise au couvent, avait jeté son dévolu sur lui pour une unique fois. Là, il ne s'agissait pas d'une passade !

Faut-il qu'il y ait des jeunes filles en détresse, si éprises de liberté ? C'était flatteur, mais hormis le plaisir, contraignant. Et irraisonné.

— Tu m'as entendue ? s'inquiéta Lisa, le voyant retranché dans ses songeries.

— Oui, Lisa, je t'ai entendue et je ne voudrais pas que tu te méprennes… (Il endigua son élan d'indignation.) Laisse-moi t'expliquer ma position.

Il engloba les mains dans les siennes et développa avec assez de netteté, pour une fois, les cogitations qu'il venait d'avoir. Elle l'écouta, se retenant de cligner des yeux de peur qu'il ne s'évanouisse en une fraction de seconde dans les fumées du tabac. Géraud se refusait de la faire souffrir mais souhaitait dessiller ses jolies prunelles[46]. Elle était intelligente et devait comprendre sa position. Il lui rappela la dangerosité de sa profession, ses absences prolongées et imprévisibles, par elle-même évoquées, et les multiples disparités qui existaient entre eux (occultant les treize années qui les séparaient).

Le silence s'était établi dans l'estaminet où patron et clients étaient captivés par ce dialogue dans une

46. Lui ouvrir les yeux.

langue étrangère dont le ton montait sans que le couple y prenne garde.

— Nous sommes tous différents, plaida Lisa, et c'est ce qui constitue la richesse des alliances.

Elle avait trop d'à-propos. Il eut le tort de s'engager sur le terrain de prédilection de la fille, la joute orale :

— Je suis le chêne, solide et vigoureux autant qu'il se peut, mais point encore centenaire qui te cache la forêt des jeunes arbres flamboyants, ormeau, frêne, charme…

— Tu peux invoquer toute la sylve sans écorner ma détermination, si je suis près de mon chêne…

— Où tu penses t'enchaîner, alors que ton tempérament te porte à l'aventure, à la découverte, à l'exploration. Souviens-toi quand, fillette, dans les gréements de cet arbre mort, tu voulais devenir corsaire.

— Ce temps-là est révolu, Géraud, grâce à Dieu. Je n'avais ni tétins ni pelisse entre les cuisses et j'étais pourtant une fille, pourvue d'une petite fente. Nous n'étions alors guère différentes des petits garçons qui, si la nature le leur inspirait, par l'exemple animal, ne se servaient alors de leur vermisseau que pour pisser debout plus haut et plus loin que nous. Ils considéraient déjà cela comme un critère de supériorité, tandis que nous nous accroupissions, allégeance en quelque sorte. C'est d'autres réalités et certitudes dont j'ai besoin, désormais. Je ne rêve plus de la même façon. J'ai des appétences, des désirs réels. Même si ce n'est pas un sésame, je prononcerai sans honte *le* mot fatidique.

— Un seul mot, quel peut-il être ? exigea-t-il étourdiment.

Les reflets du foyer peignaient de sérénité le fin visage de la jeune fille. Elle redressa son buste étroit, fixa Géraud droit dans les yeux avec un demi-sourire énigmatique :

— Tu refuses de le savoir, alors, tu l'entendras, même si cela doit te heurter, te peiner ou te rebuter : je t'aime, Géraud. Je t'aime de tout mon être sans restriction.

C'était l'aveu redouté qu'il n'aurait pas dû provoquer ! Il n'y avait aucune parade à cet estoc moucheté. Il lui fallait écarter cette lame effilée, ni en quarte ni en tierce, mais par une esquive et une dérobade peu glorieuse ou frapper au cœur…

— Je ne mets nullement en doute tes sentiments, Lisa. Ils me flattent et t'embellissent.

— Eh bien, où le bât te blesse-t-il ?

— Les miens sont hélas guidés par la raison, les contraintes, les astreintes dont nous avons parlé. Sans t'offenser, je me permettrai encore une remarque délicate : ce n'est pas Géraud Lebayle qui recueille tes suffrages, mais il les partage avec le jeune policier de 1673 qui t'extirpa de la gueuserie des cayennes de Rochefort avec… celle qui avait conquis son cœur et qui s'est sacrifiée pour l'épargner. Chaque jour, je prie en secret pour le repos de son âme. J'ai assumé de grand cœur la noble mission qu'elle m'avait transmise en disparaissant : prendre soin de sa petite sœur. C'est mon chêne, à moi. Personne ne pourra l'abattre. Il se dressera devant moi tant que je vivrai.

— Je t'en suis reconnaissante, je crois te l'avoir

signifié. Lucide quant aux difficultés, je ne voudrais devenir la cause d'un tel acte de destruction. J'ai aussi mes blessures. Je suis parvenue à contourner ces obstacles-là. Je voudrais juste que tu saches que, dans ton dos, peut s'offrir un autre espoir qui n'est pas incompatible. Tout au long de ce périple, j'ai eu le temps de disséquer et peser mes sentiments, sans concession, et les orientations que je veux donner à ma vie…

Elle n'acheva pas sa phrase. La porte s'ouvrit brusquement. Deux individus goguenards aux nippes défraîchies entrèrent, pérorant et gesticulant. L'ambiance les refroidit, leur cloua le bec. Les quatre témoins reprirent doucement leurs esprits, invitèrent en ricanant les arrivants à s'installer.

Les deux Français spoliés se turent. Géraud jeta une pièce sur la table et entraîna Lisa vers la porte, oubliant leurs vins tiédis…

25

À peine sortis de la taverne, Géraud et Lisa furent hélés par un archer qui descendait la rue à longues enjambées sonores.

— Je vous cherchais, commissaire. Monsieur de Saint-Mars vous attend au plus tôt pour une communication importante.

— Laquelle ?

— Je l'ignore, Monsieur. Seul, le gouverneur pourra vous la dire.

— Très bien, nous te suivons.

Sans un mot de plus, ils remontèrent jusqu'au château, fâchés de n'avoir pu s'expliquer davantage et apurer le sujet qui, à tous deux, pinçait le cœur. Mais, c'est souvent ainsi ! À croire que le destin malicieux guette la moindre occasion pour différer les épilogues… afin peut-être de ménager à chacun quelques heures supplémentaires de réflexion.

Ils franchirent le guichet entrouvert dans le portail de l'avant-cour. Le pavé était glissant ; ils devaient se méfier d'une mauvaise chute.

— Ce ne peut être qu'une bonne nouvelle, avança Lisa, avec un vague sourire qui se voulait confiant.

— Je t'en dirai plus dès que possible.

— Pendant ce temps, je vais lire dans ma chambre.

Sous-entendu : si tu veux me parler, tu sauras où me trouver.

Ils se séparèrent. Géraud monta seul jusqu'au cabinet du gouverneur, traînant aux chevilles des fers de forçat. Celui-ci le reçut aussitôt, arborant un visage détendu, ce qui chez lui était synonyme d'euphorie.

— Asseyez-vous, Lebayle... Je vous ai fait quérir, parce que je viens de recevoir un message qui vous intéresse en partie.

— Je suis tout ouïe, Monsieur. Il me tarde d'entendre des nouvelles de France, car je présume qu'elles viennent de là.

— Elles émanent de Sa Majesté, fort satisfaite de la gageure que vous avez menée à son terme avec dextérité, en ramenant Mattioli vivant entre nos murs. Voilà ce qu'il en est...

Les temps que prenait Saint-Mars n'auguraient pas d'une si bonne annonce, mais c'était un homme sobre qui ne laissait guère transparaître ses sentiments et l'annonce de Lisa ne le surprenait qu'à demi. Il reprit :

— Le roi souhaite que le comte félon ne séjourne pas davantage à Pignerol, compte tenu du contexte géographique et politique, véritable poudrière qui menace de s'embraser à tout instant. Mieux vaut éviter les mèches allumées. Notre position peut devenir rapidement difficile à défendre. Le roi demande donc que le transfert de Mattioli s'effectue au plus tôt.

Géraud sentit le vent du boulet le décoiffer. Il

s'abstint de toute observation et attendit la suite. Saint-Mars releva le menton, le considéra d'une prunelle noire moins sévère :

— Notre souverain semble vous porter en grande estime, commissaire, puisqu'il m'a demandé de vous charger de notre homme (vous qui connaissez mieux que quiconque le facétieux personnage) et de le convoyer en toute discrétion jusqu'à la frontière où a été diligentée, voilà cinq jours, une escouade pour vous relayer et vous débarrasser de l'encombrant fardeau.

Ce n'était pas la bonne nouvelle espérée !

En revanche, elle l'était pour le gouverneur qui se trouvait de la sorte soulagé d'un énorme pensum de plusieurs années. En principe, on ne séjourne jamais à Pignerol pour une courte peine. Géraud compta mentalement jusqu'à dix pour ne pas laisser exploser sa rancœur et discipliner sa langue :

— Les routes, et celle-là en particulier, sont peu sûres, Monsieur le gouverneur. Pouvez-vous me préciser leur état et de combien d'hommes se composera notre escorte. Il ne faut pas occulter que j'aurai la responsabilité d'une frêle demoiselle qui ne vous est pas inconnue.

La mine de Saint-Mars reprit son apparence marmoréenne avec ses aspérités granitiques et ses crispations nerveuses.

— Lebayle… Nous devons jouer avec finesse la carte du naturel, de la retenue et privilégier… l'incognito.

— Ce qui signifie ?

— L'artifice qui fut employé à l'aller vous a fort bien réussi jusqu'à Briançon et peut convenir d'ici au col du Montgenèvre où s'effectuera la passation…

— La ruse fut efficace, et pour cause ! Le ver était dans le fruit en la personne de Gaston Litorne, chef du cabinet noir – dont la trahison reste à élucider, d'ailleurs – et servait en quelque sorte de caution.

— Soit… Mais désormais vous n'aurez plus ce souci pour traverser le Piémont, voyage de neuf lieues qui ne doit excéder une journée.

— Seulement, Mattioli bénéficie tout alentour de maintes complicités à l'affût et de renforts possibles, qui n'attendent qu'un signal pour intervenir, nous l'arracher et nous occire.

— À ce propos, j'ai une bonne nouvelle à vous communiquer.

« Enfin ! » faillit s'exclamer Lebayle agacé par cette pirouette du coq à l'âne.

— On nous annonce pour demain, au vu d'indices récurrents assez fiables, une courte amélioration du côté des cieux, condition qui d'ici deux jours devrait vous permettre de prendre le chemin du retour et d'atteindre le Montgenèvre sans difficultés excessives.

Géraud crispa les mâchoires. Harpes et violons de l'introduction ne lui faisaient pas avaler plus facilement la couleuvre. Ruer dans les brancards et tempêter servirait-il à quelque chose ? Que nenni ! Sous couvert de l'ordre royal, Saint-Mars était ravi de se débarrasser de l'incommodant Mattioli, au risque de sacrifier des vies.

Lebayle ne pouvait refuser cette mission, d'autant que Lisa n'attendait que ce départ ! Il n'était qu'un exécutant. Hormis la stratégie aléatoire du transfèrement, il y avait encore un hiatus de taille, une grande inconnue. Il revint à la charge :

— Monsieur le gouverneur, s'il n'y a pas d'escorte à proprement parler, vous ne m'avez pas encore éclairé quant à mon équipage dans cette périlleuse étape en territoire étranger.

Saint-Mars le considéra comme s'il avait proféré une incongruité, puis passa outre avec indulgence :

— J'y reviens, commissaire, j'y reviens... Vous disposerez d'une voiture banale, pour la discrétion, cependant très confortable et solide. L'archer que vous avez vu tantôt, chevronné et compétent dont je me porte garant, sera votre cocher et votre second.

Géraud, tendu, attendit la suite... elle ne vint pas.

Un seul homme pour l'épauler et affronter des hordes sauvages et vengeresses, Mattioli n'a pas dit son dernier mot !

— Inutile de réclamer des justifications, de mendier quelques soldats pour la sécurité d'Élisabeth qui les avait si bien distraits, ce serait peine perdue, il n'aura aucune escorte. La carte de la discrétion ! Combien de fois l'avait-on évoquée ? De qui se moquait-on ? Voulait-on qu'il échouât dans cette nouvelle épreuve ? La rancœur lui obstruait le gosier. Ce n'était pas plus mal, cela lui évitait de répliquer vertement.

Saint-Mars ne pouvait prétexter le manque d'effectifs : sa garnison dégorgeait de militaires de toutes sortes, armés mieux qu'en guerre ouverte ! Il était évident que le transfert de Mattioli au grand jour passerait pour un affront aux yeux des autorités piémontaises, à ceux de Victor-Amédée et de leurs alliées… Il n'y avait qu'une solution alternative et Lebayle était le bouc émissaire. Il n'avait pas le choix.

— Rassurez-vous, commissaire, atténua le gouverneur, votre adjoint est un expert en cette espèce de convoiement, autant pour les personnes que pour les biens les plus précieux. De plus, le véhicule renforcé est adapté aux divers périls que – nous avons de bonnes raisons d'être confiants – vous n'aurez pas à affronter.

Pourquoi ne pas ajouter avec une petite tape sur l'épaule : « Allons, vous êtes un grand garçon, à présent, vous n'allez pas avoir peur de votre ombre ? »

Il n'y avait rien à redire. C'était toujours la solution du moindre mal qui primait. D'accord, le commissaire privilégiait (et préférait) l'action en solitaire ou en équipe réduite. Là, il était exaucé en tous points ! Il n'avait pas l'âme d'un meneur de troupe, c'est ce qui constituait sa singularité et le faisait employer ainsi le plus souvent par Monsieur de La Reynie. Toutefois, il ne fallait pas abuser de cette commodité ; à l'occasion, il aimerait se voir entouré par un régiment ! Et cette fois plus que toute autre.

— Ah ! un dernier détail, Lebayle…

Qu'allait-on encore lui imposer ?

— Une voiture close aux rideaux baissés attire immanquablement les regards et la suspicion. Le portrait de Mattioli n'est pas non plus assez ordinaire pour être anonyme. C'est pourquoi nous devrons le convoyer sous un masque de velours noir[47]. Il vous faudra veiller en permanence à ce qu'il ne puisse s'en séparer.

Comme si le commissaire était un bataillon à lui tout seul ! Comme si un homme masqué pouvait passer inaperçu ! Foutaise ! Géraud mâchouilla les mots dédaigneux et désobligeants qui lui venaient sur la langue… les goba pour ne pas les cracher, déglutit et glissa sur le tapis la « carte » de la dérision.

— Je le conçois sans peine, Monsieur le gouverneur, au risque d'être homicidés.

Ce qui signifiait qu'avec Lisa, ils devaient tenir compagnie à un mystificateur pervers et opportuniste, libre de ses mouvements et de sa parole ! C'était une folie, une inconcevable folie ! À tout instant, dans la traversée d'un hameau, à l'approche de n'importe quel individu, Mattioli pouvait se jeter à la portière et crier à l'aide dans sa claironnante langue maternelle ! On ne pouvait pas avoir confiance en sa parole de gentilhomme, comme on l'aurait fait pour n'importe quel noble français qui se trancherait la gorge avec sa dague plutôt que de manquer à son honneur. Le maudit traître n'avait aucune moralité, aucune dignité.

— Est-ce tout, Monsieur ?

— Une toute dernière chose…

Cette fois, Lebayle faillit éclater de rire au nez de son interlocuteur, tout seigneur de la noblesse

47. Authentique. Raison pour laquelle certains historiens et commentateurs ont imaginé qu'il pût s'agir du masque de fer.

d'épée qu'il soit, choisi par l'implacable Louvois pour ce poste. Il se contint, toussota, ne surenchérit pas. L'indifférence était la meilleure réplique.

— Vous aurez le privilège et l'honneur de remettre à notre souverain les documents que vous avez arrachés à l'escroc. Cette gloire vous revenait de droit et je serai heureux de vous les restituer en main propre à votre départ.

Quel prestige ! Beaux lauriers tressés… ou couronne d'épines ? Devait-il de surcroît remercier Bénigne Dauvergne, sieur de Saint-Mars (intrépide nom de guerre accolé comme c'était l'usage !), mais fils d'un écuyer et officier de paneterie du roi[48], ancien mousquetaire de la première compagnie, sous les ordres du grand d'Artagnan…

Géraud concéda un mouvement de tête, en caressant à son côté la garde de l'épée de l'illustre capitaine, mort à Maëstricht, épée offerte par Gervais, son fidèle serviteur quand il avait enquêté dans sa demeure parisienne pour le compte du roi. En elle, résidait toute la secrète fierté du commissaire. Mais était-ce suffisant pour ramener Mattioli à bon port ?

— Monsieur, dans l'attente de ce décampement, m'accorderez-vous l'autorisation de réfléchir à quelques minimes accommodements tactiques et pratiques que je vous soumettrai en vue de prévenir des perfidies de la part de Mattioli qui a démontré à de multiples reprises sa démoniaque ingéniosité ?

— Bonifiez, commissaire, fignolez, vous êtes le maître d'œuvre de cette opération. Voyez cela avec Lepage, mon enseigne.

48. Lieu où se fait la distribution du pain.

C'était le meilleur moyen de se décharger du problème et d'en reporter toute la responsabilité sur les épaules de Lebayle qui s'en trouva malgré tout satisfait. Il allait pouvoir gérer le fourbe à sa guise. Le périple sera, c'est une évidence, plus scabreux et difficultueux que le précédent. Mattioli avait peut-être réussi à alerter ses sbires. À cette heure, personne ne devait ignorer qu'il était de nouveau prisonnier des Français. Mieux valait s'y préparer.

Géraud allait aussitôt contacter l'officier, l'informer du projet et de la décision de son commandant, puis caracoler une petite heure, meilleur moyen pour se détendre les nerfs et emboîter les pièces de sa manœuvre. Par chance, il trouva rapidement Lesage. Ils convinrent d'une entrevue de travail en fin de matinée et le commissaire se dirigea vers sa chambre pour s'armer... décemment.

— Alors, qu'en est-il ? l'intercepta une douce voix tandis qu'il poussait sa porte.

Géraud s'immobilisa. Il avait oublié la promesse en l'air faite à Lisa. En deux mots, il lui exposerait le canevas de leur retour en France tant espéré.

Elle se tenait dans l'entrebâillement de son huis, appuyée au chambranle, un sourire bienveillant aux lèvres et la mine réjouie.

— Entre donc un instant, lui proposa-t-elle, nous serons plus tranquilles pour deviser que dans ce couloir aux cent courants d'air.

Elle donna de l'élan au panneau qui s'ouvrit en grand sans protester et se plaça en retrait, invisible dans l'angle opposé.

Ainsi invité, Géraud hésita puis s'avança. C'était la première fois qu'il découvrait la sphère intime de la fille. Si, par sa configuration et le mobilier austère, la pièce ressemblait à la sienne, l'aménagement était totalement différent et guère à l'avantage de l'homme ! Si dans son antre, tout était dans un savant pêle-mêle, chez Lisa, où que le regard se posât, il remarquait une touche personnelle : des flacons alignés par taille sur une commode et un bouquet de verdure dans un récipient cylindrique, une étole sans un faux pli sur le dossier de la chaise, le lit tiré au cordeau agrémenté d'un carré de dentelle fine placé en losange, une gravure pieuse au chevet ; sur la toilette : brosse, peigne, petits pots (baumes et liniments) rangés autour d'une cuvette… jusqu'à un ruban noué à l'espagnolette de la fenêtre. Un doux parfum titilla les narines de Géraud.

La petite sauvageonne avait parcouru du chemin.

— Je voulais que tu constates par toi-même que je n'ai pas gaspillé les pistoles que tu m'avais confiées.

— J'en suis ébloui… et reconnais ici la supériorité incontestable de la femme, capable avec peu de chose d'orner, avec un goût délicat et affirmé, un intérieur, fût-il aussi spartiate qu'une bâtisse militaire.

— Et je n'ai pas tout dépensé, chantonna-t-elle.

— Félicitations, c'est tout à ton honneur, prouvant ainsi que tu es à même de gérer le budget et l'organisation d'une grande maison. Belle application d'une bonne éducation.

— J'aurai encore quelques menues surprises à te présenter.

Le ton autant que les paroles intriguèrent Géraud qui, tournant la tête, découvrit Lisa. Elle s'était mise en robe, alors qu'il l'avait encore vue peu avant en cavalière.

— Ah ! Tu as enfin remarqué, minauda-t-elle, ravie qu'il l'apprécie dans cette subtile mise en scène qui l'avait laissée dans l'ombre.

— Tu es ravissante, Lisa… Ce n'est pas la robe que tu portais au sortir du couvent ?

— Tu es observateur quand tu veux. C'est Madame Dauvergne qui me l'a offerte ; elle n'était plus à sa taille.

Elle laissa glisser à demi son châle assorti et tournoya sur elle-même.

— Comment trouves-tu la petite écervelée qui faillit devenir nonne ?

— Splendide. C'eût été dommage qu'elle prononçât ses vœux.

Elle n'osa pas demander « dommage pour qui ? », par crainte d'aborder un terrain épineux. Elle l'invita à s'asseoir. Il emprunta la chaise de la coiffeuse, la seule de la chambrette, qu'il tourna vers la jeune fille. Lisa, se posant au bord du lit, dévoila une fine cheville au-dessus d'un soulier de satin vert. Il le désigna :

— Autre présent ? Le pied de Madame de Saint-Mars aurait-il grandi ? Lisa éclata de rire et précisa :

— Elle m'a vue si démunie et morose à notre arrivée qu'elle a eu pitié de la pauvresse. Entraide féminine. Si elle se trouve enclose dans ce lieu guère réjouissant, en compensation, elle ne manque de rien… Et si tu me contais plutôt la façon dont nous allons quitter ces lieux enchanteurs et regagner le riant royaume de France ? Car je présume que si Monsieur le gouverneur t'a requis en urgence, c'est qu'il ne s'agira, pas plus qu'à l'aller, d'une aimable promenade de santé.

— En effet. Je ne peux te le cacher, les conditions ne sont pas précellentes[49]. Cependant nous allons profiter d'une trêve des cieux pour nous esquiver…

Géraud lui révéla qu'ils devraient, à son corps défendant, convoyer Mattioli, éluda la question des documents qui ne concernait pas Lisa et résuma les grandes lignes de sa stratégie. Il éluda les points obscurs, lui recommanda de se tenir prête pour le lendemain matin à l'aube, avec un bagage réduit et dans une tenue semblable, sinon celle-là qu'il accommoderait à sa façon. Elle ne lui posa aucune question, ne lui opposa aucune réticence.

Tout en parlant, il ne put s'interdire de l'examiner sous couvert de sa dernière consigne. Si Lisa n'était pas très en chair, elle s'était épanouie depuis qu'elle avait quitté l'institution des sœurs. La robe mettait en relief ses modestes courbes. Son amitié avec leur jeune hôtesse avait été bénéfique et l'absence de son… parrain n'avait pas aussi terrible qu'elle avait déploré, d'autant que ses conférences lui avaient donné une belle assurance. Il se rendit compte de sa grâce, ce qu'il n'avait pu constater plus tôt ; le plus souvent, elle était vêtue en cavalière avec culottes, bottes et ceinturon. Pourvu

49. Précellent : optimum, supérieur.

qu'elle n'ait pas l'idée d'emporter toutes les tenues offertes ! Il lui faudra alors se montrer inflexible.

Il s'excusa de devoir s'en aller organiser les contingences du voyage avec l'enseigne de Saint-Mars, souhaita qu'elle reste habillée ainsi pour le dîner et se retira.

Géraud fila seller son cheval, sortit de la cité aussi hâtivement que si une urgence le pressait, s'élança à franc étrier sur la route sud menant à Cuneo afin d'en repérer les éventuelles embûches (fondrières, ponts endommagés...) à supposer qu'ils doivent se rabattre sur celle-ci. De toute façon, il était résolu à quitter Pignerol le lendemain coûte que coûte. L'instinct du policier ? Point seulement, mais aussi la sévérité accablante de ce camp retranché, la bernerie du gouverneur et l'hostilité des autochtones, avec la menace constante d'un assaut des affidés de Mattioli qu'il lui fallait désormais escorter...

— Par les couillons puants du diable !

Il poussa sa bête dans la descente, avala la modeste rampe suivante, ralentit sur le faux plat, s'intéressa de plus près à l'état général de la chaussée puisqu'ils seraient en voiture.

Ce n'était pas la structuration de son subterfuge pour « s'évader » de la forteresse qui monopolisait son esprit, force de l'habitude. Il l'avait défrichée et façonnée en quelque fulgurance de sa cervelle inventive. Non, c'était autre chose qui le souciait, mais oserait-il se l'avouer ? S'il mettait de la distance entre ses scrupules et lui (de manière à en estomper l'importance, croyait-il avec naïveté !), il n'ignorait pas qu'il devait rentrer à la citadelle pour le dîner. Et c'est bien ce qui le hantait !

Comment éviter une confrontation avec Saint-Mars, ne serait-ce qu'un duel de regards ? Il savait si mal dissimuler ses sentiments. Et comment éviter ce piège à loup dont les dents de fer lui déchiraient la gorge ! Il ne pouvait plus supporter sa promiscuité.

Lebayle, tu n'es qu'un imbécile ! se morigéna-t-il ; et il talonna sa monture.

La route était dégagée et carrossable ; le terroir peu accidenté, entouré de collines, s'aplanissait en descendant vers la mer, à une trentaine de lieues de là. Il s'arrêta à l'orée d'un bois pour se soulager : les émotions lui portaient toujours sur la vessie. Il ne parvenait pas à chasser une image qui lui tournoyait autour de la pensée, véritable toupie s'étourdissant elle-même. Il se serait volontiers giflé pour se remettre les idées en ordre de marche.

Il sauta en selle et volta pour repartir à fond en sens inverse. Son cheval qui croyait profiter d'une pause réelle, broncha, secoua la tête, rua. Il le contint, le mors blessant aux commissures, puis relâcha son emprise et le remit au galop. La forteresse n'était pas visible. Toutefois, il savait qu'il ne mettrait pas plus d'un quart d'heure et demi pour rentrer.

Ce n'est pas tant qu'il fût satisfait de ce qu'il avait vu, mais il s'intriguait de savoir ce qui l'avait incité à s'en retourner... Une force supérieure le commandait... Pas une poigne brutale, juste une volonté insidieuse... Il ramena son cheval à un galop léger.

— Conviens-en, imbécile, marmonna-t-il. Sourd à sa propre voix, il ne s'écoutait guère.

Il secoua la tête sans parvenir à effacer cette marque sculptée sur son front qu'il déchiffrait à travers ses os. Pourquoi ?

Pourquoi un tel dilemme le hantait-il ? Pourquoi lui... Il s'était pourtant prémuni contre ce danger, s'était caparaçonné comme un palefroi de tournoi. À l'évidence, ce n'était pas suffisant. Il s'était endurci de l'intérieur, s'était édicté une éthique pour ses périodes de mission. Où était la faille ?

Il laissa son étalon souffler un peu. Le soleil compatissant lui réchauffait les épaules sans parvenir à les décrisper.

— Géraud Lebayle, tu ne vas pas tout compromettre par une complaisance ? Une inclination, crois-tu ? Une faiblesse, plutôt ! Compromettre quoi ? Ta ligne de conduite, ta morale, ta probité ? Foutaise !

Tête basse à l'identique, le cavalier et sa monture dodelinaient.

— Imbécile. Qui trouvera quelque chose à y redire ? Moi, hélas. Moi. Et que te reprocheras-tu ?

Il n'osait se l'avouer, campait sur sa position, buté, braqué.

Cette force le poussait ou l'attirait sans qu'il puisse lui opposer une résistance suffisante. Implacable et sans heurt... Était-ce la volonté de Dieu ? Il ne pouvait y croire. Trop de barrières étaient dressées devant le Géraud retombé jouvenceau, barrières qu'il se refusait à franchir ou à abattre. Et pourtant, une à une, à son approche, elles se renversaient ou s'effaçaient d'elles-mêmes !

— Tête de buis pleine de mélasse ! Géraud, reprends-toi mon garçon, ne sois pas aussi stupide que les autres… Tout se ligue contre toi, ne te laisse pas abuser par des chimères, tu sais ce qu'il en coûte, bonté divine !

La pointe du clocher épinglait un petit nuage blanc. Le sommet du donjon cerbère de Pignerol lui apparut. En priorité, il devait revoir Lepage pour lui donner ses instructions qu'il lista mentalement.

26

— Tu as été fort prompt, Géraud.

— J'ai transmis mes directives et délégué en ce qui concerne le matériel.

— Je t'ai vu à cheval.

Il maîtrisa son agacement. Devait-il justifier ses faits et gestes ?

— Exact, sœur Anne. Pour ta gouverne, je voulais me rendre compte de la qualité de la route du sud, si nous devions emprunter cet itinéraire de substitution. Je ne resterai pas immobilisé ici une journée de plus.

— Moi non plus. J'ai hâte de retrouver la France.

— Nous y serons demain soir, quelle que soit la direction. Pour trancher, à l'aube, nous aviserons. Le périple sera alors plus ou moins long et difficile.

— Je m'en remets à toi. Entre un instant. Nous disposons d'une bonne heure avant le repas. Comme tu l'as souhaité, j'ai choisi une robe à cet effet. Je voudrais te la montrer.

À la suite de ce préambule, devait-il se confier ? Sur ce sujet déterminant, il n'avait plus son libre arbitre.

— Voyons cela, accepta-t-il.

La robe était étalée avec soin en travers du lit, jupe de dessus couleur incarnadine, dessous d'un bleu mourant, brodé de noir, très à la mode. L'ourlet, bien droit au ras du sol, laissait entrevoir la pointe de deux souliers de cuir jaune sur le tapis. La tenue était un peu voyante, mais ce n'en était que mieux pour concentrer les regards sur elle.

— Te convient-elle ? s'enquit Lisa, ou préfères-tu une tenue plus sobre ?

— Elle est jolie. Elle conviendra très bien.

— J'ai pensé à une coiffure à la « Fontange », point trop haute cependant, avec les lèvres passées au vermillon d'Espagne.

— Parfait. Cependant, pour franchir le col, il faudra te couvrir chaudement.

— J'ai prévu un épais manteau de bouracan[50].

— Je constate que tu penses à tout.

— Je voudrais essayer ma robe pour que tu te rendes compte de l'effet, s'il y a des modifications à effectuer.

— Comme tu voudras.

Géraud esquissa un mouvement naturel vers la porte pour respecter son intimité.

— Reste, s'empressa-t-elle, tu ne me déranges pas, je dispose de ce paravent.

Il acquiesça d'un geste signifiant « à ta guise » et se tourna vers la fenêtre. Lisa s'isola.

— Je remarque, lança-t-il un peu fort pour couvrir les bruits de froissements, que tu as une très belle vue sur la vallée ! Vue supérieure à celle de ma chambre, orientée vers la cité. Charmante attention de Madame Dauvergne… et donc mieux exposée au soleil… Si celui-ci consentait à se

50. Bouracan : étoffe de laine épaisse.

montrer ainsi une journée encore, cela arrangerait nos affaires.

— Qu'en penses-tu ?

Lentement, il se retourna, resta en admiration.

— Mazette ! On dirait une princesse.

— Te ferai-je honneur ?

— Dans d'autres circonstances, plus mondaines, je m'en féliciterais. Pour l'heure, il s'agit de concentrer l'attention sur toi afin que je passe inaperçu. Tu rayonnes. Quant à Mattioli, je t'expliquerai de quelle manière nous allons le tenir dans l'ombre.

Lisa tournoya sur elle-même, laissant flotter les plis du tissu de belle qualité autour de ses orteils nus. Ils lui rappelaient la petite sauvageonne d'autrefois qui grimpait dans l'arbre mort sans blesser ses fragiles plantes de pieds.

— Si tu permets, je vais repasser, selon ton souhait, mon autre robe pour assister au dernier dîner en compagnie de nos hôtes.

— Je t'en prie.

Géraud revint plus détendu à son poste d'observation. À quoi tient l'humeur d'un individu ? À un cheveu, un fil d'araignée ou de soie. Qu'allait-il raconter cette fois pour respecter la pudeur de la jeune fille qui avait paru intimidée de s'exposer devant lui ? Mais aussi, pourquoi s'était-elle déchaussée ? Arcanes de l'âme féminine. Les chiffonnements reprirent, plus brefs. De tendre ainsi l'oreille de façon inconvenante lui fit oublier de phraser… Il ouvrit la bouche. Trop tard !

— Je t'en prie, ne te retourne pas, murmura dans son dos une voix émue : Lisa ? Tu risquerais de te brûler les yeux, en découvrant une laide petite gueuse aussi nue qu'un nouveau-né.

Arcanes ou labyrinthe ? Un long frisson urticant parcourut la colonne vertébrale de Lebayle. Cette fois, c'est l'image impudique de la gamine, un jour où elle sommeillait innocente, retroussée jusqu'au nombril, qui envahit sa vision. Il obligea son regard à fixer le clocheton d'une chapelle bâtie au flanc du coteau, au-delà des remparts, à s'y incruster.

Mensonge, fable ou réalité ? Dans quel dessein ?

— Tu dois me juger inconvenante, immorale, presque dénaturée, n'est-ce pas ? C'est le seul moyen que j'ai imaginé, sans préméditation aucune, pour te parler avec franchise et détermination, sans que tu te défiles, et te répéter une dernière fois ce que tu ne veux pas entendre… et d'autres choses encore. Je ne suis pas une fille inconséquente. Je connais tes réticences, tes craintes et tous les arguments que tu es en droit de m'opposer. Je les accepte. Sept années, j'ai étudié comme une damnée, après ces mois passés à l'école des Muses qui m'ont ouvert des horizons inconnus, et prouvent que Lisa la sotte, l'analphabète, pouvait, à sa grande stupéfaction, apprendre à lire, à écrire, à penser… Alors, je ne t'importunerai plus pour te déclarer ma flamme inextinguible. Je sais qui je suis, d'où je viens. Je ne me berce d'aucune illusion. Je ne sais que trop tout ce que je te dois. Une vie n'y suffirait pas pour te louanger. Je sais cependant ce que je peux apporter à un homme pour le satisfaire, mais j'ignore ce qui peut te combler, toi, Géraud Lebayle.

Un silence absolu de quelques secondes les pétrifia.

Pourquoi sur la route avait-il fait demi-tour, pourquoi était-il revenu au galop ? Pour tomber dans cette chausse-trape ? Il n'ignorait pas que ses propres digues, fragilisées, fissurées de partout, étaient prêtes à se rompre. Oui, c'est sous la menace de cette vague de ressac tumultueux qu'il avait tourné bride sur la route du sud. Il ne pouvait le nier plus longtemps ! Il la voulait.

Élisabeth poussa un long soupir et, puisqu'il ne la rejetait pas, elle s'enhardit à poursuivre sur le même ton :

— Je veux te dire encore que je n'ai rien oublié de notre passé commun et que... jamais je n'ai pensé remplacer ma sœur dans ton cœur... Elle était divine, je suis un laideron. Sur ce terrain, je n'ai pas les armes pour rivaliser, mais sur d'autres, peut-être ; j'aspire à une vie de femme instruite dont tu serais fière, une vie respectueuse.

Elle se tut, oppressée, souffle réduit à un murmure. Elle reprit haleine et persévéra :

— Il est un secret qu'il me faut te délivrer, un secret infamant, dont je fus la victime...

Elle vint appuyer son front entre les épaules de Géraud qui, sans bouger, s'alarma :

— Te sens-tu bien, Lisa ?

— Cela n'est rien, susurra-t-elle. Ne... bouge surtout pas, je t'en supplie, ne bouge pas... Je dois parler, je dois y parvenir.

Un silence. Le zéphyr de son haleine. Elle murmura :

— Il faut que je me confie...

Malgré lui, il contracta ses dorsaux, à se causer des crampes mordantes.

— C'était à Rochefort, pendant cette période trouble et violente où tu vins soutenir le marquis de Seignelay, dans cette enquête sur tous ces meurtres à l'arsenal.

Elle haleta, baissa les yeux et reprit avec un pâle sourire :

— Curieuse comme une chatte blanche, je m'amusais à écouter aux portes, à te glaner des renseignements qui ne t'étaient peut-être d'aucune utilité. Et puis ma sœur s'amouracha du jeune enquêteur… L'affaire rebondit maintes fois et fut enfin résolue.

Nouvelle pause. Lisa pinça les lèvres, fixa son poing serré sur son pouce :

— Et c'est dans ces jours-là…

Gorge nouée, elle s'interrompit en plein élan.

Que pouvait-il faire ou dire pour l'aider ? Il sentit diminuer la pression des griffes imaginaires sur ses cervicales. Elle redressa la tête :

— J'avais onze ans… Comme nombre de filles de notre communauté de gueux, je fus… la victime d'un oncle. Il était ivre. Ils l'étaient tous. Souvent. Il me surprit seule, à préparer la soupe dans notre misérable masure. Naïve, je crus d'abord à une simple visite. Mots ordinaires. Questions banales. Il s'approcha. Puis m'entreprit soudain. Je me débattis, criai, lui échappai, tentai de fuir, terrorisé. Il m'agrippa de nouveau. Sauvagement. Me jeta au sol, m'écrasa et… tenta de me prendre. De sa main crasseuse et puante, il me ferma la bouche, de l'autre, il déchira mes hardes. Malgré sa griserie, il était encore trop fort, trop lourd, pour que je puisse lui résister. Il commença à me violer. Je me démenai, ruai. Il s'acharna. Ma main rencontra un brandon dans la cheminée. Malgré la chaleur, je le saisis, lui en balafrai le visage. Il hurla. Je me dégageai à demi. Maline surgit. Elle saisit un couteau et le lacéra, lui jurant de l'égorger, s'il tentait d'approcher une fille de la famille.

Une nouvelle interruption, comme s'égouttent des gouttes de sang.

— Géraud, il fallait que tu saches : c'est pour me protéger que ma sœur t'a demandé de m'emmener, avec elle, à Paris, loin de ces brutes…

À travers les petites vitres floues, il ne distinguait plus le paysage. Il devait parler, la réconforter :

— Lisa… tendre Lisa. Je suis affligé, blessé par ce que tu me révèles. J'admire ton courage dans cette terrible épreuve, et ta force d'âme de n'en avoir rien laissé paraître depuis ce jour maudit. Je compatis de tout mon cœur et te sais gré de m'avoir confié ton immense douleur. Cette preuve de confiance me touche considérablement.

Il laissa planer quelques secondes d'incertitude et reprit :

— Une force invisible m'a tantôt retenu et contraint à revenir vers la citadelle. Comme si l'on m'alertait. Revenir… Revenir vers toi, en vérité, ignorant tout cela. N'était-ce pas un appel de détresse ? Je voudrais être guérisseur, savoir ôter le feu et posséder quelques dons pour estomper cette affreuse meurtrissure de ton enfance. Je voudrais être ministre du Culte pour te bénir et trouver les mots qui apaisent… Lisa, je t'ai recueillie naguère, ignorant tout, et ne pourrai désormais t'abandonner. Mais je me sens impuissant.

Elle se serra davantage contre son dos, l'enlaça, murmura dans un souffle :

— Il n'est pas besoin de formules ni de cérémonies pour chasser le démon du corps d'une possédée.

Par-derrière, ses doigts se crispèrent sur la poitrine de l'homme circonspect.

— Tu as le pouvoir d'exorciser ce mal. Efface les stigmates, purifie mon corps par une épreuve que je sais salvatrice. Je t'en supplie. Il n'y a que toi qui puisses réaliser cette délivrance.

Était-ce un devoir ? Géraud pouvait-il s'y soustraire ? Même si les conséquences risquaient d'être plus désastreuses que la blessure. Comment se résoudre à réveiller cette douleur ? Comment croire qu'il lui fera plus de bien que de mal ? Il était convaincu de la décevoir, d'aggraver ses souffrances. S'il cédait, elle ne pouvait que le haïr… S'il refusait, également. Instants d'expectative, de flottement. La cervelle s'embrume, la tête tourne et résonne, on chavire.

Sut-il qu'il dégrafait son ceinturon et son baudrier ? Qu'il les accompagna jusqu'au sol, puis entreprit de se dévêtir, s'évertua à ne penser à rien de manière à maîtriser les réactions intempestives de son corps vigoureux. Inutile de la meurtrir une seconde fois par trop d'empressement. Il n'y avait pas d'autre choix, alors il devait faire preuve d'onction et de délicatesse, se limiter aux gestes essentiels, mais il la désirait. Il la désirait. Il savait qu'il était revenu dans ce dessein et l'aveu de la fille n'y changeait que l'application et la délicatesse.

Lentement afin d'accorder à la fille la possibilité d'interrompre sa manœuvre en lui plantant les griffes dans la chair, il se retourna. Il rechercha son regard et l'accrocha pour une dernière interrogation. Dans ses prunelles sombres, il ne lut qu'une détermination sans faille, puis l'affrontement consenti, la sérénité, l'émoi et le défi, avec un soupçon d'ironie : homme, l'oseras-tu ?

— Nous voilà, comme au premier jour de l'humanité, badina-t-elle, l'indisposant davantage. À égalité. Dans le même appareil.

Les deux points incandescents de ses pommettes clamaient : avec la honte de ma laideur et de ma souillure en prime.

Ses sourcils dessinaient les ailes déployées d'un épervier qui se cabre avant de fondre sur sa proie. Ses lèvres pâles esquissèrent un sourire. Une mèche barrait son front lisse. Quelques petits cheveux s'étaient affranchis du ruban qui les retenait serrés sur sa nuque, tandis que le flot de sa chevelure brune se torsadait sur son épaule droite qu'elle tenait un peu basse vers l'arrière. La peau rosée de son buste étroit ne présentait aucun défaut. Ses seins de statue antique offraient des courbes douces aux aréoles caramel. Son corps semblait si fragile, si menu, avec cette hanche qui pointait, ses cuisses longues et sa courte toison qui protégeait si mal sa féminité.

Confus de l'avoir circonstanciée sans vergogne,

il ferma un instant les paupières, puis rattrapa les yeux bruns qui le fixaient toujours. Inquisiteurs.

— Tu es belle, Lisa, s'excusa-t-il avec sincérité.

Ses yeux papillotèrent, nervosité et appréhension. Les mots ne suffisaient plus. Deux adolescents, gauches et empruntés, se tenaient nus, face à face. Fait rare, humiliant pour l'homme, l'organe de Géraud restait d'une passivité confondante qui n'entérinait pas le compliment dit.

Malgré tout, même s'il avait une envie charnelle de cette fille, saine et jeune, s'il était revenu vers elle pour des raisons inavouées, il ne pouvait effacer l'empreinte de Maline. Il n'avait pas su dire à la cadette, frêle jouvencelle intelligente et attachante, mais mutilée dans son intégrité féminine qu'il l'aimait à sa manière.

Il devait comprendre pourquoi il l'aimait en dépit de son apparence et l'aimait encore malgré cette révélation. Que pouvait-il lui dire de plus ? Il fallait qu'il brise cette glace qui les séparait encore. La corde vibrante de leurs regards ne s'était pas rompue. Il laissa ses mains s'aventurer vers ses petits seins, les enrober, si tendres et soyeux. Elle ne s'en défendit pas.

« Que vas-tu faire de moi ? » lui criaient les pupilles noires, accusatrices.

Il frôla ces fleurs fragiles, avec le plus de légèreté dont il était capable. Il voyait le sang battre à ses jugulaires sous la peau transparente, comme il sentait les siennes pulser tambour battant. Elle attendait des mots, il n'avait que des gestes. Il lui effleura encore la poitrine, lui caressa les épaules, redescendit le long de ses bras minces et l'attira contre lui. Leurs formes se touchèrent, leurs peaux entrèrent en contact, se collèrent d'instinct, sans déclencher aucun émoi sous le ventre de l'homme mortifié. S'était-il leurré ?

Il lui baisa l'épaule, le cou, les lèvres, les yeux, passive et soudain roidie. Ce n'était que parade stérile et vaine ! Ou chaste baume. Ni l'un ni l'autre ne parvenait à surmonter ses angoisses profondes. Craignaient-ils un acte irréparable ? Celui-ci n'avait-il pas déjà été commis ? Elle guettait une réelle preuve d'amour, il épiait un signe d'abandon. Le froid, l'appréhension ; elle frissonna. Même le contact intime et pressant n'y pouvait rien. Elle lui nouait les aiguillettes, il la pétrifiait. Devaient-ils renoncer ?

Provisoirement.

Il passa un bras sous ses épaules saillantes, l'autre au creux de ses reins et la souleva. Elle ne résista pas, se laissa porter, lui serra le cou, à l'étrangler. Il la porta jusqu'à sa couche, provoquant enfin par ce transport maladroit un infime réveil de son désir. Ils se réfugièrent sous l'édredon, agrippés l'un à l'autre et silencieux.

Il réchauffa sa peau de soie, apprivoisa ses modestes courbes, exorcisa peu à peu le passé à grand renfort de caresses. Il vit alors les yeux de Lisa s'étrécir, son visage s'adoucir, les deux points rouges de ses pommettes s'étendre sous la peau et sentit son souffle s'amplifier. Il redoubla d'attentions pour ce corps souple qui s'animait, arrondissait ses angles, s'enrobait. Les lèvres rosies balbutiaient des syllabes intraduisibles. Un chant d'oiseau. Et brusquement, le désir rendit au mâle sa vigueur. Aussi brusquement, les digues de la jeune femme se rompirent. Elle s'ouvrit. Il savait que ce corps avait encore besoin de douceurs. Il goba les petits mamelons à tour de rôle et quand ils s'affermirent, de sa langue, il traça un sillon jusqu'au nombril, le titilla, avant de poursuivre sa lente descente. Lisa poussa un petit cri de surprise, puis s'offrit, l'attira en elle, les ongles piqués dans ses hanches.

Le plaisir les réunit, les emporta aussitôt.

27

Le jour ne se lèverait pas avant une heure que déjà deux silhouettes précautionneuses traversaient la cour du donjon et se rendaient aux écuries : des archers.

Peu après, ils en ressortirent, chargés du harnachement complet d'un attelage qu'ils déposèrent sans bruit sur le siège cocher d'une des quatre voitures aux gabarits différents, rangées à cul contre l'enceinte intérieure. C'était la deuxième en taille, la plus maniable, celle des courses rapides.

Un troisième individu les rejoignit : l'enseigne Lepage.

Tous trois vérifièrent l'état du véhicule, puis y chargèrent une caisse et plusieurs bagages, apportés de l'intendance toute proche. Circonspects, ils scrutèrent ensuite les façades et chaque fenêtre, avant de se diriger vers la tour. Heurtant l'huis *a minima*, ils se firent ouvrir par les sentinelles et disparurent à l'intérieur.

Un quart d'heure plus tard, ils réapparurent, encadrant de près un quatrième homme d'une forte corpulence. Couvert d'une sorte de long manteau, muni d'une large capuche rabattue sur le visage, il semblait se déplacer avec difficultés. Ils l'aidèrent à se hisser dans la caisse qui grinça sur ses ressorts. Les deux archers montèrent chacun d'un côté et fermèrent les rideaux.

Étrange démarche, puisque d'ordinaire on attelait d'abord les chevaux avant de convier les passagers pour que ces derniers ne patientent inutilement.

L'enseigne du gouverneur qui avait dirigé l'opération, tourna un instant dans les parages pour s'assurer une fois encore qu'il n'y avait aucun témoin de la scène et se dirigea vers le bâtiment où résidaient les autorités de la citadelle, s'identifia auprès des gardes, monta au deuxième étage, toqua à la première porte.

Lebayle ouvrit, habillé de pied en cap d'un habit neuf, et lui proposa d'entrer.

— Bonjour, commissaire. Tout est en place comme vous l'avez souhaité. Le prisonnier n'a montré aucune réticence. Il se trouve désormais dans la voiture, sous bonne garde.

— Merci, lieutenant, pour votre célérité et votre efficacité.

Ils réglèrent les derniers détails et Lesage se retira. Ce jeune enseigne était beaucoup plus affable et serviable que son commandant. Comment pouvait-il collaborer avec un homme aussi sévère que Saint-Mars ?

Il avait été convenu que Mattioli, grimé, serait mis à l'abri des regards indiscrets avant l'aurore afin que personne ne puisse se douter de son départ. Lesage avait rempli sa mission en tout point et se tenait à disposition. Depuis l'angle de sa fenêtre, Géraud avait longuement observé la cour obscure. Il n'avait rien remarqué de suspect avant l'apparition des quatre hommes. Il était peu probable qu'un espion soit aux aguets à cette heure matutinale, alors que les portails et la poterne étaient hermétiquement clos.

Le soleil pointa, rose puis blanc argenté, derrière une fine mousseline, effrangée vers le sud, qui ne tarderait pas à se dissoudre. Il fallut patienter encore pour qu'apparaissent des servantes frissonnantes et des tâcherons ensommeillés, traînant la semelle et bâillant à tout va. Il n'y avait aucune urgence, Pignerol n'était ni une ville marchande, ni un carrefour de routes passagères, juste un verrou isolé dans ces rudes montagnes des Alpes ; et la journée, pourvu qu'elle ne soit pas trop pluvieuse ou enneigée, serait aussi monotone que les précédentes et moins que les suivantes quand les frimas imposeront leur carcan de givre et de glace. Il fallait juste espérer – comme annoncé – une trêve d'un ou deux jours. L'on n'en exigerait pas davantage de la part des cieux.

Bon, il était temps d'entreprendre la métamorphose !

Géraud ôta son pourpoint, le disposa sur le dossier de la chaise et s'assit devant l'étroite table qui servait de toilette. Il s'examina dans le petit miroir calé à la verticale contre le couvercle de sa mallette de grimage. D'abord, il s'assombrit le visage avec une eau teintée de quelques gouttes de brou de noix. Ainsi, la couleur ne risquait pas de se délaver à la première pluie (en revanche, elle mettra un certain temps à s'estomper !). Il n'oublia pas ses mains malgré le port de gants. On ne sait jamais.

Il se noircit les sourcils, s'ombra le creux des

orbites au noir de metteur en œuvre[51]. Il s'élargit les narines, grâce à des demi-coquilles de cire, moulées à sa morphologie interne. La gêne respiratoire occasionnée était ce qu'il appréciait le moins… un inconvénient mineur. Pour parachever la transformation, il se colla une barbe en pointe, noir corbeau, courte et drue, qu'en sus de la colle un fil de soie maintenait, par sécurité, autour de ses oreilles. Il avait trop vu de fausses moustaches ou barbiches se décoller au mauvais moment à cause de la sueur. Au ressenti de la température, ce risque était réduit, à moins de devoir faire halte dans un endroit bien chauffé. Enfin, il ajouta une mince cicatrice sous la pommette gauche et vérifia l'aspect d'ensemble. Ainsi, il avait des allures de seigneur espagnol.

La tenue de voyage qu'il avait enfilée tirait sur les tons châtaigne. Il ne l'avait pas portée depuis son arrivée à Pignerol. Personne ne devait pouvoir le reconnaître, pas même Saint-Mars auquel ils avaient fait leurs adieux, ainsi qu'à sa dame, la veille au soir.

Il rangea ses ustensiles, boucla sa valise de voyage, achetée d'occasion dans le faubourg avec Lisa, jeta un dernier regard, manière de vérifier qu'il n'avait rien oublié.

Cœur caracolant sur trois pieds, il alla toquer à la porte de sa jeune amie. Il suspendit son geste à mi-hauteur devant le panneau de chêne entrebâillé. Quelque peu troublé au souvenir de la veille où sa vie avait peut-être – bien qu'il s'en défende

51. Poudre provenant de l'ivoire brûlé.

mordicus ! – amorcé un virage… décisif. Ne s'était-il pas engagé trop avant avec la jeune femme ? N'avait-il pas dévoilé trop tôt des sentiments pour elle ? N'avait-il pas ouvert une faille sensible, difficile à colmater ?

Il accordait trop d'importance à une relation ordinaire – pour ne pas dire banale – entre deux êtres. Il chassa ses doutes, poussa doucement la porte. Lisa (ou peut-être Élisabeth tant elle avait changé) l'attendait.

— Entrez, mon seigneur et maître, je vous en prie.

— Tu es lumineuse et… vertigineuse, annonça-t-il, admiratif.

Lisa éclata de rire.

— Et toi, guindé dans cet accoutrement, tu ressembles à un hidalgo prétentieux, obséquieux, artificieux et… pernicieux. J'ai failli ne pas te reconnaître et te chasser.

— L'anonymat est l'objectif recherché pour un déguisement.

Elle lui sauta au cou (la barbe tint bon). Ses prunelles brillaient autant que de noirs joyaux. En une nuit, elle semblait s'être étoffée. Illusion ou l'effet de la robe ample au tissu épais doublé de satin ? L'heure n'était pas aux effusions, mais à une action appliquée. Lisa le comprit :

— Il ne me reste à prendre que ce petit bagage à main.

Géraud s'en empara. Il lui adressa un sourire d'optimisme et passa devant. Dans un froid cinglant, ils rejoignirent l'enseigne près de la voiture à laquelle deux Traits Comtois, à la robe baie et aux longs crins « lavés », au pied sûr en montagne, avaient été attelés. Le cocher, emmitouflé, déjà sur son siège, les salua de la main et dénoua les guides. Lesage leur ouvrit la portière. Géraud monta le premier, tendit la main à la jeune fille pour la guider dans la pénombre : un long colis encombrait le plancher. Il la fit asseoir à côté de lui, adressa un signe amical à l'aide de camp du gouverneur qui referma sans bruit, replia de même le marchepied. Lisa ne s'inquiéta que lorsque le « bagage » s'agita et s'appesantit sur ses souliers. Géraud se pencha sur celui-ci.

— Toi, tu te tiens tranquille et tu n'écrases pas les charmants orteils de cette jeune dame, lui intima-t-il à voix feutrée, ou tes côtes vont goûter la pointe de mes bottes.

Il remonta sur le visage de Mattioli la toile noire qui lui couvrait le corps, le dissimulant ainsi en totalité – Ah ! si Saint-Marc voyait cela, il mourrait d'une crise d'apoplexie. Il releva les rideaux, de manière à ce que les deux passagers soient visibles pour des observateurs extérieurs et ne donnassent pas l'impression de se cacher. Puis, il commanda le départ.

La voiture franchit le portail de la cour, descendit jusqu'à la poterne. La cité était déjà active et les artères tortueuses encombrées. Le cocher prit garde aux enseignes qui débordaient sur la chaussée pavée. Inutile de déclencher un esclandre en décrochant l'une d'elles. On ne put avancer qu'au pas... Ce n'était pas plus mal. De cette manière, on constatait que la demoiselle connue, ne serait-ce que de vue, de la plupart des habitants et joliment vêtue, flanquée de son chaperon aux allures hispaniques, ne cherchait pas à s'éclipser *incognito*. La veille, par le caquet des servantes, on avait soufflé le bruit qu'elle rentrait en France.

La poterne était ouverte. Il fallut patienter plusieurs minutes que des véhicules, chariots et tombereaux se croisent dans l'étroit pertuis, avant de la franchir, puis passer le petit pont de pierre sur les douves où deux femmes saluèrent *la signora*. L'attelage vira à droite, indiquant qu'on ne se dirigeait pas vers Turin, mais vers Briançon. C'était la seule information que les espions pouvaient glaner et colporter : après tout, la demoiselle en visite retournait d'où elle était venue.

Les Comtois s'élancèrent plein de fougue et de feu. Il y avait longtemps qu'ils étaient confinés à l'écurie, ils avaient envie de caracoler. Le cocher les ramena à la raison. Qu'ils épargnent leurs forces, il y avait vingt lieues à parcourir jusqu'à la frontière et deux de plus jusqu'à la ville étape… après le franchissement de ce difficile col du Montgenèvre qui inquiétait Lebayle. Épreuve décisive. Pourvu que les envoyés du Roi soient ponctuels pour décharger de son brûlant fardeau le commissaire sur le qui-vive !

Géraud scrutait l'Ouest et le Nord. Si les points cardinaux opposés à ceux-là offraient un ciel serein, de ce côté, sans qu'il y ait matière à s'alarmer compte tenu des dernières informations (jusqu'à quel point pouvait-on s'y fier ?) les nuées grisaillaient les sommets.

La petite route, longée par la sinueuse Chisone, était peu fréquentée ce matin. Les premiers vallonnements furent avalés avec aisance, avant d'aborder les vraies difficultés. Accaparé, Lebayle tourna brusquement la tête quand Lisa lui adressa la parole :

— Dites-moi, mon commissaire préféré, quelle sorte d'animal transportons-nous là, que vous lui adressiez la parole comme à un être humain ?

Cette plaisanterie détendit un peu Géraud qui se rencogna au fond de la banquette pour contempler sa passagère.

— Mademoiselle, dans d'autres circonstances, je négligerais le paysage pour vous admirer et vous glorifier sans la moindre lassitude, tant votre beauté, auréolée d'une grâce divine, surpasse celui-là.

— C'est cela, brocarde-moi, moque-toi. Penses-tu que je puisse te croire ?

Ils éclatèrent de rire, ce qui incita l'empaqueté à leurs pieds à se tortiller.

— Tu peux, sans vergogne, t'essuyer les semelles sur cette grosse larve, le Roi t'en sera reconnaissant. Ce n'est autre que le comte Ercole Mattioli, Hercule pour les familiers, espion, escroc, génie malfaisant de l'intrigue et ancien secrétaire intime du duc de Mantoue.

— Ciel ! Un comte à mes pieds ou plus exactement, sous mes pieds. Bel oiseau rapace et superbes états de services, en vérité !

— Et tu n'en connais que les grandes lignes. Monsieur l'infâme traître s'est permis de flouer le roi de France et de lui subtiliser de précieux documents par l'intermédiaire du chef du cabinet noir, félon qui l'a payé de sa vie.

— Par les génitoires velues de Satan, desquelles a jailli la semence putride qui a engendré ce monstre ! Et il nous faut donc voyager avec une telle vermine ! C'est une honte. Pourrais-je supporter longtemps cette indignité ?

Lisa bourrela de coups de talons les côtes adipeuses du bonhomme qui se mit à hurler.

— Maîtrise tes indignations, Lisa, tu vas alerter toute la contrée !

— Je chanterai pour couvrir les vagissements de ce goret, mais, par chance, il n'y a personne à trois lieues à la ronde dans ces montagnes sauvages, à part les sangliers et les loups galeux de son espèce. Pourquoi ne le jetterais-tu pas en pâture à ses congénères aux crocs voraces, si tu ne crains pas de les empoisonner ?

— D'abord, ce n'est pas parce que nous ne voyons personne que nous sommes seuls. Ensuite, c'est le Roi qui a commandé qu'on le lui livre vivant, autant que faire se peut, pour avoir le plaisir de le torturer par la question extraordinaire, puis de le dépecer dans les souffrances les plus atroces. Toutefois, rassure-toi : nous devons être relayés dans le convoyage par une escouade militaire qui nous accueillera au col du Montgenèvre.

— Heureuse et soulagée de l'apprendre. Et en sus, ce gros verrat pue comme une fosse d'aisance des faux-bourgs en plein été ! La balade promet d'être fort agréable.

Géraud esquissa un rictus amusé mais ne surenchérit pas. L'ancienne Lisa transparaissait en filigrane sous le vernis de l'érudite Élisabeth… On ne renie jamais totalement ses origines ; et elle n'y tenait pas, d'ailleurs. Mais au coup d'œil en biais de la jeune femme, il comprit qu'il y avait aussi une bonne part de comédie, sans doute pour dédramatiser la situation.

S'adossant, il vérifia, par ce contact avec la matelassure, la présence de la pochette en toile cirée imperméable, attachée entre ses épaules par des lanières de cuir et qui renfermait les précieux documents confisqués à Mattioli, rendus avec soulagement par Saint-Mars.

Ils atteignirent un replat abrité sous d'immenses épicéas qu'il avait repéré lors de sa précédente reconnaissance et ordonna une halte.

— S'il te plaît de te détendre les jambes, Lisa, nous allons à présent installer notre prisonnier sur l'autre banquette pour plus de commodité, et rejoindre en cela les volontés du geôlier Dauvergne, car la mise en scène était jusqu'à présent de mon cru afin de passer au mieux inaperçus.

— Si je ne craignais qu'il me morde le cul ou me lèche l'autel de Vénus de sa langue de serpent, je le compisserais d'abondance, ainsi que le fit Renart, dans le roman du même nom, sur les louveaux du sieur loup Isengrin, son adversaire et souffre-douleur favori.

Sur un gloussement nerveux, elle sauta de la voiture et alla s'isoler derrière un rideau d'arbrisseaux. Fichue coquine ! Elle ne... pouvait s'empêcher de proférer de douces insanités.

Lebayle demanda au cocher de lui prêter main-forte pour relever et asseoir Mattioli. Outre sa corpulence, l'entrave qui serrait ses chevilles ne facilitait pas la manœuvre. Il lui serra sur le visage par un cordon le masque de velours noir exigé par Sa Majesté[52], via Saint-Mars. Les environs étaient certes paisibles, mais les brumes semblaient adhérer davantage aux cimes pointues des conifères et s'effilocher vers la vallée. Il était vrai aussi qu'eux gagnaient de l'altitude et s'en rapprochaient.

Soulevant ses riches cotillons pour ne point les souiller aux herbes humides, Lisa revint en trottinant vers la voiture.

— En route, Messieurs ! lança-t-elle guillerette, la princesse des cayennes s'est allégée comme une roturière et saura désormais se retenir jusqu'à l'arrivée.

— À vos désirs, gente damoiselle.

Géraud l'aida à se hisser sur le haut marchepied. Il ne put s'interdire de lui donner de l'élan d'une paume compatissante. Elle volta en se posant sur la banquette :

— En voilà des manières, Monsieur ? fit-elle mine de s'offusquer, des manières bien libertines et fort agréables au demeurant envers mon petit cul, que vous devriez réitérer plus souvent, il en frémit d'aise.

Il monta s'asseoir à sa gauche et donna l'ordre de repartir.

— Et, Monsieur mon courtisan, s'il n'y avait pas ce témoin gênant au regard lubrique derrière son loup, je t'aurais proposé d'autres savantes réjouissances que les cahots auraient orchestrées à leur guise pour mon grand plaisir.

52. Authentique.

— J'en aurai aussi été ravi. Cependant, nous sommes en mission délicate et il n'est hélas pas question de déroger aux règles de prudence élémentaire.

— Puisqu'il faut en passer par ces chastes exigences, nous attendrons des jours meilleurs.

Pierre-Félix, le cocher, lança ses chevaux à un petit galop pour qu'ils se réchauffent, puis les ramena au trot dès les premiers lacets. Il alterna les deux allures, selon la configuration du terrain jusqu'en haut de la côte. Les arbres se clairsemèrent, alors que le brouillard restait dense et poisseux. Ils longèrent la crête contournant le cul-de-sac d'une combe profonde qu'ils reconnurent sans peine et, au sommet de l'arrondi, s'engagèrent dans un vallon étréci qui reprenait davantage de pente. Leur apparurent des plaques de neige, puis des pans entiers de massifs couverts d'un tapis épais dont l'haleine rafraîchit l'atmosphère.

— Les informations du gouverneur sont-elles fiables quant à la prévision du temps ? s'inquiéta soudain Lisa après une lieue de mutisme rêveur.

— Il faut l'espérer, répondit Géraud, non moins inquiet de voir s'encrasser l'horizon des adrets sur leur droite que, dans leur dos, le soleil intimidé ne parvenait plus à dégager.

Le versant nord de cette barre rocheuse (la route parallèle menant à Turin) devait être encore plus encombré, il ne fallait donc pas se plaindre.

— Si je puis me permettre…

— Non, Mattioli, je ne vous autorise pas à jaser pour jouer les oiseaux de mauvais augure. Rentrez votre langue vipérine et clouez vos sabords.

— Bien, commissaire. Je ne veux pas vous désobliger.

Sous son masque de velours, le prisonnier semblait cependant ironique. N'était-ce qu'une attitude ?

— Encore un mot et vous retrouverez les douceurs du plancher et les talons de mademoiselle dans votre ventripotente, avec les miens en prime !

Le comte ne répliqua pas. Il pinça les lèvres, croisa les doigts sur son abdomen replet, comme pour le protéger, se cala au centre de la banquette et, tournant ostensiblement la tête, regarda défiler le paysage.

— Pourquoi ne le bâillonnerais-tu pas ? suggéra Lisa.

— Sa respiration est déjà empêchée par le masque… mais s'il le faut, je le musellerai, qu'il y prenne garde.

Ils passèrent à proximité d'une construction basse à la cheminée fumante où ils n'aperçurent âme qui vive.

— Pourquoi, insista la fille, l'escadron envoyé par le Roi n'est-il pas venu le récupérer à Pignerol, c'est une tâche de militaires ?

— C'est, ma chère, que la citadelle est un îlot français chèrement conquis par le roi Louis XIII et fortifiée par Jean de Beins. Seulement, nous devons traverser des territoires étrangers plutôt hostiles, à cause, en particulier, de l'affaire Casal manigancée par ce fourbe. C'est pour cette raison qu'il faut le ramener jusqu'à la frontière en sous-main, au risque de déclencher une émeute, voire une guerre.

N'oublie pas que, de surcroît, il a dérobé des documents codés qu'il a été capable de décrypter et d'en faire miroiter le bénéfice aux Piémontais comme aux Génois, aux Milanais, aux Vénitiens et, pourquoi pas à tant d'autres encore, en en décuplant la valeur réelle et tendant à chacun sa sébile !

Un rictus narquois se dessina sur les lèvres boudeuses de Mattioli. La dextre de Géraud se posa sur son pistolet. Pour contrecarrer un réflexe malheureux, Lisa se dressa et, à travers le masque, tordit sauvagement le proéminent appendice nasal de l'Italien.

— Tiens ! cracha-t-elle à bout portant. Je vais t'aider à grimacer, vilain pansu !

Un cahot la ramena en arrière. Elle lâcha prise, tomba sur les genoux de Géraud. Il l'aida à se rasseoir. Elle l'en remercia d'un baiser gourmand.

— Alors, reprit celui-ci, à Pignerol, l'enseigne de Saint-Mars donne le change en promenant un comparse à la morphologie du traître sous un masque identique. Mais la supercherie ne tiendra qu'un temps, les judas et les mouchards infestent la citadelle.

— La route sera-t-elle longue ?

— Une quinzaine de lieues.

Un fortin se découpa sur un piton que contournait la route par une descente abrupte, suivie d'une grimpée aussi raide et caillouteuse.

— Crois-tu que de là-haut on nous ait remarqués, s'inquiéta Lisa ?

— Je veux ignorer s'il s'y trouve des sentinelles avec des longues-vues. Observée du dessus, ce n'est qu'une voiture ordinaire et nous ne sommes que des voyageurs communs.

La calèche atteignit une terrasse à peine bosselée, bien reposante après tant de cahots. Il fallait reconnaître que, dans l'autre sens, la route avait été plus facile et plus rapide aussi, puisqu'ils étaient alors à cheval.

— Ces précieuses missives royales, insista Lisa qui ne manquait ni de jugeote ni de réflexion, que sont-elles devenues ?

Géraud lui adressa un sourire enjôleur :

— Récupérées par mes soins quand du même coup par une ruse habile, je m'emparai du bonhomme qui, avant d'essayer de nous les négocier encore – grossière erreur – les avait dissimulées chez son vieux papa Valeriano, dans sa maison de Padoue. Il faut préciser que ces documents volés étaient à l'origine destinés au duc de Créquy, notre ambassadeur à Rome. Le pape Alexandre se trouvait en danger de mort. Il était question de procéder à la réunion d'un conclave. La France avait ses créatures à protéger, ses antagonismes à déjouer et ses instructions à acheminer le plus vite possible.

— Des pièces très confidentielles, en somme. Comment donc les as-tu récupérées ?

— Que veux-tu Lisa, l'appât du gain, la folie de l'or et l'impatience, finissent par trahir les plus téméraires. Ayant besoin de ces papiers pour assurer la négociation, notre escroc les a donc repris et, n'ayant confiance en personne, les a dissimulés dans l'étui de sangle de sa selle. C'était astucieux mais, à malin, malin trois-quarts !

Pierre-Félix encouragea son attelage à quelques

foulées de trot et le ramena au pas dans les sinuosités.

— Ces papiers, compléta Géraud, gagneront Versailles dans les fontes du capitaine Catinat, revenu en pèlerin à Pignerol sous le nom de Richemont. Oui, Mattioli, vous frémissez, vous trémulez, celui-là même qui, avec mon aide, vous avait arrêté une première fois, mais vos complices vous libérèrent, ce qui m'octroya le plaisir de la seconde. « On ne met pas tous ses œufs dans le même panier. »

— « À agent double, malin triple », parodia à son tour Lisa qui avait senti qu'il valait mieux ne pas s'étendre sur le sujet, mais que sa question avait porté plus qu'elle n'imaginait. D'une certaine manière, cela avait arrangé Géraud.

Ils dépassèrent une bergerie, parcoururent encore une lieue, avant que le commissaire annonce une pause dans une forêt de conifères d'un vert très foncé, au creux d'un goulet.

28

Longuement, on avança à petits pas au-dessus des reculées vertigineuses qu'on eut tout le loisir d'apprécier à leurs insondables escarpements. Au fond de ces vastes cirques s'entassaient les nuages en troupeaux de brebis impatientes devant les portes d'une bergerie. Mais là, aucun sésame n'ouvrirait la paroi.

Vers les sommets à main droite, ce n'était guère plus réconfortant. De grises volutes maflues se faufilaient entre les aiguilles nues et s'y déchiraient. Par vagues, la fraîcheur coulait le long du versant. Il n'était pas question de rebrousser chemin pour plusieurs raisons et la première étant leur propre sécurité. Le maigre avantage était qu'on n'y voyait personne, pas même un mammifère d'ailleurs. Seuls les rapaces et les choucas décrivaient des cercles et sifflaient ou criaillaient lugubrement. Mattioli dodelinait de sa lourde caboche masquée. Il somnolait ou simulait.

— Je pense à un détail concernant notre hôte : l'abbé d'Estades, notre ambassadeur à Turin, qui avait combiné la première arrestation et supervisé la seconde, a tenu à ce que le prisonnier soit désigné sous le nom de Lestang. Nous conserverons donc cette identité en cas de nécessité, en y ajoutant « père » par respect… pour sa soutane.

Lisa répéta le nom. Elle n'attendait que ce signal pour relancer la conversation :

— Monsieur Dauvergne de Saint-Mars n'aurait-il pu diligenter, hier, en éclaireur, une petite escouade qui nous aurait attendus quelque part en chemin pour nous escorter ?

— Il n'existe que deux routes dans cette direction pour rallier la France. La principale est celle de Turin et l'autre voie montueuse depuis la forteresse tenue par les Français. Tu comprendras que tout mouvement de troupes est épié depuis les sommets environnants et ne pourrait passer inaperçu.

Une descente brusque après un virage serré à gauche amena la voiture un peu trop près du précipice qu'il fallait désormais longer avec une prudence accrue. Le cocher redressa le véhicule avec une calme dextérité.

Sous les sabots et les roues, des pierres giclaient, rebondissaient et disparaissaient dans le gouffre de cette vallée. Elles en percutaient d'autres, décrochant des pans entiers dans des avalanches grondantes.

Pierre-Félix tenait orienté le nez de ses chevaux vers la paroi. Aux passages trop délicats, il descendait de son siège pour les guider à la main afin que, paniqués, ils ne les entraînent vers le précipice. À l'aller, on n'avait pas appréhendé ces difficultés ni ressenti une telle impression de danger. La route s'était-elle dégradée entre-temps ? À deux reprises, Géraud et Lisa mirent pied à terre et les devancèrent, ce qui eut pour effet de réveiller Mattioli. Il ne protesta pas, toutefois l'angoisse exsudait derrière son velours noir.

— Que ferons-nous quand nous aurons livré notre colis, si la voiture ne s'est pas écrabouillée au fond d'un précipice ? s'enquit Lisa.

— Nous nous reposerons à Briançon avant de reprendre la route de Paris.

— Et puis ?

Cette interrogation sous-entendait : « Et moi ? Quel sera mon sort ? » Elle n'osait pas formuler son inquiétude en la présence du sournois Mattioli. Elle détestait cet homme plus que de raison, c'était ainsi. Peut-être que sa fourberie transpirait par tous les pores de sa peau suiffeuse. Et puis, il y avait un motif simple : sa présence interdisait toute intimité avec Géraud. Elle s'était donnée corps et âme à lui, comme on cautérise une plaie au fer rouge, car elle l'aimait comme personne. Était-ce suffisant pour se l'attacher durablement ? Tant d'écueils et d'obstacles les séparaient encore. Il lui avait consenti la tendresse nécessaire pour refermer la blessure, mais sans se confier ni s'abandonner. Ne lui cachait-il rien ? N'entretenait-il qu'une simple affection pour elle ?

— J'espère, répondit-il enfin à la suite d'une série de violents cahots, que Monsieur de La Reynie m'accordera quelque congé, rien n'est moins sûr. Nous aviserons sur place !

Elle s'interdit d'insister. Les yeux fureteurs de l'espion ne la quittaient pas, hypnotiques. Elle se sentait déshabillée, palpée, violentée ! Pourvu que Géraud ne s'en rende pas compte.

La route s'écarta de l'abîme sans fond, y repiqua

d'assez près pour générer le malaise du vertige, puis reprit le milieu de la trace. Alors, la pente s'inversa. Pierre-Félix retint ses chevaux et ne leur accorda le trot que sur des replains terreux et sans caillasses meurtrières.

La bedaine de Mattioli tressautait plus que les cahots ne le justifiaient. Ricanait-il en lui-même ? Quelles mauvaises pensées ruminait-il ? Était-ce pour semer le trouble chez ses geôliers ? Géraud et Lisa se jetèrent un coup d'œil interrogateur, puis, l'ignorant, ils regardèrent vers l'avant, chacun de son côté. S'il y avait eu une menace quelconque, le cocher les aurait à coup sûr avertis. Lisa avait trouvé un dérivatif :

— T'en souviens-tu ? Je t'avais proposé naguère de te révéler les secrets intimes de la toilette des pensionnaires de l'institution. Cela t'intéresse-t-il ?

— Pourquoi pas. Si cela doit choquer quelque oreille sensible, je te préviendrai.

Lisa se trémoussa pour se caler à son aise, se délectant à l'avance, et commença :

— Pour ce que tu as entraperçu à l'institution du Mans et ce que j'en ai vécu, durant mon séjour, et aussi à la précédente, ainsi que dans les autres maisons religieuses dont on m'a parlé, il faut imaginer une ruche de dizaines, voire de centaines de pucelles… Des filles innocentes de tout. Des filles impubères sans le moindre duvet qui sentent encore la pouponnière, des filles nubiles fleurant doux l'éclosion des bourgeons, jusqu'à des adolescentes dont le corps se met un jour en effervescence, sans savoir ce qui leur arrive ! Car il est hors de question pour les nonnes de les initier à la métamorphose qui les guette au virage de leurs onze ans. À croire qu'elles en ignorent tout elles-mêmes et ne sont pas concernées par le phénomène, dépourvues de sexe comme les anges. Un bouleversement complet que les plus âgées se gardent de révéler aux néophytes de la féminité, par pudeur ou crainte des châtiments, féminité dont elles ont une peur coupable et honteuse, s'imaginant être les seules à pénétrer dans l'univers diabolique des sens exacerbés.

— Sont-elles sorties de l'œuf la veille pour n'avoir rien vu autour d'elles ?

— Elles ont vécu leur petite enfance en vase clos, puis furent jetées au couvent où tout concourt à dissimuler aux filles ce qu'elles sont et d'abord leur propre corps… « Propre » étant un euphémisme puisque l'hygiène corporelle est très négligée chez les sœurs pour ne pas dire prohibée, à l'exception du visage et des mains. Sauvons les apparences !

— Il leur arrive pourtant de se dévêtir pour se coucher, changer de tenue, s'ablutionner un peu, pourvoir à leurs besoins naturels. Non ?

— Par exemple, au lever et au coucher quelle que soit la saison, il est expressément demandé aux pensionnaires de s'habiller et se déshabiller le plus promptement possible, en se dissimulant sous des voiles pour éviter toute indécence ou incitation au narcissisme. Et les miroirs sont interdits !

— Peste ! Je comprends mieux ta réaction de l'autre fois. On les incite donc à ne pas se regarder elles-mêmes ?

— On les effraie, on les conditionne comme si leurs propres yeux allaient les réduire en cendres si elles découvraient la rondeur de leurs genoux, leur ventre et pis encore leur trou du cul ! D'ailleurs, il règne une telle froidure dans les dortoirs, humides et mal chauffés qu'il est pénible de procéder autrement. Ne disposant que du mauvais reflet des vitres, il est impossible de connaître son apparence et ses intrigantes parties cachées. De même, il est impensable de se comparer aux autres dans une chambre de trente lits, sous la surveillance de cerbères implacables qui peuvent surgir à tout instant. C'est à celle qui se changera de linge le plus vite, sans dévoiler un pouce carré de peau, geste qui, par inadvertance peut être dénoncé par vilaine vengeance.

— Belle ambiance de suspicion !

— Les filles n'ont pas le droit de se toucher l'une l'autre, même la main, encore moins de se donner un baiser d'amitié, sauf devant témoin adulte, ni d'avoir aucune familiarité entre elles. Alors, la perfide curiosité décuplée étant réprimée, c'est à tâtons, dans l'obscurité, que chacune explore son anatomie et ses cavités honteuses qui, jamais nettoyées, démangent davantage ! Et déclencher des sensations inconnues. Dame nature n'avait pas prévu que les humains inventeraient le monastère et le couvent, mais elle est la plus puissante et reprend l'avantage ! Elle se venge sur des gamines naïves qui n'ont guère vu d'animaux en liberté.

— J'en tombe des nues, si je puis dire.

— Nous, aux cayennes, on avait au moins le privilège de se baigner dans les ruisseaux, de nous amuser au bord de la mer à cueillir les coquillages dans les rochers. Et ce n'était pas une paire de fesses qui nous affolait. Nos pauvres candides se posent tant de questions, qu'angoissées, elles cherchent quelques réponses quand deux bourgeons commencent à leur mordre la poitrine. Elles n'ignorent pas que leurs tétins vont gonfler, mais c'est parfois avec des douleurs terribles et lancinantes qui les tiennent éveillées, gémissantes sous leurs draps. D'autres sanglotent à froides larmes quand un sein enfle et point l'autre, ou s'épanouissent par accès brutaux, difformes et dissemblables au possible jusqu'à maturité !

— C'est un véritable supplice que tu me décris là…

— L'enfer sur Terre ! Certaines imaginent que le diable leur est entré dans le corps, qu'il va les boursoufler de partout et leur percer la peau en cent endroits. Qui leur dira qu'elles n'ont commis aucune faute et que c'est le lot de toutes sans l'intervention du Malin ? Qui leur expliquera que cet épanchement sanguin n'est pas causé dans leurs entrailles par la morsure de Belzébuth ? Ni une blessure à force de caresses interdites ? Car petites filles, leurs propres mères les ont laissées partir au couvent dans une totale ignorance, sinon de la peur de tout.

Géraud pensa alors à ses trois cadettes. Il ne lui semblait pas que cela se soit déroulé de cette manière, mais il n'en savait rien. C'étaient affaires de femmes. Cependant ses sœurs ne lui avaient jamais paru angoissées ni terrorisées au cours de leur formation. Il est vrai qu'elles avaient grandi à la chènevière, dans une famille simple et saine, au milieu des bêtes que l'on élevait. Une longue courbe les rapprocha un moment.

— Tu m'écoutes ?

— Je n'ai pas perdu un mot de ton exposé.

— C'est bien, continue... Alors, abandonnées à elles-mêmes, elles n'ont de recours que d'écouter les rares délurées de mon espèce qui, avant l'institution, ont connu la vie, avec ses joies et ses violences. Mais quelques révélations ne peuvent se faire que dans la discrétion.

— Ce qui veut dire ?

— Quand la plupart des filles sortent de la chrysalide pour être mariées à quinze ans, à douze, voire à onze ans ! Du jour au lendemain elles recevront avec brutalité et douleurs toute l'initiation en grand désordre, le soir fatidique de leurs noces. Et, incultes, décervelées, elles deviendront de dociles pondeuses, grosses chaque année, et dont la moitié mourra en couches et d'autres d'épuisement.

— Quand ce n'est pas sous les aiguilles des faiseuses d'anges, compléta Géraud, engrossées hors union légale par un familier.

Le comte s'était fait oublier. Lisa devint soudain songeuse, perdue dans ses pensées. Lebayle respecta son silence. Elle soupira, papillota des paupières, puis reprit, plus posée :

— Alors, si toutes ces filles m'ont acclamée lors de mon départ, c'est que bon nombre furent initiées par mes soins désintéressés, en grand secret des religieuses. C'est d'ailleurs miracle de Dieu que rien n'ait été découvert ni qu'aucune jalouse ne nous ait dénoncées.

Lisa sourit et son esprit sembla s'évader vers des

souvenirs dits licencieux s'ils avaient été découverts par les nonnes. Géraud n'osa pas la questionner davantage et n'en eut pas la peine. Elle baissa la voix pour lui confier encore :

— Une Virginie de la Soldière qui était malicieuse et curieuse comme un petit singe, avait découvert une ancienne galerie qui communiquait avec la voûte de la source alimentant le potager et le verger de l'institution, laquelle menait à une excavation dans le rocher, éclairée par une imposte naturelle. C'est là qu'on pouvait se retrouver à trois, pas plus, pour papoter ou démasquer les interdits.

Lisa pinça les lèvres, osa une dernière révélation.

— C'est moi qui, n'étant pourtant pas la plus belle, eus l'audace de me dévêtir la première, peu à peu et complètement. Par défi, sans doute. Ainsi, nous avons pu comparer nos anatomies et constater avec un certain soulagement que le Créateur nous avait fabriquées dans le même moule à quelques infimes détails près. Et ce devint un jeu interdit, bien sûr, aux beaux jours, de s'éclipser et d'élargir notre confrérie secrète.

Le sujet semblait épuisé. Ils se turent, aussi songeurs l'un que l'autre.

Ils parcoururent encore une bonne demi-lieue, mais à cette allure hachée, on mesurait mal les distances, sans parler et sur le qui-vive, sans laisser paraître aucune inquiétude, sinon sur les conditions climatiques qui se dégradaient. La voiture ralentit. Une série de virages serrés les balança de droite et de gauche.

Les chevaux marquèrent le pas. Lebayle en

compris la raison : on approchait de l'auberge de Sandro où l'on s'était arrêtés à l'aller et jusqu'à laquelle il était remonté en éclaireur… Après, se profilait cette vaste courbe et une scabreuse dévalée rectiligne.

Il devina le danger et les intentions de Mattioli soudain réveillé : adresser un signe quelconque de connivence. Quelqu'un le comprendrait et donnerait l'alerte, malgré le cabaretier baragouinant le français et leur paraissant favorable.

Bref, il n'était pas question d'y relâcher, même si les gens ne manqueront pas d'inviter les voyageurs inconnus à partager le pain, le vin avec quelques olives, et d'insister avec force exclamations et gestes pseudo-amicaux jusqu'à ce qu'ils cèdent. Lebayle le signifia à Pierre-Félix de quatre coups dans la paroi. Il rappela aussi qu'on n'était pas les Français de l'aller !

L'accueil ne fut pas ce qu'il venait d'imaginer.

Il se rembrunit, désabusé. Quatre hommes, aux attitudes plutôt inamicales et provocatrices, se déployaient sur la route et l'un d'eux apostropha le cocher dans le dialecte local. Lebayle saisit son pistolet qu'il dissimula dans les plis de son manteau et braqua Mattioli en lui recommandant expressément de ne rien esquisser d'équivoque.

— À la moindre incartade, le prévint-il encore, je n'hésiterai pas à tirer.

Pierre-Félix salua le « comité d'accueil » et répondit dans la même langue.

— Ils ne nous ont jamais vus sous cet aspect, rappela Géraud à mi-voix pour rassurer Lisa effrayée. Ils n'ont aucun moyen de nous identifier et nous ont certainement oubliés.

Il ne pouvait croire lui-même à cette affirmation depuis son excursion solitaire quand il s'était renseigné sur la possibilité ou non de franchir le col !

L'échange verbal se poursuivit comme une partie de jeu de paume, âpre, tendu, suspicieux. On voulait qu'ils descendent. Deux des acolytes armés s'approchèrent des portières. Géraud reconnut celui qui venait de son côté : l'un des fils de l'aubergiste qui l'avait vu de près à plusieurs reprises. Ils se dévisagèrent. Le gars avait un doute. Géraud soutint son regard avec un air affable. Soudain, l'homme jeta un coup d'œil étonné au prêtre masqué et en informa les autres.

Pïerre-Félix qui, heureusement, maniait avec aisance cette langue lui répondit aussitôt. L'autre se dressa sur le marchepied. La caisse tangua. Il s'attardait à reluquer Lisa à présent. Elle semblait être à son goût. Elle prit sur elle, lui sourit pour lui montrer qu'elle n'avait pas peur, avant de poser sa joue sur l'épaule de son compagnon. Elle ferma les yeux, comme si elle était lasse de ce périple.

Un cheval secoua sa crinière et gratta le sol du sabot. Il n'y avait pas que les humains qui s'impatientaient. Géraud resserra sa poigne sur la crosse de son Caminazzo et releva de deux pouces le canon vers le prélat fantoche pour le rappeler à la prudence.

Le fils ouvrit la portière, examina l'intérieur en prononçant encore quelques mots incompréhensibles, sauf pour le comte ! L'index du commissaire se crispa sur la queue de détente, son autre main rampa à la rencontre du second pistolet. Le bougre de Mattioli osa lever sa dextre ! Il fit un signe de croix en direction de l'homme qui hocha la tête, se retira et claqua la portière. Lisa avait gardé un œil entrouvert entre ses cils. Elle lâcha un long soupir.

Sur quelques exclamations sonores, Pierre-Félix prit congé et sollicita son attelage qui se lança au trot. Que s'était-il dit pendant cet échange pour les convaincre de ne pas les retarder davantage ? Il fallait attendre d'être à bonne distance pour s'autoriser une pause et s'expliquer.

— Si je puis me permettre, esquissa Mattioli.

Géraud lui accorda l'autorisation de poursuivre.

— Votre cocher a manœuvré avec dextérité. Il s'exprime fort bien dans notre langue, à croire qu'il est né dans nos montagnes. Il m'a présenté comme une éminence grise du pape, et vous en diplomate espagnol. Je reconnais volontiers que la scène était crédible. Il a précisé que, passant par Pignerol pour en informer le gouverneur, nous gagnions la France afin de négocier un traité important avec Louis XIV. Il a demandé si la neige était toujours…

— Fais-le taire ! s'exclama soudain Lisa en se cabrant.

Géraud s'alarma, dégagea son bras armé. Il visa la tête de Mattioli.

— Demande au cocher de forcer l'allure, ajouta-t-elle avec autorité.

Lebayle cogna trois fois contre la paroi.

— Que se passe-t-il, Lisa ? s'enquit-il alarmé.

— Tue-le ! Ce traître a réussi à transmettre un message.

— Diable ! Je n'ai rien remarqué. De quelle manière ?

— Celle-ci...

Lisa se signa lentement. Géraud comprit tout de suite la subtilité : Mattioli avait désigné son épaule droite avant la gauche, intervertissant « le Saint-Esprit » avec « Ainsi soit-il » ! Ce qui de face, pouvait passer inaperçu, excepté à une observatrice attentive et avisée. Elle se leva et assena un violent coup de poing à la mâchoire de l'Italien. Il vacilla et s'écroula d'une masse sur la banquette.

— Voilà qui soulage bougrement ! lança-t-elle en se rasseyant.

— Je n'aurais pas mieux frappé, convint Géraud pas moins inquiet.

On les avait laissés repartir, mais sans doute pour qu'une embuscade leur soit tendue plus bas. La route suivait un large arc de cercle autour de cette troisième vallée encaissée qui se heurtait en cul-de-sac à la paroi. Mattioli se redressa en maugréant, le masque de travers, une balafre sanguinolente sous la pommette. Lisa n'y avait pas été de main morte.

En remontant vers le point le plus haut de ce cirque, les vigiles devaient avoir un moyen d'avertir des comparses postés beaucoup plus en aval, avant qu'on amorce la descente vers Sauze d'Oux en basculant sur l'autre versant. C'est là qu'on allait les attendre, dans une chicane. Il n'y avait aucune échappatoire possible.

Fallait-il se jeter dans la gueule du loup, en espérant que celui-ci n'aurait pas le temps d'ouvrir en grand ses mâchoires ? Utopie. Le système devait être rodé. D'autant que, de là-haut, les autres ne manqueront pas de leur interdire toute retraite !

Plus ils tardaient, plus ils risquaient d'être pris entre deux feux. La piste, un peu moins cabossée et pierreuse, ne leur permettait cependant pas de galoper. Alentour, la végétation était trop rase pour offrir une cachette. Et quand bien même ! Ils n'avaient pas de quoi soutenir un siège. Lebayle devait inventer d'urgence un stratagème. Il était de plus en plus convaincu que le guet-apens aurait lieu au changement de vallée, avant les lacets et depuis les hauteurs des deux pitons qui formaient un rétrécissement en zigzag.

Connaître le lieu de l'attaque était un maigre atout à ne pourtant pas négliger. Comment débloquer le verrou ? Par la force ou par la ruse ? Ni l'une ni l'autre de ses propositions n'agréait le commissaire. Il devait cogiter à autre chose ! De neuf, d'inattendu. Un instant, il pensa dissimuler la voiture derrière quelque amas rocheux et fondre à cheval sur le piège avec Pierre-Félix, arme au poing. Effet de surprise qu'il prisait. Seulement, il n'était pas question d'abandonner Lisa avec Mattioli, même garrotté, même assommé. Il se leva, et du poing gauche, crocheta la mâchoire du gros homme :

— Pour la symétrie des hématomes ! Je sais que ce n'est pas bien de frapper un homme sans défense, mais si cet homme a fauté, il doit tendre l'autre joue, a dit Jésus, n'est-ce pas ? Nous nous en remettrons donc au jugement de Dieu, si nous devons comparaître devant le Tout-Puissant avant ce soir.

Il se laissa retomber sur la banquette sans être

soulagé pour autant. Un prêtre au visage tuméfié n'était plus très crédible. Tant pis, on n'était plus à ce détail près. Ensuite, il pensa descendre seul à l'assaut. Aussi inenvisageable, après cinq secondes de réflexion.

La voiture bondit brusquement sur une pierre qui, catapultée, cogna avec violence sous le plancher. On ne pouvait pas prendre le risque de l'accident sur un chemin aussi escarpé et cabossé. C'était la mort assurée. Le cocher le comprit aussitôt et réduisit son allure de moitié.

Lisa, tremblante, s'était agrippée à Géraud et ne le lâchait plus. Il la serra contre lui, la cajola. Ils avaient si peu de chances d'en réchapper.

Mattioli les contempla d'un air vengeur de défiance haineuse. Tant mieux. Ils se sentirent agressés, se levèrent d'un même élan et, sans se concerter, lui adressèrent un soufflet claquant sur chacune de ses joues rebondies et mal rasées.

— Cela facilite la circulation du sang, surtout chez les gens sujets à l'apoplexie. Ne nous remerciez pas, charogne.

Ils reprirent leur place, s'échangèrent un bécot rapide. Ils avaient besoin de se relâcher et les superficiels sévices n'étaient sans doute pas clos pour l'espion estampeur. Ce n'étaient que douceurs, comparé à ce qui l'attendait… si l'on parvenait à franchir le barrage. En dernier recours, c'était une balle dans la tête : Mattioli en était convaincu désormais.

Quelle possibilité leur restait-il d'en réchapper ?

Lisa devait se dire que le destin s'acharnait méchamment sur elle depuis sa naissance.

« Trop poli pour être honnête » est le proverbe que Lebayle aurait dû évoquer à propos du pseudo-aubergiste, informateur comme il se devait, mais au bénéfice de qui ? Par coutume ou pour délivrer Mattioli ? Pour récupérer les documents ou pour s'emparer des fuyards ? Ces questions étaient caduques. N'en demeurait qu'une tandis qu'ils dévalaient la longue pente sans frein : de quelle manière déjouer le traquenard ?

S'ils n'avaient pas été reconnus, c'était donc pour libérer le prisonnier qui les avait alertés... Toutefois, le signal n'avait pas été suivi d'un effet immédiat : encore un mystère. À moins que Lisa se soit leurrée... C'était à espérer, mais si peu vraisemblable.

Pourraient-ils négocier l'échange de Mattioli contre leur liberté ? L'honneur de Lebayle ne pouvait s'y résoudre et il ne fallait attendre aucune mansuétude de la part des brigands. Il se pencha pour regarder vers l'arrière. La visibilité était dégagée, hormis les bandeaux de brume épaisse qui coulaient le long des versants, s'infiltraient dans les combes. Pour l'instant, personne ne les poursuivait. Il se rassit. Ils disposaient donc d'un petit délai qu'il fallait mettre à profit. Il signifia au cocher de s'arrêter dès que possible pour une brève concertation.

Ils descendirent tous trois de voiture, se tournèrent d'un même mouvement non concerté vers l'amont afin de ne pas se laisser surprendre.

— Pierre-Félix, peux-tu me résumer le dialogue que tu as eu avec les hommes de l'auberge ?

— Sans problème.

Celui-ci donna à peu près la même version que Mattioli et ajouta :

— Ils m'ont aussi demandé si je n'avais pas vu des Français qui s'apprêteraient à suivre le même itinéraire : un commissaire, une jeune dame et une petite escorte. Je leur ai répondu qu'une voiture close était partie aux aurores pour emprunter la route du sud, moins aléatoire à cause des intempéries, encadrée par quatre archers. Ils ont eu l'air de me croire. Je leur ai produit le faux ordre de mission rédigé de la main de Lesage. Comme aucun ne savait lire le latin, ils n'ont émis aucun doute sur son authenticité.

— Il n'y a que le geste du gros traître qui ait pu les alerter. Pour quelle raison ne nous ont-ils pas capturés sur-le-champ ?

— Sans doute parce qu'ils ignoraient la signification de ce code gestuel. Il leur fallait en référer au chef, absent ou occupé à d'autres tâches.

— Et si Lisa s'était fourvoyée ?

— Hélas, je ne le pense pas, commissaire.

— D'autant, intervint la fille, qu'il affiche, depuis cette prouesse, une assurance insolente avec ce sourire narquois que nous lui avons à demi rentré dans la gorge. Oh ! est-ce que vous voyez comme moi ou ai-je la berlue ?

— Par les tripes du diable !

Une fumée s'élevait dans la direction de l'auberge et se mêlait aux nuées, mais la lueur d'un feu de branchages était assez visible aux dentelures de crête sous la corniche où passait la route.

— Il m'est venu une idée ! lança Géraud. C'est encore une partie de dés, mais si nous nous hâtons, nous avons une petite chance de les déconcerter, avant qu'ils ne soient tout à fait prêts à nous recevoir. De combien d'armes à feu disposes-tu, Pierre-Félix ?

— Deux pistolets de cavalerie, plus un petit à courte portée et un fusil.

— Je te confierai l'un des miens, car je n'aurai au mieux qu'une main de libre. Hissons Mattioli sur le siège du cocher, avec son chapeau enfoncé jusqu'aux sourcils par-dessus son masque, les chevilles liées au plat-bord et une main au support de chambrière, de manière à ce qu'il ne puisse être éjecté, mais la soutane bien visible. Je conduirai la voiture tandis que tu assureras la protection de Lisa, couchée sur le plancher au moment de la rencontre. Ils n'oseront pas tirer sur moi de crainte de toucher le prêtre.

— Puisses-tu dire vrai ! Et s'ils ont établi un barrage ? s'inquiéta Pierre-Félix.

— Je n'en suis pas persuadé. Alors, si nous sommes réduits à cette extrémité, il nous faudra improviser, au nom du Roi et avec la bienveillance du Ciel.

— Je n'ai aucune envie que tu prennes un tel risque, se braqua Lisa, le visage angoissé.

— Nous n'avons ni le choix ni le temps de palabrer. C'est moi qui commande cette opération en tous points. Tu n'aurais pas dû te trouver là, dois-je te le rappeler ? Alors, tu obéis et me fais confiance.

Il la ramena à la voiture, l'aida à monter, tira sans ménagement Mattioli par le plastron de sa soutane, relayé par le cocher. Il lui demanda comment on disait « service de Sa Sainteté le Pape » en italien.

— *Servizio della Sua Santità il Papa*, cela vous convient-il ?

— Cela me semble correct, confirma Pierre-Félix.

La pointe de la dague du commissaire fut nécessaire à plusieurs endroits charnus pour inciter le gros homme récalcitrant à coopérer. Ils le harnachèrent comme prévu, réglèrent les derniers détails.

— Et maintenant, en route, *presto* ! À la grâce de Dieu !

Géraud saisit la chambrière. L'attelage se coordonna et s'élança dans la descente.

29

Un événement particulier se déroule rarement tel qu'on l'avait envisagé. Aussi Géraud prévoyait-il toujours plusieurs variantes. Trop accaparé sans doute par la conduite de son attelage, il ne dégageait cette fois-ci aucune autre possibilité. Ceux d'en haut avaient alerté ceux du bas qui préparaient une embuscade, soit à pied avec un nombre d'hommes suffisant et quelques pierres dans le passage, soit à l'aide de branches ou d'une charrette renversée. Aucune image ne venait se superposer à celles-là.

Ceux du haut ne semblaient pas vouloir descendre pour leur couper la retraite ; une remontée les exposerait aux tirs de loin. Ils les attendaient de pied ferme. Aucun chemin de traverse ne permettait de s'esquiver. Le commissaire se sentait comme inexorablement aspiré dans la nasse, entre Charybde et Scylla associés. Pourtant, il savait qu'il ne pourrait pas traverser le piège comme un simple rideau de fumée. Alors, pourquoi cette attirance frénétique et suicidaire ? Pour en finir définitivement et sacrifier Lisa ? C'était incohérent et inacceptable. Et pourtant, il fonçait au-devant de la mort !

Il y avait Mattioli à livrer au roi (ou à éliminer) et

Lisa à sauver des mains avides de ces barbares ! Il ne pouvait pas lui laisser subir encore ce que son oncle indigne lui avait infligé. Mieux valait qu'elle meure d'une balle dans le cœur – ainsi qu'il avait ordonné en secret à Pierre-Félix si tout était perdu. Et que Dieu l'accueille auprès de lui en martyre.

L'attelage dévalait. Il maîtrisait son allure et la trajectoire du véhicule.

Seulement, une partie de lui-même rechignait, ne pouvait pas admettre cette fatalité ! Alors comment agir autrement ? Il s'égarait dans un labyrinthe obscur de supputations stériles. Lutte intérieure sans concession. Il se démenait, incapable d'élaborer une échappatoire, sinon le précipice ! La voiture geignait mais résistait aux chocs de la route bossuée et ravinée, parfois en dévers qui soulevait une roue côté amont.

Lebayle jeta un bref regard à son otage malmené, brinquebalé qui grognassait à chaque heurt et à la tension blessante des cordes. Cette torture n'était que la monnaie de sa pièce ; il méritait pis. La bave lui moussait à la commissure gauche, une morve pendait à sa narine droite, tel un enfançon malade. Risible et dérisoire. Géraud ne pouvait pas même morguer ce lamentable judas !

L'attelage caracolait toujours avec une habileté insolente, se jouant d'un terrain accidenté et chaotique qu'il appréciait.

Le défilé n'était plus qu'à un quart de lieue, il reconnaissait la configuration des massifs qui s'emboîtaient pour ne laisser qu'un étroit goulet sinueux vers l'autre versant. C'est là que tout allait se décider. Pour l'instant, rien n'était visible. C'était après une première courbe accentuée qu'ils découvriraient la structure du piège, trop tard pour l'éviter : chariot, tronc d'arbre, piquets pointés en oblique vers le poitrail des chevaux.

Qu'espérait-il encore ? Un miracle ? Ou avait-il perdu tout espoir ?

En toute conscience de ces causes dramatiques, Lebayle ne ralentit pas ses bêtes et leur laissa la bride sur leurs puissantes encolures aux crinières flottantes. Chevaux de l'Apocalypse ! Leurs pieds semblaient sûrs, les sabots claquaient juste, ne dérapaient guère ; ils contrôlaient un train soutenu. « À la grâce de Dieu ! » se répéta-t-il.

Les chevaux ressentaient ce désistement du cocher. Ils relancèrent de plus belle sur un faux plat. Dans la caisse, les deux passagers s'alarmèrent, clamèrent leur désapprobation. Lebayle fit tournoyer et claquer très haut sa chambrière. Le précipice défilait à leur gauche. Les graviers, les cailloux, les mottes de terre fusaient dans le vide et s'y perdaient. Le défilé s'entrouvrait à cent toises et toujours rien en vue ! Se tenaient-ils en embuscade ?

Soudain, d'autorité, les bêtes ralentirent, relevèrent la tête, cambrèrent leurs reins, raidirent leurs membres. Grognèrent, s'ébrouèrent. Odeur du danger ? Qu'ont-ils senti ?

Les larges fers ripèrent, griffèrent la terre, la voiture dérapa de l'arrière, sans incidence, tressauta et sa vitesse diminua au quart. Mais c'est encore trop ! La pente était raide. Premier virage à droite. On s'engouffra dans la gorge ombreuse, bordée de troncs serrés. La voiture pencha à l'extrême, décolla cette fois deux roues du sol. Elle resta un long moment en suspens, équilibre précaire, retomba, cogna, tangua et louvoya entre les conifères immenses. Sauvagement fouettée, griffée des deux côtés par les basses branches. Puis elle retrouva tant bien que mal son aplomb. Tressauta encore.

Alors, deux ombres humaines jaillirent du sous-bois, se jetèrent en travers du chemin, escopette braquée sur les deux hommes.

— *Servizio della... Santità il Papa* ! beugla Lebayle.

Une détonation sourde, une autre lui répondit. Les plombs criblèrent la carcasse de bois autour des deux « cochers ». Un cri...

Un coup de feu tiré par la portière renversa l'un des tardifs assaillants, l'autre sauta dans la pente, dévala sur les talons. Géraud tendit les guides, tira la tête de ses chevaux vers l'intérieur de la seconde courbe. La terre s'éboula sous la roue. Il redressa sa course, maintint son attelage tant bien que mal, ralentit un peu, relâcha, retendit, empiéta sur le talus, se cramponna d'une main, tira sur les guides. Ses muscles se nouèrent. Les crampes l'assaillirent. Ses tendons vibrèrent sous la peau.

Trois autres brigands se profilèrent plus bas. Mattioli s'affala sur la banquette, grommelant. Était-il sévèrement touché ? Il ne fallait pas compter sur lui pour lancer à nouveau l'avertissement en italien que Géraud avait complètement oublié !

Arc-bouté, il évita de justesse une grosse racine affleurante.

« Droit devant ! » hurla-t-il à l'intention de Pierre-Félix. Crispé, tiraillé, il garda le cap. Les chevaux, fatigués, se désunissaient et trottaient à contretemps. Il les ramena au pas avec quelques embardées qui faillirent l'éjecter et, sur cinq foulées piétinées, il les relança.

En dessous, de l'intérieur, un fusil aboyait. Le premier adversaire lâcha sa pétoire, roula au sol. Une seconde détonation résonna par l'autre côté, alors que les roues gauches écrasaient le blessé. La voiture oscilla, reprit un instant la ligne droite, dérapa d'un côté, dérapa de l'autre, ripa sur une pierre. Courts virages gauche-droite. Elle se rétablit, repartit à la godille. Le flanc toucha. L'éperon d'une branche cassée perfora la paroi. Elle zigzagua, dansa, se stabilisa. Les deux derniers Italiens protégés par un tronc fendu tirèrent simultanément. Criblée par les balles, la voiture traversa l'obstacle, évitée par une silhouette habile. Mattioli vagit. Les suspensions geignaient, les harnais grognaient.

Prendre de la distance avant que d'autres ne surviennent. Éviter de verser. Ralentir sans à-coups, ralentir encore. Une quasi-boucle à négocier au large. Des pierres d'éboulement… serrer doucement le frein pour soulager les bêtes, tendre les guides malgré l'épuisement, relâcher avant la surchauffe des patins de bois.

Saisi par le silence angoissant, Géraud s'inquiéta d'un cri rauque :

— Comment… va, là-d'ssous ?

Aucune réponse ne lui parvint de l'intérieur. Il contraint ses chevaux à revenir au pas, suant, soufflant, trépignant. Il réitéra sa question. Cette fois, il fut entendu :

— Tout va pour le mieux ! assura Lisa, passant la tête par la portière.

Rassuré et les muscles mordus par d'atroces crispations, Géraud tendit ses guides, tira sans effet apparent. Il se fâcha. Les chevaux tournèrent les oreilles, consentirent à obéir, trépidant sur la partie presque plane. Enfin, la pente se redressa, remonta le flanc avant d'attaquer deux lacets étroits, puis on retrouva un terrain plus horizontal. Le danger était passé, on pouvait poursuivre au petit pas sur cette lancée.

Un bref instant, Géraud leva les yeux vers les cieux encombrés : « Merci, mon Dieu, de nous avoir évité cette insoluble épreuve. » Puis il se concentra à nouveau sur cette route mulassière aux perfides dangers, surtout quand elle paraissait facile.

Il chercha un espace assez plan et stable pour s'autoriser une indispensable halte. Enfin, une légère remontée au flanc d'une cuvette lui offrit ce qu'il attendait. Il rangea la voiture, bloqua le frein, descendit du siège, tremblant, d'une pierre cala une roue.

Il se redressait quand Lisa ouvrit la portière. Elle lui sauta au cou, l'étreignit de toutes ses angoisses libérées, lui enserra les reins de ses jambes nerveuses, comme la petite fille d'autrefois. Il recula pour rétablir son équilibre.

Elle était encore assez légère pour ce genre d'élan affectueux. Elle l'embrassa avec fièvre, remercia Dieu et la Vierge Marie de leur avoir accordé la vie sauve.

— Je n'ai rien vu, mais tu as été merveilleux.

Il la déposa enfin au sol, sous les regards attendris

de Pierre-Félix à la paupière rieuse, soulagé lui aussi de l'issue invraisemblable de ce pari fou.

— Est-ce Athéna ou Mars, demanda-t-il à Géraud, qui t'a dicté cette stratégie hasardeuse de va-tout, de pousse-la-mort ?

— Une inspiration que je n'ai analysée et comprise qu'*a fortiori* : le brouillard… *brouillait*, si je puis dire, le signal de l'embrasement à ceux du bas, lesquels ne devaient pas se tenir en alerte permanente, à moins que la sentinelle se soit endormie. Alors, il fallait devancer leur regroupement. Cela s'est réalisé d'instinct, sans réflexion et je me suis laissé guider. La chance et Dieu ont été avec nous. Je me demande encore comment nous avons pu passer. Seulement, c'est une arme à double tranchant car, à présent, nous devrons enjamber le col dans de moins bonnes conditions, d'après ce qu'on en connaît.

— Nous sommes sains, saufs et vaillants, intervint Lisa, animée par un nouvel espoir. C'est l'important. Tout au long du chemin, je prierai Dieu pour qu'il porte encore sur nous un regard bienveillant.

— Et moi, l'on m'oublie, par saint Nicolas[53] ! Me laisserez-vous crever sur ce pilori inconfortable, pieds et poings liés tel un gibier faisandé ? Je souffre mille morts !

— Mille quand une seule devrait suffire pour un gibier de potence, observa Géraud. Je crains d'avoir en effet quelque peu délaissé notre si précieux passager. Mais qu'il s'estime heureux d'avoir été

53. Saint protecteur des prisonniers.

épargné. Pierre-Félix, tandis que je le délierai et le réinstallerai à l'intérieur, je te confie l'examen méticuleux de notre véhicule et du harnachement. Je crains qu'il n'ait souffert des mauvais traitements que je lui ai infligés.

— Pas d'inquiétude, commissaire, je m'en charge.

Discrètement, Lisa alla s'isoler pendant que les hommes s'activaient. Mattioli, sur le banc, vagissait lamentablement, pis que vache en gésine d'un doublé de veaux. Géraud lui dénoua ses liens qui, il est vrai, l'avaient entaillé au sang, mais aussi préservé d'une chute mortelle.

— Rassurez-vous, comte fantoche, vous n'avez pas la mine d'un moribond. La graisse de votre bedaine vous a préservé de lésions aux organes vitaux, et les tromblons de ces montagnards piémontais ne crachaient que des plombs à caille. Nous consulterons le chirurgien de Monsieur de Lamoignon dès notre arrivée, c'est promis, bonhomme.

— Et si les plaies s'infectent ?

— On amputera ! Je m'y engage. Et si ce n'est pas suffisant, on fera comme aux chevaux blessés. D'ici là, vous cessez vos jérémiades et de vous lamenter sur votre sort encore fort enviable, croyez-moi.

Ils se remirent promptement en route avec cette nouvelle inquiétude : le franchissement du col. Par un raidillon étroit, ils descendirent sur un plateau de taille modeste qui les engagea plus bas sur un second puis, guidés par le sillon capricieux d'un torrent, dépassèrent le hameau de Champlas où ils ne virent qu'un vieillard tranquille et ses deux chiens, assis de part et d'autre. Encore quelques lacets à négocier avec prudence – mais Pierre-Félix était expert – et sans précipitation qui les amenèrent sur une partie plus carrossable, plongeant bientôt sur Cessana et l'embranchement avec la route Turin-Briançon. Ils se relâchèrent et le cocher se laissa aller à siffloter une ballade.

Mattioli s'était rencogné, crispant les paupières derrière son ridicule masque de velours qui avait tourné. Il respirait fort pour couvrir et évacuer sa déception consécutive à l'échec de son subtil stratagème.

Géraud et Lisa l'ignorèrent autant que possible, serrant les poings sur leur furieuse envie de le châtier encore. Elle se pelotonna contre son flanc protecteur. Il lui enserra les épaules. Elle ronronna.

Instants de répit, à savourer entre deux épreuves, puisque la suivante ne tarderait pas. La vie devait-elle toujours se présenter ainsi, bâtie de moellons anguleux, maçonnée au mortier des inquiétudes et des périls ? Et toujours en équilibre précaire, stabilisée par des forces contradictoires ? Architectes et bâtisseurs de l'invisible. Il n'y avait rien de nouveau dans cette réflexion, sinon une confirmation avec le même alinéa : l'inaction est le terreau du néant.

Lisa. Il savait ce qu'elle attendait de lui et qu'elle réaffirmait avec une constance admirable. C'est aussi le propre des rêves. Et lui, le commissaire au service de Monsieur de La Reynie, il s'interrogeait toujours. Bien sûr qu'il y tenait à cette petite, mais le pendule oscillait, s'arrêtait le temps d'un clin d'œil, repartait dans l'autre sens. Se fixera-t-il un jour ? Quand on parle du loup !

Pierre-Félix donna l'alerte en arrêtant son attelage.

À travers les halliers, sur un sentier dégagé, trois lacets en dessous d'eux, s'avançaient un groupe d'une dizaine d'individus armés. À n'en pas douter, ils étaient à leur recherche. Impossible de les affronter, on n'avait aucune chance de leur échapper. On ne pouvait pas non plus faire demi-tour, le chemin était trop étroit. C'étaient déjà une chance qu'ils n'aient pas entendu le charivari de l'attelage. Il ne servirait à rien d'abandonner la voiture au beau milieu du chemin et de se cacher dans la végétation, bien qu'assez dense, en traînant Mattioli qui y mettrait la plus mauvaise volonté.

S'ils devaient une nouvelle fois passer en force, il fallait tenter le tout pour le tout, mais sur un terrain plus propice, celui-ci était trop accidenté.

Le cocher mit ses chevaux au pas, passa le virage suivant qui dissimulait une longue pente rectiligne et les arrêta. C'est là qu'il valait mieux les attendre et les surprendre, dès qu'ils passeraient le gros rocher rond, sans attendre qu'ils les mettent en joue. Seulement, après, quelle configuration leur réservait la route ? Et si, emporté par la vitesse, le cocher ne parvenait à négocier les autres virages… Ce n'était pas le moment de bâtir des plans alarmistes sur la comète. Géraud disposa sur la banquette son arsenal que Lisa, assise sur le plancher, devait empêcher de tomber sous les cahots.

Et puis, soudain, la voiture s'ébranla en douceur. Géraud jeta un coup d'œil par la portière de droite, ne vit rien, mais la caisse penchait de ce côté ! Pierre-Félix avait remarqué un étroit sentier qui entre les arbres contournait un petit promontoire. Une aubaine ! Les branches griffèrent les flancs. On s'enfonça d'une dizaine de toises et le cocher immobilisa ses bêtes. Il sauta au sol, vint à leur tête les prendre au mors pour les rassurer afin qu'ils ne trahissent pas leur présence. Ils avaient une infime chance de n'être pas détectés. On perçut bientôt le crissement des cailloux sous les semelles des traqueurs montant lentement sans parler.

Géraud descendit sans bruit du véhicule, laissa béer la portière pour que Lisa puisse lui passer au besoin ses armes de réserve. Il s'accroupit derrière un tronc. La route passait juste en dessous de leur position, au pied d'une descente abrupte. Il préféra s'asseoir, c'était plus confortable et il viserait avec plus de justesse. De là, il pouvait en tuer plusieurs, mais, en sus des armes à feu, un arc lui aurait été plus utile.

Ils approchaient.

Et si Mattioli se mettait à hurler pour les avertir ? Géraud se tordit le col et tenta de voir l'intérieur de la voiture… il se détendit : brave Lisa qui pointait une dague sur la gorge du gros homme dans une posture qui montrait sa détermination. Brave petite corsaire. Elle n'en avait pas seulement dans la tête, cette fille ! Elle était crâne et point dépourvue de courage. Il revint à son observation.

Les premiers chapeaux apparaissaient à travers la sous-végétation clairsemée. Tant qu'ils ne levaient pas la tête et que l'on évitait les bruits… Géraud retint sa respiration et visa celui qui marchait devant, armé d'un fusil ancien à très long canon. Celui-ci prononça quelques mots à voix basse, incompréhensibles. Un autre lui répondit de même. Les avaient-ils repérés ?

Les trois suivants parvenaient à leur tour à l'aplomb de leur modeste refuge. S'il bougeait un pied, déséquilibrait quelques petits cailloux, des morceaux d'écorce... Le cinquième et le sixième passèrent, un peu détachés. Le froid offrait cet avantage qu'il fallait rester couvert.

Plus haut, un oiseau poussa un cri d'alarme et s'envola. La horde s'était arrêtée, pointant fusils et pistolets, sur un signal du meneur que Géraud distinguait à présent de dos dans la trouée suivante. Pourvu qu'il ne se retourne pas vers ses hommes par la droite ! Il se trouvait presque à leur niveau et ne pourrait manquer d'apercevoir le véhicule !

Il ne le fit pas. Ils reprirent leur lente progression. Sept, huit, neuf... Combien y en avait-il encore ? Comment ne devinaient-ils pas leur présence si près de leurs têtes ?

Géraud transmit son Caminazzo dans sa main gauche, paume droite moite comme jamais ! Il l'essuya contre sa cuisse et raffermit ses doigts sur sa crosse.

Ils n'étaient que neuf, à moins qu'un serre-file garde ses distances. Les derniers passèrent à leur hauteur sans s'inquiéter de leurs arrières. Ils continuèrent leur montée au même rythme. Ils s'éloignèrent.

Ne pas bouger. Les autres se trouvaient encore à portée d'ouïe et de se raviser. Tous quatre restèrent pétrifiés et les chevaux ne lâchèrent pas le moindre soupir. Les bruits s'estompaient. Attendre encore… N'importe quoi pouvait alerter les traqueurs, un lapereau apeuré, un écureuil, une pomme de pin qui choit, roule dans la pente et…

30

Par le biais, ils traversèrent la vallée enneigée d'une couche de trois à cinq pouces et attaquèrent le coteau opposé, puis débuta la montée véritable et tant redoutée vers le col du Montgenèvre.

Les chevaux tâtèrent d'un sabot sceptique le sol durci et se cambrèrent dès les premières difficultés, sans toutefois rechigner. Ils savaient ce qui les attendait. Le cocher expérimenté était attentif, on pouvait compter sur sa maîtrise. Si la gageure se révélait trop hasardeuse, il était encore possible de s'en retourner et espérer trouver un abri à l'écart des habitations. Sans Mattioli, ce n'eût pas été un grand souci. Seulement le coup de semonce précédent devait avoir déclenché l'alerte dans toute la contrée et les poursuites s'organisaient sans hâte, certains qu'ils étaient de pouvoir rattraper les fuyards avant la frontière.

Il fallait donc tout tenter pour rallier Briançon au plus tôt.

Certes, ce n'était pas sans risques multiples, mais d'autres téméraires y étaient parvenus dans de pires conditions. Alors, pourquoi pas eux ?

On avançait au pas. Le premier soin était de ménager les bêtes qui avaient déjà beaucoup donné. Par chance, aucune ne s'était blessée dans la périlleuse descente, à quelques écorchures près, et les fers restaient solidement arrimés.

Les passagers se tenaient cois, tendus vers le moindre bruit suspect. On compatissait aux efforts de l'attelage qui, au fil du temps, ne semblait pas trop pâtir des coups-de-cul sévères de la pente ni des virages relevés et parfois en dévers. Le cocher avait rassuré Géraud quant à la solidité de la voiture. Les rayons des roues bagués de métal et les suspensions renforcées avaient permis à l'ensemble de mieux supporter (ou moins mal !) les cahots et les chocs. Certes des joints avaient sauté, la structure était ébranlée, mais il ne servait à rien, se dit Félix, d'alarmer le commissaire qui avait d'autres choses à penser.

Un trio de freux vint tournoyer au-dessus d'eux en guise d'avertissement, puis disparut d'un même coup d'aile. Il y avait longtemps que les voyageurs n'avaient croisé quiconque et, en terre étrangère, cela réduisait le risque d'être dénoncé. Un profit non négligeable.

Géraud avait eu pitié de Mattioli et ne lui avait pas réentravé les chevilles. Où pourrait-il courir, lourdaud qu'il était et embarrassé de sa soutane ? D'ailleurs, il semblait résigné à son sort, même s'il fallait toujours se méfier des fourberies du Transalpin !

Lisa balançait entre prière et somnolence. Son juvénile profil se découpait sur le fond sombre du dossier gainé d'un cuir brun assez mal rembourré.

Une large boucle coupait à mi-hauteur un piton arrondi en s'élevant doucement. Les chevaux purent souffler, se décrisper les muscles. Le sol était meuble et les roues produisaient moitié moins de bruit, hormis un chuintement inédit. « Qui tend l'oreille, finit par percevoir le pet d'une mouche malade. »

Puis, ce fut une descente pierreuse qui s'engouffrait dans un bois d'épicéas. Au fond du talweg, les creux étaient comblés par une couche de neige récente, mousseuse mais tenace. La rampe s'accentua par paliers irréguliers. Les courants descendants fraîchissaient.

Ils débouchèrent dans un nouveau décor, gris, noir et blanc, avec un ciel laiteux, suffoquant. Ils ne percevaient plus aucun bruit, aucun cri animal, aucune brise. Atmosphère pesante mais moins inquiétante que des bourrasques glacées ou un orage. Un peu de neige n'a jamais arrêté le pèlerin.

Mattioli se laissait bercer par le roulis et le tangage contrariés de la caisse dont les ressorts éprouvés absorbaient moins bien les cahots. Ses joues flasques et son double menton tressautaient. Il fixait ostensiblement l'extérieur. Géraud décida de recharger le pistolet qu'il avait confié à Pierre-Félix. Drôle d'embuscade ratée, tout de même. Les brigands ne devaient pas amasser fortune sur cette route. Sans doute vivaient-ils grâce à d'autres activités… régulières ou de contrebande !

Géraud se sourit. N'avait-il rien de plus sérieux à penser pour s'occuper l'esprit ? Il n'aurait pas dû s'adresser cette remontrance, car le sujet épineux qu'il s'efforçait d'occulter revint à la charge, revers d'un soufflet : quels étaient ses sentiments réels pour Lisa ?

Leur passé avait tissé des liens particuliers, entre

les mailles desquelles le souvenir vivace de Maline restait à jamais captif. Bien qu'elles se ressemblassent par certains aspects, elles étaient très différentes au physique et c'était un grand avantage. D'ailleurs, il se refusait à les comparer autant que faire se pouvait. Pendant ces sept années de pensionnat, Géraud s'était insensiblement détaché d'elle tandis que l'affectuosité de Lisa pour son sauveur se renforçait, conséquence de l'absence qui idéalise l'être glorifié.

L'écart d'âge était pour lui une pierre d'achoppement sur laquelle il se heurtait, bien qu'elle fondît imperceptiblement au fil des mois. Leurs affinités, elles, divergeaient. Qu'avaient-ils en commun ? Elle aspirait à un savoir toujours plus grand et prisait les tournois intellectuels, dans la lignée des salonnières qu'elle admirait et dont elle s'inspirait. Lui exerçait un métier d'action, dangereux où cependant la subtilité et la réflexion étaient vitales à certains moments-clés.

Quels autres arguments pouvaient-ils invoquer pour orienter sa décision et l'arracher à cette lancinante expectative ? Ils étaient trop dissemblables. Seulement, il se sentait bien auprès de Lisa et la confiance totale dont elle le gratifiait en s'offrant à lui, après cette indélébile meurtrissure de son enfance, était un gage de sincérité absolue. Et davantage sans doute. Était-ce toutefois suffisant pour transformer en une compagne dévouée une jeune fille qui n'aspirait qu'à s'émanciper ?

Géraud s'ébroua. Il n'était pas temps de tirer des conclusions. On y verrait plus clair à Paris. Une autre inquiétude commença à supplanter celle-là :

les flocons épars qui papillonnaient s'étaient multipliés et densifiés. Le paysage se modifiait, pâlissait, s'estompait. La visibilité du cocher se réduisait à cinquante toises. Les sommets avaient été avalés et la luminosité baissait. Il était manifeste qu'ils ne pouvaient envisager un retour et se heurter à des hordes de poursuivants.

Le froid s'insinuait par les jointures des portières et des vitres, et même entre les lattes du plancher. Tant qu'on progressait à cette allure, il était inutile d'affoler Lisa. Il était raisonnable de penser qu'on pouvait arriver avant la nuit chez Lamoignon, délesté, au col, de la responsabilité de Mattioli. L'objectif premier était le sommet et la frontière. (La menace d'un autre guet-apens n'était pas à écarter.) À quelle distance se trouvait-on encore de Briançon et combien de temps fallait-il pour rallier le havre français ?

Géraud hésita à ordonner une halte. Pierre-Félix était assez chevronné pour savoir ce qu'il convenait de faire… Rongeant acide du scepticisme !

Lisa lui sourit. Il lui répondit par un clin d'œil espiègle. Elle l'embrassa. Il la laissa agir, bien qu'en principe il préférât être l'initiateur de ce genre de douceur. Il ne put masquer son envie d'elle et s'en voulut de cette faiblesse. Il toqua à la paroi pour signifier au cocher de s'arrêter dès que possible. Mattioli ouvrit un œil globuleux, se gratta entre les côtes ou une région approximative, en lâchant un long soupir blasé de tout.

Pierre-Félix trouva un élargissement assez plat pour ranger la calèche. Il descendit de son perchoir et Géraud l'entraîna à l'écart. Ils inspectèrent les environs en libérant leurs vessies.

— Que penses-tu de la situation ? demanda le commissaire.

— Sans trop d'impondérables et pourvu que la neige ne s'intensifie pas davantage, c'est jouable. La couche sera épaisse au sommet mais restera stable. De toute façon, nous n'avons pas le choix. Il faut franchir le col coûte que coûte. Le froid est trop vif pour passer la nuit dehors.

— C'est aussi mon avis. Je vais te relayer le temps que tu te réchauffes à l'intérieur. Je te laisserai la partie finale que tu géreras mieux que moi.

— Sage décision, merci. J'espère que la brigade envoyée par le Roi sera ponctuelle au rendez-vous.

« À condition que Saint-Mars ait averti Lamoignon de notre départ précipité ! » ronchonna Géraud en lui-même, puis il lança :

— Allons-y, ne nous attardons pas, chaque minute compte.

Ils repartirent, aiguillonnés par l'écho d'un hurlement pas si lointain. Pierre-Félix était transi et plus inquiet qu'il ne le laissait paraître.

Géraud devait-il pousser les bêtes ou les ménager ? Il les sollicita. Elles réagirent de bonne grâce, habituées qu'elles étaient à ces intempéries. Il leur demanda un effort supplémentaire. Elles répondirent favorablement. C'était une sécurité. La visibilité s'était encore réduite : trente toises au mieux, en plissant les paupières. Dans les pertuis boisés, la pénombre se substituait au rideau blanc mouvant, moins éprouvant pour les yeux.

Peste ! Il avait oublié de demander à combien de temps Pierre-Félix estimait l'arrivée au col ! Le savait-il seulement, même s'il connaissait la route ? Géraud maintint le rythme, ne ralentit que dans les rétrécissements et les circonvolutions du chemin. Soudain, il dut retenir son attelage : une forme sombre s'étirait en travers de la route. Il arrêta son attelage à distance raisonnable et siffla pour prévenir Pierre-Félix qui descendit de la voiture et comprit tout de suite la raison de l'appel.

— Une branche a cédé sous le poids de la neige, assura-t-il en s'avançant. Ne bougez pas, je m'en charge.

Sous son manteau, la main sur la crosse, il marcha jusqu'à l'obstacle à demi effacé par cette maudite neige redoublant d'intensité. Et si la branche n'était pas tombée toute seule ? Géraud tira son pistolet. Pierre-Félix parvint à arracher les dernières fibres qui retenaient la branche à son tronc, la bascula dans le vide. Puis il revint vers la voiture :

— Nous ne sommes peut-être pas au bout de nos peines, déplora-t-il en secouant la neige de ses épaules et de son chapeau. Pas trop gelé, commissaire ?

— Je tiendrai encore un moment.

— Dans une demi-heure, je reprendrai les guides. Il devrait alors nous rester une petite lieue à parcourir.

— Ce sera parfait, exagéra Lebayle pour se donner du cœur.

Pierre-Félix sauta sur le marchepied. La voiture tangua. Il disparut à l'intérieur. La portière claqua donnant le signal du départ. Les chevaux piétinèrent, les roues patinèrent. La voiture s'ébranla après quelques secondes d'indécision, ripa vers le précipice. Les cerclages de fer mordirent enfin la terre durcie. Géraud laissa les bêtes se stabiliser. Il les stimula de la voix et l'on put reprendre l'ascension à allure modérée mais constante. Au tournant suivant, assez refermé, il eut le même souci et les mêmes craintes.

À peine progressait-on à une demi-lieue à l'heure. Pourvu que la nuit ne les surprenne pas trop tôt. Ils marquèrent un arrêt devant une brusque accentuation de la pente. Elle n'était pas très longue mais les passagers durent pousser. Pierre-Félix souhaita reprendre les guides plus tôt que prévu, prétextant qu'il se sentait requinqué.

— Arriverons-nous bientôt ? demanda Lisa, lasse de cette interminable montée qui n'avait pas encore révélé tous ses méandres.

— Une heure environ, minimisa Géraud.

— Je m'en voudrais de vous contredire, se permit d'intervenir Mattioli bien réveillé, mais je gagerais pour le double, si toutefois nous parvenons au col. La dernière lieue est d'une tout autre catégorie de difficultés et…

— On ne vous a pas adressé la parole, vautour de mauvais augure ! Nous sommes passés à l'aller, nous passerons au retour.

— C'était pour que vous ne vous abusiez point. La neige devient collante. Bientôt les roues ne voudront plus tourner. Les chevaux s'épuisent. Il nous faudra marcher, moi compris. L'exténuation viendra vite. Nous allons mourir de froid, je vous le prédis.

— Est-ce que je peux lui arracher les yeux ? s'emporta Lisa, dressée comme une furie.

— Est-ce que cela en vaut la peine ? Il sera mort le premier d'une balle dans la tête et nous nous réchaufferons les doigts dans sa tripaille fumante, ainsi que pratiquent les soldats avec les chevaux dans les situations désespérées. C'est répugnant mais efficace. Et nous achèverons le pensum tous trois avec les montures qui nous tireront de cette mauvaise passe.

Mattioli blêmit : des anecdotes de cet acabit ne lui étaient pas inconnues.

— Cela ne m'interdit pas de m'affûter les griffes sur sa trogne porcine, insista Lisa avec une envie évidente… et un certain talent de comédienne. Cet olibrius nauséabond me répugne.

— Hélas, le Roi le réclame vivant afin qu'il subisse la question extraordinaire. Je me dois d'obéir à Sa Majesté et le traîner le plus loin possible.

— Mais puisqu'on va mourir, ne me laisseras-tu pas cet ultime plaisir ? Ou bien, on lui bande les yeux et on fait une dernière fois l'amour avant d'être transformés en statue de glace.

— Je suis tenté par ta seconde proposition qui cependant n'empêchera pas la première.

— Je t'en sais gré.

Ils cessèrent de railler, car la voiture abordait avec difficultés le lacet suivant. Pierre-Félix stimula son attelage de la voix et de la main. Après un court recul, une roue trouva appui sur une roche affleurante. Il laissa les bêtes se reposer un instant.

Géraud descendit pour surveiller la manœuvre. Puis, sous la tourmente aveuglante, il fit levier sous l'autre roue avec un morceau de branche. Les chevaux reprirent leur effort au signal du cocher. Ce fut suffisant pour retrouver de l'élan et franchir l'obstacle jusqu'à un faux plat montant modéré, couvert par une voûte de conifères. Il courut derrière et sauta en marche. Il s'épousseta avant de se jeter à l'intérieur et claqua la portière qui joignait mal. Quelques secondes avaient suffi pour le transformer en bonhomme hiver.

— Si nous étions moins chargés, reprit Lisa acrimonieuse, nous limiterions ces incidents qui peuvent être fatals.

— Il est fort possible qu'au prochain accroc je te donne raison et que nous nous délestions d'un poids mort.

Plaisanter aux dépens du prisonnier permettait encore d'évacuer une part de leur angoisse. Malgré l'habileté du meneur, la situation devenait préoccupante. On avançait à pas lents, l'essentiel étant de ne pas bloquer les roues. Un sursaut les colla au dossier et Mattioli plia le buste : Pierre-Félix prenait de l'élan. Cette fois, la courbe relevée était large et régulière.

Géraud n'attendit pas l'arrêt pour descendre à nouveau. Il dérapa sur une plaque gelée, roula dans la couche épaisse de trois pouces, se redressa, se secoua, s'élança.

Pendant ce temps, la voiture avalait l'écueil sans son aide, oscillant plus que de raison sur ses ressorts émoussés. Levant haut les pieds, il se hâta de combler son retard, troublé par le branlement persistant du véhicule que le cocher dut ressentir puisqu'il interrogea les passagers d'une phrase inaudible pour lui, absorbée par la neige. Impossible de seulement ralentir, au risque de s'engluer ou de verser dans les bourrelets accumulés par un courant d'air tourbillonnant au débouché d'une barrière rocheuse à pic.

Géraud luttait, s'épuisait, sans regagner de terrain. Il inspira à fond et siffla. Le son aigu parvint à Pierre-Félix qui se tourna à demi. Il leva les guides, retint un peu ses chevaux.

À cet instant, la portière côté précipice s'ouvre à la volée, bat, deux corps entremêlés chutent lourdement dans la neige, roulent jusqu'au bord où un providentiel épaulement de congère freine leur chute et les retient en suspension au-dessus de la pente abrupte.

Épouvanté, Géraud tente de se précipiter. Il dérape, chavire, s'affale, se relève. Lisa se débat pour s'arracher à l'emprise du gros homme. Couché sur le dos, il l'entraîne dans une glissade inexorable vers l'abîme ! Et là-bas, la voiture poursuit tranquillement son chemin et s'évanouit peu à peu. Géraud patine, s'accroche, se démène. Il n'est plus qu'à deux toises ! Mattioli, retenu en équilibre à la pliure du genou par un arbrisseau dénudé, gesticule comme un pantin. Lisa le bourre de coups inutiles. Plus qu'une toise !

À la seconde où Mattioli lâche prise, pivote sur lui-même et tournoie dans la pente, Géraud se jette en avant, agrippe la jeune femme par la taille. Emportés par son élan, ils dérivent tous deux vers un tertre qui bloque leur glissade et les rejette sur le côté. Le talus les renvoie aussitôt. Alors, plantant la pointe de ses bottes dans la neige, il freine le mouvement mais l'élan était trop fort, ils basculent en arrière dans les ornières laissées par la voiture. Ils pirouettent, retombent sens dessus dessous. Géraud cale ses talons dans la poudreuse. Ils dérapent encore, se raccrochent l'un à l'autre comme ils peuvent et s'immobilisent brusquement. Enlacés tête-bêche, ils ne bougent plus, sonnés, le souffle rauque.

Ils restent un long moment dans cette posture inédite. Elle lui enserre une cuisse, il lui ceinture les hanches. Ils récupèrent force et lucidité, trop heureux d'avoir enrayé la dégringolade. Ils appréhendent la situation, se séparent, se sourient. Enfin, ils se redressent. Géraud aide Lisa à regagner la route. Mattioli a disparu dans le gouffre blanc…

La voiture s'est engloutie dans la tourmente.

Ils se retrouvent seuls, perdus dans un silence assourdissant, qui avale gloutonnement le moindre son. Seuls, désemparés, abandonnés par leur ami ou celui qui prétendait l'être. Lisa harponne Géraud de toutes ses griffes et force sa voix pour lui expliquer :

— Mattioli ! Il s'est emparé de ton pistolet. Il m'a menacée, s'est affalé sur moi, regard de fou lubrique. Il a cherché à me trousser. Saisie d'épouvante, je me suis débattue. Il était trop lourd…

Il se penche, embrasse ses lèvres glacées et tremblantes. La suite, il la connaît.

Que faire en priorité absolue ? Courser la voiture ? Seul ou avec Lisa empêtrée dans ses robes ? Ce serait peine perdue.

Soudain, Lisa fixe un point à vingt pas vers l'aval. Qu'a-t-elle remarqué ? Elle lui secoue le bras. Il s'en agace. Qu'a-t-elle vu ? Il n'y avait rien ? Elle s'obstine, sans parvenir à articuler un mot. Est-elle devenue folle ?

Ils dérapent, se soutiennent l'un l'autre. Elle l'entraîne. Il hasarde un pas. Elle le tire. Ils prennent de l'élan, descendent en glissades plus ou moins contrôlées vers une petite tache courbe, plus sombre que la neige foulée… Ils avancent encore… L'objet se précise. Il le reconnaît : son Caminazzo ! Il plante un genou au sol, ramasse l'arme, la débarrasse de la neige, l'admire, le glisse dans sa ceinture. Le métal lui glace le ventre. Lisa savait qu'il y tenait beaucoup. Il est chargé, il pourra se révéler vital.

— Viens, intima-t-il à mi-voix.

Aussitôt, ils attaquèrent la pente, main dans la main, chancelants, revinrent à l'endroit où Mattioli s'était anéanti. Aucun signe de vie. On ne le regrettera pas. Malgré tout, Géraud marqua l'endroit en plantant un morceau de branche dans la congère… au cas où les envoyés du Roi voudraient récupérer le corps.

Courbés, haletants, ils remontèrent le chemin. La voiture avait pris une telle avance qu'il était utopique d'espérer la rejoindre. Et pour quoi faire : affronter un lâche qui… Ils allaient s'épuiser pour rien, juste repousser l'échéance… Ils avançaient tels des spectres hagards, vacillants et transis. Et si cette maudite neige daignait cesser de tomber aussi dru !

Ils marchaient par automatisme, les extrémités gelées et douloureuses, soulevaient haut leurs bottes aux semelles de glace. Appeler ne servirait à rien. Pourquoi Pierre-Félix les avait-il abandonnés ? Il devait savoir que sa voiture était vide… vide ! S'enfuyait-il pour espérer sauver sa misérable vie ? Trahison, toujours des trahisons.

La visibilité était nulle. Peut-être ne s'était-il rendu compte de rien ? Difficile à admettre. Était-il allé au-devant de l'escorte pour ramener du secours ? On devait se trouver à une demi-lieue du col ! Pouvait-on y croire ? Une demi-lieue. Épuisée, Lisa trébuchait tous les trois pas. Géraud ne valait guère mieux. S'il n'était pas descendu de voiture, tout ceci ne serait pas arrivé. Pourtant, c'était convenu avec Pierre-Félix. Alors ?

Pourquoi Géraud n'avait-il pas joué la sécurité en empruntant la route du sud ? Parce que Saint-Mars en avait décidé ainsi sur des informations rassurantes. Mais on ne peut pas se fier à la montagne… et encore moins aux humains !

Le long canon de son pistolet entravait sa démarche, le blessait à l'aine. Il le tira. Que faire ? Une seule balle pour deux… Le moment venu, abréger l'agonie de Lisa ? Il ne pourrait s'y résoudre. Lisa. Pauvre enfant, pourquoi t'ai-je arrachée à ta condition de gueuse, puis au couvent pour te conduire en enfer ? Sinistre destin, injuste destin.

Ils marchaient mais n'avançaient guère, faute de points de repère. Ils marchaient en aveugles. Ils marchaient par habitude. Pourquoi Géraud avait-il laissé son arme à portée de Mattioli qui attendait le bon moment, tel un fourmilion tapi au fond de son trou en entonnoir où tombent les insectes dont il se repaît ? Il s'en voulait aussi d'avoir laissé Lisa subir cette nouvelle agression.

Une masse sombre, imposante se dégagea sur leur gauche : ce n'était qu'une butte rocheuse qu'ils contournèrent. Au moins, ils ne faisaient pas du sur-place. La neige qui tombait toujours, semblait moins dense. On distinguait à présent des formes vagues à une distance indéterminée. Ce devait être une forêt où ils pourraient s'abriter.

Tout à coup, il ne sut pourquoi, Géraud leva le bras et, de son canon brillant, pointa le ciel. Une seule balle. Il refusait un acte désespéré. On meurt de froid dans son sommeil, sans souffrir. Il ne voulait pas se séparer de Lisa. Devant Dieu, il s'était promis de la protéger. Il la serra contre lui et força son index raidi et insensible à presser la détente. La première tentative ne donna rien. Le mécanisme était-il gelé ? Il insista. La détonation fut plus sonore qu'il n'aurait imaginé, et l'écho la répercuta de tous côtés. D'une certaine manière, il était soulagé. Ils se remirent en marche, attirés par les arbres qui se dessinaient en dents de scie sur le ciel nacré.

Géraud n'avait pas lâché son Caminazzo inutile. L'aurait-il voulu, ses doigts soudés à la crosse refusaient de se desserrer.

La neige tombait moins dense, à moins que leurs yeux douloureux ne la voient plus. Ils progressaient encore puisqu'ils distinguaient désormais les troncs noirs. La pente s'incurva. Un creux dans lequel leurs bottes s'enfonçaient jusqu'aux genoux. Cinquante pas comptés, un instant pour souffler, puis la pente se cabra à nouveau.

31

Si les flocons étaient moins lourds et moins serrés, en revanche, le brouillard s'épaississait devant leurs yeux éprouvés. Ils avançaient vers la forêt où une ombre translucide se détachait sur le décor plat. Elle prit de la consistance, se modela en une silhouette verticale, humaine. Ce ne pouvait être que Pierre-Félix ou un mirage. Elle progressait aussi vite qu'elle pouvait, se précisait encore… C'était bien lui ! Venait-il les achever ? Il ne semblait ni armé ni menaçant. Il parvint à portée de voix.

— Mes amis, grâce à Dieu, je vous retrouve sains et saufs.

L'instant d'hébétude passé, ils se rejoignirent et se donnèrent une fraternelle accolade. La neige semblait soudain douce et légère.

— Je n'ai pas pu vous avertir qu'il m'était impossible de m'arrêter en pleine côte par crainte de ne pouvoir repartir. J'ai entendu le coup de pistolet, alors que je trouvais enfin un endroit stable pour caler la voiture.

— Heureux aussi de te revoir.

— Que s'est-il passé avec Mattioli ? J'étais penché du mauvais côté quand la portière a claqué. Les roues chassaient tant vers le ravin que, cramponné aux guides, je ne pouvais détourner mon attention.

— Le bougre s'est emparé de mon pistolet quand je suis descendu, déplora Géraud dans les bras duquel s'était réfugiée la jeune fille, blême et affaiblie. Il s'est jeté sur Lisa pour la contraindre. Si elle ne s'était pas débattue avec vaillance, il t'aurait sans doute abattu d'une balle dans le dos pour s'emparer de la voiture.

— Peste ! Tu l'as occis ?

— Point et je le regrette presque. Il n'a pas eu besoin de mon aide pour glisser de vie à trépas en dégringolant dans le précipice.

— Justice divine. Le scélérat ne nuira plus, abonda Pierre-Félix. C'était vraiment un mauvais homme.

À cette seconde, par-dessus l'épaule du commissaire, le regard du cocher accrocha le lointain. Ses yeux s'étrécirent. Géraud s'inquiéta :

— Que se passe-t-il encore ?

— Voyez-vous ce que je vois ?

Ils se retournèrent. Un spectre ovoïde aux larges ailes déployées planait à deux pieds de hauteur, là-bas, à l'entrée de la large courbe qui prolongeait la concavité du flanc escarpé d'où venait le duo. Il se dirigeait vers eux, en suivant cependant le sillon de la route. Il ne volait donc pas à travers les airs, mais c'est la brume opaque qui gommait le bas de son corps. Ce ne pouvait être que… Mattioli ressuscité !

Il approchait, louvoyant, tirant des bords. C'était lui, le manteau déchiré, largement ouvert sur sa soutane tendue par sa vaste bedaine et sans chapeau. Mattioli, l'indestructible fils de Satan !

Géraud leva son bras armé, visa l'ectoplasme trop réel quand il ne fut plus qu'à cinq toises, l'incitant à s'immobiliser. L'autre n'obtempérant pas, il pressa la détente.

Le chien claqua à vide.

— Quel idiot ai-je été ! se morigéna-t-il dépité. Jamais je n'aurais dû gâcher cette balle dans les nuées. Je lui aurais éclaté la tête sans état d'âme.

— Ce n'est que partie remise, assura Lisa. Ton second pistolet, chargé celui-là, est rangé dans le caisson de la banquette.

Mâchoires crispées, Géraud se détourna et entraîna ses compagnons.

— Rejoignons la voiture, nous avons déjà perdu trop de temps.

Éberlué, le comte piémontais se laissa tomber à genoux.

— Commissaire Lebayle, je me rends et implore humblement votre clémence et votre pardon ! lança-t-il. Au nom de Dieu tout-puissant et universel, ne m'abandonnez pas.

Ils ne l'écoutèrent pas, il avait encore la véhémence de palabrer. Il se traîna dans la neige :

— Je vous en supplie. Je regrette mon geste. C'était de bonne guerre. Je veux dire : un coup de folie dû aux circonstances. J'ai perdu. Je me repens… Grâce… Grâce !

Ils atteignirent l'orée de la forêt. Les lamentations s'estompèrent, mais ils l'entendirent encore invoquer la Vierge et tous les saints, puis battre sa coulpe. Il devait ramper sur les genoux, s'humilier, s'avilir. Comment s'était-il arraché au gouffre insondable, sinon avec l'aide de Méphisto ? « Il n'y a de la chance que pour la canaille, » affirme la sagesse populaire. Et cette canaille-là en est une fieffée pour l'ensemble de ses forfaitures !

Ce n'était pas leur problème. Ô soulagement, le toit du véhicule apparut à un jet de pierre au creux d'un court synclinal, avant la sortie du bois. Il leur faudrait certes pousser dans la montée, mais la couche neigeuse sous le couvert des derniers arbres était assez mince.

Prudent, Pierre-Félix avait relié avec une corde le mors de ses chevaux à un tronc. Il fallait se hâter, ils avaient encore une chance d'atteindre le col avant la nuit et de se laisser descendre vers Briançon, à la lueur des torches si nécessaire… soit deux lieues tout de même. Et si l'escorte les attendait encore, ce n'en serait que mieux. Toutefois, sans l'évoquer, ils n'y comptaient plus, mais il ne fallait pas vendre la peau de l'ours mal léché qu'ils avaient abandonné à son triste sort, plus que mérité.

Géraud aida Lisa grelottante à monter dans la voiture. Les membrures se plaignirent et grincèrent. Il se tourna vers Pierre-Félix pour lui proposer de le relayer quand…

— Non, mais c'est un cauchemar !

Son cri de stupeur alerta les deux autres. Lisa brandit aussitôt le second Caminazzo. À l'extrémité du tunnel végétal, dans la lumière nacrée du jour finissant, la statue imposante du comte Ercole Mattioli se découpait, auréolée de vapeurs. Dandineuse et tressautante elle se mit en marche, trottina vers eux, fascinés.

Ils auraient pu en rire. La scène était affligeante. Cet homme n'avait pas une once d'honneur, pas un soupçon de dignité. Il était prêt à toutes les bassesses pour épargner sa lamentable vie. Par le canon, Lisa tendit le pistolet au commissaire du Roi. Celui-ci devait-il faire justice et abattre cette larve répugnante qui génuflectait, se relevait, chancelait, trébuchait et se mortifiait plus bas que terre ? Géraud jeta un regard interrogateur à Lisa qui ne lui adressa aucun signe, le laissant décider par lui-même. Le vil personnage prosterné, releva un visage implorant, rougi et boursouflé par l'effort et le froid.

— Antoine-Hercule, Girolamo Mattioli, sanctionna Lebayle d'une voix ferme.

— Je suis… à votre merci, commissaire.

— Pour l'ensemble de vos malversations, félonies, perfidies et crime de lèse-majesté envers le roi de France, et en son nom, je vous signifie votre arrêt de mort. Qu'avez-vous à dire avant de mourir ?

Il lui visa le front. Fébrile, le comte retroussa sa soutane, fouilla ses chausses sous son volumineux abdomen et en tira un parchemin flétri, le brandit, puis, à quatre pattes, vint le lui tendre :

— Tenez, commissaire, tenez, lisez ceci. S'il m'est arrivé d'intercepter des lettres de France par la complicité insistante de ce diable de Litorne, j'ai aussi retenu cette ébauche de traité entre certains cantons suisses et des provinces allemandes dans le but d'annexer la Franche-Comté qui fait tampon et obstacle avec le royaume de France[54]. J'en connais les détails. Je suis convaincu qu'ils intéresseront bigrement votre roi.

L'habile coquin cachait encore un atout dans sa manche ! En l'occurrence, son gousset. Était-ce le dernier ?

De l'intérieur de la voiture, Lisa présentait entre deux doigts dédaigneux le masque de velours ramassé sur le plancher. Sans baisser son arme, Géraud le considéra avec une moue non moins méprisante, l'index perplexe et frétillant d'en finir. Il tergiversa, consentit à s'en saisir, le transmit à Pierre-Félix :

— Ligote-moi ce chacal véroleux le plus serré possible de manière à ce qu'il puisse à peine respirer. Je sursois à la sentence sans envisager aucune raison d'annulation. Nous avons perdu un temps précieux. Je prends les guides pendant que tu opères.

Il glissa le pistolet dans sa ceinture, rendit l'autre à Lisa, lui commandant de le recharger. Il délia les chevaux, grimpa en deux bonds sur le siège du cocher. Les bêtes n'eurent pas besoin d'ordre pour arracher sur le plat les roues à la neige poudreuse. La côte fut avalée en trente foulées puissantes. Ils prirent de la vitesse sur le plat. Géraud fit tournoyer la lanière de sa chambrière et, bras levé, suspendit son mouvement.

— Par la mort verte ! rugit-il en tirant d'une main ferme sur les guides.

54. Authentique ; par l'entremise d'une certaine Catherine de W., dite « agent secret de Louis XIV en Suisse » déjà évoquée.

Les chevaux en plein élan ne l'entendirent pas de cette oreille et répugnèrent à obéir, puis temporisèrent. Là-bas, quatre cavaliers occupaient, au milieu de la cuvette évasée d'un court vallon, toute la largeur de la piste.

Désabusé, le commissaire Lebayle força son attelage à piétiner et dégaina à nouveau son Caminazzo. Pourquoi une telle malédiction ? Quelles fautes avaient-ils commises pour mériter autant d'épreuves ? Mattioli y était-il pour quelque chose ? Sans doute, puisqu'on était encore en territoire étranger. Il alerta Pierre-Félix de se tenir sur ses gardes.

C'était rageant. Le col se profilait à un jet de flèche, au détour de ces mamelons pelés. Il les reconnaissait. Ils étaient quasiment arrivés. Le comte italien recelait-il encore une petite valeur de monnaie d'échange ? Entre les épaules contractées du policier, l'enveloppe des documents que son bras levé avait décollée de sa peau, lui rappela la priorité de sa mission. Pouvait-on passer en force en simulant une reddition et, brutalement, bousculer les cavaliers ? Puis tenter le tout pour le tout, s'il n'était pas tué au passage ?

Le quatuor avançait toujours. Quatre contre deux, était-ce raisonnable ? Les formes s'affinaient. Et brusquement, ce fut comme une fulgurance, une illumination libératoire ! Géraud fixait la silhouette équestre la plus avancée, mais c'était sur les trois autres qu'il aurait dû concentrer son attention… Par Dieu ! Un doute : encore un mirage ?

Lebayle ne voulait pas se laisser séduire trop tôt par cette illusion et pourtant, ce vaste chapeau en ailes de corbeau et plume ébouriffée, ce buste mince et élancé du deuxième personnage et la fière allure cambrée de la troisième, puisqu'il s'agissait d'une cavalière. Il avait tout imaginé sauf ces trois personnages-là, les plus improbables par ces montagnes reculées, et qu'il connaissait comme frères et sœur !

Mais alors, ce ne pouvait être qu'une chimère ! Plus il approchait, plus il se persuadait qu'il n'avait pas la fièvre quarte et qu'il s'agissait véritablement de ses meilleurs amis. Il retint son attelage pour se convaincre qu'ils n'étaient pas le fruit gâté de son imagination déréglée. Puis, rassuré, il avertit les passagers.

— Nous avons de la visite. Et pour une fois, je crois qu'elle nous veut du bien.

À trente toises, il ne pouvait plus douter, malgré le crépuscule qui s'appesantissait et tandis que cessait la neige. Pistol, sa sœur Muguette et Brisacier ! Toutefois, le guide lui était inconnu. Le premier du trio s'avança :

— Suis-je bien en présence de Géraud Lebayle, commissaire au service de Monsieur de La Reynie ? Je n'imagine pas qu'il puisse circuler dans les parages un autre téméraire que lui. À l'allure, il semblerait bien, mais voilà une mine sombre et bien maussade pour accueillir les émissaires de Sa Majesté.

Les épaules contractées de Géraud retombèrent d'un cran.

— Pas austère pour un liard, mon cher Pistol, c'est bien moi, mais émoussé et stupéfait.

— On ne se connaîtrait depuis longtemps, je

m'y serais laissé prendre. Tu as fière allure sous cette apparence hispanique.

Géraud éclata de rire : il avait complètement oublié son déguisement. En deux mots, il justifia son hilarité.

— Avant tout, Géraud, accepte nos félicitations, car je présume que ce carrosse n'est pas vide et recèle la précieuse pépite escomptée par notre roi. Nous avons été informés de tout, hormis les aléas de ce voyage, par Monsieur de Lamoignon.

— En effet, nous ramenons l'escroc Mattioli et c'est avec grand soulagement que je vous transmets la responsabilité de cet encombrant fardeau.

Ils mirent tous pied à terre – à l'exception du prisonnier garrotté sur la banquette – et se congratulèrent, heureux et ragaillardis de se retrouver. Les hommes restèrent en admiration devant Lisa.

— Nous vous devons quelques explications, reprit le grand Pistol, radieux. Celles-ci viendront en leur temps. Pour l'heure, il faut se hâter avant la nuit complète, le froid glacial, le retour de la neige et des loups qu'on a entendus du côté du Montgenèvre. Il y a cependant une chose que vous devez savoir : sans votre coup de feu, nous étions sur le point de nous en retourner pour revenir demain. Vous avez peut-être échappé au pire.

— L'instinct de survie, la rogne ou une puissance supérieure nous sauve la mise, malgré nous, reconnut Géraud. Nous aussi, nous avons quelques aventures fabuleuses à vous compter. Nous les échangerons volontiers autour d'un bon repas, et le dos à la cheminée du sieur Garbey.

Géraud proposa galamment à Muguette de tenir

compagnie à Lisa dans le « carrosse », en voie de dislocation, tandis qu'il chevaucherait avec les hommes et que Pierre-Félix réintégrerait son poste perché. Elle accepta d'autant plus volontiers que le froid devenait incisif. Les cavaliers voltèrent derrière le guide et le cocher lança son attelage, avec un « Yah ! Yah ! » d'exultation qui résonna à tous les échos.

À deux lieues de l'arrivée, cette rescousse qu'ils n'espéraient plus, leur donnait un regain d'énergie. Ils atteignirent le col, malgré quelques lacets délicats, où les bras ne manquèrent pas pour pousser. Désormais, ils craignaient moins une attaque des Piémontais pour délivrer Mattioli qu'une visite des leus qui les escortaient à courte distance depuis la dernière côte.

On franchit la frontière et la pente s'inversa sur le versant français. Il fallait encore toute l'habileté du cocher pour ne pas verser, casser ou déraper. La neige s'était remise à tomber, sans excès. Une vigilance extrême succéda à l'euphorie des retrouvailles. On restait au contact de la voiture pour parer à tout incident. La première lieue s'effectua au pas uniquement, sous la surveillance d'une lune presque pleine, voilée, et l'œil jaune d'un loup borgne qui les devançait de rocher en rocher. Ce devait être un éclaireur, les autres, invisibles, n'étaient pas très loin. À aucun moment, il ne lança le hurlement lugubre, prémice à une attaque.

Sur les conseils de leur guide, ils opérèrent une courte halte de manière à reposer les chevaux et vérifier l'état du matériel. On préféra ligaturer à nouveau le rayon abîmé et sangler le bas de la caisse. Les suspensions semblaient tenir. Rien de très alarmant. Mais les chevaux piaffaient, bronchaient, tournaient la tête en tous sens à l'approche des loups. Il ne fallait pas s'attarder. Le guide et Brisacier qui avaient souvent affronté ces carnassiers, montaient la garde. Le borgne se dressa sur un promontoire au-dessus de la route, dix pas en avant. L'ancien agent de la reine Marie-Thérèse marcha dans sa direction en lui parlant doucement. Que lui raconta-t-il ? L'animal sembla l'écouter et bientôt se retira.

Sur l'arrière, le guide n'était pas aussi serein car une demi-douzaine de ses semblables était descendue sans bruit sur la route et tentait de le cerner. Il donna le signal du repli pour éviter d'utiliser les armes à feu qui pouvaient déclencher une avalanche. Et l'on repartit, suivis par la meute.

La dernière lieue était moins pentue, mais il fut nécessaire d'allumer les lanternes. On n'y voyait plus guère, la lune s'était cachée, mais les loups étaient toujours là. On avançait à allure régulière, le poing sur l'arme. Les cavaliers déblayaient prestement les embûches pour éviter les arrêts. Même les plus aguerris grelottaient, les extrémités insensibles. Les branches ployaient et les bombardaient de blocs de neige.

Enfin, la horde s'éclipsa quand la masse sombre de la ville, tapie au confluent des cinq vallées s'ébaucha. En haut du beffroi et aux fenestrons des deux tours de la Collégiale Notre-Dame et de Saint-Nicolas avaient été accrochés des fanaux. Sans doute à leur intention.

Le guide se repéra ainsi plus facilement et les

conduisit à bon port. Ils furent accueillis par leurs hôtes fort chaleureusement aux deux sens du terme, ce qui réconforta Lisa qui avait gardé un mauvais souvenir de son premier passage…

Un repas chaud les attendait.

Les hommes du prévôt prirent en charge Mattioli, l'installèrent sous bonne garde dans une chambre spartiate aux fenêtres munies de solides barreaux, après recommandation d'une fouille complète. Monsieur de Garbey demanda son médecin. Il examina le prisonnier, le trouva en bonne forme après un tel périple, décela quelques plombs dans sa couenne et les retira sans peine et sans douleurs. Il lui conseilla un bouillon brûlant et quelques médications.

Enfin en sécurité, on put se détendre, se réchauffer, boire et manger sans être sur le qui-vive. On commença par quelques plaisanteries légères pour détendre l'atmosphère, puis, dès le potage consommé dans un silence digne d'un réfectoire de monastère, au fil des plats, on aborda les questions.

— Je sais ce qui vous intrigue, attaqua Pistol, la prunelle pétillante. Comment nous retrouvons-nous ici pour vous relayer dans cette affaire ? C'est une longue histoire. Il nous faut remonter à six semaines environ, quand ma sœurette et moi-même avons découvert avec un infini bonheur que nous n'étions plus orphelins : un père nous était né ! En effet, celui-ci était vivant bien qu'invalide et enclos à tort depuis vingt-cinq années à la prison de la Bastille.

— Mon cher Pistol, l'interrompit Géraud, s'il

t'était possible de ne pas trop phraser ni enjoliver, selon ta bonne habitude, nous t'en serions reconnaissants. Nous tombons de fatigue et risquons de nous endormir au milieu de ton récit.

— C'était juste une introduction un peu onctueuse afin d'adoucir le style haché du résumé que je vais à présent vous distiller, lequel ne débordera pas des limites de ce délicieux banquet. Promis !

— Je t'en conjure, le supplia Lisa.

Les mains jointes et les yeux cernés, elle posa sa tempe contre l'épaule du commissaire.

— De son enfermement, poursuivit aussitôt Pistol pour exaucer sa prière, notre mousquetaire de père avait conservé un réseau de contacts à l'extérieur. Il était parfaitement informé de la politique, des faits divers et des intrigues. Avant que je ne parte pour le Languedoc croquer un site pour le marquis de Vauban qui doit y édifier une nouvelle forteresse, il me promit de veiller au grain. Il se renseigna sur plusieurs volets. Primo : l'affaire des courriers et du cabinet noir (nous ignorions alors la trahison de son chef). Secundo : l'affaire des moulins. Tertio : ce qui se tramait en Italie où le commissaire Lebayle était secrètement dépêché.

— Ainsi l'on me faisait surveiller ! s'étonna Géraud.

— Point ! Martelin voulait connaître les rumeurs – il n'y a pas de fumée sans feu –, les confirmer ou non, avant ton arrivée sur place et avertir éventuellement le lieutenant de police s'il y avait quelque inquiétude qui n'aurait pas été décelée par les voies ordinaires. Sur place, les crapuleries du sieur

Mattioli entretenaient partout des gorges chaudes et l'on se gaussait sous cape de son habile évasion qualifiant Pignerol de panier percé.

— Merci, Pistol…

— À cette époque, relança le dessinateur, un certain Brisacier opérait non loin de là, dans les cantons suisses.

Il lui passa la parole, de manière à rattraper son retard sur la poitrine de veau en ragoût, lard et champignons séchés frits, cuite dans une sauce liée et des croûtons, le tout arrosé de jus de citron.

— Je me garderai de parler de ma mission. Elle sera, je pense, d'une plus grande actualité dans les mois à venir, le bouillon n'a pas assez mijoté, mais croyez qu'il y en a qui s'emploient à jeter du petit bois sur les flammèches. Elle concerne la position géographique de la Franche-Comté.

— Pour une fois, Mattioli n'a pas menti.

— Pardon ? s'éberlua l'aventurier, aurais-tu déjà quelques informations, Géraud ?

— Pas davantage. Achève, je t'en prie.

— À la requête de Martelin, j'ai donc traversé la chaîne des Alpes, du nord vers le sud, pour me rendre à Pignerol où j'ai rencontré dans le plus grand secret le capitaine Catinat. Nous nous sommes entendus, puis j'ai transmis à l'ancien mousquetaire, par la filière habituelle, ce que vous n'ignorez pas de cette affaire, lequel a fait son rapport au lieutenant de police. Je dois préciser que je connaissais de longue main la famille Mattioli et pus ainsi indiquer avec précision la maison où vivait encore son vieux père à Mantoue, après vérification *de visu*, refuge que le fiston aurait pu utiliser. Et je suis rentré en France m'installer chez Monsieur de Lamoignon pour y attendre les ordres de Sa Majesté. Voilà en quoi consista mon modeste rôle.

Géraud dressa l'oreille. Alerté par les girations de Brisacier dans sa région natale, Mattioli est donc allé récupérer chez son père les documents cryptés. Sans cette intervention inopinée, le commissaire n'aurait certainement pu s'en emparer, dissimulés sur le cheval du coquin ! Pistol s'essuya les lèvres et reprit la parole.

— Je poursuis succinctement dans l'ordre des trois points : primo, quelques coupes sombres et changements radicaux furent opérés au cabinet noir étêté et la surveillance renforcée dans l'espoir que les missives royales parviennent à leurs destinataires dans les meilleurs délais et sans être interceptées – ou *a minima* afin de donner le change ; secundo, en ce qui concerne les moulins, Géraud, tu n'as pas œuvré en vain.

— Il faut reconnaître que Lisa y a beaucoup contribué, murmura-t-il, car celle-ci s'était assoupie contre son bras.

— Il fut découvert, sans trop de difficultés, conjointement avec les exempts de Monsieur de La Reynie que les réseaux de moulins, communicant par codes visuels se ramifiaient en direction de nos frontières, essentiellement du côté de l'est et du sud-est via la Lorraine.

— Bigre ! Encore un coup du chevalier de Lorraine et du marquis d'Effiat ! grogna Lebayle caustique. Lisa sursauta, se frotta les yeux.

— Il est à craindre que nous les trouvions encore souvent en travers de notre route.

— Et, s'interposa Brisacier, qu'on les débusquera dans les alentours de la Franche-Comté, province limitrophe, avant qu'il soit longtemps.

— C'est l'évidence même, convint Pistol. Informée, Sa Majesté annexa le système à ses services, l'aménagea à sa main avec l'aide de Louvois, déclenchant la colère des deux personnages susnommés qui, frustrés, ne manqueront pas de riposter.

— Cela nous promet de beaux jours, plaisanta Géraud, on ne manquera jamais d'ouvrage.

— « Beaux jours » est une jolie litote[55], dirait-on, se permit Lisa en appréciant une fricassée de concombres coupés en rouelles et de petits oignons, mitonnée dans un jaune d'œuf délayé dans du verjus et de la crème.

— Tertio ! Je vous apprendrai que notre père, l'enseigne Adrien Martelin, a été intégré officieusement aux services de renseignements royaux, à la demande de Monsieur de La Reynie qui sait reconnaître les capacités et les talents, et s'entourer de gens sincères.

Ils levèrent leurs verres à cette bonne nouvelle qui n'était qu'un juste retour des choses pour une réhabilitation.

— Tertio bis, avant d'aller se coucher. Demain sera un autre jour pour évoquer l'avenir… Il aurait été délicat de ne pas vous soutenir dans cette épreuve, bien que nous ignorions votre manque de

55. « Euphémisme » ne date que de 1730 !

soutien. C'est pourquoi, ma sœur et moi, dès mon retour du Languedoc, nous prîmes la route de Briançon où nous devions rejoindre Brisacier, chargé d'enrôler sur recommandation un guide français, Bertrand que voici, pour nous conduire au col du Montgenèvre.

— Je crois que nous pouvons le remercier chaleureusement ainsi que Pierre-Félix. Sans eux, le prisonnier, plus retors qu'un putois, mais aussi naïf qu'un simple d'esprit, n'aurait pu être soustrait et enfermé au secret entre ces murs épais. Levons encore notre verre à la brillante réussite de cette épineuse entreprise à la gloire de Sa Majesté.

— À la santé du roi ! Que Dieu le protège encore longtemps, répondirent-ils en chœur, soulagés par cet… épilogue provisoire.

27

Le premier soin que prit Géraud en se levant, fut de descendre visiter le prisonnier. Le rapport de la sentinelle fut aussi bref que banal : rien à signaler au cours de la nuit. Rien ? Ce n'était pas dans les habitudes du personnage. Troublé, il commanda qu'on lui ouvre promptement la cellule. On n'avait laissé aucun objet à portée de Mattioli de façon à ce qu'il ne tente pas un geste désespéré, mais avec ce démon vicieux, tout était possible.

Que se passait-il ? La serrure semblait bloquée ! On eut du mal à introduire et tourner la clef, puis, à force de tentatives, elle céda. La porte s'ouvrit en râpant la dalle.

Le moindre doute s'effaça quant à l'état de santé du gros diplomate véreux : il dormait et ronflait pis qu'une forge.

Rassuré, Lebayle se pencha sur le pêne et la gâche (manque de graissage ?) ; son attention fut attirée au sol par une sorte de boulette qu'il ramassa. Sacré matois ! Mattioli avait bouché le trou de la serrure avec un morceau de papier froissé. Dans quel dessein ? Celui de ne pas être observé ? Étrange. Il y avait peut-être une autre explication.

Géraud empocha la pièce à conviction, ordonna un doublement de la garde. Sceptique, il remonta s'asseoir à la table de la grande salle, le plus près possible du foyer qu'une servante aux hanches poulinières ranimait à l'aide de brindilles craquantes. De la pointe de sa dague, avec minutie, il déplissa le papier qu'il avait humecté, l'étala et retint un énorme juron en déchiffrant ces mots au crayon : « Mille livres pour toi, si... » en français. L'infâme avait tenté de soudoyer quelqu'un pour l'aider à s'évader.

Géraud devait d'urgence entendre les gardes des deux premiers quarts afin d'éclairer ce nouveau mystère. Autres complicités ?

Pourquoi Mattioli n'avait-il pas glissé son billet sous la porte ? Par Dieu ! Elle frottait en tous points, gonflée par l'humidité. Merci à celle-ci qui avait peut-être évité une escapade, car on peut oublier de tourner une clef et s'assommer soi-même pour simuler une intervention extérieure, à ce prix-là, quitte à être sanctionné. Il faudra aussi effectuer une nouvelle fouille approfondie. Une simple promesse de récompense, dans sa situation, est-elle suffisante pour passer à l'acte ? Il faut du concret et du substantiel, présenter un échantillon... une pierre précieuse, par exemple !

Délesté de ce fardeau, le commissaire plaignait ses amis d'en recevoir la charge jusqu'à la Bastille. Certes, on était sur le territoire français, mais n'était-on pas allé enlever le traître sur ses terres ? La réciproque pouvait aussi se produire. Il devait les mettre en garde, mille fois, si nécessaire. Il ne pouvait les escorter à distance, en raison de la présence de Lisa...

Pierre-Félix et le guide le rejoignirent bientôt. Il

ne leur révéla rien de cette dernière tentative de corruption, cela ne les regardait pas. Il les remercia encore de leurs services diligents et leur offrit une gratification bien méritée. Toute peine mérite salaire et mettre une petite goutte d'huile dans la mécanique n'était pas graisser la patte !

Chacun devait s'en retourner vers d'autres tâches dès qu'ils auraient avalé la soupe fumante que la même servante apportait.

Puis, on vit apparaître un Brisacier déjà harnaché de sa tenue de Matamore avec son plastron en cuir de buffle cousu de plaques métalliques, ses hautes bottes à revers, son feutre à plume d'autruche défraîchie, ses longues moustaches grises, sa large cape repliée sur l'avant-bras et son œil flamboyant. Un vieux briscard de comédie qui, dans une vie précédente, avait assuré des missions assez abracadabrantes (d'après ses récits). À dix pas, il était suivi par Pistol, moins reluisant au réveil, comme à son habitude.

Ils déjeunèrent en devisant des épisodes que chacun avait vécus de son côté. Pierre-Félix décida en priorité de consolider la voiture qui avait souffert et d'en transformer un peu l'apparence avant de regagner Pignerol en se détournant par Turin pour éviter les mauvaises rencontres. Le guide lui proposa les services d'un sien cousin, aussi adroit au travail du bois que du fer. Pierre-Félix accepta volontiers. C'était une bouche qui saurait tenir sa langue. Tous deux se retirèrent et Pistol émergea enfin :

— Nous voilà entre intimes. Je préfère cela même si ces hommes sont honnêtes et droits.

Moins il y a de témoins, moins les vents dispersent les paroles.

Brisacier tira une escabelle vers l'unique issue qu'il entrebâilla de manière à tendre l'oreille.

— Aurais-tu des confidences à nous faire ? s'enquit Géraud.

— Il se pourrait… C'est à propos de la continuité de cette mission que tu as menée jusqu'à présent avec ton brio habituel.

Géraud fronça les sourcils, chagriné par la forme de cette réplique :

— Trêve de compliment. En quoi suis-je concerné, désormais, si ce n'est pour information ? s'inquiéta le commissaire.

— Voici une lettre de Monsieur de La Reynie qui t'informera de tout.

Qu'est-ce que cela signifiait ? L'air embarrassé de Pistol et l'écart de Brisacier avaient alerté Géraud… Il décolla le cachet de cire, déplia la missive :

« Cher Commissaire,

» Si cette lettre vous est remise par votre partenaire favori, c'est que vous aurez mené à bien l'entreprise délicate qui vous avait été confiée, et je ne puis, en l'occurrence, que vous féliciter chaleureusement.

» Toutefois, vous n'ignorez pas qu'entre la prévision d'une stratégie et son exécution, il y a l'expression "adaptation aux circonstances" à insérer. En effet, vous savez que la Chambre ardente devra siéger encore de longs mois afin de dénouer l'imbroglio de la guerre des poisons et juger au plus équitable les nombreux prévenus, dans les intérêts du royaume.

» Ainsi, nous sommes amenés à abuser une fois encore de vos fidèles amis pour clore cette mission. Des événements, indépendants de ceux que vous connaissez, ont contraint Sa Majesté à modifier quelque peu la dernière phase de l'entreprise pour des questions de sécurité de l'État, ce que vous comprendrez aisément. Elle m'a chargé de résoudre cet embarras.

» Nous mandatons donc ces trois personnes, sous votre autorité exclusive de commissaire à notre service, pour acheminer, dans les meilleures circonstances, le prisonnier, non plus au château de B.[56], comme initialement prévu, mais – sous la même apparence masquée pour qu'il ne puisse être identifié – au Fort Royal de Sainte-Marguerite (îles de Lérins, situées dans la rade de la ville de Cannes) dont nous informons sitôt le gouverneur.

» Nous ne doutons aucunement que vous mènerez, ainsi escortés, ce projet à destination ; et vous attendons au plus tôt à Paris afin de présenter au Roi la conclusion définitive de cette opération qui lui tient fort à cœur.

Gabriel Nicolas de La Reynie
Lieutenant de police »

Dubitatif, Géraud replia le message, considéra ses acolytes contrits, et grimaça.

56. C'est ainsi que, dans les courriers des diverses personnalités et ministres, est nommée la Bastille, ou plus simplement encore « à la B. »

— Eh bien ! Qu'ajouter à ces instructions dont vous devez connaître l'essentiel ?

Ils hochèrent la tête. Il poursuivit :

— Je comprends que Monsieur de La Reynie, toujours en pénurie d'effectifs, malgré les cinq mille hommes à son service, n'ait pu distraire quelque exempt ou commissaire expérimenté avec un trio d'archers pour manier ce brûlot et le conduire en une forteresse inexpugnable au milieu des eaux. Je l'admets. Je reconnais et apprécie vos compétences, vous ne l'ignorez pas. En cela ne réside pas le souci majeur.

— Alors quel est-il ? s'enquit Pistol embarrassé.

— Tu ne devines pas ? Et la prudence ? Que faisons-nous de Muguette et de Lisa ?

— Le chef de la police considère que ma sœur, compte tenu de ses capacités de maîtresse d'armes, initiatrice de débutants et des services déjà rendus par le passé, est un élément actif de l'escouade, il me l'a signifié.

— Et, qu'en conséquence, elle pourrait veiller sur Lisa, fraîche émoulue du couvent et loin d'avoir démérité au cours de cette équipée hasardeuse. Est-ce cela ?

— Le lieutenant ne nous a rien précisé à son sujet. Je crois cependant que tu as bien analysé la situation. D'ailleurs, il serait de la plus grande imprudence de les renvoyer seules vers Paris.

— Certes ! éructa Géraud avec un haussement d'épaules.

À cet instant, les documents se rappelèrent à son bon souvenir entre ses omoplates. Il lui fallait donc prendre ce risque supplémentaire, son mal en patience et se taire. Il soupira, laissa retomber son excès d'humeur et se soumit :

— Nous n'avons donc pas le choix, voilà ce que je voulais t'entendre dire. Et vous en étiez informés depuis le départ, mes hypocrites.

— Non, on ne nous a pas demandé notre avis. Ne t'enrogne pas, Géraud, nous n'y sommes pour rien, nous n'avons pu t'avertir plus tôt et nous subissons de même. Tu sais que ma préférence va à mes mines et mes fusains.

— Je ne l'ignore pas, Pistol, mais je crains que l'on surestime encore nos capacités de manière à pouvoir blâmer nos éventuels échecs.

— En toute franchise, le cas s'est-il déjà présenté ? s'interposa Brisacier depuis son poste d'écoute.

— Non, mais il ne faut pas hypothéquer l'avenir. Nous ne sommes pas exempts de commettre de lourdes erreurs, compte tenu de l'adversité qui s'accroît de semaine en semaine. Quoi qu'il en soit, nous respecterons les commandements. Advienne que pourra. Je vous confie à tous deux le soin de trouver une voiture solide, de renouveler le stock de poudre et de balles, de prévoir quelques provisions et de vous tenir prêts dès que possible. Je n'ai aucune envie d'être séquestré par la neige.

— À vos ordres, chef ! lancèrent les deux compères en chœur pour désamorcer la déconvenue du commissaire.

Ils s'éclipsèrent. Distraitement, Géraud grignota un morceau de pain.

L'île Sainte-Marguerite… Il n'en connaissait que peu de chose… Occupée depuis plus de deux mille ans, une abbaye y fut construite. Le roi Louis XIII la fortifia au début du siècle. Les Espagnols s'en emparèrent en 1635, renforcèrent les défenses, ce qui n'empêcha pas les troupes françaises de la reconquérir deux ans plus tard. On y ajouta deux demi-lunes pour protéger la Porte Royale. C'est tout ce qu'il pouvait en dire…

Si l'on avait été informé plus tôt, on aurait pu emprunter la route Sud depuis Pignerol comme envisagé. Ils auraient évité les difficultés que l'on sait et gagné deux ou trois jours, alors qu'eux seraient descendus via Cannes pour les rejoindre par la côte.

Mais les moyens de communiquer à distance sont encore trop rudimentaires, monologua-t-il avec ironie. Les moulins à vent ne tournent pas assez vite leurs ailes entoilées et les pigeons ne peuvent voler par mauvais temps…

Alors, la question critique mise sous silence revint à la surface, tel un bouchon de liège ! Et la réponse sans cesse repoussée aux calendes grecques… Qu'allait-il décider à propos de Lisa ?

Dans l'immédiat, il devait consulter leur hôte pour qu'il lui indique le meilleur itinéraire pour rallier le plus sûrement possible… Toulon, par exemple. Ce qu'il fit dès que Monsieur de Garbey fut disponible.

— Le plus simple consiste à suivre la vallée de la Durance. Les rivières ont la sagesse d'utiliser la meilleure pente, et la main de l'homme a aménagé au mieux les parcours afin d'aplanir les plus grosses difficultés. Je ne puis vous assurer que le voyage sera de tout repos, surtout en cette saison, mais vous risquerez moins que de Pignerol à ici. Et ce sera aussi moins long, moins en vue que par Lyon. Vous pourrez faire étape dans la vieille cité fortifiée d'Embrun, à mi-chemin de Gap. Puis vous découvrirez la magnifique citadelle de Sisteron, et Manosque, Aix-en-Provence, Marseille. Alors, vous en aurez fini des côtes abruptes… et des rivalités qui perdurent entre catholiques et réformés par ces contrées et qui s'embrasent par moments. Ensuite, il vous suffira de longer la côte jusqu'à la rade de Toulon.

Monsieur de Garbey resta discret quant à leur destination. Pourquoi Toulon où les prisons n'étaient pas plus sûres qu'ailleurs ? Peut-être pour embarquer vers une île ?

— Selon vous, combien de temps nous sera nécessaire ?

— Tout dépendra du ciel, des chemins, des conditions matérielles et de l'état de fatigue de ces jeunes dames. Ne comptez pas moins de neuf jours. Je vous conseille une station d'une ou deux journées à Marseille pour vous requinquer.

Marseille et son fameux château d'If !

Neuf jours ! « Tant que cela » faillit se récrier le commissaire qui oubliait un peu trop vite qu'ils circulaient en montagne et que Cannes était au moins à une journée de Toulon. Il remercia leur hôte et s'excusa de devoir veiller aux préparatifs, de manière à lever le camp le lendemain aux aurores. Plus on descendra vers le Sud, plus le climat sera favorable… Géraud fixa l'arrivée au sixième jour.

En quittant le cabinet, il croisa ces demoiselles qui se présentaient dans le petit salon où on leur servit une collation matinale. Il les cajola, leur adressa quelques paroles douces et utilisa le même prétexte que précédemment pour s'esquiver.

Elles semblaient très complices, ce qui était une bonne chose. Il avait besoin de réfléchir en marchant seul. La neige n'était pas retombée. À croire que Dieu l'avait sciemment concentrée sur le col pour les éprouver davantage… ou pour des raisons obscures qui lui appartenaient : tenir les loups à distance. C'eût été un danger bien plus grave. Ou bien empêcher les poursuivants de les rejoindre en concentrant la tourmente sur le versant italien ? Un écu a toujours deux faces, pile ou croix, si l'on néglige la tranche, réservée aux fous, aux rêveurs et aux tricheurs !

Il suivit une venelle aux murs aveugles qui descendait vers la Durance. Elle exhalait une haleine glacée. Les pierres et les galets s'accumulaient dans les anses de ses berges tourmentées. Il se tourna vers l'aval et frissonna. Alentour de la petite ville, les ombres se dissolvaient depuis les flancs exposés au sud sans parvenir à éclaircir le fond de la vallée.

Ce prolongement imprévu du voyage ne l'enchantait pas. Il n'appréciait pas les brusques revirements de cap, synonymes d'improvisation. Il aimait s'appuyer sur une connaissance des lieux, même sommaire, et de l'historique afin de se concentrer sur l'objectif qui lui avait été fixé. En l'occurrence, le grand avantage, c'est qu'il était entouré d'amis fidèles, sûrs, éprouvés de longue date, et qu'il ne serait pas obligé d'avoir des yeux dans le dos ni de dormir d'un œil. Il n'avait pas encore digéré la traîtrise de Litorne.

Ce qui renforçait son inquiétude, c'était la présence des deux jeunes femmes. Ses sentiments pour Lisa demeuraient si contradictoires qu'il ne parvenait pas à se donner une ligne de conduite d'airain. Qu'attendait-il de sa part après le sacrifice qu'elle lui avait consenti ? Et le regard appuyé de Muguette quelques minutes auparavant lui laissait aussi une impression mitigée. Aurait-il manqué une occasion ? Elle semblait le lui reprocher muettement. Jalousie ? Ah ! Qu'il est compliqué de vouloir comprendre la gent féminine ! N'attachait-il pas trop d'importance à leurs sentiments versatiles, à leurs émois ?

Et ces satanés documents qui se soudaient peu à peu à la peau de son dos comme un tatouage, était-il prudent de les balader encore et encore ? Géraud subodorait une faille invisible dans cette mission qui allait, sous-jacente, en s'élargissant ! Monsieur de La Reynie n'y avait-il pas songé ou n'avait-il pu agir autrement ? Un incident grave s'était-il produit dans l'entourage professionnel du chef de la police ? Entre celui-ci et le Roi ? Tout était possible. On sait que les disgrâces s'abattent aussi vite que la hache du bourreau ! Pistol et Brisacier en savaient-ils plus qu'ils n'en cédaient ?

Un énorme poisson sauta hors de l'eau, pirouetta et replongea en aval. Surpris, Géraud s'arrêta. Cette diversion l'avait arraché à sa ruminante cogitation. Il hasarda quelques pas, puis opéra un demi-tour, les poings au fond des poches.

Il était évident qu'un grain de sable avait enrayé

la manœuvre initiale du lieutenant de police. Y avait-il un rapport avec Martelin ? Ou une difficulté majeure sur information de celui-ci, si bien renseigné ? Probable, sans que ses enfants en soient instruits et envoyés en lieu et place d'un escadron qui ne serait pas passé inaperçu à la frontière. Encore possible, mais là, le commissaire s'enfonçait dans une forêt vierge de conjectures. En vérité, il se posait trop de questions : il lui suffisait d'obéir.

Mais un simple exécutant se fracassera le crâne contre un rocher si on ne lui signifie pas de le contourner. Il lui semblait essentiel de prendre une initiative divergeant des ordres comme il avait déjà été amené à s'y engager par le passé. Sans qu'on le lui reproche *a posteriori* !

Première hypothèse : Muguette et Lisa remontaient sur Paris, sous l'autorité de Pistol-Pascal, voire avec un ou deux archers réquisitionnés à Grenoble auprès de Monsieur de Lamoignon, tandis qu'il conduirait Mattioli à Sainte-Marguerite avec Brisacier. Dans ce cas, il devrait transmettre les documents à Pistol et, du même coup, exposer ses compagnons à de nouveaux dangers. Gérer seul le comte sur une longue semaine était inconcevable, il en avait déjà fait l'amère expérience.

Et puis, convoyer un homme masqué n'était pas de la meilleure discrétion. Surtout aux étapes. Le démasquer ? Son portrait était trop reconnaissable, même loin de ses terres. Il avait séjourné en France, à la Cour, avait rencontré Louvois, Pomponne et d'autres ministres.

Géraud ramassa trois galets et tenta quelques ricochets, en vain. Il avait perdu la main et le courant était trop fougueux… à l'image de ce qui tourbillonnait sous son crâne.

Par les génitoires putrides du Malin ! Prémisse n° 1 pour envisager une résolution : à qui se confier ? À personne pour éviter de mettre ses amis dans l'embarras. Prémisse n° 2 : à qui se fier ? À ceux-là mêmes, infaillibles. Et c'est tout. Rester soudés et solidaires, bien qu'ils ne fussent que cinq dont deux femmes. Leur passé commun et la sagesse plaidaient en faveur de cette organisation.

Stratégie : suivre l'itinéraire proposé, pousser l'allure pour devancer les embûches et les chausse-trapes, force de l'expérience, encore une fois. S'éclipser de Toulon, nuitamment s'il le fallait, pour gagner Cannes en toute sécurité. Embarquer dans le plus simple équipement avec l'aval du commandant de la rade (ou sans !), selon ce qu'on y trouvera.

Conclusion : pas d'autre hypothèse. Plan de base convenablement ficelé, mais qui ne dérogeait pas au schéma initial ! Manque d'une étincelle de subtilité, d'un élan génial afin de duper l'ennemi… de duper les ennemis.

Géraud était revenu à son point de départ. Il quitta la grève, rejoignit l'hôtel particulier de Monsieur de Garbey.

Première décision, innovante : partir dès aujourd'hui, dès que la voiture et le nécessaire seraient prêts. Il allongea la foulée.

33

Si les sommets dentelés étaient chapeautés d'un blanc éblouissant, la vallée se trouvait totalement dégagée, hormis les crevasses profondes de l'ubac, plongées dans une ombre permanente. Ils s'étaient élancés peu après le dîner, par un beau soleil intermittent, bien agréable cependant, avec une lettre de recommandation pour un notable d'Embrun, cousin de Monsieur de Garbey qui pouvait les héberger.

Pistol et Brisacier qui avaient compris l'impatience du commissaire, s'étaient hâtés pour que tout soit prêt dans les délais les plus courts, avertissant Muguette et Lisa d'un possible départ anticipé. Elles se tinrent à disposition en tenue de voyage ordinaire.

Mattioli fut apprêté, revêtu d'un pourpoint sobre et sous le bandeau qui lui masquait l'œil gauche, comme s'il était borgne, une superbe balafre, dessinée par Pistol sur la joue à la façon du duc de Guise, qui attirait le regard plus que le visage, et le nez envermillonné. Pour le masque noir souhaité par le Roi, on verrait plus tard. Priorité à la sécurité.

Géraud avait apprécié les initiatives de ses amis. Il avait suggéré que Brisacier troque sa tenue de bretteur, trop repérable, contre une vêture d'intendant et que Pistol enfile un costume de cocher. Malgré leurs molles protestations, il les avait grimés pour modifier leurs traits. Quant à lui, il avait renforcé la teinte de sa peau, passant ainsi presque pour un Turc ! Afin de se ménager une plus grande liberté d'action, il s'était procuré un étalon à la robe alezane passe-partout, sur laquelle on ne se retourne pas à chaque angle de rue. À quoi n'avait-il pas pensé dans la précipitation ? Les voyages les mieux organisés ne sont pas exempts d'un regrettable oubli. Ils avaient entassé de quoi soutenir un siège avec un véritable arsenal.

Géraud partit en éclaireur comme en promenade. La voiture suivit à bonne distance. Il prenait de l'avance, scrutait les alentours, puis trouvait un poste d'observation et attendait de voir paraître le véhicule, avant de se lancer à nouveau, rassuré de ne pas reconnaître au premier regard ses deux compères. La route était déserte, n'était un pêcheur qu'il vit poser des nasses dans une anse de la Durance. Les rapaces volaient haut, des mouettes rasaient les vaguelettes, un écureuil au panache brun sombre traversa la route en trois bonds ; route qui avait, dans ce sens, l'avantage indéniable de descendre plus qu'elle ne montait, par à-coups brusques.

Géraud ne demeurait pas moins sur le qui-vive. Deux fois, il laissa passer la voiture, surveilla ses arrières sans rien remarquer, puis la dépassa au galop, s'interdisant d'adresser un signe aux cochers.

En montagne, le soleil se couche tôt, surtout en hiver. Quinze lieues ne s'avalent pas en un clin d'œil, même si, le plus souvent menés au trot, les chevaux pouvaient galoper. De plus, il ne fallait pas négliger les haltes. Même s'ils avaient rencontré des relais de poste, il n'aurait pas été question de changer l'attelage.

Les voyageurs arrivèrent sans encombre avant que l'astre rougeoyant ne disparaisse derrière les crêtes. Ils trouvèrent la maison du cousin, furent accueillis et bien hébergés. Les soucis semblaient s'évaporer depuis qu'on allait vers le Sud.

Au petit jour, ils étaient déjà repartis. La brume persista toute la matinée. Ils traversèrent Gap, et forcèrent l'allure pour atteindre Sisteron, bourgade incrustée dans une paroi verticale impressionnante, et sa citadelle adossée au piton, isolée par une anse de la rivière qu'enjambait un pont majestueux. Certes la route sinuait dans un paysage sauvage et la chaussée, détériorée par les hivers rigoureux, était très ravinée et mal entretenue, mais on ne pouvait, ces jours-ci, rêver meilleures conditions.

Géraud, toujours en avant-garde repérait les embûches, revenait sur ses pas de manière à guider Pistol dans les passages délicats, puis repartait de l'avant. On voyait bien que de vilaines nuées tentaient de franchir les sommets à l'ouest, toutefois des vents ascendants parvenaient à les contenir. Ainsi, le troisième jour, ils atteignirent Aix-en-Provence, assez satisfaits de leur parcours et trouvèrent une auberge hospitalière.

Quand Géraud leur révéla leur véritable destination (Cannes et non Toulon), Brisacier, qui connaissait un peu la région, suggéra de couper par l'arrière-pays. Il n'était pas utile de pousser jusqu'à

Marseille ni de longer une côte tortueuse. On y gagnerait une journée. La proposition fut adoptée à l'unanimité et personne ne se formalisa de cette cachotterie du commissaire. Brisacier et Pistol souhaitèrent réintégrer leurs costumes habituels, ce qui leur fut accordé.

Cannes ! Une voie plus directe empruntait, en effet, les hauteurs des massifs des Maures et de l'Estérel. Elle les y conduirait plus aisément par Brignole et Fréjus et l'on ménagerait le matériel. Ils y croisèrent davantage de véhicules en tous genres, des troupeaux de moutons et de chèvres. Toutefois, ce paysage rocailleux à la végétation rase et clairsemée n'avait rien de comparable avec l'animation d'une ville de foire.

Ici, le soleil brillait en permanence. On s'accordait des pauses plus longues à l'ombre des pins maritimes. L'humeur de tous était à l'aune de l'azur. Même Mattioli s'efforçait d'être aimable. Tandis que les jeunes femmes s'accordaient quelques pas pour se délasser et que les hommes montaient la garde à l'écart, le comte ramagea à la manière italienne :

— Commissaire, nous sommes entre nous et je remarque que vous mourez d'envie d'interroger l'expert que je suis. Cependant, vous hésitez encore, n'ayant pas les instruments sous la main, pour m'arracher par la torture certains secrets afin de les réserver à votre cher monarque. Me trompé-je ?

— Mattioli, j'en sais assez pour vous confier aux autorités compétentes, le reste ne me concerne en rien.

— Et pourtant, vous brûlez de savoir de quelle

façon cette ganache de comte Ercole Mattioli est parvenu à déchiffrer les lettres secrètes de Sa Majesté Louis le quatorzième que vous avez dû remettre à cet austère Dauvergne de Saint-Mars. Me fourvoyé-je ?

— Ne vous estimez pas plus important que vous n'êtes et n'espérez pas par ce moyen retors, obtenir quoi que ce soit de ma part, même pour tout l'or que vous avez escamoté au long de votre carrière d'escroc.

— J'en connais de plus grands : Fouquet, Mazarin et Gourville, l'homme de confiance de Condé, pour ne citer qu'eux. C'était juste une proposition désintéressée, pour la beauté du geste, car, en tant qu'adversaire loyal, je vous estime, croyez-le bien, d'autant que, dans votre pays, vous ne serez jamais récompensé à la hauteur de vos grands mérites.

— Je suis au service du roi de France, c'est un honneur au-dessus de tout.

— Les honneurs nourrissent-ils une famille ?

— N'essayez pas de m'appâter, Mattioli, je vis seul et me suffis à moi-même. Votre arrestation me gratifiera de quoi vivre à mes aises plusieurs mois et choyer famille et amis.

— Quelque chose me dit que cela pourrait changer bientôt. Et de deux amoureux, on passe vite à trois bouches à nourrir et davantage si grande affinité se confirme. Loin de moi l'idée de vous graisser l'huis[57]. Puis-je néanmoins vous instruire

57. Ou graisser la patte.

gracieusement sur les codes élémentaires et le chiffre ? Cela me ravirait.

L'insistance aimable de l'aigrefin attestait de son habileté pour parvenir à ses fins. Y avait-il une intention sournoise ? Refusant une escarmouche stérile, Géraud céda :

— Mattioli, je vous écoute. Exposez, vous n'en tirerez aucun avantage. Soyez bref.

— Ne vous inquiétez pas, je vais aller à l'essentiel, juste vous éclairer, sans vous farcir la tête de notions absconses qui ne vous seraient d'aucune utilité. Tout d'abord, il faut savoir qu'en cryptologie, un chiffre est une manière secrète d'écrire un message qui deviendra incompréhensible pour tout non initié, et un casse-tête pour les connaisseurs. Il s'agit, la plupart du temps, de symboles, destinés à remplacer les lettres, des mots entiers, les noms propres, tant de personnes que de lieux.

Il s'interrompit, fixa son interlocuteur et reprit :

— Je vois que vous me suivez avec attention. Cela vous surprendra peut-être, mais le chiffre est aussi ancien que l'écriture, l'homme ayant eu de tout temps des choses à dissimuler à son voisin, à son épouse, à ses concurrents. Il faut savoir qu'il existe deux grandes catégories de codages : l'une par transposition, l'autre par substitution.

Géraud se mordit les lèvres afin de ne pas demander la différence. D'ailleurs, Mattioli ne lui en laissa pas le temps. Ravalant son excès de salive – comme s'il se délectait à l'avance d'un mets odorant – le mauvais bougre poursuivit :

— Petit a : le chiffre à transposition. Les lettres sont mélangées selon une convention secrète. Il suffit de les réordonner pour retrouver le message initial. Petit b : le chiffre à substitution : les lettres sont remplacées par des symboles, par d'autres lettres ou divers alphabets (du latin au grec en passant par l'hébreu), par des nombres, des pictogrammes ou n'importe quel symbole. Bien entendu, il est recommandé de combiner les deux méthodes de façon à compliquer le chiffrage ; procédé déjà utilisé par les anciens Égyptiens. Un code simple, par exemple, consiste à décaler chaque lettre de trois positions dans l'alphabet : le A devient D, le B sera un E, etc. On dit alors que la clef est « trois ». On la nomme aussi : chiffre de César. À vous d'imaginer d'autres possibilités, clef sept ou douze ; ou bien, en sautant les voyelles, par exemple ou en fondant en un seul signe les consonnes doubles afin qu'elles ne soient pas décelables au premier coup d'œil.

Il s'autorisa encore une courte pause, s'excusant d'un geste de la main :

— La langue peut trahir un texte par la fréquence de certaines lettres. En français, le E, est le plus utilisé, c'est un repère infaillible. Puis, viennent dans l'ordre : A-I-S-T… Les syllabes LE, CA, CES… En anglais, c'est aussi le E qui pointe en tête, mais le W est un phare dans le *fog*, leur poisseux brouillard.

Géraud tourna la tête comme s'il avait perçu un bruit suspect. Lisa et Muguette revenaient dans leur direction. Cela ne troubla pas Mattioli qui amorça une nouvelle tirade.

— Et dans la grande Histoire ? me demanderez-vous. S'y trouve-t-il des précédents flagrants ? Des conséquences dramatiques d'un subtil déchiffrage en ont-elles découlé ? Bien entendu ! Vous répondrai-je *in petto*. Tenez… Thomas Phélippes, cryptanalyste vénitien qui a décodé les messages secrets de Marie Stuart destinés à ses partisans, via son correspondant habituel, Badington. Ce génie a conduit la malheureuse reine à l'échafaud !

« Ce doit être un cas d'exception, » se dit Lebayle en son for intérieur. La source s'était-elle enfin tarie ? Le bavard n'avait rien ajouté depuis au moins dix secondes.

— Ce qui induit une autre interrogation, commissaire. Quels sont les plus grands cryptographes à qui votre serviteur enchaîné voue une admiration sans borne ? Le plus célèbre de nos pères se nomme Blaise de Vigenère, 1523-1596, si j'ai bonne mémoire, diplomate, cryptographe français, secrétaire de la Chambre d'Henri III. Il inventa un chiffrement qui utilisait dix alphabets. Avant lui, l'Italien Giovanni Battista Bellaso, vivant au début du siècle précédent en utilisait déjà cinq. Et puis, n'oublions pas Giambattista della Porta, physicien, opticien et philosophe. Il remplaça chaque couple de lettres par un symbole et utilisa onze alphabets qu'on n'a toujours pas réussi à déchiffrer !

Mattioli se tut, frottant son œil libre à le rougir, puis reprit :

— Je vous ferai grâce du chiffre des Templiers pour ne vous parler que de l'époque qui nous intéresse : la nôtre, ce beau et riche XVIIe siècle. Ah ! je vois une étincelle scintiller dans votre prunelle ! Vous aimeriez en savoir davantage sur le chiffre de votre cher souverain ou plutôt les chiffres, car il en utilise plusieurs, plus ou moins compliqués et longs à décoder. J'ai eu l'audace et le plaisir indescriptible de briser l'un de ses plus performants, un chef-d'œuvre. Sachez que ce dernier est un code basé sur un système à répertoires. Rassurez-vous, Louis-le-Grand, pour les courriers d'État les plus confidentiels, a recours aux éminents services des Rossignol, père et fils, Antoine et Bonaventure. Ils servent la couronne avec fidélité depuis longtemps. Ils ont élaboré un code d'une grande puissance qu'aucun spécialiste n'a été capable d'égratigner à ce jour : « le Grand Chiffre », le nomme-t-on. Il demande beaucoup de temps et de sueur à la traduction. On sait qu'il comporte plusieurs centaines de nombres et non vingt-six lettres, un code de substitution basé sur celle des syllabes entières... avec quelques pièges supplémentaires disséminés çà et là qui varient constamment. Certains caractères indiqueraient qu'il faut effacer le nombre précédent (encore faut-il le repérer !) ou des nombres qui désigneraient une seule lettre... Un insoluble casse-tête, vous dis-je ! Personne n'a pu déchiffrer ce code, mais je ne désespère pas d'y parvenir.

— Encore faudrait-il, ne put s'interdire d'intervenir enfin Lebayle, qu'on vous en laisse la possibilité. Ce qui paraît fort compromis.

— Qui vivra verra... En attendant, puis-je vous demander un minuscule service ?

Lisa et Muguette étaient remontées en voiture, Pistol et Brisacier réintégraient leur siège cocher. Il était temps de repartir. Géraud se leva et conclut à l'intention de l'Italien :

— Parlez toujours, j'aviserai.

— Peut-on, de temps à autre, me changer le bandeau de côté ? L'œil droit me brûle à force d'assumer toute la tâche tandis que l'autre s'étiole dans l'obscurité.

— Si ce n'est que cela, nous pourrons y remédier en vous crevant vraiment le gauche comme le préconisait ce cher Molière dans son *Malade imaginaire*. « Vous n'en verrez que plus clair de l'autre œil. » Je vous accorde cet accommodement, puisque vous vous tenez tranquille depuis quelque temps.

Ils roulèrent sans forcer l'allure jusqu'à ce que le soleil rougeoie dans leur dos. On décida alors de passer la nuit dans un bourg aux environs de Fréjus sur la côte que l'on atteignit bientôt. Cannes se trouvait désormais à moins de dix lieues.

Après le souper, Géraud entraîna ses compères à l'écart, pendant que les demoiselles s'ablutionnaient et que Mattioli était enchaîné au bois de son lit.

— Dites-moi, tous les deux, il y a une question qui m'était sortie de l'esprit.

Pistol et Brisacier se jetèrent un regard entendu.

— Nous attendions que tu l'exhumes, assura ce dernier, mais les conditions n'étaient pas favorables, concentré que tu étais sur ce changement de destination et d'itinéraire dans une région que vous ne connaissez pas et moi guère.

— Je vous la formule donc. Qu'est-ce qui a déterminé Monsieur de La Reynie à vous mandater sur ce transfert… fort sensible de Mattioli plutôt qu'une escouade d'archers ?

— La raison principale est élémentaire : une extrême discrétion, répliqua Pistol. L'ostentation d'exposer ainsi le prisonnier dès la frontière franchie aurait pu irriter les États italiens et engendrer de nouvelles tensions diplomatiques, voire un conflit.

— Tandis qu'un escadron, enchaîna Brisacier, depuis Paris, se dirigeait ouvertement vers la Franche-Comté pour attirer les regards des espions, où l'on laissa entendre que le traître serait ramené pieds et poings liés, la corde au cou…

— Nous nous esquivions par une autre route avec Muguette et rejoignions notre ami, averti par Martelin, en un lieu déterminé.

— Qu'est-ce qui nous garantit que vous n'ayez pas été pistés ?

— Rien, dans l'absolu, sauf que nous n'avons pas emprunté les grands chemins et que nous avons été vigilants.

— Dernière question : qui se cache derrière cette entreprise de harcèlement ?

— Comment, ne le devines-tu pas ? s'étonna Pistol.

— Lorraine et Effiat, asséna Brisacier comme un coup de massue. Nous les trouverons encore sur notre route. S'il faut en croire le roi lui-même : « Ces gens-là sont à redouter. Prenant part de tout temps à toutes les brouilleries du royaume. Toujours prêts à se lier avec les mécontents et à se lier avec d'autres princes plus éloignés. » Et, du côté français, il y a à parier qu'ils ne sont pas les seuls.

Ceux-là sont princes, proches du roi et sur la liste des héritiers à la couronne, si, par malheur, une épidémie éradiquait la famille des Bourbons !

— Peste ! Comment peut-on mener d'aussi noirs desseins quand on bénéficie d'une position aussi avantageuse ?

— Au sommet, il n'y a qu'un élu ! Pour l'heure, ils poursuivent un leurre qui les entraîne loin de nous. Et comme nous avons cravaché et mené bon train, avec la bénédiction du Ciel, Mattioli sera enfermé à Sainte-Marguerite, avant que nos adversaires n'aient déjoué la supercherie.

— Des archers acheminent donc vers la Bastille un autre homme de même corpulence et masqué de velours ? Saint-Mars est de connivence !

— Cela semble évident.

— Substitut qui, à la première alerte sérieuse, sera révélé aux yeux de tous ?

— Tout à fait, mon cher commissaire. Demain, l'affaire sera réglée et nous pourrons rentrer chez nous, conclut Pistol.

— Que Dieu vous entende ! Cependant tout ne me paraît pas si simple…

Ils montèrent se coucher.

La nuit fut paisible, excepté les assauts de quelques escadrons de moustiques.

Reposés, ils repartirent à la rencontre du soleil levant. Celui-ci se hissa mollement sur une échelle de stratus qui se dissolurent peu à peu. La route était sinueuse, épousant la moindre bosse et grimpant à flanc de colline avec, par endroits, des éboulements de terre et de pierrailles qui n'avaient pas été débourbés. Il fallut être prudents et aménager des passages avec pelles et pioches.

Ils ne découvrirent la petite ville, à l'extrémité est d'une vaste baie qu'en début d'après-dîner et au détour du rocher dit de Roquebillière : un paysage impressionnant par le contraste avec les précédents et par son étendue sereine avec, à la pointe de l'anse, cabossée de mamelons, dans le bleu pur des eaux, deux petites bosses : les îles de Lérins.

Ils longèrent la courbe d'un long désert de sable blond, s'élevant à peine entre les éminences environnantes, domaine protégé de nombreuses espèces d'oiseaux marins. La végétation était rase et le terrain assez marécageux, sans doute impraticable en voiture par temps pluvieux.

Géraud se lança au galop. Ils étaient convenus qu'il prendrait de l'avance de manière à guider la voiture vers l'embarcadère où il retiendrait un bateau pour effectuer la traversée. Par ce côté, il était impossible d'approcher sans être remarqué.

Il entra dans Cannes, une bourgade charmante et un port animé autour de bateaux de pêche bien entretenus et peints de couleurs vives. Partout séchaient des filets sur des perches horizontales tenues par des supports croisés. Les remailleurs et les écailleuses, au verbe haut et chantant, se répondaient et plaisantaient. Ce pays respirait la bonne humeur et la quiétude d'une vie rude malgré tout. Les visages étaient burinés et sillonnés de rides profondes, rongées de sel.

Géraud se renseigna pour une traversée avec un cheval et une voiture. On lui désigna la pointe de terre qui s'avançait dans les eaux bleues vers les îles, distantes d'un quart de lieue. Derrière les massifs rocheux, se cachait le petit Fort de la Croisette. Il y trouverait ce qu'il cherchait. Une barge[58] assurait la traversée qui ne devait pas être très longue, avec une mer calme comme aujourd'hui. Il s'y rendit.

Sur l'étroite bande de sable et de graviers, des baraques de pêcheurs de poissons de roches, de poseurs de casiers, de ramasseurs de coquillages, s'alignaient sur deux ou trois rangées, protégées des vents par de modestes falaises. Il n'y vit que des femmes et quelques enfants. Les hommes devaient être au labeur. Le temps était assez clair pour qu'une partie de Fort-Royal soit visible depuis la côte. Odeurs de la mer, de varech, de sel et d'iode : on touchait au but. La vue de ce petit havre lui fit moins regretter le détour. Il s'y reposerait volontiers quelques jours. C'était là que devaient s'achever le parcours chaotique et la carrière d'escroc international de l'ambitieux Antoine-Hercule-Girolamo Mattioli, alias Lestang.

Encore une heure ou deux et ils allaient être relevés définitivement de leurs fonctions et libérés de ce pensum. Le fortin lui apparut : un petit corps de bâtiment, flanqué d'une tour ronde, dans une enceinte fortifiée, gardée par deux sentinelles. Il présenta son ordre de mission, exposa sa demande. On lui indiqua une petite porte dans la muraille

58. On sait qu'en 1637, pour la première fois, afin de chasser les Espagnols, on utilisa des bateaux à fond plat pour transporter des chevaux.

qui permettait d'accéder au quai. Comme il s'étonnait du peu de présences pour un point aussi stratégique, on lui expliqua que d'ordinaire ils étaient plus nombreux, mais les travaux de réfection d'une toiture endommagée par le vent sur l'île avaient mobilisé un maximum de bras. D'ailleurs, on ne voyait pas grand monde par ici, c'était plutôt un poste calme.

Au bout d'une courte digue empierrée, Géraud trouva le passeur et ses rameurs. Il requit leurs services, puis s'en retourna au-devant de la voiture. Soudain, l'impression de sérénité disparut en quelques instants. Que se passait-il ? Il se sentit fébrile, comme s'il doutait de la fin proche de sa mission… Faute en était sans doute à l'antécédent de Briançon ! Cette fois, il ne pouvait y avoir de contretemps. Un pincement à l'estomac confirma le malaise.

Il se remit en selle, fit volter son cheval et marcha de nouveau vers cette charmante petite cité de Canne. Un vent léger soulevait les filets et les flotteurs de liège. Au passage, il adressa un signe à deux femmes qui nouaient des fanions sur des pieux.

Il n'avait pas parcouru cent toises entre cabanes de pêcheurs et entrepôts en planches brutes, qu'au détour de l'une d'elles, des cavaliers vinrent de façon manifeste se poster en travers du chemin.

Ils étaient neuf, aux allures de loups sournois. Le pressentiment du commissaire se concrétisait. Il ne pouvait s'agir de détrousseurs ordinaires. Aucun signe n'apparaissait sur lui, laissant espérer quelque bonne prise. D'ailleurs, l'ayant vu approcher en éclaireur, ils auraient attendu la voiture, plus intéressante à dévaliser… Seul contre neuf et dans la crainte de la survenance de ses amis au mauvais moment, que pouvait-il envisager ? Rien. Aucune stratégie ne lui venait à l'esprit. Face à quatre ou cinq, il aurait pu jeter son cheval entre les cabanes, tenter de les semer, les obliger à se séparer, galoper vers le fortin.

— Bonjour, Lebayle ! lança celui qui ressemblait le moins à ce qu'ils étaient. Tu peux te vanter de nous avoir fait courir ventre à terre.

Le commissaire maîtrisa sa surprise. Dialoguer lui octroyait un petit sursis.

— Vous m'en voyez navré, Messieurs. J'ignorais que nous nous connaissions, mais je constate que vous êtes bien renseignés.

— Un serviteur fidèle à son maître est mieux qu'un bon chien ; il possède en sus la parole, et Ignace est de ceux-là, répliqua-t-il. Il a su nous tenir informés.

Le sbire de gauche désigné hocha la tête avec dédain. De qui était-il le domestique ?

— C'est lui qui permit au ministre du duc de Mantoue de s'échapper de la forteresse de Pignerol, poursuivit le chef. Depuis, il n'a pas quitté la trace… du comte.

Le valet de Mattioli ! Si Catinat n'avait pu le poursuivre, pourquoi Saint-Mars ne l'avait-il pas pourchassé ?

— Je doute que lui seul vous mandate, mais plutôt un chevalier pugnace et qui sait s'entourer de beau monde. Seulement, il ne peut pas toujours avoir gain de cause face à Sa Majesté le roi de France.

— C'est ce qu'on verra, Monsieur le commissaire.

Géraud se demandait si ses amis allaient l'attendre en ville et comment il pouvait les avertir du danger. En tirant en l'air ?

— Très bien, reprit-il pour allonger le temps de la réflexion. Dites ce que vous cherchez, en si grand nombre, avec tant de constance et d'empressement.

— Ne joue pas au plus fin, répliqua le chef. Il fallait bien un peu d'opiniâtreté pour te contrer par cette route d'Italie, en effet plus carrossable. Ce que nous sommes venus te réclamer, tu dois t'en douter, si près du but. Le simulacre de La Reynie, avec cette ridicule doublure bedonnante, n'a pas résisté très longtemps.

Géraud comprit qu'ils arrivaient par l'est et l'Italie et qu'ils n'avaient pas repéré la voiture. Il ne pouvait pas leur faire croire qu'elle était remontée sur Paris, sa présence si près de Sainte-Marguerite ne serait pas justifiée. Cependant, en se sacrifiant, il pouvait encore permettre à ses amis de se réfugier au fortin de la Croisette. Comment manœuvrer les forbans ?

— Je n'ai qu'une heure d'avance sur le petit convoi armé qui ne tardera pas à vous donner satisfaction.

— Nous en ferons notre affaire. Rends-toi et nous te laisserons la vie sauve, dès que nous aurons récupéré Mattioli.

— Croyez-vous que les choses soient aussi simples quand c'est le Roi qui les a commandées ?

— Seul, que peux-tu espérer ?

La sueur décollait l'épaisse enveloppe entre les omoplates du commissaire. S'il voltait pour foncer vers le fortin, elle ne le protégerait pas des balles, mais les déflagrations alerteraient l'astucieux Brisacier, à quelque distance qu'il soit.

— Un compromis, par exemple…

— De quel genre ?

— Ce n'est pas vraiment Mattioli qui intéresse le chevalier de Lorraine, n'est-ce pas ? Sinon comme monnaie d'échange, mais les documents qu'il a subtilisés.

— Et alors ?

— Je sais où il les a cachés.

— Mais encore ?

Derrière Lebayle, les deux archers de faction au débarcadère, intrigués, s'étaient approchés, restant cependant hors de portée d'un tir.

— Tout va-t-il bien, commissaire ? lança l'un des deux.

Géraud tourna sa monture d'un quart de tour pour répondre :

— Nous avons une petite discussion dans laquelle vous seriez les bienvenus pour donner votre avis.

Il revint aux hommes à la solde de Lorraine-Effiat qui ne l'avaient pas contredit.

Ses amis auraient dû survenir depuis plusieurs minutes ! À moins que… Il fallait craindre qu'un second groupe, sur leurs brisées par la route de Gap, n'ait intercepté la voiture !

Après l'appel lancé aux sentinelles dans l'expectative, il devait, d'extrême urgence, trouver une véritable solution, car même à trois, les chances étaient minces. Inutile de tenter le diable !

À cet instant, cinquante toises en arrière de ses adversaires, un véhicule tournait sans hâte à l'angle : leur voiture !

Contrarié au premier regard, Géraud se rasséréna au coup d'œil suivant : seul Pistol se trouvait sur le siège du cocher. Le commissaire devait tabler sur cet infime indice. Il n'avait pas le choix. Son compère arrêta l'attelage à portée de voix. Il souleva son large chapeau noir.

— Comment puis-je être agréable à ces messieurs ?

Lebayle était certain qu'il n'agissait pas à la légère pour parader.

— Cocher, remets-nous la personne que tu retiens contre son gré, et tu n'auras rien à craindre.

Sans brusquerie, les armes à feu apparurent du côté des assaillants.

— Si ce n'est que cela, venez en prendre livraison, je vous la cède bien volontiers. C'est un individu fort indiscipliné qui vous donnera beaucoup de fil à retordre. Qui que vous soyez, croyez-en ma douloureuse expérience ! Je vous abandonne même ce tombereau geignard, auquel vous devriez mettre le feu comme à un essaim de guêpes.

Pistol sauta au sol tandis que deux estafiers, sur un signe du chef, poussèrent leurs chevaux dans sa direction. Géraud, surveillé par le trou noir de deux pistolets, posa ses rênes sur l'encolure et s'appesantit des deux paumes sur son pommeau de selle, comme las de tout. Dans cette position, ses doigts effleuraient les crosses de ses Caminazzo au fond de ses hautes fontes. Les deux cavaliers parvenaient à hauteur des portières par lesquelles ils pouvaient distinguer deux silhouettes.

— Qu'est-ce que…

Celui de droite n'acheva pas sa phrase.

Pistol releva sa cape, dégagea des pistolets et les braqua. Ils eurent le même réflexe, mais le dessinateur fut le plus prompt. Les détonations furent le signal.

D'entre des cabanons enguirlandés de filets de pêche, surgit un démon hurlant brandissant une espingole rutilante et cabossée qu'il déchargea en une pluie de plombs sur les premiers adversaires. Il tira ensuite deux pistolets et poursuivit son œuvre. Géraud lui fit écho par l'autre flanc, puis il dégaina son épée. Les archers ne furent pas en reste. Ils accoururent et tirèrent. Les brigands ripostèrent avec un temps de retard sur chaque assaut. La bataille s'acheva bientôt à l'avantage du camp des autorités.

Un archer avait été touché au flanc, les autres étaient indemnes. Parmi les brigands : cinq morts, trois blessés et un prisonnier sous la menace de l'épée de d'Artagnan. On lia celui-là. Un cheval de l'attelage à genoux avait été touché en plein poitrail. Il fallut le déharnacher et l'achever.

Inquiet, Géraud se précipita jusqu'à la voiture à travers laquelle Pistol avait tiré sans crainte de toucher les passagers… Il sauta sur le marchepied, comprit le stratagème et éclata de rire. Seuls voyageurs : deux pantins constitués de couvertures liées et chapeautées ! Il poussa un long soupir. Diables de compères malicieux !

Il s'approcha de ses amis qui pansaient

sommairement et immobilisaient les blessés, avant de lui fournir quelques explications.

— Ne te voyant pas revenir comme convenu, commença Pistol-Pascal, nous avons eu un doute.

— Alors, le relaya Brisacier empressé, nous sommes convenus de laisser Mattioli à l'abri au fond d'une impasse, sous la surveillance de nos jeunes dames fort armées.

— Brisacier me devançant à pied, découvrit le traquenard à l'instant où il se produisait. Nous résolûmes de donner le change avec nos complices de chiffon avant d'intervenir. Je lui laissai le temps de couper par les venelles pour les surprendre par le flanc.

— La suite, tu la connais, Géraud : « Diviser pour gagner. » Pris entre trois feux, avec l'effet de surprise, malgré notre infériorité numérique, nous avions une bonne chance de les réduire au silence.

— Félicitations, mes ingénieux compagnons. Une bonne intelligence collective est plus efficace que le bataillon de militaires le mieux entraîné. Voyant Pistol se présenter seul avec la voiture, j'ai tout de suite compris que vous ne vous étiez pas laissés surprendre.

— Nous sommes des gentilshommes, que diable ! protesta Brisacier avec un clin d'œil.

— Crois-tu que j'aurais exposé nos belles, même si ma sœur ne fut pas très heureuse d'être évincée de l'assaut ?

— Allons les retrouver promptement, avant que Mattioli ne leur joue un tour de passe-passe dont il a le secret. Puis, nous embarquerons les blessés et leur chef pour Sainte-Marguerite.

34

Le passeur et ses marins avaient prêté main-forte à l'archer valide pour charger les prisonniers, laissant les morts aux bons soins des autorités locales, l'échauffourée ayant attiré les curieux. La voiture fut rangée dans l'enceinte avec les chevaux des assaillants, celui de Géraud et le rescapé de l'attelage logés dans la petite écurie. On transféra un Mattioli masqué et maussade. Il avait compris que cette fois la partie était perdue.

Géraud aida les jeunes femmes à monter sur la barge tandis qu'on hissait une voile carrée. Les amarres furent larguées. Le capitaine prit la barre et mit le cap sur Sainte-Marguerite. Le vent soufflait sans excès dans la bonne direction. Il suffisait de se laisser porter. On leur indiqua le Golfe Juan, derrière la pointe et le cap d'Antibes.

— Ce que je ne m'explique pas, confia Géraud à ses amis, c'est comment les affidés de Lorraine ont pu savoir que nous descendions vers le Sud au lieu de rallier Paris. Même si le faux Mattioli fut démasqué, cela ne justifie pas qu'on puisse en être informé en Italie.

— Je crois savoir pourquoi, chantonna Lisa, l'œil plissé.

Tous se tournèrent vers la jeune fille qui mesurait son effet.

— Souvenez-vous, quand nous avons été interceptés par les complices de cet aubergiste dans la montagne entre Pignerol et Briançon.

— Sandro, le délateur qui parlait notre langue.

— Pierre-Félix ne leur a-t-il pas dit que des Français avaient pris la route du sud ?

— Bigre ! Tu as raison, Lisa. L'appât ne servit à rien dans ce cas. Il faut vraiment peu de chose pour compromettre une mission. Même un mensonge. Ils ont galopé à bride abattue, et bien entendu, n'ont pu rattraper les fuyards. Alors, ils se sont installés aux environs du fort de la Croisette pour surveiller les deux routes.

— On n'est jamais assez vigilants, déplora Pistol.

La croisière fut de courte durée. La sérénité de la mer estompa les effets de la bataille précédente. Géraud se demandait encore par quel miracle ils avaient pu en réchapper sans dommages…

Le Fort-Royal, ensemble massif de murailles élevées et de bâtiments en pierre blanche, se détachait à bâbord sur son piton rocheux. La barge, habilement maniée, se dirigea vers l'anse du débarcadère qui s'ouvrait entre celui-ci et la tour de guet, à la pointe de Batéguier. Ils abordèrent au milieu d'embarcations de tailles diverses et de grandes barques à voile triangulaire, prêtes à appareiller. On ne pouvait approcher de ces îles stratégiques (les Anglais et les Espagnols l'avaient bien compris !) sans être repéré et canonné. Un petit comité d'accueil les attendait sur la berge : trois voitures et huit soldats à cheval, sous les ordres d'un capitaine.

Géraud se présenta et lui résuma l'affaire à laquelle on avait assisté à la longue-vue avec inquiétude, depuis le chemin de ronde du fort. Après leur départ de la Croisette, l'archer resté sur le rocher avait transmis son rapport par des signaux codés aux autorités de l'île. Quatre des soldats prirent la mer pour relever leur collègue.

Les véhicules traversèrent une forêt dense, riche de plusieurs essences, principalement de vigoureux pins maritimes, arc-boutés contre le vent de terre, avec la chevelure étirée vers l'intérieur de l'île. De profonds fossés, des courtines récemment surélevées protégeaient la citadelle, renforcées par deux massives demi-lunes et reliées au fort grâce à des passerelles surélevées. Les portes d'accès se trouvaient sous la surveillance d'un bastion bas. Les voitures franchirent cet octroi, puis s'avancèrent entre quatre longs bâtiments, parallèles deux par deux et perpendiculaires à une autre rangée, avant d'atteindre, sur une large esplanade sableuse une imposante bâtisse en trois corps accolés, pourvus d'une tourelle sur l'arrière, bâtisse devant laquelle elles se rangèrent : la prison.

Le gouverneur royal, Monsieur Guillaume de Guitaut[59], vint les accueillir, entouré de ses officiers.

59. Guillaume de Pechpeyrou-Comminges, comte de Guitaut et marquis d'Époisses (1626-1685), noble militaire, chambellan et premier gentilhomme du prince de Condé (amnistié après la Fronde).

Il ordonna qu'on saisisse le prisonnier afin de le conduire aussitôt dans la « cellule la plus inexpugnable de la tour dont la minuscule fenêtre de dix pieds carrés, aux épais barreaux croisés donnait vue sur la muraille », et renforça la surveillance.

Fortement soutenu, Mattioli marqua un arrêt et se tourna vers Lebayle :

— Belle prise, commissaire, je vous en félicite, plastronna-t-il. Grâce à moi, votre avancement est assuré et je m'en réjouis sincèrement. Vous fûtes un adversaire coriace et inventif. Mais rira bien qui rira le dernier : une manche chacun, il nous restera la belle pour nous départager. Je vous dois une confidence : je n'ai pas jeté tous mes atouts sur le tapis, mais conservé les plus influents dans ma manche.

— Je crois, Mattioli, que nous ne nous reverrons pas, bien que cette région soit fort plaisante par son climat. Et vous n'aurez plus le loisir de glisser des messages par les trous des serrures.

Sur un signe du gouverneur, on emmena le détenu. Exit l'escroqueur du Roi-Soleil, lequel aura la satisfaction de retrouver tout son éclat.

Tandis que les voitures se dirigeaient vers l'infirmerie, Guillaume de Guitaut convia ses visiteurs dans ses appartements pour une petite collation.

— Mesdames et messieurs, veuillez prendre place… Vous me voyez fort désolé de vous recevoir dans d'aussi mauvaises conditions, après la violente réception qui vous fut réservée à la Croisette. Je vous prie d'accepter nos excuses et notre hospitalité sur Sainte-Catherine. Grâce à Dieu, vous êtes tous sains et saufs.

— Monsieur le gouverneur, répondit Lebayle, vous ne pouvez être tenu responsable des exactions d'autrui, en l'occurrence des spadassins du chevalier de Lorraine.

— Je vous sais gré de votre mansuétude, commissaire. Voilà seize jours, je reçus la visite d'une estafette de Sa Majesté, m'informant de l'arrivée probable d'un détachement, convoyant « un important prisonnier des plus turbulents, extirpé du Piémont ». On me demandait de l'engeôler au secret absolu, sans autre détail. Personne ne se doutait que vous puissiez être attaqués de cette sorte. Je crains qu'en haut lieu, on l'ignorât aussi. Autrement, nous aurions différé ces travaux tout urgents qu'ils fussent, et j'aurais déployé des hommes au long du parcours, dans les deux directions possibles.

— On nous demanda, Monsieur, de rallier la frontière au plus court, où le fidèle trio que voici avait été délégué pour nous soutenir.

— Le Roi ne peut qu'être satisfait de l'efficacité de tels serviteurs. Dès aujourd'hui, je vais avertir le chef de la police de la réussite totale de votre mission, grâce à des commissionnaires ailés et zélés, relayés par les meilleurs courriers du royaume.

— Nous vous en remercions.

— Encore un mot. Je dois vous transmettre les amitiés d'un messager extraordinaire que vous connaissez bien. Il s'agit d'un ancien mousquetaire nommé Pierre Quarré d'Aligny.

— Ah ! c'est un bonheur de recevoir de ses

nouvelles. Pierre est un ami cher que nous n'avons pas assez l'occasion de rencontrer.

Le lieutenant leur présenta ensuite son épouse (Antoinette-Élisabeth de Verthamon), âgée de trente ans et ses six filles.

— Ne sont-elles pas merveilleuses ? Tout le charmant portrait de leur mère. Hélas, c'est un héritier mâle que nous souhaiterions aussi recevoir du ciel… Nous saurons d'ici cinq mois si Dieu accédera à nos prières[60].

De petite noblesse mais de haute stature, sous une vaste perruque et pourvu d'une belle prestance, Guillaume de Guitaut, était devenu gouverneur des îles de Lérins, en succession à son oncle Charles, démissionnaire. Remarqué par Condé duquel il resta proche, il était aussi l'ami de Madame de Sévigné… relation qui pourrait profiter à Élisabeth pour la conseiller dans ses ambitions littéraires.

Il invita ses visiteurs à séjourner sur l'île aussi longtemps qu'ils souhaitaient se reposer. Ils convinrent de rester trois jours, car le devoir les rappelait à leurs diverses obligations de services. Lorsque Pistol évoqua Vauban, le gouverneur précisa que la visite de ce dernier était attendue au fort afin que l'architecte propose quelques améliorations aux défenses érigées vers 1650 par François Blondel : la construction d'un demi-bastion pour protéger la porte Marine, achever l'escarpe et les fossés des

60. Le comte peut être rassuré, Louis sera celui-là (1681-1748) et deviendra colonel d'infanterie. Puis viendront Mélanie (1682-1742) et Antoine-Cyprien (1683-1736).

demi-lunes. Pistol était donc susceptible de revenir sur les lieux.

Monsieur de Guitaut leur proposa une visite de l'île ainsi que du monastère fortifié et de l'abbaye, sise sur Sainte-Honorat toute proche, à « cinq coups de rame ».

Guitaut était d'un abord plus chaleureux et convivial que Saint-Mars. Il faut dire, à la décharge du second, que la surveillance de prisonniers tels que furent Nicolas Fouquet, Lauzun de Caumont, ainsi qu'un troisième personnage fort mystérieux dont le commandant du donjon ignorait l'identité et tenu au plus grand secret, n'était pas une sinécure. La situation géographique jouait aussi dans cette différence. Malgré tout, le gouverneur reconnaissait que la vie insulaire était assez monotone, raison pour laquelle il se rendait le plus souvent possible à Paris avec sa petite famille, quand les grossesses successives d'Antoinette-Élisabeth leur autorisaient ce long voyage.

Le lendemain, l'assaillant rescapé et les blessés furent interrogés. Ils ne révélèrent rien de très intéressant (leur chef était mort d'une hémorragie dans la nuit), confirmèrent juste le nom de l'initiateur de l'expédition : le marquis d'Effiat et l'ordre de récupérer vivant le prisonnier, coûte que coûte, par l'intermédiaire de son serviteur (tué aussi dans l'intervention) qui avait privilégié cette voie plutôt que la Piémontaise.

Dorénavant, tous les éléments s'emboîtaient à la perfection. Lorraine pensait ainsi s'approprier une double monnaie d'échange ou de chantage dont il avait la secrète maîtrise. Il faudrait peut-être regarder à l'avenir du côté de la Franche-Comté ! Désormais, ce n'était plus leur affaire. Ils se divertirent autant que pouvaient leur offrir ces îles minuscules.

Le troisième jour, le temps restant serein et le ciel d'azur, Lisa prit Géraud à part et lui demanda s'il voulait bien l'emmener promener le long de la côte qu'elle était curieuse de découvrir. Il se doutait que l'invitation n'était pas anodine à la veille de leur départ.

Des routes rectilignes et des allées sinueuses bien entretenues quadrillaient Sainte-Marguerite, un chemin tortueux en suivait le contour au plus près du rivage escarpé.

Lisa avait revêtu son habit de cavalière. Géraud la saisit par les épaules et ils marchèrent d'un pas nonchalant sans rien dire, goûtant la quiétude des lieux, s'emplissant les poumons de l'odeur de la mer et des résineux. Ils contournèrent le fort, coupèrent par le petit cimetière, rejoignirent le sentier de ronde quand un énorme lézard vert ocellé traversa, dix toises en avant ! Apparition dantesque. Lisa sursauta et se serra contre son protecteur.

— Grand Dieu ! Quel monstre. Je n'en ai jamais vu de cette taille. De la tête à la pointe de la queue, il mesurait au moins deux pieds, n'est-ce pas ?

— Je le confirme. C'est le second que je vois de ce gabarit dans ces régions ; la première, du côté de Narbonne.

— Jadis, la petite gueuse aux pieds nus l'aurait coursé pour le voir de plus près. En vain par chance, car il m'aurait alors inoculé son venin de sa terrible langue bifide.

— Certainement pas, assura Géraud qui, pour une fois, avait quelques connaissances plus avancées que la femme savante. Pincée peut-être, mais piquée en aucun cas. Une vipère possède des crochets à venin, certes, mais pas le lézard, quelle que soit sa taille. Il se nourrit de gros insectes et sa langue étrange n'est ni venimeuse ni vénéneuse.

— Tu... tu en es sûr ?

— Certain, belle enfant. C'est le docteur Duchesne, médecin des autopsies à la Bastille, qui m'a initié aux divers poisons lors de cette longue affaire qui n'est pas achevée.

— Tu me rassures... Je veux dire « pour le lézard ». La maturité et le couvent m'ont rendue craintive... par moments.

Ils comptèrent une vingtaine de pas, puis Lisa relança :

— Comme elle est loin, désormais, la petite rebelle, insolente et querelleuse...

— Je la qualifierais plutôt de révoltée, effrontée et chicaneuse.

— La différence est encore plus maigrelette que ma personne, mais j'accepte ces termes.

Long silence agrémenté des mélopées de divers passereaux et des criailleries d'oiseaux marins.

— Sept ans d'encagement – nombre magique – pour la petite oiselle étique et indocile qui avait goûté la graine du savoir à l'école des Muses... et qui, Poucette, picora tout au long de sa route pour en gaver sa petite cervelle en friche.

Par ce nouveau rappel de son parcours, Géraud

se demandait où la jeune fille voulait en venir. Il la laissa poétiser.

— J'entends ta question muette, mon Pygmalion vénéré… Non, je ne regrette pas le joug de la cage aux rites ancestraux. Il m'a assoupli l'échine, tanné le cuir. Il a assagi la sauvageonne qui ne savait ni baisser le regard, ni enrober les châtaignes épineuses de ses mots. Au début, je reconnais avoir regimbé plus qu'à mon tour et semé avec délice la zizanie jusqu'aux punitions sévères : cachot et sévices. J'ai connu la délation et le « chapitre des coulpes » où la communauté tout entière défilait devant la Mère supérieure. Alors, les sœurs « zélatrices » dénonçaient les fautes commises par les pensionnaires qui n'avaient ni le droit de plaider ni celui de répliquer. Pleuvaient ensuite les sanctions : prières multiples, prosternations, jeûne au pain dur et à l'eau, repas à même les dalles froides du réfectoire comme une chienne, contrainte de rester prosternée à la porte de la chapelle dans les courants d'air pendant les offices ou encore enfermée dans la « cellule » du couvent… Tu vois, les filles n'ont rien à envier à la discipline militaire.

— J'ignorais les rigueurs de ce régime carcéral… Je suis navré que tu aies subi si longtemps ces violences et ces humiliations, Lisa, sincèrement désolé. Je l'ignorais et l'on s'est bien gardé de m'en informer.

— Ne te morfonds pas, c'est l'apprentissage de la vie. Cela forge le caractère et j'en avais grand besoin.

Elle redressa ses épaules, se dégagea du bras de Géraud, inspira à fond, les yeux perdus dans le ciel parsemé de nuages cotonneux. Elle tournoya sur elle-même, appréhendant le paysage, puis revint vers lui pour s'accorder à son pas et poursuivit sa confession :

— Si Lisa n'avait pas supporté ce dressage, elle serait morte vingt fois… Et puis, la nigaude se vengeait en étant la meilleure élève de sa promotion, devant des « nobliautes » bécasses aux esprits étroits. Ce qui – je m'en délectais – fâchait les sœurs les plus intransigeantes… Il y avait des compensations : j'ai appris à me tenir à cheval, à cultiver les simples, à fleurir mon verbe avec d'autres termes que des injures et des blasphèmes. Et puis, j'avais le plaisir de ta visite, tant espérée, tant attendue, sauf les trimestres où j'étais consignée.

Oh ! Le pieu mensonge des nonnes pour masquer les carences de son mentor trop accaparé ou parfois pusillanime.

— Alors, quand enfin, tu vins me libérer, l'incorrigible Lisa eut encore quelques rechutes – t'en souviens-tu ? – et quelques écarts de langage, quelques velléités de grossièretés. Cela ne lui porta pas chance. Dieu la sanctionna par un avertissement brutal : l'accident mortel de la diligence de poste.

— Crois-tu que les deux événements soient liés ?

— Je l'ai considéré comme tel, ce n'est pas plus mal. Longuement, j'ai prié et cogité. C'est alors que le Seigneur m'a éclairée, en révélant à la petite sotte qu'elle pouvait, par son savoir tout neuf, s'insérer et s'élever dans la société des dames savantes de Molière et au-delà en participant à des salons.

— J'ai pu apprécier tes qualités indéniables dans cette discipline.

Elle s'écarta encore, marcha à reculons devant lui, papillonnant, rayonnante, les prunelles illuminées par une lumière intérieure.

— Oui, j'ai trouvé ma voie ! Oui, je sais à quoi je veux consacrer ma vie, d'ors en avant. Je n'étais pas faite pour le couvent, mais pour vivre à l'air libre, grâce aux effluves de ma cervelle en ébullition et ma langue alerte. Je ne suis pas faite non plus pour l'aventure comme Muguette. J'y ai goûté en l'ayant provoquée et, sans toi, une fois encore, je serais morte de terreur ou de froid.

Elle marchait toujours en arrière, se fiant aux bordures incertaines du chemin. Géraud avait ralenti pour lui éviter une embardée, mais elle était lancée et n'endiguait plus le flot tumultueux de ses pensées trop longtemps contenues derrière les écluses de la mission et du protocole.

— Je sais que je te dois tout. Tu ne pourras pas m'empêcher de le clamer à tous les vents. Mais rassure-toi ! Ce n'est pas pour autant que je veuille t'accaparer, t'emprisonner dans une stérile reconnaissance *ad vitam æternam*, follement idolâtre et amoureuse bêlante… Oui, je t'ai toujours aimé et je t'aime plus que tout. Certaines se vouent à Dieu ; moi, c'est toi. Et je refuse dorénavant tout autre étalon, si sublime soit-il. Tu as brisé avec douceur le verrou des violences qui m'ont été infligées et m'a honorée avec tendresse.

— C'est pourquoi, fine Lisa, tu marches à reculons pour ne pas appréhender l'avenir et ton devenir sentimental.

Géraud ne savait comment lui dire qu'elle exagérait et que cela l'indisposait. D'un pas léger de danse, elle pivota, les bras étendus décrivant des arabesques.

— L'avenir, je sais le lire en un clin d'œil. Je salue ta grandeur d'âme et ta générosité de vouloir me trouver un époux de qualité qui, par son entregent, m'ouvrirait les portes dorées des grandes salonnières de notre temps après madame de Rambouillet : Madeleine de Scudéry, Ninon de Lenclos la courtisane, Madame Deshoulières[61], l'épistolaire Madame de Sévigné, Marie-Madeleine de La Fayette et tant d'autres ! C'est noble et charitable de ta part, mais tout bien réfléchi, ce sera toi ou personne ; et je me sens désormais assez grande pour creuser mon sillon toute seule.

— Attention à la br…

Élisabeth baissa la tête au lieu de lever le pied, trébucha du talon, poussa un cri, battit l'air en recherchant son équilibre. Géraud se précipita, l'accrocha par la taille. Ils dérivèrent, enlacés, basculèrent dans le fouillis des herbes hautes, entre les troncs crevassés des pins odorants aux longues épines. En se retournant, il amortit leur chute et la reçut sur sa poitrine.

Ils restèrent dans cette position, le souffle coupé ; puis leurs lèvres se trouvèrent affectueusement, férocement.

— Bel homme, honnête homme qui m'a épargné une fois de plus une cabosse de la vie, je crois que

61. Elle sera la première femme française admise dans une académie savante, en 1689.

j'ai encore un peu besoin de ton aide. Je sais que je ne suis pas assez désirable pour toi. Ne dis rien. Je connais tes pensées, ne t'en défends pas. Je ne peux t'en vouloir, c'est la nature qui m'a modelée ainsi. N'en parlons plus.

— Ne sois pas sotte, Lisa. Tu es séduisante. Tu dois bien t'en rendre compte à cet instant.

— Bien sûr que je sens enfler ton brandon contre mon ventre trop plat. C'est la réaction ordinaire du mâle furet qui flaire un chaud terrier.

— Ne réduit pas mon affection à cette image grivoise.

La friponne s'appesantit sur le membre fiévreux.

— Homme juste, je le sais bien, mais ton corps est en mon pouvoir, à ma merci, t'en défendras-tu ? Et j'avoue que je lui suis foutrement reconnaissante de m'accorder un tel hommage malgré ma laideur.

Elle lui appliqua sa paume sur la bouche et la califourchonna plus serré.

— Ne réplique pas, je t'en supplie !

Et pourtant, il aurait voulu lui dire qu'il tenait à elle plus que cela, qu'il ne pouvait plus s'éloigner d'elle, mais qu'il n'était pas encore prêt à forger des fers indestructibles, qu'il lui fallait du temps pour que s'efface davantage le souvenir de Malin et que…

— C'est la dernière fois que je t'importune de la sorte, poursuivit-elle. Désormais, je ne te mendierai plus rien. Tu as ma parole. Tu m'as offert plus que quiconque sur cette Terre, y compris la femme qui m'a mise au monde. Je te laisse ta liberté, ta précieuse liberté… Cette nuit, une vision m'est venue et l'ombre du Tout-Puissant m'est apparu comme pour valider ma prémonition. Sache, Géraud Lebayle, que si un jour tu en émets le désir, je répondrai présente à ton appel et te donnerai un héritier mâle. Ce ne pourra être une fille, je te le promets. Ne me demande pas comment je le sais. C'est en moi, là, au fond de mon ventre où tu vas te fourvoyer sans risque, je le sais, car je désire seulement t'être reconnaissante et que tu me donnes du plaisir.

Subjugué et ébahi par cette étonnante révélation, Géraud eut-il quelques minutes d'absence ? Fut-il pétrifié par les paroles de la fille qui se trémoussait sur lui pour que sa vigueur ne tiédisse pas ? Il se rendit compte alors qu'ils étaient à demi nus et que les petits seins de sa pupille pointaient sauvagement au-dessus de son visage. Aucun homme n'y pourrait résister. Il capitula et l'accompagna.

35

L'embarcation personnelle du marquis de Guitaut les ramena par une large boucle dans le Golfe Juan en raison de l'orientation des vents, au fortin de la Croisette qui avait recouvré son effectif complet d'une douzaine d'hommes.

À bâbord, Muguette et Lisa jasaient comme deux joyeuses pies-grièches ; à tribord, Pistol et Brisacier s'entretenaient à mi-voix, sans doute d'une stratégie de route ; à la proue, Géraud scrutait le littoral, pensif.

S'il était soulagé de l'énorme fardeau nommé Ercole Mattioli, laissé en de bonnes mains avec la batée de tourments qu'il avait générés, il n'ignorait pas qu'ils avaient encore à parcourir le royaume du sud au nord, soit environ deux cent cinquante lieues. Et que l'infernal duo Lorraine-Effiat tenterait tout pour venger ce nouvel affront. Ce n'était pas la première fois que le petit commissaire Lebayle se mêlait de leurs sournoises manigances. Ils allaient tout mettre en œuvre pour se débarrasser de lui définitivement. Par ailleurs, ils ne pouvaient ignorer – si bien informés qu'ils étaient toujours, malgré la perte de Gaston Litorne et la confiscation du langage des moulins – qu'il était en possession des documents subtilisés à l'ancien diplomate italien. Le serviteur de celui-ci n'avait pas manqué de les tenir informés pour tenter de délivrer son maître. Il n'était pas question d'exposer davantage ses amis et encore moins ses amies.

Alors, de quelle manière rallier la capitale sans se jeter dans la gueule des loups ? L'itinéraire était trop évident, il n'y avait qu'une route logique par Avignon, Lyon, Châlons et Fontainebleau. Fallait-il emprunter des chemins de traverse peu carrossables, allonger considérablement le parcours, décupler la fatigue au risque de s'égarer ? Fallait-il risquer de tomber dans des embuscades de brigands, de gueux, de vagabonds affamés ?

La garnison de Sainte-Marguerite qui, après la reprise aux Espagnols, avait compté jusqu'à huit cents hommes, se trouvait désormais réduite (menace écartée), de par sa situation au milieu des flots à quelques encablures de nos côtes, et ne pouvait se dépouiller pour leur octroyer une escorte.

Géraud avait songé à remettre au gouverneur la liasse des documents afin qu'il les achemine par une autre voie. Serait-elle plus sûre d'ailleurs ? Et puis, c'est lui qui les avait récupérés au péril de sa vie. Il tenait à les remettre en main propre à Sa Majesté.

Il avait sous-estimé les ennemis de la couronne qu'il connaissait pourtant... Il se revit, quelques mois auparavant, à leur merci, dans la voiture noire de Lorraine, face à ces deux redoutables et imprévisibles personnages qui n'hésitaient pas à tuer, en plein jour, devant témoins. C'était dans une rue de

Saint-Germain-des-Prés. Quand le marquis d'Effiat, au regard de dément, lui avait enfoncé sa dague sous la gorge, il avait lu la mort dans les yeux bleus d'acier de ce fou. Il avait fallu un incroyable concours de circonstances et l'aide de Dieu pour leur échapper. La chance ou un Brisacier, ne seront pas toujours là pour lui venir en aide.

Ils abordèrent.

Géraud regrettait d'avoir accepté ces trois journées d'hospitalité. Ils auraient dû repartir tout de suite de manière à devancer l'adversaire, mais ils avaient eu grand besoin de se requinquer. La mise au point avec Lisa l'avait soulagé même s'il ne pouvait se résoudre encore à s'éloigner d'elle.

La voiture était prête et chargée, ainsi que son cheval harnaché, par les bons soins de ses amis, secondés par les soldats.

— Nos hôtes ont pourvu au nécessaire en ce qui concerne les vivres et l'arsenal, confirma Brisacier. Pour le reste : à la grâce de Dieu !

— Sera-ce suffisant ?

— Il faudra bien s'en satisfaire, Géraud, et ne compter que sur nous-mêmes. Ce qui n'est déjà pas si mal. Nous ne constituons plus une proie appétissante pour Lorraine et Effiat, si ce n'est à titre de vengeance.

— Certes, répliqua le commissaire du bout des lèvres, hésitant à confier son secret à ses compagnons.

Moins on est informé, mieux on se porte. Pistol et lui se doutaient-ils de quelque chose ? Le commissaire prudent avait laissé entendre que le capitaine Catinat s'en serait chargé via Saint-Mars ; ils ne l'avaient pas questionné plus avant.

Où Géraud pouvait-il cacher ces brûlants documents ? Dans la voiture ? Il se répondit aussitôt par une moue dubitative. Dans le fourreau de la sangle de son cheval, à l'instar de Mattioli ? Aucune cachette ne lui paraissait aussi sûre qu'entre ses épaules ! Mais aussi la plus précaire, et irritante... Dans l'immédiat, il n'avait aucune solution satisfaisante.

Il donna le signal du départ. Pistol prit les guides. Ils saluèrent les gardes et sortirent du petit fort de la Croisette, passèrent l'endroit où les mercenaires avaient surpris le commissaire. Petit frisson rétrospectif. Une victoire ou une défaite tient à si peu de chose. Le cocher lança ses chevaux au galop sur la route de Cannes.

En arrière-garde, Géraud ruminait. Il avait vaguement répondu à un signe de la main de Lisa par la portière quand ils avaient franchi le portail. Le voyant préoccupé, elle n'avait pas insisté.

Combien de temps leur faudra-t-il pour rallier Paris ? Une douzaine de jours dans le meilleur des cas.

Géraud ne parvenait pas à refouler un mauvais pressentiment. Cette fois, il sentait que ce n'était pas un excès de précaution : « Chat échaudé craint l'eau froide. » Voilà aussi pourquoi il préférait agir seul : il ne dépendait alors que de lui-même, ne risquait pas d'être trahi et n'avait pas la responsabilité d'âmes chères. S'il voyageait en solitaire, ses amis seraient-ils moins exposés ? Aucune certitude.

Ce soir, il fallait qu'ils débattent tous ensemble d'une stratégie susceptible de dérouter l'ennemi aux aguets. Il avait abandonné l'utilisation des déguisements dont il avait usé jusqu'à la corde. Son teint restait hâlé, mais le soleil du Midi y était pour quelque chose.

À Canne, Brisacier souhaita se procurer une monture. Calé sur le siège du cocher, il se sentait entravé et peu utile. Il voulait reprendre son rôle d'éclaireur invisible, fureter à droite, zieuter à gauche, épier, humer, être libre de ses mouvements. La requête lui fut accordée. On le laissa opérer à sa guise tandis qu'on l'attendrait hors la ville. Ils se postèrent dans une pinède dense, après la colline de Mandelieu. Pistol guettait. Les deux jeunes femmes rejoignirent Géraud assis sur un tronc abattu.

— Tu as l'air bigrement songeur, observa Muguette. Quelque chose te tracasse-t-il ?

— Rien de précis pour l'instant, sinon la suite imprévisible du voyage, lui répondit-il d'un sourire rassurant.

— Que crains-tu ? insista-t-elle encore. Quelque mauvaise rencontre ? C'est monnaie courante. Nous sommes habitués. Armés comme quinze, il faudrait une horde de brigands pour nous retenir.

— Je ne tiens pas à vous exposer. Vous avez déjà eu votre lot d'aventures.

— Désormais, notre père, depuis sa tour de la Bastille, nous protège.

La réplique était naïve, il ne pouvait la laisser s'abuser et croire qu'il adhérait à cette théorie fumeuse.

— Je ne doute pas qu'il pense à vous intensément, mais comment pourrait-il intervenir de si loin en cas de nécessité ?

— Je suis persuadée qu'il prie Dieu et tous les saints afin qu'ils dressent des boucliers protecteurs autour de nous. C'est dérisoire mais ça me réconforte de le penser.

— Avec vous quatre comme anges gardiens, intervint Lisa, moi, je me sens en parfaite sécurité. Tiens, quand on parle du loup… n'est-ce pas Brisacier qui déboule, là-bas, au pied de cette rangée de cyprès, perché sur un bai brun ?

En effet, cape et plumet flottant au vent, la mince silhouette caractéristique du vieux bretteur était reconnaissable entre cent. Il repéra la voiture entre les pins centenaires et bifurqua dans leur direction, sauta au sol avant que son cheval ne soit totalement arrêté.

— Rien à signaler ? interrogea-t-il.

Le quatuor secoua la tête avec une moue : « Quelle santé, cet homme ! Quel panache et quelle souplesse pour son âge ! » Quel âge pouvait-il avoir ? Plus de la cinquantaine ?

— Je n'ai trouvé que ce hongre qui a peu à envier aux entiers pour la puissance, avec l'avantage d'un caractère assez docile. Accordez-moi un instant et je suis à votre disposition pour reprendre la route.

Moins de cinq minutes plus tard, moustaches grises dressées, il était reparti en éclaireur debout sur les étriers.

— Fantasque et fantastique, apprécia Lisa en montant en voiture, escortée par Muguette qui jeta un regard amusé à Géraud.

La voiture s'ébranla. Il leur laissa prendre quelques distances et talonna son cheval.

— Allons, mon brave, lui dit-il en lui flattant l'encolure, ouvrons nos quatre yeux et dresse tes deux oreilles mobiles. Je dois être le seul à me tourmenter de la sorte. Souci inutile. Mais il faut toujours une vigie au grand mât !

Le cheval secoua sa crinière, éternua, péta en rafale et adopta un petit trot de croisière. Il rattrapa le véhicule cahotant, le suivit à portée de regard et le vent soufflant plein face, il se surprit à entendre Pistol entonner la complainte des cochers : « Postillon/Fais l'dos rond/Toi, l'postier/Gare à ton courrier./Au banc surél'vé d'votr'pilori à roues, liés/Rincés sous les orages et par les vents fouettés ;/Rôtis sous le soleil, par les neiges tourmentés./Postillon/Fais l'dos rond… »

Ainsi, à distance, le grand dessinateur donnait-il le change et tenait-il ses escorteurs informés. Il était capable d'inventer des paroles pour avertir d'un péril ou d'une curiosité à contempler.

Le soleil restait vitreux, mais la douceur régnait sur cette côte sauvage de Méditerranée. Géraud vérifia la position de ses Caminazzo dans ses custodes afin de pouvoir les extraire sans accrochage. La dague dans sa botte droite, maintenue à bonne hauteur par une lanière, était en place et son épée facile à dégainer. La chaussée n'était pas en excellent état, toutefois, ils avaient, à l'aller, repéré les embûches les plus dangereuses. Et puis, Brisacier ne manquerait pas d'en signaler, s'il s'en présentait d'imprévues.

D'ordinaire, lorsqu'une enquête s'achevait,

Géraud pouvait souffler et se débander. Là, les épisodes imprévus s'étaient enchaînés sans relâche. Le sentiment d'un ennemi perpétuellement à ses trousses ne lui accordait aucun répit. Y aura-t-il un jour un terme à cette menace suffocante ? Il était à craindre que non, à moins que leurs ennemis ne se lassent au profit d'un gibier de plus grande envergure.

Bon, le commissaire décida que cet instant de faiblesse et de doute était révolu. Il galopa pour remonter à hauteur de la voiture, prit des nouvelles des jeunes femmes qui semblaient guillerettes et comploteuses. Lisa se permit de plaisanter :

— Dommage que tu nous aies retiré le gros pantin, nous aurions pu passer le temps à le martyriser.

Géraud décrocha sur leurs rires conjugués et les baisers qu'elles lui envoyèrent de la main. Pistol lui adressa un signe amical et relança son attelage, sifflotant une vieille rengaine. Tout semblait aller pour le mieux. Et Brisacier n'avait rien signalé.

Ils franchirent un pont. Circonspect, le commissaire s'abrita derrière un chaos de rochers couverts de lichens. Il patienta un demi-quart d'heure, ne remarqua personne sur leurs brisées. Rassuré autant que faire se pouvait, il se relança au galop. Un aigle majestueux tournoyait au-dessus des massifs calcaires. C'était moins sinistre qu'un vol de corbeaux.

Il traversa un village juste peuplé de chiens, agacés d'être dérangés dans leur sieste. Ils lui manifestèrent leur humeur, tentant de mordre les paturons de sa monture. Au loin, la caisse bringuebalante lui apparut au détour de collinettes en quinconce entre lesquelles louvoyait la route. Il reprit le pas. Inutile de s'approcher davantage.

La découpe d'un couvre-chef bien connu planait à trois pieds au-dessus d'une crête. Brisacier avait pris de la hauteur pour englober la contrée d'un regard circulaire. Diable de corsaire des terres ! Précieux partenaire, goupil habile au panache défraîchi, toujours gaillard.

C'est lui qui, le soir, leur dénicha à Brignoles une auberge qui ne payait pas de mine, attiré – grâce à son « nez de chien » qu'il désigna de l'index – par le fumet de marmites alléchantes. Et il ne s'était pas fourvoyé ! Géraud le soupçonnait d'avoir déjà traîné ses bottes par là. Ils se détendirent, se régalèrent, se laissèrent échauffer l'esprit par un vin clairet aux reflets rosés qui leur brouilla les pensées.

Le cabaretier leur présenta une spécialité à laquelle ils ne se seraient jamais attendus. Ce n'était pas tant les fruits par eux-mêmes, tous avaient déjà mangé des prunes séchées, ne serait-ce qu'en provenance d'Agen, mais la dénomination.

— En 1533, expliqua leur hôte avec un accent rocailleux et chantant, notre petite ville offrit au roi François Ier, de passage à Marseille, vingt boîtes de ces fameuses prunes, pesant en tout soixante-dix livres bien comptées. On rapporte aussi qu'Henri III en aurait grignoté en allant se faire assassiner.

Mais là n'était pas le rapport avec l'un des voyageurs !

— Comme vous voyez, ces prunes séchées sont aplaties et rappellent alors la forme d'une pièce de monnaie qu'on appelle la pistole !

À la surprise de l'aubergiste qui ne pouvait s'en douter, cette révélation déclencha une véritable ovation et l'on sacrifia une nouvelle bouteille pour fêter l'événement.

Ils devisèrent en vers, assonances et rimes plus ou moins réussies, joutèrent à coups de bons mots ; et la plus experte à ces petits jeux fut sans conteste Lisa. Éprouvée par le voyage, elle monta se coucher la première. Brisacier sortit et s'éloigna par la gauche de l'établissement pour un tour de ronde, Pistol partit à l'opposé. Resté seul, Muguette s'étant éclipsée de son côté, Géraud alla s'accouder au garde-fou de la terrasse, voulant savourer la quiétude nocturne.

Le firmament dégagé était pailleté d'étoiles de toutes tailles à donner le vertige. La forêt de pins alentour bruissait d'une vie nocturne paisible qu'on ne connaissait pas à Paris. La douceur du climat faisait que les insectes sévissaient encore en cette saison. Un voile léger lui effleura les cheveux. Une voix féminine lui susurra à l'oreille :

— Un soupçon de fraîcheur… dissipe les vapeurs.

Dans l'obscurité, aux effluves, il avait reconnu Muguette. Elle lui déposa un baiser au coin de l'oreille. Diable ! Quelle était cette familiarité inédite ? Elle ajouta, s'appuyant sur la rambarde, épaule contre épaule : « Petite fille perdue/Fleur de l'institution/D'amour est éperdue/Pour son cher Pygmalion. »

Géraud, sans bouger d'un cheveu, digéra l'allusion avec une certaine amertume. Depuis qu'ils se connaissaient, Muguette s'était campée dans son armure d'Athéna lorsqu'il avait tenté quelques avances restées sans suite. Muguette serait-elle jalouse ou n'était-ce que les effets du perfide breuvage ?

— Jolies rimes, ma chère. Jamais, vous ne me parlâtes de la sorte par le passé. Je vous croyais, belle indifférente, déesse inaccessible en son Olympe.

Il regretta d'être reparti aussi franchement. Elle avait provoqué ce revers d'autant que ses esquives étaient restées sur le cœur du garçon.

— Les apparences sont parfois trompeuses et je crois savoir que le commissaire atermoie aussi par ailleurs, au grand dam de la fragile nymphe érudite.

Alors, s'il comprenait bien, ses parades n'étaient que coquetteries et il était passé à côté d'une aubaine ? Il aurait dû insister, mais il n'aimait pas ces lourdaudes obstinations.

— Eh bien, les nouvelles vont vite ! Sachez, charmante damoiselle, qu'il est des reconnaissances de dettes difficiles à oublier, reconnaissances qui créent des obligations que je ne saurais accepter comme des chaînes blessantes pour la redevable, interdisant tout élan de spontanéité. Il faut laisser le temps accomplir son œuvre.

— Et mettre la patience à l'épreuve.

Muguette reposa sa tête contre l'épaule de l'homme et poursuivit :

— Une indifférence apparente n'est pas synonyme de réticence. Il n'est jamais trop tard pour bien faire.

Cette fois, le message était trop limpide pour que Géraud feigne de ne pas le comprendre. Un crissement de pas les sépara. C'était Brisacier qui, sans précautions, revenait de son inspection. Tous deux préférèrent que ce fût lui.

Ils rentrèrent ensemble. Pistol arriva peu après. Ils se souhaitèrent la bonne nuit. Les hommes étaient seuls dans un dortoir de six couchages, les femmes dans une chambrette à un lit.

En se débottant, Géraud se sourit ironiquement. C'était le deuxième rendez-vous manqué, après celui de la belle inconnue, lors de sa prospection du côté du cabinet noir. Il ne faudrait pas que cela se reproduise trop souvent… À moins qu'il s'agisse d'un signal du ciel pour l'inciter à considérer d'un autre regard un possible avenir commun avec Lisa-beth ?

36

La deuxième journée fut à l'égal de la première. Les affres sécuritaires du commissaire s'étaient atténuées. Toujours palpitait en lui cette petite veilleuse. S'était-elle un seul jour éteinte depuis huit ans qu'il était au service de Monsieur de La Reynie ? Il n'en avait pas le souvenir. Finie l'insouciance des jeunes années !

Le troisième jour, en atteignant la vallée du puissant Rhône, ils furent surpris par la force de ce vent glacé, soufflant du nord, qui semblait vouloir les inciter à rebrousser chemin. Ils s'opiniâtrèrent, mais à la première étape de la journée, les trois hommes échangèrent leurs rôles : Pistol, plus exposé sur son banc, était transi. Géraud partit en éclaireur au petit galop.

À chaque lieue parcourue, les bourrasques s'intensifiaient. Les cyprès et les ifs oscillaient, ployaient, les autres arbres s'ébrouaient et, s'ils avaient encore eu des feuilles, ils auraient été dépouillés en un rien de temps. Les chevaux, luttant tête basse, rognassaient, bronchaient sourdement. Longeant le large fleuve au milieu de sa vallée évasée, la route rectiligne n'offrait aucun abri. De lourdes tuiles rondes s'envolaient et se fracassaient cent pas plus loin. On s'épuisait, respiration parfois coupée par une gifle plus violente, si bien que, de la main on devait se protéger le nez et la bouche, ou se détourner pour reprendre haleine.

Ils écourtèrent la deuxième étape et se concertèrent, abrités dans l'angle ébréché d'un vieux mur. Fallait-il rechercher un havre entre les collines et attendre une accalmie de ce fougueux mistral ? Ce serait une perte de temps et l'on n'avait aucune certitude qu'il se calme dans les jours à venir. Un paysan, rencontré à la croisée de chemins, avait avancé trois, six ou neuf jours, sans clore la série. On en était à cinq.

À l'unanimité, les cinq compères décidèrent de poursuivre coûte que coûte, au pas si nécessaire, un foulard noué sur le visage. L'avantage incontestable et consolateur était que les nuisibles, animaux et humains, restaient terrés.

Muguette se proposa pour relayer les hommes et chevaucher à l'arrière. Elle ne résista que trois lieues. L'épreuve était trop rude pour la jeune cavalière, malgré ses qualités physiques et sa pugnacité. Géraud remplaça alors Brisacier sur le siège du cocher. La voiture offrait une telle prise au vent qu'elle semblait vouloir se disloquer et se dandinait sur ses ressorts, tirant l'attelage à hue et à dia. À l'intérieur, si la froidure les épargnait, les deux femmes se trouvaient ballottées comme sur un rafiot dans la tempête !

À chaque sinuosité, Lebayle devait se cramponner pour ne pas être éjecté, tout en maniant les guides avec souplesse. Ses chevaux étaient puissants et en avaient subi de plus sévères. Toutefois, il ne pouvait exiger d'eux plus d'un petit trot épisodique, de manière à se réchauffer les muscles. Les baisses d'intensité du vent étaient de courte durée, le temps de remettre un peu d'ordre dans leurs affaires et leurs esprits.

Verdâtre, le courant rapide du Rhône, à contresens de leur avancée, leur donnait l'impression de progresser encore moins vite. Ils passèrent cependant la ville d'Orange dans l'après-dîner. Ils n'avaient pas si mal avancé. Ils décidèrent de s'arrêter plus tôt que la veille. Inutile de s'épuiser, mieux valait se reposer entre un bon feu et une table bien garnie, en espérant qu'Éole s'assagisse dans la nuit. Brisacier leur dénicha ce qu'ils espéraient, à un quart de lieue en retrait de l'itinéraire.

— Il semblerait, observa Pistol, que tu connaisses toutes les bonnes hostelleries qui jalonnent les routes de France et de Navarre.

— Hélas, non, pas toutes, mais assez pour nous éviter des nuitées de cauchemar dans des endroits mal fréquentés ou mal tenus.

— Alors, s'immisça Lisa, tu dois savoir quand ce vilain noroît cessera de nous harceler.

— Hélas, encore ! Je ne suis pas dans le secret des dieux ni en intimité avec celui des vents. Dans l'immédiat, il ne faut rien attendre de favorable de la part des cieux qui nous épargnent cependant la neige et la pluie, ce qui serait encore plus désastreux. Ce couloir rhodanien est un entonnoir entre le Morvan, le Jura. Puis les Alpes et le Massif Central s'étranglent en un goulet où s'engouffrent et s'entrelacent les courants, tels des cordages de marine pour se précipiter vers la mer de Méditerranée, laminant tout sur leur passage.

— N'y a-t-il pas moyen de fausser compagnie à ce mistral par de petites routes parallèles ? s'informa Muguette.

— Chaque fois qu'on s'écartera de la ligne droite, cela nous entraînera, par des vallées perpendiculaires, dans un parcours beaucoup plus long et aléatoire, où se réfugient des nuées de brigands et de va-nu-pieds en cette saison. Nous n'aurions rien à y gagner. Le vent nous décoiffe, mais il ne nous détrousse ni ne nous égorge.

Géraud eut une pensée pour les documents dont il ne se séparait pas même pour dormir.

— Combien de jours, s'enquit Lisa, devrons-nous encore supporter cette épreuve ?

— Après Lyon, reprit Brisacier, je pense que nous serons moins malmenés, mais la pluie peut alors s'en mêler.

— Cela ne répond pas vraiment à ma question.

— Disons quatre à six jours.

— J'aurais aimé que vous fussiez plus précis, maître ès périples.

— « Qui va lentement va sûrement » s'exclama sentencieux l'aventurier. Plus tôt nous parviendrons à destination, plus tôt on nous renverra vers d'autres aventures.

— Parle pour toi, intervint Muguette. Moi, j'ai hâte de retrouver un père que je connais encore trop peu.

— Et moi, surenchérit Lisa, j'ai la ferme intention de me fixer à Paris.

Géraud, en bout de table, lui jeta un regard en biais.

Comment comptait-elle s'établir, la candide ? Elle ne connaissait de la capitale qu'une facette, entrevue naguère avec des yeux de petite fille, emportée comme dans un jeu. Avec quels subsides comptait-elle survivre dans la ville tentaculaire rongée par dix mille dangers, sans un bas de laine bien garni, sans un protecteur ? Comptait-elle encore, ayant refusé tout autre parti, sur son aide généreuse ? Il lui avait pourtant signifié, sans ambiguïté, qu'il garderait ses distances et qu'il n'avait pas l'intention ni les moyens de se charger outre mesure de son installation, si elle n'acceptait pas un hébergement provisoire et gracieux à la chènevière familiale, donc assez loin de Paris.

Ce n'est pas parce qu'elle s'était donnée à lui, soi-disant pour exorciser le viol de son oncle, qu'il devait se l'aliéner à vie ! Il lui fallait de nouveau envisager une mise au point nette, précise et ferme. À moins qu'elle ait mûri des projets communs avec Muguette.

Le quatrième jour, ils se heurtèrent à un glissement de terrain sur la route que quatre cantonniers finissaient de déblayer. Ils durent piaffer une heure avant que le terrain soit praticable. Ils repartirent à un meilleur train, car le vent s'essoufflait par intermittence. Ce fut le seul incident de la journée.

Géraud devait se rendre à l'évidence. Cet axe, fréquenté par de nombreux véhicules, transports de personnes, marchandises périssables et matériaux, presque par tous les temps, était assez sûr, même si l'on mettait plus de temps que Brisacier ne l'avait prévu.

Orange, Montélimar, Valence. Le mistral baissait d'intensité plus tôt chaque soir.

Ce n'étaient pas les relais de poste qui manquaient, mais la promiscuité n'était pas toujours des meilleures. Cependant, hésitant à parcourir encore de nombreuses lieues, ils décidèrent de s'arrêter à la sortie de Valence. Lebayle voulait en profiter pour observer le passage du courrier, annoncé pour la tombée du jour, selon les informations glanées par leur guide.

Ils demandèrent à être servis à l'écart des autres voyageurs qui commençaient à se présenter par groupes à l'arrivée de deux coches, choisirent une table dans un renfoncement de la salle. Harassés, les oreilles bourdonnantes, ils se turent. Ils se sentaient bien ensemble, tous les cinq, et se réjouissaient de leur amitié. Un moment privilégié où l'on n'a rien de particulier à se raconter, où l'on se sent détendu en chaleureuse compagnie, sans plus. Ils sirotèrent un vin frais à petites gorgées, en attendant le souper.

Le dossier de la chaise de Géraud rappela à son bon souvenir ce qu'il portait entre les épaules. Ne pouvait-il pas, désormais s'en délester par moments ? Cet excès de précaution devenait ridicule. Qui se doutait de quoi que ce soit. Même ses amis ne soupçonnaient rien. Les documents devaient officiellement transiter par Catinat. Sa bouche esquissa un sourire ironique à son unique attention, mais qui n'échappa pas à Lisa. Elle posa sa douce dextre sur la sienne :

— Sommes-nous concernés ?

— Bien entendu, puisque ce sont des images tendres qui me traversent l'esprit.

— Peut-on savoir lesquelles ?

— Plus tard, voici le potage.

Sauvé par la cuisinière. Provisoirement.

Ils auraient préféré plus d'intimité pour mieux se reposer. Seulement l'auberge du relais s'était remplie au fil de la soirée. De plus, ils allaient devoir se contenter d'un des deux dortoirs à dix lits du côté masculin, de celui de huit places pour le féminin.

Muguette et Lisa n'étaient pas les plus mal dotées. Les femmes n'étaient que cinq. En revanche, les chambrées de ces messieurs se trouvaient pleines, ainsi que les trois mansardes à deux couchages. Bon pour les affaires, moins pour le repos. Géraud et ses compères, arrivés parmi les premiers, avaient quand même pu choisir les lits les plus proches de la porte.

Le commissaire s'était ensuite arrangé pour approcher le courrier, un homme petit et maigre, aux joues creuses envahies par un poil clairsemé. Lebayle se présenta comme un agent de surveillance des relais de poste, patenté par les familles gestionnaires, et engagea la conversation sur le métier. Comme son interlocuteur avait du répondant et des petits griefs, ils s'entendirent très vite. En quelques verres, il obtint des confidences, en s'appuyant sur son expérience de Nemours (sans parler du cabinet noir) et la manigance des truffes.

— Oh ! lâcha le courrier mi-amusé mi-blasé, si ce n'était que cela, ce serait banal et sans grande conséquence. Pour ce genre de négoces, les autorités locales ferment les yeux ; d'une certaine façon, elles en profitent. Appelons cela un échange de bons procédés.

Géraud simula l'étonnement :

— Diable ! Aurais-tu eu vent de quelques trafics plus conséquents ?

L'autre cligna de l'œil, tordit sa lippe en une grimace comique. Il jeta un regard circulaire et avança son museau velu, prêt à quelques révélations.

— Moi, je ne m'y risquerais pas, mais je sais de bonne source que certains, sur ce même parcours, n'hésitent pas à maquignonner gros, ce qui, pour le coup, pourrait causer du tort à toute la profession, s'ils étaient surpris ou dénoncés.

— Rassure-toi, je ne m'occupe que de la respectabilité et la qualité des relais. Le reste n'est pour moi qu'anecdote que j'oublie aussitôt qu'entendue.

— Je comprends…

— Un exemple, peut-être ? hasarda Lebayle, ne voulant pas rompre ce fil ténu.

— Je ne tiens pas à dénoncer des collègues qui, comme la plupart, ont des familles à nourrir, avec des revenus officiels fort maigres, des journées de travail qui n'en finissent pas, des années de labeur par tous les temps qui vous rompent les os, vous pèlent la peau, vous ruinent la santé, et vous laissent souvent invalides, la soixantaine parvenue. Sauf accident !

— Il n'est pas question de moucharder. Je suis de tout cœur avec les gens de la corporation pour hanter moi-même la route. C'est juste curiosité de savoir ce qu'on peut bien négocier d'une province à l'autre et qui n'encombre pas le bagage. Loin de moi l'idée de leur créer le moindre ennui, parole. Je ne suis mandaté que pour voir si tout fonctionne correctement et s'il n'y a pas d'abus auprès de la clientèle, prompte à réclamer.

Le courrier scruta son vis-à-vis. Sa prunelle était déjà moins claire. Il dut lire cependant l'honnêteté sur le visage de Géraud :

— Baste ! Ce n'est pas un secret, il y a le tabac, surtout dans les régions du Nord, avec les Provinces-Unies et Amsterdam, gros fournisseurs ; le sel, entre les côtes et les contrées intérieures qui en manquent cruellement, sel toujours plus cher et taxé. S'il est de la meilleure qualité, les quantités restent minimes.

— J'avais entendu parler des huiles et des épices.

— En effet : poivres, safran, piment venu d'Espelette, baie de genièvre, graine de moutarde, gingembre et curry, d'ici ou d'ailleurs. Ils font la fortune des armateurs, alors pourquoi blâmerait-on de pauvres coursiers d'en recueillir quelques miettes à la tombée des sacs qui les empêchent de crever de faim ?

— Tout à fait. Il y a peut-être aussi des ingrédients moins inoffensifs, de ceux qui ont beaucoup circulé pendant la guerre des poisons : la jusquiame noire, l'if, la digitale, le laurier-rose, le datura.

— On ne peut pas nier que quelques-uns s'y soient risqués.

— Le chevalier Louis de Vanens, pour ne citer que lui[62].

62. Enseigne au régiment d'Artois, sous-lieutenant à la tour de Toulon, alchimiste, empoisonneur, soupçonné de celui du duc de Savoie (1675), condamné aux galères. Sa peine fut commuée en prison à vie. Il y mourra en 1691.

— Je vois que tu es fort bien renseigné, l'ami. Je sais que ce militaire-là s'est lourdement compromis... Avec d'autres, déjà derrière les barreaux. Je n'ai donc pas grand-chose de plus croustillant à te mettre sous la dent. L'artichaut aphrodisiaque est très prisé. Les clous de girofle et tout ce qui est précieux et occupe le moins de volume possible : les bijoux aux provenances souvent inconnues, des épingles, des fibules en or, des montres...

— Pour ces objets, il faut des receleurs.

— À Lyon, ce n'est pas ce qui manque. Les plus sérieux se trouvent à proximité des relais de poste, c'est logique.

Le courrier nota un peu grassement, conséquence des vapeurs d'alcool. Il vida son verre pour signifier qu'il avait aussi vidé son sac et qu'il souhaitait aller se coucher. Géraud ne le retint pas, étant lui-même éprouvé. Ils montèrent ensemble. Pistol se couchait et Brisacier dormait déjà. Les autres voyageurs aussi.

En ôtant ses bottes, Géraud se demanda s'il ne pouvait pas s'autoriser, du moins pour la nuit, de se séparer de sa précieuse enveloppe qui lui irritait la peau. Le mieux et le plus simple était de la glisser sous son traversin entre ses Caminazzo. Il se déshabilla et, en chemise, dans la pénombre épaisse, fit ce qu'il avait décidé. Ce n'est pas qu'il se sentait plus léger, mais moins entravé dans ses mouvements. Et puis, à force, les documents risquaient de se détériorer. Il occupait le lit contre la cloison et ses deux amis le séparaient des autres dormeurs. Le courrier, lui, était logé dans les combles. Comme ses semblables, il avait le gîte et le couvert assurés. Il glissa ses pistolets sous le boudin de bourre et la pochette rebondie de feuillets cryptés, sur laquelle il cala sa nuque raidie. Il revisita les principales phases de la journée, envisagea celles du lendemain, se détendit et sentit qu'il commençait à sombrer.

C'est à cet instant que des ronflements intempestifs, le réveillèrent. Il n'avait pas dû s'écouler une demi-heure. Il fallait s'y attendre. La nuit risquait d'être longue. Sur dix hommes, il aurait été surprenant que la moitié ne se relaie pour un concert fracassant ! Il laissa son esprit voguer dans une douce torpeur, grâce à une accalmie. La fatigue fut son alliée.

Le jour pointa. Plusieurs hommes commençaient à se tourner et retourner, faisant geindre les châlits. Géraud voulut s'accorder un sursis. Il referma les yeux, s'étira, se relâcha.

Lisa… Il ne pouvait se mentir, elle était attachante. Son intelligence le surprenait encore. Qui se serait douté qu'une petite gueuse eût, par la grâce de Dieu, un tel parcours ? Oui, il ressassait. Et elle n'était qu'au début de son ascension, preuve qu'il pouvait y avoir des femmes savantes – et non des précieuses ridicules –, issues de toutes les couches de la société. Lui-même, d'une famille modeste de cultivateurs de chanvre, avait eu la chance d'être éduqué par son oncle Béranger, curé érudit de son état. Mais il savait peu de chose à côté de Lisa… un jour prochain, pleinement Élisabeth, à n'en pas douter. Cela le souciait, c'est vrai, mais ce n'était pas la principale raison de ses hésitations. Il lui fallait encore du temps. Ils en étaient conscients, l'un comme l'autre. Alors le problème était écarté, pour le moment.

Il glissa les mains sous le traversin, se pétrifia, bondit ! Ses doigts fébriles cherchaient et ne rencontraient rien. Rien ! Il s'agenouilla sur le lit, sueurs glacées au front, explora sa couche : rien ! Plus de Caminazzo, plus d'enveloppe ! Ce n'était pas possible, il devait cauchemarder. Le sang reflua de ses extrémités, de sa cervelle brûlante, se glaça dans ses vaisseaux. L'horreur absolue. Il ne pouvait y croire, encore moins s'y résoudre.

Si quelqu'un s'était approché de son lit, le parquet aurait protesté, il aurait senti une présence, une main, il se serait dressé. Brisacier qui ne dormait jamais que d'un œil aurait réagi, et Pistol. Ils dormaient encore, les bougres ! Profondément.

Son remue-ménage finit par réveiller ses compagnons qui comprirent la situation à l'agitation du commissaire épouvanté d'avoir été dépouillé, mais n'appréhendaient pas tout le drame. Ils sortirent leurs armes.

Pistol se mit en travers de la porte tandis que son compère tirait les volets, ouvrait les fenêtres. Les autres émergèrent en grommelant. Il était encore tôt. Le froid envahit la pièce. Le plus proche referma les huisseries. Il n'y avait qu'un lit vide. Qui l'occupait la veille au soir ? Personne ne sut répondre mais chacun soumit son bagage sans réticence. On convint rapidement qu'aucun ne pouvait être l'escamoteur.

— Deux Caminazzo de ce gabarit ne peuvent passer inaperçus, assura l'aventurier. Nous allons interroger l'aubergiste, le maître de poste et nous lancer à la recherche du voleur. Il ne peut être très loin.

Terrassé, Lebayle informa alors ses amis, en phrases hachées, de la disparition des documents. Sidérés, ils ne réclamèrent pas de détails, comprirent que Saint-Mars les lui avait restitués, pensant qu'il était préférable qu'il les achemine lui-même.

— Peste noire ! C'est encore plus grave, grogna Pistol. Faudra-t-il fouiller au corps tout le monde ?

— Je crains que ce ne soit pas nécessaire, reprit Brisacier, en scrutant les mines éberluées des voyageurs. Ces messieurs sont innocents. Le lit vide désigne le très habile détrousseur. Je ne comprends pas qu'il ait pu se glisser entre nous, tâtonner sous la tête de Géraud, retirer un à un les trois objets sans que notre ami sente se creuser la dépression, sans que nous réagissions. Je suis confondu et me déçois moi-même. Plus qu'un escamoteur de talent, c'est un artiste… qui a prémédité son coup !

Voyant pour la première fois, le commissaire prostré, il décida de prendre la direction des opérations. Ils s'habillèrent et descendirent questionner le personnel, tandis que Géraud ressassait la même interrogation : « Comment a-t-on pu me subtiliser ces pièces encombrantes sans que je me rende compte de rien ? »

— Nous n'avons pourtant pas abusé de boisson, hier au soir, si je me souviens bien, observa Pistol. Enfin, je ne sais pas ce qu'il s'est passé ensuite entre toi et le courrier.

Géraud s'arracha à demi de son hébétude :

— Je lui ai offert un pichet et n'ai bu qu'une gorgée pour l'accompagner.

— Il faudrait alors qu'on nous ait drogués tous les trois…

— Ce serait dans ce cas un véritable guet-apens, Brisacier.

— Il va nous falloir promptement mener l'enquête, et, commissaire Lebayle, notre malheureux compagnon, nous avons besoin de toute ta lucidité.

Géraud redressa la tête, inspira plusieurs fois par les narines, serra les poings :

— Vous avez raison, mes compères. Il faut se mettre en chasse.

À cet instant, le maître de poste et ses deux fils se pointaient, l'œil encore éteint, après une nuit trop courte. Brisacier leur résuma l'affaire qui pouvait ternir la réputation de leur établissement. Ils convoquèrent tout leur personnel. Pistol revint au mystérieux occupant du lit vide.

— Je ne connais pas tous les clients, plaida l'aubergiste. Certains ne sont, comme vous le savez, que de passage, mais peut-être qu'en revoyant les visages des six restants, je pourrai mieux le cerner. Accordez-moi deux minutes, je monte les voir et stimuler un peu leur mémoire, même s'ils n'ont guère vu l'individu.

Il s'élança dans l'escalier de bois, pendant que l'on interrogeait les servantes, les marmitons, les palefreniers et les trois filles de la famille, en tout, une douzaine de personnes stupéfaites d'être ainsi sur la sellette à potron-minet.

Aucun voyageur ne leur avait paru suspect pour la bonne raison que lorsque c'est le coup de feu, on ne prête guère attention aux clients. Les gens sont trop las et empressés de se remplir l'estomac d'un repas chaud, puis de se reposer, moulus par des lieues de cahots et tressautements dans une promiscuité parfois détestable. L'aubergiste redescendit bientôt avec la mine de celui qui n'est pas totalement bredouille.

— Alors ? l'interrogea son père.

— Je tiens un portrait et un mince fil de soie : le coupable ne peut être que l'occupant disparu. J'ignore son nom et ses compagnons de chambre de même, mais l'individu s'arrête chez nous environ tous les deux mois. Les témoignages concordent. Toujours correctement vêtu d'un pourpoint gris et d'un manteau brun, la trentaine, courtois, effacé, il travaillerait pour un important soyeux de Lyon.

— Je vois de qui tu veux parler, un homme châtain, clair de peau, avec un catogan, assez timide, avec lequel il est difficile de converser. Si c'est lui, il cachait bien son jeu.

L'une des jeunes servantes étouffa alors un petit « oh ! » de surprise. Les regards convergèrent vers la pauvre fille confuse.

— Eh bien, que se passe-t-il, Marie-Jeanne ?

— Je me souviens, Maître... Un incident, hier soir, alors que nous servions le souper.

— Dis ce que tu sais, le temps presse !

La précipiter était le meilleur moyen pour lui clore la bouche. Pistol l'amadoua de quelques paroles apaisantes.

— En sortant de la cuisine, j'ai heurté ce monsieur dont vous parlez. Il a rattrapé de justesse le pichet de vin que je portais à ces messieurs (elle désigna Géraud et ses compagnons), avec les dames. Il m'a dit que ce n'était pas grave, qu'il n'était pas taché et que ce n'était pas de ma faute… Mon Dieu !

— Voilà peut-être l'origine de notre sommeil de plomb, observa Brisacier. Il en a profité pour saupoudrer notre boisson d'un narcotique. Montre-nous comment cela s'est déroulé, petite. Reproduis chaque geste à l'identique. Moi, je jouerai le rôle de ce personnage, tu me guideras.

Ils reconstituèrent la scène, le parcours de l'un et de l'autre, la rencontre fortuite, le dépôt du pichet sur la table. Il était évident que la convergence était calculée depuis le moment où Géraud avait commandé du vin.

— Je me souviens encore, reprit-elle, j'ai dit : « Tout de suite, Monsieur. » J'ai déposé dans le seau d'eau le plat vide que je rapportais. J'ai saisi un des pichets qu'on prépare à l'avance et je suis revenue aussitôt. À cette heure, les clients sont toujours impatients d'être servis.

— Ce n'est pas l'œuvre d'un débutant mais d'un tire-laine chevronné, assura Pistol. Il a remarqué les Caminazzo dans les fontes de Géraud posées au sol et s'est dit que ce pouvait être un larcin intéressant à la revente. Il a saupoudré notre boisson pour agir en toute tranquillité, au milieu de la nuit. Voilà comment j'interprète les choses.

— Il a donc trois ou quatre heures d'avance, nous pouvons encore le rattraper. Maître, faites-nous seller promptement vos trois destriers les plus rapides, je vous prie.

— Bien, Monsieur.

Celui-ci demanda l'autorisation de libérer leurs employés, ce qui lui fut accordé.

— Encore un détail, les retint Brisacier. Savez-vous dans quelle direction il est allé ? Vers le Sud, ou bien en revenait-il ?

— Il est arrivé en même temps que la voiture de poste de Valence, répondit la moins gracieuse des filles, mais la plus observatrice. Il occupe toujours la petite table sous l'escalier et commande un vin de Saône.

— Parfait, il remonte donc vers Lyon.

— Je vais sur-le-champ avertir ma sœur de ce fâcheux contretemps, intervint Pistol, afin qu'elle patiente ici avec Lisa pendant que nous opérerons.

Les postillons et les courriers, déjà interrogés, descendaient à leur tour. Géraud eut un éclair soudain qui l'arracha à sa léthargie et lui restitua une partie de ses moyens :

— Retrouvons-nous dans la cour au plus tôt, dit-il à ses amis. J'ai quelques questions déterminantes à poser à ces messieurs de la poste, avant qu'ils ne partent de leur côté.

Il alla s'inviter à la table des professionnels de la route, y fut accueilli sur introduction du courrier qu'il avait rencontré la veille, accepta une bolée de soupe chaude :

— Je ne me doutais pas, commença-t-il, qu'il me faudrait te déranger de bon matin, mais j'ai besoin de tes lumières et des vôtres, Messieurs, si vous y consentez.

Ils approuvèrent. Il leur résuma le détroussement nocturne dont il avait été victime – et la seule victime, d'ailleurs ! – occultant la perte des documents.

— Foutre ! s'esbaudit le courrier. Voilà qui n'est pas bon pour notre renommée à tous, compte tenu des rumeurs qui courent déjà. Toutefois, je connais ce personnage gris de muraille que tu me décris pour l'avoir croisé à plusieurs reprises, ici même, à Montélimar ou ailleurs. Oui, je l'ai côtoyé sans jamais l'aborder, car il restait dans son coin.

— On m'a dit qu'il travaillerait pour un grand soyeux lyonnais.

— Il est vrai qu'il ne cherchait pas même la compagnie des dames. Un monsieur sans grand éclat mais qui n'avait pas les mains calleuses. Quant à son métier…

L'un des deux postillons, un homme trapu à la mine taciturne mais bonace, posa sa cuillère, torcha sa barbe d'un revers et proposa :

— Si cela peut vous aider, je vous indiquerai deux entreprises de moyenne envergure filant la soie, je n'en vois pas d'autres implantées dans le sud de la ville, au bord du Rhône. Cela ne signifie rien, mais ça peut faciliter une introduction dans ce milieu assez clos qui, de proche en proche…

— Bonne idée… Le temps de prendre de quoi écrire, je vous écoute.

Le cocher fournit les renseignements, puis le courrier ajouta :

— Il y a bien eu quelques chapardages ici et là. Quant à les lui attribuer ? Il n'avait pas la tête de l'emploi. Deux Caminzzo ciselés, crosse en bois précieux, dis-tu ?

— Oui, et hier au soir, nous avons évoqué des receleurs…

— C'est là que je voulais en venir. (S'adressant à ses compagnons.) Auriez-vous une piste à ce sujet ?

Les trois autres hésitèrent, se consultèrent du regard, à savoir celui qui se lancerait. Ce n'était jamais facile de dénoncer ce genre de choses par crainte des représailles. Le courrier les mit en confiance en leur parlant des fonctions de Lebayle et que ce qu'ils diraient resterait entre eux. Il faut bien s'entraider.

C'est le meneur de la seconde diligence qui répondit et indiqua deux adresses, dans ces mêmes environs cités plus haut, mais ce n'étaient que des « on-dit », précisa-t-il.

Géraud s'en contenta, les remercia chaleureusement, leur assura qu'on vérifierait avec circonspection, leur souhaita bonne route.

Il rejoignit Pistol et Brisacier, déjà le pied à l'étrier.

37

Lyon, treize lieues.

Géraud ne parvenait pas à se convaincre de l'utilité de cette cavalcade effrénée pour rattraper un fantôme de voleur qui, s'il était quelque peu finaud, se tapirait à l'écart des voies routières fréquentées, et attendrait le printemps pour négocier le produit de sa rapine… Puisqu'il semble coutumier de ce négoce frauduleux, il ne devrait se comporter autrement et adieu Caminazzo et messages cryptés !

Et s'il s'agissait d'un espion d'Effiat qui leur aurait collé aux basques depuis les îles de Lérins ? Une bouffée brûlante lui monta au visage. Cela expliquerait qu'il ait opéré aussi proprement et avec un doigté incroyable. Alors, il était à craindre qu'on ne retrouve jamais les documents et que le commissaire Lebayle, pour une telle maladresse, grave faute professionnelle, n'achève son irréprochable carrière de policier dans les oubliettes à la façon de Fabien Martelin.

Géraud redressa son buste, le visage chatouillé par la crinière de sa monture flottant au vent, et se rendit compte qu'il avait distancé ses amis. Il ralentit, les laissa revenir à sa hauteur. À quoi bon galoper comme un fou après une chimère ? Attitude en complète contradiction avec sa pensée profonde.

La responsabilité de cette perte pouvait cependant être partagée avec Saint-Mars qui, en premier lieu, devait transmettre directement à Versailles l'inestimable colis non par Catinat mais par son estafette. Bien entendu, le gouverneur de Pignerol se récuserait pour rejeter sur lui toute la faute. Lebayle n'avait pas les moyens de rivaliser, encore moins de contre-attaquer.

Pistol et Brisacier l'encadrèrent, lui adressant des regards confiants. D'où leur venait cette assurance ? Ainsi bombardé, il ne s'en trouvait pas mieux.

— Pour une fois, bougonna-t-il, vous n'avez rien à me repartir de valable et tangible. C'est donc que la situation vous laisse aussi pantois et sans grande illusion.

— Ce n'est pas l'exacte vérité, répliqua Pistol, après quelques foulées à l'unisson des autres chevaux, mais à quoi bon argumenter quand tes oreilles sont cachetées à la cire. Il serait vain de plaider pour les oiseaux.

— Alors, nous économisons nos forces en vue de l'action, surenchérit Brisacier. Il sera toujours temps, après avoir exploré toutes les possibilités, de nous lamenter si nous échouons. Pour ma part, j'estime que le crocheteur est si convaincu de l'efficacité de sa méthode maintes fois expérimentée, qu'il rentrera benoîtement dans ses foyers, comme à l'issue de chaque escamotage. Peut-être passera-t-il chez son receleur préféré, afin de ne pas être confondu à domicile en possession des pièces à conviction, si la police, un jour, se montrait plus prompte que les brigands ?

— Si notre homme est un habitué de ce parcours, c'est qu'il dispose d'un emploi stable qui ne subvient pas à tous ses besoins, mais lui permet de voyager, et qu'il veut s'octroyer un peu de « beurre net »[63], ou que ce n'est qu'une manie. Je crois que Brisacier a raison.

— Merci pour ta confiance, mon cher Pistol.

— T'accorder ma confiance, je ne sais pas si tu la mérites, vieux briscard.

— Diable ! s'emporta Brisacier. Qu'as-tu à me reprocher ? Que cherches-tu à insinuer ?

Ce singulier dialogue s'était amorcé autour de Géraud comme s'il n'était pas concerné.

— C'est que… tu m'as fait de vilaines cachotteries.

— Je m'en voudrais. Sois franc, dessinateur, de quoi s'agit-il ?

— Ne m'as-tu pas avoué, filou, que tu connaissais mon père depuis des années ?

Géraud tournait la tête de droite à gauche pour suivre, en étranger, cette joute verbale.

— Ce n'est pas cela, parodia Brisacier. Je connaissais, il est vrai, un certain Adrien Martelin de la Charmodière, ancien enseigne des mousquetaires qui, sur de sombres histoires d'espionnage, était devenu pensionnaire invalide à la Bastille, mais comme tout le monde, et lui-même, j'ignorais qu'il était ton père. Je ne l'ai appris que tout récemment

63. Expression datée de 1625.

quand on m'a appelé pour cette intervention dans l'affaire Mattioli, par l'entremise du père Loriot.

— Admettons. Quelle preuve m'apportes-tu de ta bonne foi ?

— Aucune et c'est la meilleure.

— Je m'en doutais !

— Halte-là, les compères ! Cessez ce jeu de paume à travers ma lourde tête. Vous réglerez vos faux comptes à un moment plus adéquat. Réflexion faite, nous allons nous ruer à bride abattue et en priorité, chez le premier receleur dont on nous a donné l'adresse.

Pistol et Brisacier s'adressèrent un signe discret de connivence dans le dos de Géraud piquant des deux à cette seconde.

— À vos ordres, chef ! beuglèrent-ils d'une seule voix, en se lançant à sa suite.

Géraud n'était pas dupe. Il avait relancé son cheval dans le dessein de dissimuler la petite fossette de satisfaction qui s'était creusée malgré lui dans sa joue droite. C'était bon d'avoir de vrais amis dans les moments difficiles !

*
**

En deux heures, ils étaient en vue des clochers de la capitale des Gaules. Toutefois, c'est au hameau de Saint-Fons, dépendant de Vénissieux, qu'ils se rendirent chez le premier receleur. Ce n'était qu'un amas de fermes et de masures agglutinées autour d'une petite église décrépie. Ils se mirent au pas. Il n'y eut pas même un chien pour les accueillir.

Sur l'unique route, ils prirent la deuxième sente

herbue à main droite, bordée de granges et qui, tortueuse, s'élevait au flanc d'une butte les éloignant du fleuve. Au bout d'un chemin étroit mangé d'herbes, hormis deux sillons parallèles où la terre était trop dure pour avoir gardé des traces récentes, la propriété du receleur supposé ne brillait pas par son luxe. Ils avancèrent jusqu'à la porte. À sa bonne habitude, Brisacier contourna la bâtisse de plain-pied, au cas où il y aurait une issue sur le potager.

Le bruit des sabots attira sur le seuil une femme âgée au regard inquiet au-dessus de deux verrues plantées de chaque côté de son nez rougeaud. Elle serrait un châle sombre et mité sur ses épaules.

— Nous sommes bien chez le sieur Odinet Lenoir ? s'enquit Lebayle.

— Ben… Qu'est-ce que vous lui voudriez ? se rétracta-t-elle, aussitôt sur la défensive.

— Lui parler affaires de la part d'un ami.

— De quel ami voulez-vous parler ? Je ne lui en connais guère.

— Dans notre confrérie, nous n'avons pas coutume de céder des noms, vous le savez, la mère. Disons que cet homme se reconnaît à son pourpoint gris.

— Tiens donc !

L'exclamation spontanée alerta Géraud et Pistol qui s'adressèrent un hochement de tête entendu. Toucherait-on au but par un coup de chance extraordinaire ? Le dessinateur eut alors une lumineuse inspiration :

— Nous avons été retardés. Il ne nous aura devancés que d'une heure ou deux.

La femme se reprit sans céder un pouce de terrain, campée ferme devant sa porte :

— Il n'y a personne ici. Mon époux est parti à l'aube à la foire de Sainte-Foix. Revenez demain, il sera rentré.

— Vous semblez confirmer que notre ami commun est passé ici, insista Pistol.

— Il est pas là non plus…

— Il vous a peut-être déposé, comme prévu, un colis ?

— J'ai vu personne, j'vous dis !

Géraud se demandait s'il n'allait pas devoir l'intimider avec d'autres méthodes quand, venant de l'intérieur, une voix rocailleuse bien connue lança :

— Voilà un triple mensonge éhonté, ma commère !

Géraud et Pistol mirent aussitôt pied à terre. Le premier confia ses rênes au second qui les lia ensemble à la barrière sommaire que les chevaux risquaient d'emporter s'ils tiraient trop fort. Ils écartèrent la vieille qui tenta de résister et pénétrèrent dans la bicoque.

Un mélange d'odeurs peu flatteuses leur sauta aux narines. Dans la pénombre de l'unique pièce, deux hommes penauds se tenaient debout, sous la menace de l'escopette de Brisacier. Le plus jeune était sans erreur possible le fuyard, portrait sans aspérités, tenue sobre ; l'autre, la cinquantaine empâtée, chauve à l'exception de longues mèches grisâtres tombant sur le col : le maître des lieux.

— Je les ai cueillis au moment où ils allaient prendre la poudre d'escampette par-derrière.

Géraud ne croyait pas aux miracles par

intervention humaine et trouvait là un exemple flagrant d'issue improbable « trop belle pour être vraie ». Il en remercia Dieu. Encore fallait-il retrouver le produit du larcin.

— Heureusement qu'il existe encore dans ce royaume des gens probes et vertueux qui ont pu nous orienter vers vous, mes larrons, reprit Lebayle en marchant sur les deux escrocs qui, devant son air rogue, reculèrent. Je suis venu récupérer mon bien.

— De quoi voulez-vous p…

Le vieux retors fut arrêté dans son élan défensif par la pointe de l'épée de d'Artagnan sur sa grasse poitrine.

— Je n'ai aucune envie de plaisanter ni de transiger. Lui m'a bien reconnu pour m'avoir approché de très près, la nuit dernière, même dans les ténèbres, alors que je dormais comme un nourrisson puisqu'il avait saupoudré notre boisson. Le sort ne lui a pas été favorable dans le choix de sa victime. C'est un commissaire au service de Sa Majesté que vous avez lésé. Au bas mot, vous encourrez l'un et l'autre dix années de prison. Et croyez que je m'y emploierai.

— Holà, Monsieur ! Attendez un instant. J'ignorais d'où provenaient ces armes. D'ailleurs, nous n'avons conclu aucun marché et…

— Où sont-elles ?

— Ne cherche pas, intervint Pistol en tirant de sous un banc un sac de toile assez lourd et bruyant pour contenir deux Caminazzo.

Il chassa trois poules de la table, y déposa sa trouvaille, ouvrit la besace, dévoilant les chers pistolets. Il la retourna, la secoua. Elle ne contenait en sus rien d'autre qu'une petite chaîne, peut-être en or avec une médaille de la vierge.

— Où est la grosse enveloppe ? s'inquiéta Lebayle.

— Quelle enveloppe ?

— C'est au détrousseur que je m'adresse !

De la main gauche, Géraud attrapa celui-ci au collet, vrilla sa prise.

— Qu'as-tu fait du paquet serré dans une toile imperméable de couleur bise, fripouille ?

Étouffé, l'homme au pourpoint gris d'acier et chemise blanche sans fioriture ne pouvait répondre. Mâchoires crispées, Géraud relâcha son étreinte à contrecœur, le propulsa vers le mur contre lequel son crâne résonna.

— Qu'en as-tu fait ! ?

— Je ne sais plus…

La lame de l'épée, par son fil, lui pressait la pomme d'Adam.

— Laisse-le donc s'exprimer, suggéra Brisacier. Je crois que Monsieur va retrouver la mémoire et qu'il est prêt à coopérer.

D'un geste rageur, Géraud envoya le voleur dans les bras de Pistol qui le réceptionna et l'assit sans douceur sur une escabelle pendant que l'autre se repliait dans le coin de la cheminée plus encrassée qu'un four de suie grasse.

— Tiens-tu si peu à la vie que tu veuilles l'interrompre dans les minutes qui viennent ?

— Je… Je ne l'ai pas gardée. Elle semblait n'avoir aucune valeur marchande. Je…

Géraud revint à la charge :

— Tu l'as ouverte ?

— Juste fendue avec mon couteau, pour en voir le contenu. Ce n'étaient que papiers écrits et…

— Ce sont des missives royales, vandale ! Tu joues ta tête, cette fois. Où sont-elles ?

— Je vous en supplie, j'ignorais.

— Où t'en es-tu débarrassée, sur la route, dans un fossé, une mare ? Parle !

— En quittant le relais de poste avant le jour, je crois… Oui, cela me revient, je l'ai jetée sur le tas de fumier près de l'écurie.

Géraud ne sut retenir son poing qui envoya le jeune malfrat renverser les tréteaux de la table et briser deux pieds. Il rengaina son épée, récupéra ses Caminazzo, vérifia qu'ils n'avaient subi aucun dommage.

— J'ai grande envie de leur exploser la tête à tous les deux !

— Ils nous seront peut-être plus utiles en vie, plaida Brisacier, provisoirement.

— Priez pour que ces documents n'aient pas été détériorés et qu'on les trouve où tu dis, car je reviendrai ! Je reviendrai avant ce soir. N'en profitez pas pour vous enfuir, je saurai où vous retrouver. Quant à toi, receleur, change de conduite et de métier. De ce pas, je vais informer le prévôt de tes agissements.

Il sortit, heurtant la porte de l'épaule.

— Je ne donne pas cher de votre peau, observa benoîtement Pistol en partant le dernier, à moins de fuir par-delà les mers, si l'on ne retrouve pas intactes ces missives.

Se détournant, il rejoignit Géraud qui, à cet

instant, sautait de cheval. Celui-ci croisa Brisacier qui avait récupéré le sien.

— J'ai oublié de lui demander pour qui il travaillait, se justifia-t-il. Il enfonça la porte qui ne tenait qu'à un fil, pénétra dans la baraque où les trois personnages étaient restés pétrifiés dans la même posture, à croire qu'ils avaient subi un sort. Il se campa au-dessus du voleur :

— J'ai oublié de te demander à la solde de qui tu étais ?

Le jeune homme se dressa, recula jusqu'à la huche à pain, sur laquelle il se laissa tomber :

— Monsieur, pardonnez-moi, je ne suis que le modeste courtier d'un maître soyeux intraitable, le sieur Legradon, pour lequel je prospecte des clients jusqu'à Marseille. Il me paie si chichement à la commission, que je ne peux assurer l'essentiel pour vivre. J'ai trouvé ce système, pas très honnête je le reconnais, pour entretenir ma jeune amie qui…

— Je ne veux pas en savoir davantage sur ta vie privée. Qui ?

— Personne, je vous assure.

— Si c'est un mensonge, tu es un homme mort.

— Vous avez ma parole.

— C'est bien.

Sur cette conclusion laconique, Géraud tourna les talons et retrouva ses compagnons qui, ayant tendu l'oreille au cas où il leur faudrait intervenir, ne réclamèrent pas d'explication. D'un même geste, ils tournèrent à dextre et talonnèrent.

Encore deux heures de doute à ruminer de mauvaises pensées.

Les messages codés, jetés sur un tas de fumier !

Ô mesquine ironie ! N'importe qui pouvait s'en emparer avant de monter dans l'une des diligences, ni vu ni connu ou un curieux du relais de poste ou… Les hypothèses poussaient plus vite que les champignons blancs que Monsieur de la Quintinie[64] cultivait dans les caves parisiennes. Et là, il n'y en avait pas que des comestibles !

Le triple galop les réchauffa un peu.

Tout cela semblait fichtrement dérisoire. Un escroc italien qui subtilise au roi de France des messages secrets et les déchiffre, messages susceptibles de déclencher une guerre et qui finissent dans une fosse à purin !

Plus de monde circulait à présent sur ce grand axe nord-sud. Il fallait dépasser de lourds charrois et piétiner dans les rétrécissements quand deux véhicules encombrants se croisaient bien entendu aux mauvais endroits. Les cavaliers n'enduraient plus l'effet du vent qui s'était calmé et soufflait cette fois dans leur dos. Mais ce n'est pas ce qui les portait en avant.

Près d'une heure, ils menèrent un train d'enfer, reposèrent leurs montures en marchant sur le chemin de halage le long du Rhône impatient de toucher la mer, puis reprirent le galop simple. La route semblait à Géraud plus longue qu'à l'aller. À cet instant, il aurait volontiers troqué ses pistolets

64. Jean de La Quintinie, jardinier et agronome, créateur du potager du roi à Versailles (1626-1688). Il avait décidé de reconstituer des souterrains semblables aux Catacombes où l'on avait découvert ces « champignons de Paris » afin de les cultiver.

auxquels il tenait tant contre l'enveloppe endommagée. Pouvait-il encore la retrouver ? La récupérer, en bon état ?

Comment justifier ce fiasco auprès du lieutenant de police… et du Roi ?

Ses compagnons devinaient que les paroles les plus chaleureuses n'adouciraient en rien son amertume. L'essentiel n'était-il pas que ces lettres ne soient pas tombées entre les mains d'Effiat ? Comment s'en convaincre ? D'autant que cela n'induisait pas qu'elles ne puissent y tomber un jour par ricochets, si quelqu'un les avait ramassées. Ils respectèrent son silence et sa cogitation.

Bientôt, au bout d'une longue ligne droite, comme il s'en trouvait souvent, ils crurent reconnaître la voiture de diligence qui remontait sur Paris, via Lyon. C'était bien elle. Le cocher et le courrier les virent aussi et s'arrêtèrent au milieu de la chaussée. On se salua. Ils leur demandèrent des nouvelles de leur affaire. « Tout est rentré dans l'ordre grâce à vos bons renseignements, » concéda Géraud sans plus de détails. « Et de votre côté, rien de neuf ? » s'enquit Brisacier sur un ton désinvolte. « Rien, sinon qu'il faut faire l'heure. Alors, au plaisir de se revoir. » Ils se séparèrent sur de grands gestes amicaux et des paroles aimables.

Le trio reprit la route au trot. Ce « rien » pouvait-il être considéré comme un signal positif ? Il y avait encore une interrogation sur l'autre voiture et ses passagers. Celle-ci était-elle repartie de conserve sans que personne ne jette un regard au tas de fumier, qui ne se trouvait certes pas dans le passage des gens. Et puis, restaient le personnel du relais de poste et ses palefreniers chargés de l'entretien des écuries.

L'angoisse de Géraud ne pourrait se dissiper qu'en recouvrant son précieux trophée sur lequel un esprit raisonnable n'oserait plus compter. Mais l'espoir est une notion très étrange. Plus on doute, plus on voudrait compter sur lui et le solliciter. Pourquoi galopaient-ils à nouveau à franc étrier, à s'en rompre les reins ? Pour retrouver au plus tôt Muguette et Lisa ? Que non pas. Juste pour avoir une certitude, en finir avec cette épopée et reprendre cette route tête baissée, une troisième fois pour aujourd'hui et réduire leur retard ? Certainement.

Pourquoi revenaient-ils tous les trois, indissociables ? L'un d'eux n'aurait-il pu attendre dans une petite auberge, garder un œil sur les allers et venues en se reposant, afin de relayer celui qui prendrait les guides ? Et ménager l'un des trois chevaux qui aurait servi de monture d'appoint. C'eût été logique. Ou mieux encore : rester auprès des canailles garrottées qui avaient pu les envoyer sur une fausse piste ! Tous trois avaient pris l'aveu pour du bon pain, tant il avait eu l'air sincère, comme s'ils avaient à faire à des gens intègres.

Pauvres naïfs empressés. L'amitié conduit-elle à des actes irréfléchis, incohérents ? C'était bien possible aussi. Ils galopaient de front quand c'était possible, sinon l'un derrière l'autre, et se relayaient en tête.

Le soleil les éclaboussait de pleine face, dégrippant les vieilles contractures. Les chevaux suaient également d'abondance. On n'était plus qu'à une demi-lieue de l'objectif. C'est alors que Géraud décida de lever le pied, comme s'il n'était plus pressé et redoutait l'instant décisif du décevant constat. Là, il n'y aura plus d'espoir du tout.

Au trot, ils traversèrent le dernier village précédant le relais de poste, bientôt en vue. Ils l'atteignirent sans un commentaire et pénétrèrent dans la cour. À droite, était rangé un char à bancs, près du puits. Une servante, le bras distendu par un seau d'eau, se dirigeait vers les communs. Une mule était à l'attache au pied du perron. Des bottes de paille fraîche s'étageaient contre le mur de l'écurie. La fosse du fumier se trouvait derrière le petit côté.

Ils mirent pied à terre et s'y dirigèrent tandis que de jeunes aides se chargeaient de leurs montures frémissantes et ruisselantes. Ils passèrent l'angle, s'arrêtèrent à trois pas. Bien entendu, il n'y avait pas plus d'enveloppe que de beurre. S'attendaient-ils à autre chose ?

— À moins que… observa Brisacier, il semblerait qu'une couche supplémentaire toute fumante ait été déposée au renouvellement d'une litière pendant notre absence.

— Bonne idée ! surenchérit exagérément Pistol. Je vais me renseigner et emprunter quelques instruments.

Géraud secoua la tête à l'horizontale : qu'allaient-ils encore inventer pour repousser l'échéance. Pistol revint, chargé de deux fourches. Avec Brisacier, ils s'attelèrent à cette tâche ingrate pour déplacer sur les côtés une épaisseur de fumier d'un demi-pied. Géraud ne savait s'il devait les plaindre ou les encourager. Les documents ne pouvaient pas être là.

— Que cherchez-vous, Messieurs ? s'informa Muguette qui survenait en compagnie de Lisa. Nous vous avons vus arriver.

— Nous cherchons l'improbable, répliqua Géraud laconique.

— Sous quelle forme ? intervint Lisa avec une note guillerette dans la voix qui intrigua aussitôt le commissaire.

Se moquait-elle ? Il la considéra. Elle souriait d'une façon énigmatique.

— S'il s'agit d'une enveloppe de toile cirée imperméable de couleur ocre clair, il n'est pas nécessaire que nos apprentis garçons d'écurie s'épuisent davantage.

Pistol et Brisacier suspendirent leurs travaux, s'épongèrent le front et, tous trois suspicieux se tournèrent vers les jeunes femmes.

— Qu'est-ce à dire ? s'étonna le premier.

— Qu'une paire de pincettes empruntée à la cheminée nous a été nécessaire pour ramasser ce que vous avez laissé traîner par mégarde à votre départ précipité.

— Ce n'était pas très prudent, les gourmanda Lisa.

— Où est-elle ? aboya Géraud éberlué.

— En lieu sûr, ne t'inquiète pas.

Un long banc était scellé contre la bâtisse principale. Les hommes s'y laissèrent choir côte à côte. Était-il possible que l'aventure se solde aussi idéalement ?

— Tu vois, ma pauvre amie, c'est ce que l'on appelle la courtoisie masculine ou le manque de reconnaissance.

— Ne leur jette pas la pierre, Muguette, ils sont épuisés par leur folle équipée.

— Alors, vous, reprit celle-ci, quel est le bilan de votre cavale ?

C'est Pistol qui, en quatre phrases, brossa leur quête, en l'enjolivant d'incertitudes inédites que ses compères approuvèrent du chef.

— Ainsi, tout est bien qui finit bien, conclut Lisa.

— Quand nous mettons-nous en route ? s'informa Muguette affectant l'impatience.

Trois longs soupirs lui répondirent.

— Après un copieux dîner bien mérité, décréta Géraud qui revenait à la vie et commençait à s'éclairer.

Parfois, il fallait prendre ses désirs pour de réalités.

38

L'impatience de Géraud était si perceptible, sans qu'il en dise rien, que Muguette et Lisa l'entraînèrent vers la porte basse d'une cave en soubassement, creusée sous le bâtiment de l'auberge. La première exhiba une grosse clef noire, la tendit à la seconde qui l'introduisit dans la serrure avec un air mystérieux. Lisa la tourna avec une lenteur calculée, souleva le loquet, poussa doucement le vantail défraîchi comme si derrière devait se tenir… un animal féroce. Quel cérémonial fastidieux !

La porte s'ouvrit en grand sur l'obscurité humide et c'est une bouffée de salpêtre qui les accueillit. Trois bougeoirs encroûtés et un briquet étaient disposés sur une caisse retournée. Muguette alluma deux chandelles suiffeuses qu'elle confia à son frère et à Brisacier qui avaient suivi le mouvement.

Sur des claies en bois s'alignaient des bouteilles poussiéreuses, des dames-jeannes et des bonbonnes paillées à anses. Au fond, à même le sol, sur une toile de jute brune, se détachait une relique rectangulaire plus claire, maculée : la si précieuse enveloppe.

Respectueusement, ils l'entourèrent pour qu'elle ne leur échappe à nouveau par un ensorcellement quelconque. L'éclairage parcimonieux et vacillant créait une ambiance de messe noire avec ces silhouettes déformées, plaquées sur les parois voûtées, si bien que Géraud hésita à la toucher, de crainte que la bulle n'éclate.

Enfin, il se pencha sur elle, sale et malodorante après son court séjour dans le fumier.

— Tu peux dire que tu nous as créé du souci, toi, reprocha-t-il à l'objet dont la plaie béait en un rictus ironique. Je n'ai pu te laisser une seule nuit sans être enchaînée et pourtant c'est bien au chaud sous mon traversin que, courtisane, tu as attiré les convoitises. Je te préviens : après un indispensable toilettage, tu regagneras ta place et ne la quitteras plus jusqu'à être remise entre les mains de Sa Majesté.

Il l'emmaillota dans le sac et se redressa avec son bagage :

— Merci à tous les quatre pour vos initiatives. J'étais tellement estourbi sur le coup que, sans vous, je n'aurais pas réagi à temps pour rentrer en possession de tous mes biens. Banquetons pour fêter cette belle victoire. Allez commander le repas, je vous prie, et ne lésinez sur rien, tandis qu'avec Pistol, s'il le veut bien, nous allons décrasser la fugueuse à l'eau claire du puits. Mesdames, je vous retiens pour nous conter, devant une bonne bouteille, de quelle manière vous êtes parvenues à remettre la main sur ce précieux trophée.

Ils se séparèrent. Géraud avait hâte de constater l'état du contenu qui pouvait avoir souffert de son séjour dans la fosse.

À l'aide d'un chiffon humidifié emprunté à l'écurie, sur la margelle, ils nettoyèrent l'enveloppe, veillant à ne pas introduire d'eau par la fente longue de trois pouces environs. Puis, aussi délicat qu'un chirurgien, Géraud agrandit l'ouverture avec la pointe de sa dague. Un à un, ils tirèrent par cette césarienne les premiers documents. Sauf celui du dessus, taché de « brun » sur le pli extérieur, les autres semblaient intacts, bien qu'un peu amollis comme des duxelles[65].

Ils reprirent et déplièrent avec la même minutie le feuillet qui avait pâti du mauvais traitement. Le papier était par chance de bonne qualité, l'écriture – outre un mot délavé et illisible – n'avait pas souffert. Ils laissèrent échapper un soupir cyclonesque de soulagement, emballèrent les textes originaux cryptés et leur traduction en clair de la main de Mattioli dans la toile propre et se dirigèrent vers l'auberge.

— Je reconnais, avoua Lebayle qu'il y a longtemps que je n'avais pas été ébranlé de la sorte lors d'une enquête, non pas par un combat mortel, mais pour de banales lettres… lettres royales toutefois. L'importance des choses et la valeur des gens ne sont fonction que des qualités qu'on veut bien leur reconnaître.

— Ce n'est pas faux. Allons étancher notre soif, philosophe. J'ai le gosier plus râpeux qu'une pierre ponce.

Brisacier radieux, encadré des deux nymphes, était attablé. Ils n'avaient pas attendu leurs amis pour expertiser le vin. Il proposa aussitôt un toste

65. Petites crêpes de jambon et de champignons cuites au four servies à Louis XIV par Pierre de La Varenne, ancien cuisinier du marquis d'Uxelles.

à leur réussite collective et à la prospère santé du roi. Puis, Lisa conta de quelle manière elles étaient intervenues :

— Puisque vous étiez partis pour une battue sans date de retour, nous avons commandé quelques denrées dans notre chambre. Nous laissâmes s'écouler l'effervescence des voyageurs et partir les deux coches. Et nous nous sommes apprêtées…

— Auriez-vous par hasard pris un bain ? plaisanta Pistol.

— Comment as-tu deviné ? s'ébahit sa sœur.

— Parce que vous fleurez bon…

— Ce n'est pas le cas de tout le monde.

— Si nous en venions à l'essentiel.

— Est-ce toi, Pistol, grand discoureur impénitent, qui ose cette observation ?

— C'est que nous sommes intrigués, intervint Géraud, et que nous aimerions connaître le fin mot de votre histoire.

— Il n'y a pas matière à vous tenir en haleine, puisque vous connaissez l'issue heureuse de l'épopée.

— Certes, mais par quelle curiosité avez-vous été amenées à visiter les alentours de ce tas de fumier ?

— Eh bien, vous le saurez dès que nous aurons entamé la terrine que je vois arriver.

— Tous les prétextes sont bons pour différer le récit, ironisa Brisacier.

— Les femmes feront toujours lanterner les hommes, ajouta Pistol, que ce soit pour nous accorder leurs faveurs ou pour prendre la route.

Le pâté de chevreuil, le pain cuit du jour et un Côte-Rotie, vin rouge de Saint-Cyr-sur-le-Rhône, mirent tout le monde d'accord. Enfin, les facétieuses achevèrent leur histoire :

— Délaissées, reprit Lisa, après nous être toilettées, ointes, parfumées, nous descendîmes dans la salle de réception désertée pour attendre le retour des redresseurs de torts. Nous devisâmes de futilités, puisque, privées de public, quand l'épouse du maître de poste nous invita courtoisement à visiter son poulailler…

— Excursion singulière ! s'esclaffa Pistol.

— Poulailler point ordinaire puisqu'elle y élevait un couple de ces oiseaux étonnants originaires des Amérique, importés en France il y a quelque temps et que l'on appelle en toute logique « oies d'Indes » ou dindons, dont elle espère bientôt obtenir des poussins. On dit que la chair en est plus ferme et plus goûteuse que celle du chapon.

— Elle nous entraîna par-derrière les écuries et c'est là que, passant sans nous attarder à cause de l'odeur, nous entraperçûmes par hasard un objet hétéroclite jeté sur le fumier.

— Nous n'y prêtâmes aucune attention (ne connaissant pas l'aspect de l'objet dérobé), en nous pinçant les narines et passâmes notre chemin.

— C'est au retour (curiosité féminine oblige, ou instinct !) que nous nous posâmes simultanément la question : quel était donc cet objet rectangulaire ficelé que les garçons d'écurie s'efforçaient de recouvrir en vidant le contenu d'une vinaigrette, à savoir la litière souillée des chevaux ?

Elles prirent en même temps une inspiration pour lancer d'une seule voix :

— L'enveloppe de Géraud !

— Seul, un angle était encore visible. Nous nous précipitâmes pour arrêter l'ensevelissement et demander qu'on nous restitue l'objet en le déposant dans une toile à sac. Puis, nous le transportâmes en un lieu sûr dont nous conservâmes la clef à toutes fins utiles.

— Voilà toute l'aventure.

Sur quelques commentaires badins, ils passèrent à une épreuve plus réjouissante : faire honneur au maître queux de la maison. Ce fut chose aisée : les estomacs étaient creux, les plats copieux et goûteux.

Bientôt rassasiés, ils se détendirent et Lisa revint à la charge :

— Messieurs, vous nous avez interrogées à propos de notre intervention déterminante, mais vous n'avez guère été diserts sur la vôtre. Qu'en a-t-il été de votre entreprise ?

— Notre compte rendu ne vous a-t-il pas suffi ? s'exclama Géraud.

— Trop succinct, repartit la fille.

Les trois hommes s'adressèrent un coup d'œil complice, pendant que l'aubergiste leur offrait une liqueur locale à base de prune. Pistol se dévoua pour donner le ton :

— Or donc… Forts d'une piste sérieuse arrachée aux postillons qui sont informés de bien des faits et méfaits, causés par des chenapans de la route, nous nous mîmes en selle et talonnâmes en direction de Lugdunum, comme la nommèrent les Romains. Nos destriers étaient si véloces que leurs sabots ne reprenaient appui sur le sol que toutes les sept foulées ordinaires.

Brisacier avait compris la turlupinade initiée par le dessinateur et lui emboîta le pas :

— Ainsi, en un temps record, nous atteignîmes un hameau où le dérobeur aurait pu se bauger, dans l'antre fétide d'un alchimiste, capable de transmuter deux splendides Caminazzo en statue de bronze. Nous débarquâmes à proximité de la tanière de ce dangereux sorcier par la cheminée de laquelle se contorsionnaient des fumées grasses aux teintes moirées de turpitudes qui semblaient se dissoudre dans l'Éther, emportant des messages cabalistiques.

Géraud relaya l'aventurier, emberlificoté dans ses tournures hasardeuses.

— Un courant glaçant tourbillonnait autour de la masure comme un anneau protecteur que nous dûmes taillader à coups d'épées tels des ronciers vivaces, afin d'approcher sans bruit des diverses issues. À notre première sommation, jaillit par l'huis principal une sorte de devineresse au faciès épouvantable parsemé de poireaux et de verrues. Personne ne me contredira sur ce point.

Les deux compères opinèrent et Pistol poursuivit le conte fantastique :

— Oui, Mesdames ! Il s'agissait de l'ensorceleuse la plus disgracieuse jamais rencontrée qui, à l'instar de la Méduse, pétrifiait les humains d'un simple regard.

— Comment trouvâtes-vous la parade ? s'interposa Lisa.

— Nous fonçâmes tête baissée dans la panse

flasque de la Gorgone qui explosa littéralement et se répandit en coulées verdâtres sur les murs de torchis de son taudis.

— Tandis que, de mon côté, je parvenais à atteindre l'arrière et y forçai les issues.

— De la Gorgone ? intervint encore la mutine Lisa.

— À cette déflagration, le voleur déchargea sept fois de suite, à la vitesse de l'éclair mes Caminazzo sur nos assauts conjugués. Bien qu'émoussés par la chevauchée fantastique, nous parvînmes à esquiver les projectiles brûlants qui avaient forme de frelons.

— Pendant ce temps, le mage requerrait l'aide de Belzébuth et de ses janissaires.

— L'air était empuanti de soufre et d'exhalaisons de tombes béantes. Nous dûmes retenir notre respiration un demi-quart d'heure pour batailler.

— Les mauvais sorts qu'il jetait à profusion, fusant de ses doigts sarmenteux, ne purent rien contre notre détermination. La pointe de nos armes blanches concentrait ses foudres et nous enfoncions dans le sol grondant sous nos pieds.

— Enfin, nous réussîmes à terrasser les monstres dont les cadavres verdis se dissolvaient dans la terre viciée, couverte d'excréments des gallinacés et des porcs.

— Le voleur se rendit avant de rendre l'âme. Nous le passâmes par les armes et reprîmes, Caminazzo récupérés mais point les lettres cryptées, le chemin du retour, avec le lieu avoué de l'inhumation de celles-ci.

— Voilà en quelques phrases toute l'odyssée, Mesdemoiselles, puisque vous voulez tout connaître. Ce qui nous apaisa bien davantage encore que la version dite officielle, moins romanesque, certes, mais assez proche de celle-ci dans les faits.

Le temps se suspendit quelques secondes pour que retombe le voile de cette conclusion. Et un fou rire qui éliminait les affres de cet incident, les enleva alors tous les cinq.

Épilogue

Ils entrèrent dans Paris qu'ils avaient quitté depuis fort longtemps, apprécièrent de retrouver ses rues animées, ses embarras, son petit peuple, ses colporteurs, ses enseignes basses, ses bruits, ses cris, ses odeurs. Géraud émit le désir d'opérer un petit détour par le Grand Châtelet afin d'avertir Monsieur de La Reynie de leur retour, indemnes, et de la réussite de leur mission à plusieurs volets. Voire de laisser un billet à son intention s'il ne se trouvait pas à son cabinet.

« Il n'y en aura que pour quelques minutes, » argua-t-il face aux mines fatiguées qui l'interpellaient muettement, bien que le voyage se soit effectué dans les meilleures conditions depuis Lyon, n'étaient une escarmouche contre une poignée de brigands sans envergure et mal organisés qu'ils mirent facilement en déroute avant Avallon et un arrêt chez un maréchal-ferrant d'Auxerre pour referrer les postérieurs du cheval de Brisacier. Empressés, ils en avaient négligé, d'un accord tacite, le détour par chez le receleur.

Ils se laissèrent cependant fléchir, pas mécontents non plus d'apporter la bonne nouvelle de leur succès collectif et de se libérer totalement de cette charge. Ils mirent pied à terre dans la cour balayée de courants glacés de la vétuste bâtisse, toujours aussi sinistre, tandis que le commissaire ragaillardi s'élançait dans l'escalier obscur conduisant au cabinet du chef de la police.

Géraud ne patienta pas longtemps dans l'antichambre : Monsieur de La Reynie, en personne, vint le chercher pour l'introduire dans ses locaux, avec un large sourie aux lèvres.

— Mon cher Lebayle, votre retour me ravit. Entrez. Vous allez me conter par le menu les divers épisodes de cette longue et tumultueuse traque et le transfert du redoutable espion Mattioli jusqu'à Sainte-Maguerite.

Comment était-il assuré de la réussite totale de l'affaire ? Un secrétaire lui aurait-il rapporté que l'équipe au complet battait le pavé de la cour ? Ce qui laisserait supposer un complet succès. Et puis, la mine réjouie de son subalterne était un véritable étendard. Il n'était pas nécessaire d'être grand clerc pour déchiffrer cela.

Ils s'installèrent face à face dans les fauteuils réservés aux personnalités, à l'opposé de la table de travail toujours aussi surchargée, marquant ainsi le caractère amical de l'entretien. Géraud apprécia et s'efforça d'écourter le compte rendu.

— C'est parfait, commissaire… Et les documents ? s'enquit le lieutenant avec encore un soupçon d'inquiétude, ayant constaté que Géraud était arrivé les mains vides.

— Je les tiens à la disposition de Sa Majesté, Monsieur, fanfaronna-t-il. S'ils ont beaucoup voyagé et subi quelques avanies sans gravité, ils sont intacts et, pour plus de sûreté, je les conserve sur moi.

— Voilà la deuxième meilleure annonce de cette journée qui survient à point nommé, au moment où – vous l'ignorez peut-être – le Roi est amené à adopter une fois encore des mesures sévères à l'encontre des Réformés, en particulier dans la région du Poitou. Je dois précisément me rendre à Versailles dans le quart d'heure qui vient et…

Monsieur de La Reynie s'interrompit et fixa son subalterne. Géraud voulut saisir cette occasion pour se retirer. Il n'eut que le temps de décoller son postérieur du fauteuil :

— Lebayle… accordez-moi encore un instant. Il me vient une idée. Vous m'assurez avoir sur vous les fameux documents.

— Tout à fait, Monsieur.

— Alors, voilà ma pensée : il serait plus judicieux que vous les remettiez vous-même en main propre à Sa Majesté. C'est dit. Je vous emmène céans. Ma voiture doit être prête.

— Mais, Monsieur… Mes amis m'attendent dans la cour et je…

— Ne vous tourmentez pas. Je leur annoncerai personnellement que je vous enlève pour le service de l'État. Ils comprendront et, demain, nous les retrouverons à la table que je réserve sur-le-champ au « Bel Air », le cabaret le plus riant de Paris. Les Muses y font escorte à Bacchus, autour de Michel Lambert et Mademoiselle Hilaire, gendre et fille du tavernier, l'un compositeur du Roi et l'autre illustre chanteuse de la Cour[66].

— Monsieur, je vous sais gré de vos largesses…

— C'est nous qui vous sommes redevables. N'en parlons plus, le temps presse.

Nicolas de La Reynie se refréna. Soulagé par le dénouement de l'affaire, il s'était laissé porter à trop de privance[67] vis-à-vis de son subalterne… Il l'invita à le suivre en passant par le cabinet de ses secrétaires où il confia à la mission de confiance de réserver six couverts dans l'une des meilleures auberges de Paris avec concert pour le souper du lendemain.

Ils descendirent, s'avancèrent vers les quatre adjoints du commissaire qui faisaient le pied de grue. Ils saluèrent le chef de la police. Celui-ci les félicita chaleureusement et leur annonça, avec un enthousiasme auquel on ne pouvait résister, sa décision non négociable. D'une mimique discrète, Géraud s'excusa auprès de ses amis. Les deux hommes montèrent dans le cabriolet noir et le cocher sollicita aussitôt son attelage.

Durant les premières minutes qui les menèrent à la porte Saint-Honoré, Géraud accusa le coup. Il ne s'attendait pas à cette nouvelle expédition alors qu'il n'aspirait qu'à se reposer. Il se morigéna.

Ses compagnons avaient eu raison de renâcler avant de consentir ce détour. Il regrettait amèrement d'avoir insisté malgré la satisfaction affichée

66. Bel Air, cité tel quel par l'historien Émile Magne, mis en ondes en 1936 sur Radio-Paris.
67. Familiarité.

par le lieutenant de police et malgré l'honneur insigne qui lui était offert de remettre les documents au Roi en main propre !

Attendre le lendemain n'eut pas été possible : Sa Majesté devait s'absenter plusieurs jours. Et les raisons de se réjouir ne sont pas légion en ces débuts de décennie quatre-vingt.

Après tout, ne serait-ce la lassitude, ce n'était qu'un report d'une journée, et il ne pouvait s'y soustraire. Il comprit aussi que monsieur de La Reynie avait saisi ce prétexte pour ne pas voyager seul.

Au long des cinq lieues de cette étape supplémentaire, Géraud répondit volontiers aux questions de son chef fort détendu et guilleret. Sans doute, apportait-il aussi dans son épais maroquin de bonnes nouvelles, entre autres – lui avait-il confié – l'arrestation du berger Debray[68] qui fut un gros fournisseur de plantes toxiques pour les empoisonneurs et qui avait échappé à toutes les recherches jusqu'à ce jour.

Lebayle raconta les chapitres les plus marquants et quelques anecdotes à propos de la capture de Mattioli ainsi que ses inquiétudes quant à l'acharnement du duo infernal Lorraine-Effiat.

— Nous gardons en permanence un œil sur eux, confia Nicolas de La Reynie. Mais ils disposent de tant d'espions et d'hommes de main sur le

68. Étienne Debray, berger à Orgères. Ancien galérien, il leva des trésors et fabriqua des poisons. Brûlé en place de Grève le 19 juin 1682.

territoire qu'il est difficile de les cerner et d'anticiper sur leurs mauvaises actions.

Géraud, qu'un léger ressentiment animait encore, évoqua ensuite les épreuves qu'avait dû subir Lisa et sa participation active à l'enquête, faisant subtilement connaître le désir de celle-ci, de rencontrer les grandes salonnières de Paris.

— Cette petite a du caractère, de la détermination et du mérite, je le reconnais volontiers, Lebayle. J'admets aussi que ma décision de vous l'adjoindre sur le voyage qui vous menait en Piémont était fort hardie. Toutefois, par ce que nos services ont constaté, les sangsues ont vite lâché prise sur vous. Et, par ce que vous m'avez dit, je suis convaincu que ce ne fut pas une mauvaise expérience pour elle... et pour vous une agréable compagnie. Quant à nous, un atout en sus. Même si elle semble parfois réfractaire aux contraintes et rebelle aux consignes, je suis satisfait de ses services et je n'oublierai pas de la recommander à quelques personnes du beau monde des lettres quand l'occasion s'en présentera.

— Monsieur, je suis reconnaissant de votre sollicitude envers ma pupille et, en son nom, vous en remercie d'avance.

— Je n'oublie pas non plus vos autres compagnons qui ont accompli, au débotté, si je puis dire, un travail remarquable. Nous leur rapporterons demain les propos du Roi à leur encontre. Je suis convaincu qu'ils seront élogieux. Martelin a insisté pour que j'emploie ces trois volontaires-là plutôt que d'autres, persuadé qu'ils me donneraient entière satisfaction. Il ne s'est pas trompé. Lui-même nous devient très précieux.

Il se tut tandis que le cocher négociait un croisement délicat avec un fardier lourdement chargé, puis reprit :

— Je remarque également que, depuis qu'il vous connaît, Brisacier semble s'être racheté une meilleure conduite. Vos actions communes, à tous les cinq, me confortent dans l'idée qu'une équipe réduite, soudée par de solides liens amicaux, est plus efficace que tout un escadron discipliné, bien armé et bien commandé, mais dépourvu d'imagination et de cœur.

Géraud finit par relater la mésaventure du vol des documents et de ses Caminazzo, récit qu'apprécia Monsieur de La Reynie. Puis, il s'inquiéta encore :

— Monsieur, puis-je vous demander de quelle manière il serait préférable que je présente les documents à Sa Majesté ?

La question étonna le lieutenant qui, par plaisanterie, répondit :

— En les sortant par magie de votre poche, Lebayle.

— C'est que, précisément, ils ne se trouvent dans aucune de mes poches qui n'auraient pas été assez profondes pour héberger le paquet.

— Comment ? Ne m'avez-vous pas assuré les tenir sur vous ?

— Si fait, Monsieur.

— Alors, peut-être dans votre manche, votre botte ou sur votre cœur, ironisa encore La Reynie qui était aujourd'hui, par chance, dans de bonnes dispositions d'esprit.

— Non, plus, Monsieur, répliqua Géraud sur le même ton, en constatant que le carrosse pénétrait dans la cour du palais.

— Ne me dites pas, commissaire, que vous les auriez dissimulés... dans votre haut-de-chausses ! ?

— Point, Monsieur, point, rassurez-vous... Ce qui me prouve, si elle ne vous est pas venue à l'esprit aussitôt, malgré votre grande sagacité et votre expérience, que ma cachette n'est pas si mauvaise.

— Ne me faites pas languir davantage.

Deux laquais s'étaient précipités pour ouvrir la portière et déplier le marchepied. Avant de descendre, Géraud confia à mi-voix :

— La précieuse enveloppe a voyagé depuis que je l'ai subtilisée à Mattioli... entre mes épaules.

— Fichtre ! Voilà un drôle d'endroit que je reconnais fort efficace et qui pouvait aussi vous prémunir d'un vilain coup en traître. Eh bien, cette enveloppe, vous la présenterez au Roi en situation. Je pense que cette façon insolite ne sera pas pour lui déplaire.

— Cependant, il demeure encore un petit souci.

— Nous aviserons plus tard, Lebayle. Il n'est que temps de nous hâter, on ne fait pas attendre le Roi.

Un majordome les guida par le grand escalier et l'enfilade des salons dont la décoration de certains n'était pas achevée.

Un nombre important de courtisans occupait la place. Il fallut se frayer un passage. La Reynie et Lebayle reconnurent au-dessus des têtes la perruque royale. Encore un effort et ils découvrirent le plus grand souverain d'Europe, en conversation avec le maréchal de Bellefonds, le duc de Saint-Simon, le président du parlement de Paris, Étienne-François d'Aligre et Alexandre Bontemps (premier valet et gouverneur de Versailles) lequel, un espace s'ouvrant, les vit approcher. Il le signifia à Sa Majesté qui se tourna dans leur direction :

— Lieutenant, approchez donc, nous vous attendions, non sans une certaine impatience, car nous croyons savoir que nous avons encore quelques dossiers sensibles à traiter avant notre départ. Et vous aussi, commissaire. Je présume que vous nous apportez la conclusion de votre confidentielle mission. Passons un instant dans le petit cabinet.

Il revint vers les membres de son conseil et les grands favoris :

— Messieurs, nous nous reverrons tantôt avant le souper. L'intransigeant devoir nous appelle.

Le roi se détourna, entraînant Bontemps dans son sillage, Louvois qui naviguait à quelques encablures, Charles Colbert de Croissy (successeur de Pomponne), un lieutenant d'ordonnance et trois membres du conseil privé dont Gourville[69], pressenti pour un jour succéder à Colbert. Il ne souhaitait pas que l'affaire Mattioli soit évoquée en public, divulguée et commentée à tous les échos. Assez de

69. Jean Hérault Gourville (1625-1703) valet de chambre de l'abbé Louis de La Rochefoucauld, il devient maître d'hôtel puis secrétaire de La Rochefoucauld. Il joue un rôle très actif dans la Fronde. Habile financier. Condamné à mort par contumace. Après de nombreux services à la couronne, il est gracié et obtient le poste d'intendant de la maison de Condé.

vilaines rumeurs couraient à ce propos. Et le camouflet n'était pas encore digéré.

Les portes se refermèrent derrière eux. Le roi alla s'asseoir dans un haut fauteuil recouvert de velours rouge.

— Monsieur le chef de ma police, je vous garderai pour la fin en aparté ; je sais les sujets dont nous devrons débattre et qui monopoliseront notre attention un temps certain. Commissaire Lebayle, nous ne doutons pas que votre présence ici, sous la houlette de monsieur de La Reynie, ne soit pour nous annoncer ce que nous espérons entendre de votre bouche.

Géraud salua à nouveau le roi.

Un petit cercle s'était formé autour d'eux à distance respectable, car si Pomponne n'était plus ministre, Louvois avait une lourde responsabilité dans l'affaire pour avoir cautionné les initiatives et décisions de son collègue quant à la signature du traité secret avec Mantoue concernant l'achat de la citadelle de Casal[70].

— Sire, ainsi que Votre Majesté l'a souhaité, nous avons rempli avec succès la mission qui nous avait été confiée, à savoir l'arrestation en Piémont du comte Ercole Mattioli, son arrachement d'Italie et, avec l'aide de nos fidèles compagnons pour cette seconde phase, sa conduite à Sainte-Marguerite des îles de Lérins, sous l'autorité du gouverneur, le comte de Guitaut.

— Nous n'en attendions pas moins de vous, commissaire, compte tenu de vos états de service.

70. Il sera cependant effectif le 8 juillet de cette année 1681.

Le sort de cet insaisissable et exécrable espion sans scrupule sera scellé comme il convient.

En jetant un regard appuyé à Louvois, le roi ne put s'interdire de demander :

— En ce qui concerne les documents que l'individu nous avait soustraits, qu'en est-il ?

— Sire, ainsi que je l'ai signifié au lieutenant de police, je les ai conservés sur moi afin de les déposer à vos pieds, mais… il me faut demander à Votre Majesté de m'autoriser en sa présence une petite manœuvre hardie et inusitée que justifie l'urgence de cet entretien impromptu.

— Vous faites bien le mystérieux, commissaire. Vous avez notre aval, opérez donc prestement.

— Je dois encore avertir Votre Majesté, pour qu'on ne se méprenne pas sur mon geste, qu'il me faudra extraire une dague de ma botte.

Le roi acquiesça d'un hochement de tête. Si la petite assemblée était sur le qui-vive, avec des regards inquiets convergeant sur Lebayle, Louvois, resté en retrait, s'était rembruni. Mais il semblait que son renfrognement était assez courant.

Géraud agit avec des gestes coulés, puis dénoua les cordons de sa chemise de voyage. Il glissa la pointe de son arme sous celle-ci vers son épaule gauche, tira d'un coup sec et trancha la lanière qui retenait l'épaisse enveloppe entre ses omoplates. Il changea de main pour pratiquer de même de l'autre côté. Il rengaina sa dague puis, passant sa dextre par-derrière sa nuque, saisit les documents rempaquetés de frais. Il avança de deux pas et, courbant la tête, les présenta au roi.

— Pendant que vous y êtes, rompez-en aussi les

liens afin que nous puissions apprécier qu'il ne manque aucun de ces papiers.

C'était un détail auquel Géraud n'avait pas songé, trop euphorique d'avoir découvert la cachette de Mattioli sous le ventre de son cheval. Le gredin n'avait-il pas conservé par-devers lui les feuillets les plus compromettants ? Quand ils s'étaient quittés à Sainte-Marguerite, ne lui avait-il pas dit qu'il avait mis en lieu sûr ses meilleures cartouches !

Il reprit donc son arme pour couper les liens, ôta la toile protectrice et proposa la liasse au roi, puis recula à hauteur de Monsieur de La Reynie qui lui adressa un sourire confiant.

Louis XIV soupesa les documents, fronça le nez, les feuilleta un long moment dans un silence quasi religieux, fixa enfin Lebayle en plissant les paupières.

— Je comprends que vous ayez reflué, commissaire, après m'avoir remis en main propre ces précieuses pièces.

Comment le monarque avait-il interprété le recul de Lebayle qui n'était qu'un signe de profond respect ?

— Sire, je vous demande pardon ?

— Si l'argent n'a pas d'odeur, ces documents exhalent un fumet que je suppose n'être ni votre odeur corporelle ni votre eau de toilette habituelle.

Géraud se détendit soudain et faillit éclater de rire devant ce trait d'esprit du roi.

— En effet, Majesté, s'interposa Monsieur de La Reynie. Ces papiers ont subi dernièrement quelques désagréments dont nous pourrons vous conter en une autre occasion la mésaventure, à cause d'un voleur négligent, ce qui démontre que le commissaire n'a reculé devant aucun sacrifice pour vous les restituer aussi intacts que possible.

— C'est bien ce qu'il nous semblait.

Le roi avait consulté les titres et en-têtes, puis compté les pages de transcription de la main de Mattioli.

— Messieurs, il semble n'y rien manquer. C'est fort heureux. Je ne saurai que vous en féliciter. Nous voilà soulagés d'un épineux tracas. L'affaire est close et nous savons désormais quel sort il est raisonnable de leur réserver.

Il s'autorisa une pause, parcourut son auditoire d'un regard rasséréné et dérideur :

— Voyez-vous, Messieurs, il est un détail que tout le monde ignore…

De manières diverses, tous marquèrent leur étonnement. Le roi poursuivit :

— Parmi ces messages, il se trouvait inséré quelques informations confidentielles volontairement erronées que seuls les destinataires pouvaient débusquer en connaissant la clef. Il nous est plaisant de constater que, décryptées, elles pourraient gangrener les services de ceux qui auraient accordé une confiance absolue et aveugle à ce damné comte Mattioli.

La stupéfaction souffla un petit vent sur l'auditoire, mué en soupir de contentement. Le roi tendit à nouveau le paquet odoriférant à Géraud qui hésita à s'en emparer, mais il ne pouvait pas laisser ainsi le roi de France le bras tendu, lequel ajouta avec un sourire ironique :

— Il n'y a qu'un endroit où ils seront inexpugnables, Messieurs, et où leur contenu ne renaîtra pas de ses cendres.

Les prunelles sombres de Louis désignèrent la cheminée où les bûches rougeoyantes ronronnaient doucement. Tout ça pour ça ? se dit Géraud.

Et il alla déposer la liasse de papiers au milieu des flammes qui se réveillèrent.

Références bibliographiques

Astres (d'), Charles, *Histoires insolites du château de Versailles*, City Édition, 2012.

Babeau, Albert, *Les artisans et les domestiques d'autrefois*, Librairie Firrmin Didot, 1886.

Baraton, Alain, *Vice et Versailles*, Grasset, 2011.

Barrière-Flavy, Casimir, *La chronique criminelle d'une grande province sous Louis XIV*, Éditions Occitania, 1926.

Beaucarnot, Jean-Louis, *Qui étaient nos ancêtres ?*, Éditions Lattès, 2002.

Beaucarnot, Jean-Louis, *Comment vivaient nos ancêtres ?*, Éditions Lattès, 2006.

Beaunier, Charles, *Recueil historique, chonologique et topographique des archevêchés, évêchées… tant d'hommes que de filles* (Tome1), 1726.

Bély, Lucien, *Les secrets de Louis XIV*, Taillandier, 2013.

Besongne, Nicolas, *L'état de la France, où l'on voit tous les princes, ducs et pairs, maréchaux de France…*, Bibliotheca Regia Monacensis chez Jean-Guignard, 1682.

Bluche, François, *Le journal secret de Louis XIV*, Éditions du Rocher, 1998.

Blum, André, *Les modes au* XVII*e et* XVIII*e siècles*, Hachette, 1928.

Bondois, Paul-Martin, *Le commissaire Nicolas Delamare*, brochure Impr. J. Bière, 1936.

Bordonove, Georges, *Louis XIV*, Éditions Pygmalion, 1982.

Boringe, B., *En prison sous l'Ancien Régime*, Historia n° 386, 1979.
Bouyer, Christian, *Le duc d'Orléans (frère de Louis XIV)*, Éditions Pygmalion, 2003.
Bruzen de La Martinière, Antoine-Augustin, *Le grand dictionnaire géographique et critique*, Volume 2, 1735.
Chantelou (Fréart de), Paul, *Journal du voyage en France du cavalier Bernin*, Stock, 1930 (documents de 1883 à 1885).
Chevé, Joëlle, *Marie-Thérèse d'Autriche*, Éditions Pygmalion, 2008.
Clément, Pierre, *La police sous Louis XIV*, Élibron classiques.
Clément, Pierre, *Nicolas de La Renie*, Revue des deux mondes, 1864.
Coypeau, Charles, *Les Aventures burlesques de Dassoucy*, Éditions Adolphe Delahays, 1858.
Delamare, Nicolas, *Traité de la police*, librairie Brunet Anne Lecler du Brillet, continuateur de l'œuvre de Delamare.
Dessert, Daniel, *Le Royaume de Monsieur Colbert*, Perrin, 2007.
Eybalin, Nicolas, *Quand les lieux racontent l'histoire de France*, Édition Scrineo, 2012.
Eze (d'), G. et Marcel, A., *Histoire de la coiffure des femmes en France*, Paul Ollendorff Éditeur, 1886.
Faugère, A.P, *Journal d'un voyage à Paris en 1657-1658*, édité en 1862.
Fournier, Édouard, *Histoire des enseignes de Paris*, E. Dentu Éditeur, 1884.
Froulay (de Tessé), Renée-Caroline-Victoire, *Souvenirs de la marquise de Créqui de 1710 à 1803*, Garnier, 1880.
Gallo, Max, *Louis XIV* (volumes 1 et 2), Pocket, 2009.
Goubert, Pierre, *Louis XIV et vingt millions de Français*, Fayard, 1991.

Hebert, François, *Mémoires du curé de Versailles*, Éditions de France, 1927.
Joffrin, Laurent, *La grande histoire des codes secrets*, Édition Privé, 2009.
Laverny (de), Sophie, *Les domestiques commensaux du roi de France au XVIIe siècle*, Presses Paris Sorbonne, 2002.
Lemoine, Jean, *Revue des questions historiques*, 1935.
Lenotre, G., *La Petite Histoire*, 15 volumes, Grasset.
Longnon, Jean, *Mémoires de Louis XIV*, Éditions Taillandier, 1927.
Magne, Émile, *Images de Paris sous Louis XIV*, Calmann-Lévy, 1939.
Martin Saint-Léon, Étienne, *Histoire des corporations de métiers (de 1610 à 1715)*, PUF, 1942.
Perez, Stanis, *La santé de Louis XIV, une biohistoire du Roi-Soleil*, Éditions Champ Vallon, coll. Époques.
Perrault, Charles, *Mémoires de ma vie – voyage à Bordeaux 1669*, Librairie Renouart, 1909.
Pomponne (de), Simon Arnaud, *Mémoires du marquis de Pomponne* (d'après le manuscrit inédit), Tome 1, Librairie de l'Institut, de la Bibliothèque Impériale et du Sénat, 1860.
Prudhomme, Louis-Marie, *Dictionnaire universel de la France* (Tome 3), 1804.
Renaudeau, Olivier, *Mousquetaires !*, Gallimard/Musée de l'Armée, 2014.
Sarmant, Thierry, *Louis XIV homme et roi*, Éditions Tallandier, 2012.
Solenn, Guy, *Dans la peau de nos ancêtres*, City éditions, 2010.
Tallemant Des Réaux, Gédéon, *Les Historiettes de Tallemant Des Réaux*, 8 volumes, Librairie Garnier frères, 1933.
Urseau (de), Carles, *L'instruction primaire avant 1789*, Alphonse Picard éditeur, 1890.

Vallot d'Aquin, Fagon, *Journal de la santé du roi Louis XIV*, copie de la bibliothèque impériale de Paris, bibliothèque de Versailles, 1744.
Fonds Émile Magne sur le XVIIe siècle, bibliothèque de Saint-Maur.
Nos Ancêtres, vies et métiers, revue historique n° 2-24-48
Les Transports au XVIIe siècle.
Les clés des vins de Champagne, Comité interprofessionnel du vin de Champagne, Épernay.

Achevé d'imprimer par RODESA
en janvier 2017
pour le compte de France Loisirs, Paris

Nº d´editeur: 87791
Dépôt legal: janvier 2017

Imprimé en Espagne

Composition et mise en pages réalisées
par Text'oh! – 39100 Dole